Louise Voss & Mark Edwards
Aus der Wiege entführt

Das Buch

Das erste Kleinkind wurde aus seinem Elternhaus entführt. Das zweite aus dem Auto seiner Mutter. Dann ein drittes... Als Helen und Sean Philips am Abend ausgehen und ihre Tochter Alice als Babysitter mit der kleinen Frankie zurücklassen, ahnen sie noch nicht, dass sie nur wenige Stunden später mit dem schlimmsten Albtraum aller Eltern konfrontiert werden. Detective Inspector Patrick Lennon unternimmt alles, die drei Kinder, die in seinem Revier in Südwestlondon entführt worden sind, gesund und munter zurückzubringen. Als aber in einem nahen Park eine Kinderleiche gefunden wird, ist Lennon klar, dass ihm ein Wettlauf mit der Zeit bevorsteht...

»Aus der Wiege entführt« ist eine Mischung aus außergewöhnlicher Polizeiarbeit und psychologischem Thriller und wird alle Eltern dazu bringen, wieder und wieder nachzusehen, ob ihre Kinder auch sicher in ihren Betten liegen.

Die Autoren

Louise Voss und Mark Edwards haben als Autorenpaar bereits vier Thriller veröffentlicht. Mark Edwards lebt in Wolverhampton (Großbritannien) mit seiner Frau und seiner Familie, während Louise Voss mit ihrer Tochter in Surrey wohnt.

LOUISE VOSS & MARK EDWARDS

AUS DER WIEGE ENTFÜHRT

THRILLER

Aus dem Englischen
von Gunter Olschowsky

Die Originalausgabe erschien 2014 unter dem Titel
»From the Cradle« bei Thomas & Mercer, Seattle.

Deutsche Erstveröffentlichung bei
Edition M, Amazon Media EU S.à r.l.
5 Rue Plaetis, L-2338, Luxembourg
August 2015
Copyright © der Originalausgabe 2014
By Louise Voss und Mark Edwards
All rights reserved.
Copyright © der deutschsprachigen Ausgabe 2015
By Gunter Olschowsky

Die Übersetzung dieses Buches wurde durch AmazonCrossing ermöglicht.

Umschlaggestaltung: bürosüd°, www.buerosued.de
Lektorat: Sandra Martick
Korrektorat und Satz:
Verlag Lutz Garnies, Haar bei München
www.vlg.de
Printed in Germany
By Amazon Distribution GmbH
Amazonstraße 1
04347 Leipzig, Germany

ISBN 978-1-503-94811-2

www.edition-m-verlag.de

PROLOG

Es fühlte sich an wie eine seelische Atomexplosion. Ein paar Sekunden trügerische Ruhe, vielleicht auch ein leises, kaum wahrnehmbares Zischen, dennoch erschien Patrick die totale Stille, als er die Eingangstür öffnete, mehr als unheimlich ... Er wusste sofort, dass etwas nicht stimmte. Aber noch hatte er keine Ahnung, dass sich alles vollends und unwiderruflich ändern sollte.

Es war ein besonders langer Arbeitstag gewesen. Detective Inspector Patrick Lennon hatte sieben Stunden in einem fensterlosen Verhörraum verbracht. Zusammen mit einem unkooperativen, zugedröhnten Schlägertypen namens Dean Kervin, der ein Gesicht wie eine Kartoffel hatte, die schon vor Tagen gekocht worden war. Trotz der Tatsache, dass Dean von mehreren Zeugen und zwei Kameras beobachtet worden war, wie er das Fenster des Sportgeschäfts zertrümmert und den Wächter totgeschlagen hatte, leugnete er alles hartnäckig. Er wiederholte immer nur: »Ich war's nicht. Ich war nicht da.«

Den ganzen Tag über hatte Patrick das verzweifelte Verlangen nach frischer Luft und frischem Kaffee gehabt. Was ihn auf den Beinen hielt, war der Gedanke an sein warmes Heim voller Babygeruch und die Vorfreude auf eine feuchte Umarmung seiner fünf Monate alten Tochter Bonnie. In der Hand ein Glas Wein, in der Beuge des anderen Arms sanft Bonnie wiegend und dann das mitgebrachte chinesische Essen, das er gemeinsam mit Gill bei einem Film verdrücken würde, nachdem Bonnie eingeschlafen war. Beinahe hätte er laut aufgelacht bei dem Gedanken, dass ihm das so erstrebenswert erschien. Im Teenageralter hätten sich seine Freunde gnadenlos über ihn lustig gemacht – Wein und Babys? Mitgebrachtes Essen vor dem Fernseher? Wie mitleiderregend.

Nein. Nicht mitleiderregend. Glück, Sicherheit, die Reinheit der Familie. Das, worum es im Leben geht.

Der einzige Störfaktor an der häuslichen Front war Gills Niedergeschlagenheit in der letzten Zeit. Jeder wusste, dass es sehr schwer ist, den ganzen Tag allein mit einem Baby zu Hause zu bleiben, besonders, wenn man einen anspruchsvollen Job mit großer Verantwortung gehabt hatte. Gill war Rechtsanwältin bei oberen Gerichten gewesen und hatte sich am glücklichsten gefühlt, wenn sie Abschaum wie Kartoffelgesicht Dean auseinandernahm – ihn praktisch mit Worten ausweidete. Das machte sie souverän. Patrick hoffte, dass sie schon bald ihren Elan wiederfinden würde. So ungezwungen und freundlich sie auch außerhalb des Gerichtsgebäudes war, dieses ganze Mutter-Kind-Ding war nichts für sie, wie sich Horden von Müttern in den Cafés breit machten, ihre Babys in der Öffentlichkeit stillten und Kurse für Babymusik besuchten. Sie hatte es versucht, aber jedes Mal, wenn sie nach Hause kam, beklagte sie sich darüber, dass, wenn sie noch einmal das Geschwätz über senffarbene Windeln mit anhören müsste, sie anfangen würde, laut zu schreien ...

Patrick lächelte bei diesem Gedanken, während er ihren bronzefarbenen Toyota Prius rückwärts in die kurze Einfahrt ihres kleinen Stadthäuschens in West Moseley fuhr – noch etwas, worüber sich sein Teenager-Ich lustig gemacht hätte. Wenn er versuchte, Leute zu beeindrucken, dann erzählte er, er wohne »ganz in der Nähe von Hampton Court«, wohingegen West Moseley in Wahrheit fast zwei Kilometer entfernt lag, die arme Schwester des viel glanzvolleren East Moseley mit seinen Naturschutzgebieten und jeder Menge Zwei-Millionen-Pfund-

Eigenheimen. Er war so glücklich, endlich zu Hause zu sein. Er hatte sogar im Tesco angehalten und eine Flasche Wein sowie einen Strauß Gerberas gekauft, Gills Lieblingsblumen.

Später würde er sich fragen, ob er es von dem Moment an, als er den Schlüssel ins Schloss steckte, gewusst oder sich nur eingebildet hatte, dass er es wusste.

Was ihm sofort auffiel, war die Stille. Ganz sicher waren sie zu Hause, weil der Buggy im Flur stand und alle Lichter brannten. Waren sie nicht da, weil sie kurz bei einem Nachbarn vorbeischauten? Unwahrscheinlich. Enttäuscht hatten sie feststellen müssen, dass die Nachbarn ihrer Straße auffallend unfreundlich waren, sodass Gill keine Freundschaften in näherer Umgebung geknüpft hatte. Gewöhnlich war das Gedudel von Radio 2 zu hören, und im Fernsehen lief ohne Ton eine Kindersendung auf *CBeebies*. Der Wäschetrockner ratterte, im Teekessel kochte das Wasser, aus der Küche drang der vertraute Lärm, wenn Gill mit Töpfen und Pfannen hantierte, um für sich selbst und Patrick das Essen zuzubereiten. Nicht eins dieser Geräusche war zu vernehmen.

»Hallo?«, rief Patrick, als er das Haus betrat und hinter sich die Tür schloss. »Gill?«

Nichts. Patrick runzelte die Stirn. Er zog die Lederjacke aus, hängte die Autoschlüssel an das Schlüsselbrett im Schränkchen an der Tür und deponierte die Blumen und den Wein vorsichtig auf dem Flurboden. Sie müssen ausgegangen sein, dachte er – doch dann zögerte er. Etwas sagte ihm, dass sie nicht ausgegangen waren. Ein Schauer lief ihm über den Rücken, obwohl er zu diesem Zeitpunkt noch keinen Grund hatte, etwas zu befürchten.

»Gill, wo steckst du?«, rief er noch einmal, diesmal besorgt, und ging weiter ins Haus, den Flur entlang bis zur Küche. Als er an der Treppe vorbeikam, jagte ihm eine Bewegung einen riesigen Schreck ein.

Gill saß auf der dritten Stufe mit einem Gesichtsausdruck, wie er ihn noch nie bei einem Menschen gesehen hatte. Ihr sonst rosiges Gesicht sah bleich und völlig erschöpft aus, ihr Blick abwesend und von Grauen erfüllt. In der Hand hielt sie Bonnies Lieblingsspielzeug, eine Peppa-Wutz-Strickpuppe, und wiegte den Körper lautlos vor und zurück.

Patrick stockte der Atem. Er packte sie an den Schultern, unsicher, ob er sie umarmen oder zur Rede stellen sollte. »Gill! Liebling, was ist los!« Er fiel vor ihr auf die Knie, nahm sie fest in die Arme und wiegte sich mit ihr im Takt. »Was ist passiert? Ist jemand gestorben?«

Das war Patricks erster Gedanke – weil Gill, falls etwas mit Bonnie nicht in Ordnung wäre, nicht auf der Treppe sitzen würde, sie würde bei der Wiege sitzen.

Keine Antwort von Gill. Sie nahm ihn nicht einmal wahr oder schien seine Anwesenheit nicht zu bemerken. »Sprich mit mir, Liebling, was ist passiert? Gill, bitte!«

Patrick schien es, als wäre sie in sich zusammengesackt, geschrumpft vom Schock und diesem schrecklichen Kummer, der von ihr Besitz ergriffen hatte.

»Wo ist Bonnie?«

Gill hörte plötzlich mit dem Hin-und-her-Wiegen auf. Sie hielt den Atem an, presste ihre Lippen zusammen, diese sinnlichen Lippen, in die sich Patrick verliebt hatte, noch bevor er sie richtig kennengelernt hatte. Sie schloss die Augen und krampfte die Finger in den weichen rosafarbenen Körper von Peppa Wutz.

Dann begann sie, leise zu wimmern. Der Ton nahm an Höhe und Intensität zu, das Wimmern wurde lauter, ging in ein Aufheulen über, und als sie erneut den Mund öffnete, entfuhr ihr ein markerschütternder Schrei tiefsten Schmerzes, der von den Wänden widerhallte und jeglichen Frieden aus diesem Haus saugte – für immer.

Patrick sprang hoch, ein Schluchzer bahnte sich bereits den Weg aus seiner Kehle.

»Oh, mein Gott, Gill, wo ist sie? Was ist passiert? WO IST SIE?«

Er schob seine Frau zur Seite, und obwohl es nur ein leichter Schubs war, fiel sie seitlich die restlichen zwei Treppenstufen hinunter, wo sie reglos liegen blieb und weiter diese schauerlichen Schreie von sich gab. Er rannte die enge Treppe hinauf, die Beine so schwer wie die eines Marathonläufers kurz vorm letzten Kilometer. Sein Atem stach in der Brust, als er sich um das Geländer schwang und in Bonnies Zimmer stürmte.

Zunächst glaubte er, eine Puppe läge an ihrer Stelle in der Wiege, eine seltsame, geschwollene violette Puppe. Er betrat das Zimmer und sah, dass die Puppe Bonnie *war*. Ihre Glieder waren unnatürlich verdreht, und um den Hals waren deutlich Abdrücke zu erkennen. Würgemale.

Mit einem Brüllen, das lauter war als das seiner Frau, riss Patrick die Seitensicherung der Wiege ab und beugte sich über seine leblose Tochter. Er schnappte nach Luft und versuchte sie in die kleine Lunge seiner Tochter zu blasen. Mit zwei leicht zitternden Fingern massierte er ihr Brustbein und betete, dass er alles richtig machte. Dabei versuchte er sich verzweifelt an die richtige Reihenfolge zu erinnern, wie sie sie im Kurs für Wiederbelebung von Babys gelernt hatten, auf dessen Teilnahme Gill in ihrer Schwangerschaft bestanden hatte. *Drücken, drücken, atmen.* Sie war immer noch violett. Sie war noch warm. Das war gut. Seine Tränen tropften auf ihre geschlossenen Augenlider.

Drücken, drücken, atmen.

Er wusste nicht, wie lange er so weitermachte. Die Zeit drehte sich zu einem grausamen Strudel, der ihn tiefer und tiefer hinabzuziehen schien, bis er schließlich ein winziges Miauen vernahm. Bonnies Augen öffneten sich einen Spalt und schlossen sich wieder. Ihr Brustkorb, nicht größer als ein Paket Zucker, hob und senkte sich ganz leicht.

Schluchzend wie ein Wahnsinniger ließ Patrick sich rückwärts gegen die Wand fallen. Aus seiner hinteren Hosentasche fischte er sein Handy heraus, wählte 999 und heulte nach einem Krankenwagen. Alles, was in der nächsten halben Stunde geschah, erschien ihm in verschwommenen Bildern: wie er Bonnie auf dem Arm hielt, ihren Rücken rieb, damit sie weiteratmete, die Frage, ob sie einen Gehirnschaden erlitten hatte, wie er weinte und die Rettungssanitäter hereinließ und wie er zusah, wie sie eine winzige Sauerstoffmaske über das Gesicht seiner Tochter stülpten.

Und während sie sich um seine Tochter kümmerten, ging Patrick mit zittrigen Beinen zu seiner Frau, die noch immer in Embryonalstellung zusammengekauert stöhnend auf dem Boden lag und Bonnies Spielzeug umklammerte.

Er legte seine Arme um sie, zog sie zum Sitzen hoch und presste sie ebenso eng an sich, wie er es gerade mit seiner Tochter getan hatte. Sie roch metallisch vor Angst und Schweiß. Er entfernte ein einzelnes langes braunes Haar von der Schulter ihres Pullovers und wartete, bis sein Atem sich so weit beruhigt hatte, dass er sprechen konnte.

Er legte seine Lippen an ihr Ohr: »Gillian Louise Lennon, ich verhafte Sie wegen versuchten Mordes an Bonnie Elisabeth Lennon. Sie müssen nichts sagen, aber alles, was Sie sagen, kann niedergeschrieben und als Beweis vor Gericht gegen Sie verwendet werden ...«

KAPITEL 1
ACHTZEHN MONATE SPÄTER
HELEN – TAG 1

»Beeil dich, Hel!«

Helen hörte Sean im Flur mit den Schlüsseln klappern, sie zweifelte nicht daran, dass er dabei auf seine Uhr sah und den Kopf schüttelte.

»Ich bin gleich so weit!«, antwortete Helen aus dem Bad im ersten Stock und versuchte, ihren Ton unbeschwert klingen zu lassen. Dies war ihr erster Zu-zweit-Ausgehabend seit Wochen, und sie wollte ihn nicht gleich genervt beginnen.

Frankie saß in der Wanne und spielte mit ihren Wasserspielzeugen, drei Wasser spritzenden Plastikautos in grellen Farben. Sie spritzte einen Wasserstrahl nach Helen und kicherte dabei so ausgelassen, dass sie das Gleichgewicht verlor und unter dem Badeschaum verschwand. Helen sprang ihr zur Hilfe und zog sie wieder hoch. Sie unterdrückte dabei einen erschrockenen Schrei, aber Frankie sah nur überrascht aus, und dann, als sie bemerkte, dass sie jetzt eine königliche Schaumkrone auf dem Kopf trug, lachte sie noch doller. Helen lachte nun ebenfalls, obwohl ihre Vintageseidenbluse jetzt einen langen feuchten Fleck auf der Vorderseite hatte.

»Komm schon, Zeit, rauszukommen. Alice wird dir eine Geschichte vorlesen. Versprichst du mir, ein liebes Kind zu sein?«

Frankie nickte heftig, und Schaumblasen flogen durch das mit Dampf gefüllte Badezimmer. Helen war erfreut und erstaunt zugleich über die Hingabe ihrer dreijährigen Tochter zu ihrer schlecht gelaunten Halbschwester, die sich im

Teenageralter befand. Alice hegte die Art von Groll gegen die Menschheit, die Pol Pot absolut wohlwollend erscheinen ließ. Was aber noch schlimmer war: Seit sie begonnen hatte, mit Larry auszugehen, hatte sie immer eine leichte Alkoholfahne. Alices wunderschöne karamellfarbene Haut war jetzt immer unter einer dicken Schicht dunkler Foundation verschwunden, um Flecken abzudecken, die sowieso kaum sichtbar waren, und ihre weichen schwarzen Locken machten seitdem einen schlaffen, besiegten Eindruck.

»Teenager«, sagte Sean oft mit Nachdruck, »die sind alle gleich.«

Aber sind sie das wirklich? Das fragte sich Helen. Sie hob Frankie aus der Wanne, wobei sie das Handtuch vor deren Körper zu einem Griff zusammengedreht hatte, um sie damit hochheben zu können, ohne sie zu berühren – ein Spiel, das beide sehr liebten. Frankie kicherte wieder, als Helen sie auf die Badematte setzte und ihren feuchten Körper an sich drückte. Ihr fast schwarzes Haar lag eng an ihrem Kopf an, ein paar Spitzen standen senkrecht hoch, und ihre braunen Augen lachten, als sie Helens Umarmung erwiderte. Wie Alice auch, hatte Frankie karamellfarbene Haut, eine Idee heller als Helens. Sean war der einzige Weiße in der Familie, was Leute etwas verwirrte, wenn sie erfuhren, dass die beiden Mädels Halbschwestern waren – als würde es keinen Sinn ergeben, dass ein weißer Mann nicht nur eine, sondern zwei schwarze Frauen als Mütter für seine Kinder ausgewählt hatte.

Eine Sekunde lang dachte Helen an die anderen beiden Elternpaare, die beide nicht weiter als drei Meilen von hier entfernt lebten, die ihre Babys nicht mehr kichern hörten, die nicht mehr dieses dichte, wohlriechende warme Bündel in ihren Armen halten konnten. Es war unvorstellbar. Zum Dutzendsten Mal fühlte sie sich unwohl, Frankie mit Alice allein zu lassen.

»Helen!«, brüllte Sean von der Haustür. »Sie werden unseren Tisch weggeben, wenn du jetzt nicht kommst! Lass es doch Alice machen – Alice, kannst du nach oben gehen und übernehmen, bitte?«

Helen hatte Frankie schon dazu gebracht, ihre Höschenwindel und ihren Flanellschlafanzug anzuziehen. Sie rieb das Haar ihrer Tochter trocken und half ihr beim Zähneputzen, als Alice es endlich schaffte, sich von ihrem geliebten iPad zu trennen, auf dem eine endlose Reihe witziger YouTube-Videos gespeichert war sowie alte Folgen der Big-Bang-Theory-Serie, was alles zu sein schien, das sie sich jemals ansah.

Frankies Gesicht leuchtete auf, als sie ihre große Schwester sah. »Ali, du liest mir eine Geschichte, ja?«

»Okay, Nervensäge. Komm schon, lass uns ein Buch aussuchen. Nur eins, und keine Quengelei, wenn wir durch sind.«

Frankie wand sich aus Helens Umarmung, rutschte von ihrem Schoß und zog Alice in ihr Zimmer.

»Alice?«, rief Helen, während sie ihre Bluse aufknöpfte, um in eine trockene zu schlüpfen. »Wenn du die Katze aus der Hintertür herauslässt, bitte stell sicher, dass du …«

»… sie gleich wieder abschließt. Ich weiß, Helen. Beruhige dich! Ich bin ja nicht dumm.«

»Wir bleiben nicht lange weg, nicht später als bis ungefähr halb zehn. Hast du noch Aufgaben zu machen?«

»Nee. Nur noch Schauspiel, aber da muss ich nichts lernen. Ist eine praktische Übung.«

»Ruf uns an, wenn dir irgendetwas – nun ja – komisch vorkommt.«

Es hörte sich verrückt an. Alice hatte Hunderte Male Babys gesittet in den letzten zwei Jahren – aber im vergangenen Monat waren in dieser Gegend gleich zwei Babys entführt worden … Alice rollte mit den Augen, um anzudeuten, was sie davon hielt – dass es sich wirklich verrückt anhörte.

»Ach – noch eine Sache... Larry kommt doch nicht her, oder?«

Alice trat ganz nah an sie heran, Frankie schmiegte sich noch immer an sie. »Und was, wenn? Traust du mir nicht zu, ordentlich auf Frankie achtzugeben?«

Helen zog die nasse Bluse aus und hängte sie über die Handtuchheizung, drehte sich dann im BH zu Alice um. Alice musterte abwertend Helens Körper. Dieser Blick war genug, um selbst die selbstbewussteste Frau unsicher zu machen. Helen war nicht wieder so schlank und drahtig geworden, wie sie vor Frankies Geburt gewesen war, ihr Bauch war weicher geblieben, und die Schwerkraft und die Schwangerschaft hatten einen doppelten Angriff auf ihre Figur geführt.

»Das meine ich nicht. Natürlich denke ich, dass du das kannst. Und ich mag ihn ja auch, Alice. Ich meine nur, dass mitten in der Woche und mit der Schule morgen ... Außerdem weißt du, dass dein Vater es nicht mag, wenn er hier ist, während wir nicht zu Hause sind.« Sie stellte sich auf eine Diskussion ein, aber – zu ihrer Verwunderung lenkte Alice ein.

»Er kommt nicht, also krieg dich wieder ein.«

»Gut zu wissen.«

»Geschichte, Ali!«, erinnerte Frankie sie und trat mit ihren kleinen Füßchen gegen Alices Hüfte.

»Hör auf damit, du Zwerg«, grummelte sie und trug sie weg.

»Beeil dich!«

»Ja doch! Ich komm ja schon.«

Nur noch schnell Frankie einen Gutenachtkuss geben.

***

Später im Restaurant war ihrer beide Laune besser geworden, vor allem nach dem Genuss einer Flasche Merlot und eines sehr guten *Coq au Vin*.

»Was für ein schöner Abend«, sagte Helen.

»Kann man so sagen, Liebste«, stimmte ihr Sean mit seiner Del-Boy-Komödien-Stimme zu. »*Mange tout, mange tout.*«

Sie lachte und sah ihn voller Zuneigung an. »Das sagst du schon seit Jahren.«

»Aber es ist immer noch gut, oder? Im Gegensatz zu mir.« Er rieb reumütig seinen kahlen Schädel, den er jetzt immer rasierte, damit man die wachsende haarlose Stelle obenauf nicht sah. Die Stoppeln gaben ein kratzendes Geräusch von sich, als er mit den Fingern darüberfuhr. Sean hatte tolle Wangenknochen, aber leider war sein Kopf eher kegelförmig. Er sah nicht schlecht aus mit der Glatze, aber Helen musste zugeben, dass er mit Haaren besser aussah.

»Du bist immer noch sehr attraktiv«, sagte sie und blickte in seine von langen Wimpern umrahmten dunkelgrünen Augen.

»Du kannst auch noch ganz gut mithalten, Puppengesicht.« Er zwinkerte ihr zu, und sie stießen an, aber Helen wäre es lieber gewesen, wenn er manchmal ein Kompliment etwas romantischer erwidert hätte.

Ihr Handy klingelte, und sofort nahm sie es vom Tisch auf, wo es während des ganzen Essens gelegen hatte. Aber es war nur eine Benachrichtigung über einen Spielzug in der Words-with-Friends-Gruppe, und sie atmete erleichtert auf. Diesmal hatte sie daran gedacht, ihr Handy aufzuladen, bevor sie ausgegangen waren, meistens vergaß sie es. Sean zog sie deshalb immer auf.

»Vielleicht sollte ich anrufen und mal fragen, wie es läuft«, sagte sie, das Handy noch in der Hand.

Sean griff über den Tisch und nahm es ihr liebevoll aus der Hand. »Entspann dich, Helen. Alice hätte sich gemeldet, wenn es ein Problem gegeben hätte. Das weißt du doch. Sie ist manchmal eine faule Madam, aber du weißt, dass sie Frankie vergöttert. Außerdem kannst du ganz sicher sein, dass sie sich sofort melden würde, wenn sie mit einer großen Lache Kotze konfrontiert wäre oder andauerndem Schreien – vor allem wenn sie weiß, wir sind nur zehn Minuten entfernt. Deshalb können wir ganz sicher sein, dass alles in Ordnung ist. Warum bist du plötzlich so nervös? Nicht mal als Frankie noch ein Baby war, warst du so paranoid!«

Jetzt ärgerte sich Helen wieder über ihn. »Du weißt doch genau, warum. Liam McConnell und Izzy Hartley, deshalb.«

Liam und Izzy waren die Namen der beiden entführten Kinder. Helens Freundin Elena hatte ihr Kind in derselben Kindertagesstätte, in der auch Liam gewesen war, und kannte seine Mutter. Die arme Frau war anscheinend ein emotionales Wrack, übernächtigt, und sie überlebte nur mit Happypillen wie Prozac, immer total überreizt und auf die kleinste Nachricht von ihrem Kind wartend. Neuigkeiten, die bisher – es war fast eine Woche vergangen – nicht eingetroffen waren. Beide Kinder hatten sich, scheint's, in Luft aufgelöst, innerhalb von nur zwei Tagen.

Sean reagierte kurz mürrisch, wie immer angesichts der Kritik an seiner Tochter.

»Alice würde das nie passieren.«

Helen füllte beiden noch Wein nach und versuchte das Bild des knuffigen, bebrillten kleinen Liam zu verdrängen – sein Foto war in allen Zeitungen abgebildet gewesen. Er war aus seinem Kindersitz losgeschnallt und entführt worden. Die Überwachungskameras auf dem Parkplatz des Supermarkts zeigten nur eine sehr kurze Aufnahme von einer vermummten Person, die ihn wegtrug. Es gab keinerlei Hinweise, um wen es sich bei der Person handelte oder woher sie gekommen war. Liams Mutter war nur noch mal kurz zurück in den Supermarkt gelaufen, um Kleidung aus der Reinigung abzuholen, die sie vergessen hatte. Sie war nur zwei Minuten weg gewesen.

Sean warf Helen einen dieser langen, unergründlichen Blicke zu, bei denen er an alles Mögliche denken konnte, von »Das ist die Frau, die ich wirklich und wahrhaftig liebe« bis hin zu »Wow, du machst mir das Leben zur Hölle«. Sie nahm zwar an, dass es Letzteres nicht war, aber nichtsdestotrotz fand sie ihn manchmal undurchdringlich. Es war nicht etwa so, dass sie meinte, er würde sie nicht mehr lieben – eher so, als würde er sie nicht so sehr lieben, wie sie es gerne gehabt hätte. Nicht so sehr, wie er früher Alices Mutter geliebt hatte. Helen hatte aufgegeben, nach Informationen in der Richtung zu fragen. Sie hatte längst bemerkt, dass Sean abschaltete, sobald sie den Namen der Frau auch nur erwähnte. Sie fürchtete die verstorbene perfekte erste Frau – unmöglich, sich mit einem toten Ideal zu messen –, deshalb hatte Helen aufgehört, es zu versuchen, und Sean sprach nie von ihr.

»Ich kann einfach nicht aufhören, an diese Kinder zu denken, beide jünger als Frankie. Kaum mehr als Babys ... lass uns das Thema wechseln – worüber wollen wir reden?«

Sean lächelte sie an. Immer noch ließ dieses Lächeln ihr Herz schneller schlagen. Er nahm ihre Hand in seine, steckte ihr Handy in seine Tasche, sodass sie nicht mehr darauf sehen konnte. »Da gibt es wirklich etwas, das ich gern mit dir besprechen würde«, sagte er, und sie war vom verlegenen Ton seiner Stimme überrascht.

»Du willst doch nicht etwa meinen Segen dafür, ein neues Auto zu kaufen, oder?«

»Nein ...« Er holte tief Luft und sah ihr direkt in die Augen. »Helen, ich weiß, ich habe oft Witze darüber gemacht, über den Albtraum, zwei schreiende Babys im Haus zu haben, aber Frankie ist jetzt fast vier Jahre alt und ...«

Plötzlich fühlte sie den scharfen Schmerz voller Liebe und Aufregung in ihrem Bauch.

»... meinst du nicht, dass die Zeit reif ist für noch eines?

Es wäre so schön für Frankie, einen kleinen Bruder oder eine kleine Schwester zu haben. Alice würde das bestimmt auch ganz toll finden.«

Helens Lächeln wurde strahlender, und sie drückte fest seine Hand, damit ihr nicht die Freudentränen aus den Augen quollen und über die Wangen liefen. Er war so lange gegen die Idee eines zweiten Kindes gewesen, dass sie es aufgegeben hatte, danach zu fragen.

»Wirklich? Du bist so weit?« Jedes Atom in ihrem Körper schien zu tanzen, als er langsam nickte.

»Ja«, sagte er. »Ich glaube, ich bin so weit.«

* * *

Es war sehr viel später geworden, als Helen Alice vorher zugesagt hatte. Sie hatte darauf bestanden, dass sie noch mit zwei Gläsern Champagner feierten, und nachdem sie die Rechnung bezahlt hatten und gehen wollten, hatten sie sich entschieden, den langen Weg nach Hause zu Fuß zu gehen. Sie gingen durch den verschlossenen Park, kletterten über das Tor, um hineinzukommen wie zwei kichernde Teenager, und genossen die frische Sommerluft. Ab und zu blieben sie stehen, um zu knutschen, wie sie es früher getan hatten, als sie sich gerade kennengelernt hatten und die Hände nicht voneinander lassen konnten.

Es war schon 23.25 Uhr, als sie endlich den Schlüssel ins Schloss der Haustür steckten. Im Erdgeschoss waren noch alle Lichter an, und Helen war wieder nüchtern genug, um den Kopf zu schütteln, als sie das Geräusch des laufenden Fernsehers aus dem Wohnzimmer hörte. Alice sollte schon vor einer Stunde zu Bett gegangen sein.

Sie legte ihre Handtasche auf der Treppe ab. »Ali, wir sind zurück. Tut mir leid, dass wir später sind, als wir – oh!« Sie kam ins Wohnzimmer und fand Alice fest schlafend auf dem Sofa;

sofort sprach sie leiser, als Sean ihr ins Zimmer folgte. »Guck mal, Sean, sie schläft, Gott sei Dank.«

»Hast du nachgesehen, ob Larry sich nicht unter dem Couchtisch versteckt?« Beide lachten leise. »Weck sie auf, Liebster, ich geh nach Frankie sehen.«

Helen ging die Treppe hinauf und lächelte vor sich hin. So spät abends war sie eigentlich nie in der Stimmung für Sex – zu müde, um es noch genießen zu können –, aber die Aussicht auf ein Baby vertrieb ihre Müdigkeit. Sie ging ins Bad und warf ihre ungeöffnete Packung Antibabypillen sofort in den Abfalleimer. Dann, obwohl sie wirklich dringend pinkeln musste, ging sie zurück über den Flur zu Frankies Kinderzimmer. Die Comicdinosaurier auf dem Schirm der magischen Laterne warfen weiche violette und pfirsichfarbene Schatten in den Raum, als sie die Tür öffnete und hinübersah zum Bett. Sie erwartete, den kleinen Körper unter der Decke im Kinderbett zu sehen – Frankie wühlte sich im Schlaf durch ihr Bett, bis sie schließlich in einer fast knienden Position verharrte, als würde sie gen Mekka beten. Aber da war kein Hügel. Zuerst dachte Helen, dass sie heute vielleicht – für sie ganz und gar uncharakteristisch – flach unter der Zudecke lag, die hochgezogen war, als würde sie sich verstecken. Plötzlich durchfuhr Angst ihren ganzen Körper, als wäre ein Eimer Eiswasser über ihrem Kopf ausgeschüttet worden. Sie rannte zum Bett und riss die Bettdecke zurück.

Frankie war verschwunden.

KAPITEL 2
PATRICK – TAG 1

Vollkommen übermüdet, glaubte er inzwischen überall Kinder zu sehen. Dort, zwischen den Lichtmasten, ein Schatten an der Mauer von den Scheinwerfern eines vorbeifahrenden Autos. Noch eins, da am Eingang der Gasse, eins werdend mit der Dunkelheit, verschwindend wie ein Nachtschwimmer, der abtaucht und so unsichtbar wird. Eine kleine Gestalt im Regen, die sich durch die Beine der Menge schlängelt. Ein weißes Gesicht an ein schmutziges Busfenster gedrückt. Eine Stadt aus lauter kleinen Geistern. Dann blinzelte er, rieb sich die Augen, und das Kind war verschwunden.

»Sie sehen völlig fertig aus.« Seine Partnerin, DS Carmella Masiello, schaute zu ihm herüber. Es war gerade mal kurz nach elf Uhr abends, und DI Patrick Lennon war so freundlich und fuhr Carmella zu ihrem Apartment in einem neu errichteten Gebäude, das sie mit ihrer *anderen* Partnerin, Jenny, bewohnte. Er fragte sich, ob sie wusste, wie sehr er sie beneidete. Sein eigenes Leben verlief vollkommen anders.

»Ihre Augen – sie sehen fast aus wie die von einem Hushpuppyhund.«

»Danke, Carmella. Sie wissen wirklich, wie man einen Typen dazu bringt, sich gut zu fühlen. Man hat mir mal gesagt, ich hätte Schlafzimmeraugen und dass das sexy sei.«

Er drehte den Rückspiegel so, dass er seine eigenen Augen sehen konnte. Er sah wirklich völlig geschafft aus. Schon geraume Zeit achtete er nicht mehr auf sein Aussehen, so wie es Gill getan hatte – sie hatte ihm immer Augenserum und

Feuchtigkeitscreme gekauft. Sie zu benutzen war ihm immer unangenehm gewesen. »Du willst doch nicht dein gutes Aussehen ruinieren, oder?«, pflegte sie zu sagen und machte die Sache für ihn noch peinlicher. Er war eins achtundachtzig groß, hatte braunes Haar und dazu passende Augen. Man hatte ihm gesagt, er ähnelte mehr einem Alt-Country-Sänger als einem Polizisten. Aber das glaubte er nicht – er glaubte nicht, dass er etwas Besonderes sei, und seine Kollegin offenbar auch nicht.

Carmellas Lachen übertönte den gesamten Refrain und eine halbe Strophe eines Songs von The Cure, der aus den Autolautsprechern dröhnte. »Zwischen müde und völlig geschafft gibt es einen Unterschied«, sagte sie, nachdem sie sich wieder eingekriegt hatte.

»Es gibt auch einen großen Unterschied zwischen mir und Winkler als Partner.«

»Das würden Sie nicht wagen.«

Er lächelte. Dann erinnerte er sich, worüber sie gesprochen hatten und warum er so erschöpft war, und sein Lächeln verschwand im Schatten mit all den anderen Geistern.

Vor sieben Tagen, am 2. Juni, war die drei Jahre alte Isabel Hartley aus dem Wohnzimmer ihres Elternhauses in Richmond, während sie fernsah, entführt worden. Der Öffentlichkeit war sie als Izzy bekannt, seit die Boulevardzeitungen ihren Namen für ihre Schlagzeilen verkürzt hatten. Isabels Vater Max hatte sein geliebtes Auto vor dem Haus auf Hochglanz poliert. Dann bekam er einen wichtigen Anruf von der Arbeit auf seinem Handy und ging ins Haus. Die Eingangstür ließ er offen und ging die Treppe zum Büro hinauf, um ein paar Dokumente herauszusuchen. Er blieb etwa zwanzig Minuten im Büro.

Als er die Treppe wieder herunterkam, war Isabel nicht mehr im Wohnzimmer. Sie war verschwunden.

Max Hartley war eine stadtbekannte Persönlichkeit, wohlhabend und der allgemeinen Wahrnehmung zufolge die Art von Person, die kleine Teufelshörner unter dem Haar und einen spitzen Schwanz versteckt im Hugo-Boss-Anzug trug. Die Mutter, Fiona, war ein ehemaliges Katalogmodel. Indem sie Wohltätigkeitstreffen zur Sammlung von Spenden organisierte, schuf sie eine Art Gegengewicht zum Beruf ihres Mannes. Sie wohnten in einer der vornehmsten Wohngegenden, an einem Ort, wo eigentlich nichts Böses geschah. Die Hartleys hatten nie damit gerechnet, dass ihr Kind am helllichten Tag aus ihrem Wohnzimmer entführt werden könnte.

Zwei Tage später, am 4. Juni, wurde ein weiteres Kind entführt. Liam McConnell war zwei Jahre alt, ein frecher, pummeliger kleiner Junge mit schwacher Sehkraft, sodass er schon eine Brille tragen musste. Seine Mutter Zoe hatte ihn im Auto auf dem Sainsbury's-Supermarktparkplatz in Twickenham angeschnallt im Kindersitz zurückgelassen, nachdem ihr eingefallen war, dass sie vergessen hatte, ihre Sachen aus der chemischen Reinigung abzuholen. Sie war nur zwei Minuten weg gewesen, so behauptete sie, obwohl Patrick sich sicher war, dass es mehr als fünf gewesen sein mussten, vielleicht sogar noch länger. Die Frau, die in der Schlange vor ihr stand, hatte sich wegen eines Flecks auf ihrer Kaschmirstrickjacke beschwert. Zoe, eine selbstständige Marketingberaterin, beschrieb, wie sie unruhig von einem Fuß auf den anderen trat, voller Ungeduld, schnell zum Auto zurückkehren zu können, und schon kurz davor, die Sachen ein anderes Mal abzuholen, als sie endlich an die Reihe kam.

Sie hatte das Auto abgeschlossen und konnte sich noch deutlich an das Schnappgeräusch erinnern, als sie die Zentralverriegelung betätigte. Aber als sie zu ihrem weißen Audi A4 zurückkam, war die Hintertür offen und Liam verschwunden. Eine Stunde später, als sie von einem Polizisten gebeten wurde, ihren Autoschlüssel zu zeigen, konnte sie ihn nicht finden. Dann erinnerte sie sich, dass sie auf ihrem Weg zurück ins Sainsbury's mit einem Mann zusammengestoßen war, der sie beinahe umgerannt hatte. Der Autoschlüssel war in ihrer Jacketttasche gewesen. Patrick war sich sicher, dass der Mann, mit dem sie zusammengestoßen war, ihr den Schlüssel geklaut hatte – es sei denn, Zoe erfand die ganze Geschichte. Vielleicht, weil sie das Abschließen des Autos vergessen hatte und ihren Mann Keith, der eine eigene Arbeitsvermittlungsfirma hatte, davon abhalten wollte, ihr die Schuld zu geben.

Patrick hatte sich persönlich die Aufzeichnungen der Überwachungskameras angesehen. Eine Kamera zeigte ganz flüchtig einen Mann im dunklen Jackett, der ein Kind trug, das wie Liam aussah. Es war aber unmöglich, das Gesicht des Mannes zu erkennen oder in welche Richtung er gegangen war. Zoe beharrte darauf, dass der Mann, der sie angerempelt hatte, ein schwarzes Jackett getragen hatte. Da sie ihn jedoch kaum angeschaut hatte, entsprang das Phantombild, das auf der Grundlage ihrer lückenhaften Erinnerung angefertigt worden war, wahrscheinlich zu neunzig Prozent ihrer Einbildung. Das Bild wurde dennoch auf der Titelseite aller Tageszeitungen im County veröffentlicht und veranlasste Hunderte Anrufer, zu behaupten, der Mann auf dem Bild sehe aus wie ihr Nachbar, Chef oder Ehemann. Jedem Verdacht musste nachgegangen werden, und jeder Einzelne dieser unglücklichen Männer wurde aus der Untersuchung ausgeschlossen.

Patrick würde nicht unbedingt sagen, dass die letzte Woche die härteste in seinem Leben gewesen war – er hatte viel schlimmere Wochen erlebt –, aber sie war sehr lang gewesen, frustrierend und erschöpfend. Riesige Fotos von Isabel und Liam hingen in der Einsatzzentrale. Ihre Abbilder waren in die Retina aller Ermittler des Teams eingebrannt. Aber bis jetzt hatten sie keinen verdammten Hinweis, was den zwei Kindern widerfahren war und wohin man sie gebracht hatte, obwohl Patrick das nie öffentlich zugeben würde.

Es war fast so, als hätten sie sich in Luft aufgelöst.

* * *

Die Ampel schaltete auf Rot, und Patrick sah erneut ein Phantomkind vor seinem inneren Auge auftauchen, das zwischen den stehenden Fahrzeugen hindurchrannte. Sein ganzer Körper summte vom Bedürfnis nach Schlaf.

»Als Sie jünger waren«, fragte er, »haben Sie da jemals daran gedacht, dass Sie mal Ihre Abende eingeschlossen in einem Raum mit einem Pädophilen verbringen würden, der sich seine restlichen Haare über die Platte gekämmt und schlimmen Mundgeruch hat?«

»O Gott, erinnern Sie mich nicht daran. Ich hab's immer noch in meiner Nase. Was verursacht eigentlich diesen Geruch?«

»Faulendes Zahnfleisch. Man sollte ihn von Schule zu Schule schicken als Warnung an die Kinder, die das Zähneputzen ... oder vielleicht auch nicht – was rede ich da überhaupt für'n Scheiß?«

Das Verhör war reine Zeitverschwendung gewesen. Chris Davis war jetzt sechzig und hatte seine Zeit wegen Entführung eines kleinen Mädchens vor dreißig Jahren inzwischen abgesessen. Da er aber nur wenige Straßen von Isabel Hartley und ihrer Familie entfernt wohnte, stand er auf der Liste. Aber er war es nicht. Er hatte Alibis für die Zeit des Verschwindens sowohl von Izzy als auch von Liam.

Es war inzwischen fast eine Woche vergangen seit Isabels Verschwinden und fünf Tage seit Liams. Die Chancen, sie zu finden, wurden mit jedem vergehenden Tag geringer – nein, mit jeder Stunde.

»Was, meinen Sie, sollte man mit Menschen wie Davis machen?«, fragte Carmella. »Chemische Kastration? Aufknüpfen? Sie müssten mal meine Ma über diese Dinge reden hören, was sie über Kindermörder sagt. Wie im Fall von Baby P – sie war auf einer dieser Facebook-Seiten gewesen, von Gruppen, die die Forderung stellten, dass man dem Stiefvater vor einer aufgebrachten Menge die Eier abreißt und Salz in seinen blutenden, leeren ...«

Er zuckte zusammen. »Carmella, bitte.«

»... Sack hineinreibt.« Sie grinste böse. »Mit Respekt, Sir, Sie sind ein richtiger Warmduscher! Mit all diesen Muskeln und Tätowierungen, da glaubt doch jeder, Sie sind einer von den harten Typen, oder? Aber die anderen wissen nicht, was ich weiß – denn tief im Herzen sind Sie eine sensible kleine Blume, nicht wahr?«

Er verzog sein Gesicht Furcht einflößend, und sie musste lachen. Dann wurde sie wieder ernst. »Aber ich will es wissen – was denken Sie wirklich?«

Verschließt sie für immer in der Dunkelheit. Schießt eine Kugel durch ihre Schädel. Lasst sie büßen für den Schmerz, den sie verursacht haben. Aber das sagte er nicht. Er sagte: »Mir ist egal, was mit ihnen hinterher passiert. Mein Job ist, sie zu erwischen.«

Carmella zog zweifelnd die Augenbrauen hoch. Sie war eine hübsche Frau, sinnierte Patrick. Eigentlich war das nicht das richtige Wort. Als »hübsch« bezeichnete man einen gut gepflegten Garten in den Vororten. Carmella war mehr wie eine wilde Wiese, in die jemand willkürlich Hände voller Blumensamen gestreut hat, mit ihren kastanienbraunen Korkenzieherlocken, dunklen italienischen Augen und ihrem Dubliner Akzent.

Patricks Handy klingelte.

»Oh, Mist.« Alles, was er wollte – *alles*, was er jetzt wollte –, war sein Bett. Sein Körper schrie ihn an, das klingelnde Telefon zu ignorieren.

»Können Sie das übernehmen?«, fragte er und nickte zum Armaturenbrett, wo das Telefon an der Plastikverkleidung vibrierte.

Sie sah auf das Display. »Es ist Mike.«

DS Mike Staunton war ebenfalls ein MIT-Mitarbeiter und gehörte zum Team, das die Entführungen untersuchte. Er war jung, eifrig, gut in seinem Job, aber etwas lästig.

Carmella hielt ihm das Telefon ans Ohr.

»Mike.«

»Sir. Wo befinden Sie sich gerade?«

»Auf der Fahrt nach Hause. Warum? Was ist passiert?«

»Ich habe gerade einen Anruf vom Revier bekommen – jemand hat angerufen und berichtet, dass er einen Mann gesehen habe, der mit ein paar kleinen Kindern in ein verlassenes Gebäude in der Kennedy-Siedlung in Whitton gegangen sei. Sie glauben, Kinderschreie zu hören. Wahrscheinlich ist an der Sache nichts dran, aber ich dachte mir, ich rufe Sie lieber an – möchten Sie, dass ich die Sache überprüfe?«

»In der Kennedy-Siedlung? Wir sind nur fünf Minuten davon entfernt. Lassen Sie uns das erledigen.«

Carmella richtete sich in ihrem Sitz auf. »In die Kennedy-Siedlung?«

»Ja. Meine Lieblingsgegend um Mitternacht.«

Er hantierte am CD-Player und suchte nach etwas, was seinen Geist aufmunterte und ihn wach hielt. *Inbetween Days* ertönte, und er stellte es lauter.

Carmella stöhnte neben ihm auf. »Nicht die schon wieder. Haben Sie nichts Aktuelles?«

Er trommelte aufs Lenkrad und nickte mit dem Kopf im Takt. Als sie an einer Bushaltestelle vorbeikamen, sah er ein Kleinkind heranflitzen und schnell wieder verschwinden.

Noch eine Halluzination. »Carmella, ich mache aus Ihnen schon noch einen Cure-Fan, und wenn es das Letzte ist, was ich tue.«

Die Kennedy-Siedlung war eine jener Wohngegenden, in welcher die Polizei grundsätzlich zu zweit aufkreuzte, wo, so dachte Patrick in seinen weniger politisch korrekten Momenten, die *Jeremy Kyle Show* ihre Castings abhalten müsse. Eine Schlangengrube, in der die giftigsten und gefährlichsten Mitglieder der Gesellschaft herumkrochen, aber auch ein trauriger Ort, wo ältere Anwohner sich verbarrikadierten, wo Kinder nicht mit einem silbernen Löffel im Mund geboren wurden, sondern ein Ort, der das genaue Gegenteil bot: Hier war der Löffel rostig, verbrannt und heroinverschmiert. Hier gab es keine Hoffnung. Nicht etwa, weil sie zwischen diesen hässlichen Hochhäusern und nach Pisse stinkenden Fußgängerunterführungen gestorben war, sondern weil sie sich erst gar nicht in diese Gegend getraut hatte.

»JFK wäre so stolz, dass man diese Scheißgegend nach ihm benannt hat«, kommentierte Carmella, als sie vor einem dunklen Gebäude am Rand der Wohnsiedlung hielten.

Sie stiegen aus und schauten empor. Die meisten Fenster waren mit Brettern zugenagelt. Nicht ein einziges Licht leuchtete in den verbliebenen Wohnungen. Das Gebäude, so schien es, war völlig verlassen, bereit für den Abriss. Oder vielleicht wartete der Stadtrat darauf, dass Mutter Natur den Rest erledigen würde, bis es zerfiel, oder man ließ es für zukünftige Generationen stehen, damit die was zu staunen hatten. Inzwischen war das Gebäude ein Zufluchtsort für Hausbesetzer.

»Ist es hier immer so ruhig?«, fragte Carmella.

Patrick sah sich um. »Es ist tatsächlich ungewöhnlich still.«

Aus einem der Hochhäuser war das Aufheulen eines Hundes zu hören, und ein Mann schrie, er solle die verdammte Schnauze halten.

Carmella sagte: »Das ist genau das Wort, das ich gesucht habe, still. Erinnert mich ein bisschen an den Ort, wo Jenny und ich unsere Hochzeitsreise verbracht haben.« Sie seufzte.

»Die meisten Leute, die hier wohnen, haben viel zu viel Angst, um sich in der Dunkelheit noch herauszuwagen.« Er öffnete den Kofferraum und holte eine massive Taschenlampe heraus. Wäre er ein amerikanischer Polizeibeamter, hätte er eine Pistole, aber er führte überhaupt keine Waffen mit sich. Dennoch, sie waren hier, um zu ermitteln, aber das war es auch schon. Beim ersten Anzeichen von Gefahr würde er Verstärkung anfordern, obwohl das nicht im Entferntesten beruhigend war – ein Finger braucht nur eine Sekunde, um den Abzug zu betätigen, oder eine Hand, um mit einem Messer zuzustechen ... »Bleiben Sie dicht hinter mir.«

Die Eingangstür des Gebäudes fiel aus den Angeln, als er daran zog, und landete beinahe auf seinem Fuß.

»Das war die erste Falle.«

Sie gingen hinein, und sofort traf sie der Gestank von Exkrementen und Fäulnis. Patrick versuchte, das Licht einzuschalten. Natürlich funktionierte es nicht. Am Treppenaufgang neben dem Fahrstuhl, dessen Türen geöffnet waren und mehrere Säcke stinkenden Abfalls offenbarten, blieben sie stehen.

Er bedeutete Carmella, ihm die Treppen hinauf zu folgen. Der Lichtstrahl der Taschenlampe reflektierte die mit Graffiti verschmierten Wände. Jede Menge Penisse. Große, kleine, haarige und abspritzende. Die meisten groß, haarig und abspritzend. Das reichte aus, um einem Mann Komplexe zu verschaffen.

»Dieser Ort stinkt schlimmer als der Atem von Chris Davis«, flüsterte Carmella.

»Es stinkt wie in einem Mietklo.«

Sie betraten den Flur im ersten Stock. Der Lichtstrahl beleuchtete eine Reihe von Türrahmen, deren Türen offen standen. Manche Wohnungen hatten keine Tür mehr. In der völligen Stille fing Patricks Ohr an, leicht zu pfeifen. Sein Ohrensausen war eine Kriegsverletzung von zu vielen, zu lauten Konzerten, die er früher besucht hatte. Heutzutage erinnerte ihn die Stille an jene lauten, verschwitzten und aufregenden Nächte, und sein älteres Ich wünschte sich, er hätte damals Ohrstöpsel benutzt oder nicht so dicht an den Verstärkern gestanden.

»Ich kann mir nicht vorstellen, dass, wer auch immer Izzy und Liam entführt hat, sie hierher bringen würde. Es muss etwas sein…«

Etwas kam aus einem Eingang geschossen. Carmella schrie leicht auf und ergriff Patricks Arm.

»Nur eine Ratte«, beruhigte er sie.

Der Nager blieb vor ihnen stehen und testete schnüffelnd die Luft, bevor er wieder zurück in die Wohnung flitzte.

Carmella musste lachen. »Das hat mir aber einen schönen Schreck…«

Patrick zog sie am Oberarm und legte einen Finger auf die Lippen. »Hören Sie das?«

»Wenn Sie versuchen, ein paar witzige Bemerkungen zu machen…«

»Nein, hören Sie hin.«

Sie standen in der Stille. Carmella neigte ihren Kopf zur Seite und hielt den Atem an.

»Ich kann nichts hören…«

»Da.«

Sie starrte ihn an. »Oh, mein Gott.«

Von irgendwoher über ihnen, so schwach, dass er kaum hörbar war, kam der Schrei eines Kindes. Sie warteten ein paar Sekunden und hörten es dann wieder. *Waaah.*

»Es kommt aus der Etage über uns«, sagte Carmella. Sie nahm ihr Handy heraus. Die Anzeige leuchtete in der Dunkelheit auf.

»Nein. Lassen Sie uns das erst überprüfen.« Er machte ein paar leise Schritte in Richtung Treppenhaus, seine Partnerin dicht hinter ihm.

»Es hat sich nicht wie ein Kleinkind angehört«, sagte sie. »Eher wie ein Baby. Ein Neugeborenes.«

»Das dachte ich auch.«

»Was denken Sie?«, flüsterte sie. »Irgendeine Junkiemutter, die hier mit ihrem Baby wohnt?«

»Das werden wir gleich wissen.«

Sie schlichen die Betonstufen zur nächsten Etage hoch. Der Gestank wurde stärker, eine Mischung aus Urin, Feuchtigkeit und verfaulten Essensresten. Ein Hund bellte in der Ferne. Jedes Mal, wenn er aufhörte, waren die Laute des weinenden Babys wieder zu hören, nur jetzt näher.

Patrick stieß die Etagentür auf, die wie eine gequetschte Maus quietschte, und betrat den Flur. Er richtete die Lampe auf die Türreihe. Sie waren alle geschlossen, außer der dritten vor ihnen, die nur leicht angelehnt war. Er holte tief Luft und ging so leise wie möglich auf die Tür zu.

Im Inneren der Wohnung hörte er jemanden husten.

Er schaute sich nach Carmella um, die ihr Handy griffbereit in der Hand hielt, um sofort Verstärkung anfordern zu können.

Patrick ging hinein in einen stockdunklen Eingangsflur. In einer Wand befand sich ein großes Loch. Unter seinen Schuhen knirschte etwas, und er richtete die Lampe nach unten. Eine Spritze. Er bedeutete Carmella, vorsichtig zu sein.

Die Tür, offenbar zum Wohnzimmer, war geschlossen. Von der anderen Seite der Tür kommend, hörte er es wieder: den Husten und dann das leise Weinen eines Babys. Er konnte sich keinen Reim darauf machen, warum das Weinen so leise war. Es hörte sich an, als ob es aus einem verschlossenen Karton käme.

Er hielt drei Finger hoch und begann rückwärts zu zählen: drei, zwei, eins.

»Polizei!« rufend, stürmte er ins Zimmer.

Er ließ den Strahl der Lampe durch den Raum gleiten. Eine Gestalt saß zusammengesunken in der Ecke, eingehüllt in die Dunkelheit, unbeweglich. Neben der Gestalt stand ein Kinderwagen – ein altmodisches Teil. Aus dem Inneren des Kinderwagens kam das gedämpfte Weinen eines Babys.

Zuerst dachte er, die Gestalt in der Ecke sei bewusstlos, so wie der Kopf nach vorn hing – bis sie plötzlich aufsprang und sie anschrie.

Sich überstürzende, kaum verständliche Worte, aber zwei Wörter waren aus dem Gestammel deutlich herauszuhören: *Mein Baby. Mein Baby.*

Er richtete die Taschenlampe auf das Gesicht der Frau, einer alten Frau, in deren Gesicht sich die Falten des jahrzehntelangen Lebens auf der Straße eingegraben hatten, mit krummen gelben Zähnen. Die Hexe aus *Hänsel und Gretel* zum Leben erweckt. »Nicht mein Baby!«, schrie sie, zog die Plastikpuppe aus dem Kinderwagen und presste sie eng an sich.

Schon beim Betreten des Zimmers war Patrick schnell klar geworden, was hier eigentlich ablief.

»Hallo, Martha«, sagte er. »Keine Angst, wir werden deinem Baby nichts tun.«

* * *

Fünf Minuten später saßen Patrick und Carmella wieder im Auto.

»Erzählen Sie das ja niemandem«, sagte Carmella. »Aber

als sie aufsprang und uns anschrie, hab ich mir fast in die Hose gemacht.«

Martha – niemand kannte ihren Nachnamen oder wusste, ob Martha überhaupt ihr wirklicher Vorname war – war in der Gegend allgemein bekannt. Die Anwohner nannten sie manchmal Mutter Hubbard oder einfach nur die verrückte Babytante. Man konnte sie häufig sehen, wie sie ihren uralten Kinderwagen vor sich her schob, meistens im oder um den Friedhof herum. Einen Kinderwagen, in dem sich mehrere Puppen befanden, darunter eine besonders lebensechte, die Martha behandelte, als ob sie ein richtiges Baby wäre. Ihr Kind. Patrick kannte sie seit Beginn seiner Karriere – seit fünfzehn Jahren. Ungeachtet der Tatsache, dass sie offensichtlich irre war und tatsächlich glaubte, die Puppe sei ein echtes Baby, hatte sie all die Jahre stets die Batterien gewechselt, damit es weiter weinen und gelegentlich »Mama« sagen konnte.

»Irgendeine Vorstellung, warum sie so ist?«, fragte Carmella.

Patrick schaltete die Scheinwerfer ein. Es fing an zu regnen. Ein leichtes Sommernieseln, das sanft die Straßen wusch. »Es gibt da jede Menge Gerüchte. Dass sie ihr Baby bei einem Hausbrand verloren hat oder dass sie ihr Baby unabsichtlich in der Wanne ertrinken ließ. Wer weiß? Vielleicht hat sie auch nie ein eigenes Baby gehabt.«

»Traurige Geschichte.«

Patrick nickte. »Jetzt muss ich aber wirklich ins Bett«, sagte er mehr zu sich selbst als zu Carmella.

Und dann klingelte das Handy erneut. In dem Augenblick, als er den Anruf annahm und die Worte »wieder ein Kind vermisst« hörte, wurde ihm klar, dass er keinen Schlaf mehr finden würde, weder in dieser Nacht noch in den kommenden Tagen.

KAPITEL 3
HELEN – TAG 1

Helen sank zu Boden und landete auf dem flauschigen pink und gelb gefärbten Vorleger vor Frankies Bett. Sie presste ihre Lider zusammen und versuchte, ihre Tränen zurückzuhalten.

Die Polizei. Das hier war wirklich. Es passierte ihr, das Schlimmste, was Eltern jemals passieren kann. Das Allerschlimmste. In den Zeitungen sprachen sie von Kindesentführung als dem »Albtraum aller Eltern«, eine Floskel, so oft benutzt, dass sie kaum noch etwas aussagte. Aber genau das war hier passiert.

Als sie und Sean nach Hause gekommen waren und sie in Frankies Zimmer gerannt war, hatte sie einen Moment lang gedacht, dass ihre ersten Ängste bestimmt unbegründet waren. Jetzt wünschte sie sich, sie könnte zu diesem Augenblick zurückkehren. Ihn einfrieren, in ihm leben …

Häufig hatte sie Frankie schlafend auf dem Vorleger gefunden, wenn diese nachts aus dem Bett gestiegen war, und da war eine dunkle Silhouette auf der anderen Seite von Frankies Kinderbett. Sie schrieb es dem Alkohol zu und verfluchte sich, so melodramatisch zu sein. Sie beugte sich hinunter, um sie aufzuheben, aber als sie um das Bett herumgegangen war, sah sie sofort, dass es nicht Frankie war, sondern ihr Riesenstofftier Tigger, ein Geschenk ihrer Patentante. Es war mit einer Decke zugedeckt – wahrscheinlich hatten Alice und Frankie ihn dort unten zum Schlafen hingelegt, als Teil von Frankies Zu-Bettgeh-Routine.

Das Lächeln entglitt ihr. Helen hatte das Stofftier zur Seite geschmissen, in der Hoffnung, Frankie würde sich darunter verstecken. Ihre Panik war zurück, und zwar stärker als zuvor. Sie stürzte zum Lichtschalter, der Raum erstrahlte gleißend hell und stellte die sich langsam drehende Zauberlaterne in den Schatten.

»Frankie?«, rief sie, nicht zu laut, jetzt noch nicht. Ein Teil von ihr dachte, wie verrückt sie sich vorkommen würde, wenn sie die Schranktür aufriss, und da war sie, oder wie ängstlich Frankie sein würde, hörte sie sie so schreien ... aber sie war nicht da. Helen war den ganzen oberen Flur entlanggelaufen, hatte ins Bad geguckt und in die anderen beiden Schlafzimmer, dann hatte sie an die schmalen, gewundenen Dachbodenstufen geklopft, die hoch zu Alices Zimmer führten, für den Fall, dass sie in deren Bett geschlüpft war.

»Frankie!«, rief sie, schon lauter diesmal, laut genug, dass Sean sie von unten im Wohnzimmer hörte.

»Was ist los?« Seine Stimme klang weit entfernt – und unwirsch, was Helen wiederum ärgerte. Offensichtlich gab es ein Problem, wenn sie gegen Mitternacht nach ihrer Tochter rief.

»Sie ist nicht da! Sean, sie ist nicht hier.«

Helen flog die Treppen hinunter und berührte dabei nur jede zweite Stufe; an der letzten angekommen, rutschte sie fast aus, ihre Hand am Treppenpfosten, und drückte sich an ihrem Mann vorbei. Sean versuchte, sie aufzufangen, aber sie schüttelte seinen Griff ab und rannte hinüber zu Alice, die immer noch tief schlafend auf dem Sofa lag.

»Alice, Alice! Wo ist Frankie? Sie ist nicht in ihrem Bett, und ich kann sie nicht finden. Wo ist sie? Wach auf!« Sie rüttelte ihre Stieftochter an der Schulter, aber obwohl Helen ihr ins Ohr schrie, stöhnte Alice nur und presste ihr Gesicht wieder in die Sofakissen.

»Wach auf, du dummes, unverantwortliches kleines ...«

»Helen!«, bellte Sean. »Das hilft jetzt nicht. Alice, wach auf, Liebes. Du musst jetzt aufwachen.« Er hatte auch schon die Schulter des Mädchens geschüttelt, zuerst nur sanft, aber dann mit mehr Nachdruck, als sie immer noch nicht ihre Augen öffnete.

»Hel, sie sieht überhaupt nicht gut aus«, sagte Sean und rollte sie auf den Rücken.

»Warum wacht sie nicht auf?« Er hatte ihr zart auf die Wange geklopft, und jetzt beugte er sich über sie und schnüffelte an ihrem Atem, wahrscheinlich um festzustellen, ob sie nach Alkohol oder Drogen roch. Helen versuchte, die Fäuste hinter ihrem Rücken zu halten, um Alice damit nicht zu ohrfeigen.

»Oh, Sean, was ist, wenn sie rausgelaufen ist? Alice war ohnmächtig, sie könnte einfach raus auf die Straße gelaufen sein, alles Mögliche kann ihr passiert sein. Was sollen wir tun?«

Das letzte Wort klang wie ein Heulen aufsteigender Panik. Helens Kopf war voller Bilder von Menschen, die Kinder wegschleppen; die unscharfe Person mit Kapuze, die auf der Überwachungskamera zu sehen gewesen war, wie sie Liam aus seinem Kindersitz schnallte und dann weglief; der gesichtslose Entführer, der Izzy aus ihrem Haus entführt hatte ...

»Er ist es!«, stieß sie nach Luft schnappend hervor. Sie konnte kaum atmen. »Dieselbe Person, die Izzy und Liam entführt hat, ich weiß es. Ich wusste, dass etwas Furchtbares passieren würde, ich habe es gefühlt, und jetzt siehst du es – ALICE, WACH AUF!«

Sie hatte ihr ins Ohr geschrien. Auf dem Sofa liegend, stöhnte Alice und schlug um sich. Es stimmte, sie sah nicht gut aus, aber im Moment fühlte Helen einfach nur Frustration und Wut. Jede Minute, die sie damit verschwendeten, Alice aufzuwecken, war eine Minute, in der Frankie noch weiter fortgebracht wurde. Sie stürzte durch das offene Wohnzimmer in die Küche, füllte ein Glas Wasser und rannte zurück. Sie schüttete das Wasser direkt in Alices Gesicht. Es rann durch Seans Finger, der instinktiv die Hand gehoben hatte, um sie zu stoppen.

Endlich öffnete das Mädchen die Augen und blinzelte zu ihnen auf, Wasser rann ihre Wangen und Augenlider hinunter. Sie verschluckte sich, als ihr auch etwas in den Mund rann. »Was ... was?«

»Rede mit ihr, Sean«, bellte Helen. »Ich gehe im Garten und in der Garage nachsehen.«

Später sollte sie froh sein, dass Alice immer noch nicht genug mitbekommen hatte, um ihren Ton zu bemerken. Sie hatte nicht so wütend klingen wollen.

Sie verließ Sean, der mit seinem Ärmel sanft das Wasser aus dem Gesicht seiner Tochter tupfte, und rannte in den Garten. Die Terrassentüren waren verschlossen, und sie lief zur Küchentür – entgegen ihren genauen Anweisungen war sie unverschlossen. Sie schaltete die Beleuchtung auf der Terrasse an, riss die Tür auf und rannte wie wild durch den Garten, sah hinter jedem dunklen Busch und Blumenbeet nach, selbst den alten Birnbaum hinauf, in den Schuppen, die Garage, unter die Tischtennisplatte, und rief Frankies Namen so laut, dass in den Nachbarhäusern schon die Schlafzimmerlampen angingen.

Dann rannte sie wieder zurück ins Haus, wo Alice inzwischen aufrecht auf dem Sofa saß, sich das Gesicht rieb, aber immer noch benommen schien.

Sie konnte Seans Schritte oben hören, als er ihre Suche wiederholte, als könne er nicht glauben, dass Frankie verschwunden war, bis er es nicht mit eigenen Augen gesehen hatte.

Helen hatte einen Moment lang still gestanden, als wäre ihr erst jetzt die ungeheuerliche Tragweite der Situation bewusst geworden, die sie zur Salzsäule hatte erstarren lassen. Die Übelkeit kam, ganz plötzlich und ohne Vorwarnung, sie drehte sich um und lief ins Bad. Sie schaffte es nicht – ihre Hand war schon auf der Klinke, und sie wollte sie hinunterdrücken, aber die Wucht der Explosion machte jede weitere Bewegung unmöglich. Erbrochenes war in einem unhaltbaren Schwall aus ihrem Mund geschossen, über den gemusterten Teppich im Flur, dunkelrot gefärbt von Coq au Vin und Crème brûlée, Champagner, Rotwein, eine umgekehrte Feier, wie eine Verhöhnung der Freude, die sie nur eine Stunde vorher gefühlt hatte, jetzt tropfte sie die Wände herunter.

Sean hatte nicht wie sonst ihren Rücken massiert oder sie sanft beruhigt, wie er es sonst tat, wenn sie sich übergeben musste – aber das war okay. Sie hätte ihn sowieso nur angeschrien, hätte er es versucht. Er war vor der Haustür an seinem Handy, schrie dabei Frankies Namen und suchte zwischen den geparkten Autos, hinter Zäunen und spähte in die Einfahrten.

Helen stolperte in die Küche, sie dachte nicht mal daran, das Erbrochene aufzuwischen. Sie säuberte sich mit einem Küchenhandtuch das Gesicht und schnaufte vor Angst und Übelkeit, dann nahm sie ein paar Schlucke Wasser direkt aus dem Hahn. Als sie sich vorbeugte, um zu trinken, pulsierte das Blut in ihren Schläfen so laut, dass sie sich an der Spüle festhalten musste, um sich aufrecht zu halten.

»Nur keine Panik, nur keine Panik, es geht ihr gut«, murmelte sie vor sich hin, zum Kühlschrank hinüberblickend, der mit Frankies Gekritzel dekoriert war. »Es muss einfach so sein: Sie ist nur rausgelaufen. Nein, nicht entführt, nicht entführt.«

Sie musste unwillkürlich schluchzen. Als der Schwindel sich weit genug gelegt hatte und sie wieder fast aufrecht stehen konnte, fiel ihr ein, dass sie die Küche bisher nicht durchsucht hatte. Sie riss alle Türen auf, die zum Geräteraum, den Wäschetrockenschrank, die Waschmaschine, die Küchenschränke – selbst die schmalsten Türen wie die über der Dunstabzugshaube, als wäre es möglich, Frankie dort zusammengerollt neben der Tupperware und den Ersatzglühbirnen zu finden. Sie ließ sie alle offen stehen, ihre Küche ein Spiegelbild ihres Magens. Dann stieg sie vollkommen erschöpft die Treppe wieder hoch zu Frankies Zimmer, wo sie im Türrahmen stehen blieb, wankend und wie unter einer furchtbaren Droge stehend, der sie nicht entrinnen konnte.

Sie hörte Sean wieder zurück ins Haus stürzen, seine Schritte fest und laut, bis sie eine Pause einlegten, als er die Pfütze mit ihrem Erbrochenen im Flur umrundete und dann die Treppe heraufkam, um sie zu finden.

»Nichts«, sagte er. Er legte seine Arme eng um sie. »Die Polizei wird gleich hier sein.«

Helen sah ihn nur verständnislos an. Dann rutschte sie am Türrahmen entlang auf den Boden, heftige Schluchzer drangen aus ihrer Brust.

Dort lag sie ganz still auf dem flauschigen kleinen Teppich, nicht zur kleinsten Bewegung fähig. Auf die Polizei wartend. Wartend auf jemanden, der käme, um ihnen zu helfen, um alles wieder gut zu machen.

»Komm, Liebes«, sagte Sean und beugte sich zu ihr, um ihr aufzuhelfen.

»Dieser Vorleger muss mal wieder gewaschen werden«, sagte Helen.

Er sah sie verständnislos an.

»Sieh ihn dir an!« Ihr war nicht bewusst, wie laut ihre Stimme geworden war, dass sie gleich hysterisch werden würde. »All diese kleinen Klumpen... sieh nur. Frankie weiß, dass sie hier oben keine Süßigkeiten essen soll. Ich wette, Alice hat sie ihr zugesteckt.«

»Helen, komm mit...«

Es klingelte an der Haustür.

Helen sprang auf die Füße. Jemand, der Frankie nach Hause brachte? Gute Neuigkeiten? Hoffnung erwachte in ihr, als sie die Treppen hinunterlief, immer zwei Stufen auf einmal nehmend, fast fallend. Sean war nur einen Schritt hinter ihr.

Sie riss die Tür auf und sah zwei Polizeibeamte, einen Mann und eine Frau. Als die Polizistin ihren Mund öffnete und zu ihr sprach, fühlte Helen, wie ein kalter Schauer sie überrann, eine Vorahnung. Sie würde nie, niemals wieder ihr hübsches kleines Mädchen in den Armen halten.

Die Polizistin führte sie schluchzend zurück ins Haus.

KAPITEL 4
PATRICK – TAG 1

Sean und Helen Philips, das Ehepaar, das ihr Kind als vermisst gemeldet hatte, wohnte in Teddington, einen Steinwurf entfernt vom Bushy Park, in einer Straße mit großen viktorianischen Häusern, deren Gesamtwert wahrscheinlich das Bruttoinlandsprodukt von Luxemburg überstieg. Nicht, dass Leute dieser Gegend, grübelte Patrick, Steine werfen würden. Was würden sie eher werfen – Teetassen, böse Blicke, bissige Kommentare? Patrick rieb sich die Augen. Er fühlte sich ein bisschen wie im Rausch. In Wahrheit fühlte er sich an Orten wie der Kennedy-Siedlung wohler. Dort wusste er wenigstens, was die Leute werfen würden, und er hätte genug damit zu tun, sich zu ducken, anstatt sich dem Luxus der Grübelei hinzugeben.

Er und Carmella gingen auf das Haus zu, ein klotziges rotes Backsteingebäude mit riesigen Fenstern zu beiden Seiten der Haustür und einem mit Blauregen bewachsenen Säulenvorbau sowie einem harmonisch gestalteten Vorgarten. Es war eins von diesen Häusern, die zu perfekt aussahen, um darin zu wohnen, die Eingangstür auf Hochglanz lackiert, ebenso die Fenster, und in der Zufahrt befand sich jeder Kieselstein an seinem Platz. Er würde Geld darauf verwetten, dass sie sich jede Woche eine Kiste mit Gemüse anliefern ließen, in der Garage Skier standen und dass zweimal die Woche eine polnische Putzfrau kam.

Als Isabel entführt wurde, war Patrick zuerst davon überzeugt, dass unmittelbar darauf eine Lösegeldforderung folgen würde. Aber das war nicht der Fall. Genau wie bei Liam. Wenn das Kind einer wohlhabenden Familie entführt wurde, dann lag die Vermutung nahe, dass es vor allem um Geld ging. Aber diesbezüglich gab es keine Hinweise, was diese Fälle rätselhaft und umso erschreckender machte. In der ganzen letzten Woche waren die Bewohner dieses Teils von Südwestlondon so nervös geworden, als ob die örtlichen Starbucks-Filialen versehentlich Kaffee mit vierfachem Espresso servieren würden. Mehr als nur nervös. Die Menschen des Stadtviertels Richmond-upon-Thames hatten Angst.

Der Druck auf die Polizei, besonders auf MIT9, war mit nichts vergleichbar, was Patrick je erlebt hatte. Selbst damals nicht, als ein Vergewaltiger und Mörder Menschen in Sutton zerstückelt hatte, oder während des James-Lawler-Falls, als eine Bande weißer Jugendlicher einen schwarzen Schuljungen an einem Nachmittag gegen 16.30 Uhr totgeschlagen hatte. Aufgrund des starken Medien- und Öffentlichkeitsinteresses war dieser Fall, an dem Patrick beteiligt gewesen war, sofort als »kritisches Ereignis« klassifiziert worden, als Ermittlung von höchstem öffentlichem Interesse. Das war die Art von Druck, von dem Bowie und Queen sangen, und die letzten Nächte war Patrick mit dieser eindringlichen Bassmelodie, die in seinem Kopf nicht zur Ruhe kam, zu Bett gegangen.

Er schaute auf die Uhr: 00.29. Als er an die Tür klopfte, zapfte sein Körper die Adrenalinreserven an. *Auf geht's!,* dachte er. *Hier kommt der Adrenalinrausch.* Eine Sekunde schloss er die Augen und ließ ihn über sich und durch ihn hindurchlaufen, wie eine Druckwelle aus Pfefferminzluft, die seine Adern kribbeln und seine Haut prickeln ließ. Er schüttelte die Müdigkeit ab wie eine Schlange, die sich häutet. Er war jetzt bereit.

Neben ihm gähnte Carmella.

Er warf ihr einen Blick zu. »Was Sie auch immer tun, gähnen Sie niemals vor dieser Familie.«

»Entschuldigung, Sir.«

Eine uniformierte Polizistin öffnete die Tür mit einer Mischung von Erkennen und Erleichterung auf ihrem müden Gesicht, als sie Patrick und Carmella sah.

»Guten Abend, Sir. PC Sarah Hayes, und das ist PC Viv Mortimer…« Es sah so aus, als wollte sie noch etwas sagen, hielt aber dann verlegen inne. Einen Augenblick lang dachte Patrick, sie wollte ihm danken, dass er gekommen war, wie die Gastgeberin einer Art Party mit makabren Getränken. PC Mortimer lauerte verlegen im Korridor, und Patrick hoffte, dass die beiden mehr Selbstvertrauen gezeigt hatten, als sie sich um die Philips kümmerten. Aus dem Wohnzimmer konnte er das tiefe Dröhnen einer Männerstimme und das an- und abschwellende Tremolo einer Frauenstimme hören.

»Ich hatte sie gebeten, in diesem Zimmer zu bleiben«, erklärte PC Hayes, »bis wir die Möglichkeit hatten, Sie über den Stand der Dinge zu unterrichten.«

Er bedeutete den Polizistinnen, ihm nach draußen zu folgen, sodass sie außerhalb der Hörweite der Familie waren.

»Legen Sie los.«

PC Hayes hatte einen Notizblock in der Hand, musste aber ihre Aufzeichnungen nicht konsultieren. »Sir, wir haben hier Sean und Helen Philips. Sie waren am Abend ausgegangen und hatten ihre Tochter in der Obhut von Alice zurückgelassen. Alice ist Seans Tochter und Helens Stieftochter.«

»Wie alt?«

»Fünfzehn, sechzehn im August.«

»Was ist mit dem anderen Kind oder Kindern – für wen war sie der Babysitter?«

»Nur für das eine, Sir, das entführt wurde. Drei Jahre alt: Frankie. Sie ist die gemeinsame Tochter von Sean und Helen. Wie ich sagte, sie gingen aus, zu einem Abendessen im Restaurant ›Retro‹.«

»Gutes Restaurant«, sagte Carmella.

»Sie kamen um 23.25 Uhr zurück und fanden Alice schlafend auf der Couch. Mrs Philips sagte, sie sei sofort nach oben gegangen, um nach Frankie zu sehen – und die war verschwunden. Sofort weckten sie Alice auf, die keine Ahnung hatte, wo Frankie sein könnte. Sie durchsuchten das Haus. Dann ging Sean hinaus und suchte im Garten, vorm Haus und dahinter, sowie an der angrenzenden Straße. Dann rief er uns an. Das war um 23.35 Uhr.«

»Irgendwelche Anzeichen eines Einbruchs?«

»Wir haben in dem Haus nichts berührt, Sir, allerdings berichteten die Philips, dass die Hintertür unverschlossen war. Mrs Philips ist sich sicher, dass diese Tür, als sie losgingen, verschlossen war – und dass sie Alice extra gesagt habe, sie solle sie wieder verschließen, falls sie die Katze hinauslassen würde. Alice schwört, dass sie die Katze den ganzen Abend über nicht gesehen hat und auch nicht in der Nähe der Hintertür gewesen ist.«

Patrick zeigte zur Eingangstür. »War diese Tür verschlossen?«

»Zumindest behaupten sie es.«

Er griff in die Innentasche seines Jacketts und holte die elektrische Zigarette hervor, die er stets bei sich trug. Seit zehn Jahren versuchte er, das Rauchen aufzugeben, fing aber immer wieder damit an. Dies hier war sein neuester Versuch, es aufzugeben. Allerdings war es ein bisschen so, als würde man Sex mit einer Aufblaspuppe haben – so stellte er es sich jedenfalls vor – oder als ob man fleischlosen Schinken essen würde. Dennoch lieferte sie eine Dosis Nikotin, und die brauchte er jetzt. Er zog daran und bemerkte, wie sich PC Hayes leicht darüber amüsierte, dass das Ende der Zigarette grün aufleuchtete.

Er atmete eine Wolke aus Wasserdampf aus und sagte: »Okay, ich will mit der Familie reden. Carmella!«

Sie folgte ihm ins Wohnzimmer.

Die drei Familienmitglieder saßen voneinander getrennt auf der dreiteiligen Sofagarnitur. Links, von der Tür am weitesten entfernt, hockte Sean Philips auf der Kante eines cremefarbenen Sessels und warf besorgte Blicke zu seiner Frau hinüber, die ganz hinten rechts saß, ebenfalls in einem Sessel. Zwischen ihnen saß die Teenagertochter zusammengesunken zwischen den Couchkissen mit fassungsloser Miene.

Sowohl Sean als auch Helen erhoben sich, als er das Zimmer betrat. Helen trat am dichtesten an ihn heran, Sean hielt sich hinter ihr.

»Guten Abend, Mr und Mrs Philips, Alice. Ich bin Detective Inspector Patrick Lennon, und das ist meine Kollegin Detective Sergeant Carmella Masiello. Sie müssen vor Sorge vollkommen verzweifelt sein, lassen Sie uns also keine Zeit verlieren.«

Das Erste, was Helen Philips sagte, war: »Ist er es gewesen? Der Mann, der Izzy und Liam entführt hat?«

Sie zitterte, ihre Hände hingen zu Fäusten geballt seitlich herab, und sie sah ihn mit diesem Blick an, den er so gut kannte. Die Art von Blick, mit dem sterbende Menschen Chirurgen ansehen – verzweifelt, hoffnungsvoll. Er kam nicht umhin, festzustellen, dass sie im Fernsehen großartig aussehen würde und dass die Zeitungen liebend gern ihr Bild auf die Titelseite stellen würden. Diese schöne, stolze Frau, Tochter eines weißen und eines schwarzen Elternteils, mit ihren riesigen braunen Augen, hohen Wangenknochen und den geschwungenen Lippen Amors. Und dort auf einer antiken Anrichte standen reihenweise gerahmte Bilder. Unter ihnen das einzelne Foto eines kleinen Mädchens, das zweifellos in einem Studio von einem Profi geschossen worden war. Ein wunderschönes Kind mit den riesigen Augen ihrer Mutter und weichen, flaumigen, dunkelbraunen Löckchen. Die Zeitungen würden es lieben, auch sie auf der Titelseite zu bringen.

Patrick ging hinüber zur Anrichte und ließ die Hand über dem Foto hängen. »Darf ich?«

Helen schaute von dem Foto weg, als ob es ihre Augen verbrennen könnte, aber Sean nickte.

Patrick hielt das Foto hoch. »Ist das Frankie?«

»Ja.«

Seans Stimme war tonlos und leise. Es schwang eine Spur des Akzents rund um Essex oder nördliches Kent mit. Er war einige Jahre älter als Patrick, Ende dreißig, und machte den Eindruck, dass er sich fit hielt – er war schlank und hatte ein kantiges Kinn. Er schien sich große Mühe zu geben, sich nicht anmerken zu lassen, dass es ihn fast umbrachte, überhaupt in diesem Raum sein zu müssen. Er wollte jetzt irgendwo da draußen sein und nach seinem kleinen Mädchen suchen.

Tränen rannen Helens Wangen herab, und Sean versuchte, den Arm um sie zu legen, aber sie schüttelte ihn ab.

»Sie haben meine Frage nicht beantwortet«, sagte Helen. »War er es?«

Patrick antwortete mit einer Stimme, die gleichzeitig fest, aber auch sanft und mitfühlend war. »Zu diesem Zeitpunkt können wir das noch nicht sagen, aber wir ziehen alle Möglichkeiten in Betracht. Es ist erst eine Stunde vergangen, seit Sie entdeckt haben, dass Frankie nicht in ihrem Bett war. Wir müssen unvoreingenommen bleiben.«

»Nein!« Helen schüttelte vehement den Kopf. »Sie ist nicht einfach weggegangen. Sie ist entführt worden.«

Jetzt mischte sich auch Sean ein. »Sollten Sie nicht Straßensperren errichten, Hubschrauber und Suchmannschaften anfordern? Ich sollte auch da draußen sein und beim Suchen helfen. Und nicht hier herumstehen und schwatzen.«

Er machte einen Schritt in Richtung Tür. Carmella stellte sich in die Türöffnung und blockierte den Weg. Sean gab einen verärgerten Laut von sich.

Patrick sagte: »Mr und Mrs Philips, das Erste, was wir tun müssen, ist, mit Ihnen zu reden und genau zu ergründen, was passiert ist.«

»Wir kamen nach Hause, und unsere Tochter war verschwunden. Das ist passiert«, sagte Sean.

Helen kaute am Zeigefinger und starrte auf den Boden. Sie schaute zu Patrick auf.

»Wenigstens hat sie ihren Teddy Red Ted bei sich.«

Patrick wartete darauf, dass sie fortfuhr.

»Sie hat ihn seit ihrer Geburt«, sagte sie. »Sie schläft nie ohne ihn. Niemals. Ich durchsuchte ihr Zimmer. Er ist weg.« Die letzten Worte wurden von einem Schluchzen erstickt.

Patrick ließ ihr etwas Zeit, währenddessen sie ihrem Mann gestattete, seinen Arm um sie zu legen. Der Gedanke an Bonnie und ihr schmuddeliges Peppa-Wutz-Schweinchen schoss ihm durch den Kopf. Peppa war das Äquivalent seiner Tochter zu Red Ted. »Mr und Mrs Philips, ich muss Sie bitten, uns zum Revier zu begleiten.«

»Keine Chance«, fuhr Sean auf. »Was ist, wenn sie jemand zurückbringt? Wir müssen hier sein.«

»Kollegen werden hierbleiben. Wir müssen das Haus durchsuchen und uns nach Beweisen umsehen.«

»Die Spurensicherung?«, fragte Sean.

»Unter anderem. Leider können wir das nicht tun, wenn Sie im Haus sind. Ich würde es sehr schätzen, wenn wir heute Nacht noch mit Ihnen reden könnten. Während alles noch frisch in Ihren Köpfen ist.« Sie starrten ihn unverwandt an. »Ich verspreche Ihnen – wir werden alles tun, was in unserer Macht steht, um Frankie wiederzufinden.«

Sie nahmen es hin. Während Carmella begann, sie aus dem Zimmer zu führen, richtete Patrick jetzt seine Aufmerksamkeit auf das Mädchen; sie war bislang still geblieben. Sie war aufgestanden und hatte die Hand in die ihres Vaters geschoben.

Sie hielt den Kopf gesenkt, und ihr Haar fiel ihr übers Gesicht, sodass er sie nicht richtig sehen konnte. Aber während er mit Sean und Helen gesprochen hatte, hatte er hin und wieder einen Blick auf Alice geworfen. Sie hatte ihn ebenfalls beobachtet, mit großen Augen, und auf die Tattoos gestarrt, die auf seinem Unterarm zu sehen waren, obwohl er nicht sagen konnte, ob mit Bewunderung oder Abscheu. Vor allem aber schaute sie sehr besorgt und verängstigt aus. Aber ihre Körpersprache, die Art, wie sie ihre Arme um den Oberkörper legte und jedes Mal zusammenzuckte, wenn ihr Vater oder ihre Stiefmutter etwas sagte? Das ließ ihn glauben, dass sie von den dreien sicherlich die informativste Geschichte erzählen konnte.

***

Nachdem Carmella gegangen war, um die Philips zum Revier zu begleiten, vergewisserte sich Patrick, dass die Spurensicherung mit den anderen Teammitarbeitern bereits unterwegs war. Es würde eine Menge verärgerte Ehepartner geben, die heute Nacht allein schlafen mussten. Das war einer der Vorteile, Single zu sein. Es gab niemanden, demgegenüber er sich schuldig fühlen musste.

Er ging durch das stille Haus. Zuerst in die Küche, während er darüber nachdachte, wie die Medien verrückt spielen würden, wenn sie von dieser Entführung hörten, und über die Panik, die daraufhin einsetzen würde. Und der Druck auf sein Team, der schon heftig genug war – es schien unmöglich, dass es noch schlimmer werden könnte, aber er wusste, genau das würde passieren. Es war so, als ob man nach dem 2:0 gleich das 3:0 noch in der ersten Halbzeit verpasst bekam, in einem Spiel, das man sich nicht leisten konnte zu verlieren.

Drei Kinder in einem kleinen Gebiet von London innerhalb einer Woche. Ein Wohnzimmer, ein Auto und jetzt ein

Schlafzimmer. Die Person, die die Presse den Kinderfänger nannte, wurde mutiger. Inzwischen wagte er es, Treppen hinaufzugehen wie ein städtischer Fuchs, der fast genauso viel Hysterie auslöste, wenn er in jemandes Haus schlich und versuchte, dessen Kind wegzuschleppen. Natürlich sollte er nicht davon ausgehen, dass es in allen drei Fällen derselbe Täter war. Aber wenn es nicht ein Nachahmungstäter war – und Patrick hatte es in über zehn Jahren Polizeiarbeit tatsächlich noch nie mit einem Nachahmungstäter zu tun gehabt – oder eine Art geisteskrankes soziales Phänomen, dann musste es die Tat ein und derselben Person sein. Einer Person, deren Drang, diese Verbrechen zu begehen, rasch eskalierte.

Er zog ein Paar Einweghandschuhe über und untersuchte die Hintertür, dabei schaute er durch das Glas in die Dunkelheit des Gartens.

Etwas krachte gegen das Glas, und er erschrak. Es war eine rot getigerte Katze, die an der Tür hochsprang und versuchte hineinzugelangen.

»Fang heute Nacht lieber draußen eine Maus, Kumpel«, sagte er.

Der Schlüssel steckte im Schloss. Er machte sich eine Notiz in seinem Block und schaute sich in der Küche um. Ein einsames Weinglas stand auf dem Abtropfbrett. Aus dem Mülleimer lugte die Schachtel einer Pizza von einem Take-away. Es hing ein ganz leichter Geruch von Zigarettenqualm in der Luft. War es das, was passiert war? Alice hat die Hintertür geöffnet, um heimlich eine Zigarette zu rauchen, während ihre Eltern aus waren? Und sie hatte zu viel Angst, es zuzugeben? Patrick konnte das verstehen, wenn es so gewesen war. Er rauchte auch heute noch nicht im Beisein seiner Eltern – noch nicht einmal seine E-Zigarette.

Er verließ die Küche, und nachdem er sich im Erdgeschoss kurz überall umgesehen hatte, ging er hinauf ins erste Stockwerk. Frankies Zimmer lag hinter der zweiten Tür links, sofort erkennbar an dem Feenbild aus einem Zeichentrickfilm an der Tür. Er stieß sie vorsichtig auf, ging hinein und schaute auf das Bett. Ungemacht, eine kleine Vertiefung im Kissen, ein Teddypaar am Ende der Zudecke, vermutlich keiner von beiden der geliebte Red Ted. Die Spurensicherung würde eine gründliche Untersuchung des Zimmers vornehmen müssen – gesetzt den Fall, dass Frankie in den nächsten Stunden nicht auftauchte –, deshalb wollte er nichts verändern. Aber sein Blick wurde von einem kleinen Schreibtisch mit einem dazu passenden Ministuhl unterhalb des Fensters angezogen. Ein Zeichentisch mit jeder Menge Farb- und Filzstifte sowie Stapeln von Malbüchern.

In der Mitte des Tisches lagen ein paar Blätter Papier, daneben Stifte ohne Kappen. Da alles andere im Zimmer fein säuberlich aufgeräumt war, fragte sich Patrick, ob Frankie diese Zeichnungen angefertigt hatte, nachdem ihre Eltern ausgegangen waren.

Er nahm die oberste Zeichnung und hielt sie zwischen dem behandschuhten Zeigefinger und Daumen. Eine Zeichnung, die wohl eine Katze darstellen sollte, orangefarben. Und genau diese Katze miaute jetzt draußen vor der Hintertür.

Die Zeichnung darunter war allerdings verblüffender. Er kniete sich hin, um sie besser sehen zu können. Ein großes Viereck mit einem Kreuz darin – die gängige kindliche Darstellungsweise eines Fensters. In einer Ecke des Fensters befand sich ein unvollständiger Kreis. Ein Kreis mit zwei weiteren Kreisen darin, einer geraden Linie und einer Kurve.

Augen, Nase und Mund.

Es war, wie Patrick erkannte, das Bild eines Gesichts, das durch das Fenster schaute.

Aber schaute es nach draußen – oder herein?

KAPITEL 5
HELEN – TAG 1

»Wie war noch mal Ihr Name?«

Helen sah den Detective mit gerunzelten Augenbrauen an, als hätte sie ihn nie zuvor gesehen, obwohl er schon vor einer halben Stunde in ihrem Haus gewesen war. Sie hatte ganz automatisch nach seinem Namen gefragt – kooperativ, höflich, das gut erzogene Mädchen mit guten Manieren ... als würden gute Manieren jetzt irgendwas bewirken können. Scheiße verdammte, sie hätte die Glasscheiben aller Fenster in diesem Gebäude durch ihre Schreie zerspringen lassen können, wenn das geholfen hätte, ihr ihre Tochter zurückzubringen.

Was tat sie hier eigentlich, um ein Uhr nachts, in diesem komischen zitronengelb gestrichenen Raum, wenn sie doch satt und zufrieden mit Sean zu Hause im Bett liegen sollte, beschwipst und in tiefem Schlaf nach gutem Sex? Sie wollte die Zeit zurückdrehen zu den Minuten, bevor sie in Frankies Kinderzimmer getreten war, zurück bis dahin, wo die Welt noch in Ordnung gewesen war. Vielleicht noch weiter zurück, bis dahin, als sie und Sean ausgegangen waren. Sie würde diese Geschichte neu schreiben und die Zukunft verändern. Aber dies war das wirkliche Leben, und es war unmöglich, die Zeit zurückzudrehen, die Realität konnte nicht verändert werden. In dieser Sekunde fühlte sie mit jeder Zelle ihres Körpers, dass, sollte ihrem Baby etwas Schlimmes passieren, sie sich umbringen würde. Weiterzuleben wäre keine Option für sie.

»DI Lennon«, erwiderte er und zündete sich eine dieser künstlichen Wasserdampfzigaretten an. »Kann ich Sie Helen nennen? Und ich entschuldige mich für die ungastliche Nachtzeit.«

»Helen ist okay«, murmelte sie und sah, wie das Ende der Plastikzigarette grün aufleuchtete, als DI Lennon an ihr zog. Sie musste sich auf ihre Hände setzen, um das Zittern zu stoppen, und sie fühlte den Druck ihres Diamantverlobungsrings unter ihrem linken Oberschenkel.

Sie drückte sich noch mehr auf den Ring, der Schmerz war ihr willkommen.

»Ich bin sicher, Sie haben Verständnis dafür, denn je schneller wir ein komplettes Bild der Abläufe in Ihrem Haus kriegen, desto besser stehen die Chancen, Frankie schnell zu finden.«

Als sie hörte, wie ein fremder Mann den Namen ihrer Tochter aussprach, ging ein Ruck durch ihren Körper. Er hatte eine nette Stimme, tief und freundlich, mit dem weicheren Akzent des West Country. Patrick schien ihr kleines, spontanes Zucken zu bemerken, und Sympathie leuchtete in seinen Augen auf.

Unter normalen Umständen, dachte sie, würde er sie nervös machen. Eine Frau in Uniform kam herein und brachte ihr eine Tasse Kaffee, sie konnte sich nicht erinnern, darum gebeten zu haben. Als sie davon trank, kam ihr der absurde Gedanke, dass er eher wie der Bassgitarrist einer Rockband aussah als wie ein Polizeibeamter: ein durchtrainierter Körper mit leicht abfallenden Schultern. Sie konzentrierte sich stattdessen auf sein Gesicht und erkannte hinter all der Attraktivität noch immer den Jungen, knabenhaft und freundlich. Genau die Sorte Mann, die man sich auf einem Schulfoto vorstellen kann, die im Alter von fünf Jahren schon genauso aussahen wie jetzt, nur mit viel mehr Haaren, weicherer Haut und kleineren Zähnen.

»Haben Sie Kinder?«, entfuhr es ihr, als sie sich nach vorn beugte und wollte, dass er dies bejahte. Er zögerte, bevor er nickte, und ihre schmerzenden Augen füllten sich mit frischen Tränen.

»Aber selbst wenn ich keine hätte, würde ich trotzdem alles in meiner Macht Stehende tun, um Frankie zu Ihnen zurückzubringen, Helen«, sagte er, und das Mitgefühl und die Ernsthaftigkeit in seiner Stimme brachten ihre Tränen erst recht zum Fließen, in zwei geraden Strömen ihre Wangen hinunter, bis sie von ihrem Kinn tropften. »Lassen Sie uns anfangen, ja?« Er stellte einen Rekorder an. »Können Sie mir noch einmal alles schildern, was Sie heute Abend getan haben, Helen? Ich weiß, wir haben danach schon im Haus gefragt, aber wir müssen es für die Akten aufzeichnen. Besonders wichtig wären ungewöhnliche Dinge, die passierten – also ob Sie jemanden gesehen haben, der draußen herumlungerte oder zum Haus kam…«

Helen wischte sich übers Gesicht und atmete tief durch. Sie zählte noch mal alles auf, was an diesem Abend passiert war, obwohl sie mehrfach stoppen musste, um sich wieder zu fassen. Der Gedanke daran, dass sie und Sean Wein genossen, gefeiert und gelacht hatten, während Frankie… während Frankie… Niemand wusste, wo Frankie war.

»Was hat Alice gesagt, als Sie nach Hause kamen?«, fragte Patrick beiläufig, und sie ärgerte sich darüber.

»Wie ich Ihnen bereits gesagt habe, schlief sie tief. Wir mussten ihr Wasser ins Gesicht schütten, um sie aufzuwecken. Sie war irgendwie nicht bei sich.« Sie sah, wie DI Lennons Brauen sich hoben, und wurde unsicher. »Aber sie ist momentan sehr müde, sie macht gerade ihren Schulabschluss, und heute hatte sie Tanzprüfung, das macht natürlich recht müde. Außerdem waren wir schon eine Stunde über der Zeit, die wir ihr genannt hatten.« Helen sah zur Seite.

»Oh, warum?«

Helens Lippen zitterten. »Wir haben gefeiert. Sean sagte mir, dass er jetzt bereit sei für ein zweites Baby, und ich war darüber sehr glücklich – das hatte ich mir schon sehr lange gewünscht.«

DI Lennon lächelte mit zusammengepressten Lippen, sodass es mehr wie eine Grimasse aussah als wie ein gratulierendes Lächeln.

»Wie lange sind Sie schon verheiratet?«

Helen setzte sich wieder fester auf ihren Ring, sie erinnerte sich daran, wie Sean ihn auf ihren vierten Finger geschoben hatte, an diesem heißen Sandstrand auf den Seychellen, einen ungewohnten, liebevollen, ernsthaften Blick in seinen dunkelgrünen Augen. »Viereinhalb Jahre. Ich war im dritten Monat schwanger mit Frankie. Aber wir wollten sowieso immer heiraten. Wir waren schon davor zwei Jahre lang zusammen. Sie wissen, dass ich nicht Alices Mutter bin, richtig? Sean war schon einmal verheiratet.«

»Das wusste ich nicht. Sie ähnelt Ihnen sehr. Also, wie alt war Alice damals?«

»Sie war zehn Jahre alt, als wir geheiratet haben. Sie war eins der blumenstreuenden Kinder unserer Hochzeit. Sie war acht, als wir uns kennengelernt haben.«

»Heikles Alter für ein Mädchen, wenn sie akzeptieren muss, dass ihr Vater jemand anderes heiratet als ihre Mutter«, sagte Lennon beiläufig. »Steht sie ihrer richtigen Mutter sehr nah, Seans erster Frau – angenommen, dass sie verheiratet waren?«

Helen war kurz davor, ihn anzuschreien: *»Wieso ist das wichtig, finden Sie einfach Frankie!«* Sie biss sich auf die Lippe. »Seans erste Frau starb nach einem Verkehrsunfall, als Alice drei Jahre alt war.«

Lennon notierte sich etwas in sein Notizbuch. »Hat Sean andere Freundinnen gehabt, bevor Sie sich kennenlernten?«

Helen zuckte mit den Schultern. Wieder drängten sich Tränen in ihre Augen – mit jeder Frage, die er stellte, konnte Frankie einen halben Kilometer weiter von ihr entschwinden.

»Ich weiß, dass Sie diese Fragen stellen müssen, DI Lennon, aber können wir damit nicht bis morgen warten? Sollte es nicht viel wichtiger sein, dass Sie jetzt alle draußen auf der Straße sind und versuchen, Frankie zu finden?«

Lennon legte tröstend seine Hand auf ihre. »Ich verstehe, dass Sie so denken, Helen, aber seien Sie versichert, dass wir eine Menge Polizisten da draußen haben, die genau das tun, zusätzlich zu den Polizisten, die sich die Überwachungsvideos aus ihrer Wohngegend ansehen. Meine Aufgabe ist es, ein Bild von Ihrem Zusammenleben zu erstellen, und ich versichere Ihnen, dass das genauso wichtig ist.«

Er reichte ihr ein Taschentuch, und sie putzte sich die Nase.

»Sean hatte ein paar Freundinnen, nehme ich an. Er hat ein bisschen Internetdating gemacht. Aber als Alice etwa sechs Jahre alt war, hat sie sich beschwert, dass er ausging und sie bei Babysittern bleiben musste. Deshalb hat er sich dann ein paar Jahre lang mit niemandem mehr getroffen, und dann haben wir uns kennengelernt. Das war auf dem Sommerfest von Alices Schule. Ich war mit meiner Freundin Samantha da, ihre Tochter Celia ist mein Patenkind. Sie haben mich verdonnert, am Kinderschminkstand mitzumachen. Sean und Alice kamen vorbei, und wir kamen ins Gespräch, während ich Alice zum Tiger schminkte. Er hat gemerkt, dass ich nicht verheiratet war, und mich dann eingeladen, etwas mit ihm trinken zu gehen.«

Helen erinnerte sich an den ersten Eindruck von Alices hübschem Gesicht damals, als es noch nackt gewesen war, ohne Tigerstreifen oder Schnurrhaare und ohne Groll und unterdrückte Wut. Wie sie sich von deren attraktivem Vater angezogen fühlte, dass sie kaum das orangefarbene Make-up richtig auf Alices Wangen auftragen konnte.

»Und wie ging Alice damit um, dass Sie mit ihrem Vater ausgingen?«

Helen seufzte. »Nicht gut. Sie hat mit Wutanfällen reagiert.

Es war nicht einfach, und wenn ich nicht so verliebt in Sean gewesen wäre, hätte ich sicherlich aufgegeben. Aber wir waren beharrlich, und jetzt haben wir eigentlich ein gutes Verhältnis, Alice und ich.«

»Eigentlich?«

»Sie ist fünfzehn. Alles ist ein Drama. Sie hat kein Problem damit, es bei mir oder Sean zu probieren. Aber sie vergöttert Frankie und würde nie etwas tun, was ihr schaden könnte. Sie wird am Boden zerstört sein, dass sie verschwunden ist. Wie lange müssen Sie sie noch hier behalten?«

»Nur so lange, bis wir ihre Aussage haben. Sie ist das, was wir eine wichtige Zeugin nennen. Ihre Nachbarn, Mr und Mrs ...«, er sah in seinen Notizen nach, »... Jameson, haben angeboten, dass Sie bei ihnen bleiben können, wenn wir hier fertig sind. Im Moment ist Ihr Haus ein Tatort, fürchte ich, und von daher abgesperrt.«

»Pete und Sally. Oh, das ist wirklich freundlich von ihnen. Okay.«

»Also, Helen, erzählen Sie mir, ist Frankie vorher schon mal weggelaufen?«

Helen richtete sich auf und knirschte vor Wut mit den Zähnen. »Vorher? Was meinen Sie damit, *vorher*? Sie ist niemals weggelaufen, Punkt. Und ganz bestimmt nicht heute Nacht! Wenn sie erst mal schläft, wacht sie selten vor der Morgendämmerung auf. Und wir haben oben am Ende der Treppe ein Kindersicherungsgitter, das sie selbst nicht öffnen kann. Sie reicht auch an das Sicherheitsschloss der Haustür nicht allein heran, und wäre die Hintertür unverschlossen gewesen, könnte sie auch nicht durch das Gartentor rausgegangen sein.«

Lennons Reaktion war ruhig, bedächtig. Er notierte etwas in seinem Notizbuch, in so kleiner, unleserlicher Schrift, dass Helen nichts davon entziffern konnte. Dann blickte er sie erneut an.

»Das habe ich nicht so gemeint. Aber manche Kinder wandern gern, andere eher nicht. Wir müssen bloß wissen, zu welcher Kategorie Frankie gehört.«

»Sie wandert nicht gern«, erwiderte Helen und stellte sich Frankie in ihrem Kinderbett vor, tief schlafend, mit roten Wangen im Schlummer, ein Sabberfaden verband ihren niedlichen Mundwinkel mit dem Flanelllaken, ihr Stofftier Red Ted in der Armbeuge. Der Schmerz war wie ein Messerstich in ihrem Bauch; sie fühlte sich wie ausgeweidet.

Lennon erhob sich und ging durch den Raum zu einem kleinen Tisch in der Ecke, um einen Aktendeckel zu öffnen.

»Wann hat Frankie das hier gezeichnet?«, fragte er und brachte ein etwas zerknittertes Stück Papier mit Frankies Buntstiftkreationen darauf zu ihr.

Helen sah es an und zog die Brauen nachdenklich zusammen. »Das habe ich niemals zuvor gesehen.«

»Wirklich? Es lag auf dem Tisch in ihrem Zimmer, als wir es durchsucht haben, unter der Zeichnung einer Katze.«

Helen sah es sich genauer an und presste ihre Hand auf den Mund, als sie erkannte, was es zeigte. »Jemand sah sie durchs Fenster an? O mein Gott.«

»Es bedeutet vielleicht gar nichts«, versicherte ihr Patrick. »Frankies Kinderzimmerfenster war verschlossen – wir sind sicher, dass auf diesem Wege niemand hereingekommen ist.«

»Was ist, wenn sie eine Leiter benutzt haben, um hineinzusehen?«

»Na ja, momentan ist da keine. Es ist vielleicht unwichtig, aber wir müssen an alles denken.«

»Ich habe ihr Zimmer aufgeräumt, bevor wir ausgegangen sind. Zu der Zeit lagen wirklich keine Zeichnungen auf dem Tisch – sie muss sie später gezeichnet haben, nach ihrem Bad. Als Alice auf sie aufpassen sollte...«

»Warum denken Sie, dass sie das nicht getan hat?«

Helens Hand zitterte, als sie die Zeichnung hielt. »Weil Alice auch gerne zeichnet. Sie hilft Frankie *immer* beim Malen, übernimmt den Hintergrund, fügt Körper hinzu zu den Gesichtern, die sie malt, so was. Sie malen auch Landkarten zusammen – lustige kleine Karten, die Frankie ›arten‹ nennt. Sie gibt die Anweisungen, wie besondere Wahrzeichen, und Alice zeichnet es dann. Sie sehen so niedlich aus, wenn sie in eine Malstunde vertieft sind, ihre Köpfe zusammengesteckt, die Zungen zwischen den Zähnen... sie hat nicht so gerne gemalt, wenn Alice nicht dabei war.«

Ihre Stimme erstarb.

»Vielleicht ist Larry ja doch noch vorbeigekommen«, sagte sie dann.

Lennon sah von seinem Notizbuch auf. »Larry?«

»Alices Freund. Wir haben ihn nicht gerne im Haus, wenn wir nicht da sind.«

Er zog die Brauen hoch. »Sie mögen ihn nicht?«

»Oh, das ist es nicht. Aber... nun, ich weiß, wenn er da ist, ist Alice abgelenkt. Aber sie sollte doch auf Frankie aufpassen.«

Helen spannte ihren Kiefer an, als sie sah, wie Lennon noch mehr Notizen in seinem komischen Büchlein machte. Was hatte sie sich nur dabei gedacht, Alice ihre kostbare kleine Tochter anzuvertrauen? Und was bedeutete diese Zeichnung? Jemand, der durchs Fenster schaut... Eine Welle von Übelkeit überkam sie, und es kostete sie alle Mühe, sich nicht gleich hier wieder zu übergeben.

Sie schluckte und sah zu Lennon hoch. Als sie sprach, kamen ihre Worte gepresst hervor. »Bitte finden Sie sie. Sie müssen sie finden.«

Sein Gesichtsausdruck, als er ihren Blick erwiderte, war voller Verständnis, und seine Worte kamen von Herzen: »Seien Sie versichert, Helen, ich werde Himmel und Hölle in Bewegung setzen, um Ihre kleine Tochter sicher zurückzubringen.«

Trotzdem fühlte sich Helen nicht besser.

* * *

Sie starrt mich immer noch an, weicht mir aber aus, als wolle sie etwas fangen. Es ärgert mich, wie auch die Fliegen, die im Lieferwagen herumsirren, drei richtig fette Exemplare, die immer wieder gegen die Windschutzscheibe stoßen, fliegen und mir entkommen. Heute Morgen wachte ich auf und überraschte eine dabei, wie sie an meinem Arm Blut saugte, ich musste mich fast übergeben. Ich fürchte, ich rieche nach Scheiße, ich sitze hier seit vierundzwanzig Stunden im Wagen, klebrig von der Hitze, der Aufregung und der Angst. Ich fantasiere schon von Duschen, aber ich muss noch warten. Geduld zu haben ist etwas, worin ich wirklich gut bin.

»Komm schon«, sage ich und biete ihr eine Flasche Fruchtlimonade an. »Trink etwas.«

Sie verzieht ihr hübsches Gesicht und schüttelt den Kopf.

»Und wie ist es mit etwas zu essen? Guck mal, ich hab dir Schokolade gekauft.«

Es ist so heiß im Wagen, dass, als ich den Freddo Frosch auspacke, die Hälfte davon geschmolzen ist und mir über meine Finger läuft; das nervt mich, und davon kriege ich Pochen in den Ohren.

»Trink«, sage ich mit etwas festerer Stimme und schiebe die Flasche zu ihr rüber. »Trink, oder ich werde böse.«

Sie sieht mich mit ihren großen Augen an, diese wunderschönen Wimpern machen mich ganz atemlos, genau wie beim ersten Mal, als ich sie sah. Aber sie nimmt zögernd die Flasche und beginnt zu trinken.

»Du bist ein liebes Mädchen.«

Ich hab all diese süßen Getränke gekauft und die Schokolade und das andere Zeug – die Chips und Haribo und Cupcakes – im Supermarkt. Ich hab es alles durch den Selbstscanner laufen lassen, eine dieser wundervollen neuen Erfindungen, die es so sehr erleichtern, das Leben – ohne dabei aufzufallen. Okay, es gab da einen kurzen Moment der Besorgnis, als die Ansage kam, »ein unbekannter Artikel befindet sich im Einpackbereich«, aber eine Angestellte zog einfach ihre Karte durch, ohne mich überhaupt anzusehen.

Es wird dunkel draußen. Schatten kriechen in den Wagen. Irgendwo in der Ferne kann ich Musik wummern hören, wahrscheinlich eine Gartenparty. Man erwartet, dass es auf dem Land ruhig zugeht und nur die Geräusche der Tiere zu hören sind. Aber selbst hier draußen ist man nicht allein. Ich muss weiter, aber ich fühle, wie mich London zurückzieht, als wäre ich durch ein Gummiband damit verbunden.

Das Fruchtsaftgetränk hat sie mit neuer Energie versorgt, sie zittert jetzt. Sie bittet mich um ein Stück Papier und einen Stift, damit sie malen kann. Sie malt ein Haus mit Strichmännchen, die aus den Fenstern lächeln.

Dann weint sie ein bisschen und lutscht dabei am Daumen. »Red Ted«, sagt sie. »Ich will meinen Red Ted.«

Das ist jetzt sicherlich das hundertste Mal, dass sie ihren Teddybären erwähnt. Ich hätte das verdammte Ding einstecken und mitbringen sollen.

Ich unterdrücke meinen Ärger; was dabei hilft, ist, dass die Scheißfliegen endlich aufgehört haben, sich an die Fensterscheiben zu werfen; und ich sage ihr, es sei Zeit, ins Bett zu gehen. Ich hebe die Zudecke hoch, und sie schlüpft darunter und dreht sich um, ihr Haar auf dem Kissen ausgebreitet.

Ich schlüpfe ebenfalls unter den Quilt zu ihr, obwohl es kaum genug Platz für uns beide gibt.

»Komm her«, sage ich und schließe sie in meine Arme.

KAPITEL 6
PATRICK – TAG 2

Als Patrick aufwachte, stellte er sich als Erstes die Frage, warum sich sein Kopfkissen anfühlte, als sei es aus Holz. Er öffnete die Augen, und im gleichen Moment wurde ihm bewusst, dass er in seinem Büro am Schreibtisch eingeschlafen war. Spucke war ihm aus dem Mundwinkel auf das eingerahmte Foto seiner Mädchen getropft. Darauf betrachtete Gill voller Freude das Baby; damals hatte Bonnie noch überall Milchpickelchen und einen blonden Haarschopf gehabt, Haar, das so weich wie Kätzchenfell war.

Wahrscheinlich war das das letzte Mal, dass er sich erinnerte, Gill wirklich glücklich gesehen zu haben, und wie eine Art seltsamen Karmas kratzte das Bild an seinem Herzen wie quietschende Fingernägel auf einer Wandtafel. Eigentlich hatte er es schon lange weglegen und durch ein Bild von Bonnie ersetzen wollen. Jetzt war sie schon fast zwei Jahre alt. Aber er konnte sich nicht dazu aufraffen.

Er neigte den Kopf von einer Seite zur anderen und lauschte dem Knacken in seinem Genick. Er tippte auf die *Leer*-Taste der Tastatur, und der Bildschirm erwachte zum Leben. Wenn er doch nur so schnell wie ein Computer aufwachen könnte. Es war 8.07 Uhr. Er muss etwa gegen fünf Uhr früh eingeschlafen sein.

»Die Chefin will Sie sehen.«

Er drehte sich um und sah Carmella, die wacher als ein Gänseblümchen an einem taufrischen Frühlingsmorgen aussah, und ihm einen Becher Starbucks-Kaffee hinhielt.

»Sie sind ein Engel«, sagte er, bevor er sich die Oberlippe an dem brühend heißen Kaffee verbrannte.

Auf dem Weg zum Büro von DCI Suzanne Laughland sendete er seiner Mutter schnell eine SMS, und diese reagierte wie gewohnt prompt, ihm mitteilend, dass es Bonnie gut gehe, sie die Nacht durchgeschlafen habe und in dieser Minute das Wohnzimmer mit Weetabix-Frühstückskeksen auslegte. Bonnie war jetzt achtzehn Monate alt und in ihrer chaotischen Phase. Der Gedanke, dass seine Mutter sich hinknien musste, um die aufgeweichten Kekse vom Boden zu kratzen, das Kleinkind aus seinem Sitz hochzunehmen und sie zu bespaßen, ihre Windeln zu wechseln und dabei mit den Trotzanfällen fertigzuwerden, ließ ihn vor lauter Schuldgefühlen zusammenzucken. Aber seine Mutter beharrte darauf, dass sie es gern tue – genauso wie sein frisch berenteter Vater.

Es war kein typisches Arrangement, mit fünfunddreißig bei seinen Eltern zu wohnen, mit seiner kleinen Tochter und ohne seine Frau, aber im Moment war das der einzige Weg, der funktionierte. Der einzige Weg, der ihm erlaubte, seinen Job weiter auszuüben.

»Patrick, kommen Sie herein.«

Er betrat das Büro von DCI Laughland und setzte sich auf einen Stuhl.

»Sie sehen erschöpft aus«, sagte sie.

»Fangen Sie bloß nicht damit an. Ich werde mich in einer Minute der Dusche stellen.«

»Besser Sie als ich.« Die Bürodusche war eine in aller Eile errichtete miserable Erweiterung der Unisextoilette mit Wassertemperaturen, die übergangslos von kochend heiß auf eiskalt und umgekehrt waren. Sie wurde nur dann genutzt, wenn es wirklich bitter nötig war.

»Und Sie haben einen rosa Abdruck im Gesicht, der wie die Kante eines Mauspads aussieht.«

Er rieb sich die Wange. Suzanne Laughland und Patrick arbeiteten schon seit langer Zeit zusammen und hatten über die letzten zehn Jahre alle Karrierestufen im Tandem genommen; Suzanne immer eine Stufe über ihm. Sie hatte aschblondes Haar, fein ordentlich nach hinten gebunden, und riesige blaue Augen, die sie um viele Jahre jünger machten, als sie wirklich war, trotz der Sorgenfalten auf ihrer Stirn und der immer tiefer werdenden Augenfältchen. Sie trug nur einen Hauch von Make-up und keinen Schmuck außer dem Ehering.

Auf ihrem Schreibtisch stand ebenfalls ein Foto: von ihr und ihrem Ehemann Simon. Sie hatten keine Kinder. Patrick hatte sie nie danach gefragt, warum sie sich entschlossen hatte, nicht Mutter zu werden, oder ob es tatsächliche ihre Entscheidung gewesen war.

»Ich brauche ein Update von Ihnen«, sagte sie. »Bevor wir reingehen und die Einsatzgruppe instruieren.«

Er erzählte ihr von der Befragung Helen Philips und der anschließenden Befragung ihres Ehemanns Sean.

»Irgendwelche Widersprüche in ihren Aussagen?«

»Hm. Nicht wirklich. Beide beschrieben den Abend sehr ähnlich. Sie widersprachen sich nur, als es um Alice ging, die Teenagertochter.«

Patrick sah, wie Suzanne eine Haarsträhne aus ihrem Gesicht schob.

»Helen hält es für sehr wahrscheinlich, dass Alice ihren Freund in der Wohnung hatte – ein Larry Gould. Carmella sagt, Sean habe darauf bestanden, dass sie so etwas nicht tun würde, ohne es ihnen zu sagen. Ich sollte erwähnen, dass Helen Alices Stiefmutter ist.« Er beschrieb kurz die Familiengeschichte.

»Dad glaubt also, dass Alice ein kleiner Engel sei, der kein Unrecht tun kann?«

»Genau. Ich werde heute Morgen mit ihr reden. Ihre Nachbarin hat sich einverstanden erklärt, als erwachsene Begleitperson mitzukommen.«

Suzannes Handy piepte, und sie warf einen Blick darauf, wobei sich ihr Gesicht verärgert in Falten zog. Simon, hoffte Patrick und genoss den Gedanken, dass seine Chefin mit dem eingebildeten Schwachkopf grantig sein würde.

»In Ordnung, gut«, sagte sie. »Halten Sie mich darüber auf dem Laufenden. Ich nehme doch an, dass die Opferschutzbeamten jetzt bei der Familie sind?«

»Ja. Sandra Godden und Li Chen. Sie sind die erfahrensten Beamten, die wir haben. Die anderen sind bei den Hartleys und den McConnells. Die Philips-Familie ist so lange bei Nachbarn untergebracht, bis die Spurensicherung im Haus fertig ist.«

Suzanne kam um den Schreibtisch herum und setzte sich auf die Tischkante. Patrick vermied es, auf ihre Beine zu starren. »Finden Sie über Alice so viel wie möglich heraus. Aber verschwenden Sie nicht zu viel Zeit dafür.«

Er reagierte barsch. »Sie müssen mir nicht erklären, wie ich meinen Job zu tun habe, Chefin.«

»Ich weiß.« Ihr Ton wurde sanfter. »Aber wir sind uns doch einig, dass dieser Fall mit den beiden anderen Entführungen zusammenhängt, was heißt, dass die Philips keine Verdächtigen sind.«

»Ich habe bis jetzt noch niemanden ausgeschlossen.«

»Aber sicherlich ...«

»Ja. Ich weiß. Entweder ist es der Kinderfänger ...«

Suzanne zuckte zusammen. So hatten die Klatschzeitungen den unbekannten Straftäter genannt, nachdem ein Kind, das *Chitty Chitty Bang Bang* vom Fernsehen kannte, berichtet hatte, einen Mann »mit einer langen Nase« im Sainsbury's-Supermarkt gesehen zu haben, an dem Tag, als Liam entführt worden war.

»Entschuldigung. Oder ist das Zufall? Ganz egal, Alice

Philips ist unsere wichtigste Zeugin, und wenn ihr Freund da war, dann auch der.«

»Lassen Sie uns mit dem Team reden.« An der Tür hielt sie inne. »Wir haben jetzt drei vermisste Kinder. Drei! Falls wir glaubten, die Öffentlichkeit würde in Panik geraten, bevor... Dies ist wie eine Pandemie.«

»Nein, stimmt nicht.«

»Was?«

»Eine Pandemie liegt dann vor, wenn ein Virus die internationalen Grenzen überschreitet. All diese Verbrechen sind innerhalb desselben Stadtviertels geschehen. Dann nennt man es Epidemie.«

Sie verdrehte die Augen und seufzte. »Sie sind ein verdammter Klugscheißer, Patrick Lennon. Gehen Sie sich verdammt noch mal duschen, und ich hoffe, Sie frieren sich dabei die Eier ab.«

Er war sich sicher, ein Lächeln auf ihren Lippen gesehen zu haben, als sie das Zimmer verließ.

***

Als Patrick nackt unter dem lächerlichen Tröpfeln des abwechselnd mal lauwarmen, dann kochend heißen oder wieder eiskalten Wassers stand, spürte er, wie der Spannungsknoten in seinem Bauch größer wurde. Obwohl er leitender Ermittler in mehr als einem Dutzend Fällen gewesen war, packte ihn jedes Mal aufs Neue eine eisige Furcht, wenn er vor seiner Einsatzgruppe stand und zehn Augenpaare gespannt auf ihn gerichtet waren. Auf einer Party hatte er einmal ein zwangloses Gespräch mit einem Psychologen begonnen, der ihm erklärte, dass das Gefühl, das entsteht, wenn man sich mit einer Sache beschäftigt, die einem Angst einjagt – wie etwa eine Rede in der Öffentlichkeit zu halten –, unser Reptilienhirn anspringen lässt, das dann schreit »Kämpf oder flieh!« und dabei sämtliches Adrenalin ausschüttet. Das Gefühl, das ihn übermannte, wenn er aufstand, um vor einer Menschenmenge zu sprechen, war, abgesehen von seiner ungebrochenen Liebe zur Rockgruppe The Cure und seinem Lieblingsfußballverein Brighton & Hove Albion, das letzte Bindeglied zu seinem Schuljungen-Ich. Er schüttelte diese Erinnerung ab, indem er in den Spiegel über dem Waschbecken schaute – die Dusche war nicht annähernd heiß genug gewesen, um ihn beschlagen zu lassen. Hätte er diese Tattoos und Muskeln bereits mit vierzehn gehabt, dann wäre ihm zweifellos die Art von Problemen erspart geblieben, unter denen er in der Schule zu leiden hatte, als er noch ein spindeldürrer weißer Außenseiter gewesen war.

Er führte sich noch einmal die Szene vor Augen, in der Suzanne ihn einen Klugscheißer nannte, und das leichte Lächeln, das ihre Lippen dabei umspielte. Das war die Art des Umgangs miteinander, die sie niemals in Anwesenheit eines anderen wählen würde. Dann war sie absolut professionell. Für Männer und Frauen war es schwierig, auf der Arbeit Freunde zu sein, ohne das gleich Gerüchte aufkamen, besonders dann, wenn einer von ihnen der Vorgesetzte des anderen war. Das war lästig, und es war genauso lästig, dass ein paar der Neandertaler in der Truppe sich allen Frauen gegenüber verbittert aufführten, die einen höheren Dienstgrad als sie selbst hatten. Gill hatte ihn mal gefragt, ob es ihm etwas ausmache, dass sein Vorgesetzter eine Frau sei, und dann darüber gescherzt, dass es ihm doch Spaß mache, Befehle von mächtigen Frauen erteilt zu bekommen. Er lächelte. Vielleicht steckte da ein Körnchen Wahrheit drin.

Er schaffte es nur mühsam, ausreichend Wasser über seinen Körper laufen zu lassen, um den Schmutz abzuwaschen. Dann trat er aus der Duschkabine heraus und trocknete sich mit dem winzigen Handtuch ab, das er in seiner Sporttasche mitführte. Für eine Regenerierung reichte das nicht aus, aber es war genug, dass er sich wenigstens halbwegs wieder menschlich fühlte. Mehrfach schaute er nervös auf die Toilettentür, um sicher zu sein, dass sie verschlossen war – das Letzte, was er vor einer Einsatzbesprechung brauchte, war, dass einer aus der Einsatzgruppe hereinspaziert käme und ihn nackt sähe, Muskeln hin oder her. Alte Gewohnheiten starben langsam. Außerdem würden sie ihn dann nie wieder ernst nehmen.

* * *

Fünf Minuten später war er in der Einsatzzentrale. Er spürte die Blicke, die auf sein feuchtes Haar gerichtet waren, das sich auf dem Kragen kringelte, während er die Namen – Sean, Helen, Alice und Frankie – ans Whiteboard schrieb und der Einsatzgruppe erläuterte, was sie bereits wussten. Er schob den flüchtigen unangenehmen Gedanken beiseite, dass sie alle wussten, dass er sich erst vor wenigen Minuten am Arbeitsplatz nackt ausgezogen hatte. Gleichzeitig tadelte er sich für diesen Anflug von Schüchternheit, wenn doch so viel mehr auf dem Spiel stand.

Jemand hatte bereits ein vergrößertes Foto von Frankie neben die Fotos von Izzy und Liam geheftet, und Patrick ließ seinen Blick einen Augenblick lang darauf ruhen und lud praktisch die anderen mit ein, es auch zu tun. *Das* war ihr Hauptaugenmerk. Diese Kinder, ihre Familien. Manchmal, in der hektischen Betriebsamkeit solcher Fälle, war es leicht, das zu vergessen.

MIT9 war eine von vierundzwanzig Abteilungen der Polizei von London, der Met, die der Abteilung für Mord und Schwerverbrechen unterstanden. Entgegen ihrem Namen waren die MITs nicht nur für Mordermittlungen zuständig, sondern ebenso für allen anderen üblen Dreck, sodass Patrick sich oft wünschte, seine Fantasiekarriere als Rockstar wäre über eine Hand voll Gigs in Pubs an der Südküste hinausgegangen. Totschlag, schwere Vergewaltigung, Kindsmord, Massenkatastrophen – und Vermisstenanzeigen, in denen, um den offiziellen Sprachjargon zu verwenden, der »begründete Verdacht« besteht, dass »menschliches Leben entweder genommen wurde oder bedroht ist«. Das war eine Zeile, die er vor Eltern vermisster Kinder nie wiederholen würde.

»Okay«, sagte er. »Sie wissen ja, wie's läuft.« Er nickte DS Staunton zu. »Mike, ich möchte, dass Sie die Haus-zu-Haus-Befragung koordinieren. Zur Erinnerung, wir wollen jegliche verdächtige oder seltsame Aktivität der ganzen letzten Woche – jeden, der in der Nähe des Hauses der Philips gesehen wurde, um es auszuspionieren, jeden, der in einem Auto oder Kleintransporter vor dem Haus gesessen hat. Aber das brauche ich Ihnen eigentlich nicht zu sagen.«

Mike sagte: »Wenn es so läuft wie bei den beiden anderen, dann hat niemand auch nur'n Scheiß gesehen.«

»Wir könnten Glück haben«, meldete sich DI Adrian Winkler. Winkler war einer der DI der Einsatzgruppe. Knapp eins neunzig groß, schulterlanges schwarzes Haar, länger und dicker als das von Patrick, gut aussehend genug, bot er alles, woran die meisten Frauen interessiert sein sollten. Sein Spitzname war unweigerlich Fonzie, obwohl es eher ironisch gemeint war, denn er glaubte, der coolste Typ auf Erden zu sein, weil er den Nachnamen mit dem Schauspieler teilte, der den Fonz spielte.

»Vielleicht gibt es einen neugierigen Nachbarn. Übrigens, nette Dusche.«

»Besser als nichts, danke, Adrian«, erwiderte Patrick ausdruckslos. »Ich möchte, dass Sie zusammen mit Preet die Suchtrupps koordinieren.«

Winkler warf ihm giftige Blicke zu. »Oh, komm schon,

Pat, nicht die verdammten *Suchtrupps*. All diese Möchtegernpolizisten, die durch den Park trampeln und nach Hinweisen suchen, obwohl die meisten von ihnen lieber einen Lynchmob organisieren würden. DC Gupta und ich haben mit unserer Zeit Besseres zu tun.«

Patrick musste beinahe lächeln, bis Winkler hinzufügte: »Auch wenn ein Lynchmob tatsächlich eine viel bessere Idee wäre. Wir knüpfen uns bekannte Sexstraftäter vor und säubern so unser Revier von den Pädos.«

»Kein Problem, Sir«, warf DC Preet Gupta ein, bevor sich die Gemüter zu sehr erhitzten. »Komm, Adrian, ziehen wir los, die sind doch nur neidisch, weil wir draußen an der frischen Luft sein werden.«

Aber selbst die Aussicht, die Zeit mit Preet zu verbringen, bei Weitem der hübscheste aller Detectives im Raum, konnte Winkler nicht besänftigen. Patrick hatte in den letzten Tagen über das Buschtelefon gehört, dass Adrian unzufrieden damit sei, wie Patrick die Ermittlungen leitete. Sie waren schon früher aneinandergeraten, gewöhnlich wegen Patricks systematischer Art, die Dinge zu handhaben. Winkler war der Typ Polizist, der lieber eine Bombe abwarf und dann das durchsuchte, was noch übrig war. Patrick wusste, dass er ihn im Auge behalten musste.

Patrick verteilte die restlichen Aufgaben. Überwachungskameras für DC Sarah Trentner, DC Martin Hale für soziale Netzwerke und Telefonaufzeichnungen. Der dritte DI in der Einsatzgruppe, Leanne Cornish, bekam den Job, bekannte Straftäter zu vernehmen, nicht nur in Richmond, sondern auch in der Umgebung, einschließlich Teilen von Surrey, die nicht im Zuständigkeitsbereich der Londoner Polizei lagen. Nichts davon war überraschend. Am ersten Tag der Ermittlungen, nachdem Isabel verschwunden war, ging es in der Zentrale noch so lebhaft zu wie bei einer Hundemeute, die ungeduldig an den

Leinen zerrt. Inzwischen waren alle müde und erschüttert, dass sie in diesem Fall auf Granit bissen. Tatsächlich hatten sie nicht einen Hinweis. Nicht die geringste Idee, was diesen Kindern widerfahren war.

»Okay, hören Sie her«, sagte Patrick und zwang sich schließlich dazu, eine kurze Rede zu halten. »Wir haben jetzt drei Elternpaare, die sich auf uns verlassen. Drei verzweifelte Elternpaare. Wir müssen uns weiter auf das Wesentliche konzentrieren. Wir werden diese Kinder finden. Wir finden die Person, die das getan hat. Wir brauchen nur einen Glückstreffer, eine kleine Bresche, die sich auftut in dem Fall, und dann können wir...« Er war sich nicht ganz sicher, was er damit sagen wollte. »... unsere Finger in diese Bresche stecken...«

Winkler grinste. Patrick konnte zehn hochgezogene Augenbrauenpaare sehen.

»... und brechen sie auf. Ähm, wir reißen sie weit auf, bis wir wieder Tageslicht sehen.« Er hielt inne, sammelte sich und ignorierte die starrenden Gesichter. »Packen wir's an, Leute.«

Er drehte sich zum Whiteboard um und rieb sich die Augen. An der Tür stand Suzanne, die ihm einen merkwürdigen Blick zuwarf. Er fühlte einen Stich der Verbitterung. Sie sollte diejenige sein, die die Motivationsreden hielt. Aber dann schenkte sie ihm ein beruhigendes Lächeln, und er verzieh ihr.

Während die Einsatzgruppe aufbrach, ging er auf sie zu und bedeutete Carmella, ihnen zu folgen. Bevor er sie erreichte, stellte sich ihm plötzlich Winkler in den Weg.

»Soll ich mich wirklich um den beschissenen Suchtrupp kümmern?«

»Ja, genau.«

Winkler öffnete den Mund, um erneut zu protestieren, aber dann schienen sich in seinem Kopf ein paar Rädchen in Bewegung zu setzen, und er änderte seine Taktik.

»In Ordnung, Sir. Und übrigens danke für die Rede. Wir werden für Sie die Bresche aufreißen. Sie müssen sich um meine Motivation keine Gedanken machen.« Er schaute Patrick in die Augen. »Ich meine, Sie wissen, wie ich mich gegenüber Menschen fühle – Männer oder Frauen –, die ihren Kindern wehtun.«

Er ließ Patrick stehen, der seine Fäuste ballte und bis zehn zählte, und verließ den Raum.

Winkler gehörte zu der Sorte Menschen, die sich darauf spezialisiert hatten, Schwachstellen bei anderen zu finden und darin herumzustochern. Gut, damit hatte er sich gerade selbst bis zum Abschluss der Ermittlungen dem Suchtrupp zugeteilt. Ein Bild von Winkler, wie er auf Händen und Knien durch den Bushy Park kriecht und dabei gebrauchten Kondomen und Hundekot ausweicht, ließ ihn sich gleich viel besser fühlen.

»Ich rufe die Pressekonferenz für heute Vormittag zusammen«, sagte Suzanne. »Die Medien spielen schon verrückt. Sky News lassen von dem Fall einen Liveticker laufen – sie haben sich hier vor unserem Gebäude und vor dem Haus der Philips postiert. Das Gleiche gilt für die BBC, ITV und alle Tageszeitungen.«

»Erzählen Sie mir nicht, dass Paris Hilton auch hier herübergeflogen kommt, um darüber zu berichten.«

Suzanne ignorierte seine Bemerkung. »Lassen Sie uns Erklärungen der Eltern anfordern, und die verlesen wir dann.«

»Ich kann das tun«, sagte Carmella. Sie sah heute Morgen richtig frisch aus, dachte Patrick voller Neid. Wahrscheinlich hatte sie ein nettes, langes, angenehmes Bad mit jeder Menge duftenden Schaums und einer Tasse Tee gehabt, die ihr ihre Angetraute brachte.

»Okay, gut.« Suzanne nickte Patrick zu. »Sie hatten recht, wir finden sie.«

Bevor er antworten konnte, steckte Mike seinen Kopf durch die Tür.

»Sir, Ihre Zeugin ist da.«

***

Bevor er hineinging, um Alice Philips zu verhören, ging Patrick aufs Männerklo, um sich etwas kaltes Wasser ins Gesicht zu spritzen, um so die Müdigkeit, die ihn in ihre dunklen Tiefen zog, aufzuhalten. Das Duschen hatte das nicht geschafft. Während er seine Wangen mit einem rauen Papierhandtuch trocknete, öffnete sich eine der Kabinen, und DI Winkler trat heraus.

»Wir halten Sie ganz schön in Trab, nicht wahr?«, äußerte er, während er sich an das Waschbecken neben das von Patrick stellte.

Als Patrick zur Tür ging, stellte sich ihm Winkler in den Weg.

»Warum mussten Sie mir die Suchtrupps aufbrummen? Ist doch eine völlige Verschwendung meiner Fähigkeiten. Das wissen Sie doch.«

»Hören Sie auf zu jammern, Winkler.«

Winklers Augen verengten sich, und er richtete sich zu seiner vollen Größe auf, sodass Patrick gezwungen war, zu ihm aufzuschauen.

»Muss praktisch sein, wenn man eine Frau in der Klapsmühle hat«, sagte Winkler.

»Wie bitte?«

»Na ja. Jede Menge Gelegenheiten, Suzanne nach Hause einzuladen ...« Er sprach ihren Namen aus wie ein Zehnjähriger, der einen Klassenkameraden wegen eines Mädchens aufziehen will. »... natürlich nur, um mit ihr die weiteren taktischen Vorgehensweisen zu erörtern.«

»Auf was zum Teufel spielen Sie da an?« Patrick versuchte ruhig zu bleiben, sein Pulsschlag beschleunigte sich.

»Oh, nichts weiter. Nur eine Warnung. Es muss sehr angenehm sein, das Schoßkind des DCI zu sein. Aber wenn Sie das hier versauen, dann werden Sie in Ungnade fallen.«

Patrick schüttelte den Kopf. »War das wirklich alles, was Sie drauf haben?«

Er drückte sich an Winkler vorbei, ihre Schultern stießen zusammen. Bevor er außer Hörweite war, hörte er Winkler noch sagen: »Arme Kinder.«

Er wirbelte herum. »Was haben Sie da gesagt?«

Winkler hielt seine Hände abwehrend hoch. »Oh, nichts weiter. Mir tun nur die Kinder leid, das ist alles.«

Patrick verließ das Männerklo, bevor er etwas tat, was er später bereuen würde. Winkler hatte es geschafft, mit einem kurzen Wortwechsel drei seiner wunden Punkte zu treffen. Er schaute nach unten und bemerkte, dass seine Hände zu Fäusten geballt waren, seine Fingernägel sich in die Handflächen gegraben und eine Reihe kleiner Halbkreise hinterlassen hatten.

***

Alice Philips war ganz in Schwarz gekleidet, sie trug dunklen Eyeliner, auf Hochglanz polierte Stiefel und ihr nicht gefärbtes rabenschwarzes Haar, das mit einem Zopfband zurückgebunden war. Sie saß da mit verschränkten Armen, den Namen einer Band auf ihrem schwarzen T-Shirt verdeckend, den er, da war sich Patrick sicher, sowieso noch nie gehört hatte. Er musste es sich eingestehen: Er war nicht mehr auf dem Laufenden. Die meisten der CDs, die er sich kaufte, waren Luxusneuauflagen von Alben, die er seit zwanzig Jahren liebte. Du lieber Gott, sogar der Kauf von CDs entlarvte ihn als Dinosaurier. Aber er ging davon aus, dass er und dieser Teenager-Gothic – oder war sie ein Emo? – etwas gemeinsam hatten, selbst wenn sie zweifellos erschaudern würde, wenn er ihr gestand, dass er früher einmal genauso angezogen gewesen war und langes Haar trug, das er zurückkämmte und färbte, damit es genauso aussah wie jetzt ihres.

Neben Alice saß die erforderliche volljährige Begleitperson – ihre Nachbarin Sally Jameson. Eine Frau in den späten Fünfzigern, die Patrick an Camilla Parker-Bowles erinnerte, leicht aristokratisch, und die unentwegt in ihrem Stuhl hin und her rutschte, als ob sie nicht glauben konnte, hier zu sein, in einem Raum auf einem Polizeirevier, das nach Furzen stank, anstatt in Wimbledon Erdbeeren mit Sahne zu essen. Sean und Helen, die verständlicherweise nicht mehr gewillt waren, auch nur noch eine Sekunde länger in einem Verhörraum zuzubringen, hatten sie gebeten, Alice zu begleiten.

Patrick schlug seinen Notizblock auf, während Carmella die Videokamera bereit machte.

»Wie fühlst du dich, Alice?«, fragte er in einem beruhigenden Ton.

Sie zuckte mit den Schultern und sagte dann: »Krank.«

»Dir geht es nicht gut?«

»Nein. Krank vor Sorge um Frankie.«

Das Weiße in ihren Augen war blutunterlaufen, vor Übermüdung oder vom Weinen, vielleicht von beidem. Ihre Körpersprache war abwehrend, ihre Arme eng um ihren Oberkörper geschlungen, als ob ihr eiskalt wäre, trotz der stickigen Wärme im Raum. Sie suchte kaum Augenkontakt, aber das war normal für Teenager, wenn sie mit Polizisten sprechen. Unter dem Tisch zuckten ihre Beine auf und ab auf eine Art und Weise, die Patrick an sich selbst erinnerte. Sogar heute noch beschwerte sich seine Mutter darüber, dass er seine Beine nicht stillhalten konnte.

»Wir wollen dir nur ein paar Fragen über vergangene Nacht stellen.«

»Ich weiß nichts«, stieß Alice hervor und schlang ihre Arme noch enger um sich.

Carmella sagte: »Alice, es könnte da etwas geben, von dem du nicht weißt, dass es wichtig ist. Wir müssen deshalb alles noch einmal durchgehen. Ist das okay?«

Sie erwiderte: »Ja«, und schaute dabei in die Kamera.

»In Ordnung«, sagte Patrick. »Erzähl uns, was letzte Nacht passiert ist. Von dem Zeitpunkt an, als dein Vater und deine Mutter ausgingen.«

»Sie ist nicht meine Mutter.«

»Entschuldige, deine Stiefmutter.« Er machte sich im Geist eine Notiz über die Art, wie sie diese Worte ausspuckte.

»Helen«, sagte sie und betonte mit Nachdruck die erste Silbe.

»Erzähl weiter, Alice«, ermunterte sie Sally.

Das Mädchen nickte so, als ob sie ein Gespräch mit jemandem in ihrem Kopf führte. Dann sagte sie: »Also... Vater und Helen gingen ungefähr gegen sieben aus. Ich las Frankie ein paar Geschichten vor – sie ist besessen von Dinosauriern, deshalb handeln fast alle ihre Bücher von T-Rex und Velociraptoren und so'n Zeug – entweder das oder Feen – und schaffte sie dann ins Bett. Sie machte es mir nicht schwer – sie schlief ein, ohne viel Trara.«

»War ihr Kinderzimmerfenster geschlossen?«

»Ja. Um ehrlich zu sein, ich habe nicht wirklich nachgeschaut. Ich habe die Vorhänge zugezogen, und ich kann mich nicht daran erinnern, ob es offen war. Oh, mein Gott, war es offen... danach?«

Patrick schüttelte den Kopf. »Nein, ich wollte das nur überprüfen.«

»Was, Sie glauben, dass jemand vorher schon eingestiegen

sein könnte und sich im Haus versteckt hielt? Er könnte in ihrem Kleiderschrank oder irgendwo gewesen sein, während ich vorgelesen habe?«

»Alice, keine Panik. Wir haben keinen Grund, das anzunehmen.«

Sally ergriff Alices Hand und versuchte, sie zu drücken, aber sie entzog sie ihr.

»Es ist nicht meine Schuld«, sagte sie. »Sie ist meine kleine Schwester. Ich habe sie zum Fressen gern. Glauben Sie wirklich, ich würde sie in Gefahr bringen?«

Patrick konnte fühlen, wie die Befragung sich wie ein glitschiger Fisch aus seiner Hand herauswand. Aber vielleicht war es gut, dem Mädchen etwas Freiraum zu lassen – weil es, wenn sie etwas wusste, an diesem Punkt sehr wahrscheinlich schien, dass sie damit herausplatzte. Er antwortete nicht, darauf vertrauend, dass Alice das Bedürfnis verspüren würde, die Stille auszufüllen.

Sie saß da und drehte an dem silbernen Totenschädelring an ihrem Finger.

»Okay«, sagte schließlich Patrick. »Was passierte, nachdem du sie ins Bett gebracht hattest?«

»Nichts. Ich aß mein Abendbrot, schaute fern.«

»Keine Schulaufgaben?«, fragte Carmella.

»Ich habe alle meine Prüfungen beendet, außer einer.« Die Spur eines Lächelns. »Ich bin fast fertig.«

Patrick überprüfte seine Notizen. Alice war ein Augustbaby, das hieß, sie würde ihre Prüfungen bereits im Alter von fünfzehn abgelegt haben, als eine der Jüngsten ihres Jahrgangs.

»Hast du in deinem Zimmer oder im Wohnzimmer ferngesehen?«

»Warum?«

Patrick konnte sich eines Lächelns nicht erwehren. Eines Tages würde Bonnie genauso sein.

Carmella hakte ein: »Alice, wir müssen wissen, wo du dich genau im Haus aufgehalten hast, damit wir das Zeitfenster bestimmen können, wann der Einbrecher hineingelangt sein könnte und wo.«

»Okay. Gut, ich aß Abendbrot, gleich nachdem ich Frankie ins Bett gebracht hatte. Das war gegen acht. Ich aß im Wohnzimmer vor dem Fernseher. Dann ging ich für eine Weile hinauf in mein Zimmer, na ja, um Musik zu hören und so Zeugs. Dann gab es einen Film im Fernsehen, den ich mir ansehen wollte, deshalb ging ich wieder hinunter. Der fing um zehn an.« Sie schluckte. »Aber während der Film lief, schlief ich ein, und das Nächste, woran ich mich erinnern kann, war Helen, wie sie mir Wasser ins Gesicht schüttete.«

Patrick fragte: »Hast du die Musik laut gehört?«

»Hä? Oh, in meinem Zimmer. Nicht wirklich.«

»War es zu laut, um zu hören, ob jemand hereinkam und die Treppe hinaufging?«

»Hm. Ja. Denke schon.«

»Was wäre, wenn Frankie ein Geräusch verursacht hätte – wenn sie angefangen hätte, zu weinen, oder gerufen hätte?«

»Das hätte ich gehört. Ich höre sie immer, selbst wenn ich meine Kopfhörer aufhabe.«

Patrick verstand das. Es gibt etwas im menschlichen Gehirn, das so eingerichtet ist, die Schreie von Kindern immer zu registrieren, obwohl er gedacht hatte, es gelte nur für die eigenen Kinder.

»Hast du dein Zimmer zwischen acht und neun überhaupt verlassen?«

»Nein.«

»Auch nicht, um die Toilette aufzusuchen?«

Sie sah ihn an, als ob die Vorstellung, dass dieser Mann mittleren Alters sie über ihre Klogänge ausfragte, das krasseste war, was sie je gehört hatte. »Ich habe mein eigenes Badezimmer.«

Mit Klo. Sehr nett. Patrick machte sich eine Notiz. »Als du um zehn dein Zimmer verlassen hast und hinuntergegangen bist, um fernzusehen, hast du da noch mal nach Frankie geschaut?«

Sie starrte auf den Tisch. Sally, die neben ihr saß, musterte sie aufmerksam. Alices Ton, als sie antwortete, war defensiv. »Nein. Ich war mir sicher, dass sie schlief. Ich habe, verdammte Scheiße noch mal, nicht damit gerechnet, dass irgend so ein Scheißtyp in unser Haus geschlendert kommt und sie sich holt, oder? Ansonsten hätte ich mein Zelt vor ihrem Zimmer aufgeschlagen und ein Messer dabei gehabt.«

»Alice, beruhige dich«, sagte Sally, die zusammengezuckt war, als sie von Alice das Unwort im Doppelpack vernahm.

Patrick wechselte zu seiner beschwichtigendsten Stimme. »Wir sprechen kein Urteil über dich. In Ordnung?« Obwohl sich ihm der Gedanke aufdrängte, dass diese Art von vulgärem Sprachgebrauch ziemlich ungewöhnlich war für eine gut erzogene Fünfzehnjährige aus einer Mittelschichtfamilie in Teddington.

Sie nickte, lehnte es aber ab, ihn anzusehen.

»Okay. Also hast du nun irgendetwas Ungewöhnliches gesehen oder gehört?«

»Nein. Nichts.«

»Hast du irgendjemanden oder irgendetwas Ungewöhnliches in letzter Zeit in der Nähe eures Hauses bemerkt?«

»Ungewöhnlich wie was?«

»Wie zum Beispiel Leute, die da nicht hingehören. Die das Haus beobachteten. Unbekannte Männer.«

Sie schlang die Arme noch fester um sich selbst. »O Gott, das ist so gruselig. Nein.«

»War jemand bei dir letzte Nacht?«

Ein kurzes Zögern, dann zuckten ihre Augen nach rechts oben. »Nein.«

Patrick, der so beiläufig getan hatte, wie er nur konnte, als er ihr diese Frage stellte, schaute von seinem Notizblock hoch und fragte: »Bist du dir sicher?«

»Ja, natürlich bin ich mir sicher. Ich bin doch nicht senil.«

»Dein Freund war nicht bei dir zu Besuch?«, fragte Carmella. »Larry?«

»Nein. Wer hat Ihnen das gesagt?«

Carmella hob die Hände hoch. »Niemand. Ich habe nur gefragt. Ich meine...«, sie lehnte sich verschwörerisch nach vorn, »... ich war auch einmal ein Teenager. Ich hatte immer Freunde zu Besuch, wenn meine Eltern ausgingen.«

Alice schniefte. »Gut. Ich nicht. Und ich sehe nicht ein, wie das helfen könnte, Frankie zu finden.«

»Wir wollen nur wissen, ob es noch weitere potenzielle Zeugen gibt«, erwiderte Patrick. »Hast du mit jemandem gesprochen?«

»Vielleicht habe ich mit Larry kurz am Telefon gesprochen. Ja. Und mit Georgia hatte ich einen Snapchat. Das ist meine beste Freundin.«

Patrick hatte eine vage Vorstellung, was das war, nämlich ein Foto zu senden, das sich in Sekundenschnelle selbst zerstört.«

»Und hast du irgendetwas getrunken? Ich meine Alkohol.«

Sie streckte herausfordernd das Kinn nach vorn. »Ich hatte ein kleines Glas Wein. Mein Vater lässt mich zu Hause Wein trinken. Er sagt, die meisten Teenager werden zu Komasäufern, weil sie Alkohol als etwas Verbotenes betrachten. Ich bin nicht so.«

»Wie steht es mit Drogen?«

»Lässt mein Vater mich Drogen nehmen? Natürlich nicht!«

»Ich meinte, hast du irgendetwas genommen, irgendwas geraucht, letzte Nacht?«

»Verdammt noch mal – Entschuldigung – nein!«

»Was ist mit Zigaretten? Du bist zu keiner Zeit für eine Zigarette mal hinters Haus gegangen?«

»Ich rauche nicht.«

»Wusstest du, dass die Hintertür unverschlossen war, als dein Vater und Helen nach Hause kamen? Hast du sie geöffnet?«

»Nein.« Ihre Augen waren jetzt ganz groß.

»Bist du dir absolut sicher? Ich bin sicher, dass es deinen Eltern – ich meine, deinem Vater und deiner Stiefmutter – momentan völlig egal ist, ob du hinters Haus gegangen bist, um eine Zigarette zu rauchen.«

»Habe ich aber nicht. Ich schwöre.«

»Du hast keinesfalls die Tür geöffnet?«

Sie sah aus, als ob ihr schlecht sei. »Nein. Hören Sie, glauben Sie wirklich, ich hätte etwas zu verbergen? Alles, was ich will, ist, dass meine kleine Schwester zurückkommt. Ich will, dass Sie sie finden. Ich werde Ihnen keine Lügen auftischen. Ich habe nicht…«

Sie fing an zu weinen. Sally warf Patrick einen vernichtenden Blick zu und nahm Alice in die Arme.

»Ende der Befragung«, sagte Patrick.

Carmella schaltete den Videorekorder aus.

***

»Sie lügt, was ihren Freund anbelangt«, sagte Carmella, sobald Alice und Sally fort waren.

»Ich weiß. Aber warum seinen Besuch leugnen? Die kleine Rede am Ende klang sehr überzeugend.«

»Ich denke, sie glaubt, dass er auch nichts gesehen oder gehört hat, und sie will sich keinen Ärger aufhalsen. Ihr Vater wird nicht erfreut sein, dass Frankie entführt wurde, während Alice in ihrem Zimmer ihren Freund vögelte. Aber lassen Sie uns mit ihm reden und seine Version hören.«

»Er wird nicht mit uns reden wollen. Laut Helens Information ist er siebzehn, und Alice ist minderjährig. Er wird denken, dass wir ihn wegen Unzucht mit Minderjährigen drankriegen wollen.«

Patrick verdrehte die Augen. »Dann müssen wir ihn überzeugen, dass uns das nicht die Bohne interessiert. Es sei denn, wir können das irgendwie für uns ausnutzen. Okay, Sie beschaffen seine Adresse, und in der Zwischenzeit kümmere ich mich um die Pressekonferenz.«

Als sie den Verhörraum verließen, kam DS Staunton um die Ecke auf sie zugeeilt.

»Sir, da sind Sie ja.«

»Mike?«, fragte Patrick, aber Mikes Gesichtsausdruck ließ ihn Schreckliches ahnen.

Der Detective Sergeant senkte seine Stimme. »Sie haben eine Leiche gefunden. Ein kleines Mädchen.«

KAPITEL 7
LARRY – TAG 2

»Hey, könnte einer von euch mir bitte einen großen Gefallen tun?« Larry hatte sein höflichstes Gesicht aufgesetzt, was er sonst nur beim Schuldirektor tat. Das »Ich-kann-kein-Wässerchen-trüben«-Gesicht hatte seine Mutter es genannt. Er schob sein Rad langsam seitwärts in die breite Allee, die am Sainsbury's-Supermarkt entlanglief, und sprach die beiden Schüler an, die ihm in schwarzen Schulblazern und gestreiften Krawatten entgegenkamen – aus der eleganten Schauspielschule gegenüber des Parks, wie er sofort erkannte. Sie blieben stehen und warfen sich unter ihren langen Ponyfransen flüchtige Blicke zu, eher neugierig als ängstlich. Der Größere war etwa fünfzig Zentimeter größer als sein Kumpel, aber Larry hatte den Eindruck, dass sie trotzdem aus derselben Klasse waren, vielleicht neun oder zehn Jahre alt.

»Was gibt's, Alter?«

Alter? Larry musste an sich halten, um nicht laut loszuprusten. Dieser ungelenke vornehme Trottel hatte ihn wirklich mit Alter angesprochen? Jedenfalls passte er sofort seine eigene Sprache entsprechend an.

»Ja, Süßer – kann ich dein Handy für 'ne Minute ausleihen? Ich muss meine Mutter anrufen, sehen, ob sie zu Hause ist, da ich keinen Schlüssel habe und irgendein Wichser gestern mein iPhone geklaut hat.«

Der Größere zögerte, aber der Kleine steckte sofort seine Hand in die Tasche des Blazers und zog ein Handy heraus. »Kein Problem, Kumpel«, sagte er grinsend zu Larry. »Solange sie nicht in Australien lebt.«

Alle kicherten höflich. Larry nahm das Handy. »Ein Galaxy S4«, sagte er und drehte es um. Dann tat er zwei Dinge gleichzeitig: Er öffnete den Deckel des Handys, holte sein Springmesser heraus und drückte die nackte Klinge bösartig, aber diskret dem Größeren an die Hüfte unter dessen Blazer.

»Tut mir leid, aber was sein muss, was?«, sagte er ruhig. »Aber da ich ein guter Mensch bin, lasse ich dir deine SIM-Karte. Nimm sie heraus, und ich bin schon weg. Wenn du nicht willst, dass ich das ganze Ding nehme, beeilst du dich ein bisschen.«

Die Münder beider Jungs standen vor Schock und Wut weit offen, als Larry das Handy seinem Eigentümer zurückgab. Er drückte das Messer ein bisschen tiefer ins Fleisch des Großen. »Wird's bald?«

Mit Panik in den Augen nahm der Große die SIM-Karte aus seinem Handy und gab es dann zögernd Larry.

»Braver Junge«, sagte Larry und steckte es ein; das Messer hielt er immer noch in der Hand. Er drehte sein Rad in Richtung Straßenende. In diesem Moment schien der Kleinere der beiden aus seiner Schockstarre zu erwachen. Er stieß einen gellenden Schrei wie ein Mädchen aus und und stürzte sich mit seinen kleinen Fäusten auf Larry. Larry lachte und trat nach ihm. Er traf den Jungen an der Kniescheibe. Der Schrei des Jungen ging in ein Heulen über, und er fiel zu Boden. Der Größere startete einen ähnlichen uneffektiven Angriff, aber Larry war klar, dass das nur der Form halber geschah, damit er dem Kleinen gegenüber nicht wie ein Feigling dastand.

»Ach, hört doch auf, ihr beiden Schisser«, sagte er, stellte die Füße auf die Pedale und raste davon. »Ist doch nur ein verdammtes Handy. Mami kann es ja der Versicherung melden.«

* * *

Eine halbe Stunde später traf Larry an seiner nächsten Haltestelle ein, der nach Pisse stinkenden, widerhallenden Kennedy-Siedlung aus grauem Zement in Whitton. Er war die ganze Zeit über sehr schnell gefahren und versuchte, so seine Nerven zu beruhigen. Es grenzte an Terror – Gefühle, die er immer hatte, wenn er Jerome besuchte. Aber, wie er zu den Jungs gesagt hatte, was sein muss, muss... Er brauchte das Geld, das ihm Jerome für die vier geklauten Handys geben würde, die in der Innentasche seiner Jacke hin und her schwangen, als er auf den Pedalen stand und so schnell trat, wie es nur ging. So konnte er sein wild schlagendes Herz auf die Anstrengung schieben und nicht auf den Anblick von Jeromes fiesem gelblichen Gesicht, als Jerome ihm die Stahltür seiner Wohnung öffnete und ihn mit zusammengekniffenen Augen anstarrte, wie er es immer tat.

Larry nahm sein Rad mit rauf zum siebten Stock – kein Schloss, und er wusste, es würde in einer Nanosekunde geklaut sein, wenn er es unten ließe. Außerdem gab es so einen weiteren annehmbaren Grund für sein Schnaufen.

»Was hast du für mich, Lawrence?«, fragte Jerome ohne Smalltalk durch den Spalt der Tür.

»Schon gut, Jerome.« Larry klopfte auf seine Jackentasche, und Jerome zuckte mit dem Kopf zur Seite, um ihm anzudeuten, hereinzukommen.

»Lass das scheiß Rad draußen, Kumpel. Ich will keinen Dreck auf meinem Teppich.«

Zögernd ließ Larry es vor der Tür stehen und tröstete sich damit, dass es hier schon sicherer sei als unten vor dem Haus. Er folgte Jerome in die Wohnung und war immer wieder überrascht, wie minimalistisch und aufgeräumt es hier war. Sah aus wie die Wohnungen von Junggesellen im TV-Filmen von 1985. Überall Chrom und getöntes Glas, die Tapete einer Wand grau und schwarz gemustert, die andere Wand grau gestrichen und dazu das gerahmte Schwarz-Weiß-Foto der Bauarbeiter des halb fertigen Wolkenkratzers aus den Zwanzigerjahren, wie sie auf einem Eisenträger Hunderte Meter hoch in der Luft sitzen und frühstücken. Das Einzige, was irgendwie nicht passte, war das pummelige schwarze Mädchen in bauchfreiem Top und orangefarbenen Leuchtleggins, die auf dem Sofa hingegossen lag und sich einen Joint reinzog. Sie nahm keine Notiz von Larry, und Jerome stellte sie nicht vor.

»Mach schon«, sagte er ungeduldig.

»Drei Galaxys und ein iPhone5«, sagte Larry und versuchte, nicht zu stolz zu klingen.

Er verdrängte das Bild der früheren Besitzer der Handys, die Angst auf dem Gesicht der Frau im mittleren Alter auf dem Oberdeck des Busses, als sie sein offenes Messer sah, den Ausdruck von Schmerz auf dem Gesicht des Schülers, der verwirrte Geschäftsmann in der U-Bahn, das junge Mädchen mit dem Kinderwagen, erschrocken und ängstlich, als er ihr einfach das Handy unterm Kinn weg klaute, wo sie es festgeklemmt hatte, um beim Gehen reden zu können. Seine Mutter wäre wirklich echt sauer auf ihn, wenn sie davon wüsste. Aber es sind doch nur Handys.

Er fühlte Wut auf seine Mutter aufflackern. Warum suchte sie sich keine Arbeit? Sie war doch nicht irgendeine unnütze Prolltante; sie war eine nette Mittelklassefrau, die vierzehn Jahre lang Haushälterin für dieselbe Familie gewesen war. Dann war sie vor einem Jahr »überflüssig« geworden, die Kinder waren erwachsen, und sie wurde nicht mehr gebraucht. Seitdem hatte sie nichts Neues mehr gefunden. Der Stapel der Mahnungen auf dem Fensterbrett hinter der Glotze war inzwischen so hoch geworden, dass bald kein Licht mehr ins Zimmer fallen würde.

Keiner seiner Kumpel wusste davon, wie knapp es bei ihnen geworden war. Sie beide lebten in einem Terrassenhaus in einer netten Gegend von Teddington, anständig genug, dass er manchmal sogar Leute eingeladen hatte, wenn seine Mutter ausgegangen war. Alice war aber noch nie bei ihm gewesen. Er war zu schüchtern angesichts ihrer Eleganz und der Größe ihres Elternhauses. Er wollte sie beeindrucken. Ihre Freundschaft war noch zu frisch, sodass er fürchtete, sie würde ihn für einen Reicheren fallen lassen, wenn sie sah, wo er lebte.

Jeromes Kinn zuckte, was wohl ein Nicken sein sollte.

»Drei davon haben noch die Sims drin«, plapperte Larry. »Das hier nicht.« Er deutete auf das Handy des Schülers.

»Egal«, sagte Jerome gelangweilt. »Ich gebe dir vierzig Pfund für alle.«

Larry musste sich zwingen, nicht enttäuscht zu gucken. Das war weniger pro Telefon als letztes Mal, aber er hatte zu viel Respekt vor Jerome, um darauf hinzuweisen.

»Okay«, sagte er resigniert.

Jerome holte ein riesiges Bündel Pfundnoten aus der Seitentasche seiner Combathose und zog zwei Zwanziger raus. Larry streckte die Hand aus, um sie zu nehmen, aber in letzter Sekunde zog Jerome die Hand zurück. Plötzlich starrte er drohend in Larrys Gesicht, seine Angst einflößende grünliche Blässe verströmte irgendeinen ranzigen Geruch – oder war das sein Mundgeruch? Er hatte ekelerregende Zähne, zerfallen und total gelb, und seine Augen waren ausdruckslos und wie tot. Larry war immer davon ausgegangen, dass Jerome Ende zwanzig war, vielleicht Anfang dreißig, aber jetzt aus der Nähe konnte er sehen, dass er vermutlich jünger war – vielleicht nur ein paar Jahre älter als er selbst. Larrys Beine wurden weich, aber er zwang sich, stehen zu bleiben.

»Was?«

Jerome legte seinen Kopf langsam und bedrohlich zur Seite und starrte Larry aus nur wenigen Zentimetern Entfernung an. »Sag der bösen Schlampe, dass ich sie im Auge habe. Sie schuldet mir mehr, als mir irgendjemand Lebendiges je geschuldet hat. Sag ihr, sie soll sehr vorsichtig sein, weil, ohne Scheiß, ich werde ihr wehtun. Und jetzt verpiss dich.«

Larry gehorchte bereitwillig, er rannte so schnell die Stufen hinunter, dass er mit den Handgriffen des Lenkers überall anstieß, und wäre fast gefallen in seiner Hast, hier herauszukommen – und zwar so schnell wie möglich. Scheiße, Scheiße, Scheiße, dachte er bei jedem Schritt. Diesmal hat sie's wirklich getan.

KAPITEL 8
PATRICK – TAG 2

Im Park, in dem die Leiche gefunden worden war, schien die Sonne. Patrick und Carmella traten unter einem Baumkronendach aus Rosskastanien hervor in die pralle Sonne, die vor Patricks Augen Punkte tanzen ließ. Er blieb stehen, nahm einen Zug von seiner E-Zigarette und wurde fast ohnmächtig, als das Nikotin und das grelle Licht auf sein erschöpftes Gehirn trafen. Vor seinen Füßen tanzten Schatten, mal groß, mal klein, auf der aufgerissenen Erde. Er blieb wie erstarrt stehen, versuchte, sich auf den nächsten Baumstamm zu konzentrieren, und wartete darauf, dass seine Sehkraft wieder funktionierte. In seinem linken Ohr pfiff es wie verrückt, sein Tinnitus wurde immer unerträglicher.

»Wenn das Frankie Philips oder Isabel Hartley ist«, sagte Patrick, »dann ist das hier das Zentrum des größten Shitstorms, den Südwestlondon je erlebt hat.«

»Ich habe einen Regenschirm im Auto«, erwiderte Carmella. Sie sah fast so krank aus, wie sie sich fühlte. Seit einer Woche war ihr klar, dass dieser Moment kommen würde. In solchen Fällen, wenn sieben Tage vorüber sind, gab es nur zwei Möglichkeiten. Eine Leiche. Oder gar nichts mehr.

Drei Zivilfahrzeuge und ein Kleintransporter voller Polizisten warteten hinter ihnen, und ein Pathologe vom Innenministerium war alarmiert worden. Aber Patrick und Carmella würden sich das als Erste ansehen.

»Sie werden den allergrößten Regenschirm brauchen, wenn die Medien von der Sache erst einmal Wind bekommen haben«, sagte er.

In den letzten Jahren war die Existenz von Lagerplätzen für Zigeuner und anderes fahrendes Volk im Crane Park in Twickenham eines der heißesten – nein, der aufhetzendsten – Themen unter den Ortsansässigen. Es kam selten vor, dass die örtliche Tageszeitung ohne einen Artikel über fahrende Roma, Sinti oder Iren auskam, die für alles verantwortlich gemacht wurden: angefangen vom Fall der Grundstückspreise bis zum Anstieg der Kleinkriminalität, gespickt mit von Journalisten endlos geschürten kleinen moralischen Angstpsychosen, ob es dabei um Kanalisation ging, um die Hunde der Zigeuner, die überall in den Park schissen, das Geld der Steuerzahler, das für Arbeitslosenhilfe verwendet wurde, oder um die Kosten für das Abschleppen von Autowracks, die außerhalb des Lagers einfach abgestellt wurden. Dann gab es noch Gerüchte über »Zigeuner, die mit Drogen handeln« und Stoff an die Teenager verkauften, oder Menschen, die sich beschwerten, weil sie Angst hatten, ihre Kinder im Park spielen zu lassen.

Persönlich wünschte sich Patrick, dass man die Leute in Ruhe ließ. Teilweise deshalb, weil moralische Angstpsychosen und Hexenjagd ihm widerstrebten – er hatte eine natürliche Angst vor aggressiven Menschenhorden, egal, wer die Zielscheibe sein sollte. Teilweise, weil er jeden Tag Zeuge des Schlimmsten wurde, was in der sogenannten ehrenwerten Welt vorging, in der Stadt, außerhalb der Lagergrenzen. Aber er wusste, dass, wenn der Lagerplatz im Crane Park und der »Kinderfängerfall« sich kreuzten, das in etwa so wäre, als würde der südkoreanische Präsident im Fernsehen Kim Jong-un beschuldigen, seine Nuklearraketen lediglich als Ersatz für seinen winzigen Penis zu benutzen.

Am Eingangstor wurden sie von einem jungen Mann erwartet – stark gebräunt, mit dichtem schwarzem Haar, in einem karierten Hemd, das offen stand und seine behaarte Brust zeigte. Sein Gesichtsausdruck war ernst, und ohne ein

Wort zu sagen, nickte er mit dem Kopf und bedeutete ihnen, ihm zu folgen.

Sie gingen über den Platz: Wohnwagen waren zu einer ungeordneten Formation aufgestellt; Autos in unterschiedlichsten technischen Zuständen; Männer und Frauen, die in der Sonne saßen; Kinder, die nur in Shorts umherliefen; Hunde, die an Radfelgen schnüffelten. Der Anblick erinnerte Patrick an Musikfestivals – nur dass die Atmosphäre hier völlig anders war. Es lag Spannung in der Luft, die ihnen wie eine Welle kaum unterdrückter Feindseligkeit folgte, als sie vorbeigingen.

Der junge Mann behielt die Hände in den Taschen und sprach kein Wort, bis sie einen großen glänzenden Wohnwagen in der Mitte des Platzes erreichten.

»Mickey wartet drinnen«, sagte er und klopfte an die Tür.

Sie gingen die Treppenstufen hoch in den Wohnwagen, in dem ein Mann mit drahtigem grauem Haar und Unterarmen wie denen von Popeye sie stehend erwartete. Sie schüttelten sich die Hände, und der Mann stellte sich vor.

»Ich heiße Mikey Flanagan«, sagte er und bat sie mit einer Handbewegung, Platz zu nehmen. Sein Körper schüttete Testosteron in großen Moschuswellen aus. Er war um die fünfzig, sah aber so fit aus wie ein Boxer im Ruhestand. Sie saßen ihm gegenüber an einem runden Tisch. Mickey griff sich eine Büchse Dr. Pepper und nahm einen Schluck, bot aber seinen Gästen nichts an.

»Waren Sie es, der den Fund einer Leiche gemeldet hat?«, fragte Patrick.

Mickey nickte. »Ja.«

»Wo ist sie jetzt?«

Der Mann zögerte. »Damit Sie es gleich wissen, es war niemand von diesen Leuten hier. Das kann ich versprechen.«

»Nennen Sie uns einfach die Fakten, Mr Flanagan.«

Mickey klopfte auf den Tisch. »Wir sind hier anständige Leute. Glauben Sie, wir wissen nicht, was sie über uns da draußen erzählen? Was werden sie erst sagen, wenn sie erfahren, dass ein Baby hier gefunden worden ist?«

Patrick wartete und hielt Flanagans Blick stand.

Schließlich seufzte Mickey. »In Ordnung. Also es war dieser verdammte kleine Idiot Wesley. Er fand sie.«

»Wie ist der vollständige Name von Wesley?«, fragte Carmella.

Patrick bemerkte, wie sie ihren irischen Akzent besonders betonte, als sie mit dem Anführer der Zigeuner sprach.

»Sein Nachname ist Hewson.«

»Und wo ist er jetzt? Es ist besser, wenn wir es von ihm hören.«

Mickey starrte Carmella an und murmelte etwas in seinen Bart. Er erhob sich, ging zur Tür und lehnte sich hinaus. Eine Minute später kam ein Mann herein, der achtzehn oder neunzehn Jahre alt war. Er trug ein weißes Poloshirt und ausgebeulte Jeans. Sein glatt gegeltes Haar ließ seine abstehenden Ohren besonders hervorstechen. Er stand kerzengerade und versuchte durch seine Haltung zu beeindrucken, aber in dem Augenblick, als Patrick ihn mit seinem stählernsten Blick fixierte, bröckelte die angeberische Fassade.

»Sag Ihnen, was passiert ist, du Iddi«, sagte Mickey.

Als Wesley zu sprechen anhob, wurde klar, dass er nicht der hellste Stern am Firmament war. In Patricks Kindheit hätte man ihn Hilfsschüler genannt. Während er sprach, schaute er niemanden an.

»Ich fand sie hinten raus, da bei den Mülltonnen. Man hatte sie....«, er verzog sein Gesicht, »... einfach da liegen gelassen in einem... halt so'n schwarzen Müllbeutel. Da waren überall Fliegen. Und es stank fürchterlich.«

Patrick schluckte. »Sie?«

»Ein kleines Mädchen. Nur ein winziges kleines Ding. Ungefähr genauso alt wie meine Tochter.«

Mickey nickte. »Wes hier ist Vater von zwei Kindern.«

»Wann war das?«, fragte Patrick in Erwartung einer Uhrzeit.

»Montag.«

»Es dauerte etwas, bevor ihnen das Ausmaß der Antwort bewusst wurde. Er und Carmella warfen sich einen entsetzten Blick zu.

»*Montag?* Das war vor sechs Tagen.« Es konnte also nicht Frankie sein.

Wesley ließ den Kopf hängen wie ein Hund, der beim Stehlen der Weihnachtsgans erwischt worden ist, und Mickey sagte: »Er hatte sie versteckt.«

»Wo?«, fragte Patrick. Die Hitze brachte ihn zum Schwitzen, und er fühlte sich elend, benommen vor Angst. Auch Carmella war eine Spur blasser geworden.

»Sag's Ihnen«, sagte Mickey und gab ihm einen Klaps auf den Hinterkopf.

»Hinter dem Lagerplatz, da, wo die Mülltonnen sind, da ist halt dieses alte Gebäude.«

»Früher mal die öffentlichen Toiletten«, erklärte Mickey.

»Ich hab sie da reingelegt. Und sie mit dieser alten Plane zugedeckt. Es tut mir leid. Es tut mir echt leid.«

Patrick starrte den Jungen an. Es ist nur selten in seiner Karriere vorgekommen, dass ihm die Worte fehlten. Das war jetzt so ein Fall.

»Hören Sie«, sagte Mickey und stellte sich vor Wesley. »Er mag ein verdammter Iddi sein, aber er hat es getan, weil er genau wusste, was die Leute denken würden. Zigeuner – die diese entführten kleinen Kinder ermordeten, die verschwunden sind. Er ist in Panik geraten. Entschloss sich, sie zu verstecken, bis ihm eine Lösung einfallen würde.«

»Und was... er brauchte sechs Tage, um sich zu entschließen...«

»Es mir zu sagen. Ja. Und ich habe Sie sofort angerufen.« Mickey sah so elend aus, wie Patrick sich fühlte. »Dieses kleine Baby muss von seiner Familie beerdigt werden. Und Sie müssen den kranken Bastard schnappen, der das getan hat.«

»Es tut mir so leid«, sagte Wesley noch einmal.

* * *

Eine Stunde später stand Patrick gegen die Motorhaube seines Autos gelehnt, trank aus einer Wasserflasche und versuchte, das zunehmende Sausen in den Ohren zu ignorieren, ein Sausen, das dem Summen der Fliegen in der stillgelegten öffentlichen Toilette ähnelte. Jetzt war die Spurensicherung dort. Der ganze Lagerplatz war abgesperrt worden, und Wesley befand sich auf dem Rücksitz eines Streifenwagens auf dem Weg zum Revier.

Carmella kam auf ihn zu und legte eine Hand auf seinen Arm. »Hey, sind Sie okay?«

Wie sollte er das beantworten? Er hatte gerade die zerknitterte grüne Plane hochgehoben und die nackte Leiche eines drei Jahre alten Mädchens angestarrt, für deren Überleben er die ganze letzte Woche gebetet hatte. Er wusste ohne jeden Zweifel, dass es Isabel Hartley war. Er nahm wieder einen lauwarmen Schluck aus der Wasserflasche.

»Jemand muss die Hartleys benachrichtigen«, sagte er. Dabei dachte er nicht nur an sie, sondern auch an die beiden anderen Familien. Und darüber, wie sich ihre Angst noch steigern würde, wenn sie erst einmal diese Neuigkeiten hörten.

»Das können die Beamten von der Opferbetreuung tun.«

»Und wir müssen uns auch noch darüber verständigen, was wir auf der Pressekonferenz sagen. DCI Laughland beraumt sie gerade an.« Er schaute auf den Zaun des Lagerplatzes, auf dem

VERPISST EUCH ZIGEUNER stand. In der Ferne konnte er erregtes Gekreische vom Trubel eines Kinderspielplatzes hören. Die Welle der Empörung würde nicht mehr lange auf sich warten lassen. »Und ich will, dass jeder Mann, jede Frau und jedes Kind hier befragt wird. Was haben sie gesehen? Was wissen sie? Wesleys Geschichte ist dumm genug, um wahr zu sein. Aber im Moment ist er unser einziger Verdächtiger. Und gleich nach ihm kommen alle anderen Bewohner dieser Wagen. Sie...«

Er hielt plötzlich inne und wischte sich übers Gesicht.

»Werden Sie die Pressekonferenz leiten?«, fragte Carmella.

»Selbstverständlich.«

Sie zog eine Augenbraue nach oben. »Bei allem Respekt, Sie sehen aus wie der Penner, dem ich heute Morgen ein Pfund mit auf den Weg gegeben habe. Und riechen nur geringfügig besser – diese Dusche hat ganz offensichtlich nichts bewirkt. Warum fahren Sie nicht nach Hause, nehmen eine richtige Dusche und ziehen sich um?«

»Sind Sie meine Mutter?«

»Nein, aber ich denke, sie ist die Einzige, die Sie jetzt wieder hinkriegen kann. Fahren Sie nach Hause, Pat. Schauen Sie nach Ihrer Tochter, nehmen Sie sie in die Arme.« Sie stemmte die Hände in die Hüften, und er blinzelte zu ihr hoch. »Und spülen Sie den Geschmack aus Ihrem Mund.«

***

Patrick schloss die Tür zum Haus seiner Eltern auf. Er brachte es nicht fertig, es sein Zuhause zu nennen, obwohl er hier aufgewachsen war – und wurde von Bonnies Heulen begrüßt, das von oben kam, und dem drängenden Ton seiner Mutter, die versuchte, sich über das Geschrei hinweg Gehör zu verschaffen. »Komm jetzt, Schätzchen, wir gehen doch bald los zur Spielgruppe, und da kannst du doch nicht im Schlafanzug hingehen, nicht wahr? All die anderen Jungen und Mädchen werden angezogen sein. Und du willst doch nicht die Einzige im Schlafanzug sein, oder?«

Als er an der offenen Wohnzimmertür vorbeiging, sah er seinen Vater Jim in seinem Lieblingssessel sitzen, der stirnrunzelnd auf sein iPhone schaute. Zweifellos spielte er entweder Scrabble oder las Nachrichten auf der BBC-App. Das schien alles zu sein, womit sich Jim jeden Tag beschäftigte: das und das Sudoku auf der Rückseite des *Guardian*. Jim war vor zwei Jahren in den Ruhestand gegangen nach Jahren im Staatsdienst, angeblich um Patricks Mutter Mairead mit Baby Bonnie zu helfen, obwohl Patrick nicht ein Mal gesehen hatte, dass er auch nur einen Finger gekrümmt hätte. Das brachte ihn dazu, sich noch schuldiger zu fühlen hinsichtlich der Last, die er seiner Mutter aufgebürdet hatte – trotz der Tatsache, dass sie mit Nachdruck verneinte, dass die Sorge um ihre einzige Enkelin in irgendeiner Weise eine Last wäre.

Bonnie kreischte erneut. »JA, ICH WILL DIE EINZIGE IM NACHTHEMD SEIN, OMA!«

»Was machst du denn so zeitig zu Hause, Pat?« Jim schaute kaum von seinem iPhone auf.

»Stippvisite«, knurrte Patrick als Erwiderung und verdrängte die Erinnerung an Isabels winzigen zerbrochenen Körper. In Gedanken hatte sich ihr Gesicht bereits in das von Bonnie verwandelt, wie er es an jenem schrecklichen Tag gesehen hatte, als er nach Hause kam in die Stille und zu Gill, die den Verstand verloren hatte.

Er ging nach oben, er musste unbedingt seine Tochter sehen. Im winzigen Arbeitszimmer, das in aller Eile zu Bonnies Kinderzimmer umfunktioniert worden war, schien es zu einer Pattsituation gekommen zu sein. Bonnie stand mit verschränkten Armen da und starrte mit zugekniffenen Augen bockig ihre Oma an. »*Nein!*«, sagte sie und trat mit dem Fuß gegen das kleine Sommerkleid, das Mairead ihr entgegenhielt. Tatsächlich trug sie immer noch ihren Peppa-Wutz-Schlafanzug.

»Hallo, Bon-Bon«, sagte Patrick, ging in die Hocke und tippte ihr auf die Schulter.

»DADDY!«, schrie sie verzückt in sein Ohr und schlang die Arme um seinen Hals. Ihre dunklen Löckchen kitzelten sein Gesicht so sanft wie Spinnweben. »Du bist nach Hause gekommen!«

Er lachte und nahm sie hoch. Das kompakte warme Gewicht brachte ihn fast zum Weinen. »Ja, bin ich – ich komme immer wieder zu dir nach Hause! Diesmal ist es allerdings nur ein kurzer Besuch, um Hallo zu sagen, und dann muss ich mich duschen und gehe wieder los. Aber ich werde später wieder da sein, versprochen. Komm, lass mich dich anziehen, damit Oma dich zur Spielgruppe bringen kann!«

Er nahm seiner Mutter das Sommerkleid und ein kleines Baumwollhöschen aus der Hand, während sie ihm ein dankbares Lächeln und einen Kuss auf die Wange gab. Er versuchte, zu ignorieren, wie müde sie aussah, als sie die Treppe wieder hinunterging, sie wirkte eher wie achtundsiebzig als wie achtundsechzig, die sie letzten Monat geworden war.

»Also gut. Wir tun jetzt Folgendes. Du ziehst deine Große-Mädchen-Hose an, und dann kannst du deine Peppa-Schlafanzughose drüberziehen – aber nur, wenn du auch das Kleid trägst. In Ordnung?«

Bonnie wand sich in seinen Armen, um wieder heruntergelassen zu werden. Dann sah sie ihn prüfend an. »Ist das eine Abmachung, Daddy?«

»Ich denke mal, das ist eine sehr gute Abmachung. Wie denken du und Peppa Wutz darüber?«

Bonnie seufzte mit dem ganzen Körper, streckte ihre Arme mit offenen Handflächen weit auseinander und ließ sie dann nach unten an ihre Schenkel plumpsen. Sie konsultierte ihre gestrickte Peppa-Puppe. »Wir sagen Ja«, sagte sie zögernd und gestattete Patrick, sich hinzuknien und sie anzuziehen. Dann hellte sich ihr Gesicht auf. »Daddy, bringst du mich zur Spielgruppe?«

Patrick lächelte über die Art, wie sie es aussprach: Spiguppe.

»Ich kann nicht, Bon-Bon. Tut mir leid, nicht heute. Daddy muss zurück zur Arbeit.«

Er zuckte zusammen. In Gedanken sah er schon die Menge der Fernsehkameras, die laut gerufenen Fragen, die kaum unterdrückte Hysterie – und dann, unweigerlich, die Tatsache, dass ihn die Öffentlichkeit als »diesen Bullen von den Nachrichten« wahrnehmen und ihn persönlich für jegliches Fehlen eines Durchbruchs oder Fortschritts in diesem Fall verantwortlich machen würde... Und dann die schmerzlichen Unterhaltungen, die er zweifellos mit den von Panik ergriffenen Philips würde führen müssen.

»Warum?« Sie kniff in seine Wangen und zwang ihn, in ihre Augen zu schauen. Sie roch so süß, eine Mischung aus zarter Babyhaut und Apfelsaft.

»Weil es meine Arbeit ist, Liebling. Ich helfe Menschen. Und heute muss ich der Familie eines kleinen Mädchens helfen, das ein bisschen so ist wie du.« *Nur, dass du nicht tot bist, Gott sei Dank.*

»Ich mach deine Arbeit nich.«

Er lächelte sie an. »Manchmal mag ich sie auch nicht, aber ich muss sie tun. So, lass uns nachsehen, ob Oma mit dir zehn Minuten Teepartys spielt, während ich dusche. Danach nehme ich dich und Oma in meinem Auto mit zur Spielgruppe. Was hältst du davon?«

»Jaaa!«, schrie sie, und Patrick atmete erleichtert auf, da sie anscheinend den Kompromiss akzeptiert hatte. Er trug sie hinunter ins Wohnzimmer und übersah das verärgerte

Augenrollen seines Vaters bei der unmittelbar bevorstehenden Unterbrechung seines Friedens.

»Spiel ein bisschen mit Opi, er spielt Teepartys wirklich gern«, sagte Patrick mit süßlicher Stimme und legte dabei Bonnie in Jims Schoß, wo sie sofort nach dem iPhone griff, was Jim, wie Patrick wusste, stets ärgerte. Jim nahm ihr geschickt das Telefon ab und umarmte Bonnie ungestüm, um sie abzulenken. Patrick überließ die beiden sich selbst und hoffte, dass Jim nicht sofort nach Mairead suchte, um ihr Bonnie zurückzugeben, damit er sich wieder seinem Online-Scrabble zuwenden konnte. Es war das übliche stille Murren. Als sich Patrick auszog und unter die armselige tröpfelnde Dusche stellte – das war eine weitere Sache, die er vermisste, die Powerdusche, die er in ihrem Haus installiert hatte –, versuchte er sein Murren zu unterdrücken. Jim und Mairead hatten sich beide einverstanden erklärt, ihn und Bonnie aufzunehmen, und Jim war schon immer faul gewesen. Es wäre naiv, anzunehmen, dass aus ihm plötzlich ein Kinder umsorgender und den Haushalt schmeißender Dynamo werden würde, nachdem er in Rente war. Es war großzügig von ihnen gewesen, ihm aus der Klemme zu helfen, denn die einzige Alternative für Pat hätte ungeheuren Stress bedeutet sowie einen Rattenschwanz an Au-Pairs und Kindermädchen.

Nach der erfrischenden Dusche fühlte er sich etwas besser – für eine Rasur blieb keine Zeit. Er zog einen Anzug und ein sauberes Hemd an und wählte einen Schlips aus seiner Kollektion nahezu identischer Schlipse aus, die sich allesamt in wildem Durcheinander in einem Schuhkarton unterm Bett befanden. Eigentlich hasste er es, Schlipse tragen zu müssen, deshalb wählte er, wenn es schon sein musste, einen unauffälligen und fast an Anorexie grenzenden dünnen aus. Zusammen mit der Schlipsschachtel und all dem anderen staubbedeckten Ramsch unterm Bett lagen dort mehrere dicke Bücher, die er in den Wochen nach Gills Nervenzusammenbruch gekauft hatte. Er hatte gehofft, sie könnten ihm helfen. Er wollte verstehen, was ihm entgangen war, was er hätte besser machen können. *Postnatale Depression: Eine Anleitung für Partner* und *Gewalttätige Frauen: Die Psychologie der weiblichen Gewalt*. Ein weiteres hieß: *Der Knackpunkt*, ein riesiger Wälzer von Dr. Samuel Koppler. Ihn fand er am hilfreichsten, er lieferte ihm ein paar Erkenntnisse darüber, wie sich Gill in jenen schwarzen Tagen gefühlt haben musste. Letztendlich hatte er alle wieder unters Bett geschoben. Sie brachten ihn nur dazu, sich schuldig zu fühlen, überzeugt davon, dass er hätte sehen müssen, was zu Hause vor sich gegangen war. Aber er hatte so viel zu tun gehabt und war stets müde gewesen. Ein Baby zu haben war eine gnadenlos harte Aufgabe. Seine Sinne und Instinkte waren bis zu dem Punkt abgestumpft, dass er nicht mehr klar denken konnte. Das war jedenfalls seine Entschuldigung. Trotzdem fühlte er sich nicht besser.

Er schwitzte schon wieder, als er die Treppen hinunterging, wo er Jim in seinem Sessel sitzend vorfand und Bonnie Mairead in der Küche »half«, Käsesandwichs zu machen.

»Ich muss wieder los. Ich habe Bon gesagt, dass ich euch beide unterwegs bei der Spielgruppe absetzen würde, aber dann müssen wir jetzt los«, sagte er zu seiner Mutter und wischte Bonnies butterverschmierte Hände mit einem feuchten Tuch ab. Ein speckiger Butterfleck auf dem Anzug war das Letzte, was er jetzt vor der Pressekonferenz noch gebrauchen könnte.

»Danke, Liebes, okay, dann pack ich die Sandwichs ein«, sagte Mairead und holte die Rolle Frischhaltefolie aus dem Küchenschrank. Sie hatte nie Auto fahren gelernt, und Jim war noch nicht dazu gekommen, an ihrem steinalten Peugeot 107 den platten Reifen zu wechseln. Deshalb musste sie mit Bonnie im Buggy überall zu Fuß hingehen, es sei denn, Patrick nahm sie mit. Patrick schaute auf die Uhr. »Ich möchte dich nicht drängen, Mum, aber ich muss JETZT los«, sagte er. »Ich habe eine Pressekonferenz um zwei.«

Maireads Kopf fuhr herum. »Weshalb?«

»Du wirst es später in den Nachrichten hören – wir haben Isabel Hartley gefunden.«

Seine Mutter schlug die Hand vor den Mund. Patricks ernster Ton machte deutlich, dass es nicht gut ausgegangen war. »Oh, das arme, arme kleine Ding. Und ihre armen Eltern!«

»Sie wurde am Campingplatz der Zigeuner in Twickenham gefunden. Obwohl ich nicht weiß, ob sie dort...«, er formte mit den Lippen das Wort *getötet*, »... oder erst danach dort hingeworfen wurde. Aber behalt das für dich, bis nach den Spätnachrichten, okay?«

Dieser spezielle Infobrocken würde ein unmittelbares Chaos in Bonnies Spielgruppe auslösen, wenn Mairead es ausplaudern würde, sinnierte er. Aber er wusste, dass seine Mutter diskret genug war, nichts davon preiszugeben. Sie würden es alle früh genug erfahren.

»Hol deine Schuhe, Bonnie. So ist es brav. Du kannst dein Sandwich im Auto essen, als kleine Belohnung.«

Bonnie rannte hinaus in den Flur, und Mairead drehte sich zu ihrem Sohn um. »Oh, Pat. Das ist so schrecklich.«

Er nickte. »Ich weiß. Und das ist erst der Anfang. Da draußen werden immer noch zwei Kinder vermisst.«

KAPITEL 9
HELEN – TAG 2

Es war Helen klar, dass manche Leute es vollkommen unverständlich, sogar verdächtig finden könnten, dass sie heute hierhergekommen war, um Fitness zu machen. Aber sie musste da einfach mal raus. Raus aus ihrem vorübergehenden Zufluchtsort bei ihren nächsten Nachbarn, den Jamesons.

Als sie in dem klimatisierten und künstlich beleuchteten Sportstudio stramm auf dem Laufband trainierte, versuchten der Schmerz in ihren Lungen und das unruhige Schlagen ihres Herzens die verzweifelte Stimme in ihrem Kopf zu übertönen. Die Stimme, die immer wieder, wie in einer qualvollen Endlosschleife, Frankies Namen wiederholte.

Die unerträgliche Angst, dass jemand den makellosen kleinen Körper ihres einzigen Kindes verletzen könnte, war nicht auszuhalten. Was würde sie tun, wenn das passierte? Was, wenn der nächste wie Abfall entsorgte kleine Körper, wie mit Isabel Hartleys geschehen, Frankies wäre?

Sie vermisste Frankie so sehr, dass sie glaubte, ihr Kopf müsse explodieren. Und als jetzt die furchtbare Neuigkeit über Isabel eintraf, wurde alles zwanzig – nein, hundert Mal schlimmer.

Die Frau mit dem krausen grauen Haar hatte es ihnen erzählt. Sandra? Sarah? Helen dachte an sie nur als die OSB, die Opferschutzbeamtin. Eine gesichtslose, aber wohlmeinende Polizistin, die jetzt anscheinend bei ihnen wohnen musste, die im Weg war, aber sicherstellen sollte – was sicherstellen? Sicherstellen, dass sie nicht selbst Frankie im Gartenschuppen gefangen hielten? Sicherstellen, dass sie sich nicht im Dunkeln hinausschlichen, um ihren steifen kleinen Körper zu verscharren?

»Nur um sicherzustellen, dass Sie okay sind«, hatte sie gesagt, als sie mit ihnen bei den Jamesons eingezogen war. Als könnten sie okay sein, allein, ohne Frankie, und ihr eigenes Haus ein abgesperrter Tatort.

Jetzt verbrachten Sean und Helen ihre Nächte, indem sie sich kläglich an die gegenüberliegenden Seiten des rutschigen Gästebetts der Jamesons klammerten. Sally und Pete Jameson hatten sich diskret bei Freunden einquartiert. Alice war im zweiten Raum untergebracht. Die OSB quetschte sich in ein Einzelbett zwischen Büroregal, Schreibtisch und einem alten Heimtrainerfahrrad; in dem Raum, der, nur durch die gemeinsame Zwischenwand getrennt, an Frankies Zimmer angrenzte. Es ist seltsam, dachte Helen, in einem Haus zu sein, das ein Spiegelbild ihres eigenen ist, aber ohne dessen Trost und die gewohnten Besitztümer.

Aber am allerschlimmsten ohne Frankie.

Sie hatte so viele Anrufe und Nachrichten von Freunden bekommen, die sie eigentlich hätten trösten sollen, aber sie wollte von niemandem hören außer von der Polizei. Und auch von der nur, dass sie Frankie gefunden hatten. Früh am Morgen hatte sie einen Anruf von Liz Wilkins bekommen, einer früheren Kollegin, mit der Helen immer gut ausgekommen war, auch wenn sie sich sicher war, dass Sean sie attraktiv fand. Liz wollte überprüfen, ob die Adresse noch stimmte, weil alle Arbeitskollegen zusammengelegt hatten, um ihnen einen Blumenstrauß zu schicken. Helen fand das sonderbar, da Liz ihre Adresse sehr wohl kannte – sie war auf einer ihrer Dinnerpartys gewesen, auf der Sean und sie so ungeniert geflirtet hatten, dass Helen danach darauf bestand, dass er die Nacht auf dem Sofa verbrachte. Als Liz ihr erzählte, wie alle an sie und den armen

Sean dächten, fühlte Helen ihren Ärger wieder aufflammen und hatte aufgelegt.

* * *

Helen erhöhte die Geschwindigkeit fast bis zur Schmerzgrenze und beobachtete ihre steigende Herzschlagfrequenz auf dem Bildschirm. Als sie vorhin die Neuigkeit von Izzy gehört hatte, war sie ins Bad gegangen, hatte sich eingeschlossen und geschluchzt, stundenlang, so hatte es sich angefühlt. Als sie wieder herauskam, hatte die OSB schon auf sie gewartet.

»Lassen Sie mich Ihnen einen Tee machen«, sagte sie lebhaft, »das war sicherlich ein Schock, ich weiß.«

»Ich will mir unsere Pressekonferenz ansehen«, sagte Helen, »sie sollte auf den Nachrichten-Webseiten der BBC sein.« Sie war nicht imstande gewesen, es sich früher anzusehen, als es live gesendet wurde, und zu hören, wie DI Lennon ihre Worte monoton und gefühllos vorlas.

»Ich bin nicht sicher, ob das eine gute Idee ist«, sagte die OSB. »Es wird Sie nur noch mehr bestürzen.«

Helen starrte sie an. »Ich kann gar nicht noch bestürzter sein als jetzt schon«, sagte sie und wusste sofort, als sie das sagte, dass es nicht stimmte. Wenn DI Lennon vorbeikam, um ihnen zu sagen, dass es Frankie gewesen war, die auf dem Gelände des Campingplatzes gefunden worden war anstatt Izzy Hartley, dann vielleicht – dann wäre sie sehr viel bestürzter als jetzt.

»Ich sehe es mir später an«, stimmte sie plötzlich zu.

Sie gingen zurück in die Küche, wo Sean und Alice am Tisch saßen. Sean starrte blind auf die Sportseiten des *Guardian*, neben sich eine Dose Bier stehend, obwohl es erst Mittag war. Alices Finger spielten lustlos mit ihrem Handy. Sie sah bleich und unglücklich aus, aber dies zu bemerken machte Helen nur noch ärgerlicher auf sie.

»Alice«, begann sie und ignorierte den alarmierenden Blick von Sean, dessen Kopf hochschoss, als er ihren Tonfall hörte.

»Was«, fragte Alice, mehr eine Feststellung als eine Frage. Sie hätte genauso gut »auch immer« hinzufügen können.

»Nichts«, antwortete Helen tonlos. Sie hatte das schlimme Gefühl, dass sie, wenn sie erst mal mit Alice anfing, niemals aufhören würde. Aber obwohl sie nichts weiter gesagt hatte, war Alice trotzdem beleidigt und schob ihren Stuhl zurück, dessen Beine einen quietschenden Ton auf dem Steinboden machten.

Sean sprang ebenfalls auf und rannte hektisch, wie er es immer tat, wenn Alice eine Szene machte, hinüber zu ihr und schloss sie in die Arme, sodass Helen wünschte, er würde sie, seine eigene Frau, häufiger in die Arme schließen.

Alice hingegen wand sich aus der Umarmung. Sie weinte jetzt, dicke Tränen rollten ihre Wangen herab, und ihr bleiches Gesicht rötete sich vor Wut, als sie Helen ansah.

»Ich weiß, was du sagen wolltest«, heulte Alice und steigerte sich in einen Wutanfall, die Arme hingen mit geballten Fäusten an ihren Seiten herab wie bei einer Sechsjährigen. »Du vertraust mir überhaupt nicht, oder? Ich nehme sogar an, dass du mich dafür verantwortlich machst, dass Frankie entführt worden ist, richtig? Ganz sicher machst du das! Ich war der Babysitter, also ist es meine Schuld, das denkst du doch, oder? Warum hast du nicht den Mut und sagst es ganz einfach, du grausame…«

»Alice«, sagten Sean und die OSB gleichzeitig. Die OSB gab ihren Teezubereitungsversuch auf und wurde aktiv, sie eilte herüber zu ihr und versuchte sie zu beruhigen. Sie hatte keine Ahnung, was für eine sinnlose Geste das war, dachte sich Helen. Wenn Alice erst mal auf dem Weg zur Kernschmelze war, gab es kein Halten mehr.

»Ich wollte nur, dass du mir bei Frankies Leben schwörst, dass Larry in dieser Nacht nicht vorbeigekommen ist«, sagte Helen und packte den Stier bei den Hörnern. In diesem

Moment war es ihr egal, ob Alice jemals wieder mit ihr reden würde oder wie sauer Sean sein würde darüber, dass sie Alice verärgert hatte.

Alice gab ein frustriertes Geräusch von sich, halb Schrei, halb ärgerlicher Protest, schob die Hand der OSB von sich, griff sich ihr Handy vom Tisch und stürmte hinaus, die Haustür der Russels hinter sich zuschlagend. Die OSB folgte ihr.

Helens Herz wurde schwer, als sie hörte, wie das einen Tumult unter den vier oder fünf Paparazzi draußen auf dem Bürgersteig vor dem Tor hervorrief. Von der Küche aus hörte sie die Kameras klicken und den Klang männlicher Stimmen: *»Alice, was ist los? Alice, was hält Ihre Familie von den Neuigkeiten über Izzy?«*

Sie drehte sich zu Sean um, flehend nach der Sicherheit seiner Umarmung, aber in seinem Gesicht sah sie Wut.

»Das hättest du nicht tun sollen«, sagte er tonlos, als sie auf ihn zukam.

»Ach komm schon, Sean! Da ist doch was, was sie uns nicht erzählt, ich weiß es genau.«

Er sah sie an. »Du weißt es? Was zum Teufel soll das heißen? Für mich hört es sich so an, als versuchtest du verzweifelt, Alice zum Sündenbock zu machen, damit du jemanden hast, dem du die Schuld geben kannst...«

Helen blieb der Mund offen stehen. »Sean, das stimmt nicht, und ich finde es sehr unfair von dir, mir so wenig Rückhalt zu geben. Ich kann einfach nicht rumsitzen und nichts tun, während Frankie vermisst wird. Ich kann das nicht!« Ihre Stimme wurde schrill. »Lass uns rausgehen und den Fotografen unsere eigene Stellungnahme geben. Komm schon. Das wird uns helfen, ganz sicher.«

»Nein«, sagte Sean und legte ihr die Hand auf den Arm, um sie zurückzuhalten. »Nein, Helen. Das ist nicht das Richtige. Vielleicht später, auf einer offiziellen Pressekonferenz mit dem

Polizisten Lennon, du weißt schon, der, der gerade Isabels...« Er verstummte.

»Ich hab das von Isabel nicht gesehen. Ich sehe mir das heute Abend an, in den Neun-Uhr-Nachrichten.«

»Lieber nicht«, sagte Sean, und seine Augen füllten sich mit Tränen. »Sieh's dir nicht an, Hel. Und bitte geh jetzt nicht da raus. Wenn du einen Appell im Fernsehen machen willst, dann lass uns das richtig organisieren. Aber ich will nicht ins Fernsehen, das musst du dann allein machen.«

Er hörte sich komisch an, fast peinlich berührt.

Helen sah ihn fragend an. »Was? Natürlich mache ich das nicht allein. Es würde schon recht seltsam aussehen, wärst du nicht dabei. Um Himmels willen, warum willst du es nicht machen, wenn es uns doch helfen könnte, Frankie zu finden?«

Sean zuckte mit den Schultern und drehte sich um. »Ich muss Alice finden, sichergehen, dass sie okay ist«, sagte er. »Ich geh nach oben und ruf sie an.«

Er war aus der Küche gegangen. Als sie allein war, wollte sie nur noch weglaufen. Sie griff sich die Autoschlüssel und verließ das Haus – das Sportstudio befand sich in einem Hotel, im Grants, nahe dem Richmond Park. Sie kam häufig hierher, wenn Frankie im Kindergarten war, um zu trainieren und sich danach bei einem Kaffee in der Hotellounge zu entspannen. Hier konnte sie den Druck der Arbeit und der Familie für ein paar Momente vergessen, dies war die einzige Zeit, die sie für sich hatte.

Sie wurde jetzt langsamer auf dem Band, als sie jemanden ihren Namen rufen hörte. Sie sah auf – es war Marion, eine Freundin, die sie hier im Studio vor ein paar Monaten kennengelernt hatte. Manchmal, wenn Helen die Einsamkeit suchte, war die Gegenwart einer Freundin eine Störung, aber meistens war es angenehm, jemanden zum Reden zu haben, auch mal über andere Themen als Kinder oder Haushaltsdinge.

Marion war ebenfalls das Kind von Eltern mit unterschiedlichen Hautfarben wie Helen, mit einer weißen Mutter und einem Vater, der, wie Marion andeutete, ein bekannter Musiker war, obwohl sie niemals Namen nannte. Sie hatte keine Kinder, und Helen hatte sie manchmal um ihren schlanken Körper und ihr zwangloses Leben beneidet. *Jetzt kann dein Leben auch so locker sein wie Marions,* flüsterte eine grausame Stimme in ihrem Kopf, und sie schüttelte ihn heftig. Sie würde sich niemals wieder über die Kindergartenroutinen beschweren oder die endlosen Pflichten, die damit einhergingen, ein kleines Kind zu haben.

»Was machst du hier?«, fragte Marion mit erstaunten Augen und trat auf das Laufband neben Helen.

Außer Atem antwortete Helen: »Ich musste zu Hause raus.«

Marion nickte ernst. »Habt ihr was... Neues gehört?«

»Nein.«

Marion begann zu laufen. Helen wünschte sich, sie würde entweder verschwinden oder von etwas anderem reden. Irgendwelche Storys von ihrem Popstarvater oder Beschwerden über das Personal bei der Maniküre. Nur für fünf Minuten, das würde schon reichen. Nur damit Helens Hirn an etwas anderes denken konnte, bevor es sich selbst verdaute.

»Ich hab von Izzy gehört...«

Helen gab ihr keine Chance, den Satz zu beenden. »Ich muss los.«

Sie stoppte das Laufband und war im Begriff zu gehen. Sich schuldig fühlend, drehte sie sich noch einmal um.

»Tut mir leid, Marion, ich kann darüber jetzt nicht reden.«

»Ich verstehe dich. Du Arme. Aber ich bin sicher, sie wird wieder auftauchen, sicher und gesund. Wart's nur ab. Alle suchen nach ihr. Ich hab's auf Facebook gesehen – eine eigene Seite.«

»Oh, das hab ich nicht gewusst.«

Marion nickte. »Es gibt Tausende Mitglieder. Das ganze Land will sie finden, Helen. Wir beten alle für dich.«

* * *

Sobald sie wieder zu Hause war, rief Helen Facebook auf und suchte nach dem Namen ihrer Tochter. Sofort war sie auf der Seite *Findet Frankie*, die jemand Wohlmeinendes aus der Nachbarschaft eingerichtet hatte. Ihr Herz blieb fast stehen, als sie Frankies kleines Gesicht auf dem Foto sah, und sie berührte den Bildschirm mit ihren Fingerspitzen und streichelte Frankies Wange. Es gab schon 43 000 Gefällt-mir-Klicks auf der Seite. Um sich selbst zu trösten, begann sie, durch Hunderte Kommentare zu scrollen. Sie brauchte das Wissen, dass auch andere Leute sich um Frankie sorgten, dass sie damit nicht allein war.

Die ersten halfen ihr: »Möge Gott dieses kleine Geschöpf beschützen und segnen. Lasst uns alle ihr Foto teilen, sodass wir nach ihr suchen können.« – »Mein Herz ist jetzt bei der Familie, hoffe, sie wird bald gefunden.« Und viele ähnliche. Aber beim nächsten Kommentar stockte ihr der Atem. »Die folgenden Kommentare sollten gelöscht werden, sie sind furchtbar. Wie können Menschen so grausam sein?«

Was für Kommentare?

Frische Tränen traten ihr in die Augen, und Helen überlegte, den Laptop zu schließen und zu gehen – aber sie wusste, das würde sie nicht schaffen, sie musste es wissen.

Sie scrollte nach unten, die Giftigkeit der folgenden Bemerkungen brachte ihren Magen in Aufruhr, und ihr wurde übel.

»Ich mache die Eltern dafür verantwortlich. Was haben die sich dabei gedacht, auszugehen und ein Kind damit zu betrauen, nach dem Baby zu sehen?«

»Frankies Eltern gehören ins Gefängnis – sie ekeln mich an. Das Baby allein mit einer Fünfzehnjährigen zu Hause zu lassen...«

»Jemand hat mir erzählt, sie glauben, dass die Eltern dahinterstecken und dass sie die Leiche des armen kleinen Babys im Park verscharrt haben. Wo Rauch ist, da ist auch Feuer!!!«

Ihr Kopf sank auf die Arme, und der einzige Laut, den sie in der Stille hörte, war das Blut, das in ihren Ohren rauschte.

Nach einiger Zeit, vielleicht einer Minute oder auch zehn, außerstande aufzuhören, loderte Wut in ihr auf und verdrängte die Lethargie des Kummers. Sie setzte sich auf und schrieb selbst einen Kommentar für die Facebook-Wall und erzählte, wer sie ist. Dabei tippte sie so schnell, dass ihr Hirn kaum mit ihren Fingern Schritt halten konnte.

»Es schockiert mich und widert mich an, dass Menschen, Fremde, sich hier auslassen, Menschen, die mich und meine Familie nicht kennen – sich über uns ein Urteil erlauben. Sie meinen, wir verdienen das? Dass unser wunderschönes kleines Mädchen es verdient hat, entführt zu werden? Ja, ich wünsche mir mehr als alles auf der Welt, dass ich in jener Nacht nicht ausgegangen wäre, dass wir sie niemals mit ihrer Halbschwester allein gelassen hätten, obwohl es vollkommen legal ist, das zu tun. Mit fünfzehn ist es vollkommen legitim, kleinere Kinder zu babysitten, insbesondere Familienmitglieder. Ich wünschte mir, ich hätte eine Fernbedienung, die die Zeit zurückspulen und mich zu diesem Abend zurückbringen kann, und anstatt mit meinem Mann auszugehen – was mir wirklich zusteht –, verbringen wir den Abend mit meiner kleinen Tochter, schmusend und sie beschützend. Wir danken allen Menschen, die uns ihre Unterstützung und Sympathie angeboten haben – und bitte, hören Sie nicht auf, nach Frankie zu suchen. An die Menschen, die mich und meinen Mann verdammen: Ich hoffe, dass SIE SELBST sich schämen!«

Sie drückte schnell *Senden*, bevor sie ihre Meinung ändern konnte.

Innerhalb von Sekunden fluteten von überall Kommentare herein, die meisten stimmten ihr zu, ein paar bezweifelten ihre Identität, andere unterstützten die ursprünglichen Netztrolle und beschimpften Helen, als wären sie, die des Lesens und Schreibens kaum mächtig waren, die moralischen Hüter des Universums. Helen lehnte sich mit Tränen in den Augen zurück und beobachtete, wie die Liste der Kommentare anschwoll.

Plötzlich erschien ein roter Punkt auf dem Bildschirm, um anzuzeigen, dass sie eine private Mail erhalten hatte.

Sie öffnete sie – ihr Köper wurde ganz steif, es überlief sie eiskalt.

KAPITEL 10
PATRICK – TAG 2

Luft. Er brauchte unbedingt frische Luft. Aber er konnte sich einfach nicht von der Wand mit den Fotos der drei vermissten Kinder losreißen. Er korrigierte sich – nur noch zwei vermisst. Er hatte die Eltern von Isabel Hartley nicht mehr gesprochen, seitdem ihnen die schreckliche Neuigkeit mitgeteilt worden war. Er hatte sich diesen besonders bitteren Kelch für den nächsten Tag aufgehoben. Wie würden sie es verkraften? Isabel war ihr einziges Kind. Die Antwort auf seine Frage kannte er schon: überhaupt nicht. Wie kann man so etwas überhaupt verkraften? Sicher, sie würden ihr Leben weiterleben, wahrscheinlich sogar die nächsten fünfzig Jahre lang. Vielleicht würden sie weitere Kinder haben, zusammen oder mit neuen Partnern. Sie würden weiterleben – aber ihr Leben, wie sie es bisher kannten, war an diesem Nachmittag beendet worden, als ein Kollege aus Patricks Team sie bat, sich zu setzen, und ihnen mit leiser Stimme die furchtbare Nachricht mitgeteilt hatte.

Die Pressekonferenz war vor einer Stunde zu Ende gegangen. Im Konferenzraum war es, abgesehen vom Klicken der Fotoapparate, dem Schlurfen von Schuhsohlen und dem trockenen Husten des *Sun*-Reporters, sehr still gewesen. Kaum war Patrick mit seiner Mitteilung fertig, fragte ihn der Reporter der *Sun*, Harry Carlson, ob es wahr sei, dass Isabel auf dem Zigeunerlagerplatz des Crane Park, wie er sich ausdrückte, gefunden worden war. Im Nu war es mit der Stille im Raum vorbei. Inzwischen war es im Internet nachlesbar, und die Telefone liefen bereits heiß. In Surrey gab es neunzehn offizielle

Landfahrerlagerplätze sowie eine Menge weiterer privater und illegaler Camps. Menschen, die in der Nähe eines dieser Lagerplätze wohnten, riefen an, um zu berichten, dass sie Zigeuner mit kleinen Kindern im Schlepptau gesichtet hätten.

Patrick setzte sich an seinen Schreibtisch und stöpselte die Kopfhörer ein. Er rief seine iTunes-Playliste auf und wählte eines der sanfteren Alben von The Cure, *The Head on the Door*. Die Musik half ihm, seine Nerven zu beruhigen und seine Neuronen auf Trab zu bringen. Beim Hören dieser Titel, die er schon als Teenager geliebt hatte, fühlte er sich wieder jung. So, als ob er sein Gehirn austrickste und es glauben machte, er hätte den agilen Verstand eines Neunzehnjährigen, aber mit der Erfahrung und dem Wissen eines Mannes, der doppelt so alt war.

Er holte sein Notizbuch hervor und schlug eine neue Seite auf. Seine Kollegen grinsten immer, wenn sie ihn so sahen, und er wusste, dass es eine Marotte von ihm war. Dennoch irritierte es ihn, wenn Winkler ihn Dickens nannte oder manchmal auch JK – die einzigen verdammten Schriftsteller, von denen er wahrscheinlich je gehört hatte.

Der Notizblock war voller Eintragungen: Gedanken, Fragen, ein Wirrwarr an Informationen, die inzwischen so miteinander verstrickt und verschlungen waren, dass er sich darin verlor. Er brauchte Abstand, ein paar klare Aufzeichnungen, um überblicken zu können, was er wusste und, noch wichtiger, was er noch nicht wusste.

Er begann auf der neuen Seite mit einer Liste.

Isabel + Landfahrer
Liam/Sainsbury's
Frankie + Familie

Mit dem Stift klopfte er im Takt auf die Seite und hörte Robert Smith davon singen, wie er sich gestern alt gefühlt hatte, und fing an, Fakten unter die erste Überschrift zu schreiben. Als Erstes schrieb er Isabels Verschwinden auf, die Tatsache, dass sie aus ihrem Elternhaus entführt worden war, und danach, was er bisher über ihr bisheriges Schicksal erfahren hatte. Aber schon nach wenigen Zeilen hielt er inne. Er war frustriert.

Ja, er wusste, dass sie vor sechs Tagen von Wesley am Rand des Lagerplatzes gefunden worden war – einen Tag nach ihrem Verschwinden – und dass sie nackt gewesen war. Das, was er gesehen hatte, lieferte ihm keine deutlichen Hinweise darauf, wie sie gestorben war. Es gab keine sichtbaren Wunden oder Verletzungen. Er wusste auch, dass weder Wesley noch Mickey, deren Personendaten in der Holmes-Datenbank vorlagen, strafrechtlich verurteilt worden waren; außer einer zwanzig Jahre alten Anklage wegen schwerer Körperverletzung gegen Mickey, die von einer Kneipenschlägerei herrührte. Aktuell waren gerade zwei Detectives dabei, die Namen aller anderen im Camp Wohnenden in die Datenbank einzugeben. Aber bislang noch ohne Ergebnisse.

Er schrieb »muss Zigeuner ausschließen« und unterstrich es. Sein Gefühl sagte ihm, dass Mickey Flanagan recht hatte: dass die Leiche absichtlich dort abgelegt worden war, um die Aufmerksamkeit auf die Landfahrer zu lenken. Dafür gab es zwei mögliche Gründe. Grund eins war, dass jemand auf Rache aus war oder aus einem anderen Grund versuchte, Höllenfeuer auf die Landfahrer herabregnen zu lassen. Aber wie passte das zu den anderen vermissten Kindern? Sollten sie deren abgelegte Leichen auf anderen Lagerplätzen für Nichtsesshafte finden? Er machte sich eine Notiz, um das zu überprüfen. Sein Magen zog sich zusammen, als er das in dem Wissen aufschrieb, wie das für beide Seiten aussehen würde.

Das Rachemotiv schien unwahrscheinlich. Übrig blieb der offensichtlichste Grund: eine Ablenkungstaktik. Das einzige Problem bestand darin, dass es zu offensichtlich schien und nicht richtig durchdacht. Er zeichnete ein kunstvolles großes Fragezeichen aufs Papier. Er musste mit dem forensischen Pathologen, Daniel Hamlet, reden, auf dessen Anruf er wartete.

Er blätterte zur zweiten Seite. LIAM UND SAINSBURY'S. Es erstaunte ihn noch immer, dass es jemandem gelungen war, auf einem belebten Parkplatz eines Supermarkts ein Kind aus einem Auto zu entführen, ohne dass es jemand bemerkt hatte. Ohne Zweifel trafen in diesem Moment Anrufe von Leuten ein, die einen »verdächtigen Zigeuner« bei den Einkaufswagen herumschleichen gesehen hatten. Aber sie hatten sich schon die Überwachungsvideos des Marktes angeschaut. Zu Patricks Verärgerung erfassten sie weder das Auto der McConnells noch die Einfahrt oder Ausfahrt des Parkplatzes. Sie hatten sich auch schon mit Aufrufen an Fernsehen und die örtliche Presse gewandt und um Mithilfe gebeten. Zeugen sollten sich melden, die am 4. Juni zwischen zehn und zwölf Uhr vormittags im Sainsbury's waren und jemanden gesehen hatten, der ein kleines Kind trug. Aber bislang gab es keine nützlichen Hinweise.

Schließlich, als das Album sich dem Ende der Seite eins näherte, so wie er es damals ursprünglich als Kassette gekauft hatte, schrieb er auf eine neue Seite FRANKIE UND FAMILIE.

Die Spurensicherung hat nichts Verwertbares im Haus gefunden. Keine Fingerabdrücke, keine DNA, nichts. Das Einsatzteam war den ganzen Tag von Tür zu Tür gegangen und hatte schließlich einen potenziell nützlichen Zeugen vorzuweisen. Ein älterer Mann von gegenüber hatte die Tür geöffnet, um seine Katze hereinzulassen, als die Zehn-Uhr-Nachrichten zu Ende gingen – »ich kann diese witzige Geschichte, die sie immer am Ende bringen, nicht mehr sehen«, hatte er gebrummelt. Er hatte »einen Jungen, der auf einem Fahrrad davonfuhr«, gesehen. Er hatte ihn zwar nicht aus dem Haus der Philips kommen sehen, aber die Wahrscheinlichkeit war groß, dass er von dort gekommen war.

Patrick schrieb Larrys Namen auf. Er glaubte nicht eine Sekunde daran, dass dieser Teenager für die Entführung der Halbschwester seiner Freundin verantwortlich war. Aber er wollte mit ihm reden. Falls Larry im Haus gewesen war, als Frankie entführt wurde, oder auch davor, dann war er ein wichtiger Zeuge. Er notierte sich, Carmella zu bitten, ihn zu finden. Sie hatte ein Händchen für Jungs in dem Alter.

Und dann war da noch Sean Philips. Während dieses verrückten Tages hatte er Frankies Vater noch nicht persönlich vernommen, obwohl Carmella eine kurze Aussage von ihm hatte. Ein weiterer Job für morgen.

Zuletzt schrieb er noch »Frankies Zeichnung« auf. Sie war bereits als Beweismittel in Verwahrung, und das Motiv ließ Patricks Haut erschaudern, als ob Hunderte von winzigen Babyspinnen darüber krabbelten. Wann hatte Frankie jemanden gesehen, der durch ihr Fenster schaute, falls es das war, was die Zeichnung bedeutete? Und warum hatte sie nicht ihre Schwester alarmiert, wenn sie das Gesicht am Fenster gesehen hatte? Das würde doch jedes Kleinkind so machen, oder? Er unterstrich diese Frage doppelt, als sein Telefon auf dem Tisch vibrierte. Er zog die Kopfhörer hinunter und meldete sich: »Ja?«

* * *

Daniel Hamlet war der ernsthafteste Mensch, den Patrick je getroffen hatte. Er war ein schwarzer Mittvierziger, und während im Fernsehen forensische Pathologen zu Galgenhumor tendierten, um ihre Arbeit erträglicher zu machen – genau so, wie es Patrick und viele seine Kollegen taten –, war Hamlet wie sein dänischer Namensvetter sehr gefühlvoll und ohne jeglichen Sinn für Humor. Er lächelte nicht einmal, wenn er mit dem »Ach, armer Yorick«-Zitat zum zehntausendsten Mal im Leben konfrontiert wurde. Andererseits, dachte Patrick, wer wollte ihm das vorhalten?

Er folgte Hamlet durch die hell erleuchteten Korridore der Leichenhalle und fragte sich wie immer, ob die Beleuchtung deshalb so grell war, weil es die einzige Möglichkeit wäre, die Geister davon abzuhalten, sich in die Schatten zu verkriechen. Oder vielleicht bildete er sich das nur ein. Wäre er gläubig, würde er sich vielleicht Zeit nehmen und mal über all die Seelen nachdenken, die durch dieses Gebäude gewandert waren. Genau genommen stimmte das nicht, oder? Denn wenn du hier eintriffst, hat sich deine Seele schon vom Körper getrennt. Hier waren nur noch Leichen. Fleisch, Knochen und Haare. Was immer dich zum Individuum machte, war nicht mehr da, lebendig nur noch in den Erinnerungen jener, die du zurückgelassen, oder in den Genen, die du weitergegeben hast.

Ich hasse diesen verdammten Ort.

»Mein ausführlicher Bericht wird erst morgen vorliegen, Detective Inspector«, sagte Hamlet, als sie sein Büro erreichten.

»Ich verstehe.«

»Aber wir wollen doch dieses Schwein so schnell wie möglich finden, oder?«

Patrick war sprachlos. Er hatte Hamlet noch nie fluchen gehört oder zornig erlebt. Er folgte dem Blick des Pathologen zu einem eingerahmten Foto auf dem Schreibtisch. Ein kleines Mädchen mit Pausbäckchen und einem Grinsen im Gesicht, in dem alles lag, was diesem Gebäude fehlte.

»Ja klar.«

»Ich habe mir einen Teil der Pressekonferenz im Fernsehen angeschaut. Sieht so aus, als ob jeder in diesem Land erpicht darauf ist, dass Sie sie finden.«

»Was können Sie mir sagen?«

Er verschränkte die Finger. Die Finger, die an diesem Nachmittag das Skalpell geführt und ein kleines Mädchen aufgeschnitten hatten. »Es gibt keine äußeren Verletzungen. Keine Wunden. Ich habe den Hals nach Anzeichen für eine Strangulierung untersucht. Keine Druckstellen dieser Art.«

Patrick stellte sich die Hand eines Erwachsenen am Hals eines kleinen Kindes vor, und es schauderte ihn. Mit aller Kraft versuchte er, diesen Fall von seinem persönlichen Leben getrennt zu halten.

»Aber ihre Lungen geben uns ein paar Anhaltspunkte. Sie sind schwammig und enthalten Wasser.«

»Ist sie ertrunken?«

Hamlet neigte seinen Kopf zur Seite. »Es ist äußerst schwierig, mit Sicherheit zu sagen, ob ein Mensch ertrunken ist. Wenn eine Leiche, die im Wasser gefunden wurde, bei mir eintrifft, könnten wir vermuten, dass sie ertrunken ist, aber es könnte auch sein, dass dieser Mensch einen Herzinfarkt hatte. Es ist denkbar, dass dieses Kind eine große Menge Wasser geschluckt hat, aber dann auf andere Art und Weise umgekommen ist.«

»Und Ihrer Meinung nach?«

»Sie ist ertrunken.« Während Patrick darüber nachdachte, was das bedeuten könnte, fragte Hamlet: »Wann genau wurde sie im Camp der Landfahrer gefunden?«

»Letzten Montag, am 3. Ungefähr um zehn Uhr morgens, laut Aussagen des Idioten, der sie gefunden hat.«

»Hm. Sie wissen, dass in solchen Fällen, wenn zwischen dem Tod und der Autopsie Tage liegen, es schwierig ist, den genauen Todeszeitpunkt zu bestimmen.«

Patrick nickte. »Aber ich denke, wir können mutmaßen, dass sie in der Nacht vom 2. zum 3. dort abgelegt worden ist. Es gibt dort früh am Morgen schon jede Menge Jogger und Leute mit Hunden, die am Lagerplatz vorbeikommen, sodass es sehr wahrscheinlich ist, dass sie dort im Schutze der Dunkelheit abgelegt wurde. Das bedeutet, dass sie bereits kurz nach der Entführung von zu Hause getötet wurde.«

Zu diesem Schluss war er bereits gekommen. Isabel galt seit dem 2., um 15.45 Uhr, als vermisst. Als ihre Leiche am nächsten Morgen gefunden wurde, falls Wesley nicht log oder den Tag verwechselte, bedeutete das, dass ihr Entführer sie binnen weniger Stunden ermordet hatte.

»Gibt es irgendeinen Hinweis darauf, ob Wesley falsche Angaben zum Zeitpunkt des Auffindens gemacht hat?«

Hamlet runzelte die Stirn. »Nein. Wie ich sagte, ist es sehr schwierig für mich, einen genauen Todeszeitpunkt festzustellen, aber ich würde sagen, dass, gemessen am Zustand der Leiche, eine Woche korrekt ist.«

Patrick machte sich eine Notiz in seinem Buch und wartete darauf, dass Hamlet weitererzählte. In seinem Notizbuch hatte er bereits Details darüber vermerkt, was sie zuletzt gegessen hatte: Makkaroni mit Käse und Erbsen sowie Melone als Dessert. Er fragte Hamlet, ob er noch andere Speisereste in ihrem Magen gefunden hatte, was dieser verneinte.

Er wartete darauf, dass Hamlet endlich zu der Information kam, die ihn am meisten interessierte, vor der ihm aber auch grauste. Er machte sich darauf gefasst.

»Es gibt keinerlei Anzeichen von sexuellem Missbrauch«, sagte Hamlet.

Patrick schaute erstaunt auf. »Wirklich?«

Der Pathologe antwortete: »Ja. Keine sexuelle Penetration, kein Sperma auf der Leiche oder im Mund, keine Anzeichen dafür, dass ihre Genitalien überhaupt berührt worden sind.«

Patrick fühlte gleichzeitig Erleichterung und Verwirrung. Die Tatsache, dass die ersten beiden vermissten Kinder unterschiedlichen Geschlechts waren, hatte im Team immer zu der Frage geführt, ob Pädophile beteiligt waren. Aber die meisten Pädophilen bevorzugten das eine oder das andere Geschlecht. Diese Tatsache hatte sie eher dazu gebracht, an einen Pädophilenring zu denken oder möglicherweise Kinderhändler.

Aber wenn es keinen sexuellen Missbrauch gab, was hatte das zu bedeuten? War etwas passiert, was den Entführer in Panik versetzt hatte?

Wenn das Motiv nicht sexueller Missbrauch war, warum sich die ganze Mühe machen und das Risiko eingehen, ein Kind aus seinem Zuhause zu entführen, um es dann, nahezu unmittelbar danach, zu ermorden? Oder, durchfuhr es Patrick, *war* es vielleicht doch das Motiv, nur dass der Entführer aus irgendeinem Grund nicht die Gelegenheit gehabt hatte, seine abscheulichen Absichten in die Tat umzusetzen?

»Das wird die Eltern etwas trösten«, sagte Hamlet. »Ein kleiner Trost. Und da ist noch eine andere Sache.«

Er holte einen Berg Kleidung hervor, die Patrick als die von Isabel erkannte: eine Jeanshose, ein lila T-Shirt und eine weiße Strickjacke mit Schmutzflecken. Die Sachen waren neben der Leiche gefunden worden.

»Riechen Sie mal dran«, wies Hamlet ihn an.

Patrick folgte seiner Aufforderung. Sie rochen nach Rauch, so als ob sie nahe an einem Lagerfeuer gesessen hätte.

»Was ist das?«, fragte er. »Holzrauch?«

Hamlet neigte den Kopf zur Seite. »Ich bin mir nicht sicher. Ich denke, es ist Rauch, ja, aber ich kann nicht sagen, wovon. Keine Zigaretten. Möglicherweise ein Lagerfeuer.«

»Er ist wahrscheinlich auf dem Lagerplatz an ihre Kleidung gekommen. Okay, nochmals danke, Daniel. Ich fahre jetzt besser los.«

Hamlet nickte. »Gut, bis dann.« Er ergriff Patricks Arm und schaute ihm in die Augen.

»Bitte, schnappen Sie ihn.«

Während Patrick zum Auto zurückging, ging er den Fall in Gedanken noch mal durch. Wenn es kein Pädophiler war, wer dann? Worin bestand das Motiv? Wurde Isabel zielgerichtet entführt aufgrund dessen, wer sie war? Hatte der Mörder sie umgebracht, um sich an den Eltern zu rächen, um ihnen den größtmöglichen Schmerz zuzufügen? Wenn das der Fall war, bedeutete das dann, dass das eigentliche Ziel in allen drei Fällen die Eltern waren?

Vielleicht sollten sie sich näher mit den Familien beschäftigen. Vielleicht lag dort der Ansatz, in der Verbindung zwischen den Eltern, wo sie das Motiv finden würden – und den Mörder.

Er schaltete den Motor ein und fuhr langsam vom Parkplatz zurück zum Polizeirevier. Isabel Hartley wurde bereits kurz nach ihrer Entführung ermordet. Wäre er, Patrick, ein Elternteil der beiden anderen Kinder, Liam und Frankie, dann würde diese Tatsache Angst wie eine Scherbe in sein Herz rammen.

Denn die Wahrscheinlichkeit wäre dann groß, dass die beiden anderen Kinder auch schon tot waren. Ihre Leichen warteten vielleicht irgendwo da draußen darauf, gefunden zu werden.

Er betete dafür, dass er Unrecht hatte.

***

Das Kätzchen wollte einfach nicht aufhören zu miauen, und seine Pisse tropfte bereits durch den Boden des Pappkartons. Aber ich bin mir sicher, sie wird es lieb haben. Alle kleinen Mädchen lieben Kätzchen.

Sie ist sehr ruhig, seitdem sie hier ist. Hat fast überhaupt nichts gesagt. Wenn sie nicht betäubt oder zu ihrer Sicherheit eingesperrt war, weinte sie meistens. Ich will ihr wahres Ich sehen, und ich denke mal, das Kätzchen wird mir dabei eine Hilfe sein. Es war ein Glückstreffer, es zu finden. Ich hatte gerade etwas Müll runtergebracht, und als ich den Deckel der Mülltonne anhob, lagen sie da – drei kleine Kätzchen. Natürlich brauchte ich nicht alle drei, deshalb ließ ich die anderen beiden, wo sie waren, und schnappte mir nur das eine. Es ist ein Tigerkätzchen, sein Kopf war etwas zu groß und zu schwer; er wackelt wie der eines neugeborenen Menschenbabys.

Ich kaufte mir auch eine Zeitung, während ich draußen war. Sie haben also Izzys Leiche gefunden. Ich hatte mich schon gewundert, wie lange sie noch brauchen würden. In der Zeitung stand, dass sie nach forensischen Beweisen suchen und dass sie von zahlreichen Menschen bei ihren Ermittlungen unterstützt werden.

Arme Isabel. Eine Schande, dass sie sterben musste. Sie war mir eine große Hilfe. Der kleine Liam ebenfalls. Ich hoffe, dass sie ihn nicht so schnell finden.

Ich liebe Kinder, aber von allen Kindern auf der Welt gibt es keins, das mir so kostbar ist wie das besondere Mädchen, das seinen Kopf hob und mich mit seinen tieftraurigen Augen anschaute, als ich die Tür des Kleinbusses öffnete, den ich heute schon mehrmals bewegt habe, sodass er niemandem auffällt.

»Schau her, was ich dir mitgebracht habe«, sage ich und stelle den Karton auf dem Klapptisch ab.

»Ein Miezekätzchen?« Ihr Gesicht hellt sich auf, als sie das unentwegte Miauen hört.

»Richtig. Ein Kätzchen. Nur für dich.«

»Welche Farbe hat es?«

»Lass uns doch einfach den Karton öffnen und nachsehen?«

Ich hebe den Deckel an, und die Katze springt heraus, bevor ich sie packen kann, ein verschwommener Umriss aus Pelz und Klauen. Ich versuche, sie zu packen, aber sie kratzt mich und faucht herzergreifend. Ich schlage nach ihr und befördere sie damit zu Boden, ihr übergroßer Kopf bewirkt, dass sie nach vorn fällt und sich überschlägt, bevor sie wieder auf die Füße kommt.

»Aufhören, aufhören«, kreischt sie.

Die Katze flitzt über den Boden, wie eine in die Ecke getriebene Ratte. Ich verfluche sie. Ich versuche, sie einzufangen, und schließlich gelingt es mir, sie zu schnappen. Gerade als ich sie hochhebe, spritzt sie mich mit einem Strahl Katzenkacke voll, das übelriechendste klebrige Zeug in der Geschichte allen widerlichen Gestanks. Als wäre das noch nicht genug, beißt sie mir in den Finger und zerkratzt mir das Handgelenk.

Ich lasse sie fallen, und noch bevor sie entkommen kann, trete ich der jämmerlichen Kreatur auf den Rücken.

»Hör mit dem verdammten Kreischen auf!«, schreie ich das Mädchen an. »Hör auf damit, oder du bist die Nächste.«

Jetzt dreht sie völlig durch, und ich bedaure, sie so barsch angefahren zu haben. Das Kätzchen ist noch am Leben, obwohl sein Rückgrat wohl gebrochen ist. Sein ganzes Fell ist voller Scheiße. Was für eine großartige beschissene Idee das war!

Ich packe es und werfe es durch die Tür nach draußen wie ein Plüschtier.

Jetzt muss ich mit einem verstörten Mädchen fertigwerden.

»Mami, Mami«, schluchzt sie und holt mit langen rasselnden Atemzügen Luft. »Ich will meine Mami.«

»Ist ja gut«, sage ich. »Ist ja gut. Wir besorgen dir ein anderes Kätzchen. Ich kann dir jetzt sofort eins besorgen.«

In diesem Moment fängt sie an zu schreien, wie einer dieser alten Wasserkessel, so schrill, dass ich nichts anderes mehr hören kann, und ich presse ihr meine Hand auf den Mund und schiebe sie schließlich in den kleinen Schrank. Ich habe keine andere Wahl. Ich kann nicht riskieren, dass jemand sie hört. Nicht jetzt. Niemals.

KAPITEL 11
JEROME – TAG 2

Jerome Tyson Smith stand in seinen schneeweißen Jockeyshorts am Fenster und ließ seine Brustmuskeln spielen. Mit der flachen Hand rieb er über seine Bauchmuskeln und überblickte den schäbigen Häuserblock, den er sein Zuhause nannte.

Von hier oben konnte er Kinderwagen schiebende Mütter sehen, mit ihren Supermarktkühltüten, die den hinteren Teil ihrer Kinderwagen hinunterdrückten. Er beobachtete einen alten Mann an zwei Stöcken, der quälend langsam zum Eingang des Blocks gegenüber schlurfte. Dort drüben sah Jerome einige seiner Jungs herumhängen und Wache halten. Er fragte sich, ob sie wohl fühlen konnten, dass er auf sie blickte wie die Augen Gottes. Dies war Teil seiner Macht: Seine Männer wussten, dass, was auch immer sie taten, Jerome Tyson Smith alles sah.

»Was machst du da, Baby?«

Er drehte sich zu der nackten Frau auf dem Bett um. Carla. Sie hatte das Laken über sich gezogen, aber eine große Brust drohte hervorzuquellen, und ein Fuß mit goldenen Fußnägeln hatte sich auch frei gemacht.

»Hallo, Prinzessin«, sagte er, kam rüber zum Bett und beugte sich über sie. Einen Moment lang leuchteten Carlas Augen auf – bis er seine Hand über die warme Flanke des Staffordterriers gleiten ließ, der mit wedelndem Schwanz auf der Matratze saß.

Er kniete nieder und kratzte den Hund hinter den Ohren. Rihanna. Sie blickte ihn voller Liebe und Bewunderung an und rollte sich auf den Rücken, damit er ihren Bauch kraulen konnte.

»Ja, das magst du, was, RiRi? So ist es gut. *Das* ist gut.« Er ließ seine langen Finger unter ihr glitzerndes Halsband gleiten und kraulte sie. Der Staffie stöhnte vor Genuss.

»Warum kommst du nicht her und machst das mit mir?«, fragte Carla schmollend und ließ das Laken ein wenig sinken, um ihm den Anblick auf ihre zugegebenermaßen göttlichen Nippel zu gönnen.

»Ein Knochen für den Hund, was?«, fragte er. Sie machte sich Hoffnungen. Keinerlei Selbstachtung. »Nee. Ich geh mit RiRi auf Patrouille.«

»Ach, Jerome, du liebst diesen Hund mehr als mich.«

Darauf gab es keine wirkliche Antwort. Carla hatte es sich hier schon viel zu gemütlich gemacht, sie benahm sich schon wie seine verdammte Freundin oder so was. Es war an der Zeit, sie abzuservieren. Er war Jerome Tyson Smith – und brauchte nur mit den Fingern zu schnipsen, und die Mädels kamen angelaufen. Weiße, schwarze, asiatische. Privatschulprinzessinnen und verdorbene junge Mädchen aus den Slums. Alle wollten ein Stück von ihm. Ein zweiundzwanzig Zentimeter langes Stück, um genau zu sein.

»Komm, RiRi«, sagte er und lächelte, als seine beste und einzige Freundin auf den Boden sprang und zu ihm herüberkam; ihre Nägel klickten auf dem harten Boden. Sie gingen zur Wohnungstür.

»Hey, Jerome!«, rief Carla vom Bett.

»Was?«

»Der Hund – er hat mich angegriffen. Die gemeine kleine Töle hat versucht, mich zu beißen, als ich aus dem Bad kam.«

Er sah hinunter zum Hund: »Braves Mädchen!«

***

Zwei Minuten später traten Jerome und RiRi in die schwüle Luft hinaus. Sie liefen durch die Straßen der Siedlung. Er war hier aufgewachsen, er und seine Mutter und ein Strom von Männern, die entweder wollten, dass er sie Papa nannte oder dass er wegblieb, damit sie seine Mutter ficken konnten. Als er elf gewesen war, hatte ein Freund, Leonard, ihm erzählt, wie sein Cousin von einem der neuen Freunde seiner Mutter belästigt worden war. Seitdem schlief Jerome immer mit einem Messer unterm Kopfkissen und einer Rasierklinge in der Hose. Glücklicherweise hatte es keiner der Freunde seiner Mutter jemals versucht. Aber einer von ihnen, ein glotzäugiger Wichser im wahrsten Sinne des Wortes, genannt John Johnson, hatte sie ermordet. Im Bett erwürgt, während sich der inzwischen fünfzehnjährige Jerome nebenan über Kopfhörer das neuste Beyoncé-Album reinzog.

In einer anderen Version seiner Märchengeschichte hatte er eine Tante, die auf dem Land lebte und ihn zu sich nehmen, ihn erziehen und zu einem respektierten Bürger machen würde. Sie würde ihm auch gesunde Freizeitaktivitäten nahebringen, und er würde in Oxford enden oder so 'n Scheiß. Aber nein, seine Tante Jacqui, die nicht wirklich seine Tante war, sondern jemand, der mit seiner Mutter zur Schule gegangen war, lebte in der Wohnung nebenan, im selben stinkenden Wohnblock, und sie hatte ihn bei sich aufgenommen. In der zweiten Nacht bei ihr hatte er erkannt, dass sie ihn im wahrsten Sinne des Wortes in sich aufnehmen wollte. Und obwohl er bereits mit vielen Mädchen aus der Schule zusammen gewesen war, verstand er doch bald, was es bedeutet, von einer richtigen Frau geliebt zu werden – oder, noch besser, von einer Frau, die richtig gute Blowjobs erledigte.

Als er mit sechzehn Jahren mit der Schule fertig war, warf sie ihn raus, nachdem sie festgestellt hatte, dass er ihren Verlobungsring versetzt hatte, den sie mit achtzehn bekommen und während all dieser Jahre nicht aus den Händen gegeben hatte. Er war daraufhin in eine andere Wohnung im Block gegenüber gezogen.

Manchmal vermisste er seine Mutter, und manchmal vermisste er selbst Jacqui und ihre gepiercte Zunge, aber seit dieser Zeit hatte er etwas aus sich gemacht. Er war Unternehmer geworden. Er sah gern *Der Lehrling* und *Höhle des Drachens* im Fernsehen, all diese Shows, in denen es um Geschäfte ging, obwohl die meisten dieser Leute verdammte traurige Versager waren. Seit Langem schon hatte Jerome herausgefunden, dass es in dieser Stadt nur drei Wege gab, schnell reich zu werden, und die waren: richtig coole Musik machen, Fußball spielen oder Banker werden. Ansonsten blieb nur noch das Verbrechen. Er konnte nicht singen, war nur ein mittelmäßiger Fußballspieler gewesen, und selbst der schlaueste Schüler seiner Klasse zu sein hatte ihm nicht dabei geholfen, den Job in einer popeligen Zweigstelle der Barclay-Bank um die Ecke zu kriegen, schon gar nicht einen in der City. Dann blieb halt nur das Verbrechen.

Und darin hatte er sich bewährt. Kinder im ganzen Bezirk brachten ihm geklaute iPods, Navis und Stereoanlagen aus Autos – aber das war nur Kleinkram verglichen mit Handys. Er kam inzwischen auf einhundert Handys am Tag, noch mehr an Wochenenden, meistens iPhones und Galaxys. Spielzeuge der Kinder, das war's. Er dealte auch ein bisschen mit Drogen, erkannte aber, dass das viel riskanter war, denn die Konkurrenz war hart und bösartig. Er war noch nicht so weit, es mit einer der großen Gangs aufzunehmen.

Aber er fühlte sich schon wie ein großer Fisch in einem beschissenen kleinen Goldfischglas, im Kreis schwimmend in seinem eigenen Dreck. Nachts, wenn er aus seinem Fenster blickte, konnte er all diese Lichter sehen, die sich über London erstreckten, und er erkannte, dass er mehr wollte. Er würde sich nach oben arbeiten. Und um das zu schaffen, brauchte er mehr Kapital, als die Handys und die anderen Spielzeuge einbrachten.

Die Frage war, wo sollte die Kohle herkommen?

Zusammen mit RiRi ging er auf zwei seiner »Soldaten« zu, Curtis und Milo. Wenn die beiden nicht gerade Handys von verwöhnten Schulkindern abgriffen, waren sie gar kein so schlechtes RAP-Duo. Er hob den Kopf zum Gruß, und die beiden Rapper taten es ihm nach.

»Jerome, RiRi.«

Der Hund schnüffelte an Curtis' Bein und legte sich dann ausgestreckt auf den heißen Asphalt.

»Mann, sieh dir das an«, lachte Curtis, »die Hündinnen liegen dem Ty Master stets zu Füßen.«

Milo machte noch schnell eine »Lass das«-Geste zu seinem Rap-Partner, aber Curtis war high von irgendwas und lachte laut über seinen eigenen Witz.

Jerome nahm RiRi die Kette ab, trat hinter Curtis, legte sie ihm um den Hals und zog sie stramm zu. Curtis gab einen zufriedenstellenden Erstickungslaut von sich und versuchte verzweifelt, die Finger unter die Kette zu schieben.

»Entschuldige dich«, sagte er ruhig.

Curtis keuchte irgendwas, und Jerome lockerte die Kette ein wenig.

»Tut mir leid, Jerome, Mann. Ich wollte nicht respektlos sein.«

»Nicht zu mir. Sag Entschuldigung zu Rihanna.«

Jerome zog die Kette wieder straffer. Milo glotzte seinen Freund an, dessen Gesicht jetzt dunkelrot angelaufen war. Zufrieden fühlte Jerome, wie sich sein Bizeps anspannte, als er den Druck erhöhte. Dann ließ er los, der andere Mann fiel auf die Knie, griff sich an den Hals und schnappte nach Luft.

»Sag Entschuldigung zu ihr!«

Curtis kroch auf den Staffie zu, der sein Kinn hob und ihn gebieterisch musterte.

»Tut mir leid … Rihanna«, presste der Rapper hervor.

Sie beobachteten den Hund. Curtis zitterte vor Angst, als er abwartete, was der Terrier jetzt machen würde.

RiRi erhob sich und trottete in die andere Richtung.

»Scheint deine Entschuldigung nicht angenommen zu haben«, sagte Jerome. Inzwischen war ihm das Blut in den Kopf geschossen – fühlte sich gut an. Eigentlich sogar besser, als in Carla zu stecken, selbst besser als einer von Tante Jacquis Blowjobs, und noch besser, als bezahlt zu werden.

Als er den flehenden Curtis hinter den Häuserblock schleppte, die Hundekette in seiner freien Hand schwingend, RiRi neben sich, erinnerte er sich an jemand anderes, der ebenfalls eine Lektion nötig hatte. Die reiche kleine Schlampe. Er hatte Larry beauftragt, ihr eine Nachricht zu bringen, aber hatte seitdem von beiden weder etwas gesehen noch gehört.

Da würde er wohl noch mal nachfassen müssen. Noch einmal 'ne Message schicken. Gleich nachdem er mit diesem Arschloch fertig war, das seinen Hund beleidigt hatte.

KAPITEL 12
PATRICK – TAG 3

Die Frau, die die Tür des schmalen Vier-Zimmer-Reihenhauses öffnete, war sicherlich einmal hübsch gewesen. An der Art, wie sie sich hielt, war noch zu erahnen, dass sie früher jeder Mann, den sie traf, von oben bis unten gemustert hatte. Aber das Leben hatte seine Spuren hinterlassen, so sicher, wie die Flut Kieselsteine in Sand verwandelt. Sie hatte blondes Haar mit dunklem Ansatz, und ihre Augen blickten stumpf hinter dicken Brillengläsern.

»Ja?«, sagte sie.

Patrick zeigte ihr seinen Ausweis, Carmella ebenfalls. Patrick stellte sich vor, »Detective Inspector Patrick Lennon. Sind sie Trisha Gould? Wir suchen ihren Sohn, Larry.«

Sie zögerte, aber Patrick ließ ihr keine Zeit für eine Lüge: »Wir wissen, dass er da drin ist, Mrs Gould. Wir haben ihn reingehen sehen. Außer Sie haben noch einen anderen Teenager zu Besuch.«

»Worum geht es denn?«

Carmella trat vor. Auf der Fahrt hierher war sie ungewöhnlich ruhig gewesen, und das Weiße ihrer Augen sah eher rosa aus, als habe sie geweint oder eine schlaflose Nacht gehabt. Es war ihm klar, dass er danach hätte fragen sollen, aber er war für solche Dinge nicht zu gebrauchen, diese Gefühlssachen. Gill hatte immer darüber gelacht, was er sich alles einfallen ließ, um bei Unterhaltungen abzulenken, wenn es um Gefühle ging. Wenn er ihr etwas Wichtiges sagen wollte, wie etwa, dass er sich unwohl fühlte wegen etwas, dann legte er eine Platte auf, die sein Gefühl am besten wiedergab, und hoffte darauf, dass sie den Hinweis verstehen und irgendeinen Zauber finden würde, um alles zum Besseren zu wenden.

»Wir müssen mit Ihrem Sohn reden«, sagte Carmella sachlich. Trisha Gould seufzte und winkte sie herein.

Larry Gould lümmelte auf dem Sofa, ein Taschenbuch in der Hand. Er drehte ihnen sein Gesicht zu, ein Bild reiner Unschuld. Er war siebzehn, ein gut aussehender Junge mit kurzem Haar und einem goldenen Ohrring. Sein Gesichtsausdruck war gelassen, als hätte er sie erwartet. Patrick nahm an, dass Alice ihm gesagt hatte, dass sie nach ihm gefragt hatten.

Seine Mutter stand hinter ihnen, als Patrick fragte: »Das Buch, taugt es was?«

Larry hielt es so, dass sie den Titel lesen konnten. *Wer die Nachtigall stört.*

»Tolles Buch«, sagte Carmella voller Wärme. »Pflichtlektüre für die Schule?«

Larry sah aus, als wolle er zustimmen, aber seine Mutter kam ihm zuvor, »Nein, er liebt Lesen. Hat seine Nase immer in irgendeinem Buch.« Larry wand sich vor Verlegenheit. Patrick wusste, zu lesen war für Teenagejungs wie Larry etwa gleichbedeutend damit, der Realität zu entfliehen. Diese Generation war, nach Patricks eingeschränkter Erfahrung, fixiert auf Sprüche wie »Bleib dir treu« und »Sei ehrlich zu dir selbst«.

Sie setzten sich Larry gegenüber in Lehnstühle, seine Mutter blieb hinter dem Sofa stehen.

»Larry, wir müssen dir ein paar Fragen stellen über die Nacht des 9., also vorgestern«, sagte Carmella. Sie beugte sich vor, ihre Augen waren weit offen, und sie schien jemand ganz anderes als die Person, mit der er hierhergefahren war. Patrick sah, wie Larrys Augen für eine Nanosekunde zu ihrer Brust wanderten.

»Sie meinen die Nacht, in der Frankie entführt wurde?«
»Stimmt.«

Der Teenager strengte sich an, still zu sitzen. Patrick konnte die Spannung und Energie fast sehen, die in ihm wie Kugeln herumflogen. Larry sagte: »Sie finden sie doch, oder? Sie ist so ... so ein süßes kleines Kind. Alice ist vollkommen außer sich.«

Auf der Kante ihres Stuhls sitzend, griff Carmella hinüber und berührte Larrys Unterarm. »Denkst du oft an Frankie?«

»Na klar.«

»Dann kannst du uns vielleicht helfen, sie zu finden.«

»Was meinen Sie? Ich weiß doch nichts.«

Patrick sagte: »Wo warst du denn Sonntagnacht?«

Larry antwortete sehr schnell: »Unterwegs mit Freunden.«

»Was habt ihr gemacht?«

»Ach, wissen Sie, rumgehangen und gequatscht.«

»Du bist also nicht bei Alice gewesen?«, fragte Carmella. »Sie ist doch deine Freundin, oder?«

»Ja, ist sie. Und nein, ich war nicht bei ihr.«

Carmella lächelte. »Sie ist sehr hübsch, oder? Atemberaubend.«

Larry rutschte wieder hin und her, aber da war ein bisschen Stolz in seinem Gesicht zu sehen. *Ja, das ist meine Freundin, von der Sie reden.* »Ja, stimmt.«

»Und du wusstest, dass ihre Eltern ausgehen wollten?«

»Nein, nein, ich glaube nicht.«

Carmella kicherte. »Wirklich nicht? Wir würden das verstehen, wenn du vorbeigegangen wärst, Larry. Was auch immer ihr gemacht habt, das interessiert uns nicht.« Als sie das sagte, sah sie ihm ungeniert zwischen die Beine, und er wurde rot.

»Wenn du dich sorgst, dass du Probleme kriegst, weil Alice minderjährig ist, kann ich dir versichern, dass wir daran nicht interessiert sind.«

Er war inzwischen richtig pink angelaufen, während seine Mutter hinter ihm erbleicht war. »Ich bin nicht zu ihr gegangen. Und selbst wenn ich es getan hätte, ich sehe da keinen

Zusammenhang mit Frankies Entführung. Ich hab sie nicht entführt oder so was. Als würde ich so was machen.«

»Wir wollen ja auch nur wissen, ob dir was aufgefallen ist.«

»Nein, nichts.«

»Also *warst* du da?«, fragte Carmella.

»Nein. Nein, hab ich Ihnen doch gesagt. Ich war bei meinen Freunden.«

»Aber Larry, ein Nachbar hat dich dort gesehen. Und auch, wie du weggeradelt bist.«

»Das kann ich nicht gewesen sein. Vielleicht ein anderer Junge auf einem Rad.« Er versuchte einen Witz zu machen. »Ich hoffe, Alice hatte nicht einen anderen Kerl bei sich. Ich bring sie um. Ich meine, ich würde nicht…«

Patrick erhob sich, ging schnell durch den Raum, bis er über Larry stand und ihn bedrängte. »Wenn du in der Nacht dort gewesen wärst, was auch immer du getan hast, dann bist du ein potenziell wichtiger Zeuge. Das kleine Mädchen ist verschwunden! Ich nehme an, du hast von Isabel Hartley gehört? Davon, dass wir sie gestern tot aufgefunden haben? Ich denke, du willst nicht, dass Frankie so etwas passiert, oder?«

Larrys Adamsapfel bewegte sich hektisch. »Natürlich nicht. Aber ich war nicht da. Ich schwöre.«

Es wurde still im Zimmer.

Patrick atmete durch die Nase aus. »Kommen Sie, wir verschwenden unsere Zeit.« Er nahm eine Visitenkarte heraus und schnipste sie aufs Sofa. »Wenn du dich daran erinnerst, dass du dort warst, selbst wenn du meinst, dass es nicht hilfreich für uns ist, ruf diese Nummer an.«

* * *

Zurück im Wagen, schlug er mit der flachen Hand auf das Lenkrad und zuckte zusammen. Es lag ein durchdringender

Geruch in der Luft, der Geruch nach einem aufkommenden Unwetter. Er stellte sich einen Pool mit gekräuselter Wasseroberfläche auf einer tropischen Insel vor, irgendwo weit weg und friedlich. Aber bevor er dieses Traumbild weiter genießen konnte, kam die Leiche eines Kindes vorbeigeschwommen, mit geschlossenen Augen, eine kleine Ophelia, und er japste nach Luft, als wäre er der Ertrinkende.

»Ich glaube, er wird bald einknicken, wenn wir an ihm dranbleiben«, sagte Carmella.

Patrick versuchte, das Bild des ertrunkenen Kindes abzuschütteln.

»Das ist es nicht wert. Ich schlage vor, wir vergessen Larry Gould – selbst wenn er in jener Nacht Alice gebumst hat, hat er wohl wirklich nichts Brauchbares gesehen. Lassen Sie uns lieber die Hinweise verfolgen, die wir haben.«

Seine Partnerin zögerte, bevor sie nickte. »Okay, wir verfolgen die Spuren, die wir haben. Und das wären?«

Patrick zog sein Moleskinnotizbuch heraus und deutete es in ihre Richtung. »Haben Sie eigentlich schon gefrühstückt?«

»Ja, ich hatte eine Schale Müsli.«

»Nun, alles, was ich hatte, war eine halbe Scheibe Toast mit Marmelade, die Bonnie auf den Boden geworfen hatte. Ich bin am Verhungern. Lassen Sie uns zu Diners Delight gehen.«

»O Gott, allein das Lokal zu betreten lässt meine Pickel aufblühen.«

Zehn Minuten später setzten sie sich in Patricks geliebtes Fastfoodlokal, und während Carmella mit Orangensaft und Toast auf der sicheren Seite blieb, ließ sich Patrick das volle Programm bringen: englisches Frühstück und eine Kanne Tee.

»Alles okay bei Ihnen?«, fragte er.

Überrascht sah sie von ihrem O-Saft auf. »Ja, warum?«

»Oh, nur so. Dies ist ein harter Fall. Wollte nur sicher sein, dass er Ihnen nicht zu sehr unter die Haut geht.«

»Wenn ich jetzt Ja sage, krieg ich dann 'ne Woche frei?«

Patricks Kanalarbeiterportionsfrühstück wurde gerade vor ihn gestellt, und er spritzte darauf wässrigen Ketchup, der in eine Heinz-Flasche gefüllt worden war, um so den Anschein eines Markenprodukts zu erwecken. »Äh – nein.« Er tauchte die Ecke einer Toastscheibe ins Spiegelei, durchbrach die Haut und ließ das Eigelb über den Teller laufen. Carmella krauste die Nase. »Und zu Hause alles in Ordnung, oder?«

Ihre Schultern sanken ermattet herunter. »Alles im grünen Bereich.«

»Cool, Sie kamen mir nur irgendwie« – ob sie wohl wusste, wie ungeschickt er sich vorkam? – »gefühlvoll vor...« Er wunderte sich über seine eigene Wortwahl.

»Hm. Na ja, ich bin eine *Frau*. Wir werden von Zeit zu Zeit ein bisschen emotionaler.«

»Verzeihung.«

Sie grinste ihn an. »Alles ist in Ordnung, im Ernst. Nichts, womit Sie Ihren hübschen großen Kopf belasten sollten. Lassen Sie uns über den Fall sprechen, okay? Ich dachte, Sie haben alle Antworten in Ihrem magischen Notizbuch.«

Er kippte den Tee runter und sah sich um, ob auch niemand zuhörte. »Ich wünschte, es wäre so. Aber was haben wir bisher rausbekommen? Keine DNA, keine ordentlichen Zeugen, keine Verdächtigen.«

»Was ist mit den Landfahrern?«

»Wir sind noch dabei, sie alle zu verhören, aber ich glaube Wesley Hewson, wenn er behauptet, dass Isabel dort abgeladen wurde und er sie versteckte, weil er wusste, dass seine Leute sonst als Schuldige dastehen würden.« Er aß ein Stück Wurst. »Wir müssen ein Motiv finden. Was verbindet die Kinder? Das hohe Risiko, das der Entführer einging, sagt mir, dass diese Kinder nicht zufällig ausgewählt wurden.«

Carmella rückte ihren Stuhl zur Seite, als ein alter Mann

mit behaarten Ohren sich durchquetschte und die Stuhlbeine unangenehm über den harten Fußboden schabten. »Aber die Kinder sind alle so verschieden. Zwei Mädchen, ein Junge. Sie ähneln sich nicht mal.«

»Das Einzige, was sie verbindet, sind die Wohngegend und ihr Alter. Sie leben innerhalb eines Drei-Meilen-Radius voneinander. Alle sind zwischen zwei und drei Jahren alt. Und ihre Eltern verdienen gut.«

»Trotzdem gab es keine Lösegeldforderungen.«

Patrick lehnte sich zurück und versuchte, einen Rülpser zu unterdrücken. »Wir müssen rausfinden, wo es Überschneidungen im Leben der drei Familien gibt. Wenn wir ein Schaubild, ein Venn-Diagramm erstellen, mit all den Informationen, die wir von den Hartleys, den Philips und den McConnells haben, dann sollten wir etwas finden, das deutlich macht, warum diese Kinder ausgewählt wurden.«

»Ich nehme an, Sie haben das mit dem Venn-Diagramm schon gemacht – in Ihrem Notizbuch, oder?«

Er grinste. »Ja. Aber bisher gibt es keine Überschneidungen.«

Für ein paar Momente saßen sie schweigend da, beobachteten die Kunden, die das Café betraten und verließen. Ein Exemplar der Zeitung *The Sun* lag auf dem Nebentisch, und Patrick griff danach. Isabels lächelndes Gesicht war auf der Titelseite zu sehen, zusammen mit der Schlagzeile *Die Sun setzt eine Belohnung von 100 000 Pfund aus, um Izzys Mörder zu finden*. Zwei Tage nach Isabels Entführung und gegen den Rat der Polizei, die wusste, dass es nur alle Verrückten und Spinner in Südwestlondon anlocken würde, hatten die Hartleys eine Belohnung ausgesetzt für alle, die helfen würden, ihre Tochter gesund zurückzubringen. Jetzt hatte die Zeitung dies aufgegriffen und es umgewandelt in eine Belohnung für Hinweise, die bei der Ergreifung des Mörders helfen könnten.

»Lassen Sie uns noch mal mit den Familien reden. Ich geh zu den Philips, Sie könnten die McConnells interviewen, und ich übernehme dann noch die Hartleys. Sie sollen noch mal alles in Gedanken durchgehen, mal sehen, woran sie sich erinnern. Veranlassen Sie sie, ihre Tagebücher zu durchforsten, ihre Facebook-Seiten, ihre Telefone, Fotos – alles, was Erinnerungen wachruft, daran, was sie gemacht haben und wo sie gewesen sind während der letzten drei Monate.«

Sie verließen das Café, und Patrick fuhr Carmella zurück zur Wache, damit sie sich einen Wagen besorgen konnte.

»Viel Glück«, wünschte sie ihm und stieg aus dem Wagen in die Hitze des Morgens.

Als er gerade anfahren wollte, klingelte sein Handy. Es war eine SMS von seiner Mutter, die ihm mitteilte, was Bonnie machte. Sie waren in einem Streichelzoo gewesen, und Bonnie hatten besonders die Ziegen gefallen. Dann kam eine zweite SMS: Ich wollte eigentlich nichts davon sagen, aber B. fragt immer wieder nach ihrer Mama. Ich weiss nicht, was ich ihr sagen soll.

Patrick seufzte und tippte als Antwort: Lass uns später darüber reden.

Er hatte gewusst, dass diese Fragen irgendwann kommen würden. Hatte aber wie ein Strauß den Kopf in den Sand gesteckt, wie seine Mutter es ausdrücken würde. Aber jetzt würde er sich wohl damit beschäftigen müssen. Was er seiner Tochter sagen sollte über die Mutter, die sie zu töten versucht hatte – und ob er Gill irgendwann erlauben sollte, Bonnie zu treffen. Das hieß, falls sie sie überhaupt sehen wollte. Er hatte keine Ahnung. Das war auch etwas, woran zu denken er verdrängt hatte.

KAPITEL 13
HELEN – TAG 3

Helen fühlte sich, als würde ihr Gehirn in zwei Teile zerfallen, nicht links oder rechts, sondern in FRANKIE und diese NACHRICHT. In den letzten Stunden hatte sie an nichts anderes denken können, die ganze Nacht lag sie wach und sorgte sich, und den wenigen Schlaf, den Sean bekam, nahm sie ihm übel. Sie wusste allerdings, dass er die meiste Zeit ebenfalls wach und still neben ihr lag. Ab und zu rollte er zu ihr herüber und umarmte sie fest, fast zu heftig, aber auch das spendete ihr keinen Trost. Ein paarmal war sie kurz davor gewesen, damit herauszuplatzen, um seinen Rat einzuholen. Schließlich waren sie ein Team. Sie musste ihm erzählen, dass es da draußen jemanden gab, der behauptete, zu wissen, wo Frankie ist. Aber es war zu riskant. Niemandem etwas erzählen, hatte es in der Mail geheißen. Sie stammte von einer Frau namens Janet Friars. Was würde passieren, wenn sie Sean oder dem Detective davon berichtete, und Frankie musste es ausbaden?

Außerdem hatte die OSB einen abschätzenden Kommentar gemacht, den sich Helen gemerkt hatte, als sie Milch und Brot vom Laden an der Ecke auspackte. Sie hatte gesagt, dass Izzys und Liams Eltern von Verrückten auf Facebook irregeleitet würden, die behaupteten, etwas zu wissen: übersinnliche Medien, Hippies, Geisteskranke, Leute, die Aufmerksamkeit wollten ... und »die so die Zeit der Polizei verschwendeten«, hatte die OSB gemeint. »Kostbare Reserven verschwenden. Schändlich. Bitte ignorieren Sie es, wenn Sie so etwas kriegen sollten.«

Aber was passierte, wenn sie sie ignorierte und Frankie noch mehr leiden musste? Helen fühlte, wie das Damoklesschwert über ihr hing, an einem einzigen Haar, und es war drauf und dran, sie in zwei Hälften zu spalten – und einen Moment lang dachte sie, das wäre die Lösung. Wenigstens würde dieser endlose Albtraum dann endlich zu Ende sein.

Sie hatte in den letzten Tagen viel Zeit auf Facebook verbracht, fast schon besessen las sie die Seite, von der ihr Marion im Sportstudio erzählt hatte. Sie las die netten Kommentare und ärgerte sich über die dummen, kritischen. Sie hatte Marion gesimst, und die hatte zurückgesimst, dass sie die dummen ignorieren solle – das seien halt dumme Trolle. Dann hatte Marion noch hinzugefügt: TUT MIR LEID, ICH HÄTTE DIR VON DIESER SEITE NICHTS ERZÄHLT, HÄTTE ICH VON DEN IDIOTEN GEWUSST.

Das war leicht zu sagen, was? Ignoriere die Idioten. Helen musste die bösartigen Kommentare einfach lesen… was für eine schlechte Mutter sie war, wie sie in der Hölle schmoren sollte, weil sie auf den »lieben kleinen Engel« nicht besser aufgepasst hatte. In den seltenen Momenten, in denen sie schlief, träumte sie von ihnen, einem Mob, der sie mit Beleidigungen überschüttete, mit Hexenfingern auf sie zeigte und sie verhöhnte.

Die endlose Nacht wandelte sich endlich in einen zögernden pfirsichfarbenen Sonnenaufgang, außerdem brachte dieser Morgen das zweifelhafte Geschenk, wieder aus dem eigenen Bett im eigenen Haus aufzustehen. Einerseits war es eine Erleichterung, wieder von den vertrauten Düften umgeben zu sein und von seinen eigenen Siebensachen. Man wusste wieder, wo alles war…

Alles außer Frankie. Und das war das Andererseits. Es war eine mentale Quälerei, wieder hier zu sein, aber ohne sie, ihre Fingerfarbenbilder am Kühlschrank zu sehen und ihre aufgeräumten Spielzeuge in einem Korb im Wintergarten. Fotos auf dem Klavier und ihre winzigen gestreiften Gummistiefel im Flur. Wenigstens das war ihnen im Haus der Jamesons erspart geblieben. Gestern, am späten Abend, hatten sie wieder in ihr Haus zurückkehren können und waren gleich zu Bett gegangen, zu verstört, um sich auf irgendetwas zu konzentrieren, außer dem vergeblichen Versuch, zu schlafen.

Als Helen am Morgen nach der ersten Nacht im eigenen Haus ohne Frankie herunterkam, fand sie Alice und ihre Freundin Georgia am Küchentisch sitzend, wie sie gemeinsam YouTube-Clips auf Alices Laptop ansahen. Vor ihnen standen leere Müslischalen.

»Hallo, Georgia. So früh sehen wir dich selten.«

»Hallo, Helen«, sagte Georgia unter ihrem Pony hervor. Unter offensichtlich großer Anstrengung murmelte sie noch etwas, das Helen nicht verstehen konnte, was aber Georgias bleiche Wangen erröten ließ. Alice sah ebenfalls peinlich berührt aus.

»'tschuldigung, was hast du gesagt?« Helen zog den Gürtel ihres Morgenmantels enger, mit einem Mal wurde ihr bewusst, wie furchtbar sie aussehen musste – Haare wie ein Vogelnest, Schlaf in den Augen und Falten im Gesicht. Wenigstens war es nur Georgia.

»Ich meinte, das mit Frankie tut mir wirklich leid, und ich hoffe, sie finden sie bald«, brach es aus ihr heraus, während ihr Blick auf den Tisch gesenkt blieb. »Alles wird gut. Ich bin mir sicher«, fügte sie noch halbherzig hinzu.

Helen lächelte matt und ging hinüber, um Georgia in die Arme zu schließen. Helen hatte Georgia immer für die hübscheste von Alices Freundinnen gehalten, mit ihrem langen, lockigen rotblonden Haar und der glatten Haut. Sie sah aus wie die perfekte Englische Rose, das Sinnbild einer hübschen englischen Jungfrau – aber sie hatte, wie Alice erzählte, bereits mit drei Jungen geschlafen. Und im letzten Jahr hatte sie es geschafft, eine Verwarnung für antisoziales Verhalten zu kriegen, weil sie spät nachts – nach einem Alkopop zu viel – auf die Dächer dreier Autos gesprungen war und sie beschädigt hatte.

Allem Anschein nach war sie danach selbst entsetzt und schrieb freiwillig Entschuldigungsbriefe an alle drei Autobesitzer... Trotzdem hatte Helen damals gedacht, wie froh sie darüber war, dass Alice ihre Stieftochter war und nicht die so harmlos erscheinende Georgia. Es war nicht so, dass sie Georgias Mutter nicht mochte, eine großmäulige, eitle Frau namens April, anscheinend die Autorin zwielichtiger Bumsromane – und jedes Mal, wenn sie sich trafen, sagte eine von ihnen: »Wir müssen uns bald mal auf ein Glas Wein treffen...«, aber irgendwie setzten sie das nie um.

»Danke, Kleines.«

»Hast du dir die Pressekonferenz angesehen?«, fragte Alice Helen. Darüber war Helen erstaunt – es war das erste Mal, dass Alice mit ihr sprach, nachdem sie gestern aus dem Haus gestützt war.

»Ja, in den Zehn-Uhr-Nachrichten.« Sie stellte den Wasserkocher an und hängte einen Teebeutel in ihren Lieblingsbecher, einen, den Frankie – mit ein bisschen Hilfe – für sie dekoriert hatte in einem dieser Läden, wo man seine Keramik selbst bemalen kann. Ihre Hand zitterte, als sie Zucker zufügte, sie brauchte jetzt was Süßes. »Es war furchtbar. Die armen Eltern von Isabel. Ich kann mir gar nicht vorstellen, was sie gerade durchmachen.«

Aber doch, das konnte sie.

»Will eine von euch auch einen Tee?«, fragte sie, aber beide Mädchen schüttelten den Kopf. »Es war seltsam, unsere Stellungnahme dort vorgelesen zu hören. Ich bin froh, dass sie unsere Fotos nicht gezeigt haben – oder noch schlimmer, uns nicht gebeten haben, sie selbst vorzulesen. Aber sie haben ein

Foto von Frankie gezeigt. Und eines von Liam O'Connell. Ich fand, der Detective hat das recht gut gemacht.«

»John Lennon«, sagte Alice und korrigierte sich sofort selbst. »Nein, Patrick, oder? Ich hab an die Beatles denken müssen.«

Helen musste kurz lachen. »Er kommt gleich vorbei. Er will noch mal mit mir und Sean reden.« Sie versuchte ihre Stimme neutral klingen zu lassen, denn sie war sich bewusst, auf welch gefährlichem Boden sie sich gerade bewegte. »Vielleicht solltest du hier bleiben, für den Fall…«

Sie war nervös und fürchtete fast die Fortsetzung des Ausbruchs von gestern, aber Alice sah nur zu Georgia hinüber. »Dann kann ich nicht mit dir nach Kingston fahren, ich muss hier bleiben. Geh ruhig ohne mich. Grüß die anderen von mir.«

»Bist du sicher, Baby? Wir könnten auch morgen fahren.«

»Nee. Bin sowieso nicht in der richtigen Stimmung zum Shoppen.«

Helen fühlte, wie Erleichterung sie überschwemmte. Sie goss den Tee auf und drehte sich kurz um, sodass die Mädchen ihr Gesicht nicht sehen konnten.

»Bist du eigentlich mit deinen Prüfungen schon fertig, Georgia?«, fragte sie, nahm ihren dampfenden Becher und setzte sich neben Alice an den Tisch.

Georgia nickte. »Ja. Ich bin froh, dass ich nicht Theater belegt habe, sonst hätte ich jetzt immer noch eine vor mir, wie die arme Alice.«

»Ich muss das doch aber jetzt nicht mehr machen, Helen, oder?«, fragte Alice beklommen. »Die Schule hat gemeint, sie machen eine Ausnahme wegen mildernder Umstände. Mir liegt sowieso nichts an Theater. Ich bin scheiße beim Schauspielern. Ich hab's genommen, weil ich dachte, es wäre leicht, ist es aber nicht.«

Helen seufzte. »Okay, ich würde sagen, was wir hier gerade erleben, rechtfertigt mildernde Umstände.«

Alice sah erleichtert aus. »In dem Fall hab ich meinen Realschulabschluss in der Tasche.« Eine Mischung von Schuld und Erleichterung lag auf ihrem Gesicht, und sie blickte dabei schlitzohrig drein.

Helen musste sich fest von innen auf die Wange beißen, um keine abfällige Bemerkung zu machen. Die Türklingel schrillte, und sie stöhnte. »Er kann doch unmöglich schon hier sein... Ali, bitte öffnest du? Ich bin noch nicht angezogen.«

Alice schlurfte wenig anmutig zur Haustür. Aus Prinzip hatte sie etwas dagegen, zu tun, was Helen ihr auftrug.

Es war Lennon. Er folgte Alice in die Küche, und Helen sah, wie er interessiert bemerkte, dass Georgia an ihrem Küchentisch saß. Die stand sofort auf und zog ihre Jeansjacke an. »Egal, ich geh dann mal. Ich bin nur gekommen, um zu fragen, ob Alice mit uns nach Kingston kommen will.«

Georgia verschwand aus der Küche, bevor Helen die Chance hatte, Tschüß zu sagen. Alice brachte sie raus.

»Hab ich was Falsches gesagt?«, fragte Patrick Lennon und hob die Brauen. Er setzte sich einfach an den Küchentisch, was Helen etwas ärgerte, aber sie ließ sich nichts anmerken.

»Denke nicht. Teenager sind so. Einen Tee?«, fragte Helen.

»Danke, ohne Zucker bitte.« Er zog ein schwarzes Moleskinnotizbuch heraus. Ganz schön protzig für einen Bullen, dachte Helen.

»Ist Sean auch da? Ich brauche Sie jetzt beide – und Alice, wenn das okay ist«, fügte er hinzu, als Alice zurückkam und unsicher im Türrahmen stehen blieb.

»Er ist noch oben. Ich geh ihn holen«, sagte sie und ging hinaus. »Papa?«, hörten sie die Treppen hoch rufen.

»Er ist anscheinend im Büro«, sagte Helen. »Ich hab ihn heute Morgen noch nicht gesehen.« Sie konnte die Bitterkeit nicht ganz aus ihrer Stimme heraushalten. Sie sehnte sich nach Seans Unterstützung, einfach, um zu wissen, dass sie als Team in diesem Albtraum steckten, so eng verbunden wie zwei Walnusshälften in der Schale – aber Sean hatte sich von ihr zurückgezogen, emotional und körperlich. Das ging so weit, dass sie sich fast fühlte, als hätte sie nicht nur ihre Tochter, sondern auch noch ihren Mann verloren. Er war in emotional schwierigen Situationen eigentlich immer eher eine Schildkröte gewesen, die den Kopf in den sicheren Panzer einzog. Helen erinnerte sich daran, wie sie damals beim Kennenlernen gedacht hatte, sie könnte ihn ändern.

Alle Frauen denken das, dachte sie jetzt. *Dabei ist es unmöglich.*

Alices polternde Schritte waren jetzt auf der Treppe zu hören, gefolgt von Seans leiseren. Helen nahm zwei weitere Becher aus dem Schrank und stellte den Wasserkessel noch mal an.

»DI Lennon will uns noch ein paar Fragen stellen«, sagte sie zu ihm und sah in sein unrasiertes graues Gesicht. Seine Haare waren ungekämmt, obwohl es schon halb elf und er seit Stunden auf war – seine Seite des Bettes war schon seit etwa sechs Uhr leer gewesen. Sie zwang sich, verständnisvoll zu sein, und ihr Herz zog sich voller Mitgefühl zusammen, er fühlte sich sicherlich genauso schlecht wie sie selbst. Er zeigte es nur auf andere Art.

»Ja, ich weiß«, erwiderte er kurz. »Alice hat's mir gesagt.«

»Tut mir leid, dass wir noch nicht angezogen sind«, sagte Helen. Es war ihr peinlich, wie sie beide aussahen – Alice war die Einzige, die halbwegs präsentabel erschien.

»Das ist schon okay, Leute«, sagte Lennon, als sie alle am Tisch saßen, gefüllte Teebecher vor sich. »Der Hauptgrund, warum ich hier bin, ist, dass ich alle drei Familien gebeten habe, eine umfassende Liste von den Orten und Plätzen zu machen, zu denen sie die Kinder in den letzten sechs Monaten mitgenommen haben. Nicht nur den Kindergarten oder Klubs, auch Partys, Cafés, Spielzeugläden, alles woran sie sich erinnern können: Ausflüge hier in der Gegend, Aufenthalte bei den Schaukeln, Weihnachtsgrotten, wenn sie sich so weit zurückerinnern könnten.«

»Wofür ist das?«, fragte Sean. »Versuchen Sie herauszufinden, wo der Bastard von Entführer die Kinder gesehen haben könnte?«

DI Lennon nickte, und sie saßen zehn Minuten lang da und erstellten eine Liste auf der Rückseite eines DIN-A4-Umschlags, der einen Reisekatalog enthalten hatte. Es half, dachte Helen, etwas Konkretes zu tun und etwas, was sie vereinte, wenn es auch nur für eine kurze Zeit war. Alle machten Vorschläge, die Alice in ihrer sorgfältigen Schrift notierte. Helen wünschte sich, alle Erinnerungen an Frankie niederschreiben zu können, die jeder Vorschlag wieder wachrief.

»Kindergarten – das wäre Ladybirds Nursery in der Church Road. Dahin geht sie – ging sie – jeden Morgen. Und die Spielgruppe bei der Kirche All Saints in Fulwell. Zu deren Gruppe gehen wir manchmal mittwochnachmittags. Da geht sie gern hin. Hauptsächlich, weil sie dort diese hausgemachten Käsestangen aus Blätterteig haben.«

»Was ist mit dem Hallenspielplatz, zu dem wir sie im März mitgenommen haben, beim Syon House? Erinnert ihr euch, sie hat damals meinen ganzen Cappuccino über sich gekippt.«

»Archie Fullers Geburtstagsfeier vorige Woche – Papa, da hast du sie doch hingebracht, oder?«

»Gutes Gedächtnis, Liebes. Ja, hab ich. Und dann ist da noch der Papaklub samstagmorgens im Bushy Park – wenn ich verzweifelt genug war.«

Sean versuchte zu lächeln, und Helen legte ihm die Hand aufs Knie. »Er hasst diese Papaklubs«, erklärte sie.

»All diese verdammt ernsten linken Teddington-Väter, die über Quinoa und die Gebühren für die Privatschulen reden.«
»Babyschwimmen im Lensbury.«
Alice schrieb wie wild.
»Wo kaufen Sie Ihre Lebensmittel?«, fragte Lennon.
Alle sahen ihn an. »Nicht im Sainsbury's«, sagte Helen. »Wir fahren meistens ins Waitrose in Twickenham...« Sie machte eine Pause. »Gibt es was Neues vom armen Liam?«
Lennon schüttelte den Kopf. »Noch nicht, aber wir überprüfen immer noch Informationen.«
Alice begann, auf dem Umschlag herumzukritzeln, dicke kreuzförmige Schattierungen auf der Innenseite des Umrisses einer Kirche, direkt neben dem Wort »Kirchen-Spielgruppe« auf der Liste. Langsam lehnte sie ihren Kopf an Seans Schulter, und er nahm sie in die Arme. Helen versuchte, nicht eifersüchtig zu sein.
Sie öffnete den Mund, um ihnen von Janet Friars Facebook-Mitteilung zu erzählen, dann ließ sie es jedoch wieder. Plötzlich war ihre Entscheidung gefallen. Sie würde niemandem davon erzählen. Sie würde Janet selbst antworten. Wahrscheinlich war es sowieso nur ein dummer Witz, und wenn es so war, dann wäre kein Schaden entstanden, wenn Sean nicht davon wusste. Und sie würde selbst etwas Sinnvolles tun, ohne den anderen noch mehr Stress zu verursachen, selbst wenn sie nur die Frau entlarvte.
Jetzt fühlte sie sich ein wenig besser. Sobald Lennon gegangen war, würde sie antworten.
Lennon sprach gerade von etwas anderem, als es an der Tür lange und laut klingelte. Alle sprangen auf.
»Was für eine Frechheit ist das jetzt?«, brummte Sean. »Wenn das noch ein einziger weiterer Journalist ist, vergesse ich...«
»Ich geh hin«, sagte Lennon und schob seinen Stuhl zurück,

Helen war ihm dafür dankbar. Die OSB war seit einiger Zeit nicht mehr zu sehen gewesen, sie nahm sich wahrscheinlich ein paar Stunden frei, solange der DI im Haus war. Es war so verstörend, Fremde im Haus zu haben, aber Helen sah jetzt auch die wenigen Vorteile – wie zum Beispiel einen hauseigenen Rausschmeißer zu haben.

»O Gott«, sagte Alice, »können wir nicht die Klingel abstellen?« Denn die Klingel schrillte die ganze Zeit über, mit einem kontinuierlichen scharfen Ton wie ein Alarm, bis Lennon endlich die Tür öffnete.

»Wer zum Teufel sind Sie, und wo ist mein Sohn?«, war eine mürrische weibliche Stimme mit starkem Essex-Akzent zu hören, wütend und fast so schrill wie die Türklingel.

Die drei, die noch am Küchentisch saßen, ließen gleichzeitig ihre Köpfe auf die Arme sinken. »O nein – nicht die verdammte *Eileen*«, sagten Helen und Sean gleichzeitig. Helen konnte nicht mehr und fing an zu weinen.

Alice sagte tonlos: »Immer, wenn man denkt, es kann nicht schlimmer werden…« Die drei lauschten mit Schrecken den sich nähernden Schritten im Flur. Sekunden später erschien Seans Mutter, puterrot vor Sorge und Wut, und stürmte in den Raum.

»Wie konntet ihr das nur zulassen, und warum weiß ich nichts davon? Ich musste es aus dem verdammten Fernsehen erfahren! Habt ihr auch nur EINE Idee, wie traumatisch das für mich war?«

»Hallo Oma.« Alice stand auf und ging hinaus, absichtlich auf der anderen Seite des Tisches entlang, um ihre Großmutter nicht umarmen zu müssen. »Lange nicht gesehen, ungefähr zwei Jahre oder so. Deshalb hat dir Vater sicher nichts gesagt.« Sie drehte sich zu Helen und Sean um. »Ich hab meine Meinung geändert, ich geh jetzt doch mit Georgia nach Kingston. Bis später.«

Eileen zog den Mantel aus und fing an zu schluchzen. »Frankie, mein armes kleines Würmchen. Oh, Liebling, wo ist sie?« Sie fiel Sean um den Hals und küsste ihn auf den Kopf, aber der machte sich frei.

»Als würde es dich wirklich interessieren, Mutter«, sagte er und schob seine Hand in Helens.

Vielleicht ist es gar nicht so schlecht, dass Eileen gekommen ist, überlegte Helen und putzte sich die Nase mit Küchentüchern.

Lennon öffnete sein Notizbuch und fragte: »Ich nehme an, Sie sind Mrs Philips, richtig?«

»Als ich das letzte Mal nachgesehen habe, war ich es noch«, antwortete Eileen. »Sean, Liebling, mach deiner alten Mama eine Tasse Tee, während ich mit diesem netten Detective rede. Danke, wir haben uns ja schon kennengelernt.« Sean rollte mit den Augen, aber stand dann auf und füllte den Wasserkessel. Helen wischte sich die Augen und schlüpfte aus der Küche – Lennon würde jetzt für eine längere Zeit beschäftigt sein, und sie fühlte, dass es da etwas gab, was sie tun sollte.

Der große Koffer am Fuß der Treppe fiel ihr ins Auge – *die Frau bleibt hier nur über meine Leiche –*, Helen ging die Treppe hinauf ins Schlafzimmer und öffnete den Laptop, den sie auf ihrem Nachttisch gelassen hatte.

Sie las die Nachricht noch einmal: ICH WEISS, WO DIE VERLORENEN KINDER SIND. KÖNNEN WIR UNS TREFFEN? AM DONNERSTAG UM 2 UHR IN TEDDINGTON, IM M&S-CAFÉ. ICH WERDE ÜBERWACHT. KANN IHNEN ÜBERS INTERNET NICHTS SAGEN. LÖSCHEN SIE DIESE NACHRICHT, UND SPRECHEN SIE MIT NIEMANDEM DARÜBER.

Das Profil von Janet Friars gab nichts an Infos her. Da sie nicht als »Freund« gemeldet war, konnte Helen ihre Seite nicht besuchen. Ihr Profilfoto war das eines Hundes, eines weißen Schottenterriers, ansonsten keine weiteren persönlichen Informationen, die Helen irgendeinen Hinweis geben würden, wer diese Frau war.

Schnell schrieb sie eine Antwort: Wenn Sie wirklich etwas wissen, sollten Sie zur Polizei gehen. Dann wartete sie auf eine Antwort, vergeblich.

KAPITEL 14
PATRICK – TAG 3

Arm in Arm öffneten Fiona und Max Hartley ihre Haustür. Allerdings schien dies weniger ein Zeichen von Solidarität oder Unterstützung, sondern eher eins von Notwendigkeit zu sein, dachte Patrick bei sich. Sie hielten sich wirklich gegenseitig aufrecht, während alles an ihnen vor Trauer niedergedrückt aussah – die Schultern, die Augen, die Münder. Fiona Hartley konnte kaum ihre leeren, geröteten Augen zu Patricks Gesicht heben. Sie sah noch schlechter aus als letztes Mal, als Patrick sie gesehen hatte. Da wurde Isabel noch vermisst. Er war froh, dass er ihnen nicht die furchtbare Neuigkeit hatte bringen müssen, dass Isabels Leiche gefunden worden war.

»Kommen Sie rein«, sagte Max Hartley tonlos, als Patrick erklärte, dass er gekommen sei, um ihre Unternehmungen der letzten drei Monate vor der Entführung zu rekonstruieren. Als er den Namen ihrer Tochter erwähnte, zuckte Fiona zusammen und drängte sich noch enger an ihren Mann.

Ihr großer Flur war mit Plastikbahnen abgehängt, die unten an die Fußleisten geklebt waren. Ein altes Toiletten- sowie ein Waschbecken in Avocadogrün lehnten an der Wand nahe der Haustür, zusammen mit ungeöffneten Kartons neuer Badaccessoires und zerbrochenen alten Kacheln. Patrick stieg über dasselbe Stück Kupferrohr wie beim letzten Besuch. Er erinnerte sich, dass Max gesagt hatte, sein Bruder und er würden die Renovierungen selbst vornehmen.

»Ich glaube nicht, dass Sie mit dem Bad weitergekommen sind.«

Sobald die Worte aus seinem Mund waren, zuckte er innerlich zusammen. Natürlich hatten sie nicht weitergemacht – warum würden sie das tun sollen, jetzt in dieser Zeit?

Das Paar schwieg und sah sich an. Dann sagte Max leise: »Ich bezweifle, dass wir das noch machen werden. Es ist nur das Gästebad. Wir wollten es für das spanische Au-pair-Mädchen erneuern, die Anfang nächsten Monats hier einziehen sollte. Ich musste ihr letzte Nacht e-mailen und mitteilen, dass wir sie jetzt nicht mehr brauchen werden, nach all dem, was passiert ist...«

Seine Augen füllten sich mit Tränen, und er schluchzte, ein lauter, rauer Schluchzer. Einen Moment lang und zu seinem eigenen Schrecken fühlte Patrick auch in seinen Augen Tränen aufsteigen. Er blinzelte und musste tief durchatmen, bevor er etwas sagen konnte.

»O Gott, was für eine furchtbare E-Mail Sie schreiben mussten.«

Er wollte eigentlich noch sagen: »Ich kann mir nicht vorstellen«, aber die Wahrheit war, dass er das konnte. Er konnte es sich absolut vorstellen. *Nimm dich zusammen,* wies er sich selbst zurecht.

Sie gingen in die Küche, wo Fiona sofort am großen Landhausküchentisch zusammensackte und sich eine Zigarette anzündete.

»Es gibt ja jetzt keinen Grund mehr, nicht im Haus zu rauchen«, murmelte sie und bot Patrick auch eine an.

Er wollte schon fast danach greifen – die Reaktion des Muskelgedächtnisses auf Stress –, schüttelte aber dann den Kopf. »Ich rauche jetzt E-Zigaretten«, sagte er und zeigte ihnen seine. Er musste die Zähne zusammenbeißen, um nicht sofort einen Zug zu nehmen, bevor er sie wieder in seiner Tasche verschwinden ließ.

»Kaffee?«, fragte Max, und Patrick nickte.

»Danke. Weiß, ohne Zucker.«

Als der Kaffee dann kam, war er bitter, und die Milch schwamm in kleinen weißen Klümpchen obenauf. Der Küchenmülleimer war übervoll, und das Katzenklo an der Hintertür musste auch dringend mal geleert werden.

»Kommt denn die OSB nicht mehr zu Ihnen? Die Opferschutzbeamtin?«, fragte Patrick unvermittelt. Nicht dass es die Aufgabe des OSB gewesen wäre, sich um das Katzenklo zu kümmern, aber das Paar hier brauchte dringend ein bisschen Hilfe. Die OSB könnte das organisieren.

Fiona verzog das Gesicht. »Wir haben sie fortgeschickt. Wir wollen nicht, dass hier jemand herumhängt und mitfühlend guckt, den wir nicht kennen. Es ist schon so hart genug.«

Patrick sah, dass alle Zeichnungen von Isabel am Kühlschrank verschwunden waren. Er hoffte um Max und Fionas willen, dass sie sie aufgehoben hatten, irgendwo in einem Ordner verstaut, statt sie vor lauter Trauer zu zerreißen und fortzuwerfen.

Er nahm sein Notizbuch heraus und begann die beiden zu befragen. Er machte eine Liste mit den Orten, an denen sie mit Izzy gewesen waren. Ein paar Minuten lang schienen die beiden froh über diese Ablenkung zu sein, wie es auch die Philips gewesen waren. Es entstand eine recht vollständige Liste – Patrick musste richtig schnell schreiben, um mithalten zu können. Aber dann wurden ihre Stimmen immer leiser, als würde ihnen erst jetzt die Bedeutung dessen klar werden, warum sie das hier taten.

Fiona stand abrupt auf und drückte ihre Zigarette in einem überquellenden Ascher auf dem Tisch aus. Sie sah aus, als würde sie schlafwandeln, als sie zur Obstschale beim Kühlschrank hinüberging. Sie öffnete den Schrank über der Arbeitsplatte und nahm eine geblümte kleine pinkfarbene Schüssel heraus, riss eine Banane vom Bündel, schälte sie und nahm dann einen

Dessertlöffel aus der Besteckschublade. Ihr Mann japste nach Luft und erhob sich aus seinem Stuhl. »Fi...« sagte er hilflos, als er beobachtete, wie sie mit der Löffelkante die Banane in der Schüssel zerteilte. Tränen rannen über seine Wangen, als er und Patrick sahen, wie sie eine Dose mit bunten Streuseln nahm und sie auf den Bananenstückchen verteilte.

Fiona schüttelte und schüttelte, bis die Banane total begraben war und die Zuckerstreusel die Arbeitsfläche bestäubten. Es war etwas Hypnotisches, fast Ritualisiertes in der Art, wie sie das tat. Es erinnerte Patrick an die Geste, eine Handvoll Erde auf den Sarg im Grab zu werfen. Einen kleinen weißen Sarg...

Einen Moment lang waren alle still, bis ein weiterer Schluchzer von Max die Stille beendete. Patrick sprang auf und nahm behutsam die jetzt leere Streudose aus Fionas zitternden Händen. Er nahm sie bei den Schultern und führte sie zurück zum Tisch und half ihr, sich wieder auf den Stuhl zu setzen.

»War das Isabels Lieblingssnack?«, fragte er flüsternd und zwang sich, in ihre leeren Augen zu blicken.

Sie nickte und sah dann weg.

* * *

»Okay, was haben wir?«

Patrick und Carmella waren zur Wache zurückgekehrt und setzten sich zusammen in den Raum der Einsatzzentrale, die Fotos der drei verschwundenen Kinder starrten von der Wand auf sie hinunter und schienen sie schweigend anzufeuern. Patrick war immer noch aufgewühlt vom Treffen mit den Hartleys, aber gleichzeitig war er voller Wut und Sorge, ein Cocktail, der ihn noch entschlossener machte, das Schwein, das das getan hatte, zu kriegen. Die Vorstellung, eventuell sehen zu müssen, dass auch Frankies und Liams Eltern das Gleiche durchmachen wie jetzt die Hartleys, fügte noch eine Portion Verzweiflung zu seiner Entschlossenheit.

DS Mike Staunton kam mit einem Tablett Kaffees vom Costa-Laden um die Ecke herein. Mike war das Musterbeispiel eines anständigen, soliden Polizisten. Seit Kurzem war er mit der hübschen Aurelie verheiratet und sprach so viel von seiner Frau, wie es Patrick noch bei keinem anderen Mann gehört hatte. Das war schön. Er hoffte, dass die langen Arbeitsstunden und die gelegentlichen Schrecken des Jobs die Zukunft dieses sympathischen Paares nicht ruinierten.

Mike gab Patrick seinen Kaffee. »Vanilla Latte, extra stark. Carmella, extra schal und nass.«

Sie grinste ihn an. »Lassen Sie mich raten, ganz normaler Filterkaffee für DS Staunton.«

»Sie kennen mich einfach zu gut.«

Patrick und Carmella breiteten ihre Listen auf dem Tisch aus. Mike sah ihnen über die Schultern. »Warum füttern Sie damit nicht den Computer und sortieren Sie dann alphabetisch?«

»Das hier geht schneller«, sagte Patrick, und seine Augen überflogen die drei Listen. Er war noch erschüttert vom Besuch bei den beiden Familien, aber besonders von dem bei den Hartleys. Er dachte, er würde es nie, niemals vergessen können – dieses Bild, wie Fiona Hartley die Banane teilte und mit den Streuseln verzierte, für ein kleines Mädchen, das niemals zurückkehren würde. Die ganze Zeit während des Interviews dachte Patrick: *Das könnte ich sein.* Er träumte jede Woche von dem Nachmittag, als er nach Hause gekommen war und Gill auf der Treppe sitzend vorgefunden hatte. Aber in seinen Träumen konnte er Bonnie nicht ins Leben zurückholen, er wachte immer zitternd und frierend auf und rannte dann ins Kinderzimmer, um sich zu vergewissern, dass sie noch lebte. Noch da war. Nicht so wie die arme Izzy.

Er hatte die Liste laut vorgelesen. »Verschiedene Kinderhorte... Die Hartleys gehören einer Kirche an, aber die anderen beiden Familien nicht... keine gemeinsamen Ferien- oder Tagesausflugsziele... Zwei sind in der Spielscheune in Teddington gewesen, aber die McConnells nicht... zwei gehen zu diesem Elf-Uhr-Klub im Bushy Park... Aber nur die McConnells kaufen regelmäßig im Sainsbury's ein...«

Die Tür öffnete sich erneut, und DCI Laughland kam herein. Wie immer, wenn sie den Raum betrat, beschleunigte sich Patricks Puls; alles andere im Raum verlor ein bisschen an Glanz, wenn Suzanne eintrat.

Sie kam rüber zum Tisch. »Wie sieht's aus, irgendwelche Fortschritte?«

Die Belastung des Falles, der Druck von den Medien und Vorgesetzten, alles war von ihrem Gesicht abzulesen. Abgesehen davon, dass er den Entführer für die Kinder und Eltern finden wollte, tat er es auch für Suzanne. Nicht nur, um das in ihn gesetzte Vertrauen zu rechtfertigen, sondern auch aus dem einfachsten menschlichen Grund, sie glücklich zu machen.

Er berichtete, was sie gerade taten, und sie spitzte die Lippen. »Kann ich Sie kurz sprechen?«

Patrick folgte ihr in ihr Büro. »Was liegt an?«, fragte er, als sie die Tür hinter ihnen schloss.

»Wie nah sind wir an einer Verhaftung dran?«

»Eine Verhaftung? Sie wissen doch, dass wir noch nicht mal richtige Verdächtige haben.«

Alle Wärme, die sonst in ihrer Stimme war, wenn sie mit ihm sprach, war jetzt weg.

»Was ist mit diesem Landfahrer? Wesley Hewson?«

»Er ist nicht der Mörder. Da bin ich mir sicher.«

»Aber er hat die Leiche nicht gemeldet. Er hat sie verdammt noch mal versteckt.«

Patrick war vollkommen überrascht, dass sie fluchte.

»Warum sind Sie so sicher, dass er es nicht war?«

Patrick verkrampfte sich. Sie war zwar die Chefin, aber er war der leitende Detective in diesem Fall. »Es gibt kein Motiv, und seine Erklärung, warum er es tat, macht Sinn. Suzanne...« Sie hob die Brauen. »'tschuldigung, Ma'am.« Er wusste, dass sie es hasste, so angesprochen zu werden, aber er war jetzt sauer. »Klar, wir könnten Hewson verfolgen, aber ich bin überzeugt, wir verschwenden Zeit und Mühe.«

Sie ging um ihren Schreibtisch herum. »Ich glaube, Sie wissen nicht, unter welchem Druck ich stehe. Ich muss zeigen, dass wir einer Spur nachgehen. Ich will, dass Sie ihn wegen Justizbehinderung verhaften.«

»Warum? Er hatte nicht vor, die Ermittlungen zu behindern.«

Ihr Gesicht war jetzt pink angelaufen. Seines wahrscheinlich auch, nahm er an.

»Warum verteidigen Sie diesen Kretin?«

»Weil es Zeitverschwendung ist. Wir sollten uns konzentrieren auf...«

»Sie können wohl nicht multitasken, oder?«, schnappte sie. »Es scheint, dass Sie sich nur darauf konzentrieren können, herauszufinden, was das Leben der Kinder und die täglichen Routinen verbindet, und alles... *andere*... was sie tun.« Sie machte eine Armbewegung, als wenn das »andere« eine zwecklose Übung in Sinnlosigkeit war. »Aber ich ordne an, dass Sie Hewson verhaften.«

Patrick sagte nichts mehr. Sein Herzschlag dröhnte in den Ohren, er fühlte sein Blut heiß und schwer in den Venen. Er musste entscheiden, ob Hewson verhaftet wird. Es war seine Untersuchung. Suzanne ignorierte seine Meinung vollkommen. Dann sagte er zögernd: »Wenn Sie meinen, es sei das Beste, Boss. Warum schicken Sie nicht Winkler hin, ihn zu verhaften. Ihm würde es sogar noch Spaß machen.«

»Okay, das werde ich tun.«

Patrick hasste diese Situation. Er wollte etwas sagen, um alles zwischen ihnen wieder ins Lot zu bringen. Aber er ärgerte sich, und ihm fiel nichts ein, was er sagen könnte, außer: »War es das?«

Wieder zurück in der Einsatzzentrale, fand er Carmella und Mike immer noch über den Listen brütend vor. Patrick nippte an seinem Kaffee und zuckte zusammen. Eiskalt. Zum Wegschütten. Genau das richtige Getränk, um seine Stimmung widerzuspiegeln.

»Da ist nichts«, stellte Carmella fest. »Nicht ein einziger Ort, an dem sich alle ihre Unternehmungen treffen. Wie kann das angehen? Einen Moment lang dachte ich, ich hab's, weil Frankie in eine Spielgruppe geht, die zu der Kirchengemeinde der Hartleys gehört – aber es ist eine andere. Und darüber hinaus scheint es nichts zu geben.«

Patrick setzte sich und prüfte die Listen noch einmal. Da fiel ihm etwas auf. »Was ist das hier? Väterklub? Carmella, haben Sie nicht gesagt, dass McConnell und Liam dort ab und zu hingegangen sind? Was ist das?«

»Ich glaube nicht, dass er mir das gesagt hat«, sagte Carmella.

»Glaube nicht? Na verdammt noch mal, rufen Sie ihn an und finden Sie's raus!«

Sie starrte ihn mit großen Augen an. Sie und Mike tauschten einen Blick, und er wusste genau, was sie jetzt dachten – dass er sich gerade bei der Chefin einen Anschiss abgeholt hatte.

Er würde sich später entschuldigen, aber jetzt wollte er erst mal Carmellas Anruf bei den McConnells abwarten. Sie sprach mit Liams Vater und drehte sich dabei zur Zimmerecke, um sich besser konzentrieren zu können. Nach ein paar Minuten beendete sie das Gespräch und kam wieder zum Tisch herüber. Sie nahm die Listen der Hartleys und der Philips hoch.

»Der Väterklub ist ein Raum, in den Väter samstagmorgens ihre Vorschulkinder bringen können. Räumlich findet alles im Elf-Uhr-Klub im Park statt.«

Das war es. Wie im Spielautomaten drei goldene Glocken nebeneinander.

»Jackpot«, sagte Patrick.

* * *

Noch ein Park, noch mehr Stimmen glücklicher Kinder, die vom Spielplatz herüberschallten, kleine Schreie der Begeisterung von den Schaukeln und aus der Sandkiste. Bonnie kam an den meisten Tagen mit ihrer Oma hierher, und manchmal brachte auch Patrick sie an seinen freien Tagen her. Gill und er waren auch oft in diesem Park gewesen, vor langer Zeit, noch bevor sie schwanger geworden war und Bonnie bekam. Bevor alles anders wurde.

Patrick erinnerte sich an lange, heiße Sommertage, die er hier auf dem Rasen liegend verbracht hatte, mit Picknick und einer Zeitung. Leidenschaftliche Küsse an heißen Nachmittagen. Er erinnerte sich an einen Tag zu Beginn ihrer Beziehung, als er hier, zwischen den Bäumen versteckt, seine Hand unter ihren Rock geschoben und sie zu einem stummen, keuchenden Orgasmus gebracht hatte.

Es kam ihm jetzt vor, als wäre seitdem ein ganzes Leben vergangen. Das glückliche Paar gab es nicht mehr. Aber etwas Gutes aus jener Zeit war geblieben: Bonnie.

»Ich hab mir als kleines Mädchen mal das Bein gebrochen, als ich von der Schaukel fiel«, erzählte Carmella.

»Ich wette, Sie waren ein Wildfang.« Er hatte sich bei ihr für seinen Ausbruch entschuldigt, und sie hatte ihm versichert, dass sie ihn schon vergessen hatte.

»Eine kleine Hexe, hat mein Vater immer behauptet.«

Patrick lächelte. »Als Kind hatte ich vor allem Angst. Höhen, Risiko, alles, wobei ich fallen und mich verletzen konnte. Es ist seitdem viel besser geworden, aber Bonnie hat das leider von mir geerbt.«

»Ich finde, sie hat ziemliches Glück, wenn sie nach ihrem Vater schlägt.«

Besser als nach ihrer Mutter. Die Worte hingen unausgesprochen zwischen ihnen, und Patrick sagte: »Okay, lassen Sie uns diesen Klub mal auskundschaften.«

Der Elf-Uhr-Klub befand sich in einem kastenförmigen Fertigbau neben dem Spielplatz in der Südwestecke des Parks. Er schloss um ein Uhr, aber Patrick hatte angerufen, und jemand hatte sich bereit erklärt, sie zu treffen und mit ihnen zu reden. Er konnte sie jetzt auch sehen, eine attraktive schwarze Frau in Leinenhose und einem weißen T-Shirt. Sie wartete an der Tür und starrte auf ihr Handy.

»Jemima Walters?«, fragte Patrick und schüttelte ihre warme Hand. «DI Lennon, DS Masiello. Danke, dass Sie sich bereit erklärten, uns zu treffen.«

Sie nickte. »Untersuchen Sie die Kindesentführungen? Oh, diese armen …«

»Können wir nach drinnen gehen, wo es ein bisschen privater ist?«

»Klar doch.«

Im Inneren des Gebäudes sah es aus wie in allen Kindergärten und Spielgruppen. Ein paar kleine Rutschen und ein Klettergerüst in Form eines Zuges standen in der Mitte des Raumes, kleine Schränke entlang der Wände, Poster von den Teletubbies und Schweinchen Peppa hingen an den Wänden. Rechts gab es eine Theke, wo, wie Patrick annahm, das Personal erschöpften Eltern Kaffee und Orangenschnitzen servierte und kleine Toastdreiecke an die Energie verbrennenden Vorschulkinder.

Jemima zog ein paar Plastikstühle heran und setzte sich auf einen, sie zeigte auf die anderen für Patrick und Carmella.

»Sie sind hier die Managerin, stimmt das?«, fragte Patrick.

»Ja.« Ihre Beine zuckten nervös. Patrick musste sich zurückhalten, nicht ihre Knie zu fassen und sie zu zwingen, still zu sitzen. »Ich kann es nicht glauben. Diese armen Kinder. Die kleine Isabel. Wissen Sie, ich glaubte, sie wiederzuerkennen. Ich hab zu meinem Mann gesagt, ich kenne das kleine süße Gesichtchen. Aber wir haben hier so viele Kinder.«

»Mrs Walters, Sie haben verstanden, dass unsere Unterhaltung hier vertraulich ist, richtig? Wir verlassen uns auf Ihre Diskretion. Es könnte lebenswichtig sein.«

Ihre Augen trafen seine, und Aufregung blitzte darin auf. Sie war wichtig. Vertrauenswürdig.

»Sie haben mein Wort darauf«, sagte sie.

»Gut. Können Sie mir ein bisschen was von diesem Platz hier erzählen?«

Sie erklärte, dass der Elf-Uhr-Klub ein Zentrum sei, das von der Kommune getragen wird, die auch ihr Arbeitgeber ist. Es sollte ein Platz für Eltern geschaffen werden, an den sie unter der Woche morgens ihre Babys und Vorschulkinder bringen können. Er ist sehr populär. Manchmal denke ich, wir sind das Herzstück des Nappa Valley.«

»Und an den Samstagen findet dann hier der Väterklub statt?«

»Ja. Obwohl das nicht der offizielle Begriff ist, wissen Sie. Er wird nur so genannt. Mütter und Omas und Opas sind ebenfalls willkommen. Jedermann. Aber samstagmorgens haben wir eine Menge Väter hier, die ihren Frauen mal 'ne Pause von den Kleinen gönnen wollen.«

»Ich werde es auch mal ausprobieren«, lächelte Patrick. »Ich hab eine Tochter, die gerade zwei Jahre alt wird.«

»Ja, bitte, tun Sie das.«

»Haben Sie Anwesenheitslisten von den Leuten, die samstags kommen?«, fragte Carmella.

Jemima erhob sich und ging um die Theke herum. Aus einer Schublade holte sie ein Buch heraus. »Das hier ist das Buch, in das sich alle eintragen. Aber um ehrlich zu sein, wir kontrollieren das nicht so hundert pro, aber eigentlich sollten sich alle ein- und austragen, ihre Namen angeben, das Alter ihrer Kinder, ihre Postleitzahlen und Telefonnummern. Außerdem gibt's eine freiwillige Fünf-Pfund-Gebühr, die in Getränke und Snacks fließt.«

»Können wir das ausleihen?«, fragte Patrick.

»Ich ... weiß nicht.«

»Wir passen darauf auf.«

»Warum brauchen Sie es? Warum sind Sie hier?« Ihre Knie wippten jetzt noch hektischer als zuvor.

Patrick beugte sich vor, besorgt, von einem der zuckenden Knie getroffen zu werden. »Jemima, wir glauben, dass alle drei entführten Kinder hier Stammgäste waren. Wir folgen allen Hinweisen. Routine, da müssen Sie sich weiter keine Sorgen machen.«

»Okay ...«

»Außerdem brauchen wir eine Liste Ihrer Mitarbeiter, auch der Reinigungskräfte, aller Aushilfen, aller, die hier während der letzten sechs Monate beschäftigt waren.«

»Das wird an einem Samstag schwer zu kriegen sein.«

»Sie wissen ja, dass Liam und Frankie da draußen noch irgendwo sind, Mrs Walters?«, fragte Carmella. »Jemand hält sie gefangen. Wir dürfen keine Zeit verlieren.«

Verwirrt sagte Jemima: »Ja klar, aber sicher. Ich kann das für Sie besorgen, aber es kann ein paar Stunden dauern.«

»Das ist okay«, sagte Patrick. Er gab ihr seine Visitenkarte und schrieb mit einem Stift vom Nachbartisch seine E-Mail-Adresse auf die Rückseite.

»Es kann niemand sein, der hier arbeitet«, sagte Jemima, eher zu sich selbst als zur Polizei. »Das kann einfach nicht sein.«

Als sie das Gebäude verließen und in den strahlenden Sonnenschein traten, klingelte Patricks Handy.

Es war Suzanne.

»Irgendwas Neues vom Väterklub?«, fragte sie.

Sofort ärgerte er sich wieder. »Kontrollieren Sie mich jetzt? Sie wissen doch, dass ich Ihnen sofort alles berichte, sobald...«

»Nein, Patrick, ich kontrolliere Sie nicht. DS Staunton hat mir gerade ein paar interessante Neuigkeiten gebracht.«

»Ja?« Er beobachtete ein kleines Mädchen, das die Rutsche auf dem Spielplatz hinaufkletterte und dann auf dem Bauch liegend runterrutschte, kichernd vor Freude. Ihr Vater stand in der Nähe, ignorierte sie aber und spielte mit seinem Handy.

»Wir hatten einen Anruf. Eine Zeugin sah etwas auf dem Sainsbury's-Parkplatz. Ich will, dass Sie alles stehen und liegen lassen und sofort mit ihr reden.«

KAPITEL 15
HELEN – TAG 3

Sobald Helen sich unauffällig ins Schlafzimmer zurückziehen konnte, sah sie nach, ob Janet Friar geantwortet hatte. Nichts – nur eine Nachricht von Liz Wilkins, ihrer früheren Kollegin, die fragte, wie denn der »arme Sean« und sie mit der Situation fertig wurden. Helen löschte sie verärgert. Ihre eigene Nachricht an Janet war noch ungeöffnet. Sie löschte Janets Nachricht wie gefordert, und dann wartete sie, auf den Bildschirm starrend und hoffend, dass bald das Geräusch ertönen würde, das anzeigte, zu welcher Zeit ihre letzte Nachricht gelesen worden war. Nichts. Janet Friar war offensichtlich nicht online.

Wer war sie? Woher konnte sie wissen, wo Frankie und Liam sind – und es nicht der Polizei mitgeteilt haben? Da blieb doch nur... entweder irgendein Spinner oder der Entführer selbst, oder?

Helen fragte sich, ob sie schon Probleme mit der Polizei kriegen könnte, weil sie ihnen von der Nachricht nichts gesagt hatte. War ihr egal. Die würden doch auch denken, dass es sich um einen schlechten Scherz handelt, und es würde ihr das Herz brechen, wenn sie dem nicht nachgingen. Die Worte der »Spinner auf Facebook« hallten immer noch in ihrem Schädel wider, aber sie wusste, dass sie persönlich auf jede Nachricht antworten würde, die sie von jemandem erhielt, der behauptete, zu wissen, wo Frankie ist.

Helen hörte Eileens Stimme, selbst durch die Bodendielen, sie klang gleichzeitig trällernd und grell, ohne Unterbrechung. Erst sprach sie anscheinend mit Lennon – weiß der Himmel, was dem DI für Fragen für sie eingefallen waren, wo sie doch ihre Enkelin seit mehr als achtzehn Monaten ihres jungen Lebens nicht mehr gesehen hatte und nichts über deren Gewohnheiten und Vorlieben oder Abneigungen wissen konnte. Dann, als Lennon gegangen war, war Sean dran. Helen wusste Bescheid, sie hörte den einschüchternden Ton, der jetzt in Eileens Stimme mitschwang. Sie knirschte mit den Zähnen. Der arme Sean. Das Einzige, was ihre kleine Familie mehr als alles andere verband, war die gemeinsame Abneigung gegenüber ihrer Schwiegermutter, der rassistischen blöden Kuh. Ihre eigene verstorbene Mutter, Winnie, hatte sich nach ihrem ersten Treffen geweigert, jemals wieder mit Eileen zu reden, nachdem Eileen Winnie darüber informiert hatte, dass »die Schwarzen« alle guten Jobs an sich rissen.

Die Abneigung wurde erneut bestätigt, als Sean die Treppe hochstampfte. Helen rief leise nach ihm, und er kam ins Schlafzimmer. Er ließ sich mit bleichem Gesicht schwer auf das ungemachte Bett neben sie fallen, er sah vollkommen erschöpft aus.

»Als wäre das alles nicht schon schrecklich genug«, sagte er und rieb sich heftig mit den Handflächen übers Gesicht, als würde er sich waschen. »Jetzt muss sie auch noch erscheinen. Sie ist ein Geier! Ich wette, sie genießt das alles – hast du gesehen, was sie anhat? Das ist ihr bestes Kostüm, das zieht sie nur zu Hochzeiten und Partys an. Sie ist nur hier, weil sie hofft, ins Fernsehen zu kommen. Ich bin überrascht, dass sie nicht den verfluchten Scheißhut trägt, der dazugehört.«

Helen hatte ihre Schwiegermutter nicht oft genug getroffen, um zu wissen, was ihr bestes Kostüm war, aber sie erinnerte sich vage an das zweiteilige dunkellila Polyestermonster, das Eileen trug.

»Sie wird uns niemals vergeben, dass wir sie nicht zur Hochzeit eingeladen haben, oder?«

Sean setzte sich auf eine Ecke des Schreibtischs und stellte seine Füße auf die Seiten von Helens Drehsessel. »Das war vor fünf Jahren. Sie sollte das endlich akzeptieren. Deine Leute haben uns doch vergeben, oder? Also warum kann sie es nicht?«

»Na ja, sie waren nicht glücklich darüber, aber ja, ich nehme an, sie waren dankbar, dass wir ihnen die Kosten für zwei Flüge von Kapstadt hierher erspart haben. Ich wünschte mir allerdings, meine Mutter wäre hier gewesen. Hätte ich gewusst, dass es ihr nicht mehr vergönnt sein würde, Frankie kennenzulernen...«

Helen sah hinüber zum gerahmten Foto auf dem Schreibtisch, ihrem Hochzeitsfoto, barfuß am Strand auf den Seychellen, eine warme Brise hatte ihr Haar über ihr gebräuntes Gesicht wehen lassen; Sean lächelte runter zur zehnjährigen Alice, die mit einem kleinen Strauß pinkfarbener Röschen zwischen ihnen stand. Es war eine perfekte Hochzeit gewesen, nur sie drei und ein paar Zeugen, die sie am Pool ihres Hotels aufgegabelt hatten. Die Sonne ging hinter ihnen unter, als sie ihr Eheversprechen vor dem grinsenden indischen Priester sprachen. Helen erinnerte sich genau an das Gefühl des kühlen, nassen Sandes zwischen ihren Zehen, als sie Sean ewige Liebe versprach.

Sean legte seine Hand auf ihre, und sie war schockiert, Tränen in seinen Augen zu sehen. Er weinte nie.

Sie zog ihre Hand weg und sprang auf, erschrocken. »Du denkst doch nicht, dass sie sie nicht mehr lebend finden, oder?«

Er biss sich auf die Knöchel, wie es kleine Jungen machen, und sie starrte ihn an, diesen Mann, den sie anbetete, der aber manchmal wie ein verschlossenes Buch für sie war und dessen Schultern jetzt vor Schluchzern zuckten. »Oh, Liebling, komm her«, sagte sie und nahm ihn zärtlich in ihre Arme, obwohl sie ihn lieber geschlagen hätte dafür, dass er daran zweifelte, dass sie Frankie zurückbekommen würden... »Schon okay, sie werden sie finden«, versuchte sie ihn zu beruhigen. Sie sagte das zu ihm, aber auch zu sich selbst. »Das werden sie, das *müssen* sie einfach...«

So standen sie für fünf Minuten oder länger da und umarmten einander. Sie fühlte Seans heißen Atem an ihrem Hals, und seine Tränen fielen auf ihre Haut. »Schieb mich nicht von dir, Sean«, bat sie ihn leise.« Wir können das hier nur zusammen überstehen. Ich brauche dich. Meine Mutter lebt nicht mehr, und mit meinem Vater kann ich nicht reden. Du bist alles, was mir geblieben ist.«

»Ich brauche dich doch auch«, murmelte er. Dann löste er sich von ihr und rieb sich wieder das Gesicht. »Okay, ich zieh mich mal besser an. Was machen wir mit dem alten Drachen? Ich kann sie nicht mit dem nächsten Zug nach Braintree zurückschicken. Sie würde dann sicherlich versuchen, ihre Geschichte der Schundpresse zu verkaufen, und behaupten, wir hätten Frankie im Garten hinterm Haus vergraben...«

»Sean! Wie kannst du darüber Witze reißen?« Helens Lippen zitterten, obwohl ihr klar war, dass er jetzt nur eine witzige Bemerkung machte, um davon abzulenken, dass sie ihn weinen gesehen hatte. *Männer,* dachte sie. *Warum sind sie so erbärmlich?*

Immerhin entschuldigte er sich. »Du weißt doch, wie ich das meine. Wir lassen sie für ein paar Tage bleiben, aber nicht länger. Stimmst du zu?«

Helen seufzte. »Muss ich wohl. Es ist allerdings mehr, als sie verdient. Warum konnte sie für Frankie nicht wenigstens eine richtige Oma sein, als sie noch hier war?«

»Sie ist nun mal meine Mutter«, entgegnete Sean leise. »Ich geh jetzt duschen.« Er streifte seine Kleidung ab, und Helen blickte auf seinen Körper, der ihr so vertraut war wie ihr eigener. Ein bisschen T-Shirt-Bräune, aber die Haut darunter weiß wie ein Fischbauch und haarig, sein Penis klein und schutzlos. Sie fühlte eine Welle von Liebe und Lust aufkommen und sehnte sich nach der Ablenkung und das Vergessen durch guten Sex, den Trost der Erregung. Sie überlegte, ob sie ihm in die Dusche folgen sollte, als er sich an der Tür zum Bad noch einmal umdrehte.

»Hast du es eigentlich deinem Vater gesagt? Das mit Frankie?«

Als gäbe es nichts Wichtigeres als das.

Helen seufzte. »Nein, noch nicht. Ich will ihn nicht aufregen.«

»Du solltest es tun.«

»Ich weiß, aber er kann doch sowieso nichts tun. Und um Gottes willen, stellt dir nur mal vor, er kommt auch einfach so vorbei und steht vor der Tür. Ein lästiger Schwiegerelternteil ist mehr als genug, ganz sicher.«

Der Gedanke an ihren Vater war genug, um jede erwachende Lust zu ersticken. Sean war unter der Dusche, und sie beließ es dabei. Sobald sie das Wasser rauschen hörte, raste sie zurück zu Facebook und erweckte den Bildschirm wieder zum Leben.

Eine neue Nachricht von Janet Friars! Sie klickte sie an: Es IST SEHR SCHWIERIG IM MOMENT, DA ICH KEIN GELD HABE UND SIE MICH BEOBACHTEN, DESHALB KANN ICH NICHT ZUR POLIZEI GEHEN. ICH TREFFE SIE DONNERSTAG UM 2 UHR.

Helens Hoffnungen sanken. Darum ging es also – Janet Friars sprach schon von Geld. Sie war wohl doch nur eine kaltschnäuzige Opportunistin, die versuchte, Geld zu erpressen. Bis Donnerstag waren es noch zwei Tage, und sie konnte nicht so lange warten. Deshalb antwortete sie: SIE WISSEN, DASS *THE SUN* 100 000 PFUND BELOHNUNG AUSGELOBT HAT? WARUM ERZÄHLEN SIE DER POLIZEI NICHT, WAS SIE WISSEN, UND DANN KRIEGEN SIE VIELLEICHT DIE BELOHNUNG? WÄRE ES NICHT BESSER, ES SO ZU MACHEN?

Dann löschte sie es wieder, indem sie den Finger auf der Pfeiltaste ließ, bis alle Buchstaben durch den Cursor verschluckt worden waren. Ihr wurde übel, wenn sie daran dachte, dass sie um das Leben ihrer Tochter schacherte. Sie schrieb etwas anderes: Woher weiss ich, dass Sie es ernst meinen? Wenn Sie wirklich Infos haben, warum sprechen Sie nicht mit der Polizei?

Auch Scheiße, dachte sie und löschte auch das. Wenn die Person aufrichtig war, dann war es nur logisch, dass sie mit Konsequenzen rechnete, wenn sie mit ihr sprach. Also schrieb sie nur einen einzigen Satz: Ich brauche Beweise, bevor wir weitermachen, oder ich rede mit der Polizei. Und drückte auf *Senden*.

Was ist bloß aus meinem Leben geworden?, fragte sie sich. Vor nur einer Woche war sie mit Frankie zum Entenfüttern gegangen und hatte sich gefragt, wann ihr nächster Lektoratsjob kommen würde, sodass sie wieder arbeiten konnte, um der Langeweile der »Kinderaufzucht« zu entgehen. Jetzt würde sie sofort, jederzeit und für immer aller Arbeit entsagen, nur um Frankie zurück zu haben. Selbst wenn Seans Einkommen sich in Luft auflösen würde und sie an der Armutsgrenze leben müssten, würde sie doch Frankie nicht aus den Augen lassen, niemals mehr. Sie würde alle Gedanken an eine Karriere aufgeben. Sie würde sich in einer Endlosschleife durch den Kinderkanal zappen, Hunderte von Malen »Ich-sehe-was-was-du-nicht-siehst« spielen und den ganzen Tag diese langweiligen Kinderbücher aus Pappe vorlesen, bis ihre Augäpfel bluteten. *Alles,* ich tue alles, betete sie zu Gott, an den sie schon vor langer Zeit aufgehört hatte zu glauben. *Ich würde alles tun, um Frankie zurückzubekommen.*

Sie biss die Zähne zusammen und zwang sich, sich endlich anzukleiden statt vor dem Computerbildschirm auf Antwort zu warten. Als sie dann zögernd die Treppe hinunterstieg, saß Eileen am Küchentisch und strickte etwas furchtbar Aussehendes. Duftige Strähnen pastellfarbener Wolle hingen in Kaskaden vom Tisch, und ihre Hände bewegten sich so schnell, dass sie wie verschwommen wirkten. Sie strickte, als wolle sie jemanden bezichtigen, etwas Furchtbares getan zu haben, dachte Helen.

Eileen sah zu ihr herüber, als wolle sie sagen: »Und wie spät ist es, wenn du dich endlich anziehst, während deine Schwiegermutter hier sitzt und dein Kind verschwunden ist?«

Helen entschloss sich, eine Charmeoffensive zu versuchen. »Eileen, ich bin dir sehr dankbar, dass du gekommen bist. Tut mir leid, dass ich das vorhin nicht so sagen konnte, es war alles ein bisschen... zu viel, das kannst du dir sicherlich vorstellen.« Sie beugte sich über Eileen und umarmte sie kurz. »Das ist sehr lieb von dir.«

»Danke dir, Helen, meine Liebe, ist doch selbstverständlich, dass ich gekommen bin. Ich kann doch nicht zu Hause sitzen, ohne etwas zu tun und ohne zu wissen, wo unser kleines Lämmchen ist, und besonders jetzt, mit den grausamen Nachrichten von der armen Izzy Hartley...« Sie brach in lautes Schluchzen aus, und Helen riss ein paar Blätter Küchenrolle ab und reichte sie ihr. Sie sah die geplatzten Äderchen auf ihren Wangen und die tief liegenden Augen. Sie war alt geworden, seitdem sie sie zum letzten Mal gesehen hatte, dachte Helen. Das viele Rauchen hatte faltige Spuren um ihren Mund herum hinterlassen, und eine generelle Unzufriedenheit mit dem Verlauf ihres Lebens hatte tiefe Falten in ihre Stirn geätzt und weitere tiefe Falten zwischen den Brauen hinterlassen. Sie war erst fünfundsechzig, sah aber eher aus wie Ende siebzig.

»Ich weiß, es ist unerträglich«, sagte Helen. »Aber wir müssen einfach weiterhin hoffen und beten, dass die Polizei sie findet.« Sie überraschte sich selbst damit, wie fest ihre Stimme klang und dass ihre Augen trocken blieben, aber Eileens Hysterie schien ihr zu helfen, die Situation abgeklärter zu sehen.

»Und sonst, wie ist es dir ergangen? Es ist Jahre her.«

Eileen hörte auf zu weinen und starrte sie an. »Das kommt davon, dass ihr mich nie eingeladen habt.«

Helen seufzte. »Eileen. Du bist immer eingeladen, uns besuchen zu kommen, wann immer du willst, das weißt du doch. Ich sage das nicht nur so. Du weißt doch, wir haben diese Polizistin, die OSB, die jetzt auch hier wohnt, deshalb gibt's hier kaum noch Platz. Und dann die Polizei, rein und raus, und Alices Freunde ebenfalls...«

»Willst du mir sagen, dass ich nicht bleiben kann?« Eileen verzog ihre Lippen zu einem Schmollen, und ihre Falten wurden tiefer.

»Nein, natürlich nicht. Solange es dir nichts ausmacht, auf dem Klappbett im Büro zu schlafen. Tut mir leid, dass die Gästezimmer nicht mehr frei sind...« Helen traute sich nicht, das Drei-Tage-Maximum-Limit für ihren Besuch anzusprechen. Das sollte Sean machen, dachte sie. »Du hast sicher Hunger, ich werde mal Pasta aufsetzen. Sean duscht gerade, er kommt gleich herunter.«

Als die Nudeln fertig waren, war auch Sean aufgetaucht, mit nassem Haar, das stachelig abstand, und alle drei setzten sich. Frankies leerer Kindersitz stand immer noch auf dem vierten Stuhl am Tisch, wie eine stille Mahnung. Auf einem der Gurte war sogar noch ein Fleck Tomatensauce zu sehen, den Helen aber nicht wegwischen wollte. Sie und Sean schoben die Makkaroni auf dem Teller hin und her. Es war das erste Essen, das sie seit drei Tagen gekocht hatte, die OSB hatte auch ein paarmal gekocht, aber niemand hatte das Essen angerührt. Helen hoffte, dass die OSB bald zurückkehren würde, dann hätte zumindest Eileen ein Publikum, das nicht weglaufen konnte, und sie und Sean müssten sich nicht kümmern.

Eileen aß voller Appetit und erzählte von Leuten »von zu Hause«, von denen Helen wusste, dass sie Sean nicht interessierten. Helen schaltete total ab. Alles, an was sie überhaupt denken konnte, war, ob Janet Friars nun schon geantwortet hatte. Sobald sie unauffällig vom Tisch aufstehen konnte, tat sie es. »Lasst alles stehen, ich räume später ab«, sagte sie. »Ich rufe mal auf dem Revier an, um zu hören, ob es irgendwelche Neuigkeiten gibt.«

Im Schlafzimmer schloss sie die Tür fest hinter sich und näherte sich dem Computer, als könnte er jederzeit explodieren.

Und ja, es *gab* eine neue Nachricht, und sie zitterte als sie sie las: Ich kann nicht mit der Polizei sprechen, sonst bringt er mich um und die Kleinen ebenfalls. Aber er hat Izzy nicht entführt, nur Liam und Frankie. Frankie hat einen Feenschlafanzug an. Reicht Ihnen das als Beweis? Wir sehen uns am Donnerstag.

Helen stöhnte auf. Frankie hatte wirklich ihren Tinkerbell-Schlafanzug getragen, aber sie war sich sicher, dass dies auch auf der Pressekonferenz mitgeteilt worden war – oder nicht? Sie konnte sich nicht erinnern, ob es erwähnt wurde oder ob sie sich das nur einbildete. Ihre Hand hing über dem Telefon, und jetzt wusste sie mit einem Mal, dass das nun wirklich und wahrhaftig eine Nummer zu groß für sie war. Sie war eine Idiotin, anzunehmen, sie könne das hier allein stemmen. Sie musste die Polizei informieren. Sie wählte die Nummer der Polizeiwache in Sutton, und als sie endlich durch die automatischen Ansagen gelangt war und mit einer echten Person sprach, fragte sie nach DI Lennon.

»Er ist leider außer Haus. Was soll ich bestellen, wer angerufen hat?«

Sie zögerte. »Hier spricht Helen Philips. Ich muss mit jemandem aus der Einsatzleitung sprechen, der die Entführung meiner Tochter untersucht. Es ist sehr dringend.«

Nach einer sehr langen, nervtötenden Pause, lang genug, um sich darüber klar zu werden, dass Sean so richtig sauer auf sie sein würde, dass sie mit Janet Friars gemailt hatte, ohne ihn einzuweihen, hörte sie eine gelangweilt klingende Stimme: »DI Winkler, wie kann ich Ihnen helfen?«

Sie erklärte die Situation und las die Facebook-Nachricht vor, zusammen mit den spezifischen Anweisungen über das Treffen. Sie flüsterte fast, damit Sean und Eileen nichts hörten.

»Okay, ich habe alles«, sagte Winkler. »Haben Sie DI Lennon von dieser Entwicklung erzählt?«

»Nein, hab ich nicht. Ich wollte Ihre Zeit nicht damit verschwenden. Unsere OSB hat uns davor gewarnt, dass wir auf Facebook tonnenweise Lügen und Witznachrichten bekommen würden«, entgegnete Helen kleinlaut. Sie war überrascht von Winklers Reaktion.

»Nun, Mrs Philips, ich vertrete die Ansicht, man sollte nichts unversucht lassen. Ich komme gleich zu Ihnen rüber. Und ... können Sie bitte zu Hause bleiben, bis ich da bin? Es dauert nur etwa zehn Minuten.«

Helen legte auf und versuchte, nicht zu optimistisch zu sein. Sie schloss die Augen und legte ihre Arme um sich selbst. Sie stellte sich vor, dass sie Frankie im Arm hielt. Tränen rollten über ihre Wangen und ins weiche Haar ihres Babys. Dieser DI Winkler hörte sich an, als wäre er eher ein Mann der Tat, wie jemand, der Sachen ins Laufen bringt. Sie war froh, dass sie mit ihm verbunden worden war und nicht mit Lennon.

KAPITEL 16
PATRICK – TAG 3

Das Eintreten in das riesige Haus der Hollisters in St. Margarets war, als wäre man plötzlich mitten in einer Explosion aus Lärm, Fell und heillosem Durcheinander gelandet, ein absolutes Chaos im Trickfilmformat. Überall waren Kinder: Ein Junge ohne T-Shirt kam die Treppen heruntergerannt, ein Mädchen hämmerte unharmonisch auf einem Klavier, ein Kleinkind, nur mit einer Windel bekleidet, jagte die Katze durchs Wohnzimmer, und ein anderer Junge mähte in voller Lautstärke auf der X-Box Zombies nieder. Zwei rote Irish Setter und ein Yorkshireterrier versuchten in der Küche einen flotten Dreier. Der Geruch voller Windeln und von Hundefell fiel über Patricks Nase her, als er über einen Haufen hölzerner Bauklötze stieg und fast auf einer Segelzeitschrift ausrutschte, die auf dem Holzfußboden lag.

»Willkommen in der Irrenanstalt«, sagte Liza Hollister, die Mutter des Kindes, das auf dem Parkplatz des Sainsbury's etwas beobachtet hatte. Sie war fast einen Meter achtzig groß, mit zurückgebundenem blondem Haar und Kleidung direkt aus dem Boden-Katalog.

Patrick stellte sich gerade vor, als der etwa acht Jahre alte shirtlose Junge angerast kam und rief: »Mama, Coco hat Saskia wieder ins Klo gestopft.«

»Um Himmels willen!« Liza stapfte hinaus und erschien ein paar Minuten später mit einem strampelnden Kleinkind unter einem Arm und einer triefend nassen Katze unter dem anderen. Sie warf die Katze durch die offene Terrassentür hinaus, und Patrick beobachtete, wie sie weiterlief, als sei nichts geschehen.

»Daisy, lass das verdammte Klavier in Ruhe!«, rief sie. Sie nahm einen Holzlöffel auf und hieb damit auf einen kleinen Gong ein, den sie offensichtlich für solche Gelegenheiten bereithielt.

»Daisy, Dominic, Sebastian – alle raus in den Garten zum Spielen! Und nehmt Coco mit.«

»Scheiße, Mama, das ist langweilig«, jammerte Sebastian, der ältere Junge, der mit der Konsole gespielt hatte.

»Geht aufs Trampolin. Guckt mal, wie hoch ihr springen könnt. Los geht's!« Sie drehte sich zu Patrick um und murmelte durch zusammengebissene Zähne: »Und versucht, euch nicht den Hals zu brechen, wenn ihr wieder runterkommt.«

Die vier rannten durch die Terrassentüren nach draußen in den großen Garten, gefolgt von den drei Hunden, die um ihre Füße strichen und das Kleinkind zu Fall brachten.

»So ist es besser.« Liza grinste. »Okay, Inspector, Kaffee? Sie sehen aus, als könnten sie einen brauchen.«

»Das wäre fantastisch, Mrs Hollister.«

Sie beugte sich vor und gab ihm einen Einblick in ihr Dekolleté. Sie kam ihm vage bekannt vor – und dann fiel es ihm wieder ein. Sie war früher oft im Fernsehen gewesen, irgendein Programm für junge Leute spätnachts. Sie spielte eine burschikos auftretende junge Frau, die immer aus Nachtklubs rausgeworfen wurde, ihre Höschen immer sichtbar, saufend für England. Sie hatte doch diesen Rockstar geheiratet – wie hieß der noch? Der, der Gitarre in einer Teenieband spielte und dann aufstieg zum Tanzmusikproduzenten.

Sie klapperte in der Küche herum und machte Kaffee – richtigen Kaffee, den sie erst mahlen musste. Patrick sah sich die Bücherregale an, während er wartete. Da gab es eine Menge Bücher über erotische Kunst. Dann sah er ein Foto von Liza, das an der Wand hing – sie war es gewesen, die vor zehn Jahren auf dem Cover von *FHM*, dem Männermagazin, gewesen war, nackt, ihre Nippel waren wegretuschiert worden, aber ihr Hintern war prima zu sehen.

O Gott, dachte er. *Ich hab diese Ausgabe gekauft.* Er hatte sie mit ins Bad genommen …

»Alles okay mit Ihnen?«, fragte sie, als sie mit einem dampfenden Becher Kaffee zurückkam. »Sie sehen ein bisschen erhitzt aus.«

»Es ist recht heiß hier drinnen.«

Sie nickte hinüber zum *FHM*-Porträt. »Ach ja, das waren noch Zeiten. Die älteren Kinder finden es sehr peinlich, Fotos ihrer halb nackten Mutter an den Wänden zu sehen, aber Scheiß drauf. Ich war schon eine Augenweide damals.«

Sind sie immer noch, wäre ihm fast rausgerutscht. Stattdessen sagte er: »Was machen Sie denn heute so?«

Sie deutete auf die Umgebung. »Das hier. Ich achte auf diesen verfluchten Haufen. Danny ist die meiste Zeit im Studio oder als DJ unterwegs. Da bleibe dann nur ich, um nach seiner Brut zu sehen.« Das war der Name! Danny Hollister. »Aber ich hab gerade ein Angebot bekommen, in der nächsten Staffel von *Ich bin ein Star* mitzumachen, und unter uns gesagt, ich mache es vielleicht. Nur um zu sehen, wie er zwei Wochen ohne mich zurechtkommt. Ha!«

Patrick nippte an seinem Kaffee. »Welches der Kinder meint denn, Liam McConnell gesehen zu haben?«

Lizas Brauen hoben sich, und die Stimmung im Raum änderte sich schlagartig. »Das war Bowie. Er ist oben in seinem Zimmer. Ich geh ihn holen.«

Er erwartete, dass sie die Treppen hochging, aber stattdessen schrie sie von unten: »Bowie, kommst du mal runter?«

»Ich hab mit ihm darüber gesprochen«, sagte sie. »Ich wollte sicher sein, dass er sich nicht irgendwas ausgedacht oder es geträumt hat. Aber ich schwöre, das macht er nicht.«

»Ich würde es gern von ihm selbst hören«, sagte Patrick.

»Aber sagen Sie, warum hat es so lange gedauert, bis Sie sich meldeten? Hat er sich erst jetzt erinnert?«

»Oh, wir waren im Ausland. Wir hatten auf dem Weg zum Flugplatz beim Supermarkt gestoppt. Wir haben eine Villa in Südfrankreich, und dahin wollten wir mit den Kindern für eine Woche. In zwei Wochen fahren wir wieder hin.« Sie deutete aus dem vorderen Fenster auf den Kleinbus, der dort geparkt war. »Wir waren in dem Ding – dem Panzer, wie wir ihn immer nennen. Ich ging in den Laden, und Danny und die anderen Kids blieben im Wagen. Ich bin sicher, es war Chaos wie immer, sicher haben die Kids gestritten und gequengelt. Danny hatte bestimmt versucht, sie dazu zu bringen, friedlich zu sein. Aber Bowie ist ruhiger als die anderen. Er sitzt meist irgendwo still in der Ecke, liest ein Buch oder sieht tagträumend aus dem Fenster. Er wird sicherlich mal Schriftsteller.«

Ein dünner Junge von etwa sieben Jahren kam herein. Er war das totale Ebenbild seiner Mutter, mit langem blondem Haar und großen blauen Augen. Er wirkte nervös.

»Schätzchen, dies ist Detective Lennon. Lennon, das ist Bowie.« Sie machte eine Pause und kicherte dann. Patrick musste ebenfalls lachen – er konnte nichts dagegen tun –, aber der Junge verzog keine Miene. Sein bleiches Gesicht blieb ernst und ängstlich. Patrick erinnerte sich, wie er als Kind gewesen war; genau wie Bowie: ängstlich Fremden gegenüber, immer »in den Wolken«, wie seine Mama es genannt hatte. Auch er zog es vor, irgendwo mit einem Buch zu sitzen, während seine Freunde draußen Fußball spielten.

Liza legte den Arm um die Schultern des Jungen und brachte ihn herüber zum Sofa. Er starrte Patrick an und kaute dabei an seinen Fingernägeln. Patrick setzte sich vors Sofa auf ein Kissen, damit der Junge höher saß und sich weniger unsicher fühlte.

»Bowie.« Er fühlte sich albern, den Namen des Jungen

zu sagen. Er würde ihn sicherlich, wenn er älter wäre, zu Joe ändern oder so was. »Deine Mutter sagt mir, dass du etwas gesehen hast, als du auf dem Parkplatz des Sainsbury's gewesen bist, direkt bevor ihr in Ferien gefahren seid.«

Bowie nickte kaum wahrnehmbar.

»Kannst du mir sagen, was du gesehen hast?«

Der Junge sprach, seine Stimme war überraschend deutlich. »Er war es, der Junge, der in der Zeitung war. Liam. Ich hab sein Foto auf der ersten Seite gesehen, als wir zurückgekommen sind. Sie sagen, der Kinderfänger hat ihn geholt.« Er sah rüber zu seiner Mutter, dann zurück zu Patrick. »Aber es war nicht der Kinderfänger. Es war eine Frau.«

Patrick konnte seinen eigenen Herzschlag hören. »Eine Frau? Sag mir genau, was du gesehen hast.«

»Ich hab also da gesessen, im Panzer, und sah hinaus, wollte sehen, was passierte. Dieser Kerl mit den Dreadlocks hatte eine Saftflasche fallen lassen, sie zerschellte, und überall war rote Flüssigkeit, und er sprang wie irre herum, deshalb fiel er mir auf. Dann habe ich das Auto gesehen – einen Audi …«

»Du erinnerst dich an den Wagentyp?«

»Er liebt Autos«, unterbrach Liza. »Er kennt alle Marken und Modelle. Er weiß mehr darüber als ich.«

»Ja, es war ein weißer Audi, eine Limousine. Ich konnte ein kleines Kind auf dem Rücksitz sehen, das Gesicht hatte er an die Scheibe gepresst, als würde er nach seiner Mutter oder seinem Vater suchen.«

»Was passierte dann?«

»Dann ging diese Frau am Auto vorbei, und sie machte … wie nennt man das, wenn man etwas gesehen hat, ohne aufzupassen? … man bleibt stehen und dreht sich um?«

»Eine Spätzündung?«

»Genau das. Sie ging zurück zum Autofenster. Sie stand mit dem Rücken zu mir. Und dann öffnete sie die Tür und hob den kleinen Jungen, Liam, aus seinem Kindersitz und trug ihn weg.«

»Wie hat er ausgesehen?« Patrick versuchte, keine Suggestivfrage zu stellen.

»Ich weiß nicht, was Sie meinen.«

»Ich meine, konntest du sein Gesicht sehen? Sah er fröhlich aus oder traurig?«

Bowie dachte darüber nach. »Er sah nur einfach entspannt aus. Er hat sich nicht gewehrt oder so. Auch nicht geweint. Ich hab noch gedacht, sie muss seine Mutter sein oder seine Tante oder so was, weil sonst hätte ich meinem Vater alles gesagt.« Er biss sich auf die Lippe. »Es tut mir wirklich leid.«

»Bowie, es gibt nichts, was dir leidtun muss. Es ist ganz toll, dass du etwas gesehen hast und uns davon erzählst. Kannst du dich erinnern, ob die Frau den Autoschlüssel hatte? Hast du gesehen, wie sie die Tür aufschloss?«

Er spitzte die Lippen. »Nein. Aber sie war ja mit dem Rücken zu mir. Kann sein, dass sie den Schlüssel vor sich hatte. Ich nehme mal an, dass es einer mit Fernbedienung gewesen ist.«

Patrick nickte: »Hast du gesehen, wo sie hingegangen sind?«

Bowie sah auf den Fußboden. »Nein. Weil dann Mama zurückkam und uns allen Eis am Stiel mitbrachte, und wir rasteten aus, ich meine noch schlimmer als sonst.«

»Und was ist mit der Frau? Würdest du sie wiedererkennen?«

»Ich glaub schon.«

»Kannst du sie beschreiben? Ich meine nicht jetzt sofort, ich meine, wenn du dich mit einem Zeichner zusammensetzt, könntest du ihm sagen, wie sie aussah, damit er sie zeichnen kann?«

»Ich könnte es versuchen. Sie hatte so krauses, dunkelbraunes Haar. Und sie war klein.«

Patrick lächelte. In jeder Untersuchung gibt es einen Durchbruch, einen glücklichen Zufall. Dies könnte seiner sein: den aufmerksamsten siebenjährigen Jungen in ganz London zu finden.

Er wandte sich an Liza. »Ich würde Sie und Bowie gern auf die Wache mitnehmen, damit er sich mit einem Zeichner zusammensetzen kann. Und es wäre wichtig, dass wir das so schnell wie möglich machen.«

»Geht klar, ich muss nur jemanden finden, der auf die Kids aufpasst. Ich frag mal Sandy von nebenan.«

Sie zischte aus dem Zimmer zur Haustür, und Patrick fand sich allein mit Bowie. Beide fühlten sich unwohl und schwiegen. Der Junge starrte auf den Teppich, und Patrick versuchte, ein Gesprächsthema zu finden, an dem dieses Kind interessiert sein könnte. Autos, das war das Richtige. Aber ihm fiel zu Autos gar nichts ein. Er suchte immer noch, als Bowie sagte: »Ich fürchte, er ist tot.«

Patrick sah hoch.

Der Junge sah aus dem Fenster, um zu gucken, ob seine Mutter zurückkehrte. »Die Frau, die ihn mitgenommen hat. Mein Bruder sagt, sie sei eine Hexe. Sie klaut kleine Kinder, saugt ihr Leben raus, und dann wirft sie ihre Leichen weg.«

»Nein, das ist nicht ...«

»Und jetzt, wo ich Ihnen von ihr erzählt habe, wird sie hinter mir her sein.« Seine Stimme zitterte, aber Patrick konnte fühlen, wie er versuchte, tapfer zu sein. »Sie müssen sie finden, Detective, bevor sie mich holen kommt.«

* * *

Patrick starrte auf den Computer. In seiner Vorstellung sah er das Bild einer Hexe mit gelben, gefräßigen Augen und einem Mund voller scharfer Zähne, nur geschaffen, um Kinderfleisch zu zerreißen und zu zermahlen. Eine Frau. Bowie hatte gesagt, dass Liam von einer Frau entführt worden war, und jetzt war er bei dem Phantombildzeichner, dem er sie beschrieb. Diese Neuigkeiten waren durch die Wache gerast wie ein Lauffeuer, wie Windpocken durch einen Kindergarten.

Außerdem hatte er erzählt, dass Liam nicht verängstigt schien, sondern ausgesehen hatte, als würde er sie kennen. Er nahm die Zeichnung zur Hand, die Frankie gemalt hatte, die von dem Gesicht am Fenster *(die Hexe?)*, und er fragte sich, warum Frankie nicht geschrien oder ihrer großen Schwester davon erzählt hatte.

Während er fort gewesen war, hatte sich Carmella das Anmeldebuch des Elf-Uhr-Klubs durchgesehen und die Namen aller Eltern eingegeben. Jemima Walters hatte noch die Namen aller Mitarbeiter geschickt. Er überflog die Liste. Jeder der Namen war durch das Holmes-Programm überprüft worden, um festzustellen, ob sie als Straftäter registriert waren, und auch durch das VISOR-Programm, das Register aller Gewalt- und Sexualstraftäter.

Patrick kniff die Augen zusammen, als er auf die Liste sah. Er musste wirklich einen Optiker aufsuchen; die Kanten der Buchstaben waren verschwommen, die Wörter ein bisschen unscharf. Oder vielleicht war es nur Übermüdung, obwohl er sich momentan gar nicht müde fühlte. Sein Körper knisterte fast vor Adrenalin.

Er wollte gerade aufstehen, um zu Carmella zu gehen, als ihm ein Name auf der Liste auffiel. Denise Breem. Woher kannte er den Namen? Er öffnete seinen Webbrowser, suchte ihn, und in der Zehntelsekunde, bevor das Ergebnis auf seinem Bildschirm auftauchte, erinnerte er sich, wer sie war und wofür sie berüchtigt war.

»Scheiße«, flüsterte er. Er sprang auf, rannte aus dem Raum und rief dabei nach Carmella.

KAPITEL 17
ALICE / LARRY – TAG 3

»Ganz im Ernst, ich hab es so satt, hier zu leben. Können wir nicht irgendwo zusammen eine Wohnung nehmen?«

Selbst als Alice es aussprach, wusste sie, dass sie es gar nicht so meinte. Er roch einfach zu streng, als dass sie mit ihm hätte leben können. Sie, Georgia und Larry waren gerade mal fünf Minuten in ihrem Schlafzimmer, und schon konnte sie es nicht erwarten, das Fenster aufzureißen. Sie beugte sich über seinen Nacken und nahm noch mal eine Nase voll, er roch nach Schweiß, Gras und alten Socken, und sie kräuselte die Nase. Wäre es uncool, ihn zu bitten, zu duschen, bevor sie das nächste Mal mit ihm ins Bett ging? Beim letzten Mal musste sie fast würgen, sobald seine Achselhöhle in die Nähe ihrer Nase kam. Das war schade, denn sie liebte ihn wirklich. Er war so nett zu ihr, und er war ihr Erster gewesen. Und außerdem stinken doch alle Jungs, oder?

»Klar, Liebes, wenn du irgendwo fünfundzwanzigtausend rumliegen hast, könnten wir für ein Jahr hier in der Gegend ein Zweizimmerapartment mieten ... Das ist eine Menge Gras, das erst mal verkauft werden muss«, antwortete er und legte ihr den Arm um die Schultern.

»So viel?«, fragten Georgia und Alice gleichzeitig, richtig schockiert. Dann kicherte Alice. Sie war ein bisschen high, stellte sie fest. »Ich glaub, ich ändere meine Meinung. Ich will mit *dir* leben, Georgie.«

»Klar, kannst du, Baby«, sagte Georgia, kniff die Augen zu und formte einen hübschen Rauchring. »Meine Mama liebt dich, verdammt noch mal. Du könntest morgen einziehen.«

»Wirklich?« Alice setzte sich auf. »Ich muss das Fenster aufmachen, ich koche.«

»Ja, wäre das nicht toll?«

»Ja. Und du riechst so guuuuut.« Alice öffnete das Klappfenster und warf sich dann auf Georgia, die auf dem Bett lag, und die beiden rollten herum, halb ringend, halb sich umarmend.

Larry sah zu und griff hinüber zu Alices Schenkel mit dem schwarzen Nylonstrumpf unter ihrem kurzen Schuluniformrock. »Ich hab mir schon immer einen flotten Dreier gewünscht«, kicherte er, obwohl seine Berührung zögernd war und seine Finger ein bisschen zitterten. Alice sah Erleichterung über sein Gesicht huschen, als sie ihn wegschubste und sich aufsetzte. »Träum weiter!«

»Also sag schon, warum willst du hier weg?« Georgia scrollte durch die Songliste auf Alices iPod, wählte einen Lil-Wayne-Song und stellte den iPod in die Anlage. »Ich meine, anscheinend ist es Scheiße hier, jetzt, wo Frankie entführt ist ...«

»Es ist wirklich Scheiße«, sagte Alice vehement. »Helen ist die ganze Zeit unansprechbar. Mein Vater spricht mit niemandem mehr, die Bullen gehen dauernd rein und raus – und die OSB ist gerade ausgezogen, sie war seit Tagen hier, als machten sie sich Sorgen, dass wir aufeinander losgehen würden oder so was ... Was Helen und Papa vermutlich tun würden, wenn sie 'ne Chance hätten. Sie denken alle, dass ich schuld bin, dass Frankie entführt worden ist. Und jetzt, als wäre das nicht alles schon mehr als genug, stand auch noch meine verdammte Oma vor der Tür.«

»Magst du deine Oma nicht?«, fragte Larry.

Alice schnaubte verächtlich. »Sie ist eine furchtbare alte

Kuh, die sich immer einmischt. Selbst Papa mag sie nicht, und sie ist immerhin seine Mutter. Sie ist hier nur aufgetaucht, weil sie dachte, sie kommt vielleicht ins Fernsehen. Sie geht immer raus, redet mit den Paparazzi und bietet ihnen Exklusivinterviews an. Das ist voll peinlich. Papa und Helen sind sogar einfach mal weggefahren, nur um nicht mit ihr reden zu müssen. Aber immerhin bedeutet das, dass wir hier zusammen abhängen können ohne ihre Einmischung…«

»Vermisst du Frankie echt, Baby?«, fragte Georgia.

Alice musste die Zähne zusammenbeißen, um sie nicht anzublaffen. »Klar tu ich das. Es ist hier so ruhig ohne sie. Und es ist schon furchtbar, nicht zu wissen, was mit ihr passiert ist, ob nicht vielleicht ein verdammter Pädophiler ihr etwas antut… ihr wisst schon…«

Ihre Stimme brach, und zwei dicke Tränen tropften auf ihr blumiges Cath-Kidston-Deckbett.

Larry sah zugleich entsetzt und besorgt aus. Er nahm sie in die Arme, und diesmal fühlte sich Alice durch seinen Geruch getröstet.

»Aber sie kümmern sich überhaupt nicht mehr um mich, es ist ihnen egal, wie ich mich vielleicht bei all dem fühle. Ich meine, merken die denn nicht, wie total fertig ich bin, dass hier jemand in meinem Haus war, während ich hier war, und meine Schwester entführt hat? Was meinen die wohl, wie ich mich dabei fühle? Ich hätte gekillt werden können, aber denken sie daran? Nein. Beim Gedanken daran, dass ein Fremder hier im Haus war, Frankie aus dem Bett genommen und aus dem Haus entführt hat, muss ich fast kotzen. Ich will hier nicht mehr bleiben. Ich laufe einfach weg, im Ernst. Sie würden das doch tagelang nicht mal merken. Alles dreht sich nur noch um Frankie.«

»Mach das nicht, Al«, sagte Georgia und hatte jetzt auch Tränen in den Augen. »Bitte mach das nicht.«

Alice fühlte sich sofort getröstet, allein dadurch, von ihren Freunden umgeben zu sein, einem auf jeder Seite und sie mittendrin, und durch die Extraportion Aufmerksamkeit. Sie schniefte und wischte sich mit der Hand die Nase.

»Wer ist das?«, fragte Larry, bestrebt, das Thema zu wechseln. Ein neuer Song war zu hören.

»Biggie Smalls«, sagte Georgia.

Larry lachte.

»Was?« Alice wurde sauer, dass er lachte, während es ihr beschissen ging.

»Das ist lustig. Biggie Smalls, Lil Wayne. Hast du auch Tiny Tempeh?«

»Nein, aber sie hat ein paar Little Richards«, sagte Georgia.

»Medium Sean.«

»Das hast du jetzt aber erfunden! Es gibt keinen Medium Sean!«

Selbst Alice musste jetzt kichern, was allerdings sofort in ein hysterisches Nach-Luft-Schnappen umschlug und dann in einen Lachkrampf, der sich gar nicht mehr stoppen ließ, selbst lange nachdem der Witz aufgehört hatte, lustig zu sein. Alle drei lagen sich in den Armen und lachten, bis Georgia sagte: »Stoppt jetzt. Ich hab mich grad nass gemacht!« Und dann lachten sie alle noch toller.

Jemand klopfte laut an die Zimmertür und der Knopf der verschlossenen Tür drehte sich. »Moment!«, rief Alice laut und ließ schnell den Aschenbecher mit dem Rest des Joints unterm Bett verschwinden, dann noch schnell ein großzügiger Sprayangriff mit Deospray mitten in den Raum, um den Rauchgeruch verschwinden zu lassen. Larry tat, als müsse er sich von dem Geruch übergeben. *Ausgerechnet er!*

Alice öffnete die Tür einen Spalt. Eileen stand davor und sah sie mit gerunzelter Stirn an. »Was ist das für ein Getöse?«

»Ich amüsier mich nur mit meinen Freunden, Oma.«

»Nenn mich nicht Oma, du weißt, dass ich das hasse«, schnappte Eileen.

Alice blickte schuldbewusst drein und errötete. Alle ihre Freunde nannte ihre Omas Oma, aber Sean, Helen und Eileen bestanden auf »Großmutter«. Warum waren sie nur solche Snobs? Und dazu noch so gekünstelt. Wenn Oma sich nicht konzentrierte, klang sie, als stammte sie aus der Serie *The Only Way Is Essex*. Alice drehte sich um und sah, wie Georgia und Larry Fratzen schnitten.

»Was wolltest du denn, Oma?«, fragte sie, immer noch durch den schmalen Spalt in der Tür.

Eileen stemmte die Hände in die Taille. »Es gehört sich nicht, Alice Philips, dass du und deine Freunde lachen, wo doch deine Schwester entführt worden ist.«

Alice rollte mit den Augen. »Um Gottes willen. Erwartest du, dass ich den Tag schweigend verbringe? Ist es mir nicht erlaubt, wenigstens zu versuchen, für eine Sekunde das alles zu vergessen?«

»Nicht in diesem Ton, Madam!«

Eileen war dabei, sich in Rage zu reden, aber Alice schlug ihr einfach die Tür vor der Nase zu. Sie griff sich den iPod vom Dock, ihre Jeansjacke, Tasche und ihr Handy. »Los, Leute, lasst uns verschwinden. Ich bleibe nicht hier, um mich von der alten Zicke anmachen zu lassen.«

»Lasst uns Jerome besuchen, im Ghetto«, schlug Larry vor. »Muss da sowieso noch hin – ihr könnt mitkommen.«

»Jerome? Muss das sein?«, fragte Georgia.

»Ja«, stimmte ihr Alice zu. »Ich bin mir sicher, dass er seinen Hund fickt. Er ist total verliebt in ihn.«

Georgia kicherte, und Larry verzog das Gesicht. »Du bist ja krank!«

»Danke«, sagte Alice.

Er schlug spielerisch nach ihr. »Nicht *die* Art von krank.

Aber er will mich sehen. Das kann ich nicht ignorieren, versteht ihr?«

Georgia und Alice wechselten Blicke. Dann sagte Alice: »Wahrscheinlich nicht. Dann geh ruhig, Laz, wir treffen uns dann heute Abend. Ich hab schon genug Stress in meinem Leben, ohne auch noch den Freak sehen zu müssen. Lass uns zu dir gehen, Georgia, okay?«

Alice öffnete die Zimmertür und drängte sich an ihrer Großmutter vorbei.

»Alles in Ordnung, Oma?«, fragte Larry in einem gleichgültigen Ton, der nicht ganz höflich war oder sie regelrecht verarschen sollte. Alice sah, wie er Eileen von oben bis unten musterte, ihre Kunstfaserklamotten registrierte und ihre billige Dauerwelle. Eileen war ganz sicher eher eine Oma als eine Großmutter.

»Was fällt dir ein, so mit mir zu reden, junger Mann?« Eileens sowieso schon gerötetes Gesicht wurde jetzt dunkelrot vor Wut.

»Hallo, Mrs Philips«, murmelte Georgia versöhnlich, aber es war zu spät.

»Du hast Hausarrest!«, schrie Eileen und zog an Alices Ärmel.

Alice dreht sich um und sah sie an. »Du machst verdammt schlechte Witze, Oma. Du nennst dich meine Großmutter? Du bist eine Fremde für mich. Wir wollen dich hier nicht haben. Keiner von uns will dich hier, ich nicht, Helen nicht und sogar Papa nicht, also warum gehst du nicht einfach wieder zurück nach Essex in deine Wohnwagensiedlung oder dein abgewracktes Viertel, oder wo auch immer du lebst, und lässt uns in Ruhe!«

Die drei rannten die Treppe hinunter, gingen zur Hintertür hinaus, um den gelangweilten Fotografen, die immer noch vor dem Haus herumhingen, zu entgehen.

»Bis später, Lazzer«, sagte Alice und legte ihren Arm um Larrys Taille. Er gab ihr einen innigen Kuss, sodass Georgia sich abwandte und eine Zigarette anzündete. »Pass auf, dass dich der Köter Rihanna nicht auffrisst, okay?«

* * *

Larry zögerte am Eingang zum dreckigsten der Hochhäuser. Die Häuser überzogen das Viertel, als seien sie hier zufällig von Außerirdischen abgeworfen worden. Die Türen mit den drahtverstärkten Glaseinsätzen waren so verdreckt, dass selbst er, den man nun wirklich nicht penibel nennen konnte, hier nichts zu berühren wagte. Sein Herz war in die Hose gerutscht, und er schlüpfte in die Eingangshalle, genau, als sich die Türen des Aufzugs mit einem PING öffneten.

Jerome stand darin und sah ebenfalls überrascht aus. Er wirkte ein bisschen lächerlich in seinen riesengroßen, metallisch glänzenden Sportschuhen, mit seinem frisch rasierten Schädel, seiner silbernen Lederjacke und den Jeans, die aus so neuem, steifem Denimstoff waren, dass sie sicherlich von selbst standen, auch wenn nicht Jeromes kurze Beine drin stecken würden. Der Hund trug eine passende Kombi aus silbernem Halsband und Leine, er knurrte leise.

Larrys Mund wurde ganz trocken, und plötzlich fühlte er sich zu adrett und jugendlich mit seinem OBEY-Sweatshirt und seinen Schuhen von Vans, selbst wenn man bedachte, dass er in den Klamotten von Jerome nicht mal tot erwischt werden wollte. »Wie geht's, Jerome?«

»Was machst du hier?« Er machte eine drohende Geste, und sofort schaltete der Hund auch eine Stufe höher, bellte knurrend und riss an der Designerhundeleine.

»Du hast mir doch gesimst, dass du wolltest…«

Aber Jerome ließ ihn nicht ausreden. »Ich hoffe, du

schleppst nicht noch mehr Handys an. Ich mach jetzt nicht mehr in Handys, also belästige mich nicht weiter mit dem Scheiß. Ich bin jetzt an was verdammt Größerem dran.« Er blickte sich um, ob jemand zuhörte, und senkte die Stimme. »Hab neue Kontakte zu richtig gutem Stoff. Cannabis. Und wie es aussieht, brauche ich mehr Leute, um den Stoff unters Volk zu bringen – zum Beispiel in die Colleges und so. Bist du interessiert? Springt mehr bei raus als mit den Handys!«

»Lass mich drüber nachdenken.«

»Okay«, sagte Jerome und machte ein Gesicht, als wolle er sagen: Nur Weicheier denken über so ein Angebot nach. »Ich gebe dir zehn Minuten zum Nachdenken, da ich gut drauf bin. Du kannst mitkommen, ich geh mit RiRi die Morgenrunde, damit sie kacken kann. Wir können dann übers Geschäft reden. Also los.«

Kleinlaut folgte Larry Jerome. Sie durchstreiften die Siedlung und stoppten an jeder Ecke, damit der Hund schnüffeln und pissen konnte. Endlich machte er auch einen dampfenden Riesenhaufen, den Jerome natürlich liegen ließ, direkt neben einem armseligen Kinderspielplatz – mit einer rostigen Schaukel und einem Karussell, an dem die meisten Eisengitter fehlten. Obwohl seine Nerven blank lagen, musste Larry doch ein Grinsen unterdrücken, als er sich vorstellte, wie Jerome eine Rolle Kacktüten aus der Tasche seiner silbernen Lederjacke ziehen würde, um den Hundehaufen aufzuheben und zum nächsten Mülleimer zu tragen. Was für ein Bild!

»Was grinst du, du Wichser?«, blaffte Jerome ihn an.

»Nichts!«, erwiderte Larry schnell.

Jerome trat ganz nah vor ihn hin, so nah, dass er die Tönung seiner Blässe und die großen Poren der Haut seiner Nase erkennen konnte. »Willst du mich verarschen?«

»Nein, Jerome.« Plötzlich wünschte Larry sich, dass er mit den Mädchen zu Georgias Wohnung mitgegangen wäre.

Aber jetzt hatte Jerome über Larrys Schulter hinweg etwas gesehen, was ihn interessierte. Er zuckte mit dem Kopf und lachte grausam. »Oh, Mann. Mein Tag wird gerade um einen Haufen besser. Guck mal, wer da kommt, die verrückte Babylady.«

Larry sah sich um und erblickte eine sehr kleine, sehr dicke alte Frau in Lumpen. Trotz der Hitze des Tages trug sie so viele Lagen Kleidung übereinander, dass sie kaum laufen konnte. Silbernes Klebeband hielt ihre Schuhe zusammen, und durch ihre wenigen verbliebenen zuckerwatteähnlichen Haarsträhnen sah man ihre Kopfhaut. Die Lady schob einen oder besser hing am Griff eines sehr altmodischen rostigen Kinderwagens, der voller Sachen war, die Larry nicht genau erkennen konnte.

»Sie ist wirklich alt«, sagte Larry. »Warum schiebt sie diesen Kinderwagen?«

»Weil ihr Baby da drin liegt, klar? Alle ihre Babys.« Jerome lachte gemein, und ein Schauder lief über Larrys Rücken. Was für Babys würde eine obdachlose Frau wohl haben? Tote Föten? Alte Katzen voller Krätze vielleicht. Frankies unschuldiges Gesicht huschte ihm durch den Kopf, und er erschauderte noch mal. Es gibt so viele Verrückte auf der Welt.

In diesem Moment war ihm jedoch die Babylady tausendmal lieber als Jerome, jederzeit.

Jerome ging schlingernd und breitbeinig auf die alte Frau zu, deren rote Augen unter den halb geschlossenen Lidern ängstlich und wütend aufblitzten.

»Bleib weg von mir!«, kreischte sie und versuchte den schweren alten Kinderwagen zu wenden. Mit einem zitternden Finger zeigt sie auf ihn. »Du bist ein böser Kerl!«

Jerome imitierte sie mit hoher, piepsiger Stimme. Dann trat er ganz nah an sie heran, und seine Stimme fiel zwei Oktaven. »Du hast recht, ich bin ein BÖSER Kerl.« Er gab jetzt extra an vor Larry, der das natürlich durchschaute.

Jerome stieß mit der Hand in den Wagen, der, wie Larry jetzt erkannte, voller Puppen war, und ihm wurde übel. Schmutzige, traurige Puppen aus dem Sozialladen, Lumpenpuppen, aus denen die Füllung herausquoll, nackte Barbiepuppen mit verfilztem Haar und nackte Bratz-Puppen, die nichts weiter trugen als Stilettos und BHs. Alle lagen übereinander und erinnerten Larry an Bilder, die er gesehen hatte, als sie in der neunten Klasse die Geschichte des Holocaust durchgenommen hatten. Die unvergesslichen Bilder von nackten vergasten Menschen in unglaublichen Haufen übereinander, die ihm, obwohl er das nie jemandem gegenüber zugegeben hätte, wochenlang Albträume verschafften.

Aber Jerome schien ganz genau zu wissen, wonach er mit seinem bösartigen Glücksgriff suchte. Er griff sich die oberste Puppe, die ein bisschen sauberer und gepflegter aussah in ihrem bekleckerten hellblauen Strampler. Diese Puppen sollten eigentlich mit den Augen klimpern können, aber diese hier hatte ein permanent offenes und ein geschlossenes Auge.

Die alte Frau stieß einen herzzerreißenden Schrei voller Schmerz aus.

»Gib sie ihr zurück, Jerome«, sagte Larry, aber ohne großen Nachdruck.

»Halt's Maul, du kleiner Saftarsch«, erwiderte Jerome und schleuderte die Puppe, am Fuß haltend, herum wie ein Lasso. Dann hielt er sie lockend vor die Nase des Hundes wie ein saftiges Steak. Die Frau hing an Jeromes Arm, und er schlug sie voller Ekel weg. »Nimm deine dreckigen Klauen von mir, du alte Hexe.«

»Gib mir mein Baby zurück!«, kreischte sie mit sich überschlagender Stimme. RiRi merkte, dass Spannung und Aggressionen in der Luft lagen, und geriet völlig außer sich, was ohne Zweifel Jeromes Absicht war, denn er grinste zum Hund hinunter und bellte zurück. Dann aktivierte er die Stimme der

Puppe, und das hohe mechanische Babyschreien übertönte den Rest des Tumults. Jerome fand das lustig, Larry hatte die Schnauze voll.

»Okay, ich mach's«, sagte er abrupt. »Aber erst in ein paar Wochen. Hab gerade keine Zeit. Bis später.«

Er machte sich aus dem Staub, als immer mehr Kinder sich in sicherer Entfernung versammelten und gefühllos das Drama beobachteten.

Laute Schreie brachen jetzt hinter ihm los, und als er sich umdrehte, kniete die alte Frau und versuchte die Puppe aus RiRis Schnauze zu reißen. Der Hund hielt sie mit den Zähnen und schüttelte sie so heftig, dass sie in mehrere Teile zerfiel, Arme und Beine flogen umher, der Kopf rollte weg und hüpfte über den Asphalt.

Jerome stand dabei, die Arme gekreuzt, und lachte, als sei es das Lustigste, was er jemals gesehen hatte. Dann trat er gegen den Kinderwagen, sodass er umfiel und alle anderen Puppen auch herausfielen.

Au Mann, dachte Larry. *Worauf hab ich mich da bloß eingelassen?*

KAPITEL 18
PATRICK – TAG 3

Patrick versammelte das Team in der Einsatzzentrale, mit einigen auffallenden Ausnahmen: Winkler fehlte – niemand war sicher, wo er war, aber Patrick weinte ihm keine Träne nach – und »die Chefin«, die in einer Sitzung mit dem Deputy Commissioner steckte. Aber sonst waren alle anwesend, und alle fokussierten sich auf die große, quadratische Aufnahme, die jetzt in der Mitte der Pinnwand hing.

»Denise Breem«, sagte Patrick. »Kommt jemandem der Name bekannt vor?«

Mike war der Erste mit einer Antwort. »Caspar Doyles bessere Hälfte.«

Der Name Caspar Doyle ließ alle im Raum vor Abscheu erschaudern, Männer wie Frauen. Vor sieben Jahren war Doyle verurteilt worden, die zehnjährigen Zwillinge Lucy und Kelly Draper entführt und ermordet zu haben. Die beiden waren auf dem Weg von der Schule nach Hause. Er hatte sie brutal vergewaltigt, bevor er sie erstochen und dann versucht hatte, sie im Garten hinter seinem Reihenhaus zu vergraben. Glücklicherweise hörte ein Nachbar ihn um Mitternacht im Garten buddeln und rief die Polizei. Zwei Tage später, nachdem er die Aussage verweigert hatte und damit drohte, in Hungerstreik zu treten, hatte er sich selbst in seiner Zelle erhängt.

Die Polizei hatte immer vermutet, dass Doyles Freundin, Denise Breem, ihm dabei geholfen hatte, die Mädchen zu entführen, indem sie sie ins Haus lockte. Sie oder jemand anderes, der ihrer Beschreibung entsprach, war in den Tagen vor der

Ermordung der Mädchen in der Umgebung der Schule gesehen worden. Aber es gab keine Beweise, und sie leugnete alles. Da Doyle tot war, war es unmöglich, Ermittlungen gegen sie zu führen. Obwohl alle Polizisten, die an dem Fall arbeiteten, deshalb unerträglich frustriert waren, mussten sie sie laufen lassen. Ohne Anklage befand sich ihr Name auch in keinem Register, und sie galt als nicht vorbestraft.

»Was wissen wir über sie?«, fragte Patrick. »Sie war damals vierundzwanzig Jahre alt, jetzt ist sie einunddreißig. Aufgewachsen in der Kennedy-Siedlung, beide Eltern Langzeitkrankgeschriebene, ihr Vater dem Vernehmen nach ein gewalttätiger, saufender Drecksack. Denise brach die Schule mit sechzehn ab, keine Ausbildung, ein paar Verurteilungen wegen Ladendiebstahls.«

»War da nicht was... mit ihrer Schwester?«, fragte Carmella.

»Gutes Gedächtnis. Ja, als Denise vierzehn war, wurde ihre zehnjährige Schwester in eine Pflegefamilie gegeben, nachdem Sozialarbeiter entdeckt hatten, dass ein Freund der Eltern, ein Kerl namens Steve McLean, sie sexuell missbraucht hatte. McLean lebte bei der Familie als Untermieter. Aus den damaligen Berichten geht hervor, dass die ganze Familie das kleine Mädchen beschuldigte, als wäre sie eine kleine Lolita und er das unschuldige Opfer.«

Köpfe wurden geschüttelt, und undeutliches Gemurmel war zu hören.

»Aber die Sozialarbeiter meinten, dass Denise nicht in Gefahr war, nachdem McLean eingesperrt worden war, und sie selbst leugnete, dass er auch sie missbraucht hatte. Als sie während einer Vernehmung im Boyle-Fall danach gefragt wurde, sagte Denise, dass ihre Schwester ›eine kleine Nutte‹ gewesen sei, die ›selbst schuld sei‹... Aber das alles spielt momentan keine Rolle. Alles, was jetzt wichtig ist, ist, dass Denise die einzige Person ist, die in der Richtung auffällig geworden ist und sich auf der Liste des Elf-Uhr-Klubs befindet, den alle drei entführten Kinder besuchten.«

»Was zum Teufel hat sie dort gemacht?«, fragte Mike.

»Dazu kommen wir gleich«, erwiderte Patrick. »Erst mal hab ich heute Nachmittag Bowie Hollister vernommen ...«

Er ignorierte das Kichern.

»... einen siebenjährigen Jungen, der sagt, er habe Liam McConnell gesehen, als er aus dem Audi seiner Mutter entführt wurde ... und zwar von einer Frau.« Er berichtete auch den Rest dessen, was der Junge erzählt hatte, und als er redete, konnte er es fühlen: das Knistern in der Luft – es gab endlich eine vielversprechende Spur. »Bowie war heute Nachmittag hier beim Phantombildzeichner. Und das hier ist das Ergebnis.«

Er genoss die Theatralik der Situation, als er die vergrößerte Zeichnung, die mit dem Bild nach unten auf dem Tisch gelegen hatte, neben das Foto von Denise an die Wand pinnte.

»Scheiße, das ist sie«, sagte Mike, und die meisten anderen Detectives im Raum gaben Ähnliches von sich.

»Sie könnte es sein«, korrigierte ihn Patrick. »Die Frau auf der Zeichnung scheint das gleiche dunkle, wuschelige Haar zu haben, die gleiche Gesichtsform, ähnliche Gesichtszüge.«

»Und die gleichen grausamen Lippen«, warf Carmella ein.

»Sehr poetisch, Carmella. Vielleicht. Aber es gibt eine Menge Frauen, die so aussehen.«

»Ich bin mit ein paar von denen ausgegangen«, witzelte ein DC weiter hinten im Raum.

»Ich brauche einen Detective, der sich die Videoaufzeichnungen der Überwachungskameras vom Sainsbury's-Parkplatz noch mal ansieht und nach Denise Ausschau hält. Preet, können Sie das bitte übernehmen?« Er wollte sie später noch fragen, ob sie wusste, wo Winkler, ihr vermeintlicher Partner, sich herumtrieb.

»Außerdem«, fuhr Carmella fort, »hat Zoe McConnell ausgesagt, sie glaube, dass auf dem Weg zurück in den Supermarkt ein Mann sie angerempelt habe, woraus wir schlossen, dass sie so vielleicht den Autoschlüssel verloren hatte.«

Patrick sagte: »Mike, kannst du noch mal zu Mrs McConnell gehen und sie fragen, ob sie sicher ist, dass die Person, die sie anrempelte, ein Mann war? Ich glaube zwar nicht, dass sie sich da falsch erinnert, aber wir können dann vielleicht davon ausgehen, dass da zwei Leute zusammengearbeitet haben. Der Mann rempelt Zoe an und gibt dann den Schlüssel weiter an die Komplizin.«

Mike war tief in Gedanken versunken. »Wenn McLean schon aus dem Knast entlassen worden ist, was durchaus sein könnte nach zehn Jahren, vielleicht hat er sich wieder mit Denise zusammengetan – er hat ja wohl irgendwie Macht über sie, noch von damals, als sie ein Kind war. Und jetzt hilft sie ihm, andere Kinder zu beschaffen… ein Kreislauf des Missbrauchs.«

»Okay, das ist eine Theorie«, stimmte Patrick zu.

Der Raum schwirrte vor Geschäftigkeit. Patrick erklärte, was Denises Aufgabe im Väterklub gewesen war. Er blickte hinüber zu Carmella. »Los geht's, finden wir Denise Breem.«

* * *

Die Agentur »Helfende Hände« hatte ihre Basis in einem überladenen, schäbigen Büro über dem Kentucky Fried Chicken in Whitton. Der Geruch von gebratenem Hühnchen hing in der Luft, und Patricks Magen knurrte. Er sprach mit der Frau, die die Agentur leitete und Aushilfen vermittelte für körperliche Arbeit – reinigen, einfache Fabrikarbeiten, Jobs auf Baustellen und so weiter. Er schilderte, nach wem sie suchten, und sah, wie sie ihre Lippen zusammenpresste und blass wurde.

»Sie jagen die arme Frau, richtig?« Die Besitzerin, Sarah Mason, war Anfang fünfzig mit feuermelderrot gefärbtem Haar.

»Sie wissen von ihrer Vergangenheit?«

»Ja klar. Sie hat mir alles erzählt, wie die Polizei damals versucht hat, ihr etwas anzuhängen.«

»Und Sie haben sie als Putzfrau in einen Klub mit Kindern geschickt?«

Sarah Masons Augen waren voller Verachtung, der Blick prallte an Patrick ab wie eine Kugel von der Kevlarweste.

»Sie liebt Kinder. Nur weil sie den Fehler gemacht hat, sich mit einem Drecksack zusammenzutun.« Ihre Augen wurden feucht, und Patrick verstand, warum diese Frau mit Denise Breem Mitgefühl hatte. Sie sah sie beide als Frauen, die von Männern enttäuscht worden waren, nichts weiter.

Carmella beugte sich vor. »Ms Mason, wir haben nicht genug Zeit, uns darüber zu unterhalten. Wir müssen wissen, wo Denise im Augenblick ist.«

»Und bevor Sie anfangen zu debattieren«, fuhr Patrick fort, »und uns was erzählen von Datenschutz und so, das können Sie sich sparen. Dies ist eine Morduntersuchung. Sie sind vermutlich die Einzige von einer Million Menschen, die annimmt, Denise ist Schneewittchen, aber wenn die Klatschpresse herausfindet, dass Sie versucht haben, sie zu beschützen, werden Sie nicht mehr so viele Klienten haben für ihre ›Helfenden Hände‹.«

Beim Rausgehen fühlte Patrick keinen Stolz, nur grimmige Befriedigung. Sie waren genau an dem Punkt der Ermittlungen, an dem der Zweck die Mittel heiligt. Das Einzige, was jetzt wichtig war, war, die Kinder zu finden.

***

Sie parkten den Wagen vor Freshtime Foods, einem hangarähnlichen architektonischen Auswuchs an der Grenze eines Industrieparks nahe Feltham. Patrick nahm seine Sonnenbrille ab, als er aus dem Wagen stieg. Schweiß kribbelte in seinen Armhöhlen, die Luft war dicht und zäh. Carmella folgte ihm ins Gebäude, sie schien cool und wohlriechend wie immer, selbst als sie durch die hängenden Plastikbahnen in der Tür schritten, in die drückende Hitze der Fabrik.

Patrick hatte mal in so einer Fabrik wie dieser während der Sommerferien gearbeitet. Er ging damals in die sechste Klasse, steckte in seiner Gothicphase und verließ nur mit Make-up das Haus. Eines Tages hatte er vergessen, den Lidstrich zu entfernen, bevor er zur Arbeit ging. Die Blödmänner, die in der Fabrik arbeiteten, hatten sich daran hochgezogen und ihm den Spitznamen »Rambo« gegeben. Die Fabrik nach einem Sommer zu verlassen, in der seine Aufgabe darin bestanden hatte, schwarze Cornflakes auf einem Fließband auszusortieren, war einer der glücklichsten Momente in seinem Leben gewesen.

Ein Mann in der Uniform des Vorarbeiters kam direkt auf sie zu.

»Wir suchen Denise Breem.« Als der Vorarbeiter die Stirn runzelte, ergänzte Patrick: »Sie ist als Aushilfe hier.«

»Warten Sie hier.«

Der Vorarbeiter ging hinüber zur Mitte des Raumes, wo Gläser mit Marmelade in Kartons gepackt und auf Paletten geladen wurden. Eine Gruppe von Frauen, die blaue und weiße Haarnetze sowie formlose Kittel trugen, stand beidseitig am Fließband.

»Da ist sie«, sagte Carmella.

Patrick kniff die Augen zusammen. Carmella hatte recht. Am hinteren Ende des Fließbands, wo Marmeladengläser herunterrollten, stand die Frau, nach der sie suchten. Im selben

Moment, als Patrick sie erkannte, sprach der Vorarbeiter mit einer der Frauen, die auf Denise zeigte und – die sofort wegrannte.

Sie rannte zum Ende der Fabrikhalle, wo eine Reihe riesiger zylindrischer Fässer stand.

»Kommen Sie!«, rief Patrick und rannte los, genau in dem Moment, als ein Gabelstapler seinen Weg kreuzte. Er konnte sich gerade noch fangen und beschimpfte den Staplerfahrer, der seinen Gehörschutz fragend hochhob.

Patrick ignorierte ihn, und zusammen mit Carmella rannten sie hinter den Stapler und dem Fließband zu den Fässern rüber. Keine Spur von Denise.

Eine Tür mündete auf den Hof, wo weitere Dutzende Paletten gestapelt waren. Die beiden Detectives rannten hinaus in den Sonnenschein. Der Hof war leer.

Sie musste sich hinter den Stapeln versteckt haben. Patrick gab Carmella das Zeichen, die linke Seite der Paletten entlangzugehen, er übernahm die rechte Seite. Sein Herz raste vor Aufregung.

Gebückt ging er die Reihe der Paletten ab, während Carmella das Gleiche auf der anderen Seite tat. Die Sonne brannte auf seinen Kopf.

Denise war nirgends zu sehen.

»Verdammt noch mal, wo ist sie?«

Carmella wollte gerade antworten, als Patrick sie sah. Sie hockte hinter dem Gabelstapler am anderen Ende des Hofes, nur ihre blaue Haube war zu sehen.

»Scheint, wir haben sie verloren«, sagte er laut und ging langsam auf den Stapler zu, den Blick abgewendet. Dann, als er auf gleicher Höhe mit dem Stapler war, schoss er nach links. Denise sprang auf und rannte los, aber er hatte mehr Schwung und griff nach ihrem Fabrikkittel, als sie halbherzig versuchte, zu entkommen.

»Lassen Sie mich in Ruhe!«, schrie sie. »Ich krieg Sie ran wegen Körperverletzung.«

Patrick rollte die Augen. »Kommen Sie, Denise. Warum sind Sie weggelaufen? Haben Sie was zu verbergen?«

Sie kniff die Augen zusammen und erwiderte voller Verachtung: »Was soll ich denn getan haben, na?«

»Darüber reden wir in der Zentrale.«

»Ich habe nichts gemacht.«

»Denise, wir wollen Ihnen nur ein paar Fragen stellen«, sagte Carmella in beruhigendem Ton.

Denise musterte Carmella von oben bis unten. »Nennen Sie mich nicht Denise. Für Sie immer noch Miss Breem. Und worum geht es? Caspar ist seit sieben Jahren tot – dank Ihnen!«

Patrick mischte sich ein. »Was auch immer mit Doyle passiert ist, das hat er selbst zu verantworten.«

Denise kreuzte die Arme, und ihr war sicherlich nicht klar, wie lächerlich sie aussah, als sie mit Kittel und Haube versuchte, auf taff zu machen. »Was auch immer, ich hab nichts gemacht.«

»Das haben Sie schon gesagt. Aber erzählen Sie uns mehr von diesem Nichts auf der Wache, Miss Breem.«

* * *

Zwei Stunden später stürmte Patrick aus dem Verhörzimmer und schlug die Tür hinter sich zu. Er ging direkt zur Einsatzzentrale, öffnete die Tür mit einem Schulterstoß, zog seine Jacke aus und warf sie durch den Raum. Er nahm einen leeren Kaffeebecher und warf ihn an die Wand, dann trat er nach ihm, so hart er konnte.

Er boxte gegen die Wand.

»Verdammt!«, schrie er vor Schmerz, Frustration und Wut. Er wirbelte herum und sah, wie die drei Kinder ihn von der Wand herab anstarrten, sie sprachen mit ihren großen, hübschen Augen zu ihm. Besonders Frankies schienen ihn zu rufen.

Hilfe. Ich habe Angst.

Er hatte sie alle enttäuscht. Alle und dazu auch noch ihre Familien. Die ganze Gemeinde, die Leute, denen er dienen und die er beschützen sollte. »Tut mir leid«, flüsterte er zu den Fotos an der Wand. »Es tut mir so leid.«

Die Tür öffnete sich, und Suzanne trat mit aufgerissenen Augen ein.

»Patrick, was ist los? Ich hab Lärm gehört.« Sie sah in sein Gesicht. »Oh, bitte, sagen Sie mir nicht, dass Breem nur eine weitere Sackgasse ist.«

Er saß auf einem Klappstuhl und ließ das Gesicht in die Hände sinken. Als er den Kopf endlich wieder hob, sagte er: »Sie hat ein Alibi. Es machte ihr großen Spaß, uns zu erzählen, wo sie zu der Zeit war, als Liam entführt wurde. Sie war auf der Arbeit, in der Fabrik und stand den ganzen Tag zusammen mit zehn anderen Frauen am Fließband.«

»Haben Sie angerufen, um das zu überprüfen?«

Er nickte hundeelend. »Und wir sind auch Mikes Theorie nachgegangen, dass sie vielleicht Kinder ausgewählt hat für den alten Untermieter, McLean. Es stellte sich heraus, dass er schon vor Jahren an Krebs gestorben ist.«

»Scheiße. Wir sind wieder ganz am Anfang.« Sein Blick wanderte hinüber zu den Kinderfotos. »Vielleicht bin ich doch nicht der Richtige für diesen Job. Vielleicht sollte ich die Untersuchung nicht leiten. Ich bin müde. So verdammt müde nach allem, was in den letzten Jahren geschehen ist.«

Suzanne zog sich einen Stuhl heran und setzte sich neben ihn. »Patrick...«

»Vielleicht sollten Sie Winkler die Leitung übergeben. Er ist sowieso scharf drauf.«

Sie legte ihre Hand auf seinen Unterarm. Sie war warm.

»Nein, Patrick. Seien Sie nicht so hart gegen sich selbst. Sie brauchen nur einen Einschnitt.«

»Ja, lange verdammte Ferien, am besten irgendwo in den Tropen...«

Sie lächelte. »Ich meine nicht diese Art von Einschnitt, Sie Idiot. Ich meine einen Durchbruch im Fall. Ein bisschen Glück. Hören Sie, wir haben jetzt das Phantombild, das wir heute Morgen noch nicht hatten. Wir gehen noch mal zurück zu den Listen vom Väterklub. Und wir reden noch mal mit den Landfahrern. Was auch immer nötig ist. Wir werden sie finden. Sie werden sie finden, DI Lennon.«

Sein Handy klingelte. Er sah auf den Bildschirm – es war seine Mutter – und stellte es auf *Stumm*.

Suzanne sagte: »Ich habe Vertrauen zu Ihnen, hören Sie?« Ihre Hand lag immer noch auf seinem Arm. Es fühlte sich gut an. »Und jetzt hören Sie auf, im Selbstmitleid zu versinken. Das ist ein Befehl.«

Er riss sich zusammen. »Okay, kein Selbstmitleid mehr.«

Nachdem sie den Raum verlassen hatte, nahm er sein Handy raus und sah, dass er eine Nachricht von seiner Mutter erhalten hatte. Vielleicht etwas wegen Bonnie, jedenfalls fühlte er das gewohnte Gefühl von Unbehagen im Magen. Er hörte die Nachricht ab.

»Patrick, ich bin's. Hör mal, ich hatte gerade einen Anruf von der Klinik. Es geht um Gill. Sie möchte dich sehen.«

KAPITEL 19
PATRICK – TAG 3

In den achtzehn Monaten, seit Gill im Knast war, hatte Patrick viermal versucht, sie zu besuchen, und jedes Mal hatte sie sich geweigert, ihn zu sehen. Jedes Mal war er gleichzeitig verärgert und erleichtert gewesen. Er hatte sie nicht mehr gesehen, seit sie mit gesenktem Kopf auf der Anklagebank gesessen hatte, und dieses Bild hatte sein Herz in tausend Stücke zerspringen lassen.

Patrick stellte fest, dass er sich kaum noch erinnern konnte, wie es gewesen war, als sie noch glücklich waren. Er erinnerte sich an Bruchstücke, wie sie Arm in Arm auf dem Sofa gesessen hatten, ihr Flüstern »nicht sterben« an seinem Ohr und sein Lachen, als er ihr versicherte, dass er das nicht vorhabe. Die Witze, über die sie gemeinsam gelacht hatten, ihre Rituale. Wenn sie »Take that«-Songs sangen im Stil älterer Kneipensänger. Die Art, wie sie so lange die Zudecke umdrehte, bis die Knöpfe am Fußende waren. Wie sie zusammen gebadet hatten. Wie sie zu zweit ausgegangen waren, ins Kino und die wöchentlichen Einkäufe im Supermarkt. Ein ganz normales Eheleben eben.

Nach einem Jahr der Trennung nahm er seinen Ehering ab. Er fragte sich, ob sie ihren wohl noch trug.

Er konnte es immer noch nicht fassen, dass sich alles so unwiderruflich verändert hatte und wie schnell das gegangen war.

* * *

Wenn er so zurückdachte, dann war das erste Warnzeichen wohl gewesen, dass sie ihren Sinn für Humor verloren hatte. Er war verschwunden wie auf unsichtbaren schwarzen Fledermausschwingen, so leise in all dem Chaos seit Bonnies Geburt und den ersten Monaten danach, dass es eine Weile dauerte, bis er es bemerkte. Damals schob er es natürlich auf den Schleier der Müdigkeit, der sich auf sie beide gesenkt hatte. Keiner von beiden sah mehr die lustige Seite der Dinge – wie konnten sie, wenn sie kaum Schlaf kriegten? Aber Gill war immer so lustig gewesen. Das war es, warum er sich damals in sie verliebt hatte; ihr staubtrockener, intelligenter, selbstironischer und surrealer Sinn für Humor. Meist war es sogar die Müdigkeit, die ihn zum Vorschein brachte – nach einem langen, harten Tag vor Gericht war sie abends taumelnd durch die Tür gekommen, und innerhalb von Minuten brachen sie beide in schallendes Gelächter aus, als sie die unglücklichen Jurymitglieder oder die paragrafenreitenden Gerichtsbeamten nachahmte.

Als er nach sieben aufeinanderfolgenden Tagen beim Nachhausekommen Gill weinend vorfand, fiel ihm auf, dass er sie schon seit einem Monat nicht mehr hatte lachen hören, obwohl die fünf Monate alte Bonnie ein Kichern besaß, dass sogar das Herz Attilas, des Hunnen, erweicht hätte. Wenn sie dann zu weinen aufgehört hatte, begann Gill alle Neuigkeiten von Bonnie aufzuzählen. Mit einem kleinen traurigen Lächeln schilderte sie die Begebenheiten, die sie vorher in Lachstürme hätten ausbrechen lassen.

Aber postnatale Depressionen waren doch normal, oder? Sie hatten darüber gesprochen, und alle drei waren zu ihrem Hausarzt gegangen. Patrick hatte Bonnie in ihrem Babytragetuch getragen, er liebte das Gefühl ihrer warmen, flatternden Atemzüge an seiner Brust, als die Ärztin Gill eine Liste mit dem Symptomen aufstellen ließ: Ungeduld – ja; Weinen – ja; Unfähigkeit, mit den täglichen Aufgaben fertigzuwerden – ja;

Stimmungsschwankungen – ja; Schlafprobleme – ja klar; Appetitlosigkeit – das Gewicht fiel nur so von ihr ab.

Gill hatte die ganze Zeit beim Arzt geweint und addierte noch ein paar Extrasymptome zu der Liste: wie Schuldgefühle und Hoffnungslosigkeit.

Patrick sah über Bonnies Kopf hinweg auf seine weinende Frau, ihr strähniges Haar, das ungeschminkte Gesicht, die graue Haut und dachte – *ich erkenne sie nicht mal mehr.* Einen Sekundenbruchteil lang nahm er es Bonnie übel, dass sie ihm die Frau, die er anbetete, genommen und sie gegen diese traurige, mürrische Hülle einer Frau ausgewechselt hatte.

»Haben Sie früher schon mal an Depressionen gelitten?«, fragte die praktische Ärztin, während sie sich Gills medizinische Unterlagen ansah.

Gill wischte sich die verweinten Augen und nickte langsam. »Als ich Jura studiert habe«, flüsterte sie und sah weg. »Ich habe damals einen Selbstmordversuch unternommen. Mein Magen wurde ausgepumpt.«

Die Ärztin, eine dickliche indische Frau mit einem halben Dutzend geräuschvoll klingelnder goldener Armreifen und einem sanften Gesicht – eine Vertretung von Gills üblichem Arzt –, machte sich Notizen auf ihrem Block, die sie mit ihrem Ellenbogen verdeckte, sodass Gill und Patrick sie nicht lesen konnten. Pat konnte sich allerdings vorstellen, was sie schrieb.

»Das habe ich gar nicht gewusst«, sagte er ungläubig. »Wie konnte ich das gar nicht wissen?«

Gill wandte sich ihnen wieder zu, und ihr Gesicht war trostlos und leer. Sie öffnete den Mund, um etwas zu sagen, und Pat wartete auf eine schamvolle Entschuldigung – nicht dafür, dass sie es damals versucht hatte, sondern dafür, ein solch wichtiges Geheimnis vor ihm gehabt zu haben, wo er angenommen hatte, zwischen ihnen gäbe es keine Geheimnisse.

Stattdessen kniff sie die Augen zusammen und sprach zur Ärztin: »Können Sie vielleicht diese blöden Armreifen abnehmen? Sie machen mich vollkommen verrückt.«

Pat und die Vertretung schnappten erschrocken nach Luft. »Tut mir leid«, sagte die Ärztin monoton und nahm die Reifen ab. Sie stapelte sie auf ihren Schreibtisch, und einen Moment lang sahen sie alle drei auf die Armreifen und schwiegen. Pat fühlte sich ganz benommen.

Dann schien die Ärztin aus ihrer Entrückung zu erwachen. »Mrs Lennon – darf ich Sie Gill nennen? Ich denke, dass es recht deutlich ist, dass Sie an postnataler Depression leiden – PND –, aber was ich deutlich ausdrücken will, ist, dass es sich um einen vorübergehenden Zustand handelt, und mit der entsprechenden Behandlung sollten Sie bald wieder vollkommen hergestellt sein, hoffentlich in sehr kurzer Zeit. Viele Frauen gehen durch so eine Phase, besonders beim ersten Kind – und bitte unterschätzen Sie nicht den körperlichen und emotionalen Stress, den Sie im Moment erleben, wo Sie plötzlich für ein Neugeborenes verantwortlich sind. Dazu kommen der Schlafmangel, der Druck, gute Eltern zu sein, und besonders für Sie, Gill, dramatische hormonelle Veränderungen. Ich wundere mich eigentlich, dass nicht viel mehr Frauen darunter leiden...«

Pat drückte sein Gesicht in die flaumigen Härchen auf Bonnies duftendem Kopf. Plötzlich war auch ihm nach Weinen zumute.

***

Während der nächsten zwei Monate begann Gill, sich besser zu fühlen. Sie hatte einen Kurs in kognitiver Verhaltenstherapie angefangen und nahm jetzt Tabletten gegen Depressionen. Sie, Pat und Bonnie wurden ruhiger und fanden eine neue Routine. Bonnie war so eine Freude für sie beide, und um ehrlich zu sein,

Patrick konnte überhaupt nicht verstehen, warum Gill depressiv war. Sie hatte den ganzen Tag für sich, Kaffeekränzchen für Freundinnen, Spielgruppen für Bonnie und Gymnastikstunden für sich selbst, während derer Bonnie in einer Krippe bespielt wurde. Sie sagte, sie sei froh darüber, eine Pause vom Gerichtsleben machen zu können, mit all diesen langweiligen Schriftsätzen, die dort zu lesen und zu entwerfen waren.

Und sie weinte nicht mehr so viel – aber ein neues und möglicherweise noch weniger wünschenswertes Gefühl herrschte jetzt vor. Eines, das sie nicht Bonnie auferlegen wollte, also sparte sie es sich stattdessen für Pat auf. Er war gerade nach Hause gekommen und hatte sich ganz unschuldig danach erkundigt, wie ihr Tag verlaufen sei – und schon ging es los.

»Tja, was hab ich heute gemacht? Lass mich nachdenken – ich habe bis Mittag geschlafen, danach hatte ich mit den Mädels ein langes Mittagessen mit viel Alkohol im OXO Tower. Dann kam ich heim, und da wartete schon mein fünfundzwanzigjähriger Liebhaber – was denkst du denn, was ich verdammt noch mal getan habe? Ich habe acht Mal Windeln gewechselt, einen Berg Klamotten gebügelt, den man vom Weltraum aus hätte erkennen können, dann hab ich pürierte Möhren vom Küchenfußboden gekratzt und ein paar Enten gefüttert.«

»Es gibt keinen Grund, so sarkastisch zu sein«, wurde Pats neue Standardantwort.

Er versuchte, geduldig zu bleiben. Aber auch er war müde, litt unter Schlafentzug und arbeitete tagsüber so hart wie immer auf der Wache – eigentlich noch härter als sonst, denn er war vor Kurzem zum DI befördert worden und versuchte, diesen Job aus Prinzip besser zu machen als Winkler. Es kam ihm vor, als trauere er um den Verlust seiner glücklichen Ehe, seiner glücklichen Frau und ihres Sexlebens. Als Konsequenz steckte er all seine Kraft in die Arbeit.

Bis zu dem Tag, an dem er nach Hause kam, Gill auf der

Treppe sitzend vorfand und Bonnie halb tot in ihrem Gitterbettchen.

***

Danach vergingen vier Monate, bevor er wieder zur Arbeit ging. Die ersten paar Tage blieb er bei Bonnie auf der Kinderstation des Kingston-Hospitals und beobachtete, wie ihre blauen Flecken langsam verblassten und ihre gesunde Farbe langsam zurückkehrte. Der Blick der Verunsicherung in ihren Augen war allerdings schlimmer als die Flecken um ihren Hals.

»Sie ist noch mal davongekommen«, sagte der Doktor. »Es gibt keinen bleibenden Gehirnschaden. Was für ein Glück, dass Sie an diesem Abend keine Überstunden gemacht haben.«

Patrick erschauderte. Er war wirklich kurz davor gewesen, noch zu bleiben, um über ein paar Zeugenaussagen zu brüten, aber in letzter Minute hatten Hunger und das Bedürfnis, Bonnie in den Armen zu halten, gewonnen, und er war aus dem Büro geeilt und in seinen Wagen gestiegen.

Gill wurde verhaftet, zwangseingewiesen und in die Abteilung für psychisch Kranke in Hanworth gebracht. Pat war drei Wochen lang nicht zu ihr gegangen. Er konnte einfach nicht. Wann auch immer er an diesen Tag zurückdachte, stieg die Galle in ihm hoch. Es war so, als sei er körperlich allergisch geworden gegen seine eigene Frau. Als er dann endlich hinging, weigerte sie sich, ihn zu sehen.

Seine Mutter hatte sie jedoch besucht. Mairead berichtete, dass Gill medikamentös ruhiggestellt worden war und unter ständiger Aufsicht stand wegen Selbstmordgefahr. Aber sie war nicht ansprechbar. Man hatte Gill natürlich berichtet, dass Bonnie überlebt hatte und wieder gesund sein würde, aber sie wurde hysterisch, sobald Bonnie oder Patrick auch nur erwähnt wurde.

Gills Verhandlung fand vor dem Kingston Crown Court statt. Versuchter Mord bei eingeschränkter Schuldfähigkeit. Sie wurde schuldig gesprochen und dazu verurteilt, auf unbestimmte Zeit in der örtlichen Nervenklinik zu bleiben.

Die Leute sagten bei solchen Dingen gern, dass alles ein bisschen verschwommen war, aber leider war es nicht so für Pat. Jede Einzelheit schien unauslöschlich in sein Hirn geätzt zu sein, und einzelne Schnappschüsse blitzten immer mal wieder in seinem Geist auf, mit traumatischer Regelmäßigkeit, jederzeit, ob Tag oder Nacht und unabhängig davon, was er gerade tat. In letzter Zeit war es ein wenig besser geworden, besonders, wenn er Bonnie so strotzend vor Gesundheit sah und glücklich war über das Arrangement, dass sie jetzt bei seinen Eltern lebte. Die Zeit tat das, was man ihr nachsagte, sie versuchte, Wunden zu heilen. Er hoffte, dass es bei Gill ähnlich war.

Aber ob es so war oder nicht, er war jetzt froh darüber, dass sie sich entschieden hatte, ihn zu treffen. Es gab Dinge, die endlich ausgesprochen werden mussten.

KAPITEL 20
WINKLER – TAG 4

Die Philips war scharf, aber auf eine lädierte Art und Weise, wie ein kleiner Spatz, der aus dem Nest gefallen ist und jetzt aufgepäppelt werden muss. DI Adrian Winkler hatte sich schon immer von solchen Frauen angezogen gefühlt. Verwundbar, mit Wunden, die man lecken muss. Nicht aber psychisch Kranke, wie etwa Lennons Frau. *Sie* war jenseits von Gut und Böse, eine wahrhaft Verrückte, die versucht hatte, ihr Kind zu töten. Solche Typen sollten sterilisiert und lebenslang eingesperrt werden. Andererseits konnte er verstehen, dass sie ausgerastet war, mit einem Mann wie Lennon, der wahrscheinlich alles, was sie sagte, in sein Angebernotizbuch schrieb, mal ganz abgesehen davon, dass sie mit seiner Schwärmerei für seine Chefin, DCI Laughland, klarkommen musste. Er fühlte jetzt fast ein bisschen Mitleid für das arme Miststück. Und noch etwas: Wenn es nach Winkler ging, dann wären tätowierte Gothicspinner vom Dienst bei der Polizei ausgeschlossen, selbst wenn sie ehemalige Gothics waren und ihre Tattoos unter der Kleidung versteckten. Das waren doch sichere Zeichen dafür, dass mit denen was nicht stimmte, sie irgendwie nicht normal waren.

Er hörte jetzt auf, an die Lennons zu denken, und konzentrierte sich auf Helen Philips' schnuckeligen Knackarsch, als sie ihn ins Arbeitszimmer führte. Unterwegs schaute er noch mal kurz auf sein Spiegelbild. Es war einfach unmöglich für ihn, an einem Spiegel vorbeizugehen, ohne sich selbst anzusehen. Wer wollte ihm daraus einen Vorwurf machen? Wenn attraktiv zu sein ein Verbrechen war, müsste er sich selbst verhaften. Er grinste über seinen kleinen Witz und fuhr mit der Hand durch sein dichtes schwarzes Haar.

»Hm ... Detective Inspector?« Die Philips stand im Türrahmen und musterte ihn. »Der Computer steht hier.«

Er wusste schon vorher, dass es Zeitverschwendung sein würde. Irgendein Internetspinner behauptete, zu wissen, was mit den verschwundenen Kindern passiert war. Was wäre das Nächste? Ein Wahrsager, der Nachrichten von den Toten bekam? Er hatte nur eine Entschuldigung gebraucht, um hierherzukommen und die Philips-Familie kennenzulernen, etwas Produktives zu machen und von den verdammten Suchteams wegzukommen. Er sehnte sich danach, die Untersuchung voranzubringen, einen Durchbruch zu erreichen. Lennon war doch ein kaputter Typ, besonders, seit seine Frau eine Kindsmörderin geworden war. Jeder, der Augen im Kopf hatte, konnte das sehen – aber aus irgendeinem Grund war die Chefin blind, wenn es um Lennon ging. Kein Problem, er würde ihr zeigen, was ein richtiger Detective ist. Er würde diesen Fall aufklären, selbst wenn er es ganz allein tun musste. Als er daran dachte, fühlte er sich gleich wie ein Außenseitercop, ein Held, der das System infrage stellt, ein rebellischer Einzelgänger. Er driftete jetzt in einen Tagtraum, wo die Kollegen standen und ihm applaudierten, die Zeitungen nannten ihn den Polizeihelden, der Premierminister lud ihn in die Downing Street ein und suchte seinen Rat bei der Bekämpfung der Kriminalität. Vielleicht würde ihn irgendein Premierminister zum Zaren küren. Diese Vorstellung gefiel ihm gut, Winkler als Zar ...

»Alles in Ordnung?«

»Was? Ach so, ja. Ich habe nur gerade gedacht, was für ein schönes Haus Sie haben.«

»Ja, vielen Dank. Aber wollen Sie nicht die Nachrichten sehen, die ich über Facebook bekommen habe?«

Er schenkte ihr sein bestechendstes Lächeln. »Doch, ganz sicher.«

Er folgte ihr ins Arbeitszimmer, das voller muffiger Bücher war – Winkler war stolz darauf, nicht ein einziges Buch in seinem Haus zu haben –, dann gab es noch viele überquellende Aktenordner, die von den Regalen zu fallen drohten, und an den Wänden Poster von Kunstausstellungen und Postkarten.

Helen setzte sich an den iMac und rief die Facebook-Seite auf. Winkler stand hinter ihr und atmete ihren Duft ein. Er fragte sich, ob sie wohl lieber obenauf war oder es lieber von hinten hätte.

»Hier ist die Nachricht, Detective.«

Er beugte sich vor und las den Text der offensichtlich Verrückten, die Helen kontaktiert hatte. Eindeutig das Werk einer traurigen, einsamen Seele, die allein mit einem Dutzend halb wilder Katzen lebt und den ganzen Tag Krimis guckt. Winklers eigene Mutter kaufte all diese Magazine, die aus dem wirklichen Leben berichteten, und schnitt ihre Lieblingsgeschichten aus – all diejenigen, in denen es um Kindesmisshandlung ging und um Flitterwochen- und Ritualmorde durch Ehebrecher und böse Stiefväter. Sie war dauernd auf Facebook und rief zur Kastration von Kindermördern auf oder zu Folter und langsamem Tod für eine Frau, die eine Katze in die Mülltonne geworfen hatte. Es gab Millionen von denen da draußen: Winkler hatte eine Sendung darüber im Radio gehört, dass diese Leute »Verbrecherjäger« sind und dass sie in der Gesellschaft eine wichtige Rolle spielen, dass allerdings das Internet schuld daran sei, dass sie außer Kontrolle gerieten. Helens Verrückte war schlimmer, sie wollte mit den Opfern wirklich Kontakt aufnehmen und schien in ihren wirren Gedankengängen selbst daran zu glauben, dass die Kinder, die mit ihren Eltern glücklich im Nachbarhaus lebten, in Wirklichkeit die entführten Kinder waren.

»Faszinierend«, sagte er und unterdrückte ein Gähnen.

»Meinen Sie, dass da was dran ist?«, fragte Helen. Sie hatte weit aufgerissene Augen und diesen »Ich-möchte-daran-glauben«-Gesichtsausdruck, aber sie war nicht begriffsstutzig.

»Ich werde dem mal nachgehen«, sagte er. »Machen Sie sich keine Sorgen.«

»Aber denken Sie, dass es irgendwohin führen wird?«

»Mrs Philips, ich möchte nicht, dass Sie sich unnötige Hoffnungen machen. Aber ich brauche ihre Facebook-Log-in-Daten, damit ich mit dieser Frau Kontakt aufnehmen kann, und ich werde versuchen, die Nachrichten zurückzuverfolgen und rauszufinden, wer sie ist.«

»Wirklich? Mein Log-in?«

Er nickte. »Keine Sorge. Ich werde nirgendwo herumstöbern, wo Sie es nicht wollen.«

Es brachte sie nicht zum Grinsen. Aber sie sagte sehr zurückhaltend: »Okay«, und schrieb sie ihm auf einen Zettel.

»Es wird nicht lange dauern«, sagte er. »Und sobald ich damit fertig bin, melde ich mich, und Sie können Ihr Passwort ändern. In der Zwischenzeit kontaktieren Sie sie bitte nicht, okay?« Sie sah ein bisschen blass aus, aber das hatte vielleicht mit der Verzweiflung, ihre Tochter zu finden, zu tun. Er sagte: »Okay, Sie hören von mir.«

»Vielen Dank.«

Er ging zurück zu seinem Wagen und stellte sich vor, wie krank es Lennon machen würde, wenn er, Winkler, den Fall löste. Er wusste, dass Lennon davon ausging, dass die Stiefschwester, dieses schlaue kleine Luder, die älter aussah, als sie war, log und dass sie und ihr Freund irgendwas angestellt hatten. Nun, dazu war kein Genie nötig, herauszufinden, was die beiden angestellt hatten, als die Eltern aus dem Haus waren, sicherlich ein bisschen mehr als nur Petting. Er wusste außerdem, dass Lennon diese Spur vorerst nicht weiter verfolgte. Was wäre also, wenn die Tochter in ihrem Zimmer das

Gesetz gebrochen hatte, während nebenan die Kleine entführt wurde? Machte das einen Unterschied? Na ja, wenn der Freund etwas damit zu tun hatte? Klar, es war unwahrscheinlich, außer er hatte auch zu den anderen beiden Kindern eine Verbindung. Was war mit den Eltern? In Fällen wie diesen waren die Eltern häufig beteiligt. Vielleicht gab es irgendeine seltsame Verbindung zwischen diesen drei Elternpaaren, wie... sie alle waren Mitglieder in einer Teufelsanbetersekte, die ihre Kinder im Tausch für Geld und Erfolg opferten. Man hatte schließlich schon Pferde vor der Apotheke kotzen sehen.

Er sah sich noch mal selbst im Rückspiegel an, warf sich einen Handkuss zu und fuhr pfeifend ab, die Log-in-Daten von Helens Facebook-Zugang in seiner Hosentasche.

KAPITEL 21
PATRICK – TAG 4

Patrick nahm den Lilienstrauß kurz unter den Arm, um seine Handflächen an den Hosenbeinen abzuwischen. Er fühlte sich wie ein Vierzehnjähriger, der zu seiner allerersten Verabredung geht, allerdings ohne die Aufregung, die er damals erlebt hatte, die war durch überwältigende Panik ersetzt worden. Er hatte heute Morgen um neun Uhr die Lilien beim Marks & Spencer an der örtlichen Tankstelle gekauft und fragte sich, als er bezahlte, ob Gill Lilien wohl noch immer mochte. Oder ob sie ihn immer noch mochte und ob ihn das überhaupt interessierte. Er versuchte die Dinge mal durch ihre Augen zu sehen – hatte er diese Jeans schon besessen, als sie ihn zum letzten Mal gesehen hatte? Würde sie denken, dass er älter geworden war oder dass das Buzzcocks-Retro-T-Shirt, das er trug, zu jung für ihn war? Dieses T-Shirt hatte sie wenigstens noch nicht gesehen.

Würde er sofort beginnen, sie mit Suzanne Laughland zu vergleichen, wenn er sie sah? Er drehte immer wieder den ungewohnten Ehering am vierten Finger seiner linken Hand. Er hatte ihn in sämtlichen Schubladen der Nachtschränke im Gästezimmer seiner Mutter suchen müssen, bis er ihn fand, und dann hatte er ihn mit einem Putztuch poliert, sodass Gill nicht merken würde, dass er ihn seit mehr als einem Jahr nicht getragen hatte. Würde sie ihren noch tragen? Warum machte er sich darüber Sorgen?

Holmwood House sah von außen aus wie ein Altersheim – abgesehen vom mit Stacheldraht gekrönten hohen Zaun, der das Gelände umgab – eine dieser Institutionen, die in den

Achtzigern entstanden waren und aussahen, als seien sie zuerst aus Lego-Steinen entworfen worden. Der Eingang besaß eine Terrasse, und auf hellgrünen Eisensäulen saß ein spitzes Dach aus Wellplastik. Pat dachte daran, wie sehr Gill diesen Anblick hassen würde. Sie mochte gedeckte Farben und stilvolle Architektur. Aber wer weiß, wie oft sie hier hinausging? Vielleicht war sie nie über diese Schwelle getreten. Er stellte sich vor, wie sie wohl jetzt aussehen mochte, wenn er in ihr Zimmer kam – eine gebeugte, vorzeitig gealterte Person, alle Farbe ihrer wachsartigen Wangen verblasst, trockenes, wirres Haar und irgendeinen Nylonumhang tragend... Er schauderte. Nein, ganz sicher nicht, so was gab's vielleicht im Gefängnis. Aber Gill war nicht im Gefängnis, wenigstens nicht körperlich.

Als er seinen Finger zur Klingel ausstreckte, wurde sein Mund trocken. Trotz all der Jahre im Polizeidienst war er doch niemals zuvor in einer geschlossenen Abteilung gewesen. Eine überraschend lebhafte Frau saß am Schreibtisch der Empfangshalle, hinter ihr war eine geschlossene Doppeltür zu sehen, die wohl ins Haupthaus führte. Sie sah auf, als er hereinkam, und er sah ihre Augen anerkennend aufblitzen, als sie erst auf die Tattoos auf den Oberarmen sah und dann in sein Gesicht. Es war lange her, seit ihn eine Frau so angesehen hatte, obwohl diese schon Ende vierzig war, mit ungekämmtem, strohigem Haar und Lippenstift, der auch die Falten um ihre Lippen gefärbt hatte. Sie war jedoch recht hübsch, wenn sie lächelte, und Pat fühlte sich gleich viel lockerer.

Sie reichte ihm ein Formular auf einem Clipboard mit den Regeln und Vorschriften, die im Holmwood galten. Am unteren Rand gab es eine Linie, auf der er zu unterschreiben hatte. Voller Entsetzen sah er, dass eine der ersten Regeln war, dass »alle Handys am Empfang abzugeben« seien.

»Verdammt, kann ich wirklich mein Handy nicht mit

reinnehmen? Ich wollte meiner Fr... äh... meinem Besuch ein paar Fotos darauf zeigen.«

Sofort fühlte er sich verwirrt und schämte sich, dass er es nicht fertiggebracht hatte, »seine Frau« zu sagen. Warum hatte er »Besuch« gesagt? Er selbst war doch der Besucher, nicht Gill. Trotzdem hätte er wohl noch mehr wie ein Trottel geklungen, hätte er gesagt: »die zu Besuchende«. Die Empfangsdame sah kurz auf seinen Ehering und schmunzelte leicht, es reichte jedoch aus, dass er sich nicht so geschmeichelt fühlte wie durch ihre erste Reaktion.

»Nein, tut mir leid«, sagte sie tonlos. »Sie müssen es hierlassen, wie auch all ihre anderen Besitztümer, in einem der Schließfächer dort drüben.«

Pat fragte sich, ob sie ihn bestrafen wollte, weil er mit einer Patientin verheiratet war. *Lass das, du Idiot,* sagte er zu sich selbst. *Und wenn schon.* Er überflog den Rest der anderen Regeln und unterschrieb weiter unten. Sein Name war kaum leserlich: *DCI Patrick Lennon*. Er legte seinen Daumen neben seinen Titel und hoffte, dass sie das bei der Rückgabe des Clipboard sehen würde. Es klappte, und ihr Gesichtsausdruck schaltete auf den ursprünglich flirtenden zurück, aber jetzt mit mehr Respekt.

»Oh – meine Schlüssel«, sagte er und erinnerte sich an eine weitere Bestimmung, die er übersehen hatte. Er legte die Blumen auf den Tisch und suchte in seinen Hosentaschen. Seine Hausschlüssel hingen an einem Ring, einem dieser Fotoschlüsselanhänger – ein Foto von Bonnie, wie sie vor Vergnügen strahlte, als sie ihren Schweinchen-Peppa-Kuchen zum ersten Geburtstag überreicht bekam. »Wenn ich die Schlüssel hier lasse, kann ich doch den Anhänger mit reinnehmen, oder?«

Die Empfangsdame nickte. »Ist das Ihre kleine Tochter?«, fragte sie und legte eine ihrer Hände mit langen roten Fingernägeln auf das Foto von Bonnies Gesicht. »Gott, ist die niedlich!«

Pat lächelte – mehr wegen Bonnie als wegen der Empfangsdame – und verstaute seine Sachen in einem der Schließfächer im Flur. Die Frau kam um ihren Tisch herum, reichte ihm den Blumenstrauß und ließ dann einen Metalldetektor über seinen Körper gleiten. Als das Gerät über seine Leistengegend fuhr und anschlug, atmete sie vor Überraschung ein.

»Ist das...?«

Er nickte und strengte sich an, nicht zu erröten.

»Nun, ich denke, Sie wissen Bescheid, Detective Inspector«, sagte sie. »Alles erledigt. Ich bringe Sie ins Besuchszimmer.«

Sie tippte den vierstelligen Sicherheitscode in die Tastatur an der Doppeltür ein – 5786, wie Pat sehen konnte – und führte ihn hindurch. Er folgte ihr den Flur hinunter, während sie zwei weiß gekleidete Kolleginnen mit einem »Alles okay?« grüßte, das genauso von den Empfängerinnen erwidert wurde. Pat fragte sich, ob das der übliche Mitarbeitergruß war. Sein Magen krampfte, und er überlegte, ob er noch schnell aufs Klo gehen sollte, aber bevor er etwas sagen konnte, wurde die Frau langsamer, bog nach links ab und ging an einem leeren großen Tagesraum vorbei.

»Hier ist es«, sang sie und öffnete die Tür eines kleinen Zimmers, ähnlich dem eines Besucherzimmers im Krankenhaus, mit pastellfarbenen Wänden und langweiligen Bildern. »Ich hol sie für Sie, setzen Sie sich doch. Dauert nicht lange.«

Pat setzte sich auf den hellgrünen Velourstuhl, der entweder sehr neu oder gerade gereinigt worden war. Als Gill hereinkam, rieb er gerade mit seinem Zeigefinger gegen den Strich über den Flausch, und als er sie erblickte, war sein erster Gedanke, dass er es war, der hier auf unbestimmte Zeit in die Anstalt eingewiesen worden war, und Gill besuchte *ihn*.

Natürlich sah sie überhaupt nicht so aus, wie er sie sich

vorgestellt hatte: kein gebrochenes menschliches Wrack und so. Mit festem Blick rauschte sie ins Zimmer, einen entschlossenen Ausdruck auf dem Gesicht, genau wie sie ihn immer vor Gericht zur Schau getragen hatte. Sie war lässig, aber gepflegt gekleidet, mit Jeans, Joggingschuhen und einem dieser Superdry-Holzfällerhemden, und ihre Haare wiesen frische Highlights auf.

Sie sah eigentlich aus wie immer – nein, korrigierte sich Pat, erheblich *besser*, als er sie je seit Bonnies Geburt gesehen hatte. Nicht unbedingt fröhlich, aber das bleiche, angestrengte Gesicht, das sie während der ersten Monate nach Bonnies Geburt gehabt hatte, war verschwunden. Wenn er sie mit nur einem Wort beschreiben sollte, dann wäre es »erleichtert«. Eine Sekunde lang fühlte Pat Neid – kein Wunder, sie hatte vermutlich achtzehn Monate lang richtig ausschlafen können –, aber der wurde sogleich ersetzt von einer Flutwelle so starker Gefühle, dass er zu einem der Spotlights hochsehen musste, um die Tränen zu stoppen, die seine Augen zum Überfließen zu bringen drohten.

»Hallo, Patrick«, sagte sie, und er zuckte zurück. Früher hatte sie ihn nur Patrick genannt, wenn sie sehr sauer auf ihn gewesen war.

»Hallo, Gillian«, erwiderte er, erhob sich und lächelte sie an, um anzudeuten, dass er nur mit einer Retourkutsche auf ihre Anrede gekontert hatte. Niemand nannte sie jemals Gillian.

»Pat«, korrigierte sie sich selbst, und ein kurzes Lächeln huschte über ihr Gesicht. Sie standen sich auf Augenhöhe gegenüber. Pat konnte sein Herz in der Brust schlagen hören, aber er wusste nicht, ob es aus Liebe war oder aus Angst. Er überreichte ihr die Blumen.

»Hier, die sind für dich.«

»Danke«, sagte sie und atmete tief den Duft der Lilien ein,

dabei blieben ein paar gelbe Pollen an ihrer Nase hängen. »Ich liebe Lilien.«

»Ich weiß.« Natürlich wusste er das, dachte Pat. Sie hatten schließlich Lilien auf ihrer Hochzeit gehabt.

»Klar weißt du das«, fügte sie hinzu, und er fühlte sich gleich ein bisschen besser. Sie legte den Strauß auf einen kleinen Tisch und wendete sich ihm wieder zu.

»Wirst du mich in die Arme nehmen?«, fragte sie, und zum ersten Mal sah er die Verletzlichkeit in ihren Augen.

»Klar, wenn du magst«, erwiderte er und zog sie in seine Arme. Sie legte ihre Arme um seine Brust und drückte ihn so fest, dass er etwas nach Luft schnappte. Sie weinte nicht, aber sie hatte sowieso selten geweint, bis zu ihrer PND.

»Oh, Liebes«, sagte er. Sie roch nicht mehr wie seine Frau. Nicht unangenehm, aber anders. »Du siehst wundervoll aus«, fügte er nach einigen Minuten hinzu. Er schob sie vorsichtig von sich, um sie ganz ansehen zu können, und stellte fest, dass sie von so nah schon ein bisschen älter aussah und bleicher, aber trotzdem so viel besser, als er gefürchtet hatte, und zuerst hatte er gar keine Unterschiede feststellen können.

»Schickes T-Shirt«, kommentierte sie mit einem Grinsen.

»Danke. Du hast Pollen im Gesicht«, erwiderte er, leckte mit der Zunge seinen Daumen nass und fuhr ihr damit über die Nasenspitze.

Sie errötete, wich aus und rubbelte heftig an ihrer Nase. »Du hast sicherlich erwartet, dass ich ein totales Wrack bin, oder?«, brach es aus ihr heraus.

Er zuckte mit den Schultern, ein bisschen verlegen. »Vielleicht. Weil du mich doch nicht sehen wolltest. Deshalb dachte ich, du bist in schlimmer Verfassung.«

»Na ja, war ich auch. Es war wirklich kein Zuckerschlecken. Aber jetzt fühle ich mich erheblich besser als vor einem Jahr…«

»Wann kannst du…?« Er war drauf und dran, zu fragen

»nach Hause« und bremste sich dann, denn das ging einfach alles viel zu schnell. Er wusste ja nicht einmal, ob er sie wieder zu Hause haben wollte oder ob sie es wollte. »... raus?«, beendete er den Satz.

»Keine Ahnung«, sagte sie, und er hörte auch in ihrer Stimme die leichte Verwirrung, die ihm klarmachte, dass auch sie wusste, dass es noch viel zu besprechen gab, bevor sie an ihre Zukunft denken sollten. Es entstand ein langes Schweigen.

»Komm, setzen wir uns«, schlug er vor. Dann saßen sie beide, immer noch schweigend. »Erzähl mir was, Gill«, bat Pat und fühlte Panik in sich aufsteigen.

Gill sah zur Decke hoch und sagte vollkommen sachlich: »In meinem letzten Gutachten hieß es, dass es eine erhebliche Verbesserung gegeben habe, aber sie wollten weitere sechs Monate abwarten, um sicher zu sein, dass es nicht nur eine kurzzeitige Veränderung ist. Als ich vier Monate hier drin war, hab ich noch mal versucht, mich umzubringen. Deshalb wurde ich als Gefahr für mich selbst eingestuft. Möchtest du etwas trinken? Tee oder Cola?«

Pat fühlte sich, als habe jemand die Luft aus seinen Lungen gepresst, obwohl diese Neuigkeit keine totale Überraschung war. Er fragte sich, ob es so war, weil sie schon so lange hier drin war. Sie behielten einen nur so lange in Gewahrsam, solange man eine Gefahr für sich selbst oder andere war.

»Danke nein, außer du hast irgendwo Jack Daniels in der Nähe... Oh, Gill, es tut mir so leid. Warum hast du nichts gesagt?«

»Was denkst du wohl?« Ihre Hand berührte die Armlehne seines Stuhls, aber nicht ihn selbst, und er sah, dass sie immer noch ihren Ehering trug. Er musste schwer schlucken, der Kloß in seinem Hals war wieder da.

»Du hast sicherlich Fotos von Bonnie mitgebracht, oder?«, fragte sie plötzlich.

»Ich habe Tonnen davon auf meinem Handy und auf Video – aber ich musste alles draußen lassen, als ich herkam. Tut mir leid, ich hätte mir das denken können.« Pat zog den Schlüsselanhänger aus seiner Jackentasche und sagte sich, er solle aufhören, sich zu entschuldigen, und hielt ihn ihr hin. »Aber hier hab ich eins, es ist von ihrem Geburtstag, also nicht so richtig aktuell.«

Als er das heftige Verlangen in ihren Augen sah, fragte er sich, wie sie es achtzehn Monate lang ausgehalten hatte, ohne ein einziges Foto von Bonnie zu sehen. »Hast du denn keine Fotos gesehen?«, fragte er, da er seine Neugier nicht mehr zügeln konnte.

»Nein«, erwiderte sie kurz und starrte auf das winzige Foto von Bonnie mit kleinen seidigen Zöpfchen. Als Gill sie das letzte Mal gesehen hatte, war Bonnie noch recht kahl gewesen, sie hatte zweifellos nicht genug Haar für Zöpfchen gehabt. »Wie könnte ich?«

Er zuckte mit den Schultern. »Dachte, dass vielleicht deine Mutter welche mitgebracht hat.«

»Ich hab meine Mutter auch nicht gesehen.«

»Im Ernst?« Pat war schockiert. Er hatte selbst nichts von Gills Eltern gehört, und sogar seine wenigen E-Mails an sie wurden ignoriert. Er hatte angenommen, dass sie wahrscheinlich zu erschüttert über Gills Tat waren. Auf die Idee, dass auch ihnen keine Besuche erlaubt gewesen waren, war er nicht gekommen.

»Ich kann es kaum erklären, Pat. Aber es war besser für mich, um wieder auf die Füße zu kommen, dass ich niemanden gesehen habe. Ich hätte es nicht ertragen können.«

Sie konnte ihre Augen nicht vom Schlüsselanhänger abwenden und streichelte sanft Bonnies Plexiglasgesicht. »Mein Gott, wie hübsch sie ist.« Ihre Stimme versagte.

»Ich weiß«, sagte Pat und versuchte, gefasst zu bleiben. Gill so beinahe normal zu sehen war fast härter als das, gegen das er sich gestählt hatte, und es erinnerte ihn wie ein Messerstich daran, was sie alle während der letzten eineinhalb Jahre verloren hatten. Bonnie lebte ohne Mutter. Als er sich Gill noch als nervöses Wrack vorgestellt hatte, unfähig, ihre eigenen Zähne zu putzen, hatte er sich mit dem Gedanken getröstet, dass Bonnie eben keine funktionierende Mutter mehr hatte. Und er hatte recht gehabt damit, sie hatte erneut versucht, sich das Leben zu nehmen. Aber das war vor einem Jahr gewesen, und jetzt war er damit konfrontiert, dass Gill seitdem hier gewesen war, immer noch die Gill, die langsam wieder genas, aber doch ihm und Bonnie ihr richtiges Familienleben vorenthielt.

»Scheiße, ist das hart«, sagte er. »Sie fängt an, nach dir zu fragen, weißt du. Noch nicht richtig, so viele Wörter kann sie ja noch nicht. Aber sie fragt ›Mama?‹, alle möglichen Leute um sie herum. Selbst mich.«

Gill antwortete nicht, starrte nur auf den Schlüsselanhänger. Nach einem langen Schweigen sprach sie endlich, und Spannung vibrierte in ihrer Stimme. »Können wir über etwas anderes reden, irgendwas, was nichts mit Bonnie zu tun hat oder diesem Ort hier? Wie geht's auf der Arbeit?«

»Arbeit ist okay. Ein bisschen schwierig...« Fast hätte er gesagt »alles allein zu schaffen«, aber er konnte sich gerade noch rechtzeitig stoppen. Er wollte nicht, dass sie dachte, dass er sie runterputzen wollte.

»Irgendwelche interessanten Fälle?« Eine Sekunde lang klang sie fast wie die Gill, an die er sich erinnerte, und sein Herz machte einen nostalgischen kleinen Salto.

»Hart im Moment. Im letzten Monat wurden drei Kinder, alle unter vier Jahre alt, aus Häusern in der Teddington-Gegend entführt. Eins wurde dann auf einem Lagerplatz für Landfahrer tot aufgefunden, von den beiden anderen bisher kein Lebenszeichen. Nur ein Hinweis bisher auf eine Frau namens

Denise Breem, die in den Fall Caspar Doyle verwickelt war, der damals nichts nachzuweisen war. Aber sie scheint ein solides Alibi zu haben.«

Gill verzog das Gesicht. »Ich hab mich schon gefragt, ob du mit dem Fall was zu tun hast – ich hab was darüber gelesen. Wir dürfen manchmal Zeitungen lesen und auch überwachten Internetzugang haben, wenn wir … uns gut benehmen … Der ›Kinderfänger‹. Ich erinnere mich noch an diese Breem von dem Fall damals. Ein Händlerring, richtig? Illegaler Handel …«

»Könnte sein. Wir wissen, dass wenigstens eines der Kinder von einer Frau entführt wurde.«

Im gleichen Moment hörten sie beide draußen auf dem Korridor furchtbares Schreien und Heulen. Die Tür sprang auf, Alarm ertönte, und eine ausgezehrt aussehende junge Frau mit einem halb aufgeribbelten pinkfarbenen Strickpullover und Verbänden an beiden Handgelenken prallte vom Türrahmen ab und dann ins Zimmer, wie ein menschlicher Flipper, und zog einen langen pinkfarbenen Wollfaden hinter sich her. Sie lief direkt auf Gill zu und schrie aus voller Kehle: »DU SCHLAMPE ICH BRING DICH UM DU HAST MEINE ZIGARETTEN WIEDER GEKLAUT ICH WEISS DU WARST ES …«

Gill und Pat sprangen auf. Pat nahm die Frau in den Polizeigriff, bis zwei Sicherheitsleute hereinkamen und sie übernahmen; sie drehten ihr die Arme auf den Rücken und führten sie hinaus. Der Alarm wurde abgestellt. »Scheiße«, sagte Pat und war erschüttert. »Passiert das häufig?«

»Immer wieder mal.« Gills Stimme war ruhig. »Meistens ist sie es. Sie hasst mich. Denkt, ich klaue ihre Sachen. Stimmt natürlich nicht. Ich rauche ja nicht mal.«

Pat starrte sie an. »Es ist furchtbar hier drinnen, oder?«, fragte er tonlos.

»Ja.« Gill sah ihm nicht in die Augen, sondern auf den hässlichen Druck an der Wand hinter seinem Kopf, eine ländliche

Ansicht von Lavendelfeldern. Er hatte ihn gleich beim Eintritt gesehen und gedacht, wie unpassend ein solches Bild für Menschen sein muss, die hier eingesperrt sind. Wenn er jeden Tag so schlecht gemalte Bilder voller Lavendel sehen müsste, wo doch das Naheliegendste ein Lufterfrischer mit Lavendelduft wäre, dann würde ihn das sicher noch verrückter machen.

»Es gibt hier viele so wie sie. Sie versuchen immer wieder, sich umzubringen.«

Pat war froh, dass sie »sie« gesagt hatte und nicht »wir«.

»Wir benutzen hier drin nur Plastikbesteck. Diese verrückte Kuh hat es aber vor ein paar Wochen irgendwie geschafft, in die Küche zu kommen und ein paar Flaschen zu zerschlagen. Die Scherben hat sie überall versteckt, im Toilettenspülkasten, hinter Bildern, in ihren Schuhen, überall. Jeden Tag wird hier alles durchsucht, aber immer wieder findet sie eine neue Scherbe und zerschlitzt ihre Handgelenke damit. Sie ist dauernd im überwachten Isolierzimmer. Sie hat ihre beiden Kinder getötet, weil ihr Ex versucht hatte, das Sorgerecht zu kriegen. Dann hat sie sich selbst mit einem Gürtel aufgehängt. Sie ist erst achtundzwanzig und schon seit sechs Jahren hier drin.«

Gill setzte sich auf und sah Pat in die Augen. »Ich weiß, Kinderhandel ist der erste Gedanke in so einem Fall, aber wenn ich du wäre, würde ich nach jemandem suchen, der wie sie ist. Kürzlich entlassen worden und immer noch verrückt. Verzweifelt. Hat vielleicht auch ihre Kinder verloren. Nichts, was sie noch verlieren könnte...«

Pat starrte sie an.

Nichts, was man noch verlieren konnte...

Warum um Himmels willen hatte er nicht früher daran gedacht?

KAPITEL 22
PATRICK – TAG 4

Die Luft außerhalb der geschlossenen Abteilung war stickig, und es roch nach Teer und Schwefel, dem üblichen Geruch des Straßenbelags vor einem Gewitter. Und tatsächlich, als Patrick sein Auto erreichte, verdüsterte sich das Tageslicht, als eine Armada aus dunklen Wolken sich vor die Sonne schob und der Himmel seine Schleusen öffnete.

Er saß im Auto und beobachtete die fetten Regentropfen, die von der Windschutzscheibe abprallten, und nahm lange Züge aus seiner E-Zigarette. Doch dann blinkte die Spitze grün, um zu signalisieren, dass die Batterie leer ist, und er warf sie ärgerlich in den Fußraum des Beifahrersitzes. Jetzt würde er seine rechte Lunge für eine echte Zigarette geben.

Er hielt die Hände vor sich ausgestreckt. Sie zitterten. Während er mit Gill im Zimmer war, hatte er seine Emotionen völlig unter Verschluss gehalten. Er hatte so getan, als wären sie nicht da, hatte sie einfach ignoriert, als ob sie nur eine Meute von Unruhestiftern wären, die ihm laut schreiend Schimpfworte an den Kopf warfen. Und jetzt – ja, es fühlte sich an wie ein emotionaler Aufruhr, so viele widersprüchliche Gefühle tobten durch seinen Kopf und seinen Magen. Im Magen fühlte er sie besonders stark und merkte, dass er ihrer nicht Herr werden konnte. Er wusste einfach nicht, wie er sich fühlte. Auf der einen Seite erleichtert, dass sie wieder stabil zu sein schien. Dann traurig, als sie nach Bonnie gefragt hatte. Und alles, was er ihr nur zeigen konnte, war der dämliche Schlüsselring-Bildanhänger. Was noch? Die meiste Zeit hatte er sich unbehaglich und angespannt gefühlt. Noch vor nicht allzu langer Zeit war Gill der Mensch auf Erden gewesen, mit dem er sich am wohlsten fühlte. Heute – und das sollte ihn eigentlich nicht überraschen – war es einfach so gewesen, als ob er mit einer Exfreundin sprach.

Er hatte sich so oft gefragt, ob ihre Ehe, ihre Beziehung, jemals wieder geheilt werden konnte nach dem, was passiert war. Und jetzt, nachdem er sie getroffen hatte, war die Prognose immer noch genauso unsicher wie gestern oder vor einer Woche. Und das Seltsame war, dass er noch nicht einmal wusste, ob er wollte, dass sie wieder zusammenkamen. Natürlich wollte er, dass es ihr gut ging. Er wollte, dass Bonnie eine Mutter hatte. Aber konnte er sie sich wieder vereint vorstellen, als Ehepaar? Vielleicht. Aber nur vielleicht.

Er startete den Motor und beobachtete, wie die Scheibenwischer gegen die Regentropfen ankämpften. Er drückte PLAY auf dem CD-Player, und *The Same Deep Water as You* von The Cure erklang, ein Song, der ihn immer beruhigte. Er lächelte und fuhr sich mit der Hand durchs Haar. *Wahrscheinlich sollte ich mal einen Therapeuten aufsuchen,* dachte er bei sich. *Mal meine Gefühle ausführlich besprechen. Und andere Musik hören als nur The Cure.* Er biss die Zähne zusammen. Einen Therapeuten? Eher einen Psychiater. Und während der Regen etwas nachließ und zu einem rhythmischen Trommeln auf der Scheibe wurde, erinnerte er sich, was Gill gesagt hatte. In den letzten Monaten hatte er tausend imaginäre Gespräche mit ihr geführt, aber dass sie bei ihrer ersten Begegnung über einen seiner Fälle sprechen würden, hätte er sich nicht träumen lassen. Und was sie dann gesagt hatte, war wie ein Aufbrechen der Wolkendecke gewesen. Das war immer ihre Stärke gewesen, einen Lichtstrahl durch den Nebel hindurchzuschicken, wie ein Leuchtturm. Und während der Regen weiter nachließ und er den Wagen rückwärts aus der Parklücke steuerte, wurde ihm deutlich, wie heftig er ihre Abwesenheit in seinem Leben gespürt hatte. Und wie sehr er sie vermisst hatte.

***

»Wonach suchen Sie, Sir?«

Carmella zog einen Stuhl an seinen Schreibtisch heran, während Patrick auf der Tastatur tippte.

Er konzentrierte sich auf den Bildschirm. »Ich suche nach Frauen, die in geschlossene Abteilungen eingewiesen wurden, weil sie Kinder verletzt oder entführt hatten.«

Er spürte Carmellas Blick mehr, als er ihn sah, und wusste genau, was sie jetzt dachte. *Solche Frauen wie deine.* Und vielleicht würde sie auch denken, warum er darüber nicht schon eher nachgedacht hatte. Aber sie hatten zuvor einfach nicht gewusst, dass die Person, die Liam entführt hatte – und wahrscheinlich auch Frankie und Isabel –, weiblich war. Und als Bowie ihnen diese explosive Information gegeben hatte, hatten sie sich auf Denise konzentriert, was sich leider als Sackgasse erwies.

Als Patrick entsprechende Suchbegriffe in die Holmes-Datenbank eingab, spürte er jemanden hinter sich und hörte eine unliebsame Stimme.

»Erzählen Sie mir jetzt nicht«, sagte Winkler, »dass Sie dabei sind, den Fall zu knacken.«

»Verpissen Sie sich, Adrian«, sagte Patrick, ohne sich umzudrehen.

»Oh, da ist jemand gereizt. Sind wir schlecht drauf heute?«

Patrick ergriff die Armlehnen und zählte ganz ruhig bis fünf.

»Ich will dann mal nicht weiter stören«, sagte Winkler. »Ich will ja keinesfalls die Supergehirne der Met bei der Arbeit stören. Außerdem habe ich echte Ermittlungsarbeit zu erledigen.«

Nachdem er fort war, schüttelte Patrick den Kopf. »Es geht nicht nur mir so, oder, Carmella?«

»Nein, Sir. Nicht nur Ihnen. Der Mann ist ein Idiot höchsten Ranges.« Sie krümmte ihren kleinen Finger. »Ich habe gehört, dass Winklerchen besser zu ihm passen soll als Winkler.«

Patrick musste grinsen. »Wer hat Ihnen denn das erzählt?«

»Kann ich nicht sagen, das wäre petzen. Er hat es mal bei mir probiert, als ich hier angefangen habe. Er schien davon überzeugt, dass er mich umpolen könne.«

Patrick lachte und scrollte den Bildschirm herunter. »Arroganter Bastard ... okay – lassen Sie uns weitermachen. Ich will ihm kein bisschen Vorsprung geben.«

Nach einer Stunde lehnte er sich zurück, Winkler war vergessen. »Okay, diese beiden hier erscheinen mir sehr vielversprechend.«

Sie hatten zwei Frauen identifiziert. Die erste hieß Sharon Fredericks, eine zweiundvierzigjährige Einwohnerin von Richmond. Vor neun Jahren hatte sie versucht, einen männlichen Säugling aus dem Krankenhaus zu entführen, hatte es aber nur bis zum Ausgang geschafft, bevor man sie stellte. Daraufhin zog sie ein Messer und drohte, sowohl sich als auch den Jungen umzubringen. Ein Pförtner des Krankenhauses hatte sie schließlich überwältigt, wobei er sich Stichverletzungen zuzog, aber es war ihnen gelungen, das Baby zu befreien, ohne dass es verletzt wurde. Beim Prozess hatte der Richter angeordnet, dass Fredericks – die, wie sich herausstellte, zwei Säuglinge in zwei Jahren durch den plötzlichen Kindstod verloren hatte – in die geschlossene Abteilung einzuweisen sei. In dieselbe wie später Gill. Vor achtzehn Monaten war sie entlassen worden. Das Foto in der Akte zeigte eine blasse, gebeugte Frau mit gekräuseltem Haar, die durchaus der Frau ähnelte, die Bowie beschrieben hatte.

Auch die andere Frau sah ähnlich aus. Sie hieß Andrea Hertz, wohnte in Teddington, und wie alle Frauen aus dieser Gegend, die man eingewiesen hatte, war auch sie in derselben Abteilung wie Gill. Hertz hatte ihre eigenen Kinder gekidnappt, nachdem das Sorgerecht ihrem Exmann übertragen worden war, der das Gericht davon überzeugen konnte, dass Hertz nicht nur Alkoholikerin war, sondern auch zur Kindererziehung völlig ungeeignet. Sie hatte sich mit den Kindern im Auto eingeschlossen, einen Schlauch mit dem Auspuff verbunden, ihn von außen durchs Fenster gesteckt und dann den Motor angestellt. Ihr Ex hatte sie aber gefunden und ein Fenster mit einem Stein eingeworfen. Andrea Hertz atmete noch, aber ihre zwei Kinder, ein Junge und ein Mädchen, drei und fünf Jahre alt, waren beide tot. Das hatte sich vor zwölf Jahren ereignet. Hertz war vergangenes Jahr entlassen worden.

»Herzzerreißend«, kommentierte Carmella.

Patrick versuchte, sich das Bild der Kinderleichen im Auto nicht vorzustellen. Er sagte: »Okay, Hertz wohnt in der Nähe – lassen Sie uns zuerst mit ihr sprechen, dann Fredericks.«

***

Nachdem sie zwei Minuten mit Andrea Hertz gesprochen hatten, war Patrick klar, dass sie nicht die Frau war, die sie suchten. Nervös hatte sie sie in ihre kleine Wohnung hereingebeten und ihnen eine Tasse Tee angeboten. Patrick wollte nicht, dass sie den wahren Grund ihres Besuchs erfuhr – so, wie die Dinge standen, wollte er sie zu diesem Zeitpunkt lediglich etwas aushorchen –, deshalb sagte er, dass ihnen Berichte über Teenager vorlagen, die in der Gegend für Ärger und Unruhe sorgten, und er wolle wissen, ob sie von diesen Problemen auch betroffen sei. Als sie stotternd antwortete, fielen seine Augen auf ein gerahmtes Foto von zwei Kindern auf der Anrichte, einem Mädchen mit Zahnlücke und einem frech grinsenden Jungen.

Andrea Hertz war wie eine wandelnde Leiche, ihr Geist war so ausgemergelt wie ihr Körper. Ihr Haar war schlohweiß; sie wirkte zwanzig Jahre älter, als sie wirklich war. Nichts an ihr ähnelte Bowies Beschreibung. Carmella fragte, ob sie die Toilette benutzen dürfe, während Patrick sich mit ihr weiter unterhielt, damit sie sich ein bisschen umschauen konnte. Als sie zurückkam, schüttelte sie unmerklich den Kopf, und sie verabschiedeten sich.

»Diese arme, arme Frau«, sagte Carmella, während sie in den Wagen einstiegen.

»Ihre armen Kinder.«

Auf dem Weg zur Adresse von Sharon Fredericks, einem kleinen Reihenhaus in einer Vorortsiedlung am Rand von Richmond, sprachen sie nicht weiter darüber. Die Sonne schien wieder, die Luft war klar und frisch nach dem Gewitter. Während sie vor dem Haus standen und darauf warteten, dass jemand die Tür öffnete, fühlte Patrick ein Prickeln in den Adern. Jetzt waren sie auf der richtigen Spur. Er war sich sicher.

Aber niemand öffnete.

Er drückte die Klingel noch einmal und wartete. Nichts.

»Warten Sie hier«, sagte er und drückte das Seitentor auf, das zum Garten hinterm Haus führte. Das Gras stand hoch, Gänseblümchen und Unkraut erstickten den Garten. Die Vorhänge an den hinteren Fenstern waren zugezogen, aber durch ein Seitenfenster konnte er in den Flur sehen. Jede Menge Reklame lag bergeweise hinter der Haustür.

Er ging zurück zur Eingangstür. »Sieht so aus, als ob sie seit geraumer Zeit nicht mehr hier gewesen ist.« Er sah auf die Uhr. Fünf Uhr. Er fühlte sich hin und her gerissen: Er war sich sicher, dass das hier wichtig war, aber er wollte auch unbedingt Bonnie sehen, besonders nach all dem, was heute passiert war.

Als ob sie seine Gedanken lesen könnte, sagte Carmella: »Warum fahren Sie nicht zurück zum Revier und versuchen die neue Adresse der Fredericks herauszukriegen. Und dann fahren Sie nach Hause und sehen Bonnie, noch bevor sie zu Bett geht.«

»Ich weiß nicht...«

»Machen Sie schon. Wir müssen nicht beide nach einer Adresse suchen.«

»Habe ich Ihnen schon mal gesagt, was für eine großartige Partnerin Sie sind?«

»Ich glaube nicht, nein.«

»Hätte ich schon längst mal tun sollen. Ich fahre zu Bonnie und treffe Sie dann auf dem Revier. Falls Sie nicht nach Hause fahren wollen.«

Carmella legte eine Hand auf seinen Arm. »Bis später.«

Patrick überließ Carmella den Wagen und rief sich selbst ein Taxi. Während er wartete, holte er den Ausdruck mit Fredericks persönlichen Angaben aus seiner Innentasche und überflog sie. Der Name ihrer Psychiaterin lautete Dr. Catherine Hudson.

Patrick rief die geschlossene Abteilung an und bat, mit Dr. Hudson verbunden zu werden, aber ihm wurde mitgeteilt, dass sie bereits nach Hause gefahren sei.

»Es ist äußerst dringend«, sagte er. »Können Sie mir ihre Telefonnummer geben?«

Nach einigen Minuten Diskussion über Datenschutz willigte die Dame an der Anmeldung schließlich ein, Patricks Nummer an Dr. Hudson weiterzugeben mit der Bitte um Rückruf. Er hatte keine andere Wahl.

Zehn Minuten später klingelte sein Handy. Endlich jemand, der die polizeilichen Ermittlungen nicht behinderte. Dr. Hudson erklärte ihm, dass sie zu Hause sei und gern mit ihm sprechen würde.

Ihr Haus lag nur fünf Autominuten entfernt, nicht weit von

Helens und Seans Haus. Noch ein Einfamilienhaus mit einem irrwitzigen Preisschild. Es war nicht das erste Mal, während er darauf wartete, dass die Tür geöffnet wurde, dass Patrick sich murrend sagte, er habe wohl den falschen Beruf.

Zwei Minuten später saß er in Dr. Hudsons Büro, umgeben von Papierstapeln und Hunderten akademischer Bücher mit Titeln, die ihm Kopfschmerzen verursachten. Dr. Hudson war eine gut aussehende schwarze Frau Ende vierzig, mit glatter Haut und einem amüsierten Blick in den Augen.

»Danke, dass Sie mich empfangen«, sagte er.

Er fragte sich, ob ihr die Verbindung zwischen ihnen bewusst war. In der Geschlossenen gab es eine Menge Ärzte, und Dr. Hudson behandelte Gill wahrscheinlich gar nicht selbst, obwohl es gut möglich war, dass sie Gill begegnet war oder sie zumindest kannte. Er beschloss, dieses Thema nicht zur Sprache zu bringen.

Er erklärte, dass er versuche, Sharon Fredericks zu finden.

»Ich weiß, dass es Vorschriften gibt und dass Sie wahrscheinlich das Patientengeheimnis anführen werden, aber ich will offen zu Ihnen sein. Ich ermittle im sogenannten Kinderfänger-Fall...«

Dr. Hudsons Augen weiteten sich.

»... und es ist sehr dringend. Ich muss Ms Fredericks umgehend finden, damit wir sie hoffentlich bald von der Liste der Verdächtigen streichen können.«

Catherine Hudson saß auf der Tischkante und strich sich in Gedanken versunken mit dem Zeigefinger über ihr Kinn.

»Hm, ja, es gibt natürlich das Patientengeheimnis, aber ich könnte Ihnen so oder so nicht mit ihrem Aufenthaltsort dienen. Ich hab sie an einen Kollegen überwiesen, kurz nachdem sie entlassen worden war. Jemand, von dem ich glaubte, dass er mehr für sie tun könnte.«

»Können Sie mir seinen Namen geben?«

Sie schüttelte den Kopf und sagte: »Hm.«

»Kommen Sie, Dr. Hudson ... bitte?«

Ohne zu antworten, ging Dr. Hudson hinüber zu ihrem riesigen Bücherregal und ließ ihren Blick über die einzelnen Regalfächer schweifen. »Uh-huh«, sagte sie, nahm ein dickes Buch mit weißem Rücken heraus und legte es auf den Schreibtisch.

»Es tut mir leid, Detective, aber ich kann Ihnen nichts weiter sagen.« Sie schaute mit einem Zwinkern hinunter auf das Buch, und Patrick lächelte, als er es in die Hand nahm.

»Ich kenne dieses Buch«, sagte er. Der Titel lautete *Der Knackpunkt* von Dr. Samuel Koppler. Er hatte eine Ausgabe davon unterm Bett im Haus seiner Eltern.

»Ach wirklich? Gibt man Ihnen diese Art von Literatur zum Lesen, wenn Sie bei der Polizei anfangen?«

»Nicht unbedingt.«

Sie schaute ihn neugierig an. »Nun, ich bin mir sicher, dass Sie, wenn das nicht schon vorher der Fall gewesen sein sollte, es jetzt sehr nützlich finden werden.«

***

Patrick musste lachen, als er Dr. Hudsons Haus verließ. Ihm gefiel die raffinierte Art, wie sie ihm mitgeteilt hatte, an wen sie Fredericks überwiesen hatte. Er hatte Hudson gefragt, ob er sich das Buch ausleihen könne, obwohl er eine Ausgabe davon zu Hause hatte. Er dachte, dass es nützlich sein könnte, um das Eis zu brechen. Nach seiner Erfahrung waren Menschen, die ihre Ansichten für wichtig genug hielten, ein Buch damit zu füllen, für Schmeicheleien leicht zugänglich.

Samuel Kopplers Büro befand sich in einem umgebauten großen Stadthaus. Patrick drückte auf die Klingel und wartete. Er fragte sich, ob der Doktor auch schon Feierabend gemacht hatte. Aber als er gerade aufgeben wollte, öffnete sich die Tür, und eine Frau mittleren Alters kam heraus. Patrick fing die Tür auf, ging hinein und nahm die Treppen bis in die zweite Etage.

Er fand die Außentür zu Kopplers Praxis offen und ging hinein. Hinter dem Empfangstresen war niemand, aber er hörte klassische Musik hinter der Tür, die, wie er vermutete, zum Sprechzimmer des Psychiaters führte.

Er klopfte, und die Tür wurde sofort geöffnet.

»Ja?«

»Dr. Samuel Koppler?« Patrick hielt ihm seinen Ausweis hin und stellte sich vor. »Ich habe gehofft, mit Ihnen über einen früheren Patienten sprechen zu können.«

Koppler wandte sich ihm zu, um ihn näher zu betrachten. Der Psychiater war Anfang fünfzig, mit einer fast vollständigen Glatze und riesig: etwa eins neunzig groß, und einem leichten Buckel. Er runzelte die Stirn und wiegte seinen Kopf von einer Seite zur anderen, bevor er schließlich antwortete: »Kommen Sie rein. Eigentlich wollte ich gerade gehen.«

»Verstehe. Es dauert nicht lange.«

Das Büro ähnelte dem von Catherine Hudson: dunkles Holz, ein paar bequeme Stühle, Zertifikate an den Wänden. Auf dem Schreibtisch befand sich ein Computer, daneben ein riesiger Stapel Papiere, die von einem klobigen Briefbeschwerer niedergehalten wurden. In der Luft hing ein unverwechselbarer Geruch, stechend und rauchig beißend zugleich, als hätte Koppler etwas verbrannt.

Koppler war das Buch aufgefallen, das Patrick bei sich trug, und Patrick folgte seinem Blick zu den großen Buchstaben auf dem Cover.

»Als Erstes wollte ich Ihnen sagen, Dr. Koppler, dass ich *Den Knackpunkt* gelesen habe und dass es für mich eine sehr aufschlussreiche Lektüre war.«

Der Psychiater zog die Augenbrauen hoch, als ob er es

erstaunlich finde, dass Polizisten lesen können. Das Stirnrunzeln behielt er bei, aber er war sichtlich geschmeichelt.

»Danke, äh ... Detective ...«

»Patrick Lennon.«

Patrick hatte das Gefühl, dass Koppler sich vielleicht fragte, ob er ihn um ein Autogramm bitten würde, entschied aber, dass das dann doch etwas zu dick aufgetragen wäre.

»Jedenfalls diese Patientin«, sagte Patrick. »Ihr Name ist Sharon Fredericks.«

Koppler drückte einen langen Finger auf den *Aus*-Knopf auf seinem iPod-Dock.

»Zweifellos haben Sie schon von der ärztlichen Schweigepflicht gehört.«

»Ja, natürlich. Ich bitte Sie nicht darum, irgendwelche heiklen Dinge zu enthüllen.« Aber was er wirklich Koppler fragen wollte, war, ob er glaube, dass Fredericks fähig sei, ein Kind zu entführen. »Hatten Sie mit Sharon Fredericks kürzlich Kontakt?«

Der Psychiater nahm den Briefbeschwerer in die Hand, wog ihn und legte ihn dann zurück auf den Papierstapel.

»Können wir das Morgen besprechen?«, fragte er. »Ich habe Theaterkarten, und ich muss jetzt wirklich los.«

Patrick legte sein charmantestes Lächeln auf. »Es ist sehr wichtig, Doktor.«

Falten der Verärgerung erschienen auf Kopplers Gesicht. »Es tut mir leid, aber was auch immer es ist, was Sie wissen wollen, ich kann Ihnen nicht helfen.« Er schaute auf seine Uhr, drehte sich um und stopfte Papiere in seine Tasche.

»Wir glauben, dass sie in Gefahr schwebt«, sagte Patrick in der Hoffnung, damit eine Reaktion zu bewirken.

Koppler grunzte.

Es war frustrierend. »Dr. Koppler, haben Sie eine Adresse von ihr?«

Diesmal schnaubte der Doktor hörbar. »Ich habe es Ihnen bereits gesagt, ich kann Ihnen keine vertraulichen Informationen geben.«

Patrick beschloss, gleichzeitig an das Gute in ihm als auch an seine niederen Instinkte zu appellieren. Nach seiner Erfahrung lieben die meisten Menschen die Vorstellung, auf irgendeine Art und Weise an der Aufklärung eines hochkarätigen Verbrechens beteiligt zu sein. Morde und Kindesentführungen sind aufregend – er stellte sich vor, wie Koppler seine Frau im Theater trifft und zu ihr sagt: »Du errätst nie, was mir passiert ist, als ich gerade die Praxis verlassen wollte ...«

»Was ich jetzt sage, ist vertraulich, Sir. Aber Sie haben doch sicher von den Entführungen durch den Kinderfänger gehört.«

Koppler drehte sich schließlich wieder um und schaute Patrick an. »Sie glauben, Sharon – Miss Fredericks – hat etwas damit zu tun? Lächerlich.«

»Sie hat immerhin schon einmal versucht, ein Kind zu entführen.«

Koppler schüttelte vehement den Kopf. »Nein. Nicht Sharon.«

Patrick wartete ein paar Sekunden. »Sharon? Standen Sie beide sich näher?«

Der Psychiater war jetzt sehr nervös. Interessant.

Koppler erhob sich. »Ich muss jetzt wirklich gehen.«

Er kam hinter dem Schreibtisch hervor und wollte Patrick zur Tür drängen. Aber Patrick blieb unbeweglich stehen. »Hören Sie, Dr. Koppler, was macht Sie so sicher, dass Sharon Fredericks es nicht wieder tun würde?«

Koppler war inzwischen rot angelaufen, und Schweißflecken breiteten sich unter seinen Achseln aus. *Sehr interessant.*

»Alles, was Sie mir über Sharon sagen können ...«

Koppler bewegte seine Hände nach vorn, als wollte er

etwas verscheuchen. »Bitte, ich muss Sie auffordern zu gehen. Ich muss jetzt los.«

»Wann haben Sie Sharon Fredericks das letzte Mal gesehen?«

Koppler zog die Tür auf und wartete. Patrick hielt inne. Er konnte in diesem Moment nicht viel tun, ohne den Psychiater zu verhaften. Aber dafür hatte er keine Gründe. Er würde jetzt wohl notgedrungen gehen müssen und darüber nachdenken, was er tun könnte.

Als er vor dem Sprechzimmer stand, drehte er sich noch einmal um. »Ich möchte mit Ihnen...«

Koppler schlug ihm die Tür vor der Nase zu.

Patrick zählte in seinem Kopf bis fünf, dann joggte er die Treppen hinunter. *Wir werden uns wiedersehen, Dr. Koppler,* dachte er. Er war gerade im Begriff, auf die Straße zu treten, begierig darauf, schnell nach Hause zu kommen, um Bonnie zu sehen, als er sich erinnerte, woher er den seltsamen Geruch in Kopplers Büro kannte.

Es war derselbe Geruch, der an Isabels Kleidung gehaftet hatte.

Er machte kehrt und raste die Treppen wieder hinauf, entschlossen, dem Psychiater ein paar weitere bohrende Fragen zu stellen. Er wusste, dass er Unterstützung anfordern sollte, aber er wollte unbedingt jetzt mit Dr. Koppler reden und noch einmal diesen Geruch riechen, einfach um sicherzugehen.

Er kam oben am Treppenabsatz an und klopfte an die Praxistür.

»Wer ist da?«

»DI Lennon. Bitte öffnen Sie die Tür, Sir.«

Die Tür schwang auf, und Kopplers Gestalt füllte den Türrahmen. Der rauchig beißende Geruch war jetzt sogar noch stärker. Patrick wollte gerade etwas sagen, als er bemerkte, dass Koppler einen Arm ausgestreckt über dem Kopf hielt. In seiner

Hand glitzerte ein Gegenstand. Es war der Briefbeschwerer vom Schreibtisch. Bevor er seinen Arm hochreißen konnte, um sich zu schützen, wurde alles weiß, als der Schmerz in seinem Kopf explodierte – und dann schwarz.

KAPITEL 23
PATRICK – TAG 4

Patrick wollte die Augen nicht öffnen. Die schreienden Schmerzen in seinem Kopf zusammen mit dem Geschmack auf seiner Zunge – einer Mischung aus Sand und Metallspänen – deuteten an, dass er gestern Abend mindestens einen Snakebite-And-Blacks zu viel getrunken hatte. Er erinnerte sich, auf der kleinen Tanzfläche in The Crypt zu *Nine Inch Nails* getanzt zu haben, Schlamm troff von der Decke auf sein zurückgekämmtes Haar, die Hitze im Raum ließ ihn schwitzen und das weiße Make-up von seinem Gesicht rinnen, und er hatte dieses Mädchen getroffen, Lucretia, was ganz sicher nicht ihr richtiger Name war, mit schwarzem Haar und einer weißen Strähne. Trotz seiner pochenden Kopfschmerzen versuchte er, sich zu erinnern, wie sie ausgesehen hatte. Er schaffte es nicht. Aber er wusste noch, dass er sie in einem Taxi zur Wohnung ihrer Freundin zurückgebracht und es ihn viel Zeit gekostet hatte, ihre riesigen Stiefel aufzuschnüren und seine eigenen pechschwarzen Röhrenjeans abzustreifen, bevor sie enttäuschenden Sex auf dem Sofa hatten.

Sein Piercing hatte sie etwas erschreckt, aber trotzdem hatte sie ein Foto davon machen wollen. Schlief sie noch? Konnte er sich anziehen, den Film aus der Kamera klauen und verschwinden, bevor sie wach wurde?

Er öffnete die Augen und erschrak. Er war nicht in einem möblierten Zimmer, und es war auch nicht 1999. Es war fünfzehn Jahre später, er hatte seit Jahren nicht mehr *Nine Inch Nails* gehört, und er lag auf dem Boden eines Büros.

Er setzte sich auf, hielt sich den Kopf, als der Schmerz darin noch mal voll aufflammte. Er tastete seinen Schädel ab – eine Beule von der Größe einer Babyfaust war auf seiner Stirn entstanden. Und dann, mit einem Mal, fiel ihm alles wieder ein. Dr. Koppler. Der Briefbeschwerer. Sharon Fredericks. Er sah auf die Uhr. Er war dreißig Minuten weg gewesen. Gar nicht gut.

Er fand sein Handy in der Innentasche. Carmella meldete sich beim dritten Klingeln.

»Carmella, ich brauche sofort einen Wagen, der mich abholt. Und geben Sie mir den DCI. Wir brauchen eine Menge Verstärkung, einen Generator, die Sondereinsatztruppe mit allem Drum und Dran, okay?«

»Ich kümmere mich drum, Boss.«

***

»Haben Sie an die Schmerztabletten gedacht?«, waren Patricks erste Worte, als Carmella fünfzehn Minuten später ankam. Sie hatte sich bereit erklärt, ihn abzuholen. Sie gab ihm die Packung Ibuprofen und eine Flasche Wasser. Er nahm drei, dachte kurz nach und warf noch eine vierte ein.

»Ich sollte Sie ins Krankenhaus bringen, zur Untersuchung.«

»Nicht nötig, machen Sie jetzt keinen Aufstand.«

»Ich mach keinen Aufstand, ich will nur nicht, dass Sie mir ohnmächtig werden. Ich bin eine schlechte Krankenschwester.«

Er nahm einen Schluck Wasser und verzog das Gesicht wegen des Schädelbrummens. »Haben Sie Kopplers Privatadresse?«

»Klar. Der Generator sollte auch schon da sein. Er wohnt nur zwei Kilometer von hier, in der Parsons Road.«

Auf der Hinfahrt tauschten Patrick und Carmella die neuesten Entwicklungen aus und was im Büro passiert war. »Ich hab da eine Idee. Koppler scheint sich mit der Fredericks angefreundet zu haben, als er sie behandelt hat. Etwas Romantisches, fürchte ich. Vielleicht leben sie zusammen. Und irgendwann wollten sie unbedingt ein Kind, aber... rate ich jetzt mal... es klappte nicht. Aufgrund ihrer Vergangenheit kam sie auch für eine Adoption nicht infrage, deshalb...«

Sein Handy klingelte. Es war DS Mike Staunton. »Sir, ich bin bei den Hollisters. Ich hab Bowie das Foto von Sharon Fredericks gezeigt, und er sagte, er sei ziemlich sicher, dass das die Frau war, die Liam aus dem Auto geholt hat.«

»Gute Arbeit, Mike!«

»Noch was, Sir. Wir haben das Foto auch Liams Eltern gezeigt. Mrs McConnell hat Sharon auch erkannt. Sharon hat wohl als Bedienung im Viva Pizza in Teddington gearbeitet. Sie sind da jeden Freitag mit den Kindern hingegangen. Und... dann hab ich noch bei den Hartleys angefragt, und auch die sind häufig in diese Pizzeria gegangen. Die Philips hab ich noch nicht befragt...«

Patrick beendete den Anruf. Viva Pizza war bisher nicht auf ihrer Liste gewesen, aber er hatte recht gehabt. Ein Ort, der eine Verbindung zwischen den Kindern herstellte. Deshalb hatte Liam nicht protestiert, als Sharon ihn aus dem Auto geholt hatte. Er hatte wohl gedacht, dass sie ihn gleich füttern würde. Viva Pizza lag in der Nähe, war billig und kinderfreundlich, die Sorte Lokal, die kein Führungszeugnis von ihren Mitarbeitern forderte, von denen die meisten wahrscheinlich schwarz arbeiteten und bar auf die Hand bezahlt wurden.

»Wir sind dicht dran«, sagte er zu Carmella.

»Ja, es ist gleich um die Ecke.«

Er grinste. Es war zu früh, als dass die Schmerztabletten schon wirkten, aber das Adrenalin half auch recht gut. »Nein, ich meine, wir haben es fast. Hoffentlich haben Koppler und Fredericks nicht noch mehr Dummheiten begangen.«

***

Parsons Road war auf beiden Enden abgesperrt worden, und der Spezial-Lkw mit Auflieger für Unterhändler bei Geiselnahmen war schon vor Ort, inoffiziell bekannt als DB1. Der Name entstand, als der Leiter des Verhandlungsteams ihn beim ersten Einsatz so ankündigte: »Das ist ›Das Beste‹, die Nr. 1 ...«, und schon hatte es seinen Namen weg: DB1.

Eine Menge Schaulustiger drängte sich in drei Reihen hinter den Barrieren. Als Carmella den Wagen durch die Menge lenkte, sahen sie die DPA-Pressesprecherin, eine schlanke Frau, deren Namen Patrick immer wieder vergaß, die hektisch in ihr Diktafon schrie. Er war jedoch erleichtert, festzustellen, dass noch nicht zu viele Journalisten hier waren. Wichtige Vorkommnisse erschienen oft schon auf Twitter, bevor die Polizei überhaupt davon erfuhr, und wenn die Polizisten die Straße absperrten, würde es schon im gleichen Moment über alle Netzwerke gelaufen sein. Erfahrene Schreiberlinge wussten es aber eigentlich besser, als immer und überall mit ihren Kameras und Mikrofonen herumzulaufen. Sie wussten, wenn sie im Weg standen, dann würden sie beim nächsten Mal, wenn etwas passierte, nicht mal einen Blick darauf bekommen. Das größte Risiko dafür, dass etwas an die Presse durchsickerte, war eigentlich irgendein CSO, ein Kontaktbereichsbeamter am Rand des Geschehens, der seine Meinung frei zum Besten gab, jedem gegenüber, der sie hören wollte. Das trieb Patrick in den Wahnsinn.

Er sah auf die Absperrung, aber die beiden Kollegen dort standen passiv mit vor der Brust gekreuzten Armen und hielten die Menge auf Abstand.

Sie fuhren bis zum DB1 und einem weißen Lieferwagen vor Kopplers Haus. Patrick wusste, dass hier drinnen die PSU-Teams zur psychosozialen Unterstützung saßen, die am Tatort nicht sofort sichtbar waren: ein Inspector, drei Sergeants und einundzwanzig Constables, alle mit vielfältigen Erfahrungen im Beschatten, bei Geiselsituationen und von der Bereitschaftspolizei. Ein gutes, solides Team.

Hinter dem Lieferwagen stand Suzanne und sprach mit zwei Männern. Einem Schwarzen, mit einem dünnen Oberlippenbärtchen, und einem dicklichen Weißen, den Patrick schon einmal gesehen hatte. Als er zusammen mit Carmella zu ihr hinüberging, sah er zu Kopplers Haus. Die Vorhänge waren zugezogen, und es gab keine Lebenszeichen.

»Das ist Sergeant Luke Hardy«, sagte Suzanne und stellte den ersten Mann vor. »Er leitet die bewaffnete Eingreiftruppe. Und das hier ist Sergeant Tony Fraser, unser Unterhändler.«

Deshalb kam ihm der Dicke bekannt vor. Fraser war im letzten Jahr für ein paar Tage recht bekannt geworden, als er erfolgreich mit einem Mann verhandelte, der seine getrennt lebende Frau und drei Kinder als Geiseln genommen hatte. Der Mann hatte, wie erst später bekannt wurde, für zwei Schachteln Zigaretten eine Kindergeisel freigelassen, bevor er dann ganz und gar aufgab.

***

Der Job des Unterhändlers bestand hauptsächlich darin, Koppler am Reden zu halten und ihn so abzulenken, dass der Rest des Teams Pläne machen konnte, die Geiseln zu befreien.

»Haben sie schon mit ihm gesprochen?«, fragte Patrick.

Fraser nickte. »Er verlangt freien Abzug für sich und seine Familie, wie er sie nennt.«

»Oder?«

»Seine exakten Worte waren: ›Wenn wir nicht als Familie zusammenleben dürfen, dann werden wir als Familie sterben. Ich bin bewaffnet, und ich werde es tun!‹«

»Mist.« Er sah zurück zum Haus, und im gleichen Moment fiel ein Vorhang in einem der Schlafzimmerfenster im ersten Stock von Nr. 20. Er vermutete Koppler, war sich aber nicht sicher. Das Haus war aus roten Ziegeln erbaut, hübsch, der Garten gut gepflegt, eine Drossel hüpfte auf dem Rasen umher. Die Sonne schien. Er sah die Schlagzeilen schon vor sich, wenn das hier schiefgehen würde: *Horror in der Vorstadt.*

»Es wird nicht schiefgehen«, sagte er leise vor sich hin.

»Momentan weigert sich Koppler, zu reden. Er geht auch nicht ans Telefon.« Fraser schwieg. »Wir hören beide Telefone ab, seins und das von Fredericks …«

»Sind Sie sicher, dass sie da drin ist?«, fragte Patrick und überging die Illegalität dessen, über das Fraser gerade berichtet hatte. Es war vollkommen illegal, ohne die schriftliche Genehmigung des Innenministers Telefone abzuhören, wie Fraser sicher wusste. Aber hier ging es um Leben und Tod, und es war einfach nicht genug Zeit gewesen.

»Ja, Koppler nannte ihren Namen, als ich das erste Mal mit ihm sprach. Aber sie haben sich ruhig verhalten. Keine Gespräche, weder auf Handy noch Festnetz, auch keine SMS. Entschuldigen Sie mich, aber ich versuch's noch mal und hoffe, dass einer von ihnen antwortet.«

Suzanne sagte: »Okay, Einsatzbesprechung.«

Sie sah müde aus, dachte Patrick. Und angespannt. Sie hatte die Einsatzleitung, und Patrick wusste, dass sie in Dauerkontakt stand mit dem ACPO, der polizeilichen Koordinationsstelle bei Terroranschlägen und Geiselnahmen im Verband der Führungsebene der Polizeien England, Wales und Nordirland. Wenn das hier den Bach hinunterging, also wenn Koppler seine Drohungen wahr machte, würde sie unter

Beschuss geraten. Deshalb war er sogar noch motivierter, diese Kinder hier sicher herauszukriegen.

Suzanne schob sie alle vor sich her zum DBI, wo sie ungestört wären. Sie sprach sie alle an, Patrick, Carmella, Mike, Sergeant Hardy und PCs von den PSU, während Fraser noch das Handy am Ohr kleben hatte und ein Stück weiter entfernt stand. Mit einem Finger drückte er das andere Ohr zu, um ungestörter zu sein.

»Ich brauche das wohl nicht extra zu betonen«, sagte sie, »aber unsere Priorität ist es, die Kinder sicher da rauszuholen. Zweitens, wir brauchen auch Koppler und Fredericks lebendig. Wir wissen nicht, ob Koppler seine Drohung wahrmachen würde oder ob er überhaupt eine Waffe hat. Aber wir wissen durch den Mord an Isabel, dass sie imstande sind, zu töten.«

»Außerdem hat sie doch auch versucht, ein Baby aus dem Krankenhaus zu entführen, oder?«, sagte Mike und bezog sich auf die Tat, wegen der Sharon im Gefängnis gewesen war. »Sie ist verrückt.«

Suzanne warf ihm daraufhin einen versteinernden Blick zu. »Das hilft uns jetzt nicht weiter, Sergeant. Außer, dass wir schon wissen, dass sie auch in der Vergangenheit instabil gewesen ist. Und Koppler hat einen unserer eigenen Officers heute Nachmittag angegriffen.« Sie rieb sich mit der Hand über die Stirn und schickte Patrick einen mitfühlenden Blick zu. Sein Schädel schmerzte immer noch heftig.

»Sergeant Hardy, können Sie uns hinsichtlich der Lage auf den neusten Stand bringen?«

»Okay, wir haben das ganze Ende der Straße und die Häuser hinter den Kopplers evakuiert. Zehn bewaffnete Officers befinden sich hier auf der Höhe der Straße, vier hinterm Haus, versteckt in den hinteren Gärten. Dann haben wir zwei Scharfschützen im Haus hinter uns im oberen Stockwerk, die das Haus Nr. 20 im Auge behalten.«

Während dieses Briefings fühlte sich Patrick unbehaglich und nervös, sein Schädel brummte immer noch. Er konnte diese Ruhe nicht ertragen, er brauchte Aktion.

»Sollten wir jetzt nicht irgendetwas tun? Warum sitzen wir hier rum und warten? Koppler war sehr aufgeregt, als ich ihn sah. Er hat sicherlich damit gerechnet, dass ich für längere Zeit bewusstlos bin – um ihm genügend Zeit zu geben, nach Hause zu gehen und Sharon und die Kinder rauszubringen. Aber jetzt haben wir ihn. Er wird Panik bekommen. Die könnten da drin die Kinder töten und sich selbst auch, genau jetzt. Vielleicht haben sie das schon längst getan.«

»Detective«, sagte Hardy mit einem Lächeln, »nach meiner Erfahrung passiert das alles sehr selten.«

»Und Sie haben Situationen wie diese schon häufig gehabt, oder?«

Das Lächeln verschwand. »Keine Situation ist genau wie die andere.«

»Genau. Diese Leute sind verzweifelt. Deshalb haben sie ja auch die Kinder entführt. Ich denke, wir sollten nicht hier draußen darauf warten, dass sie etwas tun. Wir sollten reingehen, und zwar jetzt.«

Hardy wandte sich zu Suzanne um. »Das wäre ein Fehler. Wir sollten warten, versuchen, den Kontakt wieder herzustellen. Wir werden das Haus nicht stürmen. Wir sind hier nicht beim Film.«

»Ich weiß, dass wir hier nicht im Kino sind«, unterbrach ihn Patrick. »Im Film überleben die Kinder immer.« Jetzt war er an der Reihe, die DCI zu überzeugen. »Wir müssen etwas tun. Ich halte es wirklich für einen Fehler, hier zu sitzen und...«

Fraser ersparte es Suzanne, eine Entscheidung zu treffen. Er winkte ihnen zu und hielt das Telefon mit der anderen Hand an sein Ohr. Er hatte auf Lautsprecher geschaltet, und alle konnten mithören.

»... lasse euch nicht meine Familie auseinanderreißen.«
Das war Koppler, seine Stimme klang gepresst und wütend.

»Doktor«, erwiderte Fraser mit beruhigender Stimme. »Niemand will das tun. Wir wollen nur sichergehen, dass es Ihnen gut geht. Gibt es irgendwas, was sie brauchen?«

»Sie wissen, was ich will.«

»Ich dachte eher an Essen, was zu trinken, Medikamente?« Einen Moment lang dachte Patrick, dass Fraser wieder einen Karton Zigaretten anbieten würde.

»Nein, alles, was ich will, ist, meine Familie heil hier rauszubringen.«

»Daran arbeiten wir gerade, Dr. Koppler, so schnell wir können.« Er schwieg. »Kann ich vielleicht mit Sharon sprechen? Ich möchte wissen, wie es ihr geht.«

»Nein! Sie ist sehr ... empfindsam ... im Moment.«

In seiner Stimme konnte Patrick unter all der Arroganz Angst heraushören. Es war die Stimme eines Mannes, der sich vollkommen überfordert fühlt und sich wahrscheinlich fragt, wie er verdammt noch mal in diese Situation geraten ist.

Es gab verschiedene Typen von Kriminellen. Da gab es die Berufskriminellen, die genau wussten, was sie taten. Sie mochten ruhig einfache Schläger sein, Bandenbosse oder Betrüger, aber egal, auf welchem Level sie agierten, sie kannten die Spielregeln. Dann waren da die Kriminellen, die in Filmen und Büchern vorkamen und in den Schlagzeilen: Psychopathen, Serientäter, Kaltblütige und Geisteskranke. Das waren die Typen, die es am seltensten gab, die aber auch am gerissensten waren.

Ja, und dann gab es noch Leute wie Koppler. Leute, die aus irgendwelchen Gründen, sei es durch die Umstände, Pech oder Liebe, sich dabei wiederfanden, die Gesetze zu brechen und Dummheiten zu machen. Sei es das Mädchen, die das dringend gebrauchte Geld aus der Kasse ihrer Arbeitsstelle stahl, oder der Mann, der seine Karriere ruinierte, weil er sich nach einem

Tag voller Stress betrank und in eine Schlägerei geriet, oder der Professionelle, der in eine kranke Sache hineingezogen wurde, die sich zwei verzweifelte Leute ausgedacht hatten. Patrick war sich sicher, dass die letztere Kategorie Kopplers war. Er war auf eine Reise mitgefahren, ohne zu ahnen, wohin sie führen würde, nicht daran denkend, dass es in einem Haus mit zwei entführten Kindern und umzingelt von bewaffneten Polizisten enden könnte. Koppler war kein Idiot. Er musste sehen, dass es für ihn und Sharon kein Entkommen aus dieser Lage gab. Er musste wissen, dass seine Karriere und sein Ruf zerstört wären und dass er vermutlich den Rest seines Lebens im Knast verbringen würde. Die einzige Alternative war der Tod. Und deshalb war Patrick so besorgt um den Ausgang der Situation.

»Lassen Sie mich mit ihm reden«, sagte er zu Fraser. Es war heiß im Lkw, und die Luft wurde immer feuchter durch ihre Ausdünstungen.

Der Unterhändler schüttelte den Kopf, aber Patrick wandte sich direkt an Suzanne. »Bitte sagen Sie ihm, dass ich das tun muss. Ich verstehe ihn, und ich bin die einzige Person, die er kennt, selbst wenn es damit endete, dass er mir den Briefbeschwerer über den Schädel zog. Ich bin der Einzige, mit dem er eine wie auch immer geartete Beziehung hat. Ich werde versuchen, ihn zu überzeugen.«

Die DCI zögerte einen Moment lang und sagte dann zu Fraser: »Lassen Sie es ihn versuchen.«

Fraser nahm das hin und informierte Koppler, dass er jetzt das Handy weitergeben würde. Er gab es Patrick, der einen Moment lang überlegte, erst den Schweiß darauf abzuwischen.

»Dr. Koppler«, meldete er sich. »Ich bin's, DI Patrick Lennon. Wie geht es Ihnen?«

Der Psychiater antwortete erst nicht, und Patrick fürchtete, er habe aufgelegt. Er wusste, dass es riskant war. Dann sagte Koppler: »Das sollte ich Sie eigentlich fragen, Detective.«

»Ach, machen Sie sich meinetwegen keine Sorgen. Mein Kopf ist aus Stahl.«

»Was versuchen Sie zu erreichen, Detective? Mich zum Aufgeben zu bewegen? Versuchen, mein Freund zu werden?«

Patrick war sich vollkommen bewusst, dass alle Augen auf ihm ruhten – Carmellas, Suzannes, Frasers. Hardy stand immer noch mit gekreuzten Armen vor der Brust und blickte skeptisch drein.

»Nein«, sagte Patrick. »Nichts davon. Ich will Ihnen nur die Chance geben, zu reden, und ich werde zuhören. Denn ich wette, Sie hatten nie die Chance, das zu tun, oder? In Ihrem Beruf erzählen Ihnen alle ihre Probleme, und Sie hören zu. Aber ich meine, dass Sie auch eine Chance haben sollten, wenigstens einmal von sich zu reden. Andere wissen lassen, wie Sie sich fühlen.«

Er fühlte sich albern, diese Worte zu sagen, sie hörten sich wie ein Klischee an, und einen Moment lang wünschte er sich, er hätte nicht darauf bestanden, Frasers Job zu übernehmen. Wenn Koppler ein guter Psychiater war, würde er nicht eine Sekunde lang diesen Unsinn glauben – schließlich war er ein höchst intelligentes Individuum, dem man nicht mit pathetischer Rhetorik kommen konnte.

Aber zu Patricks Überraschung ging Koppler darauf ein, er schluckte den Köder. »Sie haben doch keine Ahnung, wovon Sie reden.«

»O doch, Doktor, die habe ich. Ich weiß, wie es sich anfühlt, sich in einer Situation wiederzufinden, aus der man keinen Ausweg sieht. Wenn alles, was man vor sich sieht, Dunkelheit ist. Aber ich habe einen Weg durch die Dunkelheit gefunden – und Sie schaffen das auch.«

»Wie kommen Sie darauf, dass ich Dunkelheit sehe? Ich kann direkt vor mir das sehen, was ich immer haben wollte: eine Familie, eine glänzende Zukunft.« Es lag ein Lächeln in seiner Stimme, und Patrick überlegte, ob er vielleicht alles falsch eingeschätzt hatte. Er hatte angenommen, dass Sharon die treibende Kraft war, dass ihre verlorene Familie, ihre Vergangenheit, sie so verzweifelt machen würde, zu versuchen, ihre toten Kinder zu ersetzen, dass sie Koppler mitgerissen hatte. Aber was, wenn es genau umgekehrt war? Wenn Koppler die treibende Kraft war, derjenige, der die Kinder gewollt hatte. Um das zu erreichen, brauchte er die Hilfe einer Frau, und als er Sharon traf, sah er die perfekte, seelisch völlig kaputte Frau, jemanden, der mitmachen würde.

Sie war das schwache Glied. Sie war diejenige, mit der sie reden sollten, mit ihr sollten sie diskutieren und nicht mit Koppler.

Er suchte krampfhaft nach Worten, um die Unterhaltung weiterfließen zu lassen, aber bevor ihm etwas einfiel, hörte er, wie Carmella erschrocken Luft holte, und er drehte sich um. Sie starrte hoch zu einem der TV-Monitore, die das Haus zeigten, und sie sahen Bewegung hinter einem Fenster. Dann fiel ein Schuss – den scharfen Knall konnten sie selbst im Sattelschlepper hören –, und die Fenstervorhänge auf dem körnigen Schwarz-Weiß-Monitor wehten jetzt nach außen. Ein kleiner Junge kletterte auf den Balkon.

»Stürmen!«, schrie Patrick, und alle stürzten aus dem Lkw und rannten, so schnell sie konnten, zum Haus.

KAPITEL 24
HELEN – TAG 4

In dem Moment, als Helen in die Küche kam, um ein Essen vorzubereiten, in dem vermutlich doch jeder nur ein bisschen herumstochern würde, konnte sie Alices Laune förmlich riechen. Aber sie hatte mit Sean gemeinsam beschlossen, dass sie wenigstens versuchen sollten, an ihren normalen Gewohnheiten festzuhalten, und dazu gehörten regelmäßige Mahlzeiten. Sean war den größten Teil des Tages in seinem Arbeitszimmer geblieben, wo er dabei war, die liegen gebliebenen Arbeits-E-Mails zu erledigen. Das hatte er jedenfalls gesagt. Aber jedes Mal, wenn Helen ihren Kopf durch die Tür steckte, hatte er abwesend auf den Bildschirmschoner gestarrt, eine rotierende Collage aus Bildern von Frankie und Alice.

Alice stand mit dem Rücken zu Helen, aber Helen konnte Alices Stimmung bereits daran ablesen, wie sie wütend Pulverkaffee in ihre Lieblingstasse mit der Aufschrift *One Night Only* schaufelte. Sie trug immer noch das T-Shirt, in dem sie geschlafen hatte, und ihr schwarzes Haar war hinten völlig verfilzt, obwohl es schon fünf Uhr nachmittags war.

»Hi, Süße«, sagte Helen, öffnete den Tiefkühlschrank und fragte sich, ob sie in der nächsten Stunde Schweinekoteletts auftauen und marinieren sollte. Dabei erinnerte sie sich daran, wie sehr Frankie Kotelett mochte, und fragte sich in der nächsten Sekunde, ob jemand da draußen ihr gerade wehtat. Die Geschwindigkeit, mit der ihre Gedanken immer sofort zu Frankie zurückkehrten, machte Helen schwindelig vor Schmerz.

»Du warst bis jetzt im Bett? Ich dachte, du lernst.« Sie zuckte zusammen, sobald sie die Worte gesagt hatte, da sie sofort erkannte, dass sie als Kritik verstanden werden könnten. »Ich meine das nicht als Kritik«, ergänzte sie, nahm die Koteletts heraus und wickelte sie aus.

Alices Schultern waren so steif wie die Koteletts, während sie kochendes Wasser in die Tasse goss. »Lass mich in Ruhe, Helen«, murmelte sie vor sich hin.

Helen knirschte mit den Zähnen. »Ich meinte das nicht so, Alice. Ich wollte nur Konversation machen. Isst du mit uns zu Abend?«

Alice schnaubte verächtlich. »Mit dir, Dad und Oma, und alle sitzen schweigend am Tisch? Nein, danke.«

»Es ist für niemanden von uns leicht, Alice.«

»Was – es ist nicht leicht für dich, am Tisch zu sitzen und mich anzustarren, die Person, die dafür verantwortlich ist, dass Frankie aus ihrem Zimmer entführt wurde, während ich im Haus war und eigentlich auf sie aufpassen sollte? Das meinst du doch, oder? Du hasst mich, nicht wahr? Warum rückst du nicht einfach heraus mit der Sprache und sagst es, verdammt noch mal!«

Alice kreischte jetzt und sah aus wie eine Verrückte mit ihrem völlig verzotelten schwarzen Haar und dem vor Wut verzerrten Gesicht. Das Geschrei fegte durch Helens Vorstellungswelt und riss sie ohne Vorwarnung auf wie einen Tornado.

Normalerweise hätte Helen alles getan, um Alice zu beruhigen, hätte Plattheiten und Entschuldigungen gemurmelt, aber als sie jetzt ihre Stieftochter ansah, war es, als lege sich in ihrem Kopf ein Schalter um. Sie würde sich nicht mehr von einer unausstehlichen Fünfzehnjährigen zur Geisel machen lassen, jedenfalls nicht länger, nicht bei so vielen weit schlimmeren Dingen, die in ihrem Leben gerade passierten. Sie stemmte die Hände in die Hüften und sah Alice mit einem kalten Blick an.

Seltsamerweise schien sie jetzt mehr Kontrolle über die Situation zu haben als zu irgendeinem anderen Zeitpunkt seit der Nacht, in der Frankie verschwand.

»Ich hasse dich nicht, Alice. Aber ich sage dir was – ich mache bei deiner kleinen Mitleidsparty nicht mit, diesmal nicht. Aber wo wir schon dabei sind, warum erzählst du mir nicht mal genau, was du in jener Nacht wirklich *getan* hast? Was war so fesselnd für dich und Larry, dass keiner von euch beiden gemerkt hat, dass direkt vor euren Nasen ins Haus eingebrochen und Frankie entführt worden ist? Der Polizei und deinem Vater kannst du Lügen erzählen, bis du schwarz wirst, ich weiß es besser. Was war es? Sex? Drogen? Alkohol? Alles drei?«

Alice fiel fast der Unterkiefer herunter vor Überraschung. Sie stand wie versteinert mit ihrem schwarzen Kaffee in der Hand da. Helen fragte sich indessen, ob sie ihn ihr ins Gesicht schütten sollte. Hatte irgendjemand Alice schon einmal so herausgefordert? Sie war sich ziemlich sicher, dass weder sie noch Sean das je getan hatten. Ein Song von Tiny Tempah erklang im Radio, einer von Alices Lieblingstiteln. Er schien sie aus ihrer Träumerei herauszureißen. Sie ging auf Helen zu, den Becher mit Kaffee immer noch in der Hand, die Zähne vor Wut und Stress zusammengebissen.

Helen fragte sich, in welche Richtung das Ganze jetzt laufen würde – käme jetzt ein Geständnis, ein Bitten um Verständnis, eine Entschuldigung oder die Fortsetzung des Wutanfalls?

»Du gemeines *Miststück*«, zischte Alice, knallte den Becher auf den Küchentisch und verschüttete dabei den Kaffee. *Ah, okay,* dachte sich Helen, *also zurück zum Wutanfall*. Es war töricht von ihr, etwas anderes zu erwarten. Alice stand jetzt so dicht vor ihr, dass Helen die zarte Konstellation der Pickel auf ihrer Stirn und den Schlaf in ihren Augenwinkeln sehen konnte. Würden sie miteinander kämpfen? Helen juckte es in den Fingern, Alice eine Ohrfeige zu verpassen, aber sie zwang sich, ihre Hände ruhig zu halten. Sie hatte Angst, dass sie, wenn sie einmal loslegte, so schnell nicht wieder aufhören würde.

»Du kannst mit deiner Schuld nicht umgehen, stimmt's? Dass du dein kostbares kleines Baby mit mir zurückgelassen hast, während du mit Dad zu einem Nobelrestaurant abgedampft bist, nur weil du zu geizig bist, um einen richtigen Babysitter zu engagieren, oder?«

Helen hatte einfach keine Lust, auf die fehlende Logik in dieser Frage hinzuweisen. Alice hätte einen Riesenaufstand gemacht, wenn sie einen »richtigen« Babysitter engagiert hätten, wo sie doch selbst zu Hause war.

»Es gibt nichts, wofür ich mich schuldig fühlen müsste, Alice. Du vielleicht?«

Helen hatte sich entschlossen, ruhig zu bleiben, aber konfrontiert mit Alice und deren Wut, fühlte sie, wie sich in ihr – wie bei einem Erdbeben – etwas verschob, und sie begann, die Kontrolle, die sie noch Momente zuvor gefühlt hatte, zu verlieren. Alices Frage nach ihren Schuldgefühlen klang wie ein Echo der Spinner auf der Facebook-Seite und feuerte Helens Wut weiter an. Sie hatte Marions Rat nicht angenommen; irgendwie fühlte sie immer noch den Zwang, die Kommentare zu lesen, so wie eine Zunge, die nicht aufhören kann, an dem schmerzenden Zahn herumzuspielen.

Helen tat einen Schritt nach vorn, bis ihr und Alices Gesicht nur noch Zentimeter voneinander entfernt waren, wie Hauptdarsteller einer Seifenoper.

»Ich habe dir eine Frage gestellt, Alice: Gibt es da etwas? GIBT ES ETWAS, WOFÜR DU DICH SCHULDIG FÜHLST? Ich denke, ja. Ich frage dich noch einmal – was hast du in jener Nacht gemacht? Hast du etwas mit Frankies Verschwinden zu tun? Wie konnte es dir entgehen, dass sie entführt wurde? WIE KONNTEST DU ES NICHT BEMERKEN?!«

Das war es. Der Punkt ohne Wiederkehr. Helen schrie jetzt so laut, wie Alice zuvor geschrien hatte.

Alice gab einen Laut von sich, eine Art Urstöhnen aus der Tiefe ihrer Kehle. »Ich hasse dich, Helen, verdammt noch mal, Ich hasse dich unvorstellbar. Du bist eine bösartige Hexe, eine verdammt beschissene Stiefmutter, und ich danke Gott, dass du nicht *meine* Mutter bist. Frankie ist wahrscheinlich *weggelaufen*, weil sie dich genauso sehr hasst! Mein Dad bedauert es, dich geheiratet zu haben. Ich weiß, dass er nie über meine Mutter hinwegkommen wird, und wenn sie nicht gestorben wäre, dann hätte er dich nicht mit dem Arsch angeguckt, und wenn du glaubst, ich bleibe hier in diesem Haus auch nur noch eine Minute länger mit dir, dann hast du dich getäuscht. Ich werde...«

»GUT! ICH HELFE DIR BEIM PACKEN!«, kreischte Helen, und sie gingen aufeinander los, gerade als Sean in die Küche gerannt kam und sich zwischen sie stellte.

»Was, in Gottes Namen, geht hier vor?«, bellte er. »Ich konnte euch durch meine Kopfhörer hindurch hören.«

»Dad!«, jammerte Alice, Tränen liefen ihr jetzt die Wangen herab. »Helen ist so ein Miststück. Du hast gesagt, sie würde mir nicht die Schuld an Frankies Verschwinden geben, aber sie tut es doch! Sie hat mich gerade vollkommen grundlos angeschrien und gesagt, dass ich an allem schuld sei!«

»Das habe ich nicht gesagt. Ich habe sie nur gefragt, was sie in jener Nacht getan hat. Eine vollkommen vernünftige Frage, nahm ich an.« Helen gab sich extreme Mühe, sich wieder unter Kontrolle zu kriegen. Sie wollte nicht, dass Sean sah, wie sie sich vor Alice vergaß. Sie ging zur Spüle hinüber, nahm einen blauen Schwamm zur Hand und wischte mit zitternden Händen den verschütteten Kaffee vom Tisch. Sean nahm seine

Tochter in die Arme, und sie ließ sich dramatisch schluchzend an seine Brust fallen. Helen knirschte mit den Zähnen.

Das Telefon läutete, und sie eilte in die Diele, um es abzunehmen und schleunigst von den beiden wegzukommen. Als sie den Hörer aufnahm, wünschte sie sich sofort, sie hätte es nicht getan – es war Eileen. Die letzte Person, mit der sie jetzt sprechen wollte. Aber als es ihr gelang, zu entschlüsseln, was ihre Schwiegermutter da sagte, spürte sie, wie all ihr Blut aus dem Kopf in die Füße schoss. Sie musste sich an der Wand abstützen, um nicht ohnmächtig zu werden.

»Ich bin bei Margaret.« Margaret war eine Frau, die in der Nähe wohnte und mit der sich Eileen angefreundet hatte. »Hast du das im Fernsehen gesehen, Helen? Es kommt gerade in den Nachrichten, schalte sie ein, schnell, da ist eine Belagerung im Gange, sie sagen, die gekidnappten Kinder seien dort, in Richmond, von euch aus nur die Straße runter, du meine Güte, Frankie ist dort, jemand hält sie als Geisel…«

Helen ließ den Hörer fallen und rannte zurück in die Küche, ihre Wut war wie verpufft. »Sie haben sie gefunden! Sie ist in einem Haus in Richmond, schnell, lasst uns gehen, Alice – nimm dein iPad mit und lasst uns unterwegs herausfinden, wo sie sind, wir müssen jetzt gehen, sie sagen, dass sie und Liam McConnell beide dort sind und als Geiseln festgehalten werden – o Gott, o Gott, bitte, lass ihr nichts passiert sein – bitte, bitte…«

KAPITEL 25
PATRICK – TAG 4

Sharon Fredericks kam zum Geländer des Balkons und blieb dann stehen.
Sie sah sich um und dann hinunter auf die Straße, einen verwirrten Ausdruck im Gesicht. Liam McConnell jammerte, und sie nahm ihn hoch und hielt ihn fest. In dem Moment sah Patrick das riesige Messer in Sharons freier Hand. Sein Herz blieb fast stehen. Die beiden trugen gefährliche Waffen, ein Paar total Verrückter. Und wo war Frankie? Im Zimmer, aus dem Sharon gerade gekommen war? Patrick hatte das furchtbare Gefühl, dass sie drauf und dran war, Liam zu verletzen und dann auch noch Frankie. Oder noch schlimmer, dass vielleicht sogar Frankie schon von der Kugel getroffen worden war, deren Schuss sie gehört hatten.

Patrick fiel auf, dass die Stimme am Handy, das er immer noch ans Ohr gepresst hielt, still geworden war. »Was ist los, Koppler? Sind Sie noch dran?«

Er meinte eine Antwort zu hören, war sich aber im Eifer des Gefechts nicht sicher.

Das Messer blitzte im Sonnenlicht auf, als Sharon es über ihren Kopf hob, eine verwirrte Hohepriesterin am Opferaltar im ersten Stock. Suzanne, Carmella, Mike und Fraser waren jetzt auch am Haus und standen unter dem Balkon. Sie riefen zu Sharon hinauf, sie solle keine Dummheiten machen.

»Hier, reden Sie mit ihm.« Patrick gab Fraser das Handy zurück und lief zusammen mit der bewaffneten Einsatztruppe ins Haus, die in den Angeln schwingende aufgebrochene Haustür schob er zur Seite. Suzanne rief seinen Namen, aber das ignorierte er. Von oben hörte er gebellte Befehle, ein Officer befahl, eine Tür zu öffnen, dann drang das Geräusch von splitterndem Holz an sein Ohr, ein Schrei und weitere Schüsse. Patrick rannte Treppenstufen hinauf und drängte sich an dem halben Dutzend bewaffneter Polizisten vorbei, die im Flur standen. Am Ende des Flurs war die Tür zu einem Büro eingetreten worden. Drinnen auf dem Boden lag Koppler auf dem Rücken, auf seiner Hemdbrust breitete sich ein roter Fleck aus, und ein paar Tropfen Blut rannen aus dem Mundwinkel hinunter zum Ohr.

»Mist!« Aber wenigstens war es nicht Frankie.

Er hörte Männerstimmen und dann den Schrei eines Kindes aus dem ersten Stockwerk, in dem Sharon sich befand. Er eilte zurück zur nächsten Treppe.

Vier bewaffnete Polizisten standen im Schlafzimmer. Die hohen Glastüren waren weit geöffnet, und die Vorhänge wehten im Wind, davor sah man einen Balkon. Einer der Polizisten befahl Sharon, das Messer, das sie immer noch hielt, fallen zu lassen, aber inzwischen zitterten ihre Hände so sehr, dass sie es kaum noch schaffte, das Kind und das Messer zu halten.

Patrick ignorierte die Proteste der schwarz gekleideten Polizisten und raste zur Balkontür. »Sharon«, sagte er. »Ich bin Patrick, und ich bin hier, um Ihnen zu helfen.«

Sie sah ihn an. Sie schien verwirrt, ihr Gesicht war pinkfarben und nass von Tränen und Rotz. Ihr Gesichtsausdruck erinnerte Patrick an einen Dokumentarfilm, den er gesehen hatte, in dem eine Kuh zur Schlachtbank geführt wurde.

»Wo ist Samuel?«, fragte sie.

»Er ist unten. Alles ist okay, Sharon, wir sind Ihre Freunde.«

Sie schluchzte.

»Setzen Sie Liam runter, und kommen Sie wieder rein. Niemand wird Ihnen wehtun, ich versprech's Ihnen.«

»Lügen Sie mich nicht an!«, schrie sie. »Sie haben Samuel erschossen, ich hab's gehört.«

»Nein, es geht ihm gut. Lassen Sie nur den Jungen runter, und dann reden wir.«

Sie schüttelte heftig den Kopf. »Ich gehe nicht wieder zurück in die Anstalt. Ich will nicht eingeschlossen sein. Ich will nicht, dass sie mich wieder mit Drogen vollpumpen und mir das Gefühl geben, ich sei bösartig. Ich bin nicht bösartig.«

»Ich weiß, dass Sie das nicht sind, Sharon.«

Ihre Stimme klang gepresst. »Ich bin eine gute Mutter. Bin ich immer schon gewesen.«

»Da bin ich auch sicher ...«

»Dahin werden Sie mich nicht zurückbringen.«

In einer fließenden Bewegung drehte sie sich um und breitete ihre Arme weit aus, sodass Raum entstand zwischen dem schreienden Kind und dem Messer. Er war sich sicher, dass sie nur Liam auf den Boden setzen wollte – aber einer der Schützen im Raum deutete es anders. Ein weiterer Schuss fiel und zischte an seinem Arm vorbei. Sharons Körper wurde zurückgeworfen, ein überraschter Ausdruck erschien auf ihrem Gesicht, und Liam schwebte plötzlich in der Luft. Patrick warf sich nach vorn und konnte ihn gerade noch auffangen, bevor er auf den Boden des Balkons fiel. Schnell gab er den schockierten Jungen an einen der bewaffneten Polizisten weiter. »Bringen Sie ihn hier raus.«

Hardy kam herein. »Gute Arbeit, Detective«, sagte er und klatschte langsam in die Hände, als sie beide auf den ausgebreitet daliegenden Körper von Sharon Fredericks hinuntersahen. Aus dem Loch in ihrem Bauch trat pulsierend rotes Blut heraus. Patrick rieb sich die Hände, als würde er sich waschen, und versuchte, so die Blutspritzer wegzubekommen. Sein Kopf schmerzte wieder, und er schluckte kräftig, damit er sich nicht übergeben musste.

»Halten Sie den Mund«, presste er hervor. »Wir brauchen den Notarzt hier oben. Wo ist das andere Kind? Frankie?«

»Kein Zeichen von ihr.«

»Wie meinen Sie das?«

Patrick drehte sich um und drängte sich an Hardy vorbei, seinen Brummschädel und seinen revoltierenden Magen ignorierend. Er rannte durch alle Räume, sah unter den Betten nach, in Kommoden und Wandschränken. Er öffnete die Tür zum Dachboden, sah hinein und fiel in seiner Anstrengung, Frankie zu finden, die Treppen halb hinunter. Währenddessen fiel ihm erneut dieser Geruch auf, der, den er schon an Isabels Kleidern und in Kopplers Büro wahrgenommen hatte.

Er öffnete die Tür und fand Kopplers Leiche bereits im Leichensack. Die Rettungssanitäter hatten ihn erst mal beiseitegelegt, weil sie nach Sharon sehen wollten. Das Handy, über das Koppler und Patrick gesprochen hatten, lag noch da, wohin es gefallen war, als er erschossen wurde.

Es gab kein Zeichen von Frankie. Im nächsten Raum fand Patrick Hinweise, dass es als Kinderzimmer gedient hatte: ein einzelnes Bett, Disney-Figuren an der Wand, Stofftiere und einen Kinderschlafanzug auf dem Kopfkissen.

Ein Kind. Als er das Haus verließ und in die warme Abendsonne hinaustrat, war sein Blut eiskalt.

Gleich danach wurde Sharon auf einer Trage herausgebracht – auf einer Trage, nicht in einem Leichensack. Einen kurzen Moment lang fühlte Patrick Hoffnung aufblitzen. Carmella rannte herüber und hockte sich neben die verletzte Frau. Gleichzeitig schob Patrick die Ärzte zur Seite und stellte sich dazu.

Sharon lebte noch, gerade eben noch. Das Blut, das aus ihrem Mund hinunter zum Ohr rann, zeigte genau das gleiche Muster wie das, das Patrick auf dem Gesicht ihres Geliebten gesehen hatte.

Patrick beugte sich nahe über sie. Sie versuchte zu sprechen.

»Er... hat mir... eine Familie versprochen. Ich konnte kein Baby mehr haben. Sie waren zu schwach...« Ihre Stimme wurde leiser, und sie schloss die Augen. Patrick war sich sicher, dass sie sie verlieren würden. Aber sie öffnete sie wieder. »Es tut mir so... leid... wegen des kleinen Mädchens. Als Samuel sie mir brachte, war es wie... wie ein wundervolles Geschenk. Er wollte mich glücklich machen. Aber alles... alles ging dann schief...«

»Was ist passiert, Sharon?«, fragte Patrick mit leiser Stimme, respektvoll als Zeuge eines Lebens, das zu Ende ging, dem Flackern der Kerze, das ihr Geist war.

»Sie hörte nicht auf zu weinen. Wir haben dann versucht... sie zu baden. Aber sie schrie und schrie...« Wieder versagte ihre Stimme. »Es war Samuel. Er sorgte sich... dass die Nachbarn sie hören könnten. Er drückte sie unter Wasser. Nur eine Minute lang.«

Tränen rollten aus den Augen der Sterbenden.

»Und Liam?«, fragte Patrick. »Er war der Ersatz?«

Sharons Augen antworteten JA. »Wir wollten doch nur ein Kind. Etwas zum Liebhaben. Ich sah ihn im Wagen und erkannte ihn. So ein lieber Junge. Und seine sogenannte Mutter kümmerte sich nicht um ihn... sie ließ ihn da drin sitzen und verschloss nicht mal die Tür...« Sie brach ab, atmete schwer und hustete.

Dann hatte also Liams Mutter, Zoe, gelogen, als sie behauptete, der Wagen sei verschlossen gewesen. Patrick würde sich später darüber ärgern, über die ganzen verschwendeten Stunden der Suche nach dem Mann, der sie angerempelt hatte.

Patrick beugte sich tiefer. Es würde nicht mehr lange dauern. »Und was ist mit Frankie? Wo ist sie?«

»Wer?«

»Frankie Philips. Das andere kleine Mädchen.«

Sharons Gesicht zeigte nur Verwirrung. Sie öffnete den Mund, um zu sprechen, aber stattdessen kam nur ein langer, schwerer Atemzug, und sie wurde still. Ihre Augen waren noch offen, als würde sie bis in alle Ewigkeit bestürzt sein.

Patrick und Carmella tauschten einen langen, ängstlichen Blick. Als Patrick sich wieder aufrichtete, wobei seine Knie knackten, sah er eine Frau mit weichem schwarzem Haar, so schnell sie konnte, auf sich zu laufen, verfolgt von einem Polizisten. Sie durchbrach die Absperrung.

»Oh, Mist, Helen Philips kommt.«

»Wo ist Frankie? Wo ist sie?« Helen japste nach Luft, als sie neben ihnen stand. Der Polizist hatte aufgeholt und griff sie sich. Sie schüttelte ihn ab. Ihr Gesicht verzog sich voller Verachtung, als sie auf die tote Frau auf der Trage herabsah, während die Rettungssanitäter den zweiten Leichensack vorbereiteten. Nicht eine Unze Mitgefühl war auf ihrem Gesicht zu erkennen oder wenigstens Angst, Zeugin eines kürzlichen Todes zu sein. »Ist sie das? Ist das die Hexe, die mein Baby gestohlen hat?«

Dann weiteten sich ihre Augen, und Patrick folgte ihrem Blick. Liam McConnell saß mit zwei Polizistinnen hinten im Krankenwagen. Seine Augen waren groß wie Untertassen, und er war sehr bleich – aber er lebte, er war gefunden worden. Man wusste, wo er war. Noch heute Nacht würde er wieder bei seiner Familie sein. Was auch immer jetzt noch passieren würde, sagte sich Patrick, dass zählte doch was. Sie hatten einer Familie ihr verlorenes Kind wiedergebracht.

»Wo ist Frankie?«, insistierte Helen. »Sie ist doch nicht mehr da drin, oder?«

Patrick stählte sich.

»Mrs Philips, Sie müssen jetzt ganz ruhig bleiben. Frankie ist nicht hier. Es sieht so aus, als sei sie auch nie hier gewesen.«

KAPITEL 26
PATRICK – TAG 4

Patrick fuhr sofort zurück zum Revier, nachdem es für ihn im DB1 nichts mehr zu tun gab. Er hatte eigentlich nur vor, sein Auto abzuholen, aber nachdem er sein Arbeitszimmer betreten hatte, setzte er sich an den Schreibtisch und stellte fest, dass er sich einfach nicht mehr bewegen konnte. Um eine Rechtfertigung dafür zu haben, am Schreibtisch sitzen zu bleiben, schaltete er den Computer ein, surfte auf allen möglichen Nachrichtenwebseiten und las alle aktuellen Berichte mit ihren unterschiedlichen Meinungen und Schlussfolgerungen: »BELAGERUNG ENDETE IN EINEM FIASKO – POLIZEI ERSCHOSS ZWEI PERSONEN«, »LIAM McCONNELL GEFUNDEN, FRANKIE WEITERHIN VERMISST«, »FRANKIES MUTTER VÖLLIG VERZWEIFELT«…

Die einzige Person, die jetzt richtig glücklich war – von Liams Eltern abgesehen –, war Wesley, der sich bereits wieder bei seinen Leuten befand, nachdem er sofort aus der U-Haft entlassen worden war.

Schließlich konnte Patricks Hand selbst die Maus des Computers nicht mehr bewegen, und er ergab sich seiner Erschöpfung. Er hatte die Augen geschlossen und versuchte, seinen pochenden Kopf zu leeren. Das Geräusch der sich öffnenden Tür ließ ihn aufschrecken. Es war Suzanne.

»Ich habe nicht gedacht, dass Sie noch hier sein würden«, sagte er und warf ihr einen müden Blick zu.

»Sie sollten aber auch nicht mehr hier sein. Besonders mit dieser Beule an der Stirn. Sie sehen aus, als ob Sie dringend entweder einen Drink oder medizinische Behandlung bräuchten. Nennen Sie mich eigennützig, aber ich persönlich denke, dass Sie ersterem den Vorrang geben sollten. Wie wäre es mit einem schnellen Bier, bevor wir uns auf den Heimweg machen?«

Patrick grinste ermattet. In seinem Kopf hämmerte es immer noch, und um ehrlich zu sein, sollte er sich vielleicht eher auf eine leichte Gehirnerschütterung hin untersuchen lassen – aber Suzanne lud ihn auf einen Drink ein. Da müsste er schon ein Bein verloren haben, um dieses Angebot auszuschlagen.

»Es geht mir gut, Chefin. Die Nurofen wirken schon. Sie haben recht, ein Drink würde mir jetzt *viel* besser bekommen, als vier Stunden in der Notaufnahme zu sitzen.«

»Dann lassen Sie uns losgehen.«

Einen Moment lang zweifelte er. Was wäre, wenn Suzanne ihn nur auf einen Drink einlud, damit sie ihm inoffiziell eine Standpauke halten konnte, weil er alles vermasselt hatte?

Habe ich denn alles vermasselt?, fragte er sich, als sie ihren bevorzugten Pub betraten und Suzanne auf den Tresen zusteuerte. Frankie wurde immer noch vermisst, und zwei Menschen waren tot – aber Liam war gefunden worden, und sie wussten, was mit Isabel passiert war. Ein schmerzlicher Trost. Dazu kam, dass er nicht der Unterhändler gewesen war...

Er steuerte einen Tisch im hinteren Teil der kühlen, dunklen Bar an. Nach den grellen Leuchtstoffröhren auf dem Revier und den erschütternden Ereignissen des Tages brauchte er einen dunklen und ruhigen Ort, schon allein für seinen Kopf.

Und für sein Herz, wenn er ehrlich war. Je dunkler und ruhiger, desto besser. Mal abgesehen von den jährlichen Weihnachtsfeiern im Büro und Abschiedsfeiern für Kollegen, auf denen Suzanne stets rein professionell gewesen war, hatten sie in all den Jahren ihrer Zusammenarbeit nie gesellschaftlich miteinander verkehrt. Bis auf dies eine Mal vor einem Jahr, als Suzanne in ihrem Büro völlig überraschend eine Flasche

Whiskey und zwei angeschlagene Tassen hervorgeholt hatte und sie dann loslegten, sich zu besaufen wie zwei Teenager mit ihrer ersten Flasche Thunderbird. In jener Nacht hatte Patrick ihr sein Herz über Gill, und was kürzlich mit Bonnie passiert war, ausgeschüttet, und Suzanne hatte angefangen, ein bisschen über ihre Ehe zu plaudern. Diese Nacht war in Patricks Gedächtnis tief eingebrannt: Wie sie ihre Stühle immer näher zusammengerückt hatten, einen Whiskey nach dem anderen kippten, dann die Hitze im Büro, die Suzanne schließlich veranlasste, die obersten beiden Knöpfe ihrer Bluse zu öffnen, dieses Prickeln in der Luft ... und wie Suzanne plötzlich aufgestanden war und verkündete, dass es Zeit sei, zu gehen, und so wie mit einer Stricknadel eine Seifenblase – seinen Traum zum Platzen gebracht hatte.

Dieser Abend war seitdem nie wieder zur Sprache gekommen, sodass Patrick sich manchmal fragte, ob das wirklich passiert war oder er sich das alles nur einbildete.

Suzanne kam mit den Drinks zurück. Sie reichte Patrick ein Bier. »Und wie fühlen Sie sich jetzt?«

Er nahm einen großen Schluck, und trotz der Kopfschmerzen spürte er, wie ihm das kalte Lager half, den Sinn für Normalität nach diesem irren Tag wieder zurückzugewinnen.

»Besser«, erwiderte er. »Deutlich besser.«

»Wie geht's Bonnie?«, fragte Suzanne, mit dem Bierdeckel spielend und seinem Blick ausweichend, als ob sie ihm gerade ein zweideutiges Angebot oder etwas Ähnliches gemacht hätte.

»Ihr geht's gut ... im Großen und Ganzen. Wir wohnen immer noch bei meinen Eltern, was ziemlich ... interessant ist ... und ich denke, dass sie mit Bonnie ganz schön zu tun haben. Besonders, da sie inzwischen eine sehr starke Persönlichkeit entwickelt hat.«

»Was – Sie meinen, sie hat Trotzanfälle?«

»Offenbar die ganze Zeit über«, erwiderte Patrick bedrückt.

»Ich fühle mich dafür verantwortlich. Meine Eltern sollten eigentlich ihren Ruhestand genießen und sich nicht mit der Schadensbegrenzung bei einer unausstehlichen Zweijährigen beschäftigen müssen. Sie sind fix und fertig.«

Jetzt schaute Suzanne ihm in die Augen. Sie wusste natürlich alles über Gill und was passiert war, obwohl sie es selten erwähnte. Nicht seit dem Gelage mit dem Whiskey im Büro. Ihre Augen waren gelbbraun, gesprenkelt mit goldenen Punkten. »Sie können ja wohl kaum etwas dafür? Und es wird ja auch nicht für immer so sein – geht sie nicht bald in einen Kindergarten?«

»Das könnte sie. Aber es ist so teuer, und ich habe einfach das Gefühl, dass sie besser bei Leuten aufgehoben ist, die sie wirklich gut kennen… Ich behüte sie vielleicht zu sehr… aber… Sie wissen ja…«

»Ja, ich weiß«, sagte Suzanne mitfühlend. »Übrigens machen Sie bei all dem bewundernswert Ihren Job.«

»Wirklich?«, sagte Patrick völlig überrascht. Er machte sich ständig Sorgen, dass er wegen seiner etwas unorthodoxen Methoden und seines oft plötzlichen Verschwindens nach Hause, um dort Bonnies jeweilige Krise zu bekämpfen, als unzuverlässig eingestuft würde. »Gut zu wissen. Danke. Ich würde mich noch viel besser fühlen, wenn ich das Kind der Philips finden würde.«

»Wenn das jemand kann, dann Sie«, sagte sie. »Okay, genug mit der Lobhudelei. Noch ein Bier?«

Er bemerkte, dass sie ihren G&T bereits ausgetrunken hatte.

»Jetzt bin ich dran«, erwiderte er und erhob sich, leicht schwankend. Aus der Jukebox ertönte *Lovecats* von The Cure, und er musste grinsen. Er unterdrückte die plötzliche Vorstellung, dass das ein Zeichen sei. Suzanne, mahnte er sich, war nicht nur seine Chefin, sondern auch eine verheiratete Frau.

Und er war ein verheirateter Mann – technisch betrachtet zumindest. Während er am Tresen wartete, drehte er sich zu ihr herum und betrachtete sie. Sie saß mit dem Rücken zu ihm und war in ein Telefonat vertieft. Er mochte die Art, wie ihr langes blondes Haar über ihre Schultern hinweg ihren schmalen Rücken herabfiel.

Als er zurückkam, war ein Glanz in ihren Augen. Sie legte das Handy weg und nahm ihm ihren zweiten G&T ab. »Nun, Lennon. Wir könnten jetzt darüber reden, was gerade passiert ist, und über die zu erwartenden Konsequenzen – aber wissen Sie was? Dazu hab ich gar keine Lust. Was ich wirklich möchte, ist, einfach hier mit Ihnen zu sitzen und mich zu betrinken. Ich denke, das haben wir uns verdient. Morgen werden wir uns wieder in die Arbeit stürzen, und heute hatten wir die Hölle. Aber heute Abend ist es weder das eine noch das andere.«

Patrick sah sie prüfend an, den Kopf leicht zur Seite geneigt. Gott, er wünschte, er hätte jetzt nicht diese Kopfschmerzen. Er spürte, dass das hier eine Gelegenheit war, die sich nicht oft wiederholen würde.

»Ja, warum nicht?«, entgegnete er. »Sind Sie sicher, dass alles in Ordnung ist?« Er wollte noch »zu Hause« hinzufügen, aber das wäre zu persönlich.

Sie wechselte sofort das Thema, als ob sie ihn nicht gehört hätte – etwas, was sie oft auf der Arbeit tat, wenn jemand etwas sagte, was ihr nicht passte. »Erzählen Sie mir etwas über das hier«, befahl sie und legte den Zeigefinger auf seinen Arm. Ihre Fingerkuppe folgte dem Wirbel seines dunkelsten Tattoos, und die Berührung jagte einen elektrischen Schock direkt in seine Leistengegend.

Er zuckte die Schultern. »Das hier hab ich, seit ich achtzehn war«, sagte er und zeigte auf eine abstrakte Form auf seinem rechten Arm, gleich über dem Ellenbogen. »Die restlichen folgten in den darauf folgenden zehn Jahren, eins pro Jahr. Ich hörte damit auf, als ich Gill traf, weil ich nicht so enden wollte wie diese Freaks, die sich jeden freien Quadratzentimeter tätowieren lassen. Sogar die Augenlider. Es macht richtig süchtig. Und Gill mochte sie nicht.«

»Sie sehen irgendwie nach Maori aus«, sagte Suzanne. »Ich habe mich das oft gefragt, aber gewöhnlich tragen Sie langärmlige Hemden auf der Arbeit.«

»Sie sind Maori-inspiriert, aber nicht die traditionellen *kori* der Maori, weil das keine Tattoos sind, die mit Nadeln gestochen werden. Tatsächlich werden sie mit kleinen Meißeln aus der Haut herausgeschnitzt. Mir gefielen die Formen. Dieses hier zum Beispiel«, er zeigte Suzanne eine Spirale auf seinem linken Bizeps, »basiert auf einem *koru*, das geformt ist wie ein Farn.«

»Sie sind schön«, sagte Suzanne.

Bildete er sich das nur ein, oder hatte sie wirklich einen leicht verträumten Ausdruck im Gesicht? Patrick fragte sich, ob sie genau dieselben Worte benutzt hätte, wenn sie nicht schon die Hälfte ihres zweiten doppelten Gins intus hätte – »beeindruckend« oder »interessant« wären eher Worte gewesen, die er von ihr erwartet hätte. »Danke, freut mich, dass Sie Ihnen gefallen.«

»Haben Sie nur auf den Armen welche?« Ihre Blicke fuhren über seinen ganzen Körper, und er dachte: *Ich glaub, ich spinne! Sie baggert mich an!*

»Auf den Armen bis über die Schultern und eins auf meiner Wade«, sagte er und zog das Hosenbein hoch, um es ihr zu zeigen. »Haben Sie welche?«

Sie lachte. »Ich und Tattoos? Nein. Dafür habe ich viel zu viel Schiss. Ich bewundere lieber Ihre. Außerdem, genauso wie Gillian würde Simon sie auch hassen.«

Patrick konnte nicht anders. Er lehnte sich leicht nach vorn und stützte sich mit seinen Ellbogen auf den Tisch. »Machen Sie immer das, was Simon sagt?«

Sie spiegelte seine Bewegung. Jetzt waren sie nur noch Zentimeter voneinander entfernt. Er konnte ihr Parfüm riechen, etwas Moschusartiges, Unaufdringliches. Schon waren seine Kopfschmerzen vergessen.

Ihr Handy klingelte. Sie holte es aus der Handtasche, prüfte das Display, verzog das Gesicht – aber nahm das Gespräch dennoch an. »Hallo, Liebling... Ja, mir geht es gut, mach dir keine Sorgen... Hast du? Welcher Sender?... Mist! Schön; wie du dir vorstellen kannst, gibt es noch jede Menge Einsatzbesprechungen, es kann also spät werden. Warte nicht auf mich. Danke, Schatz. Ich sehe dich dann morgen früh... ich dich auch.«

Sie steckte das Handy schnell weg. Patrick hatte das schwach dahingesagte »ich dich auch« bemerkt. Nach seiner Erfahrung war »ich dich auch« eine Ausflucht. Etwas, was man jemandem erwidert, der einem gerade gesagt hatte, dass er einen liebt, wenn das Gefühl nicht auf Gegenseitigkeit beruht. Aber vielleicht interpretierte er nur mehr in die Sache hinein, als unbedingt notwendig oder fair wäre.

Ihre Stimmung veränderte sich im Laufe der nächsten beiden Drinks, während sich die Bar um sie herum füllte. Sie war immer noch freundlich, aber die Distanz war zurückgekehrt. Es gab mehr Gesprächspausen – in denen sie dann deutlich hören konnten, dass sich die meisten Gespräche um sie herum um die Belagerung, das gefundene Kleinkind und das tote Paar drehten. Nach einer Weile versuchte Patrick, nicht mehr hinzuhören.

Er war enttäuscht, zeigte es aber nicht offen. Er hatte begonnen, eine seltsame Art von Euphorie zu spüren – Überlebenshilfe vielleicht. Die Nachwirkungen des Adrenalins. Seine Kopfschmerzen hatten sich enorm gebessert, er trank einen mit seiner sexy Chefin, und Liam O'Connell war gesund und munter gefunden worden.

Das Leben könnte viel schlechter sein.

Ein Gedanke schoss ihm durch den Kopf. »Erinnern Sie sich an den Geruch in Kopplers Haus? Irgendeine Ahnung, was das gewesen sein könnte?«

Suzanne hob ihr Glas. »Salbei. Ich weiß das nur, weil mir mal jemand Salbeiräucherstäbchen geschenkt hat. Man benutzt sie zum Reinigen, zum Vertreiben schlechter Einflüsse.«

Patrick nickte. Er konnte es sich gut vorstellen: Koppler und Sharon verbrennen Salbei, nachdem sie Isabel versehentlich getötet hatten, in der spirituellen Hoffnung, das Böse ungeschehen zu machen. Ganz klar, sie fühlten sich derartig gebrandmarkt, dass sie es auch zu Hause anzündeten und Koppler sogar sein Büro mit dem Duft füllte. Oder es war vielleicht etwas, was sie immer taten.

Manchmal ist es leicht, einer Sache Bedeutung beizumessen, wo keine ist.

»Haben Sie ein Bild von ihr?«

»Von wem?« Patrick war überrascht. Er glaubte aus irgendeinem Grund, Suzanne meinte, von Gill.

»Von Bonnie natürlich! Ich habe seit ewigen Zeiten keins mehr von ihr gesehen. Sie muss sich doch total verändert haben. Läuft sie schon?«

Verlegen holte Patrick sein Handy heraus und tippte *Fotos* an. »Ja klar, sie läuft doch schon lange. Sie ist jetzt fast zwei.«

Suzanne zuckte mit den Schultern. »Ich habe keine Kinder. Woher soll ich das also wissen?« Aber sie sagte das auf sachliche und nicht verbitterte Art. Er war sich ziemlich sicher, dass er sie einst hatte sagen hören, dass sie keine Kinder wollte. Der Gedanke schoss ihm für eine Sekunde durch den Kopf, dass sie vielleicht als Ersatzmutter für Bonnie nicht taugen würde, falls ... sich die Dinge je ändern sollten ...

Wohl kaum!

Als er durch die Bilder scrollte, hielt er Suzanne das Handy hin, und sie rutschte dichter an ihn heran. Beinah wäre ihm das Telefon aus der Hand gefallen, dann rutschte auch er näher, sodass ihre Arme sich berührten. »Oh, Pat, sie ist ja so süß!«, gurrte sie, und er lachte voller Stolz und Belustigung darüber, wie anders sie war, wenn sie Alkohol getrunken hatte.

Eine eingehende Textnachricht brachte sein Handy zum Vibrieren, und er stöhnte auf, als er sah, dass sie von seiner Mutter kam. Kommst Du bald heim? B. kommt heute überhaupt nicht zur Ruhe.

»Mist. Meine arme Mutter hatte Bonnie den ganzen Tag schon am Hals, und jetzt will sie nicht ins Bett. Mutter wird wütend auf mich sein, wenn ich mit 'ner Bierfahne nach Hause komme.«

Sie konnten sich beide vor Lachen kaum halten bei der Vorstellung, dass der große, muskelbepackte DI Lennon von seiner Mutter ausgeschimpft wird, weil er zu spät nach Hause kommt und obendrein noch nach Alkohol riecht. »Dann gehen Sie mal lieber heim«, sagte Suzanne.

Plötzlich legte sie ihren Kopf an seine Brust. »Es war schön mit Ihnen.«

»Ja, wirklich schön«, stimmte er ihr zu und legte instinktiv den Arm um ihre Schultern.

»Aber morgen wieder wie immer«, sagte sie warnend und schaute ihm in die Augen.

»Ja, Boss. Verstanden.«

»In diesem Fall könnten wir es vielleicht riskieren, uns einen schnellen, obwohl unprofessionellen…« Ihre Lippen bewegten sich auf seine zu, ihre geschlossenen Augenlider schwebten vor Glückseligkeit auf ihn zu, und er konnte ihren Duft riechen und ihr Apfelshampoo… Er beugte seinen Kopf zu ihr, riskierte noch einen letzten Blick in die Runde und…

»Oh, Mist«, zischte er und zuckte zurück, als hätte ihn etwas gestochen. »Drehen Sie sich nicht um. Winkler ist gerade reingekommen.«

»Winkler?«, entfuhr es ihr, und sofort war sie wieder die konzentrierte, scharfzüngige Suzanne, alle weichen Züge wie weggewischt. »Hat er uns gesehen?«

»Nein, Gott sei Dank. Er steht mit dem Rücken zu uns. Aber ich glaube, das ist mein Zeichen... Danke für die... Dekompression. Das war dringend nötig.«

»Ja«, erwiderte sie ernst. »Ich habe es sehr genossen. Gute Nacht, Pat.«

»Gute Nacht, Boss.«

Sie lachte. »Noch eine Sache«, sagte sie, während er den letzten Schluck aus seinem Glas leerte. »Das hier wird nie wieder erwähnt. Einverstanden?«

»... einverstanden.«

* * *

Wir sind immer noch in London, und Frankie ist sicher eingesperrt, während ich Lebensmittel einkaufen gehe. Sie isst immer noch nicht richtig, und ihr Körper ist schon ganz abgemagert. Das erinnert mich an einen Dokumentarfilm, der von einem Mädchen handelte, das ihre Mutter so sehr vermisste, dass sie depressiv wurde und aufhörte zu essen. Während ich im Supermarkt umhergehe, erinnere ich mich an Sean und Helen und dass sie die Schuld für die geistige Schwäche dieses armen Kindes tragen. Und als ob meine Gedanken sie herbeigerufen haben, schaue ich auf, und da sind sie.

Im Fernsehen, ich meine auf den Reihen der Bildschirme in der Elektroabteilung. Der Ton ist bei allen auf leise gestellt, aber aus den Überschriften, die auf den Bildschirmen aufblitzen, den Aufnahmen vom Haus, den Polizeiwagen und den eingeblendeten

Fotos der Kinder ist es nicht schwer zu erkennen, was passiert ist. Sie haben die Entführer von Liam und Izzy gefunden.

Ich bin stinksauer über diese neuste Entwicklung und verlasse den Supermarkt, ohne etwas eingekauft zu haben. Tief in Gedanken versunken kehre ich zum Transporter zurück.

Die ganze Zeit über glaubte die Polizei, dass alle drei Kinder von derselben Person entführt worden waren. Ich war geschützt hinter der Nebelwand ihrer Ignoranz. Aber jetzt wissen sie, dass Frankie, um mit ihren Worten zu sprechen, von jemand anderem entführt worden ist. In diesem Moment sitzen sie sicher zusammen und versuchen herauszubekommen, wer das sein könnte und warum. Vielleicht reden sie sogar mit diesem einfältigen Mädchen und finden heraus, was in jener Nacht wirklich passiert ist.

Aber sie werden nie auf die Wahrheit stoßen, die so einfach ist:

Ich liebe dieses Kind.

Ich habe mir genommen, was mir zusteht.

Und ich würde eher sterben – oder wir beide zusammen – als wieder allein zu sein.

* * *

Auf der Fahrt nach Hause lese ich auf dem Handy die neuesten Nachrichten. Ich lasse Frankie aus dem Schrank heraus und gebe ihr ein Fruchtsaftgetränk, das sie in großen Schlucken trinkt. Ich glaube, dass der Zucker in diesen Getränken das Einzige ist, was sie am Leben hält. Ohne ein Wort zu sagen, stapft sie zum Tisch und setzt sich vor ihren Zeichenblock. Ein Buntstift fällt zu Boden, und sie hebt ihn schnell auf, noch bevor ich sie anschreien kann.

Ich sitze da und beobachte sie. Ich mache mir Sorgen. Wenn sie uns finden, werden sie sie mir wegnehmen. Sie werden nicht glauben, dass ich sie liebe, dass sie zu mir gehört.

Ich weiß, was ich tun sollte. Fortgehen, weit weg von hier. Immer wieder fahre ich aufs Land, nach Surrey und Kent, um der Großstadt zu entfliehen, aber irgendetwas zieht mich stets zurück, ein Zwang, den ich nicht besiegen kann, trotz der Gefahr.

Ich weiß genau, was mich hierher zurückzieht…

Oder genauer gesagt, wer.

Ich bemerke, dass sie ihre Zeichnung fertig hat und ins Leere starrt. Ich erhebe mich, bin mit einem einzigen Schritt bei ihr und werfe einen Blick auf das Bild. Es stellt eine Frau mit langem schwarzem Haar dar, mit übertriebenen Augenwimpern und einem breiten Lächeln im Gesicht.

»Wer ist das, Schätzchen?«, frage ich.

»Mama«, flüstert sie. »Meine Mama. Ich vermisse sie.«

Ich nehme das Bild und zerknülle es. »Sei ruhig«, sage ich, als sie anfängt zu heulen. »Schweig! Ich muss nachdenken.«

Ich muss mich entscheiden, was ich tun soll. Weil die Dinge einfach nicht so weitergehen können.

KAPITEL 27
HELEN – TAG 5

Helen versuchte sich selbst davon zu überzeugen, dass dies nur ein ganz normaler Besuch im Coffeeshop war, wie um eine Freundin zu einem Latte zu treffen, wie sie es auch getan haben könnte an einem normalen freien Tag. Wenn Frankie erst wieder zu Hause war, würde sie versuchen, ihre Freunde öfter zu treffen – okay, wenigstens die, die sich mit Sympathie- oder Hilfsangeboten gemeldet hatten. Es ärgerte sie, dass sich nur wenige gemeldet hatten, selbst gestern nach dem Belagerungsfiasko. Aber daran wollte sie jetzt nicht denken. Die ungeheure Enttäuschung, als sie feststellen musste, dass Frankie nicht dort war, hatte sich angefühlt wie ein Cartoonhammer, der sie zu Pfannkuchen zerquetscht. Sie fühlte sich erschöpft und schämte sich, dass sie vor laufenden TV-Kameras alle Leute angebrüllt hatte. Die Leute von Facebook würden jetzt denken, dass sie eine Verrückte ist und es verdient, ihr Kind zu verlieren.

War sie denn eine Verrückte? Diese Frau jetzt zu treffen, ohne jemandem davon zu erzählen, das war doch etwas Verrücktes, oder? Aber dieser gruselige Winkler hatte sich nicht wieder gemeldet, woraus sie schloss, dass er offensichtlich diese Nachrichten auch nicht ernst nahm. Sie musste etwas tun. Sie hatte versucht, Winkler anzurufen, ihn aber nicht erreicht; deshalb hatte sie dann beschlossen, die Sache selbst in die Hand zu nehmen.

Vielleicht war es das, warum sich ihre Freunde nicht meldeten. Sie dachten, sie sei verrückt. Ein paar hatten ganz vorsichtig E-Mails geschickt, diese Wenn-es-irgendwas-gibtwas-ich-tun-kann-zögern-Sie-nicht-zu-fragen-Art von Nachricht, aber seit gestern kam nichts mehr. Helen dachte daran, zurückzumailen: »Ja. Wie wäre es mit einem Anruf oder einem Besuch, um mich in die Arme zu nehmen?« Aber das hatte sie nicht gemacht. Augen zu und durch. Sie hatte jetzt sowieso keine Zeit für andere Menschen. Marion vom Sportstudio hatte ein paar Nachrichten geschickt, aber selbst sie hatte die letzten Tage nichts mehr von sich hören lassen.

Sie trat ins Café von Marks & Spencer. Ohne groß darüber nachzudenken, bestellte sie einen großen Skinny Latte, wie jeder andere normale Mensch, der einen Kaffee trinken geht – obwohl es ihr inzwischen egal war, ob die Milch entrahmt war oder nicht –, musste sich aber dann auf die Lippe beißen, um nicht in Tränen auszubrechen, als die dicke Frau hinter der Theke vorsichtig den Butterkeks auf die Untertasse legte. Frankie liebte diese kleinen Butterkekse. Das war der Grund, warum Helen immer zu M&S auf einen Kaffee kam.

Es fühlte sich seltsam an, ohne Frankie hier zu sein. Es fühlte sich seltsam an, aus dem Haus zu gehen, geschminkt in die Öffentlichkeit, wenn doch die Boulevardzeitungen am nur drei Meter entfernten Kiosk Fotos ihrer verschwundenen Tochter zeigten und eine Belohnung von hunderttausend Pfund für Hinweise boten.

Alles fühlte sich seltsam an.

In dem kleinen Café wählte sie den Ecktisch, der am weitesten vom Fenster entfernt stand, und setzte sich mit dem Rücken zum Raum. Sie behielt die Sonnenbrille mit den großen dunklen Gläsern auf. Sie wollte nicht erkannt werden – außer von Janet Friars, die wahrscheinlich längst wusste, wie sie aussah. Mit jeder Faser ihres Daseins hoffte sie voller Verzweiflung, dass dieses Treffen dazu führen würde, Frankie gesund wiederzubekommen. *Alles, ich tue alles,* flüsterte sie. Sie sah auf ihrem Handy nach – aber es war ausgestellt. Verdammt.

Sie hatte wieder vergessen, es zu laden. Janet Friars war jetzt schon vier Minuten zu spät dran, und wenn sie eine Nachricht geschickt hatte, wie, dass sie doch nicht kommen könnte, würde Helen es nicht erfahren. *Bitte, lass mich nicht im Stich.*

Sie sah sich um, und ihr Herz stolperte, als sie sah, wie eine Frau auf sie zukam. Sie war älter als sie, so etwa zehn Jahre, hager und müde, einen skeptischen Blick in ihren verblichenen grünen Augen. Das schlecht sitzende, unförmige Etuikleid hing von ihren Schultern, und ihr blondes Haar schien ungewaschen. Sie trug eine große, massive Sonnenbrille im Stil der Fünfzigerjahre oben auf dem Kopf.

»Hallo, Helen«, sagte sie tonlos.

Helens Herz schlug ihr bis zum Hals, und sie versuchte, die Verzweiflung aus ihrer Stimme herauszuhalten. »Sind Sie Janet?«

Die Frau nickte.

»Können Sie mir sagen, was Sie wissen? Bitte?«

Die Frau setzte sich ihr gegenüber und sah sie mit einem Blick, der gleichzeitig kühl und abschätzend war, an und beantwortete Helens Frage mit einer Gegenfrage. »Warum wollten Sie, dass wir uns hier treffen?«

Helen zuckte mit den Schultern. »Der normalste Platz, der mir einfiel. Öffentlich, für den Fall, dass sie… eine Verrückte sind. Bitte sagen Sie mir, wo sie ist.«

Janet neigte ihren Kopf zur Seite und schwieg.

»Bitte. Wenn es um Geld geht, Sie kriegen ja die Belohnung, das wissen Sie doch. Warum gehen Sie nicht zur Polizei? Warum wollen Sie mit mir reden?« Helen musste sich auf ihre Hände setzen, damit sie weder zitterten noch sich um Janets Hals legten, um sie zu erwürgen, sie, die jetzt ihre Lippen schürzte und sie ansah.

»So viele Fragen«, sagte sie. »Beruhigen Sie sich. Wir haben viel Zeit.«

Sie sprach mit einem komischen Akzent, fiel Helen auf. Nicht Englisch, jedenfalls nicht ganz.

Janet zog ihre Sonnenbrille runter auf die Augen. Helen studierte ihr Gesicht sorgfältig und versuchte, es sich einzuprägen, falls sie irgendwas mit Frankies Entführung zu tun hatte, aber die Frau war dem Aussehen nach eher unauffällig. Das einzige Auffallende an ihr war ihre Gesichtsfarbe, ein käsiges Weiß, als wäre sie nie in der Sonne gewesen. Sie erinnerte Helen an eine Kröte.

»Warum haben Sie mich kontaktiert?«, fragte Helen erneut.

Die Frau lächelte jetzt. »Weil ich mit Ihnen fühle.«

Die Art, wie sie das sagte, ließ Helen erschaudern. Es hörte sich an, als verstelle sie ihre Stimme. Helen bekam jetzt ein wirklich schlechtes Gefühl Janet Friars gegenüber. Der nächste Satz machte es nicht besser.

»Wie kommt Ihr Mann damit klar?«

Helen zog die Stirn kraus. »Mein Mann?« Sie wollte schon sagen: »Das geht Sie doch gar nichts an«, bis sie sich erinnerte, dass Janet vielleicht, vielleicht ja doch imstande war, ihnen zu helfen. »So gut man das erwarten kann.«

Janet lehnte sich jetzt über den Tisch zu ihr herüber und nahm die Brille ab, nur für einen Moment, um mit ihrer Fingerspitze etwas aus ihrem Augenwinkel zu fischen, das ihr ins Auge geflogen war. Dann setzte sie die Brille hastig wieder auf. Es schien, als sei ihr wieder eingefallen, dass sie das nicht hatte tun wollen. Helen fiel auf, dass das Weiß ihrer Augäpfel gelb war und kränklich wirkte. Vielleicht hatte sie Gelbsucht oder, noch schlimmer, Leberkrebs.

»Ich hoffe, Sie haben immer noch Sex«, sagte sie im normalsten Ton der Welt. »Ist wichtig für einen Mann, begehrt zu werden. Ich hab sein Foto in der Zeitung gesehen. Ich nehme an, er ist ein Mann, der viel Sex braucht, stimmt das?«

Helen zuckte im Stuhl zurück und hob beide Hände ärgerlich hoch, als gäbe sie auf. »Das geht zu weit. Wenn Sie mir etwas zu sagen haben, dann tun Sie es, oder ich gehe hier raus und zur Polizei.« Sie wünschte sich, ihr Handy würde funktionieren. Sie hätte ein Foto von ihr machen können.

Janet Friars war ganz sicher eine Verrückte.

»Beruhigen Sie sich, Süße«, bestätigte Janet mit einem breiten Grinsen. »Ich hab nicht die Absicht, Sie zu verletzen oder zu beleidigen. Ich versuche nur zu helfen.«

»Dann *helfen* Sie doch«, zischte Helen, und in ihrem Kopf wiederholte sie immer wieder das Mantra: *Nicht weinen. Nicht weinen. Nicht weinen. Nicht weinen.* »Wo ist Frankie?«

Als sie es aussprach, wusste sie schon, dass es hoffnungslos war. Diese Frau hatte keine Ahnung, wo Frankie war, nicht mehr als die dicke Frau hinter der Theke.

»Sie wissen gar nichts, oder?«, fragte sie tonlos.

»Nein, Liebes. Tut mir leid. Ich weiß nichts. Ich wollte sie nur mal sehen und fragen, ob ich Ihnen irgendwie helfen kann.«

»Nein, das können Sie nicht.« Wütend schob Helen ihren Stuhl zurück, ließ den Latte stehen und erhob sich. Sie wollte gerade gehen, drehte sich dann aber nochmals um. »Oder doch. Sie können doch helfen. Hören Sie auf, mir das Herz zu brechen, indem sie mir falsche Hoffnungen machen. Und verschwenden Sie nicht meine Zeit damit, dumme, dramatische Facebook-Nachrichten zu schicken, denn Sie wissen ja *gar nichts*! Ich könnte Sie der Polizei melden, wissen Sie das? Anzeige erstatten. Die wissen ja schon von Ihnen. Ich habe ihnen Ihre Nachrichten gezeigt. Sie werden wohl eine Verwarnung kriegen, wegen Belästigung. Und wegen Behinderung der Polizeiarbeit.«

Die Anstrengung, hier in der Öffentlichkeit nicht laut zu werden, zwang Helen dazu, trotz ihrer Wut nur zu flüstern, und sie konnte die Tränen nicht mehr zurückhalten, sie quollen unter ihrer Sonnenbrille hervor. *Ich bin eine Idiotin*, sagte sie sich selbst. Besonders, weil sie darauf reingefallen war, dass Janet Frankies Schlafanzug beschreiben konnte, das hatte ihr Hoffnung gegeben, dass sie etwas wusste. Die Wahrheit war, dass die Beschreibung von Frankies Bekleidung in allen Zeitungen erschienen war. Eigentlich hatte sie das schon gewusst, aber sie war so verzweifelt gewesen, dass sie nach jedem Strohhalm gegriffen hatte.

Janet zuckte mit den Schultern und zeigte erneut das herausfordernde Grinsen. »Glaub ich nicht, Kleines, weil wir doch gar keine Polizeiarbeit behindert haben, oder? Aber ich verspreche Ihnen, und das meine ich vollkommen ernst, ich werde nach Ihrem Baby Ausschau halten und nach den anderen auch. Ich will doch helfen. Wirklich. Deshalb hab ich Ihnen geschrieben. Ich konnte mir denken, dass Sie mich nicht treffen wollen würden, wenn Sie nicht erwarteten, dass ich Informationen hätte. Aber das ist so mit mir, ich kann es nicht ertragen, wenn Menschen andere Menschen leiden lassen. Wer auch immer Ihr...«

Helen drehte sich um und rannte aus dem Café, ohne auf das Ende des Satzes zu warten.

Jetzt wünschte sie, sie hätte Winkler nichts davon gesagt – ihr Instinkt hatte sie nicht getäuscht. Es war Zeitverschwendung gewesen.

Und sie war bescheuert.

Sobald sie zu Hause ankam, setzte sie sich an den Computer und löschte alle Nachrichten von sich und Janet, löschte alle Zeichen ihrer Dummheit, um nie mehr daran erinnert zu werden. Danach ging es ihr ein bisschen besser.

KAPITEL 28
PATRICK – TAG 5, NACHMITTAG

Patrick schritt durch die Korridore des Reviers und war sich bewusst, dass jeder, der ihm begegnete, ihn anstarrte. Er hielt den Blick gesenkt. Das letzte Mal, als ihm Ähnliches widerfahren war, war, als Gill versucht hatte, Bonnie zu töten. Und jeder wusste nicht nur, was sie getan hatte, sondern auch, dass er derjenige gewesen war, der sie verhaftet hatte. Er hatte sich damals wie ein Außerirdischer gefühlt, der eine Bruchlandung auf diesem Planeten erlitten hat und diesen sonderbaren Ort oder seine ihn unentwegt anstarrenden Bewohner nicht verstand. Diesmal war es nicht so intensiv wie damals (er betete, dass das nie wieder passieren würde), aber heute hätte es eigentlich sein Triumphmarsch sein sollen. Fall gelöst, die Täter überführt und der Gerechtigkeit – auf die härteste Art – Genüge getan.

Als er letzte Nacht die Bar verlassen wollte, hatte Suzanne ihn am Arm festgehalten – ihre Berührung, selbst in solchen Momenten, versetzte ihm jedes Mal einen elektrischen Schlag. Sie hatte gesagt: »Sie haben heute gute Arbeit geleistet, Pat. Sie können stolz darauf sein.«

Es stimmte irgendwie. In diesem Moment waren die McConnells sicher die glücklichsten und erleichtertsten Eltern auf Erden. Dank seines Einsatzes. Obwohl Zoe McConnell ihrem Ehemann noch einiges würde erklären müssen, vor allem, warum sie bezüglich des Abschließens des Wagens gelogen hatte. Patrick war sogar versucht, sie vorzuladen, um das auch den Kollegen zu erklären. Vielleicht später. Aber jetzt, während ein Kind immer noch vermisst wurde, musste er seine ganze Energie in das Auffinden von Frankie stecken. Er würde nicht eher ruhen, bis Frankie Philips wieder bei ihren Eltern war.

Vorausgesetzt, sie lebte noch.

Er betrat Suzannes Büro und schloss die Tür hinter sich. Sie hatte eine dringliche Besprechung zur aktuellen Lage mit den erfahrensten Mitgliedern der Einsatzgruppe und, auf Patricks Beharren hin, auch Carmella einberufen.

Leider gehörte auch Winkler zu den erfahrensten Detectives im Team. Der musterte ihn grinsend. Patrick fragte sich, ob er ihn und Suzanne letzte Nacht in der Bar gesehen hatte.

»Patrick, bitte setzen Sie sich«, sagte Suzanne.

Er nahm den freien Stuhl neben Carmella und wartete, dass die Chefin begann.

»Zuerst«, fing sie an, »möchte ich Sie wissen lassen, dass der Commissioner heute Morgen mit mir gesprochen hat. Wir haben seine Unterstützung, und er versteht, warum wir unsere Ermittlungen so durchgeführt haben, wie wir es für richtig hielten. Außerdem hat er mich gebeten, seine Dankbarkeit für das Auffinden von Liam McConnell an Sie weiterzureichen.«

Patrick nickte und versuchte Winkler zu ignorieren. Wenn er sich nicht sofort dieses Grinsen aus dem Gesicht wischte ...

Suzanne fuhr fort: »Aber die Medien gratulieren uns nicht zu den guten Nachrichten. Sie wollen wissen, warum Frankie Philips noch nicht gefunden wurde und wie wir die Erschießung zweier Menschen rechtfertigen.«

»Wer kann ihnen das verübeln?«, fragte Winkler.

Carmella drehte ihren Stuhl und sah ihn durchdringend an. »Ich denke, Sie wussten die ganze Zeit, dass wir bei Frankie eine falsche Spur verfolgten, zogen es aber vor, zu schweigen?«

»Schön, wenn ich die Ermittlungen leiten würde, und darauf können Sie Ihren süßen Arsch verwetten, dann hätte ich verdammt noch mal ganz sicher dafür gesorgt, dass die Fälle miteinander verbunden würden. Ich hätte das nicht einfach nur so *vermutet*.«

Carmellas Unterkiefer fiel nach unten, und sie richtete den Zeigefinger auf Winklers Gesicht. »*Meinen süßen Arsch?* Ich kann nicht glauben, dass Sie...«

Suzanne schlug mit der Hand auf den Tisch. »Genug! Adrian, hören Sie mit diesem sexistischen Scheiß auf. Und Carmella, beruhigen Sie sich. Das ist nicht der Zeitpunkt, uns gegenseitig fertigzumachen.«

»Aber wir haben ihn gar nicht beschuldigt«, protestierte Carmella, und ihre Stimme ging eine Oktave höher. »Es gibt nichts, wofür man ihn beschuldigen könnte, weil er zu diesen Ermittlungen ein süßes verdammtes Nichts beigetragen hat.«

»Das denkst aber nur du«, knurrte Winkler.

»Beide – aufhören damit! Jetzt!«

Patrick hatte die DCI noch nie so wütend gesehen. Ihr Gesicht war scharlachrot angelaufen. Sie waren dabei, den Überblick zu verlieren, das gesamte Team.

»Wie können wir sicher sein, dass Koppler und Fredericks nicht Frankie entführt haben?«, fragte Carmella. »Vielleicht haben sie sie ja getötet, und ihre Leiche liegt irgendwo anders, wie in Isabels Fall?«

Traurigkeit ersetzte die Wut in Suzannes Gesicht. »Nicht, wenn Frankie nie im Haus war und auch in keinem ihrer Autos. Die Spurensicherung hat die ganze Nacht durchgearbeitet. Sie haben das Haus und beide Autos untersucht. Auch Fredericks Haus. Es gibt nicht den geringsten Beweis, dass Frankie irgendwelchen Kontakt zu ihnen gehabt hat.«

»Wie ich schon sagte«, meldete sich Winkler zu Wort. »Ihr seid die ganze Zeit über auf dem Holzweg gewesen.«

Carmella war sichtbar empört, aber Suzanne sagte: »Wir waren alle auf dem Holzweg. Wir haben leider keine unbegrenzten Mittel zur Verfügung. Wir taten genau das Richtige, die Spur zu verfolgen, die wir für die wichtigste hielten.«

Sie sah zu Patrick hinüber. Er hatte während des ganzen Wortwechsels selbst kein Wort gesprochen. »Das stimmt doch, Patrick, oder?«

»Nein«, antwortete er.

Die anderen drei starrten ihn jetzt an.

»Es war mein Fehler«, sagte er und senkte den Blick, damit er den Ausdruck von zweifellos überraschter Freude auf Winklers Gesicht nicht sehen musste.

»Wovon sprechen Sie?«, fragte Suzanne.

Er setzte sich gerade hin. »Von Alice Philips und ihrem Freund Larry Gould. Ich habe Alice am Morgen nach Frankies Verschwinden befragt, und wir wussten, dass sie uns etwas verschwieg, einschließlich der Frage, ob Larry in jener Nacht im Haus war. Wir hatten einen Zeugen, der einen jungen Mann in der Nähe des Hauses gesehen hatte, auf den die Beschreibung Larrys passte. Ich habe zusammen mit Carmella Larry aufgesucht, aber er wich unseren Fragen aus. Ich traf die Entscheidung, dass es uns erst einmal nicht weiterhelfen würde, dieser Spur nachzugehen, dass die beiden wahrscheinlich nur nicht wollten, dass Alices Eltern erfuhren, dass er im Haus war, sonst nichts weiter.«

»Und was lässt Sie glauben, dass das nicht tatsächlich der Fall war?«, fragte Suzanne.

»Er hatte wahrscheinlich eine Eingebung«, sagte Winkler.

Patrick ignorierte ihn. »Nichts, ich meine, ich habe keine neuen Beweise. Aber ich habe den Fehler gemacht, nicht allen Spuren nachzugehen. Ich hatte Scheuklappen auf. Ein guter Kriminalist hält sich immer alle Optionen offen, prüft alle möglichen Wege. Ich war kein guter Kriminalist.«

»Kommen Sie, Sir, Sie sind zu hart mit sich selbst«, sagte Carmella. »Das muss der Schlag auf den Kopf von gestern sein.

Wir sind den Hinweisen gefolgt, die am wahrscheinlichsten waren. Jeder hätte das genauso gemacht. Ich war mit Ihren Entscheidungen völlig einverstanden.«

Patrick war froh, jetzt mehr als je zuvor, dass er nicht jemanden wie Winkler als Partner hatte. Es wäre für Carmella einfach gewesen, ihm jetzt in den Rücken zu fallen und ihre Karriere damit voranzubringen, indem sie behauptete, ihn gedrängt zu haben, die Larry-Spur weiter zu verfolgen. Auch weil es wahr war, denn sie *hatte* ihn weiter befragen wollen. Aber sie stand zu ihm. Egal, wie betrübt er sich in diesem Moment fühlte, er war ihr dankbar.

Suzanne stöhnte. »In Ordnung, ich bin nicht an Selbstzerfleischung und ›hätte ich nur‹ interessiert. Alles, was mich interessiert, ist, wo wir Frankie Philips finden. Soweit es mich angeht, ist das ab jetzt eine neue Ermittlung. Patrick, wollen Sie sie leiten?«

Er hätte Nein gesagt, sollte das doch jemand anders übernehmen, wenn er nicht gesehen hätte, wie Winkler schon fast vom Stuhl aufsprang. Wollte er wirklich, dass jemand wie er diesen Fall leitete? Winkler waren die Opfer von Verbrechen mehr oder weniger egal. Er sah jede Ermittlung nur als eine Chance an, Punkte zu sammeln. Das war nicht bloß Spekulation: Winkler hatte es ihm selbst erzählt. Das war zu einer Zeit, als sie beide noch miteinander auskamen.

Außerdem brauchte Patrick diese Chance zur Wiedergutmachung. Er wusste, dass er für die Philips-Familie immer noch die beste Chance war.

»Ja«, sagte er. »Ich mach's.«

»Gut«, sagte Suzanne.

»Verdammt, das kann doch nicht wahr sein«, zischte Winkler.

Suzanne warf ihm einen Blick zu, der Öl zum Gefrieren gebracht hätte. Als sie sich wieder Patrick zuwandte, war ihr

Gesicht wärmer, aber sachlich. »Patrick, fassen Sie noch mal zusammen, was wir bislang wissen.«

Er zählte die spärlichen Fakten auf, und in seinen Ohren pfiff es wieder, als er durch die Details ging. Stress ließ seinen Tinnitus immer zur Höchstform auflaufen. Letzte Nacht, als er nach Hause kam, hatte er seine Bettdecke und ein paar Kopfkissen in Bonnies Zimmer geschleppt und auf dem pinkfarbenen kuscheligen Teppich neben ihrem Bett geschlafen. Er hatte ihrem Atem und den kleinen Schniefgeräuschen gelauscht, die sie im Schlaf machte. Gill machte diese auch immer, aber es waren mehr Schnarch- als Schniefgeräusche.

Während er auf dem Boden im Zimmer seiner Tochter lag, war er in die Vergangenheit abgedriftet, zu jenen Tagen, als Gill schwanger war, während des zweiten Drittels der Schwangerschaft, bevor die ersten Beschwerden und der ständige Harndrang einsetzten. Er lag gewöhnlich hinter ihr, den Arm über sie gelegt und leicht auf dem geschwollenen Bauch ruhend. Sie sprachen dann über Kindernamen und all die aufregenden Dinge, die sie mit ihrer Tochter tun würden, wenn sie erst geboren war. An manchen Tagen, wenn er sich gestattete, darüber nachzudenken, war er wütend auf Gill, weil sie ihnen dieses Leben gestohlen hatte. Aber letzte Nacht hatte er einfach nur den Schmerz in seiner Brust gespürt, den Kummer über die verlorenen Erfahrungen.

Schließlich war er eingeschlafen und wurde erst wieder wach, als seine Mutter ins Zimmer kam und ihn fragte, was um alles in der Welt er da tat. Bonnie saß in ihrem Bett und kicherte über ihren albernen Daddy.

»So, wir sind ziemlich sicher, dass Alice bezüglich der Frage, ob Larry in jener Nacht im Haus war, gelogen hat. Wir haben die unverschlossene Hintertür und diese seltsame Zeichnung eines Gesichts, das durchs Fenster schaut – obwohl das vielleicht nicht von Bedeutung ist.«

»Was sagt Ihr Gefühl, Patrick, was da passiert sein könnte?«, fragte Suzanne.

»Ich denke, es gibt drei Möglichkeiten. Erstens, Entführung durch einen Fremden. Es scheint mir allerdings ein zu großer Zufall zu sein, dass wir zwei Kindesentführer haben könnten, die im gleichen kleinen Gebiet zur gleichen Zeit operieren.«

»Es sei denn, wir haben es mit einem Trittbrettfahrer zu tun«, sagte Carmella.

Patrick nickte, obwohl er zuvor diese Möglichkeit ausgeschlossen hatte. »Jemand, der auf die Idee kam oder sich von dem inspiriert fühlte, was mit Liam und Isabel bereits geschehen war. Oder es besteht die Möglichkeit, dass wir es mit einem Nutznießer zu tun haben, der davon ausging, dass wir annehmen würden, alle Kinder seien von ein und derselben Person entführt worden, und darin seine Chance erkannte – eine vorbereitete Nebelwand.«

»Und die anderen beiden Möglichkeiten?«, fragte Suzanne.

Patrick war für einen Moment von einer Taube abgelenkt, die hinter ihr auf der Fensterbank erschienen war. »Die zweite Möglichkeit ist, dass Sean und/oder Helen in der Sache mit drin stecken. Wir müssen uns mit ihnen näher befassen. Und die dritte, welche für mich das wahrscheinlichste Szenarium darstellt, ist folgendes: Alice und Larry haben Frankie umgebracht, vielleicht war es ein Unfall, und vertuschen es.«

Sie waren alle still, als sie diese Möglichkeit in Betracht zogen. Was könnte es gewesen sein? Ein Streich, der schiefgelaufen war? Hatten sie Drogen herumliegen lassen, die Frankie gefunden und von denen sie eine Überdosis genommen hatte? Vielleicht war sie die Treppen hinuntergefallen oder aus dem offenen Fenster? Oder sie war durch die offene Hintertür verschwunden, während ihre Schwester mit ihrem Freund Sex hatte? Wie weit würde eine Dreijährige allein gehen? Patrick konnte sich das alles nur zu deutlich vorstellen: den Unfall, die Verzweiflung, die Panik. Und dennoch schien Alice nicht vollkommen verzweifelt zu sein, als er sie befragte. Sie hätte eine vollendete Schauspielerin sein müssen, um diesen Grad an Beherrschung durchzuziehen, nachdem sie gerade erst die Leiche ihrer kleinen Schwester beseitigt hatte.

»Was denken Sie, Adrian?«, fragte Suzanne. »Haben Sie irgendwelche Theorien?«

Winkler verzog das Gesicht. »Ich weiß nicht. Ich kann mir nicht vorstellen, dass die Teenager genügend Mumm haben, das zu vertuschen.«

Patrick fühlte sich irritiert, seine eigenen Gedanken wie ein Echo zu hören.

»Aber Sie haben keine besseren Ideen?«, fragte Carmella.

»Nicht schon wieder«, warnte Suzanne. Sie richtete ihre Aufmerksamkeit auf Patrick. »Ich denke, Ihr drittes Szenarium klingt plausibel. Holen wir Alice und Larry aufs Revier.« Sie schaute auf die Wanduhr und lächelte trocken. »Wir könnten das bis zur Teestunde erledigt haben.«

Sie einigten sich, dass Patrick losfahren würde, um Alice abzuholen, während Carmella Larry herbeischaffte. Sie wollten keinem der Teenager die Möglichkeit geben, den anderen zu warnen.

Dreißig Minuten später fuhr Patrick am Haus der Philips vor. Er fühlte sich wieder besser, endlich tat sich wieder etwas. *Nennen Sie mich DI Hai,* dachte er ironisch. *Schwimmen oder sterben.* Das Anwesen der Philips lag still und ruhig da, aber Helen öffnete die Tür fast sofort.

Leise sagte Patrick: »Ich muss mit Alice sprechen.«

Helen Philips hatte ihren Glanz verloren. Ihre Haut war matt, ihre Kleidung zerknittert, und ihre Augen waren blutunterlaufen und verschwollen.

»Das würde ich auch gerne tun«, antwortete sie. »Aber Alice ist verschwunden.«

KAPITEL 29
ALICE – TAG 5, SPÄTER NACHMITTAG

Schweißgebadet wachte Alice in ihrem Schlafsack auf. Sie wusste sofort, wo sie war; ihr Gehirn erlaubte ihr keinen Moment Aufschub von der Wahrheit, dem Horror ihrer Situation. Sie musste raus aus diesem ekelhaften, stinkenden Schlafsack. Aber ihr Körper gehorchte dem Gehirn nicht. Stattdessen lag sie hilflos da, während Szenen vom Vortag vor ihrem inneren Auge abliefen.

Die zweispurige Schnellstraße war leer gewesen, als sie mit gesenktem Kopf daran entlanglief. Ihr Rucksack fühlte sich an, als wäre er voller Backsteine, obwohl er eigentlich nur ein paar Klamotten enthielt, ihren Pass, ihr Handy, das iPad und die Ladegeräte. Tränen der Wut tropften ihr von der Nase und mischten sich mit dem Schweiß auf ihrem Gesicht. Sie leckte über ihre Oberlippe und schmeckte Salz. Als sie auf die Uhr gesehen hatte, war es gerade erst ein Uhr dreißig nachts. Ob sie schon gemerkt hatten, dass sie weg war? Und selbst wenn, es würde sie nicht interessieren. Sie hasste sie alle: Helen, Eileen, ihren Vater – alle gaben ihr die Schuld. Selbst ihre beiden besten Freunde hatten sie im Stich gelassen; Larry, indem er sich weigerte, mitzukommen, und was Georgia anging, sie hatte mit ihr geredet, aber die dachte im Moment nur an sich. Wie konnte sie nur? Sie sorgte sich nur darum, dass ihre Familie ihr das Taschengeld nicht gab, wenn doch die kleine Schwester der besten Freundin entführt worden war. Tränen der Wut wandelten sich jetzt in Tränen der Empörung.

Alice dachte an ihre knuddelige kleine Schwester, ihre weichen Füßchen, ihre winzigen Perlenzähne, wie sie in der

Wanne kicherte und wie gut ihr Nacken roch, wenn Alice ihre Nase darin vergrub, und sie musste noch mehr weinen. O Gott... es würde alles rauskommen, was sie getan hatten. Sie dachte an die Konsequenzen, und es überlief sie kalt trotz der Abendwärme. Was würden ihr Vater und Helen sagen, wenn sie es erführen?

Schon seit einer Stunde lief sie in Richtung Heathrow, sie wusste, dass sie genug Geld hatte, um einen Easyjet-Flug nach Spanien zu buchen oder auch sonst wohin. Aber die Idee hatte sie dann doch fallen gelassen, weil das ja Spuren hinterließ und ihr Vater sie finden könnte. Aber dann kam ihr eine andere Idee. Da gab es doch haufenweise leere Wohnungen in den Sozialbautürmen, den Kennedy Estates. Solange sie sich von Jeromes Wohnblock fernhielt, könnte das funktionieren.

Alice hatte ihr Handy herausgeholt und riskierte, es anzustellen. Sie ignorierte alle Nachrichten über verpasste Anrufe und SMS ihrer Familie, die sofort auf dem Display erschienen. Also wussten sie schon, dass sie weg war? *Erstaunlich*, dachte sie sarkastisch. Sie wusste, sie musste sich jetzt beeilen – man konnte ja ihren Aufenthalt herausfinden, indem man das Handy ortete. Wenn sie die Polizei informiert hätten, was sie wohl nicht getan hatten. Vielleicht nahmen sie an, dass sie von denselben Leuten entführt worden war wie Frankie. Dieser Gedanke war aufregend, aber sofort fühlte sie sich schuldig, sich ihr Gesicht auf dem TV-Bildschirm der Zehn-Uhr-Nachrichten vorzustellen. Hoffentlich würden sie ein hübsches Foto bringen, vielleicht das vom Toskanaurlaub im letzten Jahr, auf dem sie einen Sarong trug und einen Cocktail schlürfte. Und hoffentlich nicht das Foto aus der Schule, mit Blazer und Schlips und kaum geschminkt.

Sie hatte Larrys Nummer mit der Schnellwahltaste gewählt und fürchtete einen Moment lang, dass er den Anruf nicht annehmen würde. Sie war schon recht brutal zu ihm gewesen, als er sich weigerte, mit ihr abzuhauen – sie hatte ein paar richtig beleidigende Sachen gesagt. Aber er antwortete sofort. »Al, bist du okay?«

»Hallo, Larry. Ich kann nicht lange reden, ich will nicht geortet werden … 'tschuldige, was ich vorhin zu dir gesagt habe, Baby, ich hab's nicht so gemeint. Ich denke nicht wirklich, dass du ein rückgratloser Trottel bist, ehrlich, ich war nur verärgert. Ich brauche deine Hilfe, okay …?«

Larry unterbrach sie. »Wo bist du?«

Alice lachte. »Du denkst, ich sage dir das?«

»Nein, im Ernst, du musst es mir sofort sagen, weil ich mitkomme. Ich bin schon weg von zu Hause. Hab all meine Sachen hier, Schlafsack und alles. Hab die letzten drei Stunden versucht, dich zu finden.«

Ein breites Grinsen blühte auf Alices verschmutztem Gesicht auf. »Oh, Baby, das ist ja riesig. Wieso hast du deine Meinung geändert?«

»Du bist meine Liebste, Baby. Ich kann dich doch jetzt nicht allein lassen. Und ehrlich gesagt, du hattest recht, ich war ein total verdammter Feigling. Und die Bullen werden bald wieder da sein mit ihren Fragen und so'n Scheiß. Das Beste ist schon, wir hauen einfach ab.«

Frische Tränen schossen ihr in die Augen, Dankbarkeit und Spannung mischten sich.

»Aber wenn wir abhauen, denken sie ganz sicher, dass wir etwas damit zu tun haben!«

»Ich weiß. Aber es stimmt ja nicht. Pass auf, du musst auflegen. Wo bist du denn nun?«

»Lauf die A136 runter, nahe Whitton. Ich hab dich angerufen, um zu fragen, ob wir nicht in eine der leeren Wohnungen im Kennedys einbrechen können. Da gibt's doch unzählige, auf der anderen Seite der Siedlung, weit weg von Jeromes Bude.«

»Perfekt. Ich treffe dich hinterm Wayfarer Pub in Whitton, in ungefähr zwanzig Minuten? Ich bin schon ganz in der Nähe. Dann überlegen wir, wie wir in die Wohnungen kommen.«

»Krass«, sagte Alice und fühlte sich schon erheblich besser. »Pfeif, wenn du kommst, damit ich weiß, dass du's bist.«

* * *

Zehn Minuten später stellte sie ihren Rucksack auf einer Picknickbank im dunklen Garten des Pubs ab. Schattenhafte Umrisse von Klettergerüsten erhoben sich über ihr, als sie sich nervös umsah und mit den Schultern rollte, um die Steifigkeit vom Rucksacktragen wieder aus den Muskeln zu kriegen. Sie kletterte über die Bank und dachte an ihren Vater, wie es ihm wohl ging, und hatte Schuldgefühle. Aber dann lenkte sie sich ab – er wusste, dass sie zurechtkommen würde, im Gegensatz zur armen kleinen Frankie. Er würde es verstehen. Sie würde ihm eine E-Mail schicken von irgendeinem Internetcafé, sobald sie konnte.

Es war eine klare Nacht, der blauschwarze Himmel voller Sterne über der Dunstglocke der Natriumlampen der Stadt. Die Ruhe war unheimlich, und Alice begann sich nach Larrys Gegenwart zu sehnen, auch wenn er wieder... riechen würde. Was, wenn er aufgehalten worden war? Und was wäre, wenn er doch nicht kommen würde? Sie war erst seit dreieinhalb Stunden von zu Hause weg und sehnte sich bereits nach ihrem weichen Bett und einer heißen Dusche. Plötzlich erschienen ihr die Kennedy Estates doch keine so gute Idee. Um genau zu sein, sogar eine richtige Scheißidee – die Vorstellung einer dreckigen, mit Spritzen vermüllten Wohnung, die nach Pisse stank... wenn es nur vier Meilen nach Hause war, in ihr kleines Schlafzimmernest...

Leises Pfeifen unterbrach ihre Gedankengänge. Larry

pfiff *Ich glaub, ich will dich heiraten* von Bruno Mars, und das brachte sie zum Lachen.

»Pssst«, sagte sie. »Hier drüben.«

Da war ein Rascheln und Beben im Gebüsch, und dann erschien die dünne Silhouette von Larry. Er fluchte, als er im Dunkeln gegen den nächsten Tisch stieß.

»Au, Scheiße.«

Alice war aufgesprungen und umarmte ihn fest. Er war so dünn, dass ihre Arme ganz um ihn herumreichten, sogar noch um den Seesack auf seinem Rücken. Aus einer Seitentasche sah etwas kleines Pelziges hervor, und sie schloss verblüfft ihre Finger darum. Dann lachte sie.

»Ich glaub's nicht, du hast Spesh den Tiger mitgebracht?«

»Sei still«, sagte Larry, und sie konnte die Hitze seines Gesichts fühlen. »Erzähl es bloß niemandem.«

»Keine Sorge, mach ich schon nicht. Das ist süß. Du bist hammergeil«, erwiderte sie und fand im Dunkeln seine Lippen. Dann küsste sie ihn, als wäre es ihre letzte Chance für einen Kuss. Gerade als sie überlegte, ihn hinüber zu den Spielgeräten zu schleppen und auf dem Teppich aus Rindenmulch unter der Hängebrücke zu bumsen, zog er sich zurück.

»Hast du das ernst gemeint, das mit dem Verstecken in den Kennedy's?«

Sie setzten sich hin und hielten Händchen wie ein altes Ehepaar. »Ja. Nein. Ich weiß auch nicht. Was meinst du?«

Larry überlegte. »Ich meine, wir brauchen schon irgendein Dach überm Kopf zum Schlafen, oder? Irgendwas, wo sie nicht nach uns suchen. Hast du deinen Schlafsack mit?«

»Klar. Und Helens Yogamatte und ein aufblasbares Reisekopfkissen von meinem Vater, für lange Flugreisen.« Sie konnte einen gewissen Stolz nicht aus ihrer Stimme heraushalten. Dann kicherte sie. »Und du hast Spesh, dann haben wir sogar noch einen Wächtertiger. Alles, was wir brauchen.«

»Sei still«, erwiderte er und kitzelte sie, bis sie sich ihm lachend entwand.

»Wir brauchen aber eine Brechstange oder so was, um die Tür aufzubrechen, oder?«, fragte Larry. »Ich kann eine aus dem Baumarkt holen, wenn die um acht aufmachen. Aber woher wissen wir, welche Wohnungen leer stehen? Ich meine, ich kann ja nicht rumlaufen und Wohnungen von Leuten aufbrechen. Jerome würde das sofort rauskriegen und über uns herfallen wie eine Tonne Kartoffeln.«

Sie dachten darüber nach, und Alice hörte unweigerlich die Worte »Mischmetapher« in der Stimme ihrer schrecklichen Englischlehrerin. Dieser ganze Streich erschien ihr jetzt mehr wie etwas, was sie sich für die Abschlussprüfung in darstellender Kunst ausdächten, als dass es die Realität wäre. Das Nächstliegende wäre eigentlich, einfach Jerome zu fragen, da er über sämtliche Leute in den Estates Bescheid wusste – aber andererseits, er war der Letzte, der wissen sollte, dass sie hier sind.

»Eine vernagelte Wohnung. Das ist es, was wir brauchen. Erinnerst du dich, als wir Jerome letztes Mal besucht haben? Wir sind an Hunderten vorbeigegangen auf dem Weg zu seiner Wohnung. Wir sollten einfach nur in einen anderen Teil der Siedlung gehen, rauf ins höchste Stockwerk, warten, um festzustellen, dass niemand da ist, und brechen sie dann auf.«

»Du bist ein verdammtes Genie«, sagte Larry, und sie küssten sich wieder.

***

Sie verbrachten die Nacht im Garten des Pubs, koppelten die Reißverschlüsse ihrer Schlafsäcke zusammen und legten Spesh den Kuscheltiger – ironisch gemeint – zwischen sich wie ein Baby. Alice wünschte, es wäre Frankie. Um halb sechs wachten sie mit Rindenstücken in ihren Haaren und Tau auf den Schlafsäcken auf.

Zwanzig Minuten nach acht Uhr waren sie an der Kennedy-Siedlung. Zuvor hatten sie einen kleinen Abstecher zum Baumarkt gemacht, um das Brecheisen zu kaufen, schnell einen Kaffee zu trinken und sich auf der Toilette ein bisschen frisch zu machen. Zum Frühstück gab es einen Snickers für jeden.

Sie hatten sich für den elften Stock entschieden, Block G, und waren sich recht sicher, dass es dort keine weiteren Bewohner gab – alle drei Wohnungen auf dieser Etage waren vernagelt. Nach einer Stunde ohne weitere Lebenszeichen, selbst nachdem sie laut an die Türen geklopft hatten, fing Larry mit dem Brecheisen an zu arbeiten. Die hölzernen Planken splitterten laut, aber ließen sich ohne Probleme entfernen. Zu ihrer Freude stellten sie fest, dass die Tür dahinter nicht mal verschlossen war und sich einfach öffnen ließ. Sie grinsten sich an, als sie hineingingen.

Als sie sich umsahen, verging ihnen das Grinsen ein bisschen. Die vorigen Mieter hatten, so schien es, in aller Eile geräumt, und die Wohnung stank nach schimmeligem Teppichboden und altem Essen. Aber es gab noch ein altes Sofa und sogar einen Kochtopf in der Miniküche. Die Toilette war zwar dreckig, aber benutzbar.

»Das ist doch gar nicht so schlecht, oder?«, fragte Alice zweifelnd.

»Muss halt gehen«, erwiderte Larry, ebenfalls zweifelnd.

»Ich bin so müde«, jammerte Alice. Die wenigen Stunden Schlaf, die sie gekriegt hatten, waren nicht erholsam gewesen. Alles, was sie in dieser Situation tun wollten, war, sich einfach nur hinzulegen und zu träumen – Träume, in denen alles voller Glück und Normalität war. »Ich leg mich ein bisschen hin.«

***

Und jetzt lag sie hier, mariniert in ihrem Schlafsack, und versuchte ihr dummes Gehirn aus der Endlosschleife zu kriegen, die den vergangenen Tag wieder und wieder abspielte. Larry schlief noch. Er lag auf dem Boden zu ihren Füßen, wie ein treuer Labrador. Alice wollte aufstehen und ihn wecken, aber sie konnte sich immer noch nicht bewegen. Bewegung bedeutete, der Realität zu trotzen – und dazu war sie noch nicht bereit. Jetzt noch nicht.

Irgendwo in der Nähe hörte sie ein Baby weinen. Es kam ihr vertraut vor, und einen glücklichen Moment lang dachte sie, es sei Frankie. Aber sogleich zog die Erschöpfung sie wieder zurück in den Schlaf.

KAPITEL 30
PATRICK – TAG 5, SPÄTER NACHMITTAG

Helen Philips bat Patrick wortlos herein, sie drehte sich um und ging mit hängendem Kopf und hervorstehenden Schulterblättern voran ins Wohnzimmer. Patrick erinnerte sich an die arme Fiona Hartley, die ihm die Tür in der gleichen niedergeschlagenen Art geöffnet hatte. Rein äußerlich sahen sie sich nicht im Entferntesten ähnlich, aber es schien, als ob sie sich in tieftraurige identische Zwillinge verwandelt hätten.

Er sinnierte, ob es möglich ist, viele Pfunde Gewicht in kurzer Zeit zu verlieren, während er auf die Knochen ihres schmalen Rückens schaute, die durch das T-Shirt zu sehen waren. Ja klar, er selbst hatte fast zehn Kilo in den Wochen verloren, die auf Gills Mordversuch an Bonnie folgten. Aber er unterdrückte die Erinnerung an sein ausgehöhltes Ebenbild, als es wieder auftauchte. Er hatte jetzt keinen Platz im Kopf, um über Gill nachzudenken und was ihre offensichtliche Gesundung bedeuten könnte. Das Problem verbarg sich wie ein ungeladener Gast auf einer Party. Er würde sich bald damit befassen müssen, aber nicht jetzt.

Helen saß auf der Kante ihres Designersofas und kaute an ihren Fingernägeln, während sie zu ihm aufschaute. Hier saß eine Frau, der alles entglitt. Der Fernseher war auf *Sky News* eingeschaltet, der Ton auf leise gestellt.

»Wann haben Sie Alice das letzte Mal gesehen?«, fragte Patrick, mit dem Rücken zum Fernseher sitzend.

Ihr Blick wanderte durchs Zimmer, als ob die Antwort hinter der Topfpflanze oder unter einem Sessel liegen würde.

»Gestern Abend. Wir hatten... wir hatten einen Riesenstreit, und dann ist Eileen vorbeigekommen und hat uns von den Geiseln erzählt.«

Ihre Augen trafen sich, und er musste wegschauen.

»Als wir zurückkamen, war ich so fertig, dass ich gleich zu Bett ging. Sean und Eileen blieben noch auf. Sie haben getrunken – ich habe heute Morgen eine leere Flasche Gin im Abfalleimer gefunden.«

Ein Mann, der sich lieber hinsetzte und sich mit seiner Mutter betrank, als seine Frau zu trösten. Patrick hätte das gern in sein Notizbuch geschrieben, aber das musste warten.

»Als ich heute Morgen aufgestanden bin, ging ich in Alices Zimmer. Ich dachte, es wäre gut, sich zu entschuldigen, die Atmosphäre ein bisschen zu entgiften. Aber sie war nicht da. Ihr Bett sah aus, als ob jemand darin geschlafen hätte, aber das muss nichts bedeuten. Sie macht es eh nie. Sean und Eileen sagen, sie hätten sie letzte Nacht nicht gesehen. Sie waren zu sehr damit beschäftigt, sich zu besaufen.«

»Haben Sie versucht, sie anzurufen?«

Ein unmerkliches Nicken. »Ja, mehrmals. Ihr Telefon springt direkt auf Voicemail, als wäre es ausgeschaltet.« Ihr Stirnrunzeln vertiefte sich. »Warum wollen Sie sie eigentlich sprechen? O mein Gott, Sie glauben, sie hätte etwas mit Frankie zu tun?«

Patrick wich der Frage aus. »Wo sind denn Sean und Eileen jetzt?«

»Eileen ist irgendwohin ausgegangen, und Sean ist in Alices Zimmer ›auf der Suche nach Hinweisen‹.« Sie machte Gänsefüßchen in der Luft. Ihre Stimme troff vor Sarkasmus.

Patrick wollte Helen gerade bitten, ihren Mann zu rufen, als er Schritte auf der Treppe vernahm. Einen Moment später erschien Sean Philips in der Tür. Sein sandfarbenes Haar stand in Büscheln von seinem runden, blassen Gesicht ab. Blinzelnd sah er Patrick an.

»Detective.« Sean warf einen Blick auf seine Frau, die vor sich hin starrte. »Gibt's Neuigkeiten von Frankie?«

»Leider noch nicht. Würden Sie sich bitte setzen?«

Sean setzte sich neben Helen und versuchte ihre Hand zu nehmen. Aber sie zog sie weg, als wäre seine mit Schlamm verdreckt. Er sah tatsächlich klamm und verschwitzt aus, dachte sich Patrick. Seine Haut ähnelte feuchtem Fensterkitt. Patrick war auch aufgefallen, dass Sean sein Hemd falsch zugeknöpft hatte, sodass es auf einer Seite länger war. Wie seine Frau, stand auch Sean Philips vor dem Zusammenbruch, nur dass der Ehemann sich vergeblich bemühte, es zu verbergen.

Patrick räusperte sich. »Zuerst einmal wollte ich Ihnen versichern, dass wir immer noch alles Mögliche tun, um Frankie zu finden. Und in Anbetracht dessen, was in den letzten vierundzwanzig Stunden passiert ist, gehen wir noch einmal alles von Anfang durch. Ich muss Ihnen noch einmal ein paar Fragen stellen über die Nacht, in der sie verschwand.«

»Wir haben Ihnen doch schon alles erzählt, was wir wissen«, sagte Sean.

»Das stimmt, aber ...«

Patricks Worte wurden von Helens tiefem Luftholen unterbrochen. Sie schaute gespannt auf den Fernseher, nahm die Fernbedienung und stellte den Ton lauter. Patrick drehte sich um, um zu sehen, was sie so aufregte.

Die Eltern von Liam, Zoe und Keith McConnell, waren in den Nachrichten. Es gab eine Aufnahme von ihnen, wie sie in ihrem großen Vorgarten standen, mit dem Wagen im Hintergrund, aus dem Liam entführt worden war. Sie hielten ihren Sohn fest umarmt und strahlten in die Kameras. Keiner der beiden sah so aus, als würden sie ihn je wieder loslassen wollen. Und Patrick konnte sich Liams Zukunft gut vorstellen – seine

Eltern würden ihn nie wieder aus den Augen lassen und Tag und Nacht nicht von seiner Seite weichen. Aber er war in Sicherheit, das war es, was zählte.

Dann wurden die McConnells im Wohnzimmer interviewt, ein Zimmer, das diesem hier ziemlich ähnelte: direkt aus der Zeitschrift *Heim und Garten*, all diese cremefarbenen teuren Möbel, ein riesiges Familienporträt an der Wand hinter dem Sofa.

»Es gibt einfach keine Worte dafür, wie ich mich fühle«, sagte Zoe McConnell. Ihre Augen waren direkt auf die Kamera gerichtet. »Ich möchte ein riesengroßes Dankeschön an die Polizei richten, dafür, dass sie ihn für uns gefunden haben, und...« Ihre Stimme wurde brüchig, überwältigt von Gefühlen, und es klang, als wäre sie hier bei ihnen im Wohnzimmer – bis Patrick verstand, dass die weinenden Laute nicht von Zoe aus dem Fernseher stammten, sondern von Helen.

Sie schluchzte, ihr ganzer Körper schüttelte sich vor Kummer, und ihre Finger hatten sich in die Polsterung gekrallt. Sie nahm ein Kissen, zog es an sich und hielt es fest gegen den Bauch gepresst. Ein furchtbarer klagender Laut entfuhr ihr, und sie stampfte mit dem Fuß auf den Teppich, ihr Gesicht war rot angelaufen und tränenüberströmt.

»Frankie, oh, Frankie«, jammerte sie, ein Tsunami aus Kummer schüttelte ihren Körper. Sie wiederholte den Namen ihrer Tochter wieder und wieder. Sean versuchte, sie in die Arme zu nehmen, aber sie wich vor ihm zurück. Trotzdem blieb er an ihrer Seite, leidend und nutzlos.

»Wir werden sie nie wiederfinden.« Ihre Worte bebten im Hals. »Sie ist weg, verloren für immer.« Sie klang, als ob sie jemand schüttelte.

Sie hob das Gesicht und schaute Patrick direkt an. Hinter ihm zeigten die McConnells immer noch öffentlich ihre Freude. Helen richtete den Finger auf ihn und sagte: »Sie sagten, Sie würden sie finden. Sie haben uns im Stich gelassen. Sie haben Frankie im Stich gelassen.«

»Helen, das ist nicht fair«, sagte Sean kraftlos.

»Scher dich zum Teufel!«, fauchte Helen.

Patrick stand da und nahm es hin. Ihre Worte ließen ihn kalt werden, aber er konnte es ihr nicht verübeln.

»Wir werden sie finden«, sagte er. Ohne zu ergänzen: *Oder herausfinden, was mit ihr passiert ist.*

Eine frische Tränenflut brach hervor, und schließlich ließ sie sich doch von Sean in die Arme nehmen. Er strich ihr übers Haar und flüsterte zu ihr, während sie weiterweinte und den Rücken seines falsch geknöpften Hemdes umklammerte.

Patrick hatte sich noch nie so unbehaglich gefühlt.

»Ich geh mal Teewasser aufsetzen«, schlug er vor.

Während er darauf wartete, dass das Wasser kochte, klingelte sein Handy. Es war Carmella.

»Rat mal«, sagte sie.

»Larry hat die Fliege gemacht.«

»Alice auch? Ich kam dort an, und die Mutter textete mich auf der Türschwelle vielleicht fünf Minuten lang zu mit ›Lasst meinen armen kleinen Jungen in Ruhe‹, bis ich sie schließlich überzeugen konnte, mich hineinzulassen. Larry war nirgendwo im Haus. Sie gab schließlich zu, dass sie glaubte, er würde nur ausschlafen, tatsächlich hatte sie ihn aber seit letzter Nacht nicht mehr gesehen. Sie stellte dann fest, dass sein Rucksack weg ist, zusammen mit dem Spielzeugtiger, den er schon hatte, als er noch klein war.«

»Großer böser Junge, was?«

»Ich wusste es! Gott sei's gedankt! Sie sagte, dass der Tiger immer auf seinem Kissen läge. Das letzte Mal, dass er ihn mitgenommen hatte, war zu einem Campingausflug mit den Pfadfindern, da war er zwölf.«

Patrick konnte ein Lachen nicht unterdrücken.

»Das sind *Bambinos*«, sagte Carmella. »Er und Alice. Sie glauben, sie seien erwachsen, aber sie sind noch Kinder.«

Als Patrick ein paar Minuten später ins Wohnzimmer zurückkehrte, hielt er zwei dampfende Becher Tee mit jeweils drei Teelöffeln Zucker darin in den Händen. Helen wischte sich gerade das Gesicht mit einem Papiertaschentuch, der Fernseher war ausgeschaltet, und das Paar saß da, sich mit den Hüften berührend, den Blick geradeaus gerichtet. Auf Seans Brust war ein großer, feuchter Fleck.

»Es tut mir leid«, sagte Helen mit rauer Stimme.

Patrick stellte die Becher auf den Couchtisch und setzte sich ihnen gegenüber in einen Sessel. Er legte die Hände auf die Knie und beugte sich nach vorn.

»Ich muss Ihnen diese Fragen stellen. Über manches haben wir vielleicht schon gesprochen, aber es ist wichtig. Wir betrachten alles noch einmal aus einem ganz anderen Blickwinkel.« Absichtlich vermied er so kalte Wörter wie »Fall« und »Ermittlung«.

Die Philips nickten.

Er sammelte sich einen Moment lang, bevor er sich entschied, wie er vorgehen wollte. Er wollte vermeiden, dass Sean gleich zu Beginn meinte, seine Tochter verteidigen zu müssen. »Wie häufig sind Sie ausgegangen und haben Frankie in Alices Obhut gelassen?«

Sean antwortete. »Alle Jubeljahre einmal. Wir gehen sehr selten aus.«

»Ich gehe nie wieder aus und lasse sie allein«, sagte Helen leise.

»Es war also ein eher ungewöhnliches Ereignis? Es gab also keinen Abend, an dem Sie regelmäßig ausgingen, von dem jemand wissen könnte?«

»Guter Gott. Nein, überhaupt nicht«, erwiderte Sean.

Patrick hatte sein Notizbuch aufgeschlagen. Das waren

nur Aufwärmfragen, von deren Antworten er sich keine neuen Hinweise versprach, aber er schrieb sie auf, als ob sie wichtig seien.

»Wer wusste davon, dass Sie ausgehen wollten?«

Sean sagte: »Ich habe keine Ahnung. Ich glaube, ich hab auf der Arbeit ein paar Kollegen erzählt, dass wir zur Abwechslung tatsächlich mal ausgehen wollten.«

»Wie steht es mit Facebook oder Twitter? Haben Sie es da auch verkündet?«

Helen und Sean sahen einander fragend an. Sean sagte: »Ich halte mein Facebook nur selten auf dem Laufenden. Ich glaube nicht, dass ich irgendetwas geschrieben habe. Und Twitter benutze ich nur geschäftlich.«

»Ich bin mir sicher, dass ich es auch nicht getan habe«, sagte Helen.

»Die einzigen Menschen, die also davon wussten, dass Sie ausgehen wollten, waren Sie – die Familie – und ein paar Freunde und Arbeitskollegen? Hatten Sie einen Tisch im Restaurant reserviert? Sind Sie mit dem Taxi gefahren?«

»Ja, was die Reservierung betrifft, nein zum Taxi – wir gingen zu Fuß. Es sind nur zehn Minuten Weg. Es war ein schöner Abend. Aber das haben wir Ihnen ja schon gesagt.«

»Natürlich. Aber noch etwas Geduld.« Patrick wusste, dass sie schon im Restaurant Erkundigungen eingeholt und die Bedienung befragt hatten und dass niemand dort unter Verdacht stand.

»Also die einzigen anderen Menschen, die davon wissen konnten, waren jene, die es von Alice erfahren hatten«, stellte Patrick fest. »Was praktisch alle ihre Freunde einschließt.«

»Ja, nehme ich an«, erwiderte Sean. »Aber wir können sie momentan nicht dazu befragen, oder?«

Patrick kritzelte eine Zeile in sein Buch. »Lassen Sie uns später darauf zurückkommen. Alice erzählte mir, dass ihr

Freund Larry Gould an jenem Abend nicht hier gewesen sei. Glauben Sie ihr?«

Sean sagte: »Ja.«

Helen sagte: »Nein.«

»Hm, Sie scheinen unterschiedlicher Meinung zu sein.«

Sean sagte: »Ihr wurde deutlich gesagt, Larry an diesem Abend nicht einzuladen. Warum sollten wir ihr nicht glauben, wenn sie sagt, das habe sie auch nicht getan?«

»Warum haben Sie ihr das gesagt? Mögen Sie ihn nicht?«

Sean lachte humorlos. »Ich mag ihn, wie jeder Vater den Freund seiner Teenagertochter mag.«

Patrick wartete darauf, dass er das Offensichtliche sagen würde, und Sean enttäuschte ihn nicht. »Ich weiß, wie Jungen in diesem Alter sind.«

»Eigentlich ist er ein netter Junge«, sagte Helen. »Er ist ein bisschen ungehobelt, aber er weiß schon, ›wo es langgeht‹. Und er ist immer sehr höflich und ziemlich witzig. Ich kann verstehen, was Alice in ihm sieht. Sie ist in dem Alter, in dem Jungs, die ein bisschen gefährlich wirken und anders sind, als ihre Eltern es billigen, sehr anziehend sind.«

Patrick war beeindruckt, wie schnell Helen sich wieder in den Griff bekommen hatte. Sie hatte diesen gelassenen Gemütszustand, in den Menschen oft nach einer großen emotionalen Krise eintauchen.

»Warum wollten Sie denn nun, dass er nicht vorbeikommen sollte, während Sie aus waren?«

»Weil ich weiß«, erwiderte Helen, »wie Jungen *und* Mädchen in diesem Alter sind. Ich wollte nicht, dass sie jede Menge Krach verursachen und Frankie stören. Vielleicht liegt das daran, dass ich nicht Alices leibliche Mutter bin, aber der Gedanke, dass sie in ihrem Zimmer Sex haben könnten, störte mich nicht besonders. Ich meine, sie tun es ja offensichtlich sowieso.«

»Was?«, fragte Sean entsetzt.

»Oh, jetzt mach mal halblang, Sean«, erwiderte Helen. »Sie sind seit sechs Monaten zusammen. Natürlich schlafen sie miteinander.«

Sean sah aus, als sei ihm übel, und Patrick hatte die schreckliche Vision von sich selbst, wie er in dreizehn Jahren das Gleiche mit Bonnie erleben würde.

»Aber trotz der Warnung glauben Sie, dass Larry in jener Nacht doch vorbeigekommen ist?«, fragte Patrick Helen.

»Mich würde es wundern, wenn sie der Versuchung widerstanden hätten. Und ich wette, dass sie genau das taten, als Frankie… entführt wurde.« Ihr Gesicht verdüsterte sich wieder. »Alice war zu sehr damit beschäftigt, ihren Freund zu vögeln, statt sich um ihre Schwester zu kümmern.«

Sean sprang auf und richtete den Zeigefinger auf seine Frau. »Sprich nicht so über Alice. Nichts von all dem ist ihre Schuld.« Seine Gesichtsfarbe wechselte vor Patricks Augen von Weiß zu Rosa und schließlich zu Dunkelrot. Der Waffenstillstand zwischen den Philips war vorbei.

»Bitte«, sagte Patrick. »Mr Philips, setzen Sie sich wieder.« Er wartete, bis Sean sich wieder auf die Sofakante gesetzt hatte, bevor er weiterfragte: »Wissen Sie, ob Larry und Alice Drogen nehmen?«

Er erwartete den Ja/nein-Konflikt erneut, aber während Helen darüber nachdachte, sagte Sean: »Es würde mich nicht überraschen. Wie Sie schon über dieses… Sexthema sagten, sie sind doch Teenager, oder? Ich bin sicher, dass sie ein bisschen Gras rauchen.«

Patrick hatte das Wort seit Jahren nicht mehr gehört. Er fühlte sich alt. Er fragte: »Wie steht es mit härteren Drogen?«

Sean seufzte. »Keine Ahnung. Eltern wissen doch nicht wirklich, was ihre Kinder alles anstellen. Aber ich weiß *definitiv*, dass Alice mit Frankies Verschwinden nichts zu tun hat.

Sie hätte es uns gesagt, wenn sie etwas wüsste. Sie liebt ihre Schwester über alles.«

»Warum ist sie denn dann weggelaufen?«, fragte Helen.

»Weil sie«, erwiderte er in genervtem Ton, »die Nase davon voll hat, dass ihr jeder die Schuld gibt. Wie ich übrigens auch.«

Stille erfasste das Zimmer. Patrick dachte angestrengt nach. Alle diese Spekulationen führten ins Leere. Helen und Sean wussten absolut nichts. Alice war ein Teenager; und das ist so, als ob man einen Außerirdischen im Haus wohnen hat, ein Wesen, das man nie richtig kennen und verstehen würde. Die Polizei musste sie unbedingt finden.

»Okay... noch irgendeine Idee, wohin sie gegangen sein könnte? Hat sie Zugang zu irgendwelchen anderen Wohnungen? Entfernte Freunde oder Verwandte, wo sie untergekommen sein könnte? Irgendwas, was Ihnen einfällt?«

Sie verneinen.

»Was ist mit ihrem Handy?«, fragte Sean. »Können Sie es nicht orten?« Bevor Patrick antworten konnte, fügte er noch hinzu: »Ich habe mehrfach versucht, sie anzurufen, aber der Anruf wird sofort zur Voicemail weitergeleitet, so als ob das Handy ausgeschaltet ist. Können Sie Handys auch orten, wenn sie ausgeschaltet sind?«

»Ja. Aber nicht, wenn der Akku entfernt wurde. Wir versuchen es dennoch.«

Sein eigenes Handy klingelte. Es war Suzanne, zweifellos wollte sie ein Update. Er unterdrückte den Anruf und sagte: »Das ist alles im Moment. Wenn Ihnen etwas einfällt, wohin Alice gegangen sein könnte, oder sollten Sie irgendetwas von ihr hören, lassen Sie es mich bitte sofort wissen. Und es wäre auch sehr nützlich, eine Liste ihrer Freunde zu haben.«

»Ich schick Ihnen eine«, sagte Helen. Sie wirkte völlig erschöpft.

»Danke.«

Er verließ das Haus und ging ein Stück die Straße hinunter, bevor er Suzanne zurückrief. Während er darauf wartete, dass sie abnahm, drehte er sich noch einmal zum Haus der Philips um. Noch vor einer Woche war es voller Leben und Geräusche gewesen, voller Chaos und Energie.

Jetzt war es ein stilles, verlassenes Nest.

KAPITEL 31
WINKLER – TAG 5

Winkler stand auf dem Parkplatz der Wache und beobachtete Lennon und seine Assistentin Carmella, wie sie in verschiedenen Autos wegfuhren. Er war immer noch sauer darüber, wie diese Lesbe in der Besprechung mit ihm umgegangen war, aber am wütendsten war er auf Lennon. Wie zum Teufel konnte der immer noch diese Untersuchung leiten? Er konnte es einfach nicht fassen, ob der nun wirklich die DCI Suzanne bumste oder ob sie einfach nur geil aufeinander waren. Eins der beiden musste es sein, er würde es herausfinden und die beiden bloßstellen, damit jeder sehen konnte, wie korrupt diese Abteilung war. Aber zuerst mal würde er Lennon in den Boden stampfen, indem er das Kind finden und dem tätowierten Wichser beweisen würde, was für ein Scheißbulle er wirklich ist.

Er fuhr nach Hause und machte sich selbst eine Tasse grünen Tee – es war schließlich wichtig, seinen Körper in Form zu halten – und setzte sich dann an den Computer. Eine Hand ruhte auf seinem Bauch, und er fühlte seine strammen Bauchmuskeln, die andere Hand fuhr durch sein herrliches Haar. O Gott, wie schwierig es doch ist, bescheiden zu sein. Er widerstand dem Verlangen, die Website mit den japanischen Fetischen aufzusuchen, nach der er in letzter Zeit richtig süchtig geworden war, und rief stattdessen Facebook auf. Er loggte sich unter seinem Namen aus und dann wieder als Helen Philips ein.

Lennon meinte, dass das Teenagerduo Alice und Larry dafür verantwortlich war, was mit Frankie passiert war. Aber, wie er schon in der Besprechung gesagt hatte, konnte er sich nicht vorstellen, dass sie die Traute und das Köpfchen dazu hatten. Das Mädel wäre im ersten Verhör zusammengebrochen.

Nein, Winkler war sich sicher, dass die Eltern schuld waren. Vielleicht ein Unfall. Oder einfache Kindstötung. Scheiße, man sollte doch annehmen, dass Lennon einen Kindsmörder auf hundert Meter erkennen konnte, war er doch mit einer versuchten Mörderin verheiratet. Aber wenn man sich die Statistik ansah, dann waren in Fällen wie diesem, wenn nachbarliche Kindsentführer ausgeschlossen werden konnten, immer die Eltern die Schuldigen. Hinter der Mittelklassefassade der Anständigkeit verbargen Sean und Helen Philips etwas Dunkles. Er konnte es an ihnen riechen. Der Gedanke an Helen mit ihrem perfekten Pfirsicharsch und der Möglichkeit, dass sie ein böses Geheimnis hatte, gab ihm einen Ständer. Vielleicht würde er ja auf ihrer Facebook-Seite ein paar Fotos mit viel Fleisch finden.

Aber er wurde enttäuscht. Fast jedes Foto auf Helens Seite zeigte Frankie, zusammen mit ein paar Fotos von Armbändern, die sie anscheinend in ihrer Freizeit herstellte (alle mit Unmengen an LIKES ihrer Freundinnen), oder langweilige Nahaufnahmen von Bienen und Blumen, die sie mit ihrem tollen neuen Makroobjektiv im Park geschossen hatte. Interessant war, dass es nur wenige Fotos von ihr und Sean gab, außer ein paar Weihnachtsschnappschüssen, auf denen Alice schmollte und Sean besoffen wirkte. Ganz sicher gab es keine Fotos, die sie als Mitglied eines satanischen Kults ausweisen, irgendwas Anstößiges oder Ähnliches.

Ihre Statusmeldungen waren so konventionell wie der Sexappetit seiner eigenen Exfrau. Viel Austausch und LOL-Fotos, von Katzen und Leckereien, Fotos von Kuchen sowie Hunderte von wahnsinnig komischen (das heißt vollkommen unlustigen) Bemerkungen darüber, was Frankie gesagt oder getan hatte.

Trotzdem war er ein bisschen enttäuscht, er hatte mehr erwartet. Worauf er wirklich hoffte, war, dass ihr Log-in für Facebook das Gleiche war wie für ihre E-Mails. Vielleicht gab es da etwas Aufschlussreicheres. Aber bevor er dem nachging, entschied er, erst mal durch ihre Nachrichten zu scrollen.

Da gab es nicht viel. Ein Austausch mit einer alten Freundin, um einen Kinderspielnachmittag zu verabreden. Tratsch mit einer Frau vom Sport. Ein gemeinsames Jammern mit einer anderen Frau über die Herausforderungen, mit einem Kleinkind zu leben. Offensichtlich hatte Frankie ein anderes Kind im Kindergarten gebissen, und Helen war in totaler Panik, obwohl Sean es nicht als etwas Besonderes ansah. Er sagte, es sei nur eine Phase. Interessant, da gab es auch einen Austausch mit einer Freundin, die in der Schweiz lebte, Sarah, über Schwiegermütter. Da hatte sich Helen mal so richtig über Eileen ausgekotzt.

»Sie taucht einfach aus dem Nichts auf und erzählt mir, ich sei zu nachgiebig mit Frankie, dass ich strenger mit ihr sein solle, sonst würde sie vielleicht so enden wie Sean. Ich fragte, was sie damit meinte, denn soweit ich weiß, hat Sean nie etwas Böses getan – jedenfalls soviel ich weiß!! –, aber sie schwieg dann und meinte, so habe sie das nicht gemeint. Ich versuchte, sie zu drängen, aber sie meinte, Sean war in der Schule ein bisschen unartig, aber nichts, weshalb ich mich aufregen solle. Als ich Sean danach fragte, antwortete er, er habe keine Ahnung, was Eileen meinte.«

Das war ja interessant, Sean Philips hatte eine zwielichtige Vergangenheit. Was wussten sie überhaupt über ihn? Er war bei seiner alleinerziehenden Mutter aufgewachsen, Eileen, in Braintree, wo sie immer noch wohnte. Dann war er nach Birmingham gegangen, um dort an der Uni Betriebswirtschaft zu studieren, danach dann London, arbeiten in der Großstadt. Er war erfolgreich gewesen und hatte vor fünf Jahren eine eigene

Managementberatungsfirma gegründet. Die Erfolgsstory des Jungen aus Essex.

Winkler notierte sich, dass er mit Eileen reden wollte oder vielleicht sogar nach Essex fahren, um mit Seans alten Kumpeln zu reden.

Dann gab es da noch eine interessante Nachricht, geschickt von Helen an ihre Freundin Sarah – über Eileen.

»Sie ist so eine schlimme Rassistin. Obwohl ich ja selbst gemischtrassig bin, hab ich gehört, wie sie mal sagte, sie möchte nicht, dass Frankie in diesen Kindergarten geht, weil da so viele von ›denen‹ seien. Kannst Du das fassen? Hat sie denn nicht bemerkt, dass Frankie auch gemischt ist?!?«

Sarah gab einen entsprechend entsetzten Kommentar ab, und Helen fuhr fort: »Ich hab sie daran erinnert, dass ihre beiden Enkelinnen gemischtrassig sind, und sie sagte: ›Genau!‹«

Winkler drückte auf *Drucken* und wartete, dass der Scheißdrucker – gab es ein eigenwilligeres technisches Gerät als ihn? – zum Leben erwachte. Das könnte auch interessant sein. War Eileens Hinweis darauf, dass Sean früher über die Stränge geschlagen hatte, ein Seitenhieb darauf, Kinder gezeugt zu haben mit gleich zwei schwarzen Frauen? Falls Eileen irgendeine faschistische Fanatikerin war, dann würde sie das echt als furchtbare Sünde ansehen. Er seufzte. Das war es vermutlich, und in dem Fall würde ihn dann dieser Hinweis nicht weiterbringen. Nur das Gemeckere einer alten Rassistin.

Es gab keinen Hinweis auf die Frau, die Helen kontaktiert und behauptet hatte, zu wissen, wo Frankie ist. Er nahm an, dass sie zur Besinnung gekommen war und alle ihre Nachrichten gelöscht hatte.

Er war schon dabei, sich in Helens E-Mails einzuloggen, als ein Icon in der Ecke des Bildschirms blinkte: Es gab eine neue Nachricht.

Sie kam von jemandem, der ihm unbekannt war, jemand namens Hattie Styles. Keine von Helens Facebook-Freundinnen. Styles Avatar war eine gefährlich aussehende schwarzweiße Katze. Winkler fand das sofort verdächtig. Und dann der Name... er war zwar kein Fan der neuen Popmusik, aber selbst er hatte von One Direction und Harry Styles gehört. Das war doch ganz offensichtlich eine Variation des Namens. War das ein Hinweis darauf, dass er es hier mit einem weiblichen Teenager zu tun hatte?

»Ich wusste, Frankie würde nicht in dem Haus sein.« Lautete die Nachricht.

Winkler pausierte und hielt seine Finger über der Tastatur. Er tippte, als Helen: »Woher wusstest Du das? Wer bist Du?«

Die Antwort kam sofort. »Sie sollten näher am Zuhause suchen...«

»Was meinst Du damit?«

Er wartete. Er war angespannt und aufgeregt. Er fügte hinzu: »Bitte sag's mir. Ich muss wissen, was mit Frankie passiert ist. Ich wäre Dir so dankbar, wenn Du mir etwas erzählen könntest.«

Jetzt kam keine sofortige Antwort. Scheiße, hatte er sie misstrauisch gemacht? Zu verzweifelt geklungen? Vielleicht wäre es besser, auf cool zu schalten. Aber er wollte, dass Hattie glaubte, sie habe Macht, und dann damit angeben würde. Es war natürlich recht unwahrscheinlich, dass sie etwas wusste, aber man musste es versuchen.

Endlich kam eine Antwort: »In Ihrem Haus lebt ein Dämon.«

Das klang interessant. Sprach Hattie von Sean?

Er tippte: »Wovon redest Du?«

»Ihre Stieftochter. Sie ist böse. Ein böses Miststück!!!«

Er antwortete mit: »???«

»Alice hat Klein-Frankie umgebracht. Sie ist eine Teufelin.

Sie und ihr Freund. Sie sind beide böse und werden in der Hölle schmoren für ihre Taten.«

Winkler grinste. Offensichtlich eine Verrückte. Sie hatte wohl ein Foto von Alice in der Zeitung gesehen und sofort Abneigung verspürt.

»Mach Dich nicht lächerlich«, schrieb er. »Alice ist ein nettes Mädchen.«

Sofort kam die Antwort: »Das denken Sie vielleicht. Ich kann beweisen, dass sie schlecht ist. Und jemand so Böses hätte ganz einfach ein kleines Kind töten können. Ich weiß, wie sie ist.«

Er tippte: »Ich habe geglaubt, Du hast wirklich Informationen, aber Du redest ja nur Blödsinn.«

Hattie antwortete: »Ich kann es beweisen. Ich schicke Ihnen den Link zu einem Video, das Ihre Stieftochter gemacht hat. Denken Sie daran, Alice, die Böse, hat das getan. Sie ist schuld!!!«

Winkler wartete wieder, diesmal schien es ewig zu dauern. Er begann zu denken, dass Hattie sicher nur bluffte oder kalte Füße bekommen hatte, aber dann kam die Antwort, mit dem Link zu einer externen Seite.

Er klickte ihn an. Wie Hattie Styles versprochen hatte, führte er zu einem Video. Winkler drückte auf *Play* und sah es sich an.

»Nun, ich will verdammt sein, wenn das nichts ist«, sagte er.

KAPITEL 32
HELEN – TAG 5

Helen saß mit dem Rücken zur Tür im Arbeitszimmer, behielt aber den Bildschirm des Laptops im Auge, auf dem Reflexionen von Bewegung zu sehen wären, sollte Sean das Zimmer betreten. Er würde sicherlich sauer sein, wenn er den Inhalt ihrer E-Mails an Marion sehen würde. Nach der Rückkehr vom Treffen mit Janet Friars fand Helen eine E-Mail von ihrer Fitnessfreundin vor, die sie fragte, wie es ihr ginge. Nach ein paar schnell hin und her gesendeten E-Mails hatte Helen Marion gefragt, was sie am Abend vorhabe, und ihre Freundin hatte geantwortet, dass sie ein Date mit einem Typ habe, der so heiß sei, dass er Brad Pitt wie Shreck aussehen ließe. Sex stand offensichtlich heute Abend auf dem Plan.

»Eigentlich kann ich mir Sex mit Sean gar nicht mehr vorstellen«, antwortete sie. Sie hielt inne und starrte auf die Fotomontage an der Wand über dem Schreibtisch. Eine Auswahl der besten Fotos ihrer letzten Urlaubstage, von ihr, Sean, Alice und Frankie, meistens an Stränden mit windgepeitschtem Haar und sonnengebräunter Haut, nur Sean stand blass und sommersprossig neben seinen mokkafarbenen drei Mädels. Sie fragte sich, nicht zum ersten Mal, wie es für Alice war, dass sie, Helen, für ihre Mutter gehalten werden konnte. Dann fügte sie hinzu: »Wie deprimierend ist das?«

Marion hatte sofort geantwortet: »Mach Dir mal keine Sorgen, Du stehst unter grossem Stress. Sex ist wahrscheinlich das Letzte, woran Du jetzt denkst.«

Helen schlug die Beine übereinander und drückte sie eng

zusammen. »Nein«, antwortete sie und tippte wie wild auf die Tasten. »Ich bräuchte es dringend, damit ich wenigstens vorübergehend alles vergesse. Ernsthaft. Aber jedes Mal, wenn ich mir vorstelle, wie schön es wäre, wenn Sean und ich Sex hätten, dann törnt mich einfach nur ab, wie er jetzt ist, so kalt und unnahbar. Und ich fühle mich so schuldig, überhaupt daran zu denken, jetzt, wo Frankie verschwunden ist...«

Helen zögerte, bevor sie auf *Senden* drückte. Vielleicht war ihr »Mitteilungsbedürfnis« zu groß, etwas, wozu sie neigte, gewöhnlich nach zu viel Weißwein. Dies war eine solche Situation, entschied sie, löschte die letzten Sätze und schrieb stattdessen: »Ja. Nicht so richtig in Stimmung zurzeit ... muss jetzt gehen...«

Sie war nicht bereit, zuzugeben, dass ihr Diazepam zu wirken begann. Es war ihre einzige Chance, ein bisschen Schlaf zu finden, seitdem Frankie nicht mehr da war.

»... Danke für die Nachrichten. Es war schön, von dir zu hören.«

Marion antwortete: »Sehe Dich im Fitnessstudio, Süsse. Du wirst deine Prinzessin schon sehr bald wieder zurückbekommen. Halt durch! XXX«

Sicher, dachte Helen und wischte eine fette Träne weg, die auf ihre Tastatur getropft war. »Tschau XXX.«

Dann saß sie lange Zeit ganz still und dachte über die Worte nach, die sie ihrer Freundin in einem Moment der Aufrichtigkeit beinahe gesendet hätte. Sie brauchte unbedingt Sex; begehrte seine Fähigkeit, alles vergessen zu lassen – aber ihre einzige verfügbare Option starrte gerade mit ausdruckslosen Augen auf den Fernseher im unteren Stockwerk, mit einer fast leeren Flasche Rotwein neben sich, die Zunge schwarz verfärbt. Das letzte Mal, als sie nach unten ging, um sich eine Tasse Tee zu holen, hatte Sean *Englands und Irlands nächstes Topmodel* geschaut, ein Programm, das Alice liebte, aber das Sean so hasste, dass er sich eigentlich eher mit einem Löffel die Augen aus den Höhlen kratzen würde, als es sich freiwillig anzusehen.

Wann hatten sie das letzte Mal miteinander geschlafen? Sie brauchte einige Zeit, um sich daran zu erinnern: Es war der Tag vor Frankies Entführung gewesen, ein wortloser Quickie mitten in der Nacht. Am nächsten Abend im Restaurant hatte sie sich gefragt, ob sie wohl schon wieder schwanger sein könnte. Sie erinnerte sich an ihr Gefühl von wahrhaft berauschender Glückseligkeit bei dem Gedanken an ein weiteres Baby, das Sean auch wollte, eine Bestätigung, dass ihre Ehe funktionierte und ihre Familie sich vergrößerte – und dann, nur weniger als eine Stunde später, lag alles in Scherben, als ob eine riesige Abrissbirne plötzlich ihr Leben völlig plattgemacht und mit ihrer großen, harten, glatten Oberfläche alles Licht, ihre Zukunft und ihre Hoffnung ausgelöscht hätte... zumindest bis Frankie nach Hause käme.

Sie machte sich nicht die Mühe, Sean Gute Nacht zu sagen. Überwältigt von ungeheurer Müdigkeit, die so groß war, dass sie nicht einmal die Energie aufbringen konnte, sich das eine Stockwerk nach unten zu schleppen, um ihm zu sagen, dass sie sich in die Falle haue. Es erschien ihr einfacher, den Laptop zuzuklappen, flüchtig die Zähne zu putzen, ihre Kleider abzustreifen und ins Bett zu fallen und in eine Art von Drogen benebelter Benommenheit zu versinken.

Ein paar Stunden später erwachte sie in völliger Dunkelheit. Sie lag auf der Seite und war sich nicht ganz sicher, ob sie das stupsende Gefühl in der Gegend ihres Steißbeins nur träumte. Sie war sich nicht völlig im Klaren, ob sie wirklich wach war. Seans Atem ging leicht und schnell an ihrem Nacken, und das Stupsen wurde hartnäckiger. Davon erregt, bewegte sie ihren Hintern nach hinten und kam ihm entgegen, erwiderte den Druck und spürte, wie die Spitze seines Schwanzes zwischen ihre nackten Backen glitt. Vielleicht lag es daran, dass es dunkel war, oder auch, weil sie mit dem Rücken zu ihm lag und den schieren Kummer in seinen Augen nicht sehen musste, oder vielleicht wegen ihrer lüsternen Gedanken von vorhin, dass sie sich ungeheuer angetörnt fühlte. Alles in ihr konzentrierte sich auf seinen Penis, die Sanftheit seiner Eichel, wie sie suchte und kurz in Richtung After drückte, dann jedoch weiter nach unten in sie hineinglitt und fordernd in ihre feuchte Höhle stieß… Helen fühlte, wie sich auch ihre Atmung veränderte, und dann fing sie an zu stöhnen.

»Sean«, raunte sie. »Mein Liebling.«

Er kam fast sofort, stieß tief in sie hinein und erschauderte. »Ich liebe dich«, sagte er.

Erst jetzt bemerkte sie den Geruch nach schalem Alkohol, der von ihm ausging, und bevor sie sich entscheiden konnte, ob sie etwas dazu sagen sollte, hatte sich sein Atmen bereits verändert. Er war eingeschlafen.

Helen lag mit offenen Augen in der Dunkelheit und starrte auf die Digitalanzeige der Uhr. Sie fragte sich, wo wohl Frankie jetzt sein könnte. Ob sie es warm hatte. Ob sie litt. Sean drehte sich im Schlaf zu ihr herum und murmelte etwas vor sich hin. Sie fühlte sich einsamer als jemals zuvor.

KAPITEL 33
PATRICK – TAG 5

Patrick schloss die Tür zu seinem Elternhaus auf, etwas überrascht, *Dora die Entdeckerin* vom Fernseher im Wohnzimmer zu hören, wie sie Swiper drängt, mit Wischen aufzuhören. Er sah hinein und sah Bonnie auf dem Sofa sitzen, sie hatte ihr neues Spielzeug, einen kuscheligen Affen, den er an der Tankstelle gekauft hatte, an die Brust gedrückt. Die kindersichere Absperrung zur Treppe hin war geschlossen, und Bonnies Lider schlossen sich trotz des Lärms vom Fernseher langsam. Plastikspielzeug und Kinderbücher in grellen Farben lagen über den ganzen Raum verteilt, die Nachwirkungen des kindlichen Hurrikans, der jeden Tag durch das Haus fegte und den Patricks Mutter Mairead in stundenlanger Arbeit wieder zu richten versuchte. Sie weigerte sich, Patrick eine Putzhilfe anheuern zu lassen, obwohl er protestierte. Zum zehntausendsten Mal fühlte er sich schuldig, und dann fühlte er einen Stich Verbitterung Gill gegenüber.

Seine Eltern saßen in der Küche am Tisch mit halb geleerten Teetassen vor sich.

»Was ist los?«, fragte er und reagierte damit auf ihre bedrückten Gesichter. »Ist etwas passiert?«

»Oh, hast du dich entschlossen, uns auch mal zu besuchen?« Jims Gesichtsausdruck war sauer.

»Nicht doch, Jim.« Mairead versuchte zu lächeln. »Magst du auch einen Tee, Pat?«

Patrick ignorierte die Frage und wandte sich an seinen Vater. »Du weißt doch, dass ich mitten in einem sehr anstrengenden Fall stecke. Du solltest auch wissen, dass ich mich schlecht dabei fühle, euch Bonnie immer wieder aufhalsen zu müssen.«

Normalerweise hätte spätestens jetzt Pats Vater gesagt: »Das macht doch nichts.« Aber heute sagte er: »Und das solltest du auch. Deine Mutter ist erschöpft. Sind wir beide. Wir lieben Bonnie von Herzen, aber wir sind jetzt Rentner. Wir sollten unseren Ruhestand genießen, aber wir sind hier im Haus jeden Tag wie festgebunden.«

»Jim!«, protestierte Mairead, aber Patrick lief das Blut kalt durch die Adern. Es war offensichtlich, dass es das gewesen war, worüber die beiden gesprochen hatten und warum Bonnie allein nebenan saß. Und er machte ihnen keine Vorwürfe. Stattdessen wurden seine Schuldgefühle noch schlimmer und raubten ihm all seine Kraft. Er ließ sich auf den Stuhl am Tisch fallen und rieb sich das Gesicht.

»Ich weiß doch Bescheid. Es tut mir sehr leid, ich fühle mich deshalb beschissen.« Seine Augen brannten.

»Guck, was du angerichtet hast«, zischte Mairead ihren Mann an. »Pat, Lieber, mach dir keine Sorgen – dein Vater und ich haben nur einen schlechten Tag, das ist alles. Bonnie hat rumgezickt, sich hingeworfen. Eine volle Schüssel Cheerios hat sie über den Küchenboden verteilt, und im Tesco ist sie ausgerastet, weil ich ihr nichts Süßes kaufen wollte … ach und ja, sie hat sich den ganzen langen Tag geweigert, zu tun, was wir ihr sagten.«

»Sie ist vollkommen verwöhnt«, murmelte Jim.

»Na ja, wir waren wohl diejenigen, die sie verwöhnt haben.« Mairead stand auf, ging zu Pat und legte ihm die Hand auf die Schulter. Pat fühlte sich schlagartig in seine Kindheit versetzt, wie er als Kind aus der Schule nach Hause gekommen war, wieder mit einem schlechten Zeugnis, in dem stand, er müsse sich mehr anstrengen; dass er »so gelassen sei, obwohl er quasi schon am Boden liege«. Jim hatte dann den Kopf geschüttelt und Patrick ins Gewissen geredet, dass er so niemals sein volles Potenzial ausschöpfen würde, wenn er sich nicht zusammennimmt. Seine Mutter blieb allerdings immer ruhig und vernünftig, kochte ihm sein Lieblingsessen, damit er sich besser fühlte. Aber genau wie damals wusste er, was in ihr vorging, welche Gefühle sie hegte und die in Worte zu fassen sie zu nett war.

Patrick sagte: »Vater hat ja recht. Ich verlange zu viel von euch, verlasse mich vollkommen auf euch. Ich muss da was verändern – eine Kinderfrau anstellen oder so. Bonnie kann in den Kindergarten gehen.«

»Aber Pat, das ist doch viel zu teuer. Wir freuen uns doch, auf sie aufzupassen. Ich will nicht, dass du dein ganzes Einkommen in die Kinderbetreuung steckst.«

»Ich kann gerne was dazugeben, für 'ne Kinderfrau oder so«, sagte Jim. Und fügte schnell hinzu: »Nicht etwa, weil ich nicht gern mit Bonnie zusammen bin, aber... wir sind einfach zu alt dafür. Wir brauchen mehr Zeit für uns selbst.«

Patrick nickte. »Ich weiß, ich weiß. Hört zu, sobald dieser Fall zu Ende ist, finde ich eine Lösung. Versprochen.«

Alle drei schwiegen. Das einzige Geräusch war ein singendes Meerschweinchen aus dem Fernsehen nebenan.

»Was wird mit Gill?«

Beide, Patrick und Mairead, blickten Jim erstaunt an. Normalerweise vermied er es, Gills Namen zu nennen.

»Sie kommt wohl nicht dafür infrage, auf Bonnie aufzupassen«, sagte Mairead.

»Das weiß ich. Ich will sie nicht in der Nähe unserer Enkelin haben. Weißt du, was da drinnen vor sich geht? Und wann sie sie herauslassen? Wird sie Besuchsrechte kriegen?« Bevor Patrick etwas dazu sagen konnte, feuerte sein Vater weitere Fragen auf ihn ab. »Du warst doch letztens bei ihr, oder?«

»Ja.«

»Und – wie ging es ihr?«

»Es scheint ihr... besser... zu gehen. Sie ist glücklicher. Mehr ihr altes Selbst.«

»Also was? Lassen sie sie raus? Was machst du, wenn das passiert?«

Patrick seufzte. »Weiß ich noch nicht. Dazu kann ich gar nichts sagen.«

»Ich verstehe immer noch nicht, warum du dich damals nicht hast scheiden lassen von ihr...«

»Jim!« Mairead mischte sich jetzt ein. »Verdammt noch mal, halt die Klappe.«

Jim schmollte wie ein Kleinkind. »Na gut. Aber ob und wann sie sie rauslassen, du wärst bescheuert, sie wieder aufzunehmen, mein Sohn. Genauso verrückt wie sie.«

Den Flur hinunter hörte man Bonnie jammern. Sofort sprang Mairead auf und ging zur Tür.

Patrick hielt sie fest. »Nein, lass nur Mama, ich geh schon.«

Er beeilte sich, zu Bonnie zu kommen, und rief: »Bin gleich bei dir, Kleines, Papa kommt ja schon.«

Gleichzeitig dachte er an die Fragen seines Vaters. Ja, warum hatte er sich nicht von Gill scheiden lassen? Und was würde er tun, wenn sie entlassen würde. Liebte er sie noch?

Das alles war ein viel größeres, viel komplizierteres Puzzle als irgendein vermisstes Kind.

***

Er wartete, bis Bonnie gefüttert, gebadet und ins Bett gebracht worden war, bevor er wieder zurück zum Revier fuhr. Seine Eltern saßen vor der Glotze, sein Vater brütete über einem Sudoku, während seine Mutter *Coronation Street* guckte. Während des ganzen Tages hatte ihn Carmella über die

Entwicklungen auf dem Laufenden gehalten, Fortschritte gab es keine, und sie hatten auch weder Alice noch Larry finden können.

Als Patrick an seinen Schreibtisch kam und seine E-Mails checkte, fand er darin die Liste von Alices Freunden, die ihm Helen geschickt hatte. Ganz oben stand Alices beste Freundin, Georgia, danach folgten etwa vierzig weitere Namen. Wie können Mädchen so viele Freundinnen haben? Er überlegte, dass ihre Facebook-Freundesliste noch erheblich länger sein würde, aber laut Helens Mail handelte es sich hier um ihre wirklichen Freunde.

Das war nun wirklich ein Job, den er an einen Untergebenen delegieren könnte, aber Patrick wollte auch die Stimmen der Mädchen und Jungen aus der Liste hören. Er wollte jede Lüge heraushören, jedes Ablenkungsmanöver. Er nahm den Hörer seines Tischtelefons und begann zu wählen. Zuerst die Nummer ganz oben auf der Liste.

Das würde eine lange Nacht werden.

* * *

Zum zweiten Mal in dieser Woche erwachte er davon, dass Tageslicht den Raum erhellte und der Staubsauger der Reinigungskräfte in der Nähe zu hören war. Er hob den Kopf vom Schreibtisch und pellte sich Papier vom Gesicht. Er setzte sich auf und rieb seine brennenden Augen.

Der Staubsauger wurde abgestellt, aber jetzt war ein anderes Geräusch zu hören: Schreie. Er stand auf, ignorierte das Stöhnen jedes Muskels seines Körpers und ging hinaus auf den Flur. Jemand – eine Frau – schrie Obszönitäten, es kam aus der Richtung des Empfangs.

Er entschloss sich, mal nachsehen zu gehen. Vielleicht konnte er helfen. Er fand dann zwei Polizisten vor, die versuchten, eine alte Frau aus dem Gebäude zu drängen, während sie immer noch »Babys!« und »diese Jugendlichen!« schrie.

Einer der Polizisten appellierte an sie, sich zu beruhigen, woraufhin sie sich auf den Boden warf, genau wie Bonnie es vermutlich im Supermarkt getan hatte.

»Die haben versucht, mein Baby zu töten!«, schrie sie und stampfte auf den Boden.

Es wurde Zeit, einzugreifen und zu helfen.

»Kommen Sie«, sagte er und kniete sich neben die Frau. Er sah zum Kollegen hoch und sagte: »Ist okay, ich übernehme.«

»Sind Sie sicher, Sir?«

»Ja, keine Sorge.« Vorsichtig richtete er die Frau aus ihrer knienden Stellung auf. »Wir kennen uns, nicht wahr, Martha?«

KAPITEL 34
WINKLER – TAG 6

St. John's war eine der größten und besten höheren Schulen in Richmond, die Art von Schule, die die Grundstückspreise der Umgebung in die Höhe schießen ließ, weil Eltern, die sich nicht leisten konnten, ihre Kinder auf eine Privatschule zu schicken, alles taten, um in dieses Einzugsgebiet zu ziehen. Und es war auch die Schule, die Alice und ihr Freund besuchten, der in einem der von der Stadt verwalteten Häusern wohnte, von denen sich die Eltern der Mittelschicht wünschten, dass man sie abreiße und woanders aufbaue, damit mehr Platz für ihre eigenen kleinen Lieblinge bliebe. Wenn diese Eltern wüssten, was Winkler sich gerade angesehen hatte, dann würden sie sich schnellstens überlegen, ihre übertreuerten Häuser zum Verkauf auszuschreiben, und sich nach einer anderen Schule umschauen.

Das war Dynamit gewesen. Nachdem das Mädchen – er nahm an, dass es eins war –, das sich Hattie Styles nannte, ihm den Link zugesandt hatte, sah er sich das Video mit offenem Mund an. Er war so schockiert und amüsiert zugleich von dem, was er sah, dass sein Gehirn vergaß, die üblichen Signale an seinen Körper zu senden, die ein Porno gewöhnlich hervorruft.

In dem zehnminütigen Clip vögelten ein Junge und ein Mädchen – oder sollte er eher sagen eine junge Frau und ein junger Mann – miteinander, was eigentlich mehr oder weniger Blümchensex war. Klamotten runter, ein schneller Blowjob, gefolgt von Sex in Missionarsstellung und ein bisschen Sex im Hundestil im Doppelbett. So, wie Pornos heutzutage gedreht wurden, war das hier eher am softeren Ende der Skala. Was den

Clip allerdings besonders machte, war die Tatsache, dass sie, bevor sie sich auszogen, Schuluniformen trugen und Masken vorm Gesicht, um ihre Identität zu verbergen. Weil er ihre Gesichter nicht sehen konnte, war es Winkler auch nicht möglich, genau zu schätzen, wie alt sie waren. Er vermutete allerdings angesichts ihrer Körper und ihrer Stimmen, die er hörte, als sie ein paar Zeilen eines klischeehaften Dialogs sprachen, dass sie nicht älter als fünfzehn oder sechzehn sein konnten. Eine schneller Google-Bilder-Search verriet ihm, dass die Uniformen, wie er vermutete, die der St.-John's-Schule waren.

Als das Video zum Ende kam, war Hattie Styles nicht mehr online. Er druckte alle ihre Nachrichten aus – und, was äußerst wichtig war, seine eigenen Antworten, in denen er sich als Helen ausgegeben hatte – und löschte sie dann aus Helens Eingangsmeldungen auf Facebook. Er lehnte sich zurück und dachte darüber nach, was das alles bedeuten könnte und ob es mit den Ermittlungen zu tun habe. Das Mädchen in dem Clip war ganz klar weiß, was bedeutete, dass es nicht Alice war. Aber Hattie hatte ihm geschrieben, dass Alice für das Video verantwortlich sei. Also ... was? Hatte sie es gefilmt? Waren sie und ihr Freund Regisseure von Amateurpornos? Du liebe Güte, diese Teenager heutzutage. Als er ein Junge war, war die schlimmste Sache, die er je getan hatte, Sieben-Zoll-Singles bei Woolworth zu klauen und sich hin und wieder mit den Jungs aus der Nachbarschule zu prügeln. Das, was damals Porno am nächsten kam, war eine heimlich an seine Kumpel weitergereichte Ausgabe von *Penthouse*, in der sie das »Buschwerk« bewundert hatten. Jetzt lebte er in einer Welt, wo Frauen keine Schamhaare mehr tragen und jeder Teenager in der westlichen Welt unmittelbaren Zugang zu jeder Art von Hardcore-Porno hat, der je gedreht worden ist. Er seufzte. Diese Generation hatte so ein verdammtes Glück.

***

Er war jetzt auf dem Weg zur Schulrezeption. Es war die Zeit des Sommersemesters, wo die meisten Schüler ihre Examen beendet hatten und eine gewisse Ausgelassenheit die Luft schwängerte. Winkler fühlte sich, als ob er eine Handgranate in der Tasche hätte, die all diese sorgenfreien guten Gefühle zerstören würde. Den Stift ziehen und *bummm!* Er hatte den Schwung eines Tigers in seinem Gang. Er drückte auf die Klingel, um von der Rezeptionistin eingelassen zu werden.

Fünf Minuten später saß er im stickigen Büro der Schulleiterin und trank ein Glas lauwarmes Leitungswasser. Die Schulleiterin Hazel Fletcher war eine kluge weiße Frau mit goldenem Bubikopf, die ihn ein bisschen an Helen Mirren erinnerte. Eine silberne Füchsin. Er fühlte sich ein wenig schuldig, dass er ihr den Tag ruinieren musste.

»Ich habe etwas herausgefunden, das mit einigen ihrer Schüler zu tun hat und Sie schockieren könnte«, sagte er.

Hazel Fletcher schenkte ihm ein sarkastisches Lächeln. »Ich habe fast dreißig Jahre mit Kindern gearbeitet, Detective Winkler. Mich kann man nicht mehr so leicht schockieren.«

»Haben Sie Internetzugang mit diesem Computer?«, fragte er. »Und haben Sie eine Firewall, die den Zugang zu Sexwebsites blockiert?«

Hatte sie. Winkler wartete, während ein Typ mit einem Kopf, kahler als der Arsch eines Pavians, an den Einstellungen von Hazels Computer herumfummelte. Nachdem Glatze wieder weg war, las Winkler die URL des Pornoclips vor und lehnte sich dann zurück, während die Schulleiterin ihn sich ansah. Ihr Gesicht verriet nichts. Er fragte sich, ob sie davon vielleicht etwas angetörnt wurde. Sie würde es niemals zugeben, so wie er auch nicht, aber wenn man es genau nahm, sind Menschen auch nur Tiere. Die ganze Bande war doch nur ein paar nette soziale Gepflogenheiten davon entfernt, sich die Klamotten runterzureißen und es scharenweise in den Straßen zu treiben.

Winkler erzählte Hazel, was er über die Herkunft des Videos wusste. »Und niemand weiß, wo sich Alice Philips und Larry Gould gerade aufhalten.«

Er hatte erwartet, dass sie anfangen würde, davon zu faseln, was für Musterschüler Alice und Larry seien, und wie sie sich unmöglich vorstellen könne, dass sie solch eine fürchterliche Sache getan haben könnten. Aber er merkte, dass sie nicht übertrieben hatte, als sie sagte, dass sie nichts mehr schockieren könne.

»Sie glauben also, dass Alice und Larry dieses Video mit einigen anderen … Kindern dieser Schule gedreht haben.« Sie verzog das Gesicht bei dem Wort »Kinder«.

»Das wissen wir noch nicht sicher, Mrs Fletcher.«

»Ms Fletcher.«

Natürlich. »Entschuldigen Sie. Ich bin mit meiner Schulleiterin stets aneinandergeraten, als ich noch zur Schule ging.« Steppenhexen, diese rollenden Büsche aus dem Wilden Westen, schienen sich in die Zwischenräume seiner Sätze zu schummeln. »Ich muss alles über das Video herausfinden, was ich kann, und wer davon weiß.«

»Ist das eine Straftat, was Alice und Larry anscheinend getan haben?«

»Kommt darauf an. Wenn die Kinder aus dem Video unter sechzehn sind, wiegt die Tat noch schwerer.«

Sie nickte grimmig und griff zum Telefon. »Sarah, können Sie Danny Clarke zu mir bringen? Ja, ich habe ihn heute schon gesehen, er ist anwesend, ausnahmsweise.« Sie legte das Telefon zurück und sprach zu Winkler: »Wenn irgendjemand etwas darüber weiß, dann ist das Danny Clarke. Er weiß über alles Bescheid, was an dieser Schule vor sich geht.«

Kurz danach eskortierte die Vorzimmerdame einen gerade mal eins fünfzig großen Jungen mit einem Pony, der ihm bis zu den Augen reichte, ins Büro. Winkler hatte einen Angestellten erwartet und kein Kind. Aber Danny Clarke war, wie Hazel jetzt erklärte, ein Schüler der zehnten Klasse. Winkler musste beinahe lachen. Es schien, als ob die Schulleiterin Danny als das Pendant zu einem Polizeispitzel benutzte. Danny setzte sich, und sofort fing sein Bein an, nach oben und unten zu zucken. Das war der schlimmste Fall von Restless-Legs-Syndrom, den Winkler je gesehen hatte. Sein Bein gab genügend kinetische Energie ab, um damit eine Kleinstadt für eine ganze Woche mit Strom zu versorgen.

Hazel sah Danny mit ernstem Blick an. »Danny, das ist Detective Inspector Adrian Winkler.«

Danny kicherte.

»Was ist daran so lustig?«

»Oh, nichts weiter«, erwiderte er unschuldig.

Winkler fragte sich, ob Danny in letzter Zeit selbst ein paar Gesetze gebrochen hatte und ob er einen Vorwand finden könnte, ihn zu verhaften, um ihm mal einen richtigen Schrecken einzujagen.

Hazel sprach weiter. »Wir müssen uns über eine sehr ernste Angelegenheit unterhalten. Wir haben erfahren, dass von oder mit ein paar unserer Schüler ein... freizügiges Video gedreht worden ist.«

Danny grinste. »Der St.-John's-Porno? Ja, den hat hier jeder schon gesehen. Ist ein bisschen zu durchschnittlich für meinen Geschmack, aber trotzdem ziemlich cool.«

Durchschnittlich? Winkler fragte sich, ob der Junge seine Gedanken lesen konnte.

Hazel war blass geworden. »Jeder hat ihn gesehen?«

»Ja. Na, ich denke mal, abgesehen von ein paar völlig lahmen Typen, die es verpasst haben, hat es jeder, den ich kenne, gesehen. Curtis hat es in der Mittagspause allen auf seinem Handy gezeigt.«

»Heute?«, fragte Winkler.

»Nö, vor ein paar Tagen. Ist schon Schnee von gestern.«

»Weißt du, wer die Schüler in dem Video sind?«

Dannys Augen wurden größer. »Nein! Ist ein totales Geheimnis. Niemand weiß das. Ich meine, klar, es gibt 'ne Menge Vermutungen und Anschuldigungen, die die Runde machen. James Peach meint, das Mädchen sei India Ripley. Er sagt, er habe den Leberfleck auf ihrem Hintern wiedererkannt. Aber ich bin sicher, der verschei… ich meine, er lügt.«

»Weißt du, wer das Video gedreht hat?«

Er wand sich. »Ich will niemanden verpetzen.«

»Ist schon in Ordnung, Danny«, sagte Winkler. »Wir wissen, wer es war. Wie hast du davon erfahren?«

»Es machte irgendwie die Runde. Wie ein Virus, wissen Sie. Es gab da eine Facebook-Gruppe, der man erst beitreten musste. Und wenn man akzeptiert wurde, bekam man den Link. Obwohl sowieso schon jeder den Link hatte.«

»Erinnerst du dich daran, wann du das erste Mal davon gehört hast?«

Er kratzte sich am Kinn. »Ja. Das muss letztes Wochenende gewesen sein. Sonntagnacht stand es live im Netz. Ich erinnere mich deshalb, weil ich gerade bei Jack war und wir es uns zusammen angesehen haben. Aber nicht wie Schwule, verstehen Sie.«

»Ja, Danny«, seufzte Hazel.

Winkler grinste ihn an. Das Video war also offensichtlich am selben Abend ins Netz gestellt worden – am selben Abend, als Frankie verschwand.

Das war ja perfekt. Denn das bedeutete, dass Alice und Larry zur gleichen Zeit, als Frankie verschwand, damit beschäftigt gewesen waren, Videos online zu stellen, um sie mit ihren Freunden zu teilen. Sie hätten einfach keine Zeit für andere Dinge gehabt. Das erklärte auch, warum sie sich sträubten, Larrys Anwesenheit in Alices Haus zuzugeben, und warum sie jetzt die Fliege gemacht hatten. Sie wollten nicht, dass die Erwachsenen etwas von dem Sexstreifen erfuhren.

»Noch eine letzte Frage«, sagte Winkler. »Kennst du jemanden, der sich Hattie Styles nennt?«

Danny lachte. »Klar – sie ist die Intelligenzbestie der zehnten Klasse dieses Jahres, völlig besessen von der Boygroup 1D. Ihr richtiger Name ist Emily Foggett-Hayes.«

»Kannst du dir einen Grund vorstellen, warum sie etwas gegen Alice Philips haben könnte?«

»Alice? Warum wollen Sie das wissen?«

»Ich stelle hier die Fragen, Danny.«

Der Junge dachte nach. »Ich weiß nicht. Eine Menge Mädchen hassen andere Mädchen aus irgendwelchen x-beliebigen Gründen. Vielleicht hat sie was Negatives über 1D gesagt oder so.«

Winkler lächelte. Er hätte Danny Clarkes Hand geschüttelt, wenn er nicht vermuten könnte, wo sie heute schon überall gewesen war. Jetzt hatte er etwas für die Chefin, was ihr beweisen würde, dass Lennon erneut auf der falschen Spur war. Okay, vielleicht hatte er selbst keine brauchbaren Hinweise, aber diese Gelegenheit, Lennon noch dümmer dastehen zu lassen, würde er sich doch nicht entgehen lassen.

KAPITEL 35
PATRICK – TAG 6

»Auf geht's, ein neuer Versuch«, sagte Patrick.

Carmella legte den Kopf in den Nacken und sah die Wohntürme hinauf, vor denen Adidas-Tops und Primark-Unterwäsche in der lauen Sommerbrise flatterten. »Wenn alles ganz furchtbar schiefgeht und wir eines Tages hier leben müssten, dann kennen wir uns wenigstens schon gut aus.«

Sie gingen hinüber zum Gebäude, in dem sie vor einer Woche Martha und ihre Puppen getroffen hatten. Eine Gruppe Jungs im Teenageralter in Sportkleidung und ein klapperdürres Mädchen mit bauchfreiem Top, das den Blick auf ein Tattoo freigab, das sich um ihre Taille wand, beobachteten sie vom gegenüberliegenden Bürgersteig aus. Ein junger Kerl mit Kampfhund, einem Staffordshireterrier, stand ein wenig abseits der Gruppe und beobachtete sie ebenfalls – mit einem höhnischen Grinsen im Gesicht. Patrick erkannte ihn: Jerome Smith, ein unwichtiges Gangmitglied, der schon ein paarmal auffällig geworden war, dem aber nichts nachgewiesen werden konnte.

Heute Morgen hatte Patrick Martha in ein Verhörzimmer geführt und sich sehr gewünscht, erkältet zu sein, damit er den Gestank nicht riechen müsste, der von ihr ausging: ein Geruch von dreckiger Kleidung, Körper- und Mundgeruch und das alles vermischt mit billigem Alkohol. Marthas Aussage ergab nicht viel Sinn, aber zwischen ihren Ausbrüchen kam dann aber doch eine interessante Geschichte zum Vorschein.

»Diese Kids – der Junge hat versucht, mein Baby zu stehlen –, und jetzt lebt er nebenan mit seiner kleinen Freundin. Ich hab's gesehen, ich hab's auch in der Zeitung gesehen – jemand stiehlt Kinder, und jetzt wollen sie auch noch meins.« Sie verzog ihr schmutziges Gesicht, drückte die Puppe, die sie mitgebracht hatte, heftig an sich und küsste deren kahlen Kopf.

»Können Sie diese Kids beschreiben, Martha?«

»Klar, das Mädchen ist... wie soll ich sagen... ein Mischling und sehr hübsch. Sehr hübsch. Der Junge, er ist... weiß. Er ist groß und hat diesen Blick... er sieht dich an, und du hast das Gefühl, er zieht dich mit seinen Blicken aus.« Sie schnappte nach Luft. »Das ist es, was er will. Er will mir meine Babys nehmen, und dann will er mich... vernaschen.« Sie drückte die Puppe so fest an sich, dass Patrick Angst hatte, deren Kopf würde abfallen.

»Und wie lange sind sie schon dort?«

»Seit...« Die folgende Pause war länger als die Zeit zwischen den Alben der Band Stone Roses. »Seit gestern. Aber ich hab sie gesehen, sie und ihre Freunde, den bösen Kerl und das andere hübsche Mädchen.« Sie begann zu schluchzen. »Bitte, Sir, Sie müssen mir helfen.«

Patrick versicherte ihr, dass er sich kümmern würde.

***

»Also – was machen wir, wenn es nicht Larry und Alice sind?«, fragte Carmella, als sie das Gebäude betraten.

»Keine Ahnung. Aber sie werden es sein. Ich wette um meine seltene Picture-Disc von *Disintegration*.«

Carmella rümpfte die Nase. »Wow, jetzt hoffe ich erst recht, dass sie es nicht sind.« Und dann: »Was ist eine Picture-Disc?«

»Ihr junges Gemüse habt alles verpasst. Ihr fühlt euch wahrscheinlich schon nostalgisch beim Gedanken an Kassetten, oder?«

»An die erinnere ich mich auch nicht wirklich.«

Sie hatten jetzt den obersten Stock erreicht und gingen zu der Wohnung, in der sie beim letzten Besuch Martha gefunden hatten. Sie hatte erzählt, dass sie am Tag nach dem Rausschmiss dort wieder eingezogen war. Patrick fragte sich, warum sie nicht irgendwo in einer Klinik war und wie sie durch die Lücken des Systems gerutscht war. Er wünschte, er könnte etwas für sie tun, sicherstellen, dass sich jemand um sie kümmert. Aber die Aufgabe musste warten, und um ehrlich zu sein, es war unwahrscheinlich, dass er dafür jemals Zeit haben würde. Und heute ging es nur darum, Alice und Larry zu finden – und, so betete er, endlich herauszufinden, was wirklich mit Frankie passiert ist.

Sie standen vor der Tür der leeren Wohnung neben Marthas. Von drinnen war kein Geräusch zu hören. Aber irgendwo in der Ferne war das Schreien eines Babys zu hören; diesmal wohl von einem richtigen.

Patrick wusste, dass diese Wohnungen keine Hinterausgänge haben. Der einzige Weg raus war durch diese Tür oder eines der vorderen Fenster. Er klopfte an die Tür und wartete. Er erwartete eigentlich keine Reaktion. Und es kam auch keine.

Er nickte Carmella zu. *Fertig?* Sie nickte.

Patrick hob das Bein und trat mit aller Kraft gegen die Tür. Sie gab sofort nach, schwang nach innen und schlug gegen die Wand. Er rannte in den Raum, Carmella hinter sich.

»Polizei!«, rief er und trat in den ersten Raum, der aussah, als sei es ein Wohnzimmer gewesen. Niemand war zu sehen – aber es lagen Schlafsäcke auf dem Boden, ein paar leere Pizzakartons, Wasserflaschen, Zigarettenpackungen. Der Raum selbst war heiß bis zur Hautschmelze und stank wie das Schlafzimmer von Teenagern hoch zwei.

Dann hörte er ein Geräusch aus einem der hinteren Räume, und er bedeutete Carmella, ihm zu folgen.

Sie fanden die beiden in der leeren Küche, an die Wand

gepresst und sich bei den Händen haltend. Alice sah total verschreckt aus. Larry war bemüht, nicht ängstlich auszusehen, aber zitterte.

»Alice«, sagte Patrick. »Und Larry. Erinnert ihr euch an mich?«

»Wir haben nichts gemacht«, sagte Larry.

»Eine Menge Leute suchen euch beide. Zum Beispiel eure Eltern. Sie sind krank vor Sorge.«

»Das bezweifle ich«, sagte Alice höhnisch, wohingegen ihr Freund schuldbewusst dreinschaute, als würde er sich um seine Mutter sorgen.

Carmella sagte: »Ihr müsst zur Wache mitkommen, ein paar Fragen beantworten.«

»Worum geht es?«, fragte Alice und drückte Larrys Hand, als wolle sie sie brechen. »Wir wissen doch nichts.«

»Nichts wovon, Alice?«

»Über ... ich weiß auch nicht.«

Carmella ging einen Schritt auf sie zu, mit ausgestrecktem Arm, und sofort stellte sich Larry vor Alice und zog ein Springmesser. Carmella erstarrte.

»Larry, was *machst* du denn?«, weinte Alice.

Patrick und Carmella hoben beide die Hände. Larry wechselte das Messer von der einen in die andere Hand, seine Augen glänzten wild vor Panik.

»Lasst sie in Ruhe.«

»Komm schon, Larry«, sagte Patrick ruhig. »Sei kein Depp.«

»Ich hab kein Problem damit, es auch zu benutzen«, sagte Larry und warf das Messer wieder von einer Hand in die andere, aber seine Stimme verriet ihn.

»Willst du wirklich in den Knast gehen? Da drin werden sie dich lieben, so einen hübschen Kerl wie dich.«

Larry hielt jetzt das Messer still, und Patrick sah seine

Gelegenheit gekommen, überraschend einzugreifen – er griff sich das Handgelenk der Messerhand und war dankbar für seine wachen Instinkte. Larry wehrte sich kaum. Patrick drehte ihm den Arm auf den Rücken und nach oben. Larry japste vor Schmerz nach Luft und ließ das Messer fallen. Carmella kam Patrick zur Hilfe und ließ die Handschellen zuschnappen.

»Hast du irgendwelche Waffen?«, fragte Patrick Alice, die zitternd am völlig verdreckten Fenster stand.

Sie schüttelte kleinlaut den Kopf.

Er hielt Handschellen hoch und fragte: »Dann brauchen wir die hier nicht?«

Als sie die beiden Teenager zum Auto führten, sah Patrick, wie der Kerl mit dem Kampfhund herübersah. Jerome Smith. Er hatte ein bösartiges Grinsen im Gesicht. Er sah, dass auch Larry ihn gesehen hatte.

»Freund von dir?«, fragte er.

»Nein«, sagte Larry ruhig. »Er ist ein dummes Arschloch.«

Patrick legte seine Hand auf Larrys Kopf und ließ ihn einsteigen. Als er wieder hochsah, war Smith verschwunden, hatte aber einen dampfenden Haufen Hundekacke auf dem Asphalt zurückgelassen, um deutlich zu machen, dass er und sein Terrier hier gewesen waren.

***

Patrick lehnte an der Kaffeemaschine und fragte sich, warum er immer noch dieses komische Gebräu trank, wenn doch der Placeboeffekt, der darauf beruht, dass der Trinker glaubt, es handele sich um echten Kaffee, der echtes Koffein enthält, schon lange nicht mehr wirkte.

»Patrick.«

Es war Suzanne. Sie sah aus, als könnte sie eine Umarmung gebrauchen, wunderhübsch und verletzlich. Er starrte auf ihre

Lippen und schalt sich sofort dafür. Was denkst du dir eigentlich dabei?

»Wie wär's mit 'nem Update?«

Er zog den Kaffee aus der Maschine, ein Teil der durchfallbraunen Flüssigkeit schwappte über seine Finger.

»Klar doch. Wir haben Alice Philips im Verhörraum 2 und Larry Gould in Nummer 4. Wir warten gerade auf die erforderlichen Erwachsenen, die bei der Befragung ja dabei sein müssen. Beim letzten Mal hatte Alice ihre Nachbarin dabei, aber diesmal möchte sie, dass wir jemanden besorgen. Das Gleiche bei Larry. Ich werde sie abwechselnd verhören.«

»Okay, gut. Halten Sie mich auf dem Laufenden, okay?«

Sie ging zurück in ihr Büro, und Patrick sah auf die Uhr. Erfreut stellte er fest, dass die Erwachsenen noch nicht eingetroffen waren. Es hatte keine Eile, die beiden Teenager zu befragen, er wollte sie ein bisschen »schmoren« lassen, sie sollten sich das Schlimmste vorstellen. Er nahm den Kaffee mit zu seinem Schreibtisch und wartete.

Winkler ging vorbei und zwinkerte Patrick zu.

»Denken Sie immer noch, dass es die Kids waren?«, fragte er und blieb stehen.

»Verpiss dich, Winkler.«

»Wenn Sie darauf bestehen.« Er ging weiter und hatte wieder dieses überhebliche Grinsen im Gesicht. Patrick nahm ein paar tiefe Atemzüge.

Und dann kamen endlich die Erwachsenen, eine Sozialarbeiterin namens Janice Swift für Alice und ein Jugendarbeiter namens Colin James für Larry. Es konnte losgehen. Patrick nickte Carmella zu, und sie machten sich auf den Weg zum Verhörraum 2.

Alice saß zusammengesunken, mit hängenden Schultern, auf ihrem Stuhl. Sie sah erschöpft aus, hatte aber immer noch diesen mürrischen, herausfordernden Ausdruck im Gesicht wie beim letzten Mal. Sie roch schlecht, ihr Haar war unordentlich, und ohne ihr Make-up sah sie aus wie ein Kind. Er konnte nichts dagegen tun, dass er Mitgefühl für sie hatte. Aber stärker als das war die Aufgabe, seinen Job zu machen: herauszufinden, was mit ihrer Halbschwester passiert war.

Nachdem er überprüft hatte, ob die Videokamera auch funktionierte, sagte Patrick: »Alice. Ich nehme an, du freust dich auf zu Hause, auf eine heiße Dusche, oder?«

Sie grunzte nur.

»Ich denke, das war ein ›Ja‹.«

Er hatte eine DIN-A4-Akte vor sich liegen, öffnete sie herausfordernd und las sich seine Notizen durch. Obenauf lag ein Foto von Frankie, und er ließ die Akte offen, damit Alice es sehen konnte.

Er sah, wie sie das Foto ansah und schluckte.

»Alice, das letzte Mal, als ich dich verhört habe, hast du gesagt, dass in der Nacht des 9. Juni, die Nacht, in der du Babysitter von Frankie gewesen bist, niemand anderes im Haus war. Bleibst du dabei?«

Sie nickte.

Er starrte sie an und sagte nichts. Eine der Techniken, die er gewöhnlich anwendete, war, lange Gesprächspausen entstehen zu lassen. Die meisten Leute verabscheuten das und fingen an zu plappern. Aber Alice schwieg.

»Wir haben einen Zeugen, der deinen Freund, Larry Gould, in der fraglichen Nacht in der Nähe eures Hauses gesehen hat. Und wie du weißt, reden wir heute auch mit Larry. Meinst du, er wird die gleiche Geschichte erzählen wie du?«

»Komm schon, Alice«, versuchte es jetzt Carmella. »Beantworte die Frage.«

Sie rutschte auf dem Stuhl herum. »Ja, wird er. Weil es die Wahrheit ist.«

Patrick seufzte. »Komm schon, Alice. »Verarschen kann

ich mich allein. Wir wissen, warum du uns nicht die Wahrheit darüber sagen willst, dass er bei dir war.«

Er sah Angst in ihren Augen aufflackern.

»Aber dir ist schon klar, wie schwerwiegend es ist, uns anzulügen, oder? Ich nehme an, du hast schon von ›Behinderung der Justiz‹ gehört, richtig?«

»Larry hat nichts getan«, blieb Alice fest. »Wie oft muss ich Ihnen das noch sagen?«

Carmella fragte: »Woher weißt du, dass er nichts getan hat, wenn er gar nicht bei dir war?«

»Was versuchen Sie hier? Alice zu verunsichern?«, fragte Janice Swift und beugte sich vor.

Patrick erwiderte: »Um ehrlich zu sein, wir sind hier diejenigen, die verunsichert sind, Alice. Wir verstehen einfach nicht, warum du uns immer wieder anlügst. Außer, dass du vielleicht was zu verbergen hast.«

Alices Kiefernmuskeln arbeiteten, und sie versuchte, nicht in Tränen auszubrechen. Patrick beugte sich vor und starrte sie an, bis sie ihm in die Augen sah.

»Wo hast du die Leiche versteckt, Alice?«

Sie zuckte zurück, als hätte er versucht, sie zu schlagen.

»Was?«

»Frankies Leiche. Was habt ihr damit gemacht? Du kannst sie nicht weit weggebracht haben, obwohl sie ja nicht so schwer ist. Vielleicht im Park die Straße runter. Ein flaches Grab. Wird nicht schwer für uns sein, das zu finden, sobald wir wissen, wo wir suchen sollen.«

»Nein!«, schrie Alice. Und dann flossen die Tränen. Janice reichte Taschentücher, aber Alice schob verärgert ihre Hand weg. »Frankie ist meine kleine Schwester. Ich liebe sie. Ich würde ihr niemals wehtun.«

»Dann war es also Larry?«

»O Gott, das ist alles so beschissen. Larry hat sie auch geliebt. Auch er würde ihr nie etwas antun.« Sie blickte von Patrick zu Carmella und zurück. »Sie müssen mir glauben. Bitte.«

Patrick sagte: »Ich werde das Verhör später weiterführen.« Er erhob sich und wollte gerade die Tür öffnen, wandte sich aber nochmals um und fragte: »Warum sagst du, ›Larry *hat* sie auch geliebt‹, warum sprichst du in der Vergangenheit?«

Er und Carmella gingen aus dem Raum und schlossen die Tür. Dahinter hörten sie immer noch Alices Schluchzer.

* * *

Larry Goulds Auftreten war ganz anders als Alices. Er saß kerzengerade auf dem Stuhl und versuchte, ausdruckslos auszusehen. Aber er war verängstigt, das war offensichtlich. Ein leichter Schweißfilm schimmerte auf seinem Gesicht, und er verknotete immer wieder die Finger. Die Haut um seinen Daumennagel blutete, da hatte er wohl daran herumgekaut. Der Jugendarbeiter, Colin James, der in der Gemeinde für seine Arbeit mit Teenagern und seinem Bemühen, sie von einem kriminellen Leben abzuhalten, bekannt war, lehnte sich im Stuhl zurück und faltete die Arme über seiner muskulösen Brust. Konzentriert beobachtete er Larry.

»Du warst in der Nacht des 9. Juni, als Frankie verschwand, in Alices Haus, richtig?«, begann Patrick.

Zu seiner Überraschung nickte Larry.

Patrick und Carmella tauschten einen Blick, und Carmella sagte: »Du gibst es also zu?«

»Ich will Sie nicht mehr anlügen«, sagte er. »Tut mir leid, dass ich es vorher geleugnet habe. Ich wollte nicht, dass Alice Ärger mit ihren Eltern kriegt.«

Patrick machte eine Pause. Also entweder war Larry drauf und dran, ihnen die Wahrheit zu sagen, oder er war besonders clever. Nach dem Motto: Was die Polizei schon weiß, ruhig zugeben, das sieht dann gut aus, wie Kooperation. Eine schlaue Taktik.

»Also, dann erzähl mal, was in dieser Nacht passiert ist.«

Larry trank einen Schluck Wasser. »Alice sagte mir, dass ihre Eltern ausgehen und sie auf Frankie aufpassen würde. Ich hab dann gefragt, ob ich vorbeikommen kann. Sie zögerte ein bisschen, weil sie keinen Ärger kriegen wollte, aber dann gab sie nach.«

Ein Grinsen zuckte in Carmellas Mundwinkeln. *Sie scheint das Gleiche zu denken wie ich,* dachte Patrick. Larry ist ein Kavalier.

»Und?«, fragte Patrick.

»Da gibt's nicht viel zu erzählen. Ich kam gegen acht Uhr an, hab Alice besucht und bin dann gegen elf Uhr, bevor ihr Vater und ihre Stiefmutter zurückkamen, nach Hause gegangen.«

»Was habt ihr gemacht, du und Alice?«

Larry wurde unruhig. Patrick nahm an, dass es ihn innerlich zerriss, einerseits das Bedürfnis, anzugeben, und andererseits, ihm zu sagen, dass ihn das gar nichts anginge.

»Wir waren in ihrem Zimmer«, sagte er. »Um ... Sie wissen schon.«

Carmella fragte: »Wart ihr die ganze Zeit, die du da warst, in ihrem Zimmer?«

Er zuckte mit den Schultern. »Ja, überwiegend.«

»Was habt ihr in ihrem Zimmer gemacht?«, fragte Patrick.

Larry wich seinem Blick aus. »Hab ich Ihnen doch schon gesagt.«

»Nein, hast du nicht. Du hast gesagt ›Sie wissen schon‹. Das muss ich genauer wissen.«

Jetzt sah Larry ihm direkt ins Gesicht. »Wir hatten Sex, okay? Wollen Sie auch noch die Stellungen wissen, in denen wir's gemacht haben?«

»Und das ist der einzige Grund, warum Alice nicht wollte, dass wir davon wissen, dass du in der Nacht im Haus warst?«

»Ja.«

»Meinst du wirklich, Alices Eltern würden bei dem Gedanken daran, dass du und ihre Tochter Sex miteinander hattet, vollkommen ausrasten? Du weißt doch, wie wichtig es für uns ist, zu wissen, was genau in der Nacht im Haus passiert ist.«

Larry kaute wieder an seinem Daumen, bevor er antwortete: »Ich weiß, wir hätten Ihnen sagen sollen, dass ich da war. Aber ich hab nichts gesehen. Und ich weiß auch nichts. Deshalb nahm ich an, es wäre unwichtig.«

»Hast du Frankie in der Nacht gesehen?«

»Nein, sie war schon im Bett, als ich ankam.«

»Und du hast sie auch nicht gehört?«, fragte Carmella.

»Nein, ich hab weder etwas gehört noch etwas gesehen. Soviel ich weiß, könnte sie genauso gut gar nicht im Haus gewesen sein.«

Patrick gab ihm kaum die Chance, den Satz zu beenden, bevor er fragte: »Du und Alice, habt ihr was getrunken in der Nacht? Und nebenbei, es interessiert mich nicht, dass du erst siebzehn bist.«

»Nein. Oder vielleicht eine Dose Bier jeder. Aber das war's.«

»Und was ist mit Drogen?«

Larrys Antwort war ein nur wenig überzeugendes Nein.

»Bist du dir da sicher? Du klingst nicht sehr überzeugend. Nicht mal ein bisschen Gras?«

»Nichts, ich schwöre.«

»Und Alice?«

Larry rutschte auf seinem Stuhl hin und her. »Na gut. Wir haben ein paar Brownies gegessen. Haschbrownies. Aber jeder nur so einen.«

Patrick musste fast lachen. Er erinnerte sich daran, Haschkuchen gegessen zu haben, als er ein Teenager war. Er war nie näher daran gewesen, einen psychotischen Schub zu erleben, als damals. Kein Wunder, dass Alice vollkommen weggetreten war, als Helen und Sean nach Hause zurückkehrten.

»Wer hat sie gebacken?«, fragte Patrick.

»Ich war's. Alice hat von so was keine Ahnung.«

»Okay, Larry, danke dir, dass du endlich ehrlich zu uns gewesen bist«, sagte er und beendete das Verhör. Es war an der Zeit, wieder mit Alice zu reden. Sie wissen zu lassen, dass ihr Freund gestanden hatte.

Sie fanden Mike Staunton auf dem Flur, er ging nervös auf und ab.

»DCI Laughland will Sie dringend sehen, Sir.«

»Worum geht's?«

»Keine Ahnung, Sir. Sie hat nur gesagt, dass Sie direkt nach dem Verhör zu ihr kommen sollen.«

Patrick runzelte die Stirn. »Carmella, wollen Sie schnell was trinken gehen, und ich treffe Sie dann gleich vor dem Verhörzimmer? Vorausgesetzt, dass Frankie nicht gesund und munter wieder aufgetaucht ist – in dem Fall können wir dann alle nach Hause gehen und die Füße hochlegen.«

Er klopfte an Suzannes Tür und ging hinein. Sein Mut sank, als er sah, wer schon neben dem Schreibtisch saß: Winkler – das unerträgliche Feixen auf seinem nach Ohrfeigen verlangenden hübschen Gesicht.

»Alles okay, Pat?«, schleimte er.

»Patrick«, sagte Suzanne. »Setzen Sie sich.«

»Was ist passiert?«

»DI Winkler hat einige wichtige Informationen über Ihre jungen Verdächtigen ausgegraben. Erzählen Sie's ihm, Adrian.«

»Mit Vergnügen, Ma'am.«

Als Winkler Patrick alles erzählte, angefangen damit, wie er herausgefunden hatte, dass Alice und Larry ein Pornovideo gemacht hatten, mit zwei anderen Kids als Schauspielern, und dass sie dies in der Nacht von Frankies Verschwinden bearbeitet hatten, füllte sich Patricks Kopf wieder mit dem hochfrequenzartigen, bebenden Summen seines Tinnitus. Winkler ging in alle Details, er berichtete von dem Mädchen, das ihn über Facebook kontaktiert hatte, bis hin zum singenden Schulspitzel.

»Und das«, sagte Winkler und lehnte sich in seinem Stuhl zurück, und seine feuchten Achseln wurden sichtbar, »ist der wirkliche Grund, warum ihre wichtigsten Verdächtigen nicht wollen, dass bekannt wird, was sie in der Nacht getan haben. Nicht weil sie etwa versehentlich das Kind getötet und im Blumenbeet vergraben haben. Ich meine, ich sag's nicht gerne, aber ... ich hab's Ihnen doch gleich gesagt ...«

Patrick sah hinüber zu Suzanne, sah ihre zusammengekniffenen Lippen, die Sorge in ihren Augen, als sie sich zweifellos vorstellte, wie sie das dem Commissioner beibringen sollte.

Er legte sein Gesicht in die Hände und rieb sich die Brauen. Dann hob er den Kopf und sagte strahlend: »Danke, Adrian, das ist brillant.«

Winklers Gesichtsausdruck änderte sich blitzartig. »Was?«

»Das war genau das, was uns noch fehlte. Sie sind ein wirklicher Star.«

Er erhob sich und klopfte Winkler auf die Schulter. Suzanne sah schockiert zu.

»In Ordnung. Ich geh dann und bereite das Verhör vor. Wenn das alles ist ...«

Bevor auch nur einer von ihnen etwas sagen konnte, öffnete er die Tür und ging hinaus.

Als er die Tür hinter sich ins Schloss fallen hörte, ließ er einen stummen Schrei los.

* * *

Er fand Carmella, die vor dem Verhörraum wartete und aus einer Wasserflasche trank.

»Kommen Sie schon«, sagte er. »Das ist es, jetzt oder nie. Unsere letzte Chance.«

»Wovon reden Sie?«, fragte sie. »Was ist da drinnen passiert?«

»Jemand hat versucht, mich reinzureiten«, erwiderte er. »Wir werden bald herausfinden, wie erfolgreich das war.«

Er setzte sich Alice gegenüber und nahm das Verhör wieder auf.

»So, jetzt mal im Ernst«, sagte er und zwang sie, ihn anzusehen. »Erstens, wir wissen jetzt, dass Larry in der Nacht bei dir war. Hat er gerade gestanden. Er hat außerdem gesagt, ihr hättet den Abend mit Sex verbracht.«

»Das ist nicht wahr.«

Patrick hätte fast gesagt, »wohl wahr«, aber hielt sich gerade noch zurück und sagte stattdessen: »Und zweitens, was viel wichtiger ist, wir wissen jetzt von dem Video.«

Alice wurde blass. »Welches ... Video?«

»Das Video mit den beiden Schülern von St. Johns, das du mit Larry zusammen gemacht hast. Leugnen ist zwecklos, Alice. Wir *wissen* es. So, und jetzt die gute und die schlechte Neuigkeit. Die gute ist, dass ich dir glaube, wenn du sagst, du warst nicht direkt dafür verantwortlich, was mit Frankie geschah. Indirekt – nun ja – bist du es. Aber das ist keine Straftat.«

Er wollte nicht, dass Alice weinte, bevor er es ausgesprochen hatte. Ihre Lippe zitterte, und sie schluckte ein paarmal, aber es gab noch keine Tränen.

»Die schlechte Neuigkeit ist, dass die Herstellung und Verteilung pornografischen Materials, das Heranwachsende zeigt, ein extrem schweres Verbrechen ist. Eins, für das ihr, du und Larry, eine lange Gefängnisstrafe erwarten könnt.«

Dies war ein Bluff. Winkler hatte gesagt, er wisse nicht, wie alt die beiden Schüler in dem Video waren.

Alice ließ einen klagenden Schrei los und begann zu schluchzen. »Nein... nein... das ist nicht fair. Ich wusste doch gar nicht, wie alt die beiden waren. Ich hab sie doch nicht gefunden, ich kenne die beiden ja kaum. Ich nahm an, sie seien sechzehn.«

»Alles ist allein Larrys Schuld?«

»Nein, er kannte die beiden auch nicht.«

»Was versuchst du mir weiszumachen? Dass die beiden eines Tages einfach vor eure Videokamera gelaufen sind und angefangen haben, rumzumachen?«

Alice weinte in ihre Hände. Janice versuchte tröstend die Hand auszustrecken, aber Alice schüttelte sie heftig ab. »Lassen Sie mich in Ruhe!« Aber dieses Mal nahm sie das Taschentuch an, das Janice ihr anbot, und putzte sich laut die Nase.

»Es war...« Sie zögerte. »Es war Georgia.«

Patrick durchsuchte schnell noch mal seine Notizen. »Georgia Hardy-Wilson? Deine beste Freundin?«

»Ja, sie hat die Kids dazu gebracht, es zu machen. Sie hat ihnen einen Anteil vom Gewinn versprochen. Die sind doch sowieso ein Paar, Sie wissen schon, Prols. Und die gehen auch gar nicht auf unsere Schule – sie hat sie bei den Kennedy Estates getroffen und ihnen die Uniformen geliehen. Jerome kennt sie. Aber Georgia hat mir erzählt, sie seien sechzehn.«

Patrick glaubte ihr. Sie war einfach nur ein naives, albernes Mädchen, das in eine dumme Sache reingerutscht war. Er konnte jedoch den Ärger, der in seinen Venen brannte, kaum unterdrücken.

»Also was nun, Georgia hat die beiden Kids gefunden, und du und Larry, ihr habt den Rest gemacht?«

Alice schnaubte noch mal ihre Nase. »Nein, sie war bei der ganzen Sache dabei.« Ihre Augen glänzten. »Sie war da.«

»Wiederhol das noch mal.«

»Sie war da in der Nacht. Bei mir zu Hause.« Und dann brach sie in eine neue Runde feuchter, bitterer Schluchzer aus.

KAPITEL 36
GEORGIA – TAG 1

Georgia stand mit einem angebissenen Haschbrownie in der Hand hinter Larry und Alice, und alle drei starrten mit einer Mischung aus Heiterkeit und Abscheu auf die sich windenden nackten Glieder auf dem Bildschirm von Larrys MacBook. Alices Vater und ihre Stiefmutter waren nicht da. Trotzdem war Alice nervös und sah immer wieder zur Tür hinüber, falls sie früher zurückkommen würden. Sie zuckte jedes Mal zusammen, wenn sie im Haus ein Geräusch hörte. Sie hatten dieses Video schon Dutzende Male gesehen, aber Larry hatte es noch mal bearbeitet, und jetzt gab es perfekt die Widerlichkeit und die Schande der ganzen Vorstellung wieder.

»O Gott, er hat einen Riesenpickel auf seinem Arsch«, sagte Alice und schlug vor Entsetzen die Hand vor den Mund.

Larry legte seinen Kopf zur Seite. »Meinst du, irgendjemand wird ihn deshalb erkennen?«

»Woran – durch den Pickel am Arsch?« Alice kicherte. »Nein. Diese Tüten auf den Köpfen wirken Wunder. Überhaupt schlage ich vor, dass sie sie immer tragen, die beiden sind grottenhässlich.«

»Sei nicht so gemein«, sagte Georgia, obwohl ihr schon klar war, dass normalerweise sie diejenige war, die als Erste derbe Kommentare über Mitschüler abgab.

Alice sah Georgia an und hob fragend eine Braue. »Hallo – Topf… Deckel?«, fragte sie. »Was ist los mit dir heute, George? Du bist die ganze Zeit schon schlecht drauf.«

»Ach, nichts«, erwiderte Georgia sauer. Ihr Handy vibrierte

in der hinteren Tasche ihrer Jeans und erinnerte sie an den Grund ihrer Panik. Das war jetzt die fünfte SMS innerhalb der letzten Stunde. Sie lehnte sich auf Alices Bett zurück und wartete darauf, dass Larry und Alice sich wieder dem Video zuwandten, dann nahm sie ihren Mut zusammen und checkte die Nachricht: »Komm schon, Du Schlampe, diesmal kannst Du Dich nicht rausreden. Und melde Dich gefälligst, oder Du wirst es bereuen. Ich weiss, wo Du wohnst.«

Tränen stiegen ihr in die Augen.

Georgia war es gewohnt, alles unter Kontrolle zu haben. Nie zuvor war sie in einer Situation wie jetzt gewesen, wo sie sich nicht irgendwie mit Charme oder Geld – mit dem Geld ihrer Eltern natürlich – hätte herauswinden können. Warum waren ihre Eltern nur so unflexibel wegen ihres Taschengelds? Sie dachte, die beiden machten Witze, als sie sagten, wenn sie nicht wenigstens vier Dreier in ihren Klausuren schaffte, würden sie ihr Taschengeld einbehalten und ihr Sparkonto einfrieren, bis sie einundzwanzig war. Und ausgerechnet jetzt, als sie zum ersten Mal in ihrem Leben wirklich nötig Geld brauchte, dringend, denn sie hatte keins. Und sie konnte ja kaum zu ihnen gehen und sagen, Mama, Papa, ich brauche dringend viertausend Pfund, um einen gewalttätigen Drogendealer auszuzahlen, den ich verärgert habe, indem ich das Gras, das ich für ihn verticken sollte, verloren habe. Sollte ich das in den nächsten Tagen nicht schaffen, wird er mich umbringen...

Sie schaffte es nicht einmal, sich Alice und Larry anzuvertrauen. Sie versicherte sich selbst, dass sie »das Richtige« tat, indem sie sie nicht mit hineinzog. Aber es kam der Wahrheit näher, dass sie ihnen ihre eigene Dummheit nicht offenbaren wollte. Wer war schon blöde genug, eine Tasche voller Gras und Pillen im Bus zu vergessen? Sie würden sie für einen wirklichen Schwachkopf halten. Jedes Mal, wenn sie den Mund öffnete, um sie einzuweihen, war ihre Zunge wie gelähmt beim Gedanken daran, wie sie über sie lachen würden. Und wenn es etwas gab, was Georgia mehr hasste, als komplett pleite zu sein oder ihre Schulaufgaben zu erledigen, dann war es, ausgelacht zu werden.

Außerdem fürchtete sie, wenn sie Alice alles erzählte, könnte die es weitererzählen, der Polizei oder ihrem Vater, und dann steckten sie alle noch viel tiefer in der Scheiße als jetzt schon. Wäre schon schlimm genug, wenn irgendjemand herausfinden würde, dass sie hinter diesem Video steckten.

Georgia rang sich ein kurzes Grinsen voller Stolz ab, als sie an ihren genialen Geistesblitz für die Produktion dieses Videos dachte. Es war zwar unwahrscheinlich, dass sie dadurch auch nur annähernd genug Geld kriegen würde, um Jerome auszuzahlen, auch weil sie die Kohle noch durch drei teilen musste, aber es schien, als würde es sich als kleiner Kassenschlager erweisen. Alle an der Schule sprachen darüber und spekulierten, wer die Bumsenden wohl sein könnten – bevor das Video überhaupt erschienen war! Es hatte sich eine spezielle geheime Facebook-Gruppe gebildet, die das diskutierte, über dreihundert Kids waren schon Mitglieder, und alle schienen bereit zu sein, zehn Pfund dafür zu zahlen, um das Video anzusehen und dann Wetten abzugeben, wer die gesichtslosen Akteure waren. Was für eine geniale Idee. Zwei naive Jugendliche aus der Kennedy-Siedlung dazu zu bringen, sich zuzudröhnen und dann nackt, mit Papiertüten über den Köpfen, unbeholfenen, peinlichen Sex vor einer Kamera zu haben, und das alles für das Versprechen einer Gewinnbeteiligung. Georgia war sich sicher, dass man es – abgesehen davon, die Schüler dafür zahlen zu lassen, um es zu sehen – sicherlich auch noch an eine große Pornoseite verkaufen könnte, vielleicht in den USA, und so mehr als genug Kohle zu machen, um all ihre Probleme auf einen Schlag aus der Welt zu schaffen.

Larry hatte lange an dem Filmmaterial gearbeitet. Alice hatte das Marketing übernommen sowie die Werbung, alles natürlich anonym. Und Georgia war die Kreativdirektorin gewesen.

»Wirklich schade, dass wir das hier nicht für unsere Medienportfolios einreichen können«, sagte Alice. »Dafür würden wir tolle Einser kriegen. Ich kann nicht glauben, dass wir jetzt live gehen. Findet ihr das nicht auch irre aufregend?«

Larry nickte. Er küsste Alice auf die Wange, legte ihr den Arm um die Schulter und ließ ihn dann fallen, um die Seite ihrer kleinen Mädchenbrüste zu streicheln.

Georgia wurde übel. »O Mann, besorgt euch ein Zimmer, ihr beiden«, blaffte sie. Ihr Hintern vibrierte erneut von einer weiteren SMS. Jerome konnte es nicht lassen.

Sie war so gut wie tot.

»Georgia! Du gehst mir wirklich auf die Nerven heute Abend. Was ist denn los mit dir?«

Georgia sprang vom Bett und griff in ihre Tasche.

»Mal im Ernst, Baby, was ist los?«

»Nichts, ich sehe euch später, okay? Ich muss los.«

Georgia fühlte sich, als würde sie hier von Alices blutroten Wänden erdrückt. Ihr Herz schlug schneller als damals, als sie Speed geschluckt hatte, und sie bekam kaum Luft.

»Okay, vielleicht ist es besser, wenn du so schlecht drauf bist. Ich ruf dich morgen an.« Alices Stimme war kalt und unfreundlich, und sie drehte sich ohne die gewohnte Abschiedsumarmung weg. Georgia wusste, dass die beiden über sie herziehen würden, sobald sie gegangen war – na und? Sie hatte andere Sorgen. Wie etwa, sich von Jerome fernzuhalten, bevor er sie umbrachte.

Von Alices Zimmer auf dem Dachboden aus stapfte sie die Treppen hinunter und schwang sich freudlos ums Geländer, um das kindersichere Gitter zu öffnen. Ihr Darm hatte sich vor Angst vollkommen verkrampft, und sie merkte, dass sie dringend aufs Klo musste. Ihr Kopf schwamm ebenfalls. Wie viel Gras hatte Larry bloß in diese Kekse getan? Sie fluchte leise und ging ins Bad der Philips, selbst in ihrer Panik dachte sie aber daran, die Tür leise zu schließen, um Frankie nicht aufzuwecken, die im Zimmer nebenan schlief.

Auf dem Thron sitzend, schlug sie die Hände vors Gesicht und wiegte sich vor und zurück. Warum zum Teufel hatte sie diese Kekse gegessen? Sie sah sich im Spiegel gegenüber und war entsetzt: Ihr Gesicht sah grün aus und hatte nicht wie sonst die vielgepriesene Farbe von Sahne und Pfirsich der Englischen Rose; ihr schönes erdbeerfarbenes Haar hing schlaff und glanzlos herab, und ihr Gesicht wirkte aufgedunsen. Sie musste daran denken, was Jerome mit ihm anstellen würde, mit dem Stanley-Messer, das er immer bei sich trug, und sie stöhnte laut auf. O Gott... dieser Porno würde sie nicht retten, nichts konnte sie retten. Sie würde weglaufen müssen, das Land verlassen. Sie hatte genug Bares, um es bis nach Frankreich zu schaffen, und von da aus könnte sie sicherlich per Anhalter nach Süden weiterfahren, nach Spanien, wo sie bestimmt einen Job in einer Bar oder einem Klub kriegen könnte. Sie stellte sich einen schönen Moment lang vor, wie sie am Strand lag, sich sonnte, aber dann verzerrte sich das Bild, und sie sah, wie sie gezwungen wurde, als Stripperin oder Nutte zu arbeiten, und mit ihren Titten wackeln musste für betrunkene englische Touristen und ekelhafte alte Männer.

Nach Luft schnappend saß sie auf dem Klo, bis ihre Därme leer waren und die Krämpfe ihren eisernen Griff lockerten. Ein Exemplar der Zeitung *Metro* lag auf dem Weidenkorb voller Reserveklorollen neben dem Klo. Sie nahm es auf und starrte auf die Überschriften: *SUN-Tageszeitung setzt Belohnung von 100 000 Pfund aus für die gesunde Wiederkehr von Liam und Izzy.*

Einhunderttausend Pfund? Sie las weiter. Die Einhunderttausend waren nicht mal für das körperliche Auffinden der Kinder und die Rückkehr zu ihren Familien, sondern bereits »für Informationen, die dabei helfen, die beiden aufzufinden«. Georgia dachte angestrengt nach: Klar, sie hatte keine Ahnung, wo die beiden Kinder waren, aber ließ die kurze Fantasterei zu, dass Jerome sie entführt hätte. So könnte sie zwei Fliegen mit einer Klatsche erwischen. Sie würde nicht nur die Belohnung bekommen – waren es eigentlich zweihunderttausend für beide Kinder? –, wenn sie der Polizei einen Hinweis gab, dass die Kinder irgendwo in der Kennedy-Siedlung waren, sondern dann würde Jerome auch noch in den Knast wandern...

Aber – das würde leider nicht passieren. Dennoch entwarf sie einen Plan. Sie machte sich schon mal eine Liste:

1. Die Polizei geht davon aus, dass Liam und Izzy von denselben Leuten entführt wurden – was sicherlich stimmen könnte, da beide aus der gleichen Gegend verschwanden.
2. Was wäre, wenn ein weiteres Kleinkind verschwände, auch von hier? Es war doch offensichtlich, was die Polizei sich denken würde.
3. Wenn die *SUN* einhunderttausend für die Heimkehr zweier Babys anbot, wie viel würden sie – oder eine andere Zeitung – bieten, falls noch ein drittes Kind verschwand?
4. Und die Belohnung war für »Informationen, die dazu führten«.
5. Was wäre, wenn sie diese Information hätte?

Ihr Magen verkrampfte sich schon wieder – diesmal allerdings vor nervöser Aufregung. Sie wusste jetzt, wie sie ihre Klauen in diese Belohnung schlagen und dadurch gleichzeitig ihr miserables Leben retten könnte.

KAPITEL 37
PATRICK – TAG 6

Während der Fahrt zum Haus der Hardy-Wilsons hatte Patrick so stark auf seiner E-Zigarette gekaut, dass sie Bissspuren aufwies. Er warf sie auf das Armaturenbrett und verließ den herrlichen klimatisierten Zufluchtsort des Wagens und stieg aus in die stickige Hitze. Es herrschten immer noch zweiunddreißig Grad in London, obwohl es schon Abend wurde.

Eine Frau mittleren Alters mit langem blondem Haar und goldener Bräune arbeitete im Vorgarten eines weiteren großen, teuren Hauses. Mit einer Astschere attackierte sie den verwilderten Wein. Schweiß rann über ihr Gesicht, als sie an der Pflanze herumhackte, und die Art, wie sie die Schere handhabte, brachte Patrick fast dazu, seine Beine übereinanderzuschlagen.

»Mrs Hardy-Wilson?«, sprach er sie über das Gartentor hinweg an.

Sie drehte sich um und schob ihre Sonnenbrille den Kopf hinauf. »Nur Hardy, meine Tochter ist die einzige Hardy-Wilson. Was gibt's?«

Er zeigte seinen Dienstausweis vor. »DI Patrick Lennon. Und genau genommen ist es auch ihre Tochter, zu der ich wollte.«

Sie ließ die Schere in ein Blumenbeet sinken und kam näher, dabei wedelte sie nach einer Biene, die im Zickzack über den Weg flog.

»Georgia? Sie ist nicht hier ... Ist etwas passiert?«

Patrick schob das Gartentor auf und trat ein, er ging gleich zu einem Schattenplatz unter einem Apfelbaum. »Ich muss mit ihr sprechen. Nichts, worüber Sie sich Sorgen machen müssen. Haben Sie eine Ahnung, wo sie sein könnte, Mrs Hardy?«

Die Frau musterte ihn von oben bis unten auf eine Art und Weise, die ihn verunsicherte, ob er sich heute Morgen auch wirklich angekleidet hatte. Dann lächelte sie. »Nennen Sie mich doch April. Georgia ist joggen gegangen – verrückt bei dieser Hitze.«

»Könnten Sie sie für mich anrufen?«

»Denke schon.«

Sie führte ihn ins Haus, wo ein goldener Labrador hechelnd auf dem Steinfußboden der Küche lag.

»Kann ich Ihnen Limonade anbieten? Hab ich heute Morgen selbst gemacht. Schmeckt herrlich mit Pimms-Likör, aber ich fürchte, Sie sind im Dienst, richtig?« Ihr ruhiges, ironisches Grinsen machte sie ihm sofort sympathisch. Er konnte sie sich genau vorstellen, als sie noch jünger war – ein unartiges Schulmädchen, das heimlich eine Zigarette auf den Schulhof schmuggelte. Wenn er an das dachte, was er bisher über Georgia wusste, schien sie nach ihrer Regeln missachtenden Mutter zu kommen.

Ohne auf eine Antwort zu warten, goss ihm April ein Glas ein – die Limonade war scharf und süß – und fischte dann ihr Handy aus der Tasche ihrer Shorts, die ihre hübschen Beine so richtig zur Geltung brachten.

»Mal sehen.« Sie drückte auf das Display und hielt dann das Handy ans Ohr.

»Hm, ging direkt zur Mailbox weiter. Ich werd ihr eine SMS schicken. Die beantwortet sie meistens sofort, außer sie ist mit einem Jungen zusammen.«

»Hat Georgia einen Freund?«

Sie schickte die SMS und legte das Handy dann auf die Marmortheke. »Nein, Georgias Aufmerksamkeitsspanne ist nicht lang genug, einen Freund zu haben. Sie ist eher wie ein

Schmetterling, wandert mal hierhin, mal dorthin, nimmt sich, was sie braucht.« Sie lachte und imitierte mit ihren Händen das flatternde Insekt.

»Sie lassen Georgia eine Menge Freiheit, oder?«

April kam einen Schritt näher. »Sie ist sechzehn, Detective. Sie braucht ihre Freiheit, um herauszufinden, wer sie wirklich ist. Wir haben sie immer dazu ermutigt. Obwohl wir in letzter Zeit ihre Geldausgaben ein bisschen bremsen mussten, sie muss jetzt langsam die Verantwortung für ihr eigenes Geld übernehmen. Wenn sie einundzwanzig wird, kann sie über ihr Treuhandvermögen verfügen. Wir sind da sehr streng.«

»Haben Sie Grund zu der Annahme, dass Georgia in letzter Zeit Geld gebraucht hat?«

April lehnte sich an die Arbeitsplatte und lächelte mit einem Mundwinkel. »Werde ich gerade verhört? Das ist mir nicht mehr passiert seit den späten Siebzigern, als ich verhaftet wurde, weil ich einen Joint geraucht hatte.«

»Nein, ich verhöre Sie nicht, April. Ich versuche nur Konversation zu machen.«

Ihr schalkhafter Gesichtsausdruck war wieder da. »Schade. In meinem neuen Roman gibt es einen *sehr* bösen Polizisten!«

»Sie sind Schriftstellerin?«

»Ja. Aber Sie werden nichts von mir gelesen haben.« Sie deutete auf ein Poster an der Wand. *Versklavt, von April Hardy.* »Das ist mein neuestes. Früher habe ich geschrieben, was man wohl Liebesromane voller saftiger Sexszenen nennen könnte, aber jetzt ist es eher erotische Literatur.«

Patrick blinzelte. »Hat Georgia schon auf Ihre SMS geantwortet?«

Sie sah auf dem Handy nach, und ihre Brauen zogen sich zusammen. »Nein. Hm, das dauert aber schon ganz schön lang.«

»Sie haben meine Frage nach dem Geld nicht beantwortet«, sagte Patrick und nippte an seiner Limonade.

April dachte nach. »Sie braucht immer Geld für irgendwas. Ich weiß, sie will, dass wir ihr ein protziges Auto kaufen, sobald sie den Führerschein hat. Aber sie hat uns nicht häufiger als sonst auch um Geld gefragt.«

»Kennen Sie Alice Philips und Larry Gould?«

Ihr Gesicht leuchtete auf. »Ja klar. Alice ist Georgias beste Freundin, und Larry ist ihr bezaubernder Prollfreund.«

»Hat Georgia in letzter Zeit von den beiden erzählt?«

»Nein. Aber, na ja, da ist halt das schlimme Erlebnis mit der Entführung von Alices kleiner Schwester, aber Georgia möchte nicht viel darüber reden, sie sagt, es rege sie zu sehr auf.«

»April, wir müssen wirklich dringend mit Georgia reden.« Er setzte sein leeres Glas ab. »Es ist wichtig. Hat mit Frankies Entführung zu tun.«

»Was, warum?«

»Georgia war in der Nacht, als Frankie verschwand, ebenfalls in Alices Haus.«

»Oh, ich verstehe. Und Sie wollen sie fragen, ob sie etwas gesehen hat. Ich bin mir eigentlich sicher, dass sie es mir erzählt hätte, wenn es so wäre.«

»Trotzdem muss ich mit ihr reden.« Es juckte ihn, ihr von dem Video zu erzählen, für das ihre emanzipierte Tochter verantwortlich war. Würde sie schockiert sein? War es prüde und altmodisch von ihm, schockiert zu sein? Online-Pornografie, Sexaufnahmen von Berühmtheiten und Gewaltvideos, die Akte zeigten, die sich Patrick nicht mal vorstellen wollte, schienen in Georgias Generation ganz gewöhnlich und ordinär zu sein, wie Reality-TV und Wi-Fi. Er vermutete, dass April sich darüber auch nicht weiter aufregen würde, solange es nicht ihre Tochter war, die darin mitspielte.

»Ich bin nicht sicher, wie ich Ihnen weiterhelfen kann, Detective.«

»Können Sie noch mal versuchen, sie zu erreichen?«

»Ja. Wissen Sie, ich hab irgendwie die Zeit vergessen, aber jetzt kommt es mir vor, als sei sie schon *stundenlang* weg.« Sie nahm das Handy und versuchte es noch einmal. »Geht immer noch direkt zur Mailbox.«

»Als wäre es abgeschaltet?«

»Ja, das ist allerdings ungewöhnlich, um ehrlich zu sein. Ihr Handy ist quasi eine Verlängerung von ihr. Normalerweise antwortet sie innerhalb von Sekunden auf SMS.«

Sie ging zum Fenster. »Ich hoffe, sie ist in dieser Hitze nicht unterwegs zusammengebrochen. Vielleicht ist sie zur Wohnung gegangen.«

Alice hatte Patrick erzählt, dass das Pornovideo im Apartment von Georgias Eltern gedreht worden war.

»Es liegt an ihrer gewöhnlichen Strecke«, sagte April, »und sie hat einen Schlüssel. Jetzt sorge ich mich doch ein bisschen.« Sie biss sich auf die Lippe. »Vielleicht fahre ich eben rüber und sehe nach.«

»Okay, ich begleite Sie.«

* * *

Patrick folgte Aprils Land Rover Discovery und dachte dabei an das Verhör, das er mit Alice geführt hatte. In den letzten Minuten, nachdem sie ihm von Georgia erzählt hatte, wurde ein weiteres Geheimnis gelöst: nämlich das, warum sie bewusstlos auf dem Sofa gelegen hatte, als Helen und Sean in jener Nacht nach Hause gekommen waren.

»Wir hatten Haschkekse gegessen, und ich wurde vollkommen paranoid wegen des Videos. Sobald wir es rausgeschickt hatten, war ich überzeugt, dass alle herausfinden würden, wer es gemacht hatte, und dass wir furchtbaren Ärger bekommen würden. Deshalb nahm ich eine Schlaftablette. Helen hat welche in der Schublade ihres Nachtschränkchens, und ich hab eine davon genommen. Ich hab niemals zuvor Schlaftabletten genommen und habe nicht damit gerechnet, dass sie mich vollkommen umhauen würden. Ich war wirklich vollkommen weggetreten.«

Er folgte April etwa zehn Minuten lang, bevor sie vor einem umgebauten viktorianischen Haus anhielt und ausstieg.

»Ich bin lange nicht mehr hier gewesen«, sagte sie. »Unsere Mieter sind vor sechs Monaten ausgezogen, und wir können uns nicht entscheiden, ob wir neue suchen sollen oder es lieber verkaufen. Mieter sind ein echtes Problem. Aber egal, ich weiß, dass Georgia ab und zu hierherkommt, um zu chillen.«

Nicht nur das, dachte Patrick.

Sie fummelte sehr lange mit den Schlüsseln herum, bevor sie endlich die Tür offen hatte. Es war kühl im Flur. April bückte sich, um die Post aufzuheben, und warf sie zur Seite, bevor sie Patrick die Treppe hinauf ins Hochparterre führte, wo sie wiederum eine gefühlte Ewigkeit brauchte, um die Tür zur Wohnung zu öffnen.

Also das hier war der Ort, an dem, Alice zufolge, die Teenies ihren kleinen Porno gedreht hatten. Sie kamen ins Wohnzimmer, und Aprils Sandalen klackten auf dem Holzfußboden, als sie durch den Raum schritt und dabei Georgias Namen rief.

»Sie ist nicht hier. Und es gibt auch kein Zeichen, dass sie hier gewesen ist.« Sie nahm ihr Handy heraus und versuchte erneut, Georgia anzurufen. Inzwischen sah sie doch besorgt aus.

Aber Patricks Aufmerksamkeit war von etwas anderem gefesselt worden, von etwas, was auf dem kleinen Couchtisch lag. Er bückte sich, nahm es hoch und drehte es um. Ein kleiner Teddybär, so einer, den man einem Neugeborenen schenken würde. Bonnie hatte einen ähnlichen, aber ihrer war ein rosa Häschen, viel gehätschelt und immer klebrig.

Helen Philips hatte ihm diesen Teddy beschrieben. Und er hatte ihn auf einem Foto gesehen.

Es war Frankies Red Ted.

»Was ist das?«, fragte April.

Sein Herz schlug jetzt sehr laut. »April, ich muss jetzt *wirklich* dringend mit Ihrer Tochter sprechen.«

Sein Handy klingelte. Es war Carmella. »Sir, das Mädchen, mit dem Sie sprechen wollten, Georgia Hardy-Wilson...«

Als er Carmella zuhörte, konnte er April nicht in die Augen sehen. Dies waren die Momente, für die er lebte und die er gleichzeitig fürchtete als Polizist. Der Durchbruch, das plötzliche Aufreißen der Wolkendecke. Aber diese Wolkendecke hatte sich geteilt, um eine heiße, grausame Sonne zu entblößen.

»April«, sagte er, nachdem Carmella das Gespräch beendet hatte. Sie sah ihn ängstlich an. »Sie sollten sich vielleicht für einen Moment setzen. Es geht um Georgia.«

KAPITEL 38
GEORGIA – TAG 6

Georgia verließ das Haus, ihr Nike-Sonnenvisier half ihr dabei, ihre Augen vor den Strahlen der Abendsonne zu schützen und ihren Pferdeschwanz aus dem Gesicht zu halten. Die winzigen Stöpsel ihres iPhones waren fest in ihren Ohrmuscheln versenkt, und Bruno Mars wurde ihr direkt ins Gehirn geliefert. Langsam joggte sie los in Richtung Park und war fast sofort außer Atem – es war einige Tage her, dass sie gelaufen war. Aber sie hatte sich so schuldig gefühlt wegen der vielen stressbedingten Cokes und Süßigkeiten, die sie in sich hineingeschaufelt hatte, dass sie sich jetzt dazu zwang, wenigstens etwas davon wieder abzutrainieren.

Gestern hatte sie den ganzen Tag über nichts gegessen, und gegen Abend war sie dann so ausgehungert, dass sie sich einen Big Mac und eine große Portion Pommes reingezogen hatte. Danach holte sie noch was vom Chinesen, und zwei Stunden später, als ihre Leute nach Hause kamen, gab es noch einen halben Familienbecher Häagen-Dazs-Eis. Außerdem waren ihre Fingernägel total abgekaut. Wenn ihr Leben schon den Bach runterging, so war sie doch entschlossen, ihren Arsch nicht zu allem anderen Elend noch fetter werden zu lassen. *Irgendetwas* musste sie auch unter Kontrolle haben.

Sie rannte durch den Haupteingang in den Park hinein und fühlte sich schon ein bisschen besser. Es war ein herrlicher Abend. Nach dem heißen Tag hatte es sich endlich etwas abgekühlt, und eine willkommene Brise strich ihr über das Gesicht. Rehe lagen träge in kleinen Gruppen unter den Bäumen, und der süße Geruch frisch gemähten Grases hing in der Luft und stieg ihr in die Nase. Sie nahm den Weg an der Grenze des Parks entlang, um dem Wild aus dem Weg zu gehen, das ihr irgendwie unheimlich war – man hörte doch immer wieder, dass wütende Hirsche Leute stundenlang um die Bäume herumjagten, und manchmal wurde auch tatsächlich jemand gekillt.

Ein plumper Jugendlicher auf einem dieser kleinen Fahrräder kam ihr entgegen, und sie wich zur Seite aus. Aber plötzlich bremste er, das Rad schleuderte seitwärts, und er blockierte ihr den Weg.

»Verdammt, was soll das?«, fragte sie und nahm einen Ohrstöpsel heraus, sodass Bruno jetzt mono weitersang. Der Kerl war in ihrem Alter, aber sie kannte ihn nicht. Er war ein richtiger kleiner Proll, die Jeans hing in den Kniekehlen, sein Basecap war zu groß, und er trug einen dicken Diamanten im Ohr. Anscheinend hatten er und Jerome den gleichen Modeberater, dachte sie und schüttelte sich. Sie rannte um ihn herum, aber er stieg wieder aufs Rad, folgte ihr und machte das ganze Manöver noch einmal. Diesmal kam er ganz nah an sie heran.

»Du musst mitkommen«, sagte er.

Angst kroch wie ein Wurm durch Georgias Bauch. »Was willst du? Du hast mir gar nichts zu sagen.« Ihr war bewusst, dass sie ihre piekfeine Stimme benutzte. Sie klang wie die ihrer Mutter, wenn sie versuchte, die Politesse einzuschüchtern, die gerade ein Ticket unter den Scheibenwischer steckte, wo sie doch nur fünf Minuten ins Postamt gegangen und den Land Rover stehen gelassen hatte.

»Klar doch. Du wirst anders darüber denken, wenn Jerome erst mit dir fertig ist.«

Georgia schluckte. »Hast du mich verfolgt?«

Der Kerl schniefte. »Nur so lange, bis ich wusste, wo du wohnst, in dem großen noblen Haus. Also komm schon, lauf mir hinterher. Jerome will mit dir reden. Er sitzt da drüben im Auto.«

Er deutete hinüber zum Parkplatz, der einige Hundert Meter weiter hinter den Bäumen lag. Georgia meinte sich übergeben zu müssen. Verzweifelt blickte sie sich um – das Tor, durch das sie gekommen war, war gerade noch sichtbar, aber sonst war niemand zu sehen. Selbst wenn sie sprintete, würde dieser schreckliche Kerl mit seinem lächerlichen Rad gleich wieder hinter ihr sein. Außerdem wusste er, wo sie wohnt! Sie suchte nach ihrem iPhone in der Seitentasche ihrer Jogginghose – aber wen sollte sie anrufen? Wenn sie 999 wählte, steckte sie ebenso in der Scheiße. Sie konnte sich schon die Unterhaltung vorstellen: »Okay, Fräulein, also Sie behaupten, Sie müssen gerettet werden von dem Kerl, dem Sie viertausend Pfund schulden, dafür, dass Sie die Drogen verloren haben, die Sie für ihn verkaufen sollten? Ich verstehe.«

»Was will er denn?«, hörte sie sich selbst sagen. Als wüsste sie das nicht.

Der Junge zuckte nur mit den Schultern. »Keine Ahnung. Aber er sieht nicht glücklich aus. Komm schon, da entlang, ich folge dir.«

Sie hatte keine Wahl. Er stieg wieder aufs Rad und bedeutete ihr ungeduldig mit einem Kopfnicken in Richtung Parkplatz, dass sie loslaufen sollte.

Verdammte Scheiße. *Ich bin so was von im Arsch,* dachte sie, und Tränen schossen ihr in die Augen. Würde Jerome sie umbringen? Natürlich nicht. Sie war nur wieder die Dramakönigin, wie ihre Mutter sie immer nannte.

Wenn ich aus dieser Sache hier heil rauskomme, dachte sie, werde ich immer ein gutes Mädchen sein. Ich werde niemals mehr Gras rauchen oder auch nur daran denken, es zu verkaufen. Und ich werde richtig, richtig fleißig lernen. Bitte lass mich das hier alles gut überstehen.

Auf eine Art war es auch eine Erleichterung, dass sie das jetzt mit Jerome austragen würde. Die letzten Tage waren unvorstellbar stressig gewesen, sie war bei jedem Klingeln an der Haustür aufgeschreckt und hatte sich vor jedem fremden Gesicht auf der Straße erschrocken. Es wird schon nicht so schlimm werden, sang sie vor sich hin, ein Mantra, das ihr Vater immer benutzte.

Allerdings fühlte es sich nicht so an, als könne es nicht schlimmer werden.

In wenigen Minuten waren sie auf dem Parkplatz, einem großen, offenen Platz in der Nähe eines künstlichen Sees. Georgia war erleichtert, denn obwohl er nicht voll war, waren hier doch einige Wagen geparkt – und Gott sei Dank waren auch einige Leute mit ihren Hunden unterwegs. Wenn sie laut genug schrie, würden sie sie schon hören.

Jeromes Wagen war nicht das, was sie erwartet hatte. Es war ein rostiger, zerbeulter pflaumenfarbener Honda, der aussah wie der Wagen irgendeiner Oma. Wenn sie nicht so ängstlich gewesen wäre, hätte sie darüber gelacht. Jerome saß auf dem Fahrersitz, musterte sie mit stechendem Blick, und sein Gesichtsausdruck war schlimm genug, dass sie sich einpieselte, wenn auch nur ein bisschen. Sie wandte sich an den Jungen mit dem Rad und fragte ihn: »Er wird mir doch nicht wehtun, oder?«

Der Junge grinste und formte mit Zeigefinger und Daumen eine Pistole, richtete sie auf sie und formte mit den Lippen »puff, puff«, dann radelte er davon. Georgia sah ihm fast mit Bedauern hinterher. Jetzt war sie ganz allein.

Jerome drehte die Scheibe herunter – das Auto war wohl zu alt für automatische Fensterheber.

»Komm rein, Zuckertitte«, sagte er mit kaltem Blick und deutete auf den Beifahrersitz.

Georgia öffnete die Tür und sah hinunter auf ihre pfirsichfarbenen Shorts, um zu sehen, ob ihr Blasenversagen sichtbar war. Können Hunde menschlichen Urin riechen?

»Dein Hund wird mich doch nicht angreifen, oder?«

»Hündin, es ist eine Sie, RiRi.«

»'tschuldigung, wird sie?«

Jerome zuckte mit den Schultern und drehte sich zum Hund um, der mit hochgezogenen Lefzen auf dem Rücksitz saß. »Nicht, wenn ich's ihr nicht befehle.«

Widerstrebend rutschte Georgia auf den Sitz, schloss die Tür und lehnte sich mit dem Rücken dagegen, möglichst weit entfernt von Jerome und dem Hund, der jetzt leise knurrte. Das Innere des Wagens stank nach Gras, nassem Hund, Zigarettenrauch und Jeromes widerlichem Rasierwasser. Sie fragte sich, welche Lieder ihre Familie wohl zu ihrer Beerdigung spielen würde. *Goodbye Yellow Brick Road* wäre eine gute Wahl. Das hatte ihr ihre Mutter immer vorgesungen, als sie noch ein Baby war.

»Es tut mir wirklich leid, Jerome, aber ich hab dir doch versprochen, dass ich es dir alles zurückzahle. Es wird nicht lange dauern, ich konnte nur gerade nicht an meine Ersparnisse, weil meine Eltern mich nicht lassen, aber ich hab eine andere Idee gehabt, wie ich an Geld komme. Ich brauche allerdings deine Hilfe, aber dann könnten wir die Kohle teilen, sodass du im Endeffekt viel mehr bekommen würdest als das, was ich dir schulde...«

Jerome hob eine seiner kunstvoll rasierten Augenbrauen. »Das ist jetzt aber hoffentlich gut, Schlampe, weil ich langsam ungeduldig werde.«

Georgia nahm einen tiefen Atemzug – was ihr sofort leidtat wegen des Gestanks. »Ich dreh nur mal das Fenster runter, okay, Jerome? Mir ist ein bisschen schwindelig.«

Die frische Luft beruhigte sie. Einen Moment lang zweifelte sie; sollte sie wirklich Jerome gegenüber zugeben, was sie getan hatte? Aber sie hatte keine Chance. Das Beste wäre, es zu sagen.

»Ich hab Alices Schwester entführt, wegen der Belohnung, damit ich dich auszahlen kann«, sagte sie überstürzt und starrte dabei auf den Tannenbaumluftreiniger, der am Rückspiegel baumelte.

Jerome lutschte an seinen Zähnen und lachte. »Hör auf! Du musst schon mit was Besserem kommen als das. Verrückte Schlampe.«

»Es stimmt, ich schwöre es.«

Er zog ein finsteres Gesicht. »Und wo ist die Belohnung? Und wo ist die Kleine?«

»Es gab ein Problem.« Sie erzählte ihm, was passiert war, nachdem sie mit Frankie Alices Haus verlassen hatte.

Jerome hörte ihr zu. Als Georgia ruhig erzählte, war nur RiRis enthusiastisches Lecken zu hören, als sie sich putzte.

»Dann waren es also nicht der kranke Doktor und seine verrückte Alte, die die anderen beiden Kinder entführt haben und die sich dann selbst umgebracht hat?«

Georgia schüttelte den Kopf. »Nein. Aber ich weiß trotzdem, wie wir an die Belohnung kommen können.«

Sie erklärte es ihm.

Jerome nickte langsam. Man konnte die Zahnräder hinter seiner Stirn fast klicken hören.

»Kann ich dann jetzt gehen?«, fragte sie schüchtern nach einiger Zeit.

Jerome war total in Gedanken versunken.

»Sims mir das Foto, bevor du gehst.«

Sie holte ihr iPhone raus und gehorchte. Jerome prüfte das Foto auf seinem Galaxy.

»Es würde dir leidtun, wenn du mich bescheißt«, sagte er misstrauisch. »Sollte ich herausfinden, dass das hier nur irgendein Foto ist, bist du tot. Das ist dir doch klar, oder?«

Georgia nickte heftig. Sein Gesichtsausdruck schlug ihr jedoch erneut auf die Blase, sie verlor noch ein bisschen Urin und zuckte zusammen. Sie würde einen feuchten Fleck auf seinem Sitz hinterlassen. Gott sei Dank schien er nichts zu bemerken.

»Okay, du bist noch mal davongekommen, vorübergehend jedenfalls. Eine Woche, höchstens. Und wenn ich die viertausend nicht innerhalb einer Woche habe, gehen die Zinsen auf fünfzig Prozent hoch, ist das klar?«

Als Jerome weggefahren war, trugen Georgias Beine sie nicht mehr. Sie sank auf den sandigen Boden des Parkplatzes, und die feuchte Stelle in ihren Shorts brannte. Sie konnte nicht einschätzen, ob sie jetzt auf dem Weg war, sich aus der Scheiße zu befreien, oder, im Gegenteil, sich tiefer reinzureiten.

Sie nahm ihren Kopf in die Hände und heulte wie ein Baby. Genauso wie Frankie es getan hatte, in der Nacht, als sie sie entführt hatte. Sie weinte so lange, dass sie gar nicht mitbekam, dass alle anderen Autos längst abgefahren waren und sogar das Wild ins hohe Gras zwischen den Bäumen verschwunden war, um zu schlafen.

Deshalb merkte sie auch nichts von dem sich nähernden Motorgeräusch eines Wagens, der in den Park fuhr und ein Stück entfernt von ihr parkte. Sie hörte Jeromes schwere Schritte erst, als er fast neben ihr stand und Rihanna zu knurren begann. Sie riss den Kopf hoch und versuchte, auf die Füße zu kommen, aber es war zu spät. Einen Moment lang standen sie sich gegenüber. Jeromes Gesicht war unversöhnlich.

»Ich hab meine Meinung geändert«, sagte er. »Ich hab wirklich drüber nachgedacht. Es ist besser, wenn du nichts mehr damit zu tun hast. Oh – und du hast in meinen Wagen gepisst!«

Und dann, so ganz nebenbei, beugte er sich hinunter und nahm die Leine von Rihannas Halsband. Zur gleichen Zeit sah Georgia auch das Aufblitzen der Klinge in seiner anderen Hand. Sie drehte sich um, um wegzulaufen, wusste aber, dass es sinnlos war. Der Hund war schon auf dem Sprung, mit der Schnauze in ihre Richtung, auf ihren Hals zu, bevor sie sich überhaupt an die erste Zeile von *Yellow Brick Road* erinnerte.

Nicht *der* Hund, sondern *sie*, die Hündin Rihanna.

KAPITEL 39
HELEN – TAG 6

Helen verbrachte mehr und mehr Zeit allein in Frankies Kinderzimmer. Sie saß auf dem beigefarbenen Teppich, den Rücken an das Gitter des Kinderbetts gepresst, um das zu sehen, was Frankie von ihrem Kopfkissen aus gesehen hatte: ihr Bücherregal, die wirbelnde Wunderlampe und die Wandaufkleber von Babar dem Elefanten. Es schien sie zu trösten, das zu sehen, was Frankie gerade nicht sehen konnte.

Manchmal kletterte Helen auch in das Bett und krümmte sich zusammen wie ein fötales Komma, sie drückte ihre Nase in die Flanellbettwäsche und versuchte verzweifelt, Frankies Geruch in ihren Nasenlöchern wie auch in ihrer Seele zu bewahren. Ihr einziger Trost war es, dass Red Ted, der rote Bär, ebenfalls verschwunden war – Frankie hatte ihn wohl an sich gedrückt, als sie entführt worden war, oder der Entführer war besonders fürsorglich gewesen und hatte ihn eingesteckt. Das hoffte Helen jedenfalls. Sie betete mit mehr oder weniger Hoffnung zu einem Gott, von dem sie nicht mal wusste, ob er existierte. Sie hatte nichts zu verlieren, deshalb bat sie ihn, dass er Frankie sicher behütete, sie bald ohne größere körperliche und seelische Narben zu ihr zurückbrachte und dass der kleine Bär sie jetzt tröstete.

Als Helen heute wieder so dalag, zu traumatisiert, um sich zu bewegen, dachte sie an Detective Lennon. »Nennen Sie mich Patrick«, hatte er sich vorgestellt, als sie sich trafen. Das war erst eine Woche her, aber es fühlte sich an wie die Ewigkeit in der Hölle.

Gerade kam Sean hereingestürzt und hielt sein iPad an sich gedrückt.

»Das glaubst du nicht«, sagte er und ignorierte die Tatsache, dass Helen auf Frankies Bett lag, ihre Füße weit über das Fußende hinausragten und ihr Tränen übers Gesicht liefen. »Ich hab ihn gegoogelt, den Lennon-Typen, und du glaubst nicht, was ich gefunden habe.«

Helen hätte ihm gern dafür den Hals umgedreht, dass er wirklich dachte, sie wäre vielleicht an Rätselspielen interessiert, die den Detective betrafen, der mit der Aufgabe betraut war, ihren wertvollsten Schatz zu suchen.

»Was?«, fragte sie geradeheraus.

»Der war doch vor ein paar Jahren in allen Zeitungen. Na ja, nicht er selbst, sondern seine Frau. Sie war diejenige, die damals diese richtig heftige postnatale Depression hatte und versuchte, ihr Baby zu erdrosseln. Drüben bei Hampton Court. Erinnerst du dich? Wir haben es in der Glotze gesehen. Du hattest damals was dazu gesagt, weil sie so nahe bei uns wohnten. Sie wurde eingesperrt.«

Helen setzte sich langsam auf, ihre verschwommen blickenden Augen waren weit geöffnet und ihre Stimme belegt vom Weinen. »Oh – mein Gott. Ja, ich erinnere mich. Wir waren wirklich schockiert – er hatte sie doch sogar verhaftet, oder? Ich hab mir gleich gedacht, dass er mir irgendwie bekannt vorkam. Ich habe damals so mit ihnen mitgefühlt. Bist du sicher? Ist er es wirklich?«

Sie wusste nicht mehr, was sie denken sollte. War das nun was Gutes oder nicht? Würde er sich mehr dafür einsetzen, Frankie zu finden, weil er den Schmerz, ein Kind zu verlieren, besser verstand? Weil er wusste, dass einfach alles so spektakulär zusammenbrach? Aber andererseits … es war erst zwei Jahre her …

»Was ist, wenn er noch gar nicht wieder fit ist?«, brach es aus ihr heraus.

Sean zwängte sich neben sie auf das kleine Bett und tätschelte ihr Bein. »Muss er ja, sonst hätten sie ihm diesen Fall nicht gegeben. Überleg mal, wie sonst die Met dastehen würde, wenn er nur halb gesund wieder arbeiten dürfte und irgendwas schiefginge.«

Helen starrte ins Nichts und musste sich zurückhalten, Seans Hand nicht abzuschütteln.

»Ich meine, der andere Detective schien doch recht kompetent. Wie hieß der noch? Winkie?«

»Winkler. Er wollte sich um die Person kümmern, die mich über Facebook kontaktiert hatte, aber ich hab nichts mehr von ihm gehört. Ist wohl ins Leere gelaufen.« Sie konnte sich immer noch nicht dazu bringen, zuzugeben, dass der Ausflug zum M&S-Café vergebens gewesen war und dass Janet Friars eine Verrückte und vollkommene Zeitverschwendung gewesen war.

»Vielleicht sollten wir darum bitten, dass er den Fall übernimmt.«

Helen machte sich von Seans Berührung frei. Sie hielt das nicht mehr aus. »Meinst du denn, wir haben darauf irgendeinen Einfluss?«

»Ich wette schon, wenn wir richtig Ärger machen würden.«

»Ich weiß nicht. Ich vertraue Lennon. Der andere Kerl... ich bin mir sicher, der war scharf auf mich.« *Und,* dachte sie, *er hat sich nie zurückgemeldet.*

Sean grinste. »Wer will ihm das übelnehmen?«

Sie konnte dem nichts abgewinnen. »Lass das.«

Sie starrten jetzt beide schweigend auf die Wand.

»Wie auch immer«, sagte Sean. »Falls DI Lennon innerhalb der nächsten vierundzwanzig Stunden keine Fortschritte vorzuweisen hat, werde ich mit seinem Boss reden. Und wenn das nichts bringt, überlege ich mir, mich an die Presse zu wenden und denen zu sagen, dass Lennon es einfach nicht bringt. Nach dem Fiasko mit der Belagerung bin ich mir sicher, dass sie mir fast die Hand abreißen werden für den Knüller.«

* * *

Helen musste immer noch daran denken, lange nachdem Sean den Raum verlassen hatte (er blieb nicht gern in Frankies Kinderzimmer, als wenn ihr Schmerz und Frankies Abwesenheit dort kollidierten wie zwei besonders schädliche Gase). Sie hatte dennoch nicht allzu viel Mitleid mit Patrick – nicht so viel wie mit sich selbst, denn Patricks Baby hatte überlebt; trotzdem räumte sie ein, dass es ganz furchtbar gewesen sein muss. Als sie in Frankies kleinem Schlafzimmer herumwanderte und etwas zu tun suchte, fragte sie sich träge, ob sie es wagen sollte, das Thema anzusprechen. Patrick war ein seltsamer Typ Mann, besonders für einen Polizisten, obwohl er richtig gut aussah. Okay, das Haar war ein bisschen zu lang, und man sah alle möglichen Tattoos, die sich unter seinem Hemdkragen schlängelten. Ganz abgesehen von der verschlossenen Zurückhaltung auf seinem Gesicht, die mit einem Mal viel mehr Sinn ergab.

Unten konnte sie Sean hören, wie er Eiswürfel in ein Glas kippte. Innerhalb einer Stunde würde er wieder betrunken sein. Sie war versucht, ihn auf diese Reise ins Vergessen zu begleiten.

Stattdessen öffnete sie die rote Plastikschublade in einer Dreierkommode, die in Primärfarben gehalten war und wie aus großen Lego-Steinen zusammengesetzt wirkte. Sie enthielt einen Stapel von Frankies Zeichnungen, die sie auf billigem gelblichem Papier mit dicken Plakafarben gemacht hatte, sodass sich die Blätter wellten. Zwischen all dem üblichen Kleinkindgekritzel fand sie auch ein paar der Karten, die sie selbst auf Frankies Verlangen hin gezeichnet hatte; sie in der Hand zu halten nahm ihr fast die Luft.

Frankie liebte Karten, die sie »arten« nannte. Sie war gerade durch eine lange Phase gegangen, in der sie von allen um sich herum verlangte, dass sie ihr Karten zeichneten, spezielle »arten«. Helen liebte den Blick ihrer Tochter auf die Welt, die sich daraus ergab. Die »arten« waren eine Mischung aus Fantasie und Wirklichkeit, eine Kollision von Fakten und Erfindungen entlang der gepunkteten Linien, die imaginäre Grenzen bezeichneten.

Die Erste, die sie herauszog, ließ ihre Gedanken sofort zurückwandern zu dem Nachmittag, an dem sie sie für Frankie gezeichnet hatte. Es war einige Wochen her, Frankie hatte auf ihrem Schoß gesessen und sich vorgebeugt, um die Balance zu halten, ihre Finger folgten den Linien, die sie zog, und sie krähte vor Vergnügen, als Helen alle von ihr vorgeschlagenen Sehenswürdigkeiten einfügte: »Da, Mami«, zeigte sie mit einem kleinen Zeigefinger. »Das ist, wo die drei kleinen Schweinchen wohnen.«

Helen erinnerte sich daran, drei kleine rosa Gesichter mit Rüsseln hinzugefügt und sie sorgfältig beschriftet zu haben mit *Kleines Schweinchenhaus*, das sich ein paar Türen entfernt von *Frankies Haus* befand. »Und hier oben ist wirklich, ganz wirklich der Himmel.« Also hatte sie hinzugefügt: *wirklich, ganz wirklich der Himmel*, mit einem Pfeil, der himmelwärts zeigte, hoch zu den Wolken. Sie musste lächeln, aber die Freude vermischte sich mit einem heftigen Schmerz, wie von einem Eiszapfen verursacht, der ihr gleichzeitig in den Bauch gerammt wurde. Die anderen Sehenswürdigkeiten auf dieser Karte waren *ein Obstgarten*, *das Auto von Ross* und *der kalte Ort, an dem sie die Eislutscher machen*.

Sie nahm ein anderes Bild zur Hand, eines, was sie bisher gar nicht gesehen hatte, mit Alices runder Handschrift: »ARTE meiner Straße«. Dieser Begriff war Bestandteil des Familienwörterbuchs geworden.

»Oh, Frankie«, flüsterte Helen. »Zeichnest du mir eine Karte von wo du grade bist?«

Jetzt waren beide verschwunden, Alice und Frankie. Aber Helen sorgte sich weniger um Alice. Sie würde bald wieder hier sein, sobald ihr Divaanfall beendet und das Geld weg war. Sie war mit Larry zusammen – dessen Mutter hatte am Morgen unter Tränen angerufen, und Helen schämte sich, dass sie nicht viel Mitgefühl für Alice und Larry, ihren dürren Freund, aufbrachte. Sie musste sich zwingen, auch nur halb so besorgt zu klingen wie die hysterische Frau am anderen Ende des Telefons.

Helen konzentrierte sich wieder mehr auf die ARTE MEINER STRASSE. Alice hatte die blaue Haustür, den Gartenpfad und die Umrisse von Autos auf der Straße gezeichnet, sodass Frankie sie bunt ausmalen konnte. Das Bild enthielt mehrere große »X« mit Frankies Anweisungen: *hier die aufgeplusterte Katze von Nr. 18; Max' Haus; Sandkasten; wo Teddys Auge rausfiel.*

Helens Blick fiel auf etwas, was ihr vorher entgangen war. Da gab es ein X auf der gegenüberliegenden Straßenseite, gezeichnet von Alice, und darunter standen die Worte *Böser Geist, der im Laternenpfahl wohnt.*

Böser Geist, der im Laternenpfahl wohnt? Was hatte das zu bedeuten? Helen stand auf und ging zu Frankies Fenster. Sie zog das Rollo hoch, um hinauszusehen. Das X, das Alice gezeichnet hatte, lag in etwa vor Haus Nr. 26, wo lange Zeit ein älteres Schwulenpaar gelebt hatte. Dann war einer der beiden krank geworden, und beide waren in ein Pflegeheim gezogen. Seitdem stand das Haus leer, also da gab es keine bösen Geister – oder sonst wo in ihrer Straße, soweit Helen wusste. Sie zog die Stirn in Falten. So viele von Frankies Kommentaren machten wenig Sinn, trotzdem war es lustig und machte Spaß, dieses Spiel, Karten zu zeichnen. Allerdings hatten die Dinge meistens schon einen realen Bezug oder wenigstens die Erinnerung an etwas, was an diesem Tag geschehen war.

Also – wer war der böse Geist, und was tat er vor ihrem Haus? Helen starrte lange genug auf die »ARTE«, bis die gepunkteten Linien sich vor ihren Augen ganz langsam zu bewegen begannen. Und dann die andere Zeichnung, die eines Mannes, der durch das Fenster schaute, die sie gefunden hatten in der Nacht, als Frankie entführt worden war – wo war die hergekommen?

»Was hast du versucht uns zu sagen, Frankie-Baby?«, sagte Helen laut, und plötzlich kam ihr eine Idee. Sean hatte doch vor einigen Wochen einen ganzen Karton mit Frankies künstlerischen Versuchen auf den Dachboden gebracht – »arten«, Fingerfarbenbilder und welche mit aufgeklebten Makkaroni mit Glitter auf zerknittertem Zeichenpapier. Er hatte alles in den Müll werfen wollen, aber Helen hatte sich durchgesetzt, und der Dachboden war der Kompromiss gewesen. Was wäre, wenn jemand schon wochenlang Frankie beobachtet hätte, und dies war ihre Art gewesen, es ihnen zu sagen?

Sie stieg hoch in den ersten Stock, in Alices Reich, und krauste wie immer die Nase, als sie die schmutzige Wäsche und die zerknüllten nassen Handtücher auf dem Boden liegen sah. Alice hatte nicht mal die zwei Schritte bis zum Wäschekorb geschafft. Der Stab, der die Ausziehtreppe zum Boden öffnet, lag neben der Fußleiste hinter dem Korb. Helen hob ihn auf, hakte das Ende in die Öse und zog die Leiter herunter. Von unten konnte sie hören, wie Sean den Fernseher anschrie.

Fünfzehn Minuten später kletterte sie die Leiter wieder hinunter, blind versuchten ihre Füße die Stufen zu finden, und ihr Verstand versuchte Licht in das zu bringen, was sie gerade gesehen hatte.

KAPITEL 40
PATRICK – TAG 7

Patrick hatte im Lauf seiner Karriere mehr als genug unvorstellbar schlimme Dinge gesehen, aber die Ansicht des verschwollenen, bandagierten Mädchens, das regungslos im Krankenhausbett lag, berührte ihn so sehr, dass er sich vom Bullaugenfenster des Zimmers abwendete. Er fühlte Tränen in sich aufsteigen, und sein Hals schwoll zu.

Vielleicht lag es daran, dass ihre jetzige Erscheinung in so krassem Gegensatz stand zu den hübschen Fotos, die er am Tag vorher von ihr an der Wand in der Küche hängend gesehen hatte. Die Fotos, die jemanden unsterblich machten, der sie nie wieder sein würde: ein Teenager voller Lebensfreude am Übergang vom Mädchen zur Frau, ihre Haut makellos und aprikosenfarben, ihre Augen glänzend voller Selbstvertrauen und im Bewusstsein ihrer Schönheit.

Oder vielleicht war es auch väterlicher Instinkt, dass dies Bonnie sein könnte, in zwölf Jahren. Es war der gleiche panische Gedanke, der ihn manchmal nachts hochschrecken ließ. In letzter Zeit war es immer die Angst gewesen, dass derjenige, der Liam und Izzy geholt hatte, auch Bonnie holen würde. In den dunkelsten Stunden der Nacht hatten alle Kinder, die schreckliche und tragische Dinge erleben mussten, Bonnies Gesicht, und er konnte sie nicht retten.

Georgias Augen waren geöffnet – aber nur einen Schlitz weit. Sie sahen aus wie zwei aufgeblasene schwarze Schwimmflügel. Sie lag bewegungslos auf ihren Kissen, ihr Haar um sie herum ausgebreitet wie das einer Wasserleiche. Patrick nahm an, dass April das Haar so angeordnet hatte, wahrscheinlich um davon abzulenken, wie das Gesicht ihrer vorher so schönen Tochter jetzt aussah: furchtbar geschwollen und Abscheu erweckend.

April selbst saß auf einem Klappbett neben Georgias Krankenbett und sah aus, als habe sie nicht eine Sekunde lang geschlafen. Ihre Unterarme und Beine unterhalb der Shorts wiesen immer noch die Kratzer von der Gartenarbeit auf, die sie gestern getan hatte. »Hallo, Detective«, grüßte sie ihn tonlos. »Sie wird man auch nicht los, was?«

Er lächelte ihr voller Mitgefühl zu, und ihm fiel ein, dass er ihr einen Kaffee und ein Croissant hätte mitbringen können. Carmella hätte sicherlich an so was gedacht.

»Ich muss Georgia ein paar Fragen stellen, leider«, sagte er und deutete auf einen der schäbig aussehenden blauen Plastikstühle auf der anderen Seite des Bettes. »Darf ich?«

Sie nickte, und er setzte sich. Er zog sein Moleskinnotizbuch und einen Kuli heraus und beugte sich vor.

»Georgia? Wie geht es dir heute?«

Was für eine blöde Frage. Eine Träne löste sich von den Wimpern am unteren Lidrand, in genau demselben Moment, als ein Tropfen der Infusion aus dem Beutel durch den darunter befestigten Schlauch in ihren Arm floss.

»Kannst du reden?«

»Ja«, flüsterte sie. Ihre Augen waren so geschwollen, dass Patrick nicht sehen konnte, ob sie ihn ansah oder nicht.

»Es tut mir so leid, dass du all das hier durchmachen musst. Ich hab gehört, du bist im Bushy Park gefunden worden? Was hast du dort gemacht?«

»Ich war... joggen.« Noch eine Träne erschien. Und noch ein Tropfen antibiotische Flüssigkeit rann in den Schlauch.

»Kannst du mir sagen, was passiert ist?«

Sie versuchte, tief durchzuatmen, stöhnte dann aber von

der Anstrengung auf. Ihre Mutter streichelte ihr über die Finger und sah Patrick mit gerunzelter Stirn böse an, als sei er schuld und würde ihre Tochter quälen.

»Lass dir Zeit«, sagte er geduldig und schickte ein ermutigendes Lächeln hinüber zu April.

Ein tiefer Seufzer. »Es war... ein Kerl, der Jerome heißt. Ich kenne nur seinen Vornamen. Er wohnt in der... Kennedy-Siedlung.«

»Jerome Smith?« Sie nickte. »Aber warum sollte er dir das hier antun?«

»Er... hasst mich.«

»Warum, Georgia?«

Patrick konnte sehen, dass sie krampfhaft nach Lügen suchte und dann doch keine überzeugende Story zustande brachte. Sie biss sich auf die Unterlippe.

»Georgia, siehst du ein, dass alles, was du jetzt noch tun kannst, ist, die Wahrheit zu sagen?« Er sprach so behutsam, wie er konnte. »Schlimmer kann es nicht werden. Es ist an der Zeit, ehrlich zu sein, die Wahrheit zu sagen. Ich verspreche dir, auf lange Sicht ist es viel besser, wenn du jetzt mit der Wahrheit herausrückst.«

Eine lange Pause folgte. Patrick rutschte auf seinem Vinylstuhl herum, der Sitz quietschte und durchbrach die Stille.

April schnäuzte sich die Nase und sagte dann: »Georgia, Liebes. Wenn du was angestellt hast, das kriegen wir wieder hin. Ich werde nicht böse auf dich sein und dein Vater auch nicht, das schwöre ich dir. Was auch immer passiert ist, du bist und bleibst unsere Tochter, und wir lieben dich über alles. Wir helfen dir.«

Beide weinten jetzt.

»Mama... wo ist Papa?«, fragte Georgia und drehte den Kopf suchend herum, als wäre ihr Vater die ganze Zeit im Raum gewesen, schweigend die Infusion hochhaltend.

»Er ist schon auf dem Weg hierher, Liebling. Er sitzt im Flugzeug auf dem Rückweg von der Konferenz in Singapur – er ist sofort losgefahren, als er davon hörte. Er wird später ankommen.«

Sie verloren den Faden. Patrick versuchte sie zurückzuholen. »Also, Georgia, warum wollte Jerome dir wehtun?«

Sie stöhnte wieder. »Ich schuldete ihm Geld. Er... gab mir Drogen, die sollte ich verkaufen und...« Ihre Stimme war jetzt fast unhörbar, »Ich hab sie im Bus liegen lassen, und jetzt verfolgt er mich wegen der Kohle.«

* * *

Georgia konnte kaum glauben, dass das hier die Realität war. Vor einigen Jahren hatte sie sich oft vorgestellt, wie es wäre, im Krankenhaus zu liegen, das Bein in Gips oder vielleicht nach einem Autounfall oder nachdem sie ein Baby aus einem brennenden Haus gerettet hatte oder etwas Ähnliches. In ihrer Vorstellung lag sie dann da, um ihr Bett herum alle Freunde und die Familie, die ihr gurrend ihre Sympathie bekundeten. Die Boygroup One Direction würde kommen und sie persönlich besuchen und Blumen mitbringen, weil sie eine Heldin war. Zayn würde sich in sie verlieben, und sie würden ein Paar werden. Ihre Fotos wären in allen Zeitungen.

Aber als es jetzt dann wirklich passierte, war dies der letzte Ort, wo sie sein wollte, und sie wollte auch nicht, dass ihre Freunde und ganz sicher nicht One Direction sie hier so liegen sahen, bandagiert wie eine ägyptische Mumie. Jeder Teil ihres Körpers schmerzte, aber besonders ihr Gesicht und ihr Bauch. Sie konnte sich nicht bewegen.

Und jetzt starrte ihre Mutter sie mit einem Schrecken im Gesicht an, als hätte sie sie nie zuvor gesehen, als wäre sie, Georgia, ein Alien, der hier gerade vom Mars gelandet war. Wer hat gesagt, dass die Wahrheit zu sagen die bessere Option sei? Sie hatte nun gerade mal das mit den Drogen gestanden. Und dass Jerome versucht hatte, sie zu ermorden. *Oh, mein Gott,* dachte sie. *Und jetzt hab ich ihn auch noch verpfiffen, jetzt wird er es noch mal versuchen.*

Aber dann lief eine erneute Schmerzwelle durch ihren Körper. Ihr Gesicht würde für immer vernarbt bleiben – wie sollte es anders sein, wo sie doch jeden Einstich und das Jucken der Nähte fühlen konnte, die ihre Wangen zusammenhielten. Es fühlte sich an, als seien es Hunderte. Ihr Leben war ruiniert. Was machte es schon aus, wenn Jerome sie zu ermorden versuchte? Sie würde ihm die Arbeit abnehmen und sich selbst umbringen, bevor er sie kriegte. Auf gar keinen Fall würde sie wie ein vernarbter Freak weiterleben, der allen leidtut. Nie im Leben.

Dann fühlte sie einen scharfen Stich: Bedauern. Sie könnte sich nicht selbst umbringen, ohne vorher zu gestehen, was sie über Frankie wusste. Sie musste es erzählen. Es konnte doch nicht schlimmer werden, oder? Der nette Detective saß neben ihr und sah sie erwartungsvoll an, den Stift gespitzt, sein Notizbuch offen. Wenn sie ihm jetzt nicht erzählte, was sie wusste, dann bekam sie vielleicht niemals mehr die Gelegenheit. Alice würde sowieso niemals mehr mit ihr reden, und wenn schon? Sie, Georgia, wäre nicht mehr da, was bedeutete es also noch?

»Da ist etwas, was ich Ihnen zeigen muss«, flüsterte sie, bevor sie ihre Meinung ändern konnte.

Ihre Mutter sah aus, als würde ihr gleich furchtbar schlecht werden.

»Ja?«, fragte der Detective.

»Auf meinem Handy ... das letzte Foto ... das ist die Person, die Frankie entführt hat.«

Ihre Mutter und der Detective japsten nach Luft, und ihre Mutter stürzte sich auf das iPhone im Nachttisch.

»Erzähl mehr, Georgia. Erzähl mir alles.« Jetzt klang der Detective gar nicht mehr so ruhig.

Das war's jetzt, dachte Georgia benommen. Jetzt kam alles heraus, und es fühlte sich gar nicht so schlimm an. Es war sowieso alles wie ein Traum, wie ein Albtraum im Halbschlaf. Und sie hatte nichts mehr zu verlieren.

Sie zwang sich dazu, sich genau zu erinnern. Sie hatte bei Alice auf dem Klo gesessen; da hatte sie diese Idee zum ersten Mal gehabt…

* * *

Eigentlich eine brillante Idee.

Sie könnte Jerome auszahlen – und sich mit dem Rest auch noch ein Auto kaufen und Fahrstunden nehmen! Sie wünschte sich nichts sehnlicher als einen roten Mini Cooper, ein Cabrio mit schwarzem Dach. Die Krämpfe in ihrem Magen ließen nach. Sie saß ganz still auf dem Klo und starrte auf die Worte »100 000 Pfund« in fetten schwarzen Buchstaben. Wenn sie schon so viel für zwei vermisste Kinder boten, war es todsicher, dass sie ähnliche Beträge bieten würden, wenn ein drittes Kind verschwand, vielleicht sogar noch mehr.

Frankie kannte Georgia. Sie würde sich nicht wehren, wenn Georgia sie zu einem kleinen Abenteuer mitnehmen würde. Georgia hatte die Schlüssel zum Apartment ihrer Eltern in der Tasche, weil sie da ihren kleinen Porno gedreht hatten. Ihre Eltern gingen dort niemals hin. Alle paar Monate erwähnte ihre Mutter, dass »man etwas tun müsse, um es neu zu vermieten«, aber da sie das Geld nicht brauchten, kam es nie dazu, und die Wohnung stand leer. Und sie war nur fünf Minuten Fußweg entfernt.

Es war eine todsichere Sache.

Georgia fühlte einen neuen aufregenden Ansturm von Optimismus. Sie hatte eine Lösung gefunden! Sie betätigte die

Spülung, wusch ihre Hände, ging zurück zum Treppenabsatz und schlich sich die Treppe wieder hinauf zu Alices Zimmer. Wie sie angenommen hatte, war es still geworden, aber als sie genau lauschte, hörte sie leises Stöhnen und Seufzer. Wunderbar.

Sie ging leise die Treppe hinab und fand eine Supermarkttragetasche in der Küche, in die sie ein paar Plastikbecher packte und eine Flasche mit Sauger, die sie aus dem Dutzend im Schrank nahm. Helen war die Sorte Mutter, die in der Küche Vorräte anlegte, als lauerte der Atomkrieg um die Ecke – der Schrank neben dem Kühlschrank war voll mit H-Milch, Müslistangen, Schachteln mit Rosinen und Pom-Bear-Chips. Sie fand auch Nachtwindeln unter der Spüle und nahm ein halbes Dutzend davon mit. Niemand würde bemerken, dass etwas fehlte, und morgen könnte sie weitere Vorräte kaufen, nachdem sie Geld aus der Tasche ihrer Mutter genommen hatte. Sie sah hoch zur großen Uhr an der Wand – 22.05 Uhr. Sie würden wahrscheinlich nicht vor elf Uhr zurück sein, und Alice und Larry blieben sicherlich noch eine halbe Stunde lang im Bett.

Sie ließ die volle Tasche an der Hintertür und schlich sich noch mal die Treppe hoch. Frankie trug einen pinkfarbenen Schlafanzug mit der Elfe Tinkerbell darauf und atmete in regelmäßig Zügen um den Daumen herum, der lose zwischen ihren Lippen lag. Sie war ganz warm, und kleine Strähnen schwarzen Haares klebten an ihrer Stirn. Sie sah so süß aus.

Georgia kamen die ersten Zweifel. Würde Frankie im Apartment auch mit ihr zusammen im Doppelbett schlafen? Was würde sie mit ihr tun, wenn sie einkaufen ging? Sie könnte sie ja wohl kaum mitnehmen. Aber es war ja nur für ein paar Tage, und sie würde sie nicht lange allein lassen, wenn überhaupt. Niemand würde sie hören, wenn sie weinte – es handelte sich um die Erdgeschosswohnung, die nach hinten raus lag. Und soviel Georgia wusste, stand die Wohnung im Stockwerk darüber leer, und als sie letztens dort gewesen waren, um den Film zu drehen, lag eine

Menge Post für die Leute des obersten Stockwerks unten im Flur, also die schienen auch nicht zu Hause zu sein...

Sollte sie es wagen? Sie sah noch einmal hinunter auf Frankie. Helen würde sich zu Tode sorgen. Vielleicht könnte sie sie irgendwie wissen lassen, dass Frankie okay war? Nein, das wäre dumm, dachte sie. Es würde schon gehen, es wäre ja nur für ein paar Tage, dann würde sie mit Frankie auf dem Arm in die nächste Polizeiwache marschieren und behaupten, sie hätte im Park Weinen gehört, wäre nachsehen gegangen und hätte sie dort ausgesetzt gefunden. Natürlich hätte sie sie gleich erkannt, schließlich war sie ja die kleine Schwester ihrer besten Freundin. Alle würden außer sich vor Freude sein. Und sie würde die Belohnung kriegen – und, da war sie sich sicher, auch wieder ihr Taschengeld. Helen und Sean würden so dankbar sein! Sie lächelte und badete schon in der Bewunderung aller. Dann sah sie sich selbst in ihrem neuen Mini zum College fahren. Sie könnte sich dann auch die Maut, die Fahrstunden und alles andere leisten. All das für nur zwei Tage Unannehmlichkeiten für sich selbst und Frankie und ein bisschen Sorgen für Helen, Alice und Sean.

Ja, das war das Risiko mehr als wert.

Sie nahm Frankie hoch, die schniefte und ihren Mund öffnete und schloss wie ein Goldfisch. Auf der Kommode stand ein Babyphone, aber es war ausgeschaltet. Georgia wusste, dass es ausgeschaltet war, weil Frankie nachts kaum noch aufwachte, wenn sie erst mal schlief, und wenn sie aufwachte, war ihre Stimme inzwischen laut genug, um ihre Eltern zu rufen, ohne dass man zusätzliche Verstärkung brauchte.

»Komm schon, Zuckerpüppchen«, flüsterte sie. »Wir machen einen kleinen Ausflug. Hast du Lust? Das würde es einfacher machen, weißt du?« Sie schob Frankie ein bisschen höher, sodass ihr Kopf auf ihrer Schulter ruhte. Whoaa, sie war ganz schön schwer. Sie überlegte, ob sie den Buggy nehmen sollte, verwarf dann aber die Idee. Richtige Entführer würden so was nicht

machen. Frankie babbelte irgendwas, schlief dann aber sofort wieder ein, ihren komischen dünnen Teddy dabei fest an sich gepresst. Prima.

Georgia ging auf Zehenspitzen die Treppe hinunter und zur Hintertür hinaus, die dort stehende Tasche nahm sie mit. Als die kühle Nachtluft Frankies pralle heiße Wangen berührte, zuckte sie mit dem Kopf und weinte kurz, sodass Georgia ihr den Mund zuhalten musste. Sie stand stockstill im Schatten des hinteren Gartens und sah hinauf zu Alices Fenster, aber alles blieb still. Alice war anscheinend zu beschäftigt mit Larry, um etwas zu hören. Die Nachbarhäuser zu beiden Seiten waren dunkel, und alles war ruhig.

Sie ging zur hinteren Grundstücksgrenze. Frankies Gewicht merkte sie schon im Rücken. Gott sei Dank war es nicht weit bis zur Wohnung ihrer Eltern. Aber wie sollte sie verhindern, dass sie auf dem Weg dahin gesehen wurden? Wenn Frankie erst mal als vermisst gemeldet wäre, würde sich sicherlich irgendjemand erinnern, gesehen zu haben, wie sie weggetragen wurde. Daran hatte Georgia nicht gedacht. Sie wartete einen Moment am Gartentor und überlegte. Sie kannte die Gegend gut – Alice und sie hatten hier im Gewirr der Seitengässchen mit ihren Rädern gespielt, hier stellten die Anwohner ihre Mülltonnen raus, dies waren die schmalen Arterien, die alle Stadtvillen verbanden. Wenn sie erst einmal die Straße überquert hätte, erinnerte sie sich voller Freude, könnte sie fast die ganze Strecke nur durch diese Gassen gehen.

Sie wartete in der Dämmerung beim Gartentor, bis sie sicher war, dass niemand mehr unterwegs war, keine schleichenden Hundebesitzer oder diese verdammten verrückten Jogger, die zu allen möglichen Tages- und Nachtzeiten herumliefen. Frankie öffnete die Augen und sah Georgia überrascht an, deshalb streichelte sie ihr übers Haar und schob ihr den Teddy zum Schmusen näher ans Gesicht.

»Alles okay, Frankie, schlaf weiter«, sagte sie. Ein VW-Campingbus rollte langsam die Straße entlang, als suchte der Fahrer nach einem Parkplatz, und Georgia drückte sich in den Schatten am Tor. Aber zu ihrem Schrecken starrte der Fahrer, eine schwarze Frau, ihr direkt ins Gesicht. Scheiße, verdammte Scheiße, dachte sie und schloss die Augen. Verdammt noch mal.

Sie konnte es nicht glauben. Die erste Person auf der Straße, und die hatte sie auch sofort gesehen. Ihr Herzschlag beschleunigte sich, und sie hätte fast geweint. Sollte sie Frankie lieber zurückbringen und die ganze Sache vergessen?

Aber die Frau hatte sie sicherlich nur undeutlich gesehen – und vielleicht auch gar nicht gesehen, dass sie Frankie auf dem Arm trug. Es war doch schon recht dunkel. Sie machte sich sicherlich völlig umsonst Sorgen. Sicher war sie ein bisschen paranoid.

Sie blieb noch ein paar Minuten stehen. Keine weiteren Autos fuhren vorbei, und als Georgia ihren Kopf aus dem Schatten streckte, konnte sie weder Jogger noch irgendjemand anderen sehen. Die Straße war dunkel und vollkommen ruhig, in der Luft hing nur noch der Duft eines sterbenden Sommertags. Plötzlich schreckte sie zusammen, aber da war nur ein Fuchs, der lautlos über das Pflaster schlich.

Georgia ging los, kreuzte schnell die Straße und lief an ein paar Stadtvillen vorbei bis zur nächsten Gasse.

Die Frau, die ihr in einigem Abstand folgte, übersah sie vollkommen. Sie kam gar nicht auf die Idee, dass ihr jemand folgen könnte, bis zu dem Moment, als sie direkt vor der Haustür der Wohnung ihrer Eltern nach den Schlüsseln suchte.

Die Stimme zischte ihr ins Ohr, und sie war total überrascht. So sehr, dass sie fast Frankie fallen ließ, und Frankie verlor ihren Teddy.

»Gib sie mir, sofort.«

* * *

Vollkommen fassungslos saß Patrick einige Momente lang nur schweigend da, nachdem die erschöpfte Georgia ihre Geschichte beendet hatte. Er sah auf das Foto auf ihrem Handy. Die Frau schien Ende dreißig zu sein, schätzte er. Sie sah ein bisschen aus wie Helen Philips, der gleiche Hautton, die mandelförmigen Augen, diese wundervollen Lippen, geformt wie Amors Bogen.

»Hat sie gemerkt, dass du sie fotografiert hast?«, fragte Patrick.

»Ja, und sie hat sich mein Handy gegriffen und es sofort gelöscht.«

»Das verstehe ich nicht.«

Georgia sah ihn an, und er fühlte sich plötzlich sehr alt. »Mein Handy sichert Fotos direkt auf der Cloud, Sie wissen schon, online. Und deshalb gibt's nicht nur dieses Foto auf dem Handy, sondern auch eine Kopie im Internet. So kann ich sie nie verlieren und sogar welche auf Facebook veröffentlichen, wenn ich will.«

»Das ist ja erstaunlich«, sagte Patrick.

Das Erste, was er tun musste, war, dieses Foto jedem Londoner Polizisten zugänglich zu machen und es der Philips-Familie zu zeigen, um zu erfahren, ob sie die Frau kennen.

»Warum hast du dich nicht bei uns gemeldet und erzählt, was du getan hast? Du hast doch den Schmerz gesehen, den du bei Alice, Helen und Sean verursacht hast? Wie hast du das ausgehalten?«

Georgia drehte sich zur Wand und konnte ihn nicht ansehen. »Das konnte ich ihnen doch nicht sagen, Alice würde mich für immer hassen. Alle würden mich hassen. Außerdem befürchtete ich auch, dass ich ins Gefängnis muss.« Sie rollte den Kopf auf dem Kissen hin und her und sah ihn schließlich wieder an. »Ich hatte einfach Angst.«

Patrick schüttelte ungläubig den Kopf.

»Detective?«, fragte Georgia ruhig. Sie tat Patrick furchtbar leid. Sie hatte etwas vollkommen Bescheuertes gemacht und es dann auch noch durch Egoismus und Angst getoppt. Und jetzt war ihr Gesicht entstellt. Ihr Leben würde nie mehr dasselbe sein. Ihr Leben würde nie mehr so gut sein wie zuvor.

»Ja, Georgia?«

»Wenn Sie sie finden ... Wenn Frankie okay ist ... kann ich dann die Belohnung verlangen?«

***

Ich hab wieder meine Tage gekriegt. Jahrelang habe ich vor Frust und Wut geweint, wenn sie kamen. Ich wusste doch, ich konnte schwanger werden, dass bei mir alles in Ordnung war. Die Ärzte haben es bestätigt. Howards Spermienanzahl lagen zwar unterm Durchschnitt, aber sie waren da, schwammen in ihm rum und mehrmals im Monat, recht zuverlässig, auch in mir. Sie erfüllten nur einfach nicht ihre Aufgabe.

Und jahrelang, obwohl ich meinem Mann dies niemals erzählt habe, wusste ich tief drinnen, warum ich nicht schwanger wurde. Es war die Strafe für das, was ich getan hatte. Oder besser, was mir passiert war. Jeden Monat kam die Blutung und erinnerte mich an das furchtbare Geheimnis, das ich mich immer wieder zwang zu vergessen, das ich wegzudrücken versuchte mit Pillen und Drogen und Sonnenschein.

Meine Schande. Meine Vergangenheit.

Heute jedoch bringt mich das Eintreffen meiner Blutung nicht zum Weinen oder Schreien. Denn jetzt habe ich ein eigenes Kind.

Wieder einmal.

Ich werde nie den Blick dieser idiotischen Kleinen vergessen, als ich ihr gegenübertrat und ihr Frankie abnahm. Ich war sicher, sie würde weder schreien noch kreischen. Sie würde kein Aufsehen erregen wollen nach dem, was sie getan hatte. Bei dem schrecklichen Geheimnis konnte sie nur schweigen.

Und zuerst wollte ich Frankie ja auch gar nicht behalten. Ich wollte sie direkt zurückbringen, aber als ich sie erst mal im Bus hatte, erkannte ich: Ich wollte erst noch ein bisschen Zeit mit ihr verbringen. Intensiv, nur sie und ich, sie kennenlernen. In jener Nacht hatte sie keine Angst. Sie war zu müde und durcheinander. Sie fiel sofort in Tiefschlaf, und ich saß da, streichelte ihr übers Haar und bewunderte sie. Wie schön sie war.

Als dann der Morgen kam, wollte sie wissen, wo Mama und Papa seien. Ich versprach ihr, sie nach Hause zu bringen, und fuhr sogar in die Richtung los, ich plante, sie in der Nähe abzusetzen, um sicherzustellen, dass sie ihren Weg zurück nach Hause fand.

Aber je näher wir dem Haus kamen, desto sicherer war ich mir, dass ich das nicht durchziehen konnte. Ich konnte sie nicht wieder hergeben.

Sie war so perfekt. Das Kind, von dem ich immer geträumt hatte. Ich verdiente sie und Sean und Helen nicht. So einfach war das. Warum sollten sie alles haben und ich nichts?

Deshalb bin ich einfach weitergefahren. Aus der Stadt hinaus. Kilometer um Kilometer.

Ich wusste, dass die Polizei annehmen würde, dieselben Leute hätten Frankie (so bald wie möglich wollte ich ihren Namen ändern) entführt, die auch Izzy und Liam geholt hatten, die beiden Kinder, die jetzt permanent in den Nachrichten erschienen. Wenn also dieser kleine dumme Teenager nicht zur Polizei ging und gestand – und das konnte ich mir nicht vorstellen –, würde die Polizei im Dunkeln tappen.

Es war so einfach. Zum ersten Mal in meinem Leben hatte ich eine Glückssträhne.

Ich hatte immer gedacht, dass Gott mich hasst. Aber jetzt schien es, dass er endlich auf meiner Seite war.

Bis sie dann die Leute fanden, die Liam entführt und Izzy

getötet hatten. Seitdem machte ich mir Sorgen. Jeden Tag kann es so weit sein, dass sie die Wahrheit herausfinden. Dieser Teenager wird zusammenbrechen und alles gestehen. Oder jemand wird uns sehen.

Je mehr ich daran denke, desto sicherer bin ich mir, dass uns nichts und niemand mehr trennen wird. Das werde ich nicht zulassen. Ich habe einmal alles verloren, und jetzt habe ich, was ich all die Jahre haben wollte – und ich würde lieber sterben, als noch einmal alles zu verlieren.

Ich führe einen Tampon ein und wasche mir die Hände. Frankie liegt auf dem Bett, ihr Haar ganz schmutzig und verfilzt. Sie zuckt zurück, als ich die Hand ausstrecke, um es zu streicheln.

Eine Zeitung liegt auf dem Boden, ich hab sie vorhin geholt. Auf Seite 5 ist das bekannte Foto »Helen und Sean Philips mit ihrer vermissten Tochter Frankie«. Ich berühre Seans Gesicht, und dann falte ich die Zeitung so, dass Helen nicht mehr zu sehen ist.

Hinter mir sagt eine Stimme: »Daddy.«

Im Bus stinkt es. Ich habe es satt, so zu leben. Und auch, wegzulaufen.

Ich weiß jetzt, was ich tun muss.

Ich setze mich neben Frankie und streichle ihr weiches Haar. »Wie würde es dir gefallen, wenn wir für immer und immer zusammen wären?«, flüstere ich.

KAPITEL 41
PATRICK – TAG 7

Es war erst 11.15 Uhr am Vormittag, und Sean Philips roch schon nach Alkohol – nicht der abgestandene Geruch, den Patrick beim letzten Besuch im Haus festgestellt hatte, sondern frischer Alkoholgeruch in seinem Atem. Seine Augen waren feucht, und er hatte Schwierigkeiten, zu fokussieren, als er »Sie schon wieder« lallte.

»Sie kommen mal besser rein«, sagte er, ging ins Wohnzimmer voraus und ließ sich aufs Sofa fallen. Der Fernseher lief, eine Wiederholung von *Colombo*. Sean kicherte. »Noch eine Frage an mich?«

Patrick setzte sich. »Sind sie okay, Sean?«

»Oh, ging mir nie besser!« Sein Kopf zuckte umher, als suche er etwas, bevor er wieder in die Sofakissen zurücksank.

»Wo ist Helen?«, fragte Patrick.

»Keine Ahnung. Sie ist gleich heute Morgen weg, noch bevor ich aufgestanden war. Wahrscheinlich kann sie mich nicht mehr sehen, und wer wollte ihr das übelnehmen? Sie denkt, dass ich nutzlos bin. Sie haben uns ja letztens streiten hören. So ist es jetzt dauernd. Sie schläft so nah an der Bettkante, dass ich Angst habe, sie fällt raus. Ich denke, sie ekelt sich vor mir. Und den ganzen Tag sitzt sie vor Facebook. Da hing sie auch vor, als ich gestern Abend ins Bett ging. Ehen überleben so etwas wie das hier nicht. Oder? Und Alice ist bei Larry geblieben. Ich hab sie alle vertrieben.«

»Kommen Sie schon, Sean... wenigstens wissen Sie, dass Alice in Sicherheit ist.«

»Ja, aber Sie werden Frankie wohl nicht mehr finden, oder?« Er starrte Patrick mit rot geränderten Augen an. Bevor Patrick etwas erwidern konnte, begrub Sean sein Gesicht in den Händen. Patrick versprach sich selbst, dass er, sobald er hier wieder raus war, dafür sorgen würde, dass die OSB wieder hier einzog. Sean Philips brauchte professionelle Hilfe.

Sean sah auf. »Als ich Helen kennenlernte, fühlte ich, dass sie das Beste ist, was mir jemals passiert war. Ich meine, ich liebe Alice, aber...« Er schluckte schwer. »Aber als Frankie geboren wurde, war es, war es wie... als wäre ich... geboren worden. Wiedergeboren worden.«

Patrick wartete.

»Sie war so wunderhübsch. Es war eine schwierige Geburt, wissen Sie? Helen war seit fast zwei Tagen in den Wehen, nachdem die eingeleitet worden waren. Wir fürchteten schon, das Baby würde nie kommen. Helen war erschöpft, und als sie endlich richtige Wehen hatte, gaben sie ihr die Epiduralanästhesie. Sie klammerte sich dabei an mich, als sie ihr die Nadel ins Rückenmark stießen. Dann lief eine Träne... sie lief ihre Wange hinunter und tropfte auf meinen nackten Arm. Ich habe sie nie mehr geliebt als in diesem Moment.«

»Das verstehe ich.« Obwohl Patrick bei sich dachte, dass Sean von zu viel Alkohol sentimental geworden war. Er selbst würde niemals zu einem anderen Mann so reden, so rührselig.

»Und dann hat die Narkose nicht gewirkt. Sie hat vor Schmerzen nur so geschrien. Die Hebammen liefen rein und raus. Endlich besorgten sie einen anderen Anästhesisten, der die Epiduralanästhesie richtig machte. Dann haben wir wieder die ganze Nacht gewartet, bis Frankie endlich zur Welt kam. Neun Pfund hat sie gewogen, ein Riesenbaby.«

Ein Lächeln huschte über sein Gesicht und verschwand so schnell, wie es entstanden war. »Frankie. Vom ersten Moment an wusste ich, wie besonders sie war.« Seine Stimme senkte sich zu einem Flüstern. »Sie war meine Erlösung.«

Er zog laut die Nase hoch und wischte sie an seinem Ärmel ab. Patrick sah, wie Sean versuchte, sich zusammenzunehmen. Seine Hände zitterten. »Und jetzt ist sie verschwunden.«

»Wir *werden* sie finden«, sagte Patrick. Er fragte sich, wie häufig er das in der letzten Woche schon gesagt hatte. Und wie oft er selbst daran geglaubt hatte.

»Nein«, sagte Sean. »Sie ist für immer verloren. Ich hab mich informiert. Die Chancen... sie waren anfangs nicht schlecht, aber jetzt bräuchten wir ein Wunder.«

»Sean, etwas ist geschehen. Wir kommen voran.«

»Was?«

Patrick nahm sein Handy heraus. »Ich zeige Ihnen jetzt ein Foto. Ich muss wissen, ob Sie diese Person schon mal gesehen haben.«

Er ging durch den Raum, hockte sich neben Sean und zeigte ihm das Foto, das Georgia mit ihrem Handy geschossen hatte.

Sean starrte das Foto lange Zeit an. Seine Hände zitterten jetzt noch heftiger, fiel Patrick auf. Endlich sagte er: »Nein, ich habe keine Idee, wer das ist. Warum?«

Patrick versuchte sich seine Enttäuschung nicht anmerken zu lassen. »Sie ist jemand, mit dem wir reden müssen, das ist alles. Sind Sie hundertprozentig sicher, dass Sie sie nicht kennen?«

Sean schüttelte den Kopf. »Hab sie nie zuvor in meinem Leben gesehen.«

Patrick steckte das Handy wieder ein. »Können Sie Helen bitten, mich anzurufen, sobald sie zurückkommt?«

Sean starrte in die Ferne.

»Sean?«

»Ja?«

»Ich hab Sie gebeten, Helen auszurichten, dass sie mich anrufen soll, wenn sie nach Hause kommt.«

Sean Philips nickte, aber Patrick war sich nicht sicher, ob seine Worte angekommen waren. Er seufzte und erhob sich. »Ich melde mich bald wieder, okay?«

Sean sagte: »Sie haben doch auch ein Kind, richtig?«

»Ja, eine Tochter, sie ist fast zwei Jahre alt.«

Sean beugte sich vor, seine Alkoholfahne strich über Patricks Gesicht. »Passen Sie auf sie auf, was auch immer Sie tun. Behalten Sie sie bei sich.«

Patrick blieb an der Tür noch einmal stehen, er war erschüttert. Er musste Hilfe für Sean besorgen, das Beste wäre allerdings, er würde Frankie finden. Er musste nur diese Frau auftreiben, die sie Georgia aus dem Arm genommen hatte – und dafür beten, dass sie sie nicht inzwischen ermordet hat.

Er hörte, wie Sean durchs Haus zur Küche ging, und dann das nicht zu überhörende Klingeln von Eiswürfeln in einem Glas und das Klirren von Flaschen, als Sean den Kühlschrank öffnete.

Patrick schloss die Tür hinter sich und ging den Gartenweg hinunter.

Auf der anderen Seite der Mauer stand eine stämmige Frau und rauchte eine Zigarette, mehrere Tragetaschen mit Einkäufen zu ihren Füßen. Es war Seans Mutter. Sie trug modische Kleidung, die Sorte, die auch Patricks Mutter trug, von M&S oder BHS oder NEXT – aber sie wirkte so, als würde sie sich in einem Jogginganzug wohler fühlen. Wie hieß sie noch gleich? Eileen, genau. Als er sie beim Rauchen beobachtete, wuchs sein eigenes Verlangen nach einer Zigarette, er musste all seine Willenskraft aufbieten und ein paar Züge von seiner E-Zigarette nehmen, um nicht zu ihr zu gehen und eine zu schnorren.

»Mrs Philips?«

Sie musterte ihn. »Ach, Sie sind's, der Polizist.«

»Stimmt.«

»Sind Sie weitergekommen mit den Ermittlungen? Werden Sie sie bald finden?« Sie hustete und nahm noch einen Zug, die Falten um ihren Mund vertieften sich dabei.

Er wollte ihr keine falschen Hoffnungen machen; es gab immer noch viele Möglichkeiten, dass alles schiefgehen konnte.

»Bisher nicht.«

Die ältere Frau runzelte die Stirn und ließ die Zigarette fallen, mit den Zehen trat sie sie aus. »Glauben Sie, dass Menschen verflucht sein können, Detective?«

Diese Frage verblüffte ihn. »Verflucht?«

»Ja, 'ne ganze Familie, meine ich. Verflucht zum Unglück. Die Leute sehen vielleicht Seans hübsches Haus und denken, dass er Glück gehabt hat. Er hat sich aus dem Nichts hochgearbeitet, wissen Sie? Wir waren so arm, das können Sie sich gar nicht vorstellen. Aber er hat sehr hart gearbeitet, um sich all dies leisten zu können.« Sie deutete auf die Umgebung. »Und nun sehen Sie sich an, was passiert ist. Die arme kleine Frankie entführt durch wer weiß wen, Alice hat sich von der Realität verabschiedet…«

Patrick fragte sich, wie viel Eileen von dem wusste, was Alice angestellt hatte, oder ob sie von der Verhaftung wusste, und dass Alice sich entschieden hatte, nach ihrer Entlassung nicht nach Hause zu kommen.

»Ich glaube nicht an Flüche, Mrs Philips. Aber ich verstehe, wie Menschen daran glauben können, wenn bei ihnen alles schiefgeht.«

Eileen hob ihre Taschen hoch. »Ich frage mich, ob irgendwann alles wieder gut wird.«

»Warten Sie, bevor Sie gehen.« Patrick holte sein Handy raus. »Könnten Sie sich dieses Foto ansehen und mir sagen, ob Sie die Frau kennen?«

Sie rollte mit den Augen, als wäre das eine furchtbare Zumutung. Dann sah sie sich das Foto an. Sie zuckte zurück und sah es sich noch einmal an. Danach starrte sie es mit offenem Mund an, sodass ihre gelben Zähne zu sehen waren.

»Ach du liebe Zeit«, sagte sie, und ihre Stimme klang schockiert.

Patrick versuchte seine Aufregung zu zügeln. »Kennen Sie sie?«

Eileen Philips suchte in ihrer Tasche nach einer neuen Zigarette und zündete sie an. Wie schon die Hände ihres Sohnes vor fünf Minuten zitterten jetzt auch ihre.

»Das ist Seans Exfrau.«

»Was sagen Sie da?«

»Das ist Alices Mutter.«

* * *

»Mrs Philips, sind Sie okay?«

Die ältere Frau schnitt eine Grimasse. »Ich muss mich hinsetzen. Wann ist dies Foto aufgenommen worden?«

»Letzte Woche.«

»In ... in London?«

»Ja, hier in der Nähe.«

Sie zitterte. »Und Sie denken, sie hat etwas mit Frankies Entführung zu tun?«

Patrick juckte es in den Fingern, zurück ins Haus zu kommen, um mit Sean zu sprechen. Warum hatte er geleugnet, diese Frau zu kennen? Andererseits wollte er so viel wie möglich aus Eileen herauskriegen. Er hielt hier eine Kiste voller Familiengeheimnisse in der Hand, und in ihrem Schockzustand erlaubte ihm Eileen, ein paar Blicke hineinzuwerfen. Er musste genauer hinsehen, bevor die Frau wieder vorsichtiger wurde und den Deckel zuschlug.

»Ich denke, Seans erste Frau starb, als Alice drei Jahre alt war?«, sagte Patrick. Plötzlich fiel ihm auf, dass das ja genau Frankies Alter war.

Eileen paffte ihre Zigarette. Die Art und Weise, wie sich ihr Mund dabei verzog, machte ihn froh, dass er es aufgegeben hatte.

»Das hatte er Alice gesagt. Er wollte nicht, dass sie erfuhr, dass ihre Mutter abgehauen ist und sie verlassen hat.«

Patrick beobachtete sie, als sie ein Magazin aus der Tasche nahm und sich damit Luft zufächelte. Sie log über irgendetwas. Aber bevor er sie weiter ausfragen konnte, sagte sie: »Ich muss mich wirklich hinsetzen. Und ich denke, Sie sollten mit Sean darüber sprechen. Meine Güte, er wird ... ich weiß nicht, was er tun wird, wenn er herausfindet, dass Penny ...«, verstummte sie.

»So heißt sie?«

Sie nickte.

»Lassen Sie uns reingehen«, sagte er.

Eileen schloss mit ihrem Schlüssel auf. Im Haus war es ruhig, der Fernseher war ausgeschaltet. Patrick steckte den Kopf in die Küche, aber auch die war leer. Eine halb volle Flasche Wodka stand auf der Arbeitsfläche.

»Sean?«, rief Eileen. Keine Antwort.

Patrick sah im Wohnzimmer und im Esszimmer nach. Er bekam ein seltsames Gefühl, das gleiche Gefühl, das er damals gehabt hatte, als er nach Hause kam und Gill auf der Treppe sitzend gefunden hatte.

»Sean!«, rief er. Wieder kam keine Antwort. »Er war doch eben noch da – warten Sie hier«, wies er Eileen an.

Er lief die Treppe hinauf. Das erste Zimmer war Frankies. Er ging direkt daran vorbei und klopfte an die Tür des Elternschlafzimmers, bevor er sie öffnete. Auch hier war niemand. Wieder rief er Seans Namen. War er aus der Hintertür hinausgegangen, während er sich mit Eileen unterhalten hatte? Er sah im Bad nach, dann im Büro und dann in Alices Zimmer. Alle waren leer.

Jetzt blieb nur noch ein Zimmer: Frankies. Patrick ging hinein.

»Nein!«

Sean Philips hing vom Lampenhaken in der Decke, sein Gürtel um seinen Hals geschlungen, seine Füße schwangen ein paar Zentimeter über dem kleinen Bett seiner Tochter.

Patrick sprang auf das Bett, schlang die Arme um Sean und hob ihn hoch, dabei grunzte er vor Anstrengung. Aber es war unmöglich, den Gürtel zu erreichen und gleichzeitig Seans Körper zu stützen, Sean war total schlaff. Patrick ließ ihn los und griff mit beiden Händen zu, um den Gürtel vom Deckenhaken zu lösen. Seans Körper fiel herunter und landete mit der unteren Hälfte auf dem Bett, Kopf und Schultern auf dem Boden. Er atmete nicht. Patrick kniete sich neben den Körper, als Eileen den Raum betrat. Sie erblickte ihren Sohn und begann zu schreien.

***

Fünfzehn Minuten später, nach einem vergeblichen Versuch der Wiederbelebung, während sich Eileens Schreie in seinen Kopf bohrten und er versuchte, ihren Sohn zurück ins Leben zu holen, hatte Patrick es endlich geschafft, Eileen aus dem Zimmer zu schaffen und auf ein Sofa zu setzen, wo sie nun saß und ins Nichts starrte. Patrick hatte die Wache angerufen und berichtet, was geschehen war.

Sean Philips hatte gelogen, als es um die Identifizierung seiner Exfrau ging, und sich gleich danach aufgehängt. Was wollte er verbergen? War er irgendwie in Frankies Verschwinden verwickelt? Patrick hatte sich im Haus umgesehen, aber es gab keinen Abschiedsbrief. Und keine Erklärung als diejenige, die Patricks Inneres in Eis verwandelte. Das Foto seiner Ex auf Patricks Handy zu sehen hatte ihm den Rest gegeben.

Patrick musste sich noch weiter mit Eileen unterhalten und auch herausfinden, wo Helen gerade war.

Er ging zurück ins Wohnzimmer. Eileen befand sich in einem tiefen Schockzustand. Er setzte sich ihr gegenüber und reichte ihr die Hand. Sie sah katatonisch aus und atmete kaum. Sie hielt ihre Zigaretten in der Hand, als wollte sie sich eine anzünden und wäre dann erfroren. Einen Moment lang fürchtete Patrick, dass sie einen Schlaganfall gehabt haben könnte. Auf jeden Fall war sie jetzt nicht imstande, zu reden.

Glauben Sie, dass Menschen verflucht sein können?

Frustration rumorte in seinem Inneren. Er wusste jetzt, wer Frankie entführt hatte, aber nicht, ob das kleine Mädel lebte oder tot war oder warum Seans Exfrau Penny das getan hatte. Und wo zur Hölle waren sie?

Viel zu viele offene Fragen. Kannte Helen die Wahrheit, dass sie nicht wirklich tot war? War nur Alice im Dunkeln gelassen worden?

Er musste dringend mit Helen sprechen. Einerseits musste sie wissen, was hier geschehen war. Aber er glaubte auch, dass sie ein wichtiges Puzzleteil des Ganzen in ihren Händen hielt.

Er hörte draußen Autos vorfahren, das Zuschlagen von Türen, dann schwere Schritte auf das Haus zukommen. Schon bald würde dieses Haus des Grauens erneut abgesperrt werden, zum zweiten Mal in einer Woche, und Seans Leiche würde fortgebracht werden.

Wo war Helen? Er war versucht, sie noch einmal anzurufen, als es ihm einfiel. Sean hatte gesagt, dass Helen den ganzen Tag bei Facebook verbrachte und dass es das Letzte war, was er sie gestern Abend hatte tun sehen. Helen hatte Winkler letzte Woche erzählt, dass eine Frau sie kontaktiert hatte und behauptete, zu wissen, wo Frankie ist, aber Patrick hatte das nicht ernst genommen und als schlechten Witz abgetan.

Was, wenn es kein Unfug gewesen war?

Eine Welle der Übelkeit überfiel ihn. Er wusste jetzt, mit wem er reden musste.

KAPITEL 42
PATRICK – TAG 7

»Wo ist Winkler?«

Carmella sah vom Computer auf. »Patrick. Ich hab das von Sean Philips gerade gehört …«

»Später. Ich muss unbedingt mit Winkler sprechen, und zwar sofort.«

Mit ihren Händen formte sie ein Sprachrohr und rief in den Raum: »Hey – hat irgendjemand Fonzie gesehen?«

Patrick unterdrückte ein Grinsen. Er hatte Winklers nicht gerade liebevoll gemeinten Spitznamen vergessen. Einer der Kollegen am anderen Ende des Raumes antwortete: »Ich glaub, der ist zum Sport gefahren.«

»Das sieht ihm ähnlich, verdammt noch mal«, zischte Patrick. Er ging hinüber zu Winklers Schreibtisch und setzte sich. Es war der aufgeräumteste Tisch, den er jemals gesehen hatte. Nicht ein loser Zettel, keine wissenschaftlichen Experimente in Bechern wie auf Patricks Tisch. Jeder musste annehmen, dass Winkler nichts tat. Der Computer war auf *Stand-by*, und Patrick begann ein paar Passwörter einzutippen, die ihm einfielen: *Ichliebemichselbst* – *Happydays* – *Winkler*.

Keins schien zu passen. Er unternahm gerade den vierten Versuch, als hinter ihm eine geläufige Stimme fragte: »Was zum Teufel noch mal tun Sie da?«

Es war Winkler, sein Haar noch nass von der Dusche, seine Haut glänzend vor Schweiß, seine Bizeps prall.

»Sie haben doch Zugang zu Helen Philips Facebook-Konto. Ich muss da dringend was überprüfen.«

Winklers Augen blitzten. »Ach ne. Ich glaube nicht, dass das geht.«

»Warum nicht, zum Teufel?« Patrick war es zu heiß, und er war gereizt; er konnte richtig fühlen, wie sein Geduldsfaden dünner wurde.

»Das ist schließlich privat, okay? Außerdem ist da nichts Brauchbares drauf. Ich hab das alles schon durchgesehen.«

Patrick atmete tief durch. »Wann haben Sie zuletzt nachgesehen?«

Winkler zuckte mit den Schultern. »Keine Ahnung. Vor einigen Tagen vielleicht. Alles, was sie gemacht hat, ist, Dutzende *posts* auf den Seiten *Finden Sie Frankie Philips* zu liken.«

»Sie war letzte Nacht drin. Sean hat's mir erzählt. Ich muss mir das jetzt ansehen, jetzt!«

Winkler wedelte abwiegelnd mit der Hand. »Ich mach das später.«

Das war's. Patrick sah rot und wusste nicht mehr genau, was er tat. Er griff mit beiden Fäusten nach Winklers Hemd, zwei Knöpfe sprangen ab, als er ihn zu sich riss, und ihre Nasen berührten sich beinahe.

»Geben Sie mir sofort das Log-in«, sagte Patrick leise.

Winkler brachte seine Hände nach vorn und oben und brach so Patricks Griff. »Sie Arschloch. Das ist ein Ralph-Lauren-Hemd, verdammt noch mal ...«

Patrick warf sich auf ihn und erwischte ihn auf dem falschen Fuß, beide gingen zu Boden. Patrick rollte sich auf Winkler und griff erneut nach dessen Hemd, bekam aber nur eine Handvoll Brusthaare zu fassen.

Winkler schrie auf und brachte schnell die Knie hoch, dabei erwischte er Patrick an den Oberschenkeln. Patrick lockerte den Griff, und Winkler entzog sich, kniend setzte er zu einem Haken auf Patricks Ohr an. Schmerz zuckte durch seinen Kopf, aber er schaffte es, einen zweiten Haken abzuwehren. Er ballte seine eigene Faust und war bereit, selbst zuzuschlagen.

Dann fühlte er Hände auf seinen Oberarmen, die ihn nach hinten wegzogen, Rufe erklangen. Carmella flüsterte ihm etwas zu, aber er konnte sie nicht hören, so laut rauschte das Blut in seinen Ohren. Zwei andere Kollegen hatten sich Winkler gegriffen und zogen ihn zur Seite.

»Was zum Teufel geht hier vor?«

Es war Suzanne. Von Patricks Warte aus auf dem Boden erschien sie ihm drei Meter groß.

»Aufstehen, alle beide!«

Keuchend kam Patrick langsam auf die Füße, Winkler ebenso. Mit einer Hand hielt Winkler sein klaffendes Hemd zusammen; die andere stieß er anklagend in Patricks Richtung.

»Diese Pfeife hat mich angegriffen.«

Patrick zählte leise bis fünf. Er würde sich nicht auf das Niveau eines Schuljungen herablassen. Aber er fühlte sich wie einer, als Suzanne blaffte. »In mein Büro, sofort, alle beide!«

Sobald sich die Tür hinter ihnen schloss, verlangte Suzanne: »Was zum Teufel ging da draußen ab?«

Winkler sagte mit lauter Stimme: »Lennon ging mir an die Kehle, Chefin. Er griff mich an und warf mich auf den Boden, er hat einen Kollegen ...«

»Warum?«, unterbrach sie ihn.

Sprachlos erwiderte Winkler: »Was?«

»Warum hat er das getan? Ich nehme an, er hatte einen sehr guten Grund.«

Winklers Gesichtsausdruck veränderte sich. »Oh, ich sehe schon. Sie stehen auf der gleichen Seite wie Ihr Freund. Das hätte ich mir ja denken können.«

»Halten Sie den Mund!«, rief Suzanne. »Ich hab es so satt, Ihnen zuzuhören.«

Winkler sah aus wie ein Hund, der einen Anschiss dafür

bekommen hat, dass er versuchte hat, das Abendessen seines Herrchens zu fressen.

»Patrick, erzählen Sie mir, was geschehen ist.«

Das tat er dann, so ruhig und bedächtig er konnte, angefangen mit Winklers Weigerung, ihm die Log-in-Daten von Helen Philips Facebook-Seite zu überlassen.

»Geben Sie sie ihm«, befahl sie Winkler, der daraufhin theatralisch seufzte und dann endlich die Daten auf einen Zettel schrieb. Den hielt er dann Patrick so hin, dass sie sich dabei nicht ansehen mussten.

»Das hier«, sagte Suzanne und deutete auf sie beide, »wird ein Nachspiel haben. Ich werde es nicht dulden, dass zwei Kollegen der MIT sich verhalten wie Tom und Jerry, verdammt noch mal. Aber erst mal gibt es Wichtigeres, worauf wir uns konzentrieren müssen. Adrian, Sie gehen nach Hause und ziehen sich um, dann sind Sie wieder hier. Patrick, setzen Sie sich.«

Winkler verließ den Raum und murmelte sich was in den Bart.

Sobald er gegangen war, fragte Patrick: »... und welcher bin ich?«

»Was?«

»Tom oder Jerry?«

Sie fand das nicht lustig, deshalb unterdrückte Patrick sein Grinsen ebenfalls.

»Na dann los«, sagte sie. »Sehen wir uns das Facebook-Konto an.«

Patrick ging hinter ihren Schreitisch und rief die Facebook-Seite auf, er gab die E-Mail-Adresse und das Passwort ein, die ihm Winkler gegeben hatte. Dann war er auf Helens Seite. Schnell scrollte er auf und ab, fand aber nichts Interessantes. Wie Winkler schon sagte, hatte sie in den letzten Tagen nichts weiter getan als »Gefällt mir« abzugeben und Nachrichten über Frankie auszutauschen.

Dann rief er ihren Posteingang auf und las die neusten Nachrichten, Suzanne las über seine Schulter mit.

»O mein Gott«, sagte sie hinter ihm.

Sie starrten sich an, und Suzanne befahl: »Gehen Sie schon, beeilen Sie sich, los!«

KAPITEL 43
JEROME – TAG 7

Jerome stellte das neue Album von »Chase and Status« auf der Anlage des Wagens leiser, er wollte weder Aufmerksamkeit erregen noch Rihannas sensible Ohren verletzen. Er drehte sich um und sah den Hund an, der wie ein Baby auf dem Rücksitz lag und schlief. Seit gestern war sie ganz empfindlich und unruhig gewesen, nachdem sie das Gesicht der kleinen Schlampe aufgerissen hatte. Wenn Georgia überlebte – und Jerome musste hier dranbleiben, obwohl er recht sicher war, dass sie sich nicht trauen würde, ihn zu verraten –, musste sie sich wohl daran gewöhnen, es nur von hinten zu treiben, weil kein Kerl in dieses abgewrackte Gesicht beim Bumsen würde gucken wollen.

Als er letzte Nacht nach Hause zurückgekehrt war, hatte er gleich seinen Kumpel Snowglobe angerufen – der so hieß, weil er den schlimmsten Fall von Schuppen in ganz Teddington hatte – und hatte ihn beauftragt, nach einem VW-Campingbus mit der Autonummer zu suchen, die deutlich auf dem Foto von Georgia zu erkennen gewesen war.

»Ein VW-Camper?«, hatte Snowglobe gefragt. »Ist das so ein verdammtes Teil wie das, was Benny auf seinem T-Shirt hatte?«

»Genauso eins.«

»Okay, was ist es, ein mobiles Meth Labor oder so?«

»Sag allen Bescheid. Oberste Priorität, hörst du mir zu? Fünfhundert Belohnung für denjenigen, der den Wagen sieht und es mir meldet. Ich will nicht, dass irgendjemand näher rangeht, verstanden?«

Er hatte angenommen, dass es Tage dauern würde, bis jemand den Wagen sah, aber er hatte Glück. Heute Morgen schon war der Anruf gekommen. Irgendein Depp von Snowglobe namens Niall hatte die Nacht mit einer Tussi im Richmond Park verbracht, die auf Sex im Freien stand. Als Niall sich dann in der Morgendämmerung wankend absetzte, hatte er den Camper gesehen. Der Trottel brauchte allerdings drei Stunden, um dann anzurufen, was natürlich seine Belohnung halbieren würde, aber immerhin. Jerome wusste, wo die Karre stand – und zwar vorm Grants Hotel an den Toren des Parks –, und schon war er unterwegs, um sich das anzusehen.

Hunderttausend Pfund. Was würde er sich dafür kaufen? Er hatte schon lange ein Auge auf so einen schwarzen Jeep geworfen, wie er ihn jeden Morgen sah, wenn er RiRi Gassi führte. Oder er könnte die Jungs alle nach Ibiza einladen für ein paar Monate, auf großem Fuß leben, ein paar Models ficken und so'n Scheiß.

Aber er würde es nicht verprassen. Typen wie Snowglobe würden das machen, die Kohle ausgeben für Bier und teure Schuhe. Aber Jerome war schlauer. Diese einhunderttausend würden das Startkapital für sein neues Geschäft werden. Für einhunderttausend konnte man 'ne Menge Drogen kaufen, genug, um Jerome endlich im Geschäft zu etablieren. Zur Hölle mit dem Dealen mit Kids, dieses Klein-klein-Dealen mit Gras, das er früher gemacht hatte. Selbst bevor Georgia ihm von der Belohnung erzählt hatte, hatte er sich schon dagegen entschieden, mit Larry und den anderen Nobelkids weiter Geschäfte zu machen. Die waren einfach eine zu große Belastung, obwohl der Nobelkidmarkt sehr lukrativ war. Er könnte ein kleines Vermögen damit machen, Cannabis und Kokain an Mittelklasseschüler aus Richmond zu verkaufen. Er könnte die einhunderttausend Pfund leicht in fünfhunderttausend verwandeln. Und dann…

»Zur gleichen Zeit im nächsten Jahr, RiRi«, sagte er, »werden wir Millionäre sein.«
Der Hund stöhnte.

* * *

Jerome fuhr zur Ecke des Parkplatzes und sah zum Hotel hinauf. Dies Teil war okay, aber wenn er erst Millionär wäre, würde er sich eine Suite im verdammten Savoy mieten.

Und da stand der VW-Camper, genau in der Ecke. Er sagte zu Rihanna: »Du wartest hier, okay?« und ging hinüber zum Camper, dabei lief er zwischen BMWs, Mercedes und Audis durch – verflucht vielen Audis – und näherte sich dann vorsichtig dem Camper. Die Vorhänge vor den Rückfenstern waren zugezogen und die Fahrerkabine leer. Er sah sich um. Da war ein Kerl vor dem Hoteleingang, aber sein Blick zu Jerome wurde durch den Camper blockiert. Sonst war niemand zu sehen. Er drückte sein Gesicht ans Fensterglas und versuchte, hinter die Vorhänge zu blicken, konnte aber nichts erkennen. Er versuchte die Türklinke – nur für den Fall, dass die verrückte Schlampe vergessen hatte, abzuschließen, was nach seiner Erfahrung häufig passierte –, aber hier war alles fester verschlossen als der Tresorraum von Fort Knox.

War die Kleine im Camper? Er dachte daran, wie er vorgehen würde, hätte er das Mädchen entführt, was er natürlich nie tun würde, keinesfalls. Aber wenn es heute so weit kommen würde, dieses Kind der verrückten Entführerin zu entreißen, wäre es vielleicht nötig, so zu denken. Er hatte das angenehme Bild von sich selbst vor Augen, als die Ein-Mann-Befreiungsarmee, die das Hotel stürmen würde wie im Film *Call of Duty*, um sich das Kind zu greifen und rauszustürmen, direkt zur Polizeiwache, wo er seine einhunderttausend kassieren würde und dann der Held wäre. Alle Polizisten würden mit offenem Mund dastehen, vollkommen fassungslos sein, dass Jerome Smith das, was keiner von ihnen schaffte, erledigt hatte.

Aber zuerst einmal musste er sie finden.

Er ging zum hinteren Teil des Hotels. Durch die Vordertür reinzugehen wäre keine so gute Idee. Er stellte sich vor, wie so ein großkotziger, arroganter Schwuler an der Rezeption stehen würde, die Art von Kerl, die nur einen Blick auf Jerome werfen würde, und sofort würden Schutzmauern hochgezogen werden, höher als die Kennedy-Wohntürme.

Vor dem Hintereingang stand eine junge Frau; durch diese Tür, so nahm Jerome an, kamen die Lieferungen und die Wäsche an. Sie rauchte, ihr freier Arm lag um ihren Brustkorb geschlungen. Sie hatte gegeltes dunkles Haar und dunkle Augen. Sie sah irgendwie osteuropäisch aus. Aber scharf...

Er ging zu ihr hinüber, als sie gerade ihre Fluppe wegschnipste.

»Hey.«

Sie blickte ihn misstrauisch an.

»Hast du mal Feuer?« Er zog seine Zigaretten heraus und nahm zwei aus der Packung, während sie in ihren Taschen nach dem Feuerzeug suchte. Sie zündete seine Zigarette an und kam ihm dabei nah genug, dass er ein Reinigungsmittel an ihr riechen konnte, Bleiche oder so was, und er bot ihr die andere an.

Er lächelte sie auf die Art an, die eigentlich immer wirkte. »Arbeitest du hier?«

Sie nickte.

»Bist du so was wie eine Rezeptionistin?«

Sie lachte. »Nein, eine Putze.« Er hatte recht gehabt damit, dass sie irgendwo aus Osteuropa kam. Ihr Akzent war sexy, und er nahm sich vor, dass er, wenn hier alles gelaufen war, zurückkommen und mit Kohle winken würde, um dann herauszufinden, wie ihre Stimme wohl klang, wenn sie seinen Namen stöhnte.

Er nahm an, dass sie sicherlich nur Mindestlohn bezahlt bekam, vermutlich noch weniger. Als Schwarzmarktexperte wusste er alles über diese armen Schweine, die hier rüberkamen und die Scheißjobs machten, die niemand anderes tun wollte, obwohl die Hälfte von ihnen Doktoren waren und so was Ähnliches.

»Willst du ein bisschen Kohle verdienen, auf leichte Art?«

Sie sah ihn von oben bis unten an. Er versuchte es noch mal mit seinem Lächeln, eine Million Watt von Jerome Smiths Charme.

»Was muss ich dafür tun?«

»Ich suche jemanden.« Er nahm sein Handy heraus und zeigte ihr das Foto, das Georgia gemacht hatte. »Diese Frau. Kennst du sie?«

Die Putzfrau zögerte etwas, nickte dann langsam mit dem Kopf.

Jerome sagte: »Cool. Sie wohnt hier, richtig? Ich muss ihre Zimmernummer wissen. Wenn du die für mich rausfinden kannst, geb ich dir sofort 'nen Hunderter.« Er zog seine Brieftasche und zählte die Scheine ab.

Sie leckte sich die Lippen. »Zweihundert«, sagte sie.

Jerome strahlte. »Du kennst ihre Zimmernummer?«

»Klar, ich putze ja ihr Zimmer.«

»Herrlich. Okay, zweihundert.« Er kniff die Scheine zwischen Daumen und Zeigefinger und hielt sie hoch.

Die Frau griff sie sich. »Sie wohnt in der Flitterwochensuite, oberstes Stockwerk.«

»Ist sie jetzt da?«

»Weiß ich nicht.« Sie hatte die Kohle schon tief in ihrer Tasche versenkt. »Aber vor 'ner Stunde war sie drin.«

»Gefällt mir.«

»Du gehst durch diese Tür«, sagte die Putze, »und dann die Treppen bis ganz nach oben.«

Jerome drückte seine Zigarette aus und zwinkerte ihr zu. Dann trat er ein und stieg die Treppen hoch. Das würden die am leichtesten verdienten einhunderttausend werden, die jemals jemand verdient hatte.

* * *

Schwitzend und außer Atem erreichte er das oberste Stockwerk des Treppenhauses. Er streckte den Kopf aus der Tür. Dies war nicht die verdammte Flitterwochensuite. Es war eine Art Garten – ein Dachgarten, viele Bäume und Büsche und so'n Scheiß, ein recht cooler Platz eigentlich. Wenn er erst mal sein eigenes Penthouse hatte, wollte er auch so einen Garten. Die Partys darin wären der Hit.

Die Treppen wieder hinabsteigend, kam er an eine weitere Tür, und diesmal stand er am Ende eines kurzen, kühlen Korridors mit federndem Teppichboden unter seinen Nikes. Cool, das musste es sein.

Er nahm sein Handy raus. Auf dem Weg nach oben hatte er einen Plan geschmiedet. Er musste das Kind sehen. Er würde ziemlich blöde dastehen, wenn er die Bullen anriefe, sie dann kämen, und die Kleine wäre nicht da. Es gab keine Möglichkeit, das Mädchen zu sehen, ohne ins Hotelzimmer zu gehen.

Aber das sollte einfach sein. Die Frau auf Georgias Foto war alt. Die würde sich nicht mit ihm anlegen. Alles, was er tun musste, war, ins Zimmer zu gehen, abzuschließen und die Polizei zu informieren, vielleicht sogar eine verdammte zivile Festnahme machen. Er konnte sich die dummen Gesichter der Sicherheitspolizisten vorstellen, wenn sie dann hier anrückten, um festzustellen, wer wirklich der große Held war.

Er klopfte an die Tür.

Von drinnen fragte eine Frau: »Wer ist da?«

Das fing ja genauso an wie in einem Film, einem, in dem er

der Star war. Das war noch so etwas, was er tun würde, sobald er reich wäre. Einen Film machen, mit Unmengen von Waffen, Autos, Geld und Titten.

Was würde er antworten, wenn dies der Film wäre? »Zimmerservice.«

»Ich hab nichts bestellt.«

»Ich bringe Ihnen Champagner, gnädige Frau.« Er unterdrückte ein Lachen. »Mit den Grüßen des Managers.«

Er wartete, und einen Moment lang fürchtete er, dass sie nicht darauf reinfallen würde. Aber dann öffnete sie die Tür.

»Sie sehen nicht aus wie...«

Er drückte sich an ihr vorbei, schubste sie dabei zur Seite und knallte die Tür hinter sich zu. Die verrückte Alte schrie ihn jetzt an, fragte, wer verdammt noch mal er sei, aber er ignorierte sie und ließ seinen Blick durch den Riesenraum schweifen. Da war eine große Beule im Bett. Eine kindergroße Beule. Er ging hinüber zum Bett, bereit, die Decke zurückzuschlagen.

»Stehen bleiben, sofort!«

Er drehte sich um, bereit, sie anzugrinsen, aber das Grinsen gefror ihm im Gesicht.

Sie hielt eine Pistole in der Hand.

Er nahm die Hände hoch. Scheiße, damit hatte er *nicht* gerechnet.

»Wer sind Sie, verdammt noch mal?«, fragte sie. Sie hatte einen seltsamen Akzent, irgendwie Essex gemixt mit Australien. »Sind Sie Polizist?«

»Polizist? Nee. Ich bin ein Freund.«

»Ein Freund von wem?«

Die Knarre zielte auf sein Gesicht. Er sagte: »Hey, ich bin niemand. Das hier war alles ein Fehler, okay? Nehmen Sie das Ding runter, und ich geh einfach aus dem Zimmer raus. Kein Problem.«

Die Frau sah an ihm vorbei aufs Bett. Jerome traute sich,

über seine Schulter zu sehen. Die Beule im Bett hatte sich nicht bewegt, trotz all des Lärms.

Das Telefon neben dem Bett klingelte.

»Los, hier rüber«, kommandierte die verrückte Alte und deutete mit der Knarre auf die gegenüberliegende Wand.

Er gehorchte und ging rüber, die Hände immer noch in der Luft und Abstand von der Pistole haltend.

Sie nahm den Hörer auf und sagte: »Okay, danke. Sagen Sie ihr, ich bin in einer Minute unten.«

Sie sah nachdenklich aufs Telefon und ließ ihn dabei sekundenlang aus den Augen.

Das war seine Chance. Er stürzte auf sie zu, rannte über den Teppich, aber stellte fest, dass er die Entfernung falsch eingeschätzt hatte. Sie hob den Kopf und die Pistole gleichzeitig.

Schmerz explodierte in seiner Schulter. *Ach du liebe Scheiße, ich bin angeschossen worden,* dachte er. *Ich bin wirklich angeschossen worden.* Es war genau wie im Film. Aber im Film würde er jetzt wieder aufspringen oder sich zur Seite rollen und die Frau zu Fall bringen, die mit der Pistole über ihm stand – und die jetzt genau auf seinen Kopf zielte.

Ihr Gesicht war vor Wut verzerrt. »Du dummes Arschloch. Jetzt hast du alles versaut.«

Vollkommen bewegungsunfähig sah er, wie ihr Finger sich um den Abzug krümmte. Sein letzter Gedanke, bevor sie sein Gehirn wegpustete, galt Rihanna. Sie war im Wagen eingeschlossen, alle Scheiben geschlossen, und die heiße Sonne stieg am Himmel empor. Er öffnete den Mund, um an die Frau zu appellieren, nicht zu schießen, denn wer sonst sollte seinen Hund retten?

Er brachte nicht mal das erste Wort raus.

KAPITEL 44
HELEN – TAG 7

Helen stieß die schwere Drehtür auf, die ins Grants Hotel führte. Noch bevor sie die halbe Runde bis zum Eingang erreicht hatte, roch sie schon den Unterschied zur Luft draußen: Es roch nach Lilien, Möbelpolitur, Holzpaneelen und teurem Gepäck. Dies war zwar das Hotel, in dessen Fitnessräumen sie sich austobte, aber gewohnt hatte sie in so einem Hotel schon seit Langem nicht mehr. Es erinnerte sie an ihr altes Leben, das Vor-Frankie-Leben, an die romantischen Wochenenden mit Sean in exotischen europäischen Hauptstädten, riesige extrabreite Doppelbetten und nichts Verständliches im an der Wand montierten Fernsehen außer den Sky-Nachrichten. Sie waren damals irgendwann eingeschlafen, gesättigt vom Sex und eingelullt vom monotonen Rauschen der Klimaanlage. Obwohl sie das so nicht noch mal würde erleben wollen, nicht ohne Frankie. Wenn sie sie zurückbekämen, dachte Helen, würden sie wieder solche Wochenenden buchen, aber dann wäre Frankie bei ihnen. Vielleicht Wien, oder Madrid. Es könnte genauso romantisch werden wie damals, als sie sich noch umwarben. Oder noch besser.

Helen setzte sich auf das große schokoladenbraune Wildledersofa am Hotellift. Die Sitzflächen waren zu tief für sie, als dass sie sich anlehnen könnte, ohne dass ihre Beine den Boden nicht mehr berührten. Deshalb saß sie auf der Kante und wartete, die Handflächen ruhten auf ihren Knien, um das Zittern zu stoppen. Sie war fünf Minuten zu früh dran und sich auch gar nicht mehr sicher, warum sie eigentlich hier war.

Vorhin, in dem Augenblick auf dem Dachboden, als sie die Fotos gefunden hatte … das alles erschien ihr jetzt unwirklich. Als hätte sie mit einem Mal Alzheimer oder so etwas – einfach nur vollkommen unbegreiflich.

Sie war vorsichtig auf den offen liegenden Bodenbalken herumgeklettert, gelbe Steinwolle bedeckte die Flächen dazwischen. Das Ganze wirkte wie Kartoffelpüree auf einer Torte – Sean hatte seit Jahren vor, den Boden abzudecken –, und sie ging hinüber zur Kiste mit Frankies Zeichnungen, die Sean neben den Babyautositz und die Kiste mit ihrem Hochzeitskleid gestellt hatte. Die Kartons standen kreuz und quer, und es wirkte, als schwämmen sie auf Wogen aus Isolierwatte wie die Ladung eines sinkenden Schiffes.

Sie hatte sich hingehockt und den Karton geöffnet. Sie kramte in dem Inhalt, hatte aber nichts weiter gefunden, keine weiteren »arten«, keine weiteren Gesichter, die in Fenster spähten.

Sie hatte dann die Klappen des Kartons wieder verschlossen und war grade dabei, ihre Beine durch die Luke des Dachbodens zu schwingen, um die Leiter hinabzusteigen, als sie im Augenwinkel etwas Seltsames wahrnahm. Es war ein Fotoalbum, eines, das sie nicht kannte. Es steckte fast vollkommen versteckt in der Isolierung. Sie zog es heraus und öffnete es neugierig – und fühlte sich gleich darauf einem Herzinfarkt nah.

Sean hatte ihr immer gesagt, dass er alle Fotos seiner Exfrau Penny, nachdem sie gestorben war, weggeworfen hatte, es sei ihm einfach »zu schmerzhaft« gewesen, sie zu behalten. Klar war es möglich, dass er eines vergessen hatte und auch vergessen hatte, dass er es in die Dachisolierung gestopft hatte, vielleicht auch um Alice den Schmerz zu ersparen – obwohl –, nein, das war Blödsinn. Helen selbst hatte Alice zu Sean sagen hören, dass sie ja nicht mal Fotos von ihrer Mama habe, und Sean hatte sich dafür entschuldigt.

Aber was noch viel schwerer zu erklären wäre als die Existenz dieses Albums mit den Fotos von Sean mit einer Frau, die zum Zeitpunkt der Aufnahmen eine überraschend große Ähnlichkeit mit Helen aufwies, lachend und sich küssend und später, das kleine Bündel haltend, das wohl Alice war, war, dass Seans angeblich tote Ehefrau ihre Freundin Marion war. Die Frau, mit der sie zusammen im Sportstudio trainiert und geplaudert hatte, die Frau, der sie fast von ihrem Sexleben erzählt hätte. Sie kannte Marion zwar erst wenige Monate, hatte sie aber trotzdem für eine ihrer besten Freundinnen gehalten.

Was für eine arglistige Täuschung.

Helen blieb eine halbe Stunde auf dem Dachboden und betrachtete die Fotos, sie wagte kaum zu atmen, als wäre die Isolierung aus Asbest und würde sie ersticken.

Konnte sie sich täuschen?

Nein, es war hundertprozentig Marion. Was zum Teufel ging hier vor? Wusste Sean, dass sie noch lebte? Wusste Alice davon? Vielleicht war Alice dahin verschwunden. Helen erinnerte sich, wie Marion einmal, als Sean sie vom Sport abholte, seltsam reagiert hatte. Wie sie plötzlich, anstatt das Studio mit ihr zu verlassen, mitteilte, sie würde gern noch die Sauna ausprobieren. Helen hatte es gefallen, eine Freundin zu haben, die ihren Mann nicht kannte, aber jetzt fiel ihr auf, dass Marion sich jedes Mal rar gemacht hatte, wenn die Möglichkeit bestand, dass sie Sean treffen könnte.

Und das würde auch erklären, warum Marions Facebook-Profil so wenige Informationen über sie enthielt. Keine Fotos, kaum Hintergrundinformationen, kaum Freunde. Marion hatte sich selbst als Technikfeindin bezeichnet und behauptet, dass sie sich nur eine Facebook-Seite angeschafft habe, um mit ihrem Bruder in Afrika – einem Bruder, der wahrscheinlich nicht mal existierte – zu kommunizieren.

Es schien unvorstellbar, aber war wahr: Marion war die erste Frau ihres Mannes. Die *Mutter von Alice*. Und doch war sie gar nicht besonders daran interessiert gewesen, etwas über Alice zu erfahren oder gar, sie kennenzulernen. Sie hatte Helen sogar ermutigt, sich darüber zu beschweren, wie furchtbar Teenager sich benehmen. Und sie war viel interessierter daran gewesen, von Frankie zu hören, hatte die Fotos auf ihrem Handy bewundert und viele Fragen nach ihr gestellt.

In der Hotelhalle saß Helen etwa sieben Minuten, nach der großen Bahnhofsuhr zu urteilen, die gegenüber an der Wand hing. Und ihre Nervosität stieg mit jedem langsamen, regelmäßigen Rucken des großen Zeigers. Wozu sollte es gut sein, jetzt mit Marion zu reden – sie versuchte, sie jetzt Penny zu nennen, fiel aber immer wieder auf Marion zurück –, wo doch Alice und Frankie beide verschwunden waren? Sie biss sich auf die Unterlippe und überlegte, wieder nach Hause zu gehen, um zu sehen, ob es irgendwelche Neuigkeiten gab. Frankie war jetzt das Einzige, was sie noch interessierte. Sie zog ihr Handy aus der Handtasche, um nachzusehen, ob sie Anrufe erhalten hatte, aber das Display blieb dunkel. Verdammt – sie hatte gestern Abend schon wieder vergessen, es zu laden. Oder noch schlimmer, sie hatte es eingestöpselt, aber nicht gemerkt, dass der Schalter an der Wand ausgeschaltet war.

Trotzdem war ihr klar, dass sie jetzt nicht einfach wieder gehen würde, könnte sie gar nicht. Da gab es so viele Fragen, die sie stellen musste: Warum hatte Sean sie angelogen und Alice auch, all diese Jahre? Da Penny nicht tot war, waren sie überhaupt jemals geschieden worden? War Sean ein Bigamist? Als der Standesbeamte gefragt hatte, sagte Sean, dass er niemals vorher verheiratet gewesen sei, und niemand hatte es überprüft. Helen drehte ihren Ehering am Finger und schluckte. Wenn Sean wegen so etwas Wichtigem log, was hatte er noch verheimlicht? Sie musste mit Penny reden, oder Marion, oder wie auch immer sie sich jetzt nannte, um Tatsachen zu erfahren und dann Sean damit zu konfrontieren.

Als sie am Vorabend vom Dachboden heruntergestiegen war, hatte sie nachgesehen, was Sean machte. Wie sie schon vermutete, lag er besoffen auf dem Sofa. Sie hatte auf ihn hinuntergesehen, als sei er ein Fremder. Dann war sie zum Computer gegangen und hatte Marion eine Nachricht geschickt, in der stand, dass sie nun wusste, wer sie wirklich ist.

Dann saß sie bis in die frühen Morgenstunden am Computer und wartete auf eine Antwort, aber es kam keine. Aber als sie heute Morgen aufstand und ihre Facebook-Seite checkte, da war eine Antwort gekommen. Nur eine Zeile, die Helen aufforderte, sie hier im Hotel zu treffen.

Ein seltsames, poppendes Geräusch riss sie schließlich aus ihrer Tagträumerei, es kam von irgendwo aus dem Innern des Gebäudes, und dann sah sie hektische Bewegungen gegenüber in der Lobby. Die geschlossene Tür links neben der Drehtür wurde aufgerissen, und zwei dunkel gekleidete Sicherheitsleute rannten schnell durch die Halle, während sie in ihre Walkie-Talkies sprachen. Einer verschwand direkt die Treppen hinauf. Alle schraken auf und sahen hoch, Helen auch. Der andere Mann lief zur Rezeption und sprach ruhig und eindringlich mit den beiden Rezeptionistinnen, die vor Schreck die Hände vor den Mund schlugen. Eine der beiden, eine plumpe junge Frau Anfang zwanzig, nahm sofort den Hörer auf. Helen konnte sehen, dass sie versuchte, nicht zu weinen, als sie sprach. Helen las von ihren Lippen die Worte »Polizei« und »Pistole« und »Grant's«.

Ein kleiner Mann mit Glatze, der mit seinem Gepäck an der Rezeption gestanden hatte, wahrscheinlich ein Gast zum Einchecken, kam auf sie zu, die Augen vor Schreck geweitet. Helen sprang vom Sofa auf und ging auf ihn zu. »Entschuldigen Sie. Was ist denn los? Was hat er gesagt?« Sie deutete auf den Wachmann, der jetzt seinem Kollegen die Treppe hinauf folgte, immer zwei Stufen auf einmal nehmend.

Der Mann beugte sich vor, als wolle er ihr ein Geheimnis anvertrauen. »Es ist ganz furchtbar. Jemand hat eine Pistole... oberstes Stockwerk... das Dach... es hat eine Schießerei gegeben. Die Polizei ist auf dem Weg hierher...«

Aus irgendeinem Grund wusste Helen, was er als Nächstes sagen würde, bevor er es tat. Und sie fragte sich, wie sie so dumm hatte sein könne, nicht eins und eins zusammenzuzählen, als sie auf dem Dachboden saß wie ein Vogel auf dem leeren Nest und auf die Fotos starrte und sich fragte, warum in aller Welt Penny zurückgekehrt war.

Und jetzt wusste sie es und auch, warum sie sie hier im Hotel treffen wollte. Und warum sie immer wieder nach Frankie gefragt hatte.

»... es ist eine Frau. Und ein kleines Mädchen ist bei...«

Helen rannte hinüber zum Treppenhaus, bevor der Mann den Satz beendet hatte.

* * *

»Komm schon, Frankie«, sage ich. »Zeit, aufzuwachen.«

Ihre Augen öffnen sich ganz kurz, dann schließt sie sie wieder und versucht, zurück in den Schlaf zu gleiten. Die Beruhigungsmittel, die ich in ihren Schlaftrunk gemischt habe, rinnen wohl immer noch durch ihren Körper. Warme Milch mit Zucker – das gleiche Getränk, das meine Mama mir immer vorm Schlafengehen gab. Meine Adoptivmutter, meine ich. Nicht der Schakal, der mich geboren hat.

»Frankie, wach auf...«

Sie rührt sich, öffnet die Augen und sieht sich konfus um. Sie wundert sich wahrscheinlich, warum wir im Freien sind und warum der Himmel so nah ist.

Ich hebe sie auf die Bank, streichle ihr übers Haar. Sie ist so niedlich. Und sie ähnelt Alice so sehr, als sie drei Jahre alt war, als wäre die Zeit stehen geblieben, als hätte sie auf meine Rückkehr gewartet. Es ist, als wäre meine Alice hier. Drei Jahre alt. Genauso alt, wie sie war, als ich sie verlassen habe. Sie würde sich nie in den mürrischen, nuttigen Teenager verwandeln, den ich aus Seans Haus kommen und hineingehen sah.

»Was machen wir hier?«, fragt das kleine Mädchen und sieht sich um. »Ich will zu meiner Mama.«

»Ich bin deine neue Mama.« Ich versuche, sie zu umarmen, aber sie wehrt sich mit ihren kleinen Fäusten, schlägt mir auf die Brust, und ich muss japsen. Ich hebe die Hand, um ihr eine Ohrfeige zu verpassen, halte mich dann aber zurück.

»Wir warten hier«, sage ich.

»Worauf denn?«

Ich könnte ihr sagen, dass wir darauf warten, uns zu verabschieden. Aber ich will sie nicht wieder weinen sehen. Deshalb sitze ich neben ihr und denke an die Vergangenheit, lasse mein Leben vor meinen Augen Revue passieren, so kann ich es kontrollieren. Ich beginne mit DER FEHLENTSCHEIDUNG.

* * *

Diese Fehlentscheidung veränderte mein Leben. Durch das Wissen, wer ich war, und durch all das wurde ich total aus der Bahn geworfen, und dann floh ich. Ich radierte mein Leben aus – das Einzige, was mir zu tun blieb, war, die Erde zu verbrennen, auf der ich stand.

Ich reiste zum anderen Ende der Welt, in einen unauffälligen Vorort von Brisbane, Australien, wo ich mir ein möglichst unauffälliges Leben aufbaute. Ich änderte meinen Namen in Marion, ich traf einen netten Mann, der Howard hieß, dreißig Jahre älter war als ich, mit genügend Geld, um seinen fassartigen Bauch und seinen stummeligen Schwanz zu kompensieren. Ich erzählte ihm, ich sei eine Waise, dass ich keine Familie habe und allein auf der Welt sei. Das gefiel ihm. Er wollte meine Welt sein. Wie die meisten Männer war er der Meinung, Gottes Geschenk an die Frauen dieser Welt zu sein.

Wir heirateten. Niemand fragte nach meiner Vergangenheit, und ich erzählte nichts davon. Wir zogen in sein Haus. Es gab einen Pool im großen Garten, viele Barbecues mit allerneuster Technik, und da ich nicht arbeiten musste, verging eine Dekade mit Schwimmen und Sonnenbaden, zugedröhnt mit Antidepressionspillen und Cannabis. Ich starrte jeden Tag auf die platte blaue Oberfläche des Pools und hatte nichts anderes zu tun, außer nachts Howards Stummelpimmel zu lutschen, bis er nicht mehr konnte, ihm fleischlastige Mahlzeiten zuzubereiten und seine Bierflaschen zu öffnen.

Ich verdrängte Sean und Alice aus meiner Erinnerung. Ich tat alles, um zu vergessen, dass sie existierten.

Das Einzige, was ich wollte, war ein Baby. Aber ich wurde nicht schwanger, wie sehr wir es auch versuchten. Später schob Howard mir auch noch die Schuld an seiner Impotenz in die Schuhe, es läge an meiner ständigen nagenden Verzweiflung. Viel später ging ich dann abends allein in die Bars im Ort und sah mich nach knackigen jungen Kerlen um. Eines Nachmittags kam Howard nach Hause und erwischte mich dabei, wie ich einen Zwanzigjährigen ritt, der Chesney hieß und versuchte, mich mit seinen Spermien zu füllen. Ich hörte auch nicht auf, als Howard sich schon auf dem Boden krümmte., der Herzinfarkt brachte ihn um, während Chesney versuchte, sich unter mir herauszuwinden.

Und trotzdem wurde ich nicht schwanger.

Mit Howards Geld – einen Teil davon musste ich an Chesney abtreten, um ihn zum Schweigen zu bringen wegen der Umstände von Howards Tod, für den Fall, dass seine Familie versuchte, das Testament anzufechten – versuchte ich dann noch In-vitro-Fertilisation, also künstliche Befruchtung. Aber auch das klappte nicht. Nach dem dritten Versuch legten mir dann die Ärzte nahe, es zu akzeptieren. Ich solle mein Leben eben anders planen, es könne auch reich und erfüllt sein – ohne Kinder.

Ich ging nach Hause und kaufte unterwegs im Supermarkt noch genügend Alkohol und Cannabis von meinem Dealer.

Sechs Wochen später erwachte ich von meinem Solobesäufnis auf der Terrasse neben dem Pool. Ich war nackt. Meine Schenkel waren innen voller Blutergüsse, und in meinem Haar klebte Blut. Der Schnaps und die Drogen waren alle. Ich konnte mich an kaum etwas in den letzten sechs Wochen erinnern, nur an einzelne Schnappschüsse von Fleisch und Wasser und dem Geschmack von Bourbon und Gras.

Aber ich wusste jetzt, was ich tun musste.

Es war Zeit, nach Hause zurückzukehren – nach England.

Sean zu finden war einfach: Fünfzehn Minuten Suche im Internet, und ich wusste, wo er arbeitete – er war jetzt selbstständig – und wo er wohnte. Ich flog von Dubai aus nach Heathrow und nahm dann den Zug nach Richmond.

Ich hatte Geld genug, deshalb mietete ich mich in einem Hotel ein. Aber es gefiel mir nicht – ich fühlte mich eingesperrt –, deshalb kaufte ich mir einen klassischen VW-Bus, einen Camper, von dem ich schon geträumt hatte, als ich noch ein Mädchen war. Ich parkte ihn manchmal in Seans Straße und beobachtete sein Haus, immer darauf achtend, dass er mich nicht sah.

Ich sah Alice, den Teenager, kommen und gehen. Ich erwartete mütterliche Gefühle ihr gegenüber, aber da war nichts. Sie war schon fast erwachsen, eine Fremde. Und sie war auch nicht das, was ich wollte.

Ich sah auch Sean – er hatte Gewicht zugelegt und Haare verloren, aber er war immer noch so gut aussehend wie am Tag, als wir uns kennenlernten; ein Teil von mir wollte ihn in den

Camper ziehen und ihn vor Überraschung japsen hören, wenn er erkannte, wer ich war. In meiner Fantasie würde er sich wahnsinnig freuen, mich langsam ausziehen, wie er es immer getan hatte, meinen Namen flüstern und mir versichern, dass es ihm nichts ausmache, es bedeute nichts, und wir könnten und sollten nicht dagegen ankämpfen...

Aber das würde niemals passieren.

Als ich seine neue Frau sah, war ich drauf und dran, Howards Schicksal zu teilen. Sie sah aus wie ich. Eine weitere schwarze Frau, aber schlechter gekleidet, mit kleineren Titten und einem knochigen Hintern. Aber sonst hätten wir Schwestern sein können.

Das brachte mich zum Lachen.

Ich fand heraus, in welches Sportstudio sie ging, und meldete mich auch dort an, ich stand auf dem Crosstrainer neben ihr und begann eine Unterhaltung. Sie war ganz wild drauf, sich zu unterhalten, was mir sagte, dass sie einsam ist und sonst keine Freunde hat. Wir haben E-Mails und Facebook-Nachrichten geschickt, in denen sie mir von Seans und ihrem Sexleben berichtete, was sich so ganz anders anhörte als der unglaubliche Sex, den wir gehabt hatten. Ich hab dann Geschichten erfunden von einem Vater, der Popstar war, und einem glamourösen Leben, einem lukrativen Job und einem großkotzigen Apartment. Sie erzählte unaufhörlich von ihrer Tochter Frankie. Ich hatte Frankie gesehen, als ich von gegenüber das Haus beobachtet hatte und Sean und Helen mit ihr herauskamen. Sie war perfekt, so niedlich. Allein sie zu sehen ließ meine Eierstöcke schmerzen. Sie war das Kind, von dem ich all die Jahre geträumt hatte. Das Kind, das ich zurückgelassen hatte, das Kind, mit dem ich meine Zukunft verbringen wollte.

Diese Ungerechtigkeit machte mich ganz krank. Warum hatte Sean eine perfekte Familie, und ich war ganz allein? Frankie sollte mir gehören.

Das Universum schuldete mir was. Und Sean, der so einfach

davongekommen war, verdiente zu leiden: Er sollte auch einen Teil von dem Leid tragen, durch das ich gegangen war.

Ich beobachtete sie und wartete auf meine Gelegenheit. Manchmal stand ich nachts vor ihrem Haus. Frankie sah mich ein- oder zweimal dort stehen, neben dem Lampenmast in meinem Kapuzenshirt.

Und dann eines Nachts, als ich wieder herumgefahren war und das Haus beobachtete, sah ich diese andere kleine Idiotin, diese Rothaarige, mit Frankie auf dem Arm aus dem Haus kommen.

Ich hab sie gerettet. Und wie ich sagte, ich wollte sie erst gar nicht behalten, aber die Versuchung war zu groß, um ihr zu widerstehen. Endlich ein Kind für mich allein. Und endlich Leiden für Sean, wie ich es auch ertragen hatte. Indem ich während der letzten Wochen mit der Närrin Helen in Verbindung blieb, hatte ich den direkten Draht zu ihrem Schmerz. Es war unbeschreiblich aufregend, sie beim Sport zu treffen, und im Bus vor dem Hotel lag Frankie, betäubt. Prickelnd, ihr Gejammer darüber zu lesen, dass Sean und sie keinen Sex mehr hatten.

Tja, so ist das Leben.

Ich lasse Frankie auf der Bank sitzen und gehe vor zur Dachkante, um hinunterzusehen. Jeder, der hier hinunterfällt, ist augenblicklich tot.

Von unten kann ich Aufruhr hören. Der Kerl, den ich mit der Waffe erschossen habe, die ich von einem zwielichtigen Typen in einer Kneipe gekauft hatte, hat mir die Polizei auf den Hals gehetzt. Aber das ist okay, solange ich Helen und Sean treffen kann.

Es ist Zeit für Frankie und mich, uns zu verabschieden.

KAPITEL 45
PATRICK – TAG 7

Auf der Fahrt hierher berichteten sie im Radio darüber, dass dies seit sieben Jahren der heißeste Tag in London sei, die Temperatur hatte die Dreißig-Grad-Grenze überschritten, und Richmond Park war brechend voll mit Picknickern und Frisby spielenden Kindern; Hunde hechelten in der Hitze; junge Liebespaare faulenzten im Gras; und eine einzelne zarte Wolke wanderte langsam über den Himmel. Es gab keine Schatten, in denen Patrick Geister hätte erkennen können. Keine verschwundenen Kinder versteckten sich in den dunklen Ecken der Stadt. Die Sonne war erschienen, um ein blendendes Scheinwerferlicht auf London zu werfen und seine Geheimnisse endlich aufzudecken. Und hier, in einem Hotel an der Grenze dieser urbanen Lunge – wusste Patrick –, würde er die Wahrheit finden.

Ob es vielleicht schon zu spät war für die Wahrheit, die alles bedeutete, wusste er nicht.

Er und Carmella erreichten das Hotel in dem Moment, als die Sicherheitsleute die Drehtür abschlossen. Patrick hämmerte an das Glas und zeigte den Wachen seinen Dienstausweis.

Ein Wachmann um die sechzig schloss eine Seitentür auf und ließ sie ein.

»Das war aber schnell. Wir haben Sie doch gerade erst alarmiert.«

»Uns alarmiert?« Carmella und er tauschten einen beunruhigten Blick. »Worum geht es? Und warum verschließen Sie die Türen?«

Verwirrt fragte der Wachmann: »Sind sie denn nicht wegen der Schießerei hier?«

»Schießerei? Reden Sie, Mann. Jetzt.«

Der Wachmann, auf dessen Namensschild Len Hudson stand, schnaufte, als er Carmella und Patrick zur Treppe führte. Weitere Wachmänner folgten ihnen. Die Lobby war voller Gäste, die schrien und mit dem Personal diskutierten, sie wollten hinausgelassen werden. Niemand schien zu wissen, was zu tun war. Der Manager stand an der Rezeption und wedelte mit den Armen, er bat darum, Ruhe zu bewahren. Es gab kein Zeichen von Helen oder der Frau, die zu treffen sie hierhergekommen war.

Sie drängelten sich durch die Menge. Len sagte: »Wir haben die Fahrstühle angehalten, deshalb müssen wir die Treppen nehmen.«

»Was ist passiert?«

Len schwitzte, als sie die Treppen hochstiegen. »Ein junger Kerl ist in der Flitterwochensuite erschossen worden.«

»Ist er tot?«

»Ja. Ich hab ihn nicht gesehen, aber anscheinend ist sein...« Len deutete an, dass jemand der Kopf weggeschossen worden ist.

»Guter Gott«, murmelte Carmella und bekreuzigte sich.

»Warten Sie, wohnte dieser Kerl in der Flitterwochensuite?«, fragte Patrick.

»Nein. Da wohnt anscheinend eine Frau, allein. Bisschen seltsam, oder? Ich hab eines der Mädchen nach ihr gefragt, und die sagte, die Frau habe ihr erzählt, dass sie und ihr Ex hier ihre Hochzeitsnacht verbracht hätten. So, als wolle sie die alten Erinnerungen wieder wachrufen.«

»Wie heißt sie?«

»Entschuldigung, weiß ich nicht.«

Patrick fluchte. Er hätte erst mit der Rezeption sprechen sollen, bevor sie hier heraufkamen. Aber es hätte ewig gedauert, zur Rezeption durchzukommen. Es musste Penny sein. Aber wo war Helen jetzt und wo Frankie?

»Hat die Frau ein Kind bei sich?« Sie waren jetzt ungefähr auf halbem Weg die Treppen hoch. Patricks Lunge brannte. Von wegen E-Zigaretten machen einen gesünder.

»Ja, das ist der Teil, den ich Ihnen noch nicht erzählt habe. Sie sind auf dem Dach, genauer, dem Dachgarten.«

Patrick ignorierte das Brennen in seiner Brust und legte noch einen Zahn zu, rannte die Treppen hinauf, immer zwei Stufen auf einmal nehmend. Carmella folgte ihm, sie atmete viel leichter als er, aber Len fiel hoffnungslos zurück.

Als sie den obersten Stock erreichten, war Patrick in Schweiß gebadet. Er machte eine Pause, um die Wache anzurufen, und erkundigte sich schnaufend, ob Verstärkung unterwegs sei. Sie gingen durch zum Hotelflur und fanden weitere Wachleute und die Assistentin des Managers, die alle vor der Tür der Flitterwochensuite standen. Ihr Gesicht war so weiß wie die Lilien, die in der Vase neben der Tür vor sich hin welkten. Auf ihrem Namensschild stand Elaine Flint.

»Polizei.«

Das Hotelpersonal trat zur Seite, um sie eintreten zu lassen. Es stank nach Blut und Scheiße, dazu noch der Geruch nach Schießpulver, der Patrick immer an Feuerwerk erinnerte. Die Leiche auf dem Fußboden war eindeutig ein junger Mann. Er trug Designersportklamotten und makellose Laufschuhe. Da war ein großes blutiges Loch, wo sein Gesicht gewesen war, Teile vom Gehirn und Schädelknochen waren auf dem hübschen Teppich verspritzt. Patrick kniete sich hin und kramte in den Taschen des Mannes, er fand eine Brieftasche mit Führerschein und etwa vierhundert Pfund in bar.

»Jerome Smith. Scheiße.«

»Er hat sie vor uns gefunden«, sagte Carmella und schüttelte den Kopf.

Sobald Georgia ihnen von Jerome und seinem Hund erzählt hatte, hatte Patrick einige Polizisten zu seiner Adresse geschickt, aber er war nicht zu Hause gewesen.

Patrick erinnerte sich an Georgias ruiniertes Gesicht; er wusste, was für ein aufgeblasener Kleinkrimineller er war, verdächtigt, an mehreren brutalen Überfällen und Diebstahl beteiligt gewesen zu sein. Trotzdem fühlte er ein bisschen Mitleid mit diesem jungen Mann, dessen Tod sicherlich von den Einwohnern der Kennedy-Siedlung eher gefeiert werden würde als betrauert. Aber es war nicht viel Mitleid.

»Niemanden in den Raum lassen. Und nichts anfassen.«

Die Assistentin des Managers, Elaine, nickte.

»Gleich kommen Verstärkung und Krankenwagen. Ich hab gehört, dass die Frau, die hier wohnt, auf dem Dach ist, mit einem kleinen Mädchen?«

»Das stimmt.«

»Hat irgendjemand das kleine Mädchen vorher schon gesehen?«

»Nein«, sagte Elaine. »Wir haben keine Ahnung, woher sie kam.«

Elaine war in den Dreißigern, hübsch mit einem perfekten blonden Kurzhaarschnitt, aber jetzt, durch den Stress, sah sie zehn Jahre älter aus. Patrick nahm an, dass sie nach all dem, was sie heute gesehen hatte, sicherlich lange krankgeschrieben werden würde.

»Sie sieht aus wie das Mädchen in den Nachrichten, die Vermisste«, warf einer der Wachleute ein. »Frankie.«

Patrick ignorierte ihn. »Wäre es einfach, ein Kind hier ins Zimmer zu bringen, ohne dass es jemand sehen würde?«

»Wir sind ein geschäftiges Hotel, es kommen und gehen dauernd Gäste. Denke, es wäre nicht besonders schwer.«

»Und wie lange war diese Frau hier?«

»Sie ist gestern angekommen.«

Patrick und Carmella traten zur Seite. »Was sollen wir machen? Wir sollten auf Verstärkung warten, richtig?«, fragte Carmella.

»Sollten wir, aber können wir nicht.«

»Sie meinen, Sie wollen nicht.«

»Es geht nicht ums Wollen, Carmella.«

Bevor sie etwas antworten konnte, ertönte lautes Klopfen vom Hotelzimmer gegenüber, und dann rief jemand: »*Lassen Sie mich hier raus.*«

Patrick hob fragend die Brauen, und Elaine sah ihn kleinlaut an. »Eine Frau versuchte, aufs Dach zu kommen, kurz bevor Sie eintrafen. Wir haben sie zu ihrer eigenen Sicherheit in das Zimmer gesperrt. Sie ist ausgerastet.«

»Öffnen Sie die Tür.«

Der Wachmann schloss auf, und Patrick fand sich Helen Philips gegenüberstehend.

Sie schoss aus dem Zimmer. »Detective Lennon, wo ist sie? Es ist Seans Exfrau, sie ist gar nicht tot, sie hatte sich mit mir angefreundet, sie ...«

»Ich weiß«, sagte er sanft, obwohl er nicht gewusst hatte, dass sie sich mit Helen angefreundet hatte. *O Gott*, dachte er. *Sie weiß das mit Seans Tod noch nicht.* Aber jetzt war auch nicht die richtige Zeit, es ihr zu sagen.

»Sie müssen hier bleiben, Helen«, sagte er. »Wir gehen hinauf aufs Dach. Ich muss herausfinden, ob Frankie okay ist, versuchen, mit ihr zu reden ...«

»Was? Frankie? Sie ist hier?« Fassungslosigkeit spiegelte sich in Helens Gesicht. »Oh. Oh ...«

Sie versuchte, an ihm vorbeizurennen, zum Treppenhaus hin, aber Carmella packte sie.

»Lassen Sie mich los!« Helen weinte jetzt. »Ich muss sie sehen. Frankie, *Frankie*!«

Patrick griff sie am Oberarm und sprach leise zu ihr.

»Helen, bitte, Sie müssen jetzt ruhig bleiben. Und es ist wichtig, dass Sie hierbleiben. Es ist Verstärkung unterwegs. Wir holen Frankie für Sie zurück. Ich verspreche es.«

Sie sah zu ihm hoch, ihre Augen waren tränenüberströmt. Sie lächelte und weinte, überwältigt von der Neuigkeit, dass ihre Tochter lebte, aber immer noch voller Angst. »Sie darf meinem Baby nicht wehtun. O Gott, ich hab sie so sehr vermisst…«

Patrick führte Helen hinüber zu Elaine, die sie wieder in das Zimmer zurückbrachte, in dem sie eingeschlossen gewesen war.

Er ging auf die Treppen zu. So viel war falsch gelaufen in diesem Fall. So viele Fehler waren gemacht worden. Er war sich bewusst, dass dies hier ein weiterer sein konnte. Aber es war ihm unmöglich, jetzt hier zu stehen und auf Verstärkung zu warten, während Penny mit Frankie auf dem Dach war.

***

Sie traten durch eine Tür ins blendende Sonnenlicht. Kleine Bäumchen und Büsche in großen Steintrögen waren in einem Stil angeordnet, der wohl japanisch sein sollte, dachte Patrick. Es gab große Flächen mit grauen Kieseln in quadratischen Mustern, die sich fast über die gesamte Dachfläche zogen. Dahinter lag die Skyline Londons, der großen, grauen Stadt. St Paul's schien zum Greifen nah, als könne man es hochheben. Er konnte bis ganz nach Essex sehen, aber Penny und Frankie sah er nicht.

Ein Mann mit der inzwischen bekannten Hoteluniform, bestehend aus weißem Hemd und blauem Jackett, mit dem Namensschild »Kurt« kam auf sie zugeeilt.

»Polizei? Gott sei Dank.« Er sah über Patricks Schulter. »Hm, wo sind die anderen?«

»Noch unterwegs. Wo ist sie?«

Kurt deutete hinüber zu einer weit entfernten Ecke, die aufgrund der Bäumchen und Büsche und einiger großer Schirme schlecht einzusehen war. »Da drüben. Sie hat ein kleines Mädchen bei sich. Und eine Pistole.«

Patrick holte tief Luft. »Ist dies der einzige Zugang, Kurt?«

»Nein, da gibt's noch den Haupteingang da drüben. Aber wir haben ihn unter Kontrolle.«

»Okay, hören Sie, wenn sie rauskommt, müssen Sie ihr aus dem Weg gehen. Ich will auf keinen Fall, dass jemand hier den Helden spielt, verstanden?«

Kurt hob die Hände. »Machen Sie sich darüber keine Sorgen, nicht bei dem, was sie uns hier zahlen.«

Patrick und Carmella gingen langsam durch den Garten, die Sonne brannte auf ihre Köpfe. Als sie sich der Kante des Daches näherten, konnten sie endlich die Frau sehen, die sie, wie es ihnen vorkam, schon ein Leben lang suchten.

Penny Philips – oder Marion Ellis, wie sie sich jetzt nannte, wie er aus ihrem Facebook-Austausch mit Helen erfahren hatte – stand in der Ecke, mit dem Rücken an eine niedrige Wand gelehnt. Frankie Philips lag zusammengerollt zu ihren Füßen. Er wusste aus eigener Erfahrung, dass kleine Kinder in allen möglichen und unmöglichen Situationen einschlafen können, aber Frankie schien ihm betäubt zu sein. Falls sie überhaupt noch lebte.

Penny, die auf den Boden vor Frankie geblickt hatte, bemerkte sie und warf den Kopf hoch. Gleichzeitig hob sie die Pistole und zielte zuerst auf Patrick, dann auf Carmella, dann wieder auf Patrick.

»Stehen bleiben!«, rief sie. »Nicht einen Schritt näher.« Sie hatte einen komischen Akzent, ein bisschen Australisch, gemischt mit Estuary-English.

Patrick sprach beruhigend auf sie ein. »Penny ... ist es okay, wenn ich Sie so nenne?«

Überraschung huschte über ihr Gesicht, dann täuschte sie Verwirrung vor. »Ich heiße Marion.«

»Nein, Ihr Name ist Penny. Aber wir können Sie Marion nennen, wenn Sie es wünschen. Und ich weiß, Sie haben niemanden verletzt...« Als er das sagte, fiel ihm Jerome ein, der ohne Kopf ein Stockwerk tiefer lag. »Keine Kinder, meine ich. Wie geht es Frankie? Ist sie okay?« Er trat einen Schritt näher. Das Herz sprang ihm fast aus der Brust.

Penny zielte erneut auf ihn. »Ich hab gesagt, keinen Schritt näher!«

Er blieb stehen. Aber jetzt war er ein wenig näher und konnte sehen, wie sich Frankies Brustkorb hob und senkte. Sie lebte. Gott sei Dank.

»Ich bin sicher, Sie haben sich gut um sie gekümmert, oder?«

Sie hielt die Pistole immer noch auf ihn gerichtet, beugte sich dann hinunter und streichelte dem bewusstlosen Kind übers Haar.

»Kleine Alice«, sagte sie. »So ein hübsches Mädchen.«

Patrick und Carmella tauschten einen Blick.

»Sie ist so ein liebes Mädchen«, sagte Patrick. »Und wir wollen nicht, dass ihr wehgetan wird, oder? Warum geben Sie mir nicht die Pistole?«

Penny ignorierte ihn. Stattdessen starrte sie runter auf Frankie. »Mein kleiner Engel. Wir werden für immer zusammen bleiben.«

Mit überraschender Kraft und Geschwindigkeit hob sie Frankie auf, das Kind lag schlaff in ihren Armen, dann trat sie einen Schritt zurück, auf die Kante des Daches zu – und dem dahinter liegenden sechzig Meter tiefen Abgrund.

Patrick und Carmella gingen ein paar schnelle Schritte auf die beiden zu. Scheiße noch mal, wo blieb die Verstärkung? Penny schlang sich Frankie über die Schulter, als wäre sie federleicht, und richtete die Pistole erneut auf Patrick.

»Wo ist Helen?«, fragte sie. »Sie sollte hier sein. Und Sean – den will ich auch sehen. Ich will, dass *sie das hier sehen*.«

Ihre Stimme klang jetzt hart, besonders, als sie Seans Namen sagte oder – besser – ausspuckte.

Patrick sagte: »Helen ist unten. Sie wartet darauf, ihre Tochter zu sehen. Sie werden ihr doch nichts tun, oder?«

Pennys Gesicht wurde dunkel vor Ärger. »Frankie ist nicht mehr ihre Tochter. Sie gehört jetzt mir. Das Miststück verdient kein Kind, und Sean auch nicht. Warum sollte er derjenige sein mit dem perfekten Leben, mit der perfekten Familie? Ich verdiene das. *Ich*. Alles, was ich jemals wollte, war ein Kind, jemanden, der mich liebt. Niemand wird mir Frankie wieder wegnehmen, verstehen Sie?« Sie machte einen weiteren kleinen Schritt zurück zur Kante des Daches. Patricks Magen hob sich vor lauter Anspannung.

Er sagte: »Aber Sie haben doch ein Kind. Alice. Vielleicht können wir was arrangieren, dass Sie Alice sehen können, mit ihr reden, wenn Sie Frankie gehen lassen. *Helen* ist Frankies Mutter. Sie will Frankie unbedingt sehen, Penny. Sie sind doch auch eine Mutter, Sie verstehen das doch, oder?«

»Alice? Das Monster? Die will ich nicht, die ist unrein.«

Wovon sprach sie?

Bevor er eine Antwort parat hatte, sagte Penny: »Ich hab mich mit der Schlampe angefreundet. Helen. Ich wollte sehen, wie sie so ist, warum sie alles hat, was ich nicht habe. Und wissen Sie, was ich herausgefunden habe? Sie taugt nicht als Mutter. Und auch nicht als Seans Frau. Ich hab sie mit Frankie gesehen, sah, wie sie die Geduld verlor, wie sie sie ignorierte und auf ihr Handy starrte. Sie ließ sie allein zu Hause, und sie und Sean sind ausgegangen! Ist das etwas, was eine gute Mutter tun würde? Nein. Nein, auf keinen Fall.« Ihre Augen loderten. »Deshalb musste ich Frankie behalten. Weil sie mir gehört, verstehen sie? *Mir!*«

»Penny, sie ist nicht Ihre Tochter. Sie ist Helens kleines Mädchen. Und Helen liebt sie sehr.«

Penny schüttelte den Kopf. »Nein...«

»*Frankie!*«

Der Schrei ließ Patrick herumwirbeln. Oh, Mist... Es war Helen. Sie rannte quer übers Dach auf sie zu. Diese unfähigen Hotelleute. Sie schrie erneut den Namen ihrer Tochter und stürmte heran. Carmella fing sie ab und hielt sie fest, obwohl sie um sich schlug und kämpfte. Penny starrte sie an, ihre Lippen verzogen sich voller Verachtung, dann lächelte sie.

»Du bist hergekommen«, sagte sie.

»Gib mir meine Tochter zurück!«, schrie Helen. »Was hast du mit ihr gemacht? Frankie. O Gott, ist sie tot?«

»Sie ist okay«, sagte Carmella und hatte alle Hände voll zu tun, um sie zu bändigen.

Penny sagte: »Sie wollte nicht Mama zu mir sagen.«

»Weil du es ja auch nicht bist«, keuchte Helen. »Für sie bist du niemand, genau wie für mich. Ich dachte, du bist meine Freundin! Aber du bist nur... nur ein verdammter Geist bist du.«

Penny lächelte. »Das ist ja nur, weil du ihr eine Gehirnwäsche verpasst hast. Du hast sie vergiftet, gegen mich aufgebracht. Weißt du, wie schwer es für mich war, zu beobachten, wie schlecht du sie behandelt hast?«

»*Was?*«

»Ich hab dich gesehen, euch alle. Und wie du im Fitnesscenter über sie gesprochen hast, immer nur gejammert, darüber, wie müde du bist und wie sehr du dir eine Pause wünschst. Nun, jetzt hast du, was du wolltest. Und ich will, dass du ihr das sagst. Du bist nicht mehr ihre Mutter. Das bin ich jetzt. Sie gehört zu mir.«

»Nein!«

»Meine«, sagte Penny wie zu sich selbst.

Sie trat noch einen Schritt rückwärts zum Abgrund, drehte ihr Gesicht und küsste Frankies Kopf – und dann rastete Helen völlig aus. Sie riss sich von Carmella los und raste auf Penny und Frankie zu.

»Gib sie mir!«

Patrick stellte sich ihr in den Weg, aber sie wich ihm mühelos aus und stürzte auf Penny los, die überrascht aufschrie.

Patrick, der die beiden sah, fühlte, wie die Kugel seine Schulter streifte, lange bevor er den Schuss hörte. Hinter sich hörte er ein Japsen, und er schrie auf.

»Carmella!«

Sie lag am Boden, ein Blutfleck breitete sich wie eine Blume auf ihrem weißen Hemd aus. Ihre Augen standen offen, ihre Lippen bewegten sich. Sie hob den Arm und zeigte über seine Schulter. Helen schlug sich mit Penny und versuchte, ihr Frankie zu entreißen. Patrick rannte zu den beiden hinüber – und im gleichen Moment wehte ihn eine Böe aus Lärm und Wind fast vom Dach.

Ein Polizeihubschrauber stieg über die Dachkante auf, das Röhren seiner Rotoren erfüllte die Luft, und er schwebte auf gleicher Höhe mit Patrick und den kämpfenden Frauen. Patrick hob die Arme und deutete auf Carmella, die immer noch ausgestreckt auf dem Boden lag, er versuchte, das Dröhnen zu übertönen, aber nicht mal er selbst konnte seine Stimme hören. Der Hubschrauber drehte sich, und die Polizisten darin gestikulierten und versuchten sich ebenfalls verständlich zu machen.

Und dann passierte alles auf einmal. Helen spuckte Penny ins Gesicht. Der Schock darüber ließ Penny den Griff lockern. Helen fiel auf den Rücken und Frankie auf sie drauf. Penny zielte mit der Pistole auf sie und krümmte den Finger am Abzug.

Schreiend sprang Patrick sie an und schlug ihr die Pistole

aus der Hand. Sie flog über den Boden. Penny bückte sich und wollte sie aufheben, aber Patrick griff nach ihr, und sie stolperte, knickte zur Seite um und fiel über die Dachkante. Sie konnte sich gerade noch dort halten und hing an der niedrigen Begrenzungsmauer des Daches.

Sie schrie laut, das Geräusch war gerade noch über den Lärm des Hubschraubers hinaus hörbar. Patrick griff ihre Arme und hielt sie. So verhinderte er, dass sie fiel. Ihre Augen waren vor Angst weit aufgerissen, er hielt ihre Ärmel so fest er konnte, aber sie war zu schwer. Er konnte sie nicht halten.

Ihr Gesichtsausdruck veränderte sich, wurde jetzt ganz ruhig. Sie wusste, es war vorbei.

»Nicht loslassen!«, schrie Patrick. Aber er konnte sie nicht halten, nicht, ohne dass sie ihn mit sich reißen würde.

Sie schrie ihm etwas ins Ohr.

Und dann fiel sie, ihr Körper überschlug sich, die Seite des Gebäudes hinunter, prallte auf einem Fenstersims auf, drehte sich und fiel tiefer auf die glänzenden Autodächer der unten geparkten Autos zu. Er sah weg, bevor sie auf dem Boden aufschlug.

KAPITEL 46
PATRICK – TAG 7

In der Ruhe, die auf das Gewitter folgte, setzte sich Patrick auf den Rand eines riesigen Tontopfs, in dem eine kleine Palme wuchs, und dachte über die nächsten Schritte nach: Carmella, Helen und Frankie waren ins Krankenhaus gefahren worden. Helen wusste immer noch nichts davon, dass ihr Mann tot war. Alice hielt sich immer noch bei Larry auf, und auch ihr musste man bald davon erzählen. Obwohl Frankie jetzt in Sicherheit war, fühlte sich Patrick weiterhin wie benommen vom Schock und der Verzweiflung... So viele Leben waren verloren oder ruiniert worden. Die arme kleine Izzy, Koppler, Sharon Fredericks, Sean, Georgia und ihr ruiniertes Gesicht, Alice und ihr ruiniertes Leben.

Jerome Smith – na ja, das war kein großer Verlust für die Gesellschaft. Selbst sein blöder Köter war tot. Bei den Einwohnern der Kennedy-Siedlung würde es sicher einen großen Seufzer der Erleichterung hervorrufen. Einer der Kollegen hatte den Hund auf dem Rücksitz von Smiths Auto gefunden. Zwar hatte Smith das Fenster einen Spalt offen gelassen, aber das war nicht genug gewesen bei den fünfundzwanzig Grad Hitze des Sommertags, und der Hund – Beyoncé?, Jessie J?, nein, Rihanna hieß er doch, oder? –, Rihanna war nun dehydriert, geschrumpft und tot.

Dann war da noch Eileen, die sich wohl auch nicht mehr erholen würde. Penny hatte etwas in Patricks Ohr geschrien in dem Moment, als sie fiel. »Sag Eileen, dass sie an allem schuld ist.« Er fragte sich, was sie damit meinte. Hatte Eileen ihnen allen das Leben zur Hölle gemacht, und war Penny deshalb damals weggegangen? Oder gab es da noch etwas Schwerwiegenderes?

Er erhob sich, immer noch wackelig auf den Beinen. Er verstand nicht, warum Sean sich aufgehängt hatte, nachdem er Pennys Foto gesehen hatte – aber er war sich recht sicher, wer ihm das würde erklären können. Er ließ die auf dem Hoteldach herumflitzenden Spurensicherer, die im hellen Sonnenlicht mit ihren riesigen Papierüberschuhen vollkommen fehl am Platze wirkten, hinter sich und fuhr zurück zum Haus der Philips.

Er läutete an der Tür des großen Hauses, das Echo der Klingel ließ ihn die Leere darin fühlen. Sicherlich würde es innerhalb der kommenden Wochen auf dem Immobilienmarkt landen, da war er sich sicher. Helen und Alice würden hier keinen Fuß mehr reinsetzen wollen. Plötzlich war er für sein eigenes Leben sehr dankbar, wie unvollkommen es auch immer war. Das Haus seiner Eltern war klein und eng, und sein eigenes Haus hatte er an zwei bulgarische Tanzlehrer vermietet, aber sonst? Sein Zuhause war da, wo Bonnie war, sie und ihre wunderschöne lebensbejahende Energie. Nichts anderes war von Bedeutung, nichts! Er schüttelte den Kopf und sah im gleichen Moment eine Bewegung hinter den Milchglasscheiben der Eingangstür. Er musste ein bisschen vorsichtiger werden, sonst würde ihn dieser Hippieblödsinn noch dazu bringen, sich in safranfarbene Tücher zu hüllen und mit Glöckchen an seinen Fußknöcheln singend durch die Straßen zu laufen... Er bückte sich und sah durch den Briefkastenschlitz. Ein großer Koffer stand auf dem Schachbrettmuster der Flurfliesen.

»Mrs Philips, sind Sie da? Ich muss mit Ihnen reden. Ich bin's, DI Lennon, bitte machen Sie auf.«

Alles blieb still, aber er konnte verdächtigen Zigarettenrauch riechen, und nach einer Minute hörte er ein langes Schniefen.

»Mrs Philips, Eileen, öffnen Sie bitte.«

Eileen erschien in Rahmen der Esszimmertür und kam den Flur entlang auf ihn zu. Selbst durch den schmalen Briefkastenschlitz konnte er erkennen, dass sie eine gebrochene Frau war. Ihre stürmische und stolze Haltung war verschwunden, übrig geblieben war nur die Hülle einer Person, jemand, der aussah, als sei alles Blut und Mark aus seinem Körper herausgesogen und durch Kummer und Sorgen ersetzt worden. Ihr Haar hing schlaff herunter, ihr Gesicht war ohne Make-up und geisterhaft blass. Wortlos, und ohne ihn anzusehen, öffnete sie die Tür und ging zur Seite, damit er eintreten konnte.

»Es gibt gute Neuigkeiten«, sagte Patrick sanft und steuerte sie zurück in die Küche, zu einem Stuhl am Küchentisch. »Wir haben Frankie gefunden, sicher und anscheinend unverletzt. Sie ist jetzt bei Helen im Hospital. Sie werden beide untersucht.« Als er das Krankenhaus erwähnte, fühlte er sich gleich schuldig, dass er nicht an Carmellas Seite war. Aber sie war ein Profi, sie würde es verstehen. Gott sei Dank war ihre Schusswunde nur eine Fleischwunde.

Eileen brachte ein mattes Lächeln zustande.

»Penny hatte sie, oder?«, flüsterte sie. Es war mehr eine Feststellung als eine Frage.

»Haben Sie das gewusst?« Patrick wandte sich um, um ihnen beiden ein Glas Wasser zu holen und um Eileen nicht sehen zu lassen, wie wichtig ihm die Antwort war.

»Nein. Nicht, bis ich das Foto auf Ihrem Handy gesehen habe. Wo ist Penny jetzt?«

»Wann haben Sie sie zuletzt gesehen, Mrs Philips?«

»Meine Tochter ...«

»Ja, Ihre Exschwiegertochter«, sagte Patrick und gab ihr ein Glas kaltes Leitungswasser. Sie nahm es und hielt es vor ihre Brust. Ihre von Altersflecken übersäte Hand zitterte, und sie schaffte es nicht bis zu den Lippen.

»Nein. Sie war meine Tochter.«

»Sie müssen ihr sehr nahe gestanden haben, wenn Sie sie als ihre Tochter betrachteten?«

Oh, Scheiße, dachte Patrick. *Dies wird also ein weiterer schmerzlicher Verlust für die arme Frau sein.* Er hatte sich zwar nicht für Eileen erwärmen können, aber diese Art emotionaler Verzweiflung wünschte er niemandem, nicht mal Winkler. Ein plötzliches Geräusch ließ sie beide aufschrecken, aber es war nur der große rote Kater, der seinen Fressnapf über den gefliesten Boden im Hauswirtschaftsraum schob.

»Nein, sie war meine Tochter. Meine richtige Tochter.«

Irgendwas in Eileens Stimme ließ Patrick stutzig werden.

»Ihre ... ich meine, Sie haben sie geboren?«

Eileens Kinn sank auf ihre Brust, als sie nickte, zu verstört für Tränen. Sie schien nicht ganz bei sich zu sein. Patricks Atem schien ihm in der Lunge stecken zu bleiben.

»Aber – ist sie nicht Alices Mutter?«

Ein weiteres kurzes Nicken.

»Und Sean ... ist er nicht Ihr Sohn? Ist er Ihr Schwiegersohn?« Patrick fragte sich, wie er das alles missverstanden haben konnte.

Die Wanduhr tickte laut in der entstandenen Stille, als wenn sie erst jetzt das Verstreichen der Zeit messen und den Zusammenbruch einer Familie kundtun wolle.

»Bitte erklären Sie mir das noch mal, Mrs Philips. Tut mir leid, aber ich bin jetzt ein bisschen durcheinander. Ich nahm an, dass Sean Ihr leiblicher Sohn war. Wie kann es angehen, dass Sie dann auch Philips heißen?«

Eileen setzte sich auf, das Wasserglas rutschte ihr aus der Hand, rollte von ihrem Schoß und zerschellte auf dem Natursteinboden in eine Million Glassplitter.

Ihr Schoß war jetzt voller Wasser, das durch das dünne Polyestergewebe ihres Rockes hindurch auf den Boden tropfte, als würde sie es durch ein Musselintuch seihen. Der Kater schoss voller Panik wie ein gelb-roter Blitz an ihnen vorbei in den Flur, und der Lärm des zerbrechenden Glases und des tropfenden Wassers hallte in Patricks Ohren wider. Er wusste, er sollte aufstehen und Lappen, Kehrschaufel und Besen holen, sie beruhigen, aber er wollte den Bann jetzt nicht brechen. Er war so nah dran, alles zu verstehen – endlich.

»Eileen?«

Sie drehte sich mit feuchten und todunglücklichen Augen zu ihm um.

»Sean ist... war... mein leiblicher Sohn. Mein jüngstes Kind.«

Patrick öffnete den Mund, um etwas zu erwidern, aber sie fuhr fort, während sie mit der Handkante das Wasser auf ihrem Kleid verwischte.

»Ich weiß, ich hatte Ihnen erzählt, dass ich nur ein Kind habe. Das stimmt nicht. Ich bekam zuerst Penny, fünf Jahre zuvor, 1970. Das war ungeplant. Ich war erst siebzehn und verliebt. Ich hatte ihren Vater Horace in einem Butlins-Ferienlager getroffen. Er war der erste schwarze Mann, mit dem ich je gesprochen habe. Natürlich wollte ich nicht schwanger werden, und ich habe auch gar nichts davon bemerkt, bis ich schon im sechsten Monat war. Horace war schon lange weg. Ich hab das Baby dann zur Adoption freigegeben. Meine Eltern waren furchtbar wütend auf mich, ganz besonders, als sie erfuhren, dass das Baby ein Mischling sein würde. Aber so was sagt man heute nicht mehr, richtig? Gemischtrassig. So ein Unsinn...«

Jetzt war wieder eine Spur des alten Temperaments in ihrer Stimme, eine kleine Spur. Patrick lehnte sich zurück, und mehr und mehr Puzzleteile aus Eileens Geschichte machten mit einem Mal Sinn.

»Und dann, Mrs Philips? Oder kann ich Eileen zu Ihnen sagen?«

Wieder ein kurzes Nicken. Patrick reichte ihr ohne Worte ein Gästehandtuch, und sie legte es auf ihren Schoß, um das Wasser aufzusaugen, als wäre sie in einem Restaurant, und das wäre eine Serviette.

»Ich hab das nicht gewusst«, sagte sie, und wieder wurde ihre Stimme leiser bis zu einem Flüstern. »Ich hab doch nicht gewusst, dass ihre Adoptiveltern sie Penny genannt hatten. Für mich war sie Tracey gewesen. Ich habe versucht, sie zu vergessen, und heiratete Seans Vater 1973, im Jahr darauf wurde Sean geboren. Er war ein guter Mann. Hugh hieß er, und er starb an einem Aneurysma, als Sean sieben Jahre alt war. Ich hab nie wieder was von Penny gehört. Ihn vermisse ich immer noch. Im Gegensatz zu dem schwarzen Bastard, entschuldigen Sie meine Ausdrucksweise, aber danach konnte ich die Farbigen nicht mehr leiden.«

Patrick versuchte, sein Zusammenzucken angesichts des unverhohlenen Rassismus zu unterdrücken.

Eileen seufzte, und ihre Lippen zitterten. »Das war es wohl, weshalb Sean sie niemals mit nach Hause brachte, um sie mir vorzustellen, weil sie ein Mischling war und er wusste, dass ich damit nicht einverstanden sein würde. Ich wusste nichts davon, ich schwöre es!« Ihre Stimme wurde lauter. »Während der Zeit hatten wir nicht viel Kontakt. Ich wusste nicht einmal, dass er eine Freundin hatte und dass sie zusammengezogen waren. Das Nächste, was ich hörte, war dann, dass sie schwanger war, und sie sind durchgebrannt und haben geheiratet. Ich war so ärgerlich und zornig darüber.«

»In welchem Jahr haben Sean und Penny geheiratet, Eileen?«

Sie dachte einen Moment lang nach, Tränen rannen ihr übers Gesicht. »Wie alt ist Alice? ... fast sechzehn ... also dann muss es 1997 gewesen sein. Aber ich habe Alice auch erst Jahre später getroffen.«

»Wann haben Sie gemerkt, wer Penny wirklich war?«

Eileen nahm einen tiefen Atemzug. »Ich hab sie dann irgendwann einfach besucht, ich hatte die Nase voll davon, dass sie sich nicht meldete. Und da stand sie dann. Sie war genauso schockiert, mich zu sehen, wie ich sie.«

»Was meinen Sie damit?«

»Ich hatte sie schon vorher gesehen. Sie hatte mich aufgesucht, um die Frau kennenzulernen, die sie geboren hatte. Stand einfach eines Tages vor der Tür, einen Tag, nachdem sie mich gefunden hatte. Und ... ich hab sie weggeschickt. Ich wollte sie nicht sehen, wollte davon nichts wissen und nicht daran erinnert werden, an meine Fehler. Das können Sie mir nicht vorwerfen.«

Patrick sagte nichts.

»Sie muss Sean kennengelernt haben, nachdem sie mein Haus verlassen hatte. Sie ging anscheinend, nachdem ich sie weggeschickt hatte, in den Pub um die Ecke, weil sie einen Drink brauchte, und da traf sie dann Sean. Sie hat mir später geschworen, dass sie keine Ahnung hatte, wer er war. Aber ich weiß nicht. Ich hab in einer meiner Zeitschriften gelesen, dass Menschen häufig von anderen Menschen angezogen werden, denen sie ähnlich sind. Vielleicht hat sie ... unbewusst ... etwas an ihm wiedererkannt. Wurde vom eigenen Blut angezogen oder so was.«

»Und was haben Sie getan, als Sie erkannten, dass die beiden zusammen waren?« Sie tat Patrick leid. Alle taten ihm leid.

Eileen legte den Kopf in ihre Hände und erschauderte bei der Erinnerung.

»Ich hab sie angeschrien. Ich war so zornig. Wenn Sean sie bloß früher nach Hause mitgebracht hätte, oder wenn er ein Sohn gewesen wäre, der ein Foto seiner Mutter in seiner Wohnung aufstellt, dann wäre dies alles nie passiert. Ich hätte sie warnen können, dass das Inzest ist und dass sie es beenden müssen.«

»Aber er hat es nicht getan, weil er wusste, Sie würden ärgerlich werden, weil sie halb schwarz war«, sagte Patrick verständnisvoll. »Was für eine Bescherung.«

»Ja, Bescherung trifft es wohl. Ich hab ihnen dann eröffnet, dass sie Halbgeschwister seien.«

»Wie haben sie es aufgenommen?«

Sie lachte freudlos. »Schockiert, offensichtlich. Entsetzt, Penny ist verrückt geworden. Ich glaube, sie war schon vorher ein bisschen instabil, aber das hat ihr den Rest gegeben. Sie ist einfach verschwunden, ließ Alice bei Sean und sagte, sie sei ein Freak und sie wolle mit ihnen beiden nichts mehr zu tun haben ... Sie verschwand nach Australien, und wir haben sie nicht wiedergesehen.«

»Warum hat Sean allen Leuten gesagt, dass sie tot sei?«

Eileen ließ den Kopf wieder sinken. »Er konnte sie nicht finden, um sich scheiden zu lassen. Er war so frustriert. Er hatte sie wirklich geliebt. Und ich fühlte mich so schuldig, dass ich es ihnen versaut hatte, vielleicht hätte ich besser nichts gesagt. Aber dann hätten sie vielleicht noch mehr Kinder bekommen, und die wären dann eventuell im Kopf nicht richtig gewesen, obwohl Alice doch völlig normal scheint ... Jedenfalls wollte er nicht, dass Alice etwas erfuhr, und er wollte ihr auch nicht sagen, dass ihre Mutter sie einfach verlassen hatte. Deshalb hat er alle Fotos verschwinden lassen und allen Leuten gesagt, dass Penny nach Australien gegangen ist, um dort für sechs Monate zu arbeiten, und während dieser Zeit sei sie dort bei einem Verkehrsunfall umgekommen. Alice war doch noch ein Kleinkind; es war besser für sie, aufzuwachsen und zu denken, ihre Mama sei tot, als die Wahrheit zu erfahren. Er sorgte sich schon darum, dass Penny irgendwann einfach auftauchen würde, aber das passierte nicht. Jedenfalls nicht bis jetzt. Ich hasse sie dafür, was sie Sean und Alice angetan hat, diese Verrückte.« Eileens Stimme wurde lauter, bis sie fast schrie.

Patrick holte tief Luft. Penny war wohl wirklich psychisch krank. Er erinnerte sich daran, wie sie auf dem Dach stand und Frankie mit Alice ansprach. Vielleicht hatte sie gehofft, eine zweite Chance zu bekommen, mit Frankie das zu erleben, was ihr mit Alice nicht vergönnt war? Die beiden Mädchen sahen sich ähnlich in der Art, wie sich auch Penny und Helen ähnelten.

»Jetzt ist sie tot, Eileen. Sie ist heute Morgen gestorben, sie sprang vom Dach des Hotels, als wir Frankie befreiten. Es tut mir sehr leid.«

»Auf Nimmerwiedersehen«, sagte Eileen, aber die Worte gingen in einem Schwall von Seufzern unter, und sie sackte nach vorn auf ihren nassen Schoß. Alles, was Patrick tun konnte, war, ihr voller Mitgefühl die Hand auf die Schulter zu legen.

Wenn es einfacher für Eileen war, Penny die Schuld zu geben, warum sollte er ihr widersprechen?

Endlich setzte sich Eileen wieder auf und griff nach Patricks Handgelenken. »Sie müssen mir etwas versprechen«, sagte sie und sah ihm direkt in die Augen. »Sie sind jetzt der einzige Mensch auf der Welt, der alles weiß. Nur Sie und ich, sonst niemand. Versprechen Sie mir, dass Sie es niemandem erzählen werden, niemals. Versprechen Sie es. Es würde Alice umbringen. Das arme Mädel hat doch schon ihren Vater verloren. Ersparen Sie ihr, dass sie jetzt auch noch ihre wirkliche Mutter verloren hat. Ich will nicht, dass sie erfährt, dass Penny sie gehasst hat. Versprechen Sie's?«

Patrick zögerte. Wie sollte er seinen Bericht schreiben, ohne das hier alles zu erwähnen? Dieses entscheidende Detail? Und Eileen würde doch auch eine Aussage machen müssen. Ihre Augen flehten ihn an, und er musste plötzlich unwillkürlich an Gill denken, wie sie in der geschlossenen Abteilung war und alles nur aufgrund einer übereilten, lebensruinierenden Tat.

Er war hin und her gerissen. Er konnte sich vorstellen, wie am Boden zerstört Alice wäre, wenn sie die Wahrheit erführe. Aber er war Polizist, Detective. Es war seine Aufgabe, die Wahrheit ans Licht zu bringen.

Eileen starrte ihn verzweifelt an. »Bitte, Detective. Bitte behalten Sie es für sich.«

Als er hinausging, schluchzte sie immer noch. Er hatte keine Ahnung, was er tun sollte.

KAPITEL 47
PATRICK – EINIGE TAGE DANACH

Bonnie saß auf der Bettkante, ihre kleinen nackten Beinchen und Füßchen gerade vor sich ausgestreckt, und beobachtete mit ernster Miene, wie sich Patrick ankleidete. Schwarzer Anzug – den hatte er zuletzt bei Gills Prozess getragen. Weißes Hemd, das am Vorabend besonders sorgfältig von Mairead gebügelt worden war, eine für diese Gelegenheit noch schnell beim ASDA gekaufte schwarze Krawatte und glänzende schwarze Schuhe.

»Papatzick«, bemerkte sie und nahm für ihr Kompliment kurz den Daumen aus dem Mund.

»Danke, Liebes. Ich muss heute auch gut aussehen.«

»Warum, Papa?«

»Ich gehe zu … einem netten Mann, um mich zu verabschieden. Er hatte es nicht leicht …«

»Oh. Bring Bonbons?«

Patrick lächelte seiner Tochter im Spiegel zu, als er den steifen neuen Schlips zurechtrückte. *Bring Bonbons.* Er könnte ihrer Stimme den ganzen Tag lang zuhören. Vielleicht sollte er sie auf sein Handy aufnehmen, dann könnte er es sich anhören, um Stress abzulassen, wenn Winkler sich wieder einmal wie ein Arsch benahm. »Okay, wenn du brav bist bei Oma.«

»Ja, brav sein.« Bonnie neigte gnädig den Kopf.

»Das ist gut«, sagte Patrick und fuhr ihr übers Haar, als er das Zimmer verließ.

***

Eine Stunde später schlüpfte er in eine der letzten Bankreihen einer hübschen Kirche mit Galerie im viktorianischen Stil, die Sonnenbrille noch auf der Nase, die ihn rettete, als er sich draußen durch die Ansammlung von Paparazzi gekämpft hatte. *Die armen Philips-Frauen, die das jetzt durchmachen müssen,* dachte er. Und da waren sie, vorn in der ersten Reihe, ihre Hinterköpfe starr, während sie geradeaus blickten. Eileen und Helen trugen beide große Hüte, und als sich Eileen vorbeugte, um etwas zu ihrer Schwiegertochter zu sagen, stießen die Krempen aneinander, und die beiden zuckten zurück, als hätten sie sich verbrannt.

Offensichtlich wusste Helen von nichts, vermutete Patrick. Sicher nicht, sonst hätte sie nicht zugelassen, dass Eileen sich neben sie setzte. Der Gedanke daran, wie viel Eileen oder auch er selbst noch zerstören konnten im Leben von Helen und Alice... ließ Patricks Magen vor Unbehagen rumoren.

Frankie saß auf Helens Schoß. Selbst von hier hinten aus konnte Patrick erkennen, dass Helen sie die ganze Zeit fest im Arm hielt. Sie trug ein hübsches Kleid mit Blümchenmuster, und eine kleine Stoffblume war in ihren schwarzen Locken. Es war recht ungewöhnlich für ein so kleines Kind, bei einer Beerdigung dabeizusein, aber Patrick war sich sicher, dass Helen Frankie nicht für eine Sekunde aus den Augen lassen würde. Er konnte ihr daraus keinen Vorwurf machen.

Inzwischen hatte ein Kinderpsychologe mit Frankie gesprochen, gleich nachdem sie gefunden worden war, um herauszufinden, wie Penny sie behandelt hatte, und auch um festzustellen, ob sie auf irgendeine Art sexuell missbraucht worden war. Das arme Kind hatte ein paar verstörende Einzelheiten verraten, wie etwa, dass sie im Dunkeln eingesperrt worden war, und dann noch etwas über ein Kätzchen mit »Aua«. Blutuntersuchungen hatten ergeben, dass Penny Frankie immer wieder kleine Dosen Beruhigungsmittel gegeben hatte, um sie ruhigzustellen und zum Schluss sogar bewusstlos zu machen. Patrick wies den Psychologen an, Frankie nach der Zeichnung zu fragen, der mit dem Gesicht am Fenster, aber Frankies Antworten waren nahezu unverständlich. Irgendetwas über einen Geist, der draußen im Lampenmast wohnte und zu ihr herübersah.

»Ich nehme an«, sagte der Psychologe, »dass Frankie Penny draußen gesehen hat, als sie das Haus beobachtete. Ich hab Frankie gefragt, ob sie nachts gerne aus dem Kinderzimmerfenster schaut, und sie sagte Ja.«

Und der wachsame Nachbar, der auch Larry am Abend der Entführung gesehen hatte, bestätigte, dass er Frankie manchmal nachts aus ihrem Fenster hatte blicken sehen. Patrick war überrascht, dass Penny riskiert hatte, von Sean gesehen zu werden – Helen hatte erklärt, dass die Frau, die sie als Marion kannte, in der kurzen Zeit, die sie sich kannten, niemals bei ihr zu Hause gewesen war. Aber anscheinend hatte sie sich nicht zurückhalten können, die Familie, von der sie wie besessen schien, von draußen verkleidet zu beobachten. Und schließlich hatte sie ja auch Georgia in der Nacht gesehen, als sie Frankie wegbringen wollte.

Patrick konzentrierte sich wieder aufs Hier und Jetzt. Alice saß etwas abseits von Helen, Eileen und Frankie. Larry hatte die Arme eng um sie geschlungen und massierte ihr den Rücken, als würde sie frieren. Sie hatte ihr Gesicht seitlich in den Stoff seines billigen glänzend grauen Jacketts vergraben, als könne sie den Anblick des lilienbedeckten Sarges ihres Vaters nicht ertragen, der genau in ihrer Blickrichtung aufgebahrt war.

Um sie herum füllte sich die Kirche, während die Orgel leise Beerdigungsmusik dudelte, was Patrick immer durch und durch ging. Unter den Trauergästen waren eine Menge Paare, wahrscheinlich Freunde der Philips, alle so um die dreißig, unsicher wirkend, in glänzenden Kleidern oder steifen Anzügen.

Einige gingen nach vorn, um leise mit Helen zu sprechen – er konnte sehen, wie ihr Hut dankend wippte –, aber die meisten rutschten geräuschlos in die Kirchenbänke. Viele der Frauen weinten bereits.

Gott, wie er Beerdigungen hasste.

Das Einzige, was ihn tröstete, war das Wissen, dass er selbst keine hatte erleben müssen, keinen kleinen weißen Sarg und die Trauer, die niemals gelindert werden konnte, solange man lebte. Bonnie lebte, wuchs, lernte und entwickelte sich von einem Baby zu einem kleinen Mädchen. Lebendig und gesund.

Patrick musste schlucken, er hatte einen Frosch im Hals. Die Frau neben ihm, eine schlanke, bezaubernde Rothaarige in den Vierzigern, reichte ihm ein Taschentuch.

»Oh, danke, aber… mir geht's gut«, sagte er hustend. »Ich hab nur was im Auge, echt.«

Sie rollte mit den Augen und bot ihm weiterhin das Tuch an, deshalb nahm er es und stopfte es mit einem einfältigen Grinsen direkt in die Tasche.

»Schockierend, nicht wahr?«, fragte die Frau. »Waren Sie ein Freund von Sean?«

Patrick nickte flüchtig in der Hoffnung, dass sie nicht weiter in ihn dringen würde.

»Und Sie?«, fragte er.

»Ich bin eine Kollegin von Helen, eine befreundete Redakteurin«, sagte sie. »Liz Wilkins. Hab sie nicht oft gesehen, seit sie vor einigen Jahren in Mutterschaftsurlaub gegangen war, aber natürlich hab ich sie angerufen, als ich hörte, was mit der kleinen Frankie passiert war. Was sie durchgemacht hat! Und jetzt erfahre ich…«, sie flüsterte jetzt verschwörerisch, »… dass es Seans Ex war, die sie entführt hat, und die ist jetzt auch tot?«

Es hörte sich ganz einfach an, wenn man es so zusammenfasste, dachte Patrick, und nickte nochmals in der Hoffnung, dass sie ihn nun in Ruhe lassen würde. Aber sie machte weiter, verstand wohl sein Schweigen als unausgesprochenes Einverständnis. »Gott sei Dank waren es nicht diese Verrückten, die die anderen Kinder entführten, das wäre noch schlimmer gewesen. Und Gott sei Dank ist Frankie okay. Ich meine, sehen Sie sie sich an, das niedliche kleine Schnuckelchen. Aber nun muss sie ohne Vater aufwachsen. Er war so ein reizender Mann…«

Liz' Stimme versagte, und Tränen stiegen in ihre Augen. Patrick gab ihr wortlos das Taschentuch zurück, dabei dachte er sich… *wenn Sie nur wüssten.* Zu seiner großen Erleichterung hörte jetzt die dudelnde Orgel auf zu spielen. Ein junger Vikar kam herein und stellte sich vor Seans Sarg, bevor Liz mit ihrem Gejammer weitermachen konnte.

»Herzlich willkommen, liebe Gemeinde, zu diesem traurigen Anlass«, sagte der Vikar und breitete die Arme aus, um den Beginn des Gottesdienstes anzukündigen.

Irgendwann stand Alice auf, um ein Gedicht zu verlesen, was immer wieder bei Beerdigungen vorgetragen wurde, wo es darum ging, die Uhren anzuhalten. *Vier Hochzeiten und ein Todesfall* hatte hier einiges angerichtet, dachte Patrick, und war voller Mitgefühl für das Mädchen, als sie sich durch die ersten Zeilen stotterte, bevor sie in einen Weinkrampf ausbrach und aus der Kirche rannte, Larry hinterher. Die versammelte Gesellschaft konnte ihr Weinen trotz der Doppeltüren hören, die zu den Toiletten führten, und sofort begannen noch ein paar andere Trauernde laut zu schluchzen. Der Vikar lächelte unaufrichtig und las dann das Gedicht zu Ende vor.

Dann erhob sich Helen, um zu sprechen, dabei übergab sie Frankie an Eileen und stellte sich neben Seans Sarg, zwei beschriebene DIN-A4-Seiten in der Hand. Sie sah recht gut aus, dachte Patrick. Ihr Haar lugte wie ein glattes, glänzendes Blatt unter der Hutkrempe hervor, und ihr korallenfarbener

Lippenstift passte farblich zu ihrem Kleid und den Schuhen – die Familie hatte das traditionelle Schwarz vermieden zugunsten einer in lebensbejahenden, kräftigen Farben gehaltenen Kleiderordnung. Nur die schwarzen Schatten unter ihren Augen konnten ihren Kummer nicht verbergen.

Sie zögerte, öffnete dann den Mund, um vorzulesen, was auf den Blättern stand, dann schloss sie ihn wieder, knüllte die beschriebenen Seiten zusammen und ließ sie auf den Marmorboden fallen. Alle hatten sich ein bisschen aufgerichtet, als sie endlich zu sprechen begann, mit kräftiger Stimme, unbeirrt – und voller Zorn. Sie sprach direkt zum Sarg ihres Mannes.

»Sean Adrian Philips« – Patrick war nie aufgefallen, dass die Initialen des Verstorbenen SAP lauteten –, »ich werde dir niemals vergeben, was du uns angetan hast.«

Die Versammlung japste entsetzt nach Luft. Patrick fragte sich, ob sie das Gleiche gesagt hätte, wenn Alice noch im Raum gewesen wäre. Wahrscheinlich nicht. Das Papierknäuel auf dem Boden enthielt ganz sicher einen ganz anderen Wortlaut.

»Diese letzten beiden Wochen sind wir durch die Hölle gegangen, es waren die furchtbarsten zwei Wochen meines ganzen Lebens. Und als wir endlich unser Baby zurückbekommen, tust du mir das an? Du …« Ihre Lippen kniffen sich zusammen wie der Anus einer Katze, als wollten sie ein »B« für *Bastard* formen, aber im letzten Moment schien sie sich zu erinnern, wo sie war: in einer Kirche. »… Feigling«, zischte sie hinüber zum Sarg. »Das werde ich dir niemals vergeben, niemals.«

Keuchen und Schluchzen hallten von den Dachbalken des Kirchendachs zurück. Und dann drehte sich Eileen um. Sie hielt immer noch Frankie in den Armen und starrte Patrick direkt an, obwohl er sich fast in der letzten Reihe befand. Ihre Augen bohrten sich wie ein Laser in ihn hinein. Andere Leute folgten ihrem Blick, um festzustellen, wen sie ansah, und Patrick rutschte unruhig auf der Bank hin und her. Die Bedeutung dieses Starrens hätte nicht deutlicher sein können: ERZÄHLEN SIE IHR BLOSS NICHTS.

Erzählen sie dieser trauernden, zornigen Frau, die vollkommen verzweifelt und leer von Tränen ist, dass ihr Mann sich wegen seiner Tochter, ihrer Stieftochter, das Leben genommen hat, weil sie das Ergebnis eines Inzests war. Weil er seine Halbschwester geheiratet hatte, weil er nicht gewusst hatte, dass diese Frau zurückgekommen war und jetzt mit Helen befreundet gewesen war, weil er nicht mit der Schuld und der Scham leben konnte, dass all das ans Tageslicht kommen würde. Oder vielleicht noch schlimmer, weil er feststellte, dass er immer noch seine erste Frau liebte und nicht ohne sie leben konnte? Das würden sie niemals sicher wissen.

Patrick starrte zu Boden. Liz Wilkins stieß ihn an. »Warum starrt Seans Mutter Sie so an?«

»Geht Sie gar nichts an«, hätte er gerne gesagt, aber vielleicht hatte er es auch laut gesagt. Er war sich nicht sicher. Wie auch immer, sie war endlich still und ließ ihre Hand fallen, als hätte sie sich an seinem Arm verbrannt. Sein Handy vibrierte in der Tasche, und er holte es heraus, um nachzusehen, wer es war. Irgendeine unterdrückte Nummer hatte ihm eine Nachricht hinterlassen; würde er sich später anhören.

Irgendwann drehte sich Eileen wieder nach vorn. Helen stampfte zurück zu ihrer Bank und nahm Frankie wieder zu sich. Sie hielt sie so fest, dass sie strampelte und zu weinen begann.

Wenn ich es ihr sage, wird sie vielleicht verstehen, warum er es getan hat, und ihm vergeben, überlegte Patrick. *Ich muss es ihr sagen. Wie soll ich es verhindern, dass alles bei Georgias Verhandlung herauskommt?*

Es hatte damit nichts zu tun. Es musste nicht herauskommen. In Georgias Verhandlung, wenn sie erst einmal wieder gesund genug war, eine durchzustehen, würde es um Drogenhandel und versuchte Kindesentführung gehen.

Helen musste es aber erfahren.

Schweißperlen sammelten sich auf seiner Stirn. Jetzt standen alle auf, um ein Lied zu singen: *Dear Lord and Father of Mankind*. Das hatten sie auch an seinem Hochzeitstag mit Gill gesungen. Hinterher hatten sie darüber gelacht, weil eine Zeile lautete: »vergib uns unsere törichten Taten«, als wäre ihre Heirat ein Akt der Dummheit, für den sie Vergebung forderten.

Vergib uns unsere Schuld. Wenn er es Helen sagte, konnte sie Sean vielleicht vergeben, seiner scheinbar dummen Tat.

Er musste es ihr erzählen.

Als dann die zaghafte Versammlung widerstrebend die dritte Strophe anstimmte, öffneten sich die Türen der Kirche, und Alice kam zurück, immer noch in Larrys Armen. Er half ihr, das Seitenschiff entlang nach vorn zu gehen, an Patrick vorbei. Sie sah ihn mit einem total verquollenen, leeren Blick an. Dieser Blick purer Trauer auf ihrem Gesicht war deutlicher als Helens schroffe Worte, und in dieser Sekunde schaffte es Patrick endlich, eine Entscheidung zu treffen. Er wusste jetzt, was er tun musste.

Er drängelte sich an der Rothaarigen vorbei und verließ die Kirche, so schnell er konnte, ohne zu rennen. Draußen setzte er sich auf eine Bank auf dem Friedhof, sein Herz schlug schnell, und Schweiß rann ihm die Wangen hinunter wie Tränen. Er wischte sich übers Gesicht, zog sein Handy heraus und wählte die Mailbox.

Es war Gill gewesen – oder wenigstens glaubte er das. Sie hatte ihn nie angerufen, deshalb erkannte er ihre Stimme zuerst nicht, sie klang so anders. Ganz leicht und aufgeweckt und gleichzeitig – aufgeregt?

»Pat«, lautete die Nachricht. »Oh, Pat. Du wirst es nicht glauben. Sie wollen mich entlassen, nächste Woche schon. Sie haben mich noch mal beurteilt und dann beschlossen, dass ich nicht länger eine Gefahr für mich selbst oder andere bin. Ich komme nach Hause. Wir werden wieder eine Familie sein...« Dann wurde ihre Stimme zögernder und langsamer: »... wenn du das noch willst natürlich nur. Wir müssen darüber reden. Aber... sind das nicht tolle Neuigkeiten? Ich komme nach Hause!«

Patrick steckte das Handy wieder zurück in die Jackentasche, stand auf und ging zum Wagen. Es gab nur zwei Dinge, derer er sich im Moment sicher war.

Erstens, er musste mit Suzanne sprechen.

Und zweitens, er würde Eileens Geheimnis mit ins Grab nehmen, wenn es irgendwie möglich war.

Er würde es niemals irgendjemandem erzählen.

DANKSAGUNG

Wir wollen und müssen uns bei vielen Helfern und Unterstützern bedanken, ohne die dieses Buch nicht hätte erscheinen können. Mehreren Menschen schulden wir besonderen Dank: hauptsächlich Dr. Paul Monks, Simon Alcock, Kate Blumgart und Nik Waites für ihre großzügige und fachmännische Unterstützung beim Recherchieren (alle formellen Ungenauigkeiten stammen von uns!).

Ein herzliches Dankeschön geht an Liz Wilkins für ihr exzellentes frühes Feedback sowie an unseren Agenten Sam Copeland.

Und noch ein besonderes Danke an unsere Editorin bei Thomas & Mercer, Emilie Marneur, für ihr absolutes Vertrauen in uns und ihre Unterstützung für dieses Buch, aber auch an den Rest des T&M-Teams, besonders auch Sana Chebaro und Nadia Ramoul.

An die überraschend unterstützende und freundliche Gemeinschaft der Krimiautoren, beides, auf und auch ohne Twitter – aus so vielen Menschen sind gute Freunde geworden. Wir entschuldigen uns schon jetzt, falls wir jemanden vergessen haben, aber wir wollen auch folgenden Menschen danken: Peter James, Mel Sherratt, Ali Knight, Keith Walters, Susi Holliday, Rachel Abbott, Luca Veste, Elizabeth Haynes, Eva Dolan, Anya Lipska und allen anderen, die sich treu jedes Jahr vor dem Old Swan in Harrogate versammeln.

Mark möchte seine besondere Dankbarkeit und Liebe für Sara Edwards ausdrücken, nicht nur für ihr ehrliches Feedback zu diesem Buch, sondern auch, weil sie seine Hälfte dieses ganzen Schreibspaßes erst ermöglicht hat.

Und schließlich möchten wir ein großes, fettes »Gefällt uns« an die fantastische, begeisterte und hilfreiche Gruppe unserer Facebook-Leser bei Facebook verteilen, von denen einige ihre Namen in diesem Buch wiederfinden werden, als da wären Cathy Hudson und Daniel Hamlet, die den Wettbewerb auf der Seite gewonnen haben. Pete Aves lieferte uns den Namen für Jeromes bedauernswerten Staffie.